【中国历代文学流派作品选】

豪放词选

刘扬忠 编选

凤凰出版社

图书在版编目（CIP）数据

豪放词选 / 刘扬忠编选. -- 南京 : 凤凰出版社, 2012.4
（中国历代文学流派作品选）
ISBN 978-7-5506-1254-9

Ⅰ. ①豪… Ⅱ. ①刘… Ⅲ. ①宋词—选集 Ⅳ. ①I222.844

中国版本图书馆CIP数据核字(2012)第063166号

书　　名	豪放词选
编　　选	刘扬忠
责任编辑	林日波
出版发行	凤凰出版传媒集团 凤凰出版传媒股份有限公司 凤凰出版社(原江苏古籍出版社) 发行部电话025-83223462
集团地址	南京市湖南路1号A楼,邮编:210009
集团网址	http://www.ppm.cn
出版社地址	南京市中央路165号,邮编:210009
经　　销	凤凰出版传媒股份有限公司
照　　排	南京凯建图文制作有限公司
印　　刷	南通印刷总厂有限公司 南通市通州经济开发区朝霞路180号,邮编:226300
开　　本	960×1304毫米 1/32
印　　张	15.625
字　　数	448千字
版　　次	2012年4月第1版 2012年4月第1次印刷
标准书号	ISBN 978-7-5506-1254-9
定　　价	38.00元

出版说明

中华文明绵延五千年，代有圣贤著述立言，典籍浩瀚，经史子集四部递相传承。然江山代有才人出，就集部而言，传承中又有新变，遂创造出楚骚、汉赋、唐诗、宋词、元曲等“一代之文学”。这些丰富的形式开花结果，传播所及，生根发芽，于是蔚成派系，使中国传统文化园地里呈现出风光各异、生机勃勃的景象。而诗、文、词中的优秀作品便似琼花玉树，撷取并将其赠予亲爱的读者品味欣赏，是我们编辑这套《中国历代文学流派作品选》丛书的初衷。

所谓“文学流派”，《辞海》（第六版缩印本）释义为：“在一定历史时期和活动范围内，对文学与现实相互关系的认识以及艺术志趣相近的作家自觉或不自觉的组合。”“相近风格的作家可以并不属于同一流派，而同一流派的作家风格又可不尽一致。文学流派的丰富多样是一个时代和一定社会的文化和文学繁荣发展的标志之一。”然就传承方面言之，不拘于一定时期、一定范围、一定社会，千百年间仍有来者续其流，嗣其响，或同其体裁，或同其主张，或同其身份地位，或仿其艺术风格，或仿创作技巧，不一而足。如，中国古代描写山水的诗歌一路吟诵到魏晋南北朝，在谢灵运的继承和开创下，成为一个深刻影响中国人文性格的诗派。降及唐代，王维、孟浩然等人的创作更是将此派推到了一个前所未有的高度，流韵远播后世。又如，边塞诗在汉魏六朝时已萌芽，到盛唐时已成流派。随着国家疆域的开拓，诗歌内容、形式涣然出新，高适、岑参、王昌龄等一批作者勃然兴起，他们的作品不仅描绘壮阔苍凉、绚丽多采的边塞风光，而且抒写戍边将士的豪情壮志及征人离妇惜别思恋之情，思想上有一定深度。又如，豪放词派、婉约词派为宋词两大流派，前者以苏轼、辛弃疾为主要代表，其题材、风格、用调及创作手法上特色鲜明。后者以柳永、李清照为主要代表，词作大都崇尚委婉含蓄地传情达意，表现风格则以旖旎绮丽为主，充分发挥了词“专主情致”的特点。宋室南渡后，格调出现转折，往往寓含家国之恨、身世之感。两大词派不仅震烁有宋一代词坛，而且深刻影响后来者，由金至清历代不乏学习苏、辛、柳、李者。又如，以“唐宋八大家”为代表的文坛中坚推动当时的古文运动，结合着对六朝以来讲求声律、辞藻、排偶的骈文文风的变革和对儒学道统的倡复，把散文的发展推向了一个新的阶段，自成风格，给当时和后世文坛以深远的影响。而以方苞、刘大櫆、姚鼐为“三祖”的清代桐城文派，大讲义理、考据、词章，注重文中的情感和气势。作文观点鲜明，逻辑性强，写景状物多有传神之笔，描写世情足能令人动容，流传有许多脍炙人口的散文名篇。

本套丛书即约请苏州大学教授罗时进、西华师范大学教授佘正松、复旦大学教授王水照、中国社会科学院文学所研究员刘扬忠、武汉大学教授王兆鹏、南京大学教授许结分别对前述流派作品上下纵览，精选细择，探源析流，不落窠臼，编为《山水诗选》、《边塞诗选》、《唐宋古文选》、《豪放词选》、《婉约词选》、《桐城文选》。每书均撰写《前言》，对流派的生成发展、特色、后世影响等进行概述。正文按作者(附小传)、作品、注释、品评四部分依次编排。作者小传包括作者行迹、为官次第及其文学地位、文集存佚等。所选作品以脍炙人口者为首选，并注意在篇目多寡上直观地显现该流派的领军所在。注释涉及地名、人物、掌故、生僻字词、重要异文等等。品评涉及作品本事、史上诸家点评、用字特色、词句赏析、作品内涵等，信息量丰富。作为选本，本套丛书不免有鲁迅先生在《选本》一文中所赞赏和批评的优缺点，如言选本“包罗诸作”，读者能借以“窥见许多有名作家的作品”，因而比各家的文集“更流行，更有作用”；如言选本固然集中了古人文笔的精华，但读者“却被选者缩小了眼界”，其实这都非重点，有能力、有追求的读者自可依照书中提供的线索按图索骥，在选本以外“上穷碧落下黄泉，动手动脚找材料”，对感兴趣的作家或作品深入了解。重要的是，本套丛书别于当前市面上那些对古人、今人均不负责的粗滥拼凑且令人眼花缭乱的诗、文、词选本，读者当披沙拣金！我们希望本套丛书既能陶冶您的性情，丰富您的精神生活，又能带您完成对历代重要文学流派追源溯流的旅程，领略异彩纷呈的风景。

凤凰出版社

2012 年 3 月

目　录

前　言

本书共选注、品评自唐宋至清末民初一千多年间优秀的豪放词作300首。

需要说明的是，本书所选的虽然多半是千年词史上被一般读者凭直观感觉认为是“豪放派”名家的词，但也有相当一部分并非由“豪放派”词人所写，而就其风格来说也属真正“豪放”的词。事实上，过去我们的不少词学家和诗词爱好者对于“豪放”、“婉约”的认知与理解都未免狭隘和封闭了一点。往往一提到“豪放派”，人们就情不自禁地佩服着、夸奖着苏轼、贺铸、张元幹、张孝祥、辛弃疾、陈亮、刘克庄、陈维崧……；一提到“婉约派”，大家就津津乐道地评论起、称赞起温庭筠、李煜、柳永、秦观、晏几道、周邦彦、李清照、姜夔、纳兰性德……。殊不知，词史上绝对的、单纯的豪放或婉约词家是很少很少的。上列的不少“豪放”名家(比如苏轼、贺铸、辛弃疾)，自己就写过不少可与婉约名家比美的婉约词；许多“婉约”名家(即使是女子如李清照、秋瑾、吕碧城等)写起风景名胜词和抒怀言志词来，风格竟一如男子汉的豪壮!

这里仅举几位名家的创作情况为例。

贺铸，这位先当武官后改任文职的文武双全的特殊人物，填起词来犹如他的整个为人:既豪放又婉约。其词既多“彩笔新题断肠句”(《青玉案》“凌波不过横塘路”)的凄婉，又不乏“推翘勇，矜豪纵，轻盖拥，联飞鞚”(《六州歌头》)的雄壮。所以他的好友——苏门四学士之一的张耒评论说:“(贺铸词)盛丽如游金、张之堂，而妖冶如揽嫱、施之祛，幽洁如屈、宋，悲壮如苏、李，览者自知之，盖有不可胜言者矣。”(《东山词序》)张耒这个评论说明了贺铸词的丰富多彩。试问，你究竟把贺铸归入豪放派，还是婉约派?

说到辛弃疾,人们更熟悉了。他的爱情名篇《祝英台近·晚春》等,无疑是南宋婉约词的代表作。所以南宋末稼轩派健将刘克庄称赞辛词的豪、婉兼备说:"公所作大声鞺鞳,小声铿訇,横绝六合,扫空万古,自有苍生以来所无。其秾纤绵密者亦不在小晏(晏几道)、秦郎(秦观)之下。"(《辛稼轩集序》)其实,岂止辛弃疾一人,词中凡可称为大家者(包括女性如李清照等人),皆是风格多样,豪、婉兼备的!

关于婉约名家柳永。早在北宋时期,人们就认为柳永与苏轼各自代表了一种审美倾向,柳婉约,苏豪放,说是柳永词"只合十七八女郎,执红牙拍板,歌'杨柳岸、晓风残月'";而苏轼词则"须关西大汉,铜琵琶、铁绰板,唱'大江东去'"(俞文豹《吹剑录》)。但是柳永其实是兼作豪、婉两种词的,其豪健之词写得十分漂亮,《八声甘州》一阕,苏轼认为"于诗句不减唐人高处"(赵令畤《侯鲭录》卷七)。他那首写杭州的《望海潮》,其健朗的风格与壮阔的境界,便不是与他同时的任何一个"豪放"词家所能及的。柳永艺高才大,他打开了长调慢词发展的局面,发明了大开大合的笔调,诚如龙榆生先生所论证的:其词的"参差变化的结构与恢张豪壮的格局,为苏、辛一派的豪放之词打开了一条出路"(《词曲散论》)。这样为豪放词的发展立下了大功的婉约名家,他的豪放词难道不值得选录么?

关于女性词家,这里仅选取她们最早的代表人物李清照来简单介绍一下。

李清照被南宋以后至清末民初的大多数词学家们推举为"婉约正宗",但历史上不少有见识的评论家却宁愿把她看作是可与男子汉大丈夫并列的奇女子。如清人沈曾植谓:"易安倜傥有丈夫气,乃闺阁中之苏、辛,非秦、柳也。"(《菌阁琐谈》)她的诗词文中都有不少绝似男子汉大丈夫手笔的豪气飞扬之作。如其豪放词的代表作《渔家傲·记梦》,就被清人黄蓼园赞为"浑成大雅,无一毫钗粉气"(《蓼园词选》);梁启超先生亦赞"此绝似苏、辛派,不类《漱玉词》中语"(梁令娴《艺蘅馆词选》引)。

以上所举的,是几个宋代词家。在南宋末期词乐失传,长短句的词完全蜕变为一种案头文学,人们根本不需要婉约其词以合乐之后,元、明、清各代的词人更不会在胸中横亘豪放、婉约之观念，而只是为了抒不同的情而作风格不同的词，纯粹的豪放派与婉约派就更少了。所以我们可以正确而大胆地说：千年词史上并不存在一以贯之的豪放、婉约两大词派，而只有豪放、婉约两大类型风格和两大审美倾向。我们这里选词，仅仅是沿用传统的词语来标示作品基本风格与作家主要的审美倾向，而不是要对词人及其作品强分什么派别。因此，本书选录豪放词时，为了不致有遗珠之憾，特别注意绝不漏掉非豪放词人写的十分豪放可爱的词篇。为了正确理解什么样的词人才算是"豪放派"以及什么样的词可称为"豪放词"，我们先追述一下"豪放"一语的原初语义，及其作为宋词和宋以后词的风格流派用语的衍生义。

"豪放"一语，在汉语的语言运用史上，最初是指为人处世狂放不检点。《魏书》卷六四《张彝传》："彝少而豪放，出入殿庭，步眄高上，无所顾忌。"又《新唐书》卷二〇二《李邕传》："邕资豪放，不能治细行。"

大约从唐代中晚期开始，文学鉴赏和批评中借用此语，形容一种气魄宏大而无所拘束的风格。如传说为司空图所著的《二十四诗品·豪放》说："观花匪禁，吞吐大荒。由道返气，处得以狂。天风浪浪，海山苍苍。真力弥满，万象在旁。前招三辰，后引凤凰。晓策六鳌，濯足扶桑。"由此可知，当时批评家心目中的"豪放"，是一种属于阳刚之美的诗歌风格。

在宋词发展中苏轼出现之后，"豪放"一语开始被用来形容一种与传统"婉约"词不同的不受拘束的创作态度和作品风格。宋人称苏轼词"豪放"，主要不是指其词多有阳刚壮大之美，而是指他不愿受音律束缚，而想在语言文字的使用上相对自由一些。如陆游曾评论苏词说："世言东坡不能歌，故所作乐府多不协律。晁以道谓，绍圣初，与东坡别于汴上，东坡酒酣，自歌《阳关曲》。则公非不能歌，但豪放，不喜剪裁以就声律耳。"（《老学庵笔记》卷一六《东坡事类》）南宋末的沈义父这样评论苏轼、辛弃疾等人："诸贤之词故豪放矣，不豪放处，未尝不叶律也。"（《乐府指迷》）

到了明代，评论家才开始用"豪放"来专指宋词中与"婉约"一体并立的具有阳刚壮大之美的类型风格。张綖在其所撰《诗余图谱》的"凡例"之后附识云："词体大略有二：一体婉约，一体豪放。婉约者欲其词情蕴藉，豪放者欲其气象恢宏。盖亦存乎其人。如秦少游之作,多是婉约;苏子瞻之作,多是豪放。大抵词体以婉约为正。”这里“体”是指风格。张綖认为词有两大类型风格,“豪放”为其中之一,其特征是“气象恢宏”。

到了清代,评论家始混一“体”、“派”,以张綖的话改说词派,把宋词分为豪放、婉约两大词派。首创此说者为王士禛,其《花草蒙拾》云:“张南湖论词派有二:一曰婉约,一曰豪放。仆谓婉约以易安为宗,豪放惟幼安称首,皆吾济南人,难乎为继矣。”

宋词中确乎存在婉约、豪放两大类型风格和审美倾向,但将整个宋词划分为婉约、豪放两大流派,则未免简单化,并不完全符合宋词发展的历史情况。本人著有《唐宋词流派史》一书,该书详论了唐宋词风格流派的丰富性与复杂性,指出在唐宋词名家及其作品中,远不是只有豪放派与婉约派、豪放词与婉约词两种。关于这个问题,此处不拟详说。

由于本书所选词篇均为唐、宋、元、明、清各代的“豪放词”,为了便于读者诸君正确理解这些作品,这里仅就所谓“豪放派”与“婉约派”的划分,特别是所谓“豪放派”问题谈点看法。

词史上苏、辛并称,是因为他们相继改革了词风,变伶工之词为士大夫之词,两人的词中各自有相当一部分作品(尤其是他们那些抒发政治情怀的“言志”之作)气象恢宏,有阳刚之美,有别于传统的婉约词。但二人个性不一样,身世遭遇不一样,词的风格差异很大,“东坡之词旷,稼轩之词豪”(王国维语),把他们二人统筹为一个流派是不妥当的。苏轼的确比前人多写了一些豪放词,但说他“开创了豪放词风”,甚至说他“建立了豪放词派”,则不合历史实情。在词史上,苏轼并不是第一个作豪放词的人。读了本书所选的词作之后读者诸君就会知道,作为千年词史的“椎轮大辂”(即发端者、草创者),敦煌曲子词里面就已经有了不少由民间文人写作的豪放词;在文人词中,从盛唐、中唐时期的诗坛名家李白、戴叔伦、韦应物、张志和、刘禹锡到五代花间词派的孙光宪,都写有豪放词作;入宋之后,在苏轼之前,潘阆、柳永、范仲淹、欧阳修、王安石等人也都有豪放词作(尽管只是少量的)。因此,我们决不能人云亦云,把苏轼认定为所谓“豪放词派的开山祖”。再从宋词的发展情况来考察，苏轼词在北宋时也没有形成词派，他的新词风，在绝大多数词人只写绵绵软软的“歌者之词”的北宋不但基本上没有得到响应，还受到了时人（包括他的门人秦观、陈师道等）的非议。只是到了南渡之后，文人士大夫学习苏词中部分作品的相对自由的抒情方式和“以词言志”的倾向，来抒写自己在国破家亡严峻形势下的爱国之情，苏轼的词风这才应者如潮，最终形成了以辛弃疾为首的豪放派。

南宋以后，这个由苏轼、辛弃疾发动起来的“豪放派”（一种强大的创作倾向与审美思潮）在金、元、明、清各朝经历了很大变化，最终基本消亡。苏辛词先传到北方的金朝，引起了金词第一大家元好问的高度注意和倾心学习。元好问认为：“乐府以来，东坡为第一，以后便到辛稼轩。”于是金朝土地上出现了一个以元好问为首的尊苏、辛为宗祖的豪放词人群。金亡元兴之后，这个词人群并未消亡，而是在元朝统治的北方土地上持续发展，直至元朝灭亡。以后整个明代直至清朝入关之初，由于词乐的消亡和创作理念、创作环境的改变，豪放词人群体再也没有产生。清康熙年间，词学中兴，在江苏宜兴出现了一个以陈维崧为领袖的强大的豪放词派——阳羡派。这是清词中影响很大的一个词派，也是中国古代词史上最后的一个“豪放派”。阳羡词派消亡以后，中国土地上再也没有出现以“豪放”为流派风格特征的词人群体。但由于抒发感情和回忆历史的需要，几百年来一直有人在创作豪放词，豪放词作为一股斩截不断的审美潮流，从古代一直流淌到现当代，尽管在现当代它已经很细微。

出于以上对千年词史发展实情的客观认知，出于对“豪放”、“婉约”一类概念的如上理解与解释，我编选了这本《豪放词选》。请词学界同行及广大读者多多批评指正。

敦煌词

二十世纪初，大量五代写本被发现于甘肃敦煌莫高窟(又称千佛洞)，因而唐五代民间词曲重新面世。敦煌民间词曲，或称为敦煌曲子词，或称为敦煌歌辞。它们是千年词史的“椎轮大辂”，内容广泛，形式活泼，风格繁富，有鲜明的个性特征和浓郁的生活气息，反映了词兴起于民间时的原始形态。敦煌词的辑本，有王重民的《敦煌曲子词集》，饶宗颐的《敦煌曲》，任二北的《敦煌歌辞总集》等。

菩萨蛮

敦煌古往出神将，感得诸蕃遥钦仰。效节望龙庭[①]，麟台早有名[②]。　只恨隔蕃部，情恳难申吐。早晚灭狼蕃，一齐拜圣颜。

注释

① 效节：尽忠节。龙庭：指朝廷。　② 麟台：即麒麟阁。汉宣帝曾将汉朝功臣十一人的图像绘于此阁上，以纪念其功勋。

品评

此词约作于唐德宗时。当时，河西陇右诸州自西而东被吐蕃攻陷，只有沙州独保，但通往长安的道路已被阻断。本词即描写边民对唐室的忠诚及其反抗侵略的昂扬斗志。上片写镇守敦煌的将军威望高，功劳卓著，在他带领下，边民忠于唐朝。下片写由于东边诸州被吐蕃攻陷而无法入朝，边民热切盼望早日扫清“狼蕃”，朝拜唐皇。整首词写得质朴而刚健有力，具有大唐开阔的气象和昂扬激情。王重民先生评此词:"唱出外族统治下敦煌人民之爱国壮烈歌声,绝非温飞卿、韦端已辈文人学士所能领会,所能道出者。"(《敦煌曲子词集》)

生查子

三尺龙泉剑[①],匣里无人见。一张落雁弓,百支金花箭[②]。　　为国竭忠贞,苦处曾征战。先望立功勋,后见君王面。

注释

① 龙泉剑:古代传说中的宝剑。　② 落雁弓、金花箭:均是对弓箭的美称。

品评

这首词生动地塑造了一个英勇善战、忠心报国的武将形象。上片着力描写这位将军英武的外观,通过呈现一系列武器,已隐然可见一个腰佩宝剑,手持良弓,威武豪壮、武艺超群的良将形象。同时,"匣里无人见"也暗示他虽奋勇杀敌,但却被废弃不用。显然这是良将悲剧性遭遇的缩影。下片则转向对其内在情感的展现:他虽劳而无功,但并不气馁,仍然想着再立功勋,为国"竭忠贞",博得君王赏赐。至此,一个失意悲凉、勇猛爽朗、英武过人的良将形象跃然纸上,光彩照人。本篇语言浅显,词风朴实。字里行间,洋溢着一种乐观的情调和为国建功的英豪之气。

李　白

李白(701—762),字太白,号青莲居士,陇西成纪(今甘肃天水附近)人。先世于隋末流徙西域,李白即生于中亚碎叶(在今吉尔吉斯斯坦托克马克城附近,唐时属安西都护府管辖)。幼时随父迁居绵州昌隆(今四川江油)青莲乡。唐玄宗天宝元年(742)被召至长安,供奉翰林。后因不见容于权贵,弃官而去,继续其飘荡四方的流浪生活。安史之乱发生后第二年,他感愤时艰,参加了永王李璘的幕府。之后永王与肃宗发生了争夺帝位的斗争,永王失败,李白受牵累,被流放夜郎。途中遇赦。晚年漂泊东南一带,依当涂县令李阳冰,不久即病卒。有《李太白集》存世。词作传世十余首,其中部分作品真伪尚待考证。《旧唐书》卷一九〇下、《新唐书》卷二〇二有传。

忆秦娥

箫声咽①,秦娥梦断秦楼月。秦楼月,年年柳色,灞陵伤别②。　　乐游原上清秋节③,咸阳古道音尘绝。音尘绝,西风残照,汉家陵阙④。

注释

① 箫:一种竹制乐器。咽:呜咽,形容箫管吹出的曲调低沉而悲凉,如泣如诉。　② 灞陵:在今陕西省西安市东,是汉文帝的陵墓所在地。当地有一座桥,为通往华北、东北和东南各地必经之处。《三辅黄图》:"文帝灞陵,在长安城东七十里。……跨水作桥。汉人送客至此桥,折柳送别。"　③ 乐游原:在长安东南

郊，是汉宣帝乐游苑的故址，地势高，可以远望，在唐代是游览之地。清秋节：指农历九月九日（重阳节），是传统簪菊登高、饮酒赏景的节日。 ④ 陵阙：皇帝的坟墓和宫殿。

品 评

这首传为李白所作的《忆秦娥》堪称第一流的作品，描绘了一个女子思念爱人的痛苦心情，写得深切动人。古人对它评价很高，称赞它是“百代词曲之祖”。

词的上片写女主人公于夜中被一阵凄咽的箫声惊醒，醒后，明亮的月色引起她无限的相思。那是一个明媚的春季，她和情人在灞陵桥边折柳依依惜别。下片则由春愁过渡到秋思，写情人别后音讯全无。在清秋节这一天，她一个人孤单单地站在乐游原上，独自咀嚼愁思的深重，前方是苍茫大地，远处的陵阙在夕阳的映照下无比雄伟。这个画面苍凉悲壮，把闺怨放置在一个如此阔大的意境中，更显沧桑与浓重的历史感。王国维对此词评价颇高，认为“西风残照，汉家陵阙”这八个字“遂关千古登临之口。后世唯范文正之《渔家傲》、夏英公之《喜迁莺》，差足继武，然气象已不逮矣”（《人间词话》）。

此词沉郁浑厚，意境阔大，用笔凝重，字字皆有金石之声，具有唐人飞扬凝重的气骨，实为唐词中的杰作。

戴叔伦

戴叔伦(732—789),字幼公,一字次公,润州金坛(今属江苏)人。唐德宗贞元间进士。先后担任涪州督赋、抚州刺史,以及广西容州刺史。加御史中丞,官至容管经略使。贞元五年(789)辞官归隐,客死途中。《新唐书》卷一四三有传。

调笑令

边草[①],边草,边草尽来兵老。山南山北雪晴,千里万里月明。明月,明月,胡笳一声愁绝。

注释

① 边草:边地的白草,据《汉书·西域传》颜师古注,白草“干熟时正白色,牛马所嗜也”。这种草在秋天变白,冬天枯干。

品评

这是戴叔伦咏叹从军之苦的一首边塞词。词以“边草”起兴,由边草的变白干枯,联想到守边的士兵在边关辛苦从戎,长期不得归家,命运之悲实胜过此草。写至此,“思归”的主题已昭然若揭。“山南山北雪晴”二句则是以景衬情,写出边塞荒寒之景:在白雪皑皑的群山环绕中,一轮明月冉冉升起,照亮了大地,远处传来低沉悲苦的胡笳声。整个情景冷色与暖色相融,悲苦之情与绝美之景相配,从而勾勒出一幅悲凉的边塞戍卫图。此词意境深远含蓄,画面雄浑,苍凉悲苦,再加上叠词的反复运用,增添了浓郁的抒情性和音乐感。

张志和

张志和，生卒年不详，号烟波钓徒、玄真子，婺州金华（今属浙江）人。浪迹江湖，隐居越州会稽多年。唐代宗大历九年（774）游湖州刺史颜真卿幕，撰《渔歌子》词五首。后不详所终。工诗词，其《渔歌子》（一称《渔父》）为早期文人词名作。《新唐书》卷一九六有传。

渔歌子

西塞山前白鹭飞①，桃花流水鳜鱼肥②。青箬笠③，绿蓑衣，斜风细雨不须归④。

注 释

① 西塞山：在今浙江省湖州市，或言在湖北大冶市长江边。白鹭：一种水鸟。 ② 桃花流水：桃花盛开的季节正是春水盛涨的时候，俗称桃花汛或桃花水。 ③ 箬笠：竹叶编的笠帽。 ④ 蓑衣：用草或棕编制的雨衣。

品 评

此词写隐居生活，画面清秀明丽，充满了世外桃源的闲适与快意之情。首句"西塞山前白鹭飞"点明隐居地点，白鹭既是优美自然风景的实写，亦是渔父悠闲自得生活的象征。次句"桃花流水鳜鱼肥"表现山前的湖光山色之美，这里桃红与绿水相映，鳜鱼的鲜美与闲适的隐居生活相伴，充分渲染了渔父如诗似画的生活环境。"青箬笠，绿蓑衣，斜风细雨不须归"，描写渔父戴青箬笠，穿绿蓑衣，在斜风细雨中乐而忘归的情景。全词着色明丽，用语活泼，生动地表现了隐士高远恬淡的人生趣味。

韦应物

韦应物(737—约789),京兆长安(今陕西西安)人。唐玄宗时,曾在宫廷中任“三卫郎”。代宗广德二年(764)前后为洛阳丞。后相继出任滁州、江州、苏州等地刺史。退职后,寄居苏州永定寺。世称韦江州、韦左司或韦苏州。他的诗中写得最好的是山水田园诗,后人每以“陶韦”或“王孟韦柳”并称。其事迹见《唐诗纪事》卷二六、《吴郡志》卷一一、《唐才子传》卷四等。

调笑令

胡马,胡马,远放燕支山下①。跑沙跑雪独嘶②,东望西望路迷。迷路,迷路,边草无穷日暮。

注释

① 燕支山:在今甘肃北部,绵延祁连、龙首二山之间,是水草丰美的牧场和古时边防要地。 ② 跑:通“刨”。

品评

此词通篇描写塞外胡马的英姿,语言清新,气象阔大,风格质朴,既描绘了边塞雄丽的风光,也展现了唐人开阔的胸襟和昂扬的意志。

首句写在燕支山下,成群的胡马正在茫茫的山脚下吃草嬉戏,整幅画面充满了大草原的宁静和壮美。接下来词人则把视角集中在一只失群的胡马上,这只胡马先是在雪地上不停地刨雪独鸣,后又在大草原上不停奔跑,寻觅同伴,而此时,一轮红日正缓缓降落,把无边无际的大草原映照得更加辽阔深远。整首词以远山、落照、沙雪、边草、日落为背景,以一匹离群胡马的嘶鸣奔跑为中心点,拉开了一幅阒寂而苍凉、豪迈而壮丽的塞外风景图。

刘禹锡

刘禹锡(772—842),字梦得,洛阳(今属河南)人。唐德宗贞元年间中进士第。顺宗任用王叔文改革政治时,刘禹锡是其政治集团中的核心人物。改革失败后,被贬官外地,二十多年后才被召回京城。其诗歌气势雄豪,风调清峻,又善于吸收民歌营养,对后世影响很大。《旧唐书》卷一六〇、《新唐书》卷一六八有传。事迹另见《刘宾客嘉话录》及《唐诗纪事》卷三九、《唐才子传》卷五等。

浪淘沙

八月涛声吼地来,头高数丈触山回。须臾却入海门去,卷起沙堆似雪堆。

品评

此词的首句"八月涛声吼地来",以"吼"字突显出涛声渐逼渐近,声势浩大之感。第二句写潮势达到顶点时的壮观场面。凶猛的潮头犹如巨龙昂起数丈身躯,猛烈撞击着两岸的山崖,至此已把潮水到来的过程写得惊心动魄。第三句以"须臾"二字写出潮去之后的迅速与安静。然而就在读者稍稍轻松之际,词境忽又转入高潮,写出潮水退出海门之后,汹涌澎湃的气概——阵阵波涛卷起,犹如雪堆巍峨高耸。

全词不事雕琢,气势雄壮,用词洗练,具有鲜明的阳刚之美。

孙光宪

孙光宪(？—968)，字孟文，号葆光子，贵平(今四川仁寿东北)人。高季兴割据荆南，延揽文士，遂为掌书记。历事高氏三世，累官检校秘书少监、荆南节度副使。后力劝高继冲以地降宋。宋太祖嘉其功，授为黄州刺史。其词传世者凡八十四首，是五代词人中存词最多者。著有《北梦琐言》。《十国春秋》有传。事迹另见《宋史·荆南高氏世家》。

浣溪沙

蓼岸风多橘柚香[①]，江边一望楚天长，片帆烟际闪孤光。　目送征鸿飞杳杳[②]，思随流水去茫茫，兰红波碧忆潇湘[③]。

注释

① 蓼岸：长有蓼草的江岸。蓼草，草本植物，花小，呈白色或浅红色，生于水边。　② 杳杳：深远貌。　③ 潇湘：潇、湘二水在湖南零陵合流后称潇湘。相传舜南巡，死后葬于此，舜的两个妃子娥皇、女英来奔丧，投湘水而死，死后化为湘水女神。

品评

此词为离别之词。上片起句写出长江两岸蓼花盛开，桔柚飘香的秋季美景，以乐景传哀情，表现出对故地眷恋之怀。接着写离别亲人后，词人站在船首，远望辽阔的天空，想到明日即将沦落天涯，内心充满无限孤寂惆怅之情。下片写漂泊路上的心情，“目送”句写词人浪迹天涯，如同孤鸿，不能与亲人相聚，内心的痛苦如同眼前的悠悠流水,难以穷尽。结句以娥皇、女英的典故委婉传达出对美丽故土的无限思念,并与词的起句“蓼岸风多橘柚香”相呼应,结构整饬而又流动圆转。整首词句句写景,又句句含情,充满诗情画意,无怪被清人陈廷焯赞为“绝唱”(《白雨斋词话》)。它虽是送别词,却丝毫无婉约名家们那种缠绵之调。现代词学家詹安泰表扬孙光宪的这类词“飘忽奇警,矫健爽朗,是温、韦所不能范围的”(《詹安泰词学论稿》)。

渔歌子

泛流萤,明又灭,夜凉水冷东湾阔。风浩浩,笛寥寥,万顷金波澄澈①。　杜若洲②,香郁烈,一声宿雁霜时节。经霅水③,过松江④,尽属侬家日月⑤。

注释

① 金波:指月光。　② 杜若:香草名。　③ 霅(zhà)水:在今浙江吴兴。④ 松江:即吴淞江,在今江苏境内,为太湖一支流。　⑤ 侬家:我。

品评

此词上片写了秋天渔家的夜生活。首句从宁静秋夜写起,一叶小舟缓缓穿行,时明时灭的萤火虫为此词增添了无限的童趣。入夜已然有些凉,此时湖面辽阔,秋风浩荡,笛声悠扬,一轮皓月,映照着广阔的江面,波面更显澄净与清冽。在这样的风景之下,渔夫心境自然疏旷快意。下片则抒写渔夫经过湖面时的洒脱心境。“杜若洲,香郁烈”,杜若作为香草自然也是在暗喻渔人高雅的情怀。接着写秋夜霜早,已经安睡的宿雁忽被人打扰,嘹亮的鸣叫声打破了秋夜的寂静。“经霅水,过松江”两句,写了渔翁夜航旅程,一个“经”字、一个“过”字,突显了渔翁自由自在、随意洒脱的生活情趣。此词情景交融,以秋夜湖水之美为中心,写出了渔夫美好的隐居生活。画面辽阔,用笔集中,疏密有致,可谓一幅意境高远的渔夫夜归图。

潘　阆

潘阆(？—1009)，字逍遥，杭州人。曾卖药京师。宋太宗至道元年(995)赐进士及第，试国子四门助教。未几追还诏书。真宗时为滁州参军。大中祥符二年卒。有《逍遥集》。事迹散见《咸淳临安志》卷六五、卷九三。

酒泉子

长忆西湖，尽日凭阑楼上望①。三三两两钓鱼舟，岛屿正清秋②。　笛声依约芦花里，白鸟成行忽惊起。别来闲整钓鱼竿，思入水云寒③。

注释

① 尽日：整天。　② 岛屿：西湖中的孤山。　③ 水云寒：水云深处有寒凉之意。

品评

此词的主题是怀念西湖秋景。作者回想秋高气爽时自己总喜凭栏远眺，远处的西湖净如明镜，几只渔船悠然自得，芦花丛中传来依约的笛声，惊动了白鸟从水面飞起。寥寥几笔，勾勒了一幅远近相宜、意趣恬淡的优美画面。描写景物静中有动，以动衬静，以"三三两两钓鱼舟"映衬湖水的宽阔，以笛声依约、白鸟成行烘托景致的幽雅，将依依思恋之情融入笔端，描写极富诗情画意。结尾与起首自然照应，用笔轻闲。

酒泉子

长忆观潮，满郭人争江上望①。来疑沧海尽成空②，万面鼓声中。　弄潮儿向涛头立，手把红旗旗不湿。别来几向梦中看，梦觉尚心寒。

注释

①满郭：满城。　②"来疑"句：喻潮水汹涌，甚至使人怀疑是大海的水全部涌出。

品评

潘阆对钱塘观潮盛况印象十分深刻，此词即是追忆之作。钱塘江每到中秋涨潮，景象蔚为壮观。古时八月十八日是潮神生日，要举行隆重的观潮庆典，首句"满郭人争江上望"描述的就是这样的情景。宋代杭州人吴自牧《梦粱录》一书记载："至(八月)十六、十八日，倾城而出，车马纷纷。十八日最为繁盛，二十日则稍稀矣。"可证当时的盛况。"来疑沧海尽成空，万面鼓声中"二句写江潮汹涌澎湃，惊涛骇浪排空而来，恍如万鼓齐擂，词人把当日的景象渲染得惊心动魄。下片惊赞弄潮儿搏击风浪的飒爽英姿和高超技艺。少年与怒潮相斗之景，惊险壮观，扣人心弦。直至现在，词人每当梦到这个情景仍觉得胆战心寒。该词运用夸张、比喻手法，将景象、声音、梦境描绘得磅礴壮美、气势雄浑豪迈。在文风浮靡的宋初，这样的词作实属难得。

柳 永

柳永，字耆卿，初名三变，崇安（今福建武夷山市）人。宋仁宗景祐元年(1034)进士，授睦州团练使推官。官至屯田员外郎。以识曲填词擅名，有《乐章集》。

望海潮

东南形胜[1]，三吴都会[2]，钱塘自古繁华。烟柳画桥，风帘翠幕，参差十万人家。云树绕堤沙。怒涛卷霜雪，天堑无涯。市列珠玑，户盈罗绮竞豪奢。　重湖叠巘清嘉[3]。有三秋桂子，十里荷花。羌管弄晴，菱歌泛夜，嬉嬉钓叟莲娃。千骑拥高牙。乘醉听箫鼓，吟赏烟霞。异日图将好景，归去凤池夸[4]。

注释

① 形胜：地形重要且交通便利之地。　② 三吴：郦道元《水经注》说，吴兴郡、吴郡和会稽郡"世号三吴"。杭州旧属吴郡，所以柳永称它为"三吴都会"。③ 重湖：西湖的外湖、里湖。　④ 凤池：即凤凰池，指禁苑中池沼。魏晋南北朝时设中书省于禁苑，掌管机要，接近皇帝，故称中书省为"凤凰池"。唐代宰相称同中书门下平章事，故多以"凤凰池"指宰相职位。

品评

本篇一反柳词柔腻之风，转而以一种大开大阖之笔，淋漓尽致地描绘了"钱塘自古繁华"的景致，南宋陈振孙称赞其"承平气象，形容曲尽"（《直斋书录解题》），也充分体现了柳词善铺叙的优长。

起首三句点题，写杭州地理位置之重要和历史之悠久。“形胜”、“繁华”可谓是全篇的词眼，充分体现了杭州作为当时江南政治、经济、文化中心，水陆交通便利，形势重要，经济发达的状况。以下则分写杭城的富庶与美丽。其中“烟柳”三句写杭州作为水乡之地，舟桥相通，杨柳轻拂，周围错落有致地排列着万户人家，画面优美，音调和婉。在写足杭州人文之繁华后，接着词人又以“云树”三句再叙杭州形势险要。“云树”，形容树木茂密，远望如云。“天堑”，指险要的江河。“怒涛”两句是说钱塘江的白浪如霜似雪，汹涌澎湃，使人叹为观止。上片最后三句转入写杭州的繁华。“市列珠玑”是写商业发达，“户盈罗绮”是写家庭富有，“竞豪奢”是说市民比赛奢侈豪华，此三句可谓把杭州的富庶推到了极致。

下片则把重心放在了景观中心西湖上。这是以点带面，从而丰富、深化了上片内涵。对西湖，词人先是以“重湖”二句来概括西湖之美。北宋时，西湖已有外湖和里湖的区分，所以说“重湖”。“叠巘”，指西湖三面环山，灵隐山、吴山和葛岭等峰峦重重叠叠。“清嘉”，指湖光山色清秀美丽。“三秋”两句是从山水写到花木。词人以湖上桂、荷两种花木，形象地刻画出了西湖夏秋的景色。“羌管”三句，写鱼米之乡的西湖，不论白天或夜里都可以听到悠扬的羌笛声和采菱人的歌声。“嬉嬉”正代表了杭人生活的优游欢乐。写完百姓生活的富庶之后，该是这首词的主角——镇守杭州的长官出现了。据说这首词是柳永写给其老友孙何的。孙任两浙转运使，是杭州地方长官之一。“千骑”，形容大官员有许多骑马的随从。“高牙”，指帐前大旗。“千骑”句是先从侧面描写孙何游湖，然后用”乘醉听箫鼓，吟赏烟霞”来作正面描写。这两句是说孙何风流潇洒，一边饮酒听音乐，一边欣赏风景作诗。篇末二句虽然是奉承友人，但也有收束全词之意。此词铺叙清晰，结构精巧，尤其是写景之壮丽，用笔之劲健，直可与苏轼词相较高下。

满江红

暮雨初收，长川静、征帆夜落。临岛屿、蓼烟疏淡，苇风萧索。几许渔人飞短艇，尽载灯火归村落。遣行客、当此念回程，伤漂泊。　　桐江好[①]，烟漠漠。波似染，山如削。绕严陵滩畔[②]，鹭飞鱼跃。游宦区区成底事，平生况有云泉约[③]。归去来、一曲仲宣吟[④]，从军乐。

注释

① 桐江：富春江的上游。即钱塘江流经桐庐县境内一段。唐代陆龟蒙《钓车》诗："洛客见诗如有问，辗烟冲雨过桐江。" ② 严陵滩：在浙江桐庐县南，相传为东汉严光隐居垂钓处。《后汉书·严光传》："除为谏议大夫，不屈，乃耕于富春山，后人名其钓处为严陵濑焉。" ③ 云泉：白云清泉，借指归隐之处。 ④ 仲宣吟：汉末文学家王粲字"仲宣"，其有《从军行》诗五首。

品评

此词是柳永羁旅行役词的代表作。首句写经过一天在江上的漂浮，终于在日暮时分落脚在江边一岛，"收"、"静"、"落"已通过动静的反复细微变化，暗示出旅途上的风雨侵袭与舟师一天的疲倦，从而点出羁旅之苦的主题。"临岛屿"句则写出踏岸之后对小岛的总体感观，冷风瑟瑟，晚烟飘起，可见此岛屿之荒凉，也正折射出词人心境的凄凉。"几许渔人飞短艇"则写日暮时分，远行的渔夫纷纷驾着小船回到家中。灯火，正是家庭和美、亲情温暖的象征，而此时情景无疑成为刺激词人心灵的媒介，一"飞"字，一"归"字，未尝不是词人自己归心似箭的体现。下片则写归宿桐江所见的山水之美。"波似染，山如削"，虽精简却极其准确地概括了两岸山水美景。他乡虽美，不是故土，于是词人自然呈现了内心渴望回归故土，为自己人生找个归宿的愿望。最后以高人严光和著名文人王粲自比，以"乐"开怀，排遣内心的孤寂。

此词在当时流传很广，其健朗的风格和壮阔平远的境界很受人称赞，并被广泛传唱。据北宋释文莹《湘山野录》记载，在浙江睦州严子陵滩畔，每年乡里岁祀，都要歌唱柳永这首词，其中人们最喜爱的是"桐江好，烟漠漠。波似染，山如削。绕严陵滩畔，鹭飞鱼跃"这几句。柳词中除了那些婉约词篇之外，其豪健清远之作也同样招人喜爱，于此可见一斑。

范仲淹

范仲淹(989—1052),字希文,吴县(今江苏苏州)人。宋真宗大中祥符八年(1015)进士。仕至枢密副使,参知政事,后为陕西四路宣抚使。知邠州,后徙邓州、荆南、杭州、青州。卒赠兵部尚书、楚国公,谥文正。有《范文正公集》。《宋史》卷三一四及《东都事略》有传。

渔家傲

塞下秋来风景异①,衡阳雁去无留意②。四面边声连角起,千嶂里,长烟落日孤城闭③。　浊酒一杯家万里,燕然未勒归无计④。羌管悠悠霜满地,人不寐,将军白发征夫泪。

注释

① 塞下:指西北边塞。　② 衡阳:相传大雁南飞,至衡阳回雁峰而止。③ 长烟落日:用王维《使至塞上》诗"大漠孤烟直,长河落日圆"句。　④ 燕然:汉将窦宪曾北伐匈奴,大胜,于燕然山刻石记功而归。

品评

公元1038年西夏赵元昊称帝后,连年侵宋。北宋由于积贫积弱,边防空虚,宋军一败再败。1040年,范仲淹自越州改任陕西经略副使兼知延州。此词可能即作于知延州时。原有数阕,皆以"塞下秋来"为首句,欧阳修尝戏称为"穷塞主之词"。

此词上片写西北边塞风景,紧扣一"异"字,境界苍莽雄阔。下片抒情,抒发将士忧国思乡的复杂而又矛盾的情绪。此词能从五代词的宫闱闺阁、楼台亭院，走向江山塞漠，以其豪壮之风，摆脱了花前月下的浅斟低唱。首句“塞下秋来风景异”，点明地域、时令及作者对边地风物“异”的鲜明感受，以下各句分别从气候、风景、地方风貌诸方面说明此“异”的体现。如次句“衡阳雁去无留意”以南归大雁的径去不留，反衬出边地的荒凉。接着，“四面边声”三句，用写实的笔法具体展示出塞外风光，而着重渲染战时的肃杀气象。“长烟落日”，画面固不失雄阔，但续以“孤城闭”三字气象顿然一变，暗示敌强我弱的不利形势。过片后“浊酒一杯”二句，写戍边将士借酒浇愁，但一杯浊酒怎能抵御万里乡关之思？久困孤城，他们早已归心似箭，然而边患未平、功业未成，还乡之计又何从谈起？“羌管悠悠”句刻画入夜景色，而融入其中的乡愁益见浓重。“人不寐”二句，直道将军与战士之感伤，彻夜无眠、鬓发染霜、泪下如霰正表现边地的荒寒和将士的劳苦，流露出师无功、白首他乡的怅恨心声。

此词慷慨悲凉，表现了词人抵御外患、报国立功的壮烈情怀。还有一点值得重视的是：范仲淹以其守边的经历首创边塞词，一扫花间派柔靡无骨的词风，为苏、辛豪放词导夫先路。

欧阳修

欧阳修(1007—1072),字永叔,号醉翁,晚号六一居士,吉州永丰(今属江西)人。宋仁宗天圣八年(1030)中进士甲科。累擢知制诰、翰林学士、历枢密副使、参知政事。神宗朝,迁兵部尚书,以太子少师致仕。卒赠太子太师,谥文忠。有《欧阳文忠公集》传世。《宋史》卷三一九有传。

朝中措

送刘仲原甫出守维扬[①]

平山阑槛倚晴空[②],山色有无中[③]。手种堂前垂柳[④],别来几度春风。　文章太守,挥毫万字,一饮千钟。行乐直须年少,尊前看取衰翁。

注释

① 刘原甫:刘敞字原甫,或作原父,宋仁宗至和三年(1056)出知扬州。② 平山:平山堂,庆历八年(1048)欧阳修为扬州郡守时所营建。 ③ 山色有无中:出自王维《汉江临泛》诗中"江流天地外,山色有无中"句。 ④ "手种"句:宋代张邦基《墨庄漫录》:"扬州蜀冈上大明寺平山堂前,欧阳文忠公手植柳一株,人谓之'欧公柳',公词所谓'手种堂前垂柳,别来几度春风'者。"

品评

宋仁宗至和元年(1054),欧公的好友刘敞知制诰,三年,出守扬州,欧公便作此词送给他。

起句"平山阑槛倚晴空,山色有无中"即给人以精神飒爽的清旷气息,既写出了平山堂倚山而立的高耸气势，也反映了作者自己疏朗旷达的胸怀。尤其“山色有无中”一句，写凭阑远眺，虽借用王维诗句，但自然贴切，与整首词意境可谓严丝合缝。“手种”二句则写对故地的思念之情。早在《世说新语》中就有桓温手抚柳树，发“树犹如此，人何以堪”之叹，相比于桓温，欧词则既深情缠绵又心境开阔。下片则转入写友人，“文章太守，挥毫万字，一饮千钟”勾勒出一个风流洒脱、才华横溢的儒官形象，可谓极尽赞美之情。“行乐”二句则是作者在饯别筵前面对知己的一段告白，亦可谓一种人生劝告，虽有点“人生易老、及时行乐”之意，但由于豪迈之气通篇流贯，词写到这里，并不令人感到低沉，反有一股苍劲郁勃之情奔泻而出。前人曾说欧词“疏隽开子野（张先）”，读过此词，更觉此评不虚。

张 昪

张昪(992—1077),字杲卿,韩城(今属陕西)人。宋真宗大中祥符八年(1015)进士,累官参知政事、枢密使,以彰信军节度使、同中书门下平章事判许州,改镇河阳。以太子太师致仕。神宗熙宁十年卒,赠司徒兼侍中,谥康节。存词二首。《宋史》卷三一八及《东都事略》有传。

离亭燕

一带江山如画,风物向秋潇洒。水浸碧天何处断,翠色冷光相射。蓼岸荻花中[①],隐映竹篱茅舍。　　天际客帆高挂,门外酒旗低迓[②]。多少六朝兴废事[③],尽入渔樵闲话。怅望倚危栏,红日无言西下。

注释

① 蓼岸荻花:指长满水草的水岸边。蓼,草名,生长在水边,花白色或浅红色,味辛辣。荻,草名,生长在水边,似芦苇,秋季开紫色花。　② 低迓(yà):低垂。　③ 六朝:东吴、东晋、宋、齐、梁、陈皆曾以建康(南京)为都城,故有六朝之说。

品评

作为一首金陵怀古词,此词写得深沉辽远,充满了对时事的隐忧。上片以"一带江山如画,风物向秋潇洒"起句,形成强烈的反衬,一面是江山如画,风景旖旎,另一面却是秋景萧瑟,充满了冷清。"水浸碧天何处断"则写出了水天一色之景,一"浸"字用得极其醒目,描写出水天相接相融之景;一"断"字则又写出词人眼界之遥远，远望天边，给人以深沉含蓄之感。接着词人眼光开始由远到近，“蓼岸荻花中，隐映竹篱茅舍”，写近处长满蓼荻花的水岸边，竹篱农舍的悠闲气息。这里，词人在眼光注视农舍的同时也为他下片的咏怀埋下伏笔。

过片“天际客帆高挂”，把笔墨荡开，眼光向远，引出下句的议论。“多少六朝兴废事，尽入渔樵闲话”，金陵作为六朝古都，在短短三百年间，经历了六个王朝的变更，其间引人深思的东西定然不少，而王朝盛衰的原因是词人最关注，也是极力想寻到答案的问题，因为，“六朝”这里对应的就是北宋江山，词人也是在为北宋王朝寻到一个万全之方。“怅望倚危栏，红日无言西下”，以景结情，这轮夕阳伴随词人缓缓而下，一个满腹心事，忧伤时事，感叹历史的士大夫形象可谓跃然纸上。

这首词的意境曾被晚清词人况周颐评为“苍凉萧远”，可以说是异代知音。此词意境深远含蓄，阔大之中充满忧思，同时布局严谨，写景抒情相融为一，确为宋代咏古词中的佳作。

王安石

王安石(1021—1086),字介甫,临川(今江西抚州市)人。宋仁宗庆历二年(1042)进士。神宗朝,拜同中书门下平章事,主持熙宁变法。加尚书左仆射、兼门下侍郎,封舒国公,改封荆国公。晚居金陵,号半山老人。卒赠太师,谥曰文。徽宗崇宁间,追封舒王。有《临川集》传世。《宋史》三二七及《东都事略》有传。

桂枝香

登临送目,正故国晚秋,天气初肃①。千里澄江似练②,翠峰如簇。归帆去棹残阳里,背西风、酒旗斜矗。彩舟云淡,星河鹭起,画图难足。　念往昔、繁华竞逐。叹门外楼头③,悲恨相续。千古凭高,对此谩嗟荣辱。六朝旧事随流水,但寒烟、芳草凝绿。至今商女,时时犹唱,后庭遗曲④。

注 释

① 肃:肃爽,指秋高气爽。 ② 澄江似练:语出南朝谢朓《晚登三山还望京邑》诗:“余霞散成绮,澄江静如练。” ③ 门外楼头:语出杜牧《台城曲》:“门外韩擒虎,楼头张丽华。” ④ 后庭:唐杜牧《泊秦淮》诗:“商女不知亡国恨,隔江犹唱后庭花。”作者借陈后主荒淫之事以讽刺当时社会。

品 评

此词上片描写金陵壮丽景色,下片则是怀古抒情,抒发浓厚的思古伤今之情。起句以“登临送目”领起全篇,“正故国晚秋,天气初肃”,以深秋之景为全词作好铺垫。“千里澄江似练,翠峰如簇”紧承上句“登临”而来,写出登楼远望之景，江水澄清如白色的绸带，远峰如翠竹丛生，淡淡几笔，已写足金陵周围的锦绣山河。“归帆去棹残阳里”则把视野向内收束，眼见夕阳西下，归帆远去，酒店门前的酒招也随风轻斜，词至此，已显出淡淡愁思。“彩舟云淡”句把上片最终收拢在一片水天交接，天人合一的和谐意境之中。下片以“念”字领起怀古之思，六朝历史给王安石最大的感触是“繁华竞逐”、“悲恨相续”，也即王朝兴衰荣辱之感。这里，王词的深沉处就不再是停留在仅仅抒发对古人的感伤上，一个“相续”，直写出这段历史绵绵不绝，重复上演悲剧。“至今商女”三句则直接点题，今之伤昔，如后之伤今，王词在这里通过“后庭遗曲”，巧妙转入对当下时局的忧伤之情，由古及今，结构缜密，全词至此如行云流水，自然紧凑。《古今词话》评此词道：“金陵怀古，诸公寄调《桂枝香》者三十余家，惟王介甫为绝唱。”此词之所以得到称赞，除了用词精巧，典故贴切外，其深沉的历史内涵和作者贯通古今的胸怀与眼光也绝非一般文人所能做到的。

苏　轼

苏轼(1036—1101),字子瞻,自号东坡居士,眉州眉山(今属四川)人。宋仁宗嘉祐二年(1057)进士。累官至礼部尚书。哲宗绍圣初,坐讪谤,安置惠州,徙昌化军(今海南儋州)。徽宗立,赦还,提举玉局观。徽宗建中靖国元年卒于常州。有《东坡词》。《宋史》卷三三八及《东都事略》有传。

江城子

猎词

老夫聊发少年狂,左牵黄,右擎苍。锦帽貂裘,千骑卷平冈。为报倾城随太守,亲射虎,看孙郎[1]。　酒酣胸胆尚开张。鬓微霜,又何妨?持节云中[2],何日遣冯唐?会挽雕弓如满月,西北望,射天狼[3]。

注释

① 孙郎:指孙权。《三国志·吴书·孙权传》中有关于孙权射虎的记载,此处以孙权自喻。　②“持节”二句:冯唐曾受汉文帝委派到云中宣布前太守魏尚复职,事见《史记·张释之冯唐列传》。　③ 天狼:天狼星,主侵掠,此处代指当时的西夏。

品评

宋神宗熙宁八年(1075),苏轼时任山东密州知州,此词即写期间一次狩猎的景况。词气豪迈,可以说是苏轼豪放词风的代表作。

“老夫聊发少年狂,左牵黄,右擎苍”,起三句即气势非凡,英气逼人。作此词时，苏轼虽还不到四十岁，却自称“老夫”，自然是因为政治上不得意，故作牢骚语。但此“老夫”毕竟未老，请看他高坐在骏马上，左边奔跑着黄犬，右臂上高举着苍鹰，其气势不亚于古今名将。“锦帽”二句写随从的士兵也个个骁勇，身穿勇士服装，一个“卷”字即写出千军万马奔腾向前的威武气势。“为报”三句则写同时围观的还有城中众多百姓，为了答谢百姓的热情，也是显示自己的勇猛，词人竟然敢于向猛虎挑战，上演了一出孙权射虎的好戏！下片“酒酣”三句则是上片人物形象的深化。正因为自己身手了得，所以心中还可以自慰：虽然自己已经头发渐白，但毕竟身骨硬朗，不是一个老朽之物。词人如此再三强调自己廉颇未老，目的何在？“持节云中，何日遣冯唐？会挽雕弓如满月，西北望，射天狼。”原来他是在渴望为国立功，浴血沙场，捍卫国家领土！

作为苏词的代表作，此词豪迈刚健，完全突破了传统词体柔媚缠绵的局限，意境开阔，真可以说是“一洗万古凡马空”。

水调歌头

丙辰中秋①，欢饮达旦，大醉。作此篇，兼怀子由②。

明月几时有？把酒问青天。不知天上宫阙，今夕是何年。我欲乘风归去，又恐琼楼玉宇③，高处不胜寒。起舞弄清影，何似在人间。　转朱阁，低绮户，照无眠。不应有恨，何事长向别时圆？人有悲欢离合，月有阴晴圆缺，此事古难全。但愿人长久，千里共婵娟④。

注释

① 丙辰中秋：指宋神宗熙宁九年(1076)，当时苏轼四十一岁。　② 子由：苏轼的弟弟，名辙，字子由。　③ 琼楼玉宇：传说中的月中宫殿。　④ 蝉娟：月里的嫦娥，这里指月亮。

品评

这首词作于宋神宗熙宁九年丙辰(1076)中秋节。当时苏轼在密州，政治上很不得意，与弟弟也已六七年不见，心情抑郁不欢。但写此词时，作品不见悲慨之情，反是声情张扬，充满旷达乐观之气。

“明月几时有，把酒问青天”，起二句问得奇特又突兀。对明月的询问实质上是对人生、对人世、对未来的询问，明月在此即代表着苏轼的种种美满梦想，包括自己的政治抱负、亲情温暖诸方面，因为在现实中不可获得，最终只能托诸明月来质疑。故紧接着的“不知”二句，则把思考的空间拉到天上，试图去到天庭寻找那个象征美好圆满的世界。“我欲乘风归去”，然而天上又充满了清寒冷瑟，看来传说中的月宫也不是作者最终的归宿。“起舞弄清影，何似在人间”，最终作者还是选择了人间，那里虽然不完美，但毕竟是他可以寻到温暖之处，而不象月宫充满了清寒。下片“转朱阁”三句写月光普照大地，也倾洒在自己这个多情人的身上，引发自己多重烦恼。月亮本是无情之物，却好像又懂得人情世故，你看它如此圆满，不正是在嘲讽自己此时的孤单吗？面对月亮的嘲讽，苏轼的回答是：“人有悲欢离合，月有阴晴圆缺，此事古难全。但愿人长久，千里共婵娟。”人间也如同月亮一样阴晴不定，难以圆满，但只要每个人心中有情，他心中的月亮就一定会长久圆满。最后的思考如此有力，它虽然是写给自己和远在他乡的弟弟，但千百年来无数人读后，心情无不为之开朗明达，无怪乎后人说“中秋词自东坡《水调歌头》一出，余词尽废”，良有因也。

定风波

三月七日，沙湖道中遇雨。雨具先去，同行皆狼狈，余独不觉。已而遂晴，故作此词。

莫听穿林打叶声，何妨吟啸且徐行。竹杖芒鞋轻胜马①，谁怕？一蓑烟雨任平生。　　料峭春风吹酒醒②，微冷，山头斜照却相迎。回首向来萧瑟处，归去，也无风雨也无晴。

注释

① 芒鞋：草鞋。　② 料峭：形容春天的寒意。

品评

全词紧扣途中遇雨这样一件生活小事，抒发作者对人生的深刻思考。

词的上片写山行遇雨的情形和自己的心境。起句“莫听穿林打叶声”写途中遇雨,雨点打在树叶上,发出声响,这对乘兴出游的人来说本是件扫兴之事,但对词人来说,却是"何妨吟啸且徐行"。吟啸,吟诗长啸。词人对突如其来的大雨是什么态度呢?词人在雨中吟哦着诗句,甚至放慢了脚步!态度洒脱之中多少又带些倔强。"竹杖芒鞋"指拄着竹杖,穿着草鞋,比起达官贵人乘着高头大马,词人不但不感到沮丧,反而更显轻快。"一蓑烟雨任平生",此中的风雨就不仅是自然风雨,更指词人饱经历练的政治风雨,无论是自然还是社会时代的风雨,词人终归一个态度:始终淡泊宁静地看待外界荣辱。

下片写雨晴后的景色和感受。"料峭春风"三句,指雨停风起,始感微凉,而山头夕阳又给词人送来些许暖意,好像特意迎接他似的。"回首向来萧瑟处",即指回望方才的遇雨之处,也是对自己平生宦海风波的感悟和反思。最终词人感知到,一个人不管外界的风雨如何,只要他有一个平淡的心境,就能化解一切。词人以"也无风雨也无晴"收束全篇,精警深刻,耐人寻味。

浣溪沙

游蕲水清泉寺[①]　寺临兰溪,溪水西流。

山下兰芽短浸溪,松间沙路净无泥。萧萧暮雨子规啼[②]。　谁道人生无再少?门前流水尚能西。休将白发唱黄鸡[③]。

注释

① 蕲水:位于黄州东南,即今湖北浠水。　② 子规:杜鹃鸟。　③ "休将"句:反用白居易《醉歌示妓人商玲珑》诗:"黄鸡催晓丑时鸣,白日催年酉时没。腰间红绶系未稳,镜里朱颜看已失。"

品评

此词是苏轼远谪黄州时抱病游清泉寺所作。上片写清泉寺的风光,下片由景生情,生发出一段对人生乐观积极的思考。

上片写游清泉寺所见幽雅景致。山下溪水潺湲,浸入水边的兰草才抽出短短嫩芽。松柏夹道的小路,经过春雨的冲刷,也已洁净一新。时值日暮,潇潇细雨中,杜鹃在幽幽啼叫着,好一幅幽美宁静的山林景致!

下片就眼前"溪水西流"之景生发感慨和议论。江水的东流不返,正如人的青春年华只有一次一样,都是不可抗拒的自然规律,这使古今无数人为之悲叹。作者面对着眼前西流的兰溪水,却产生奇异的思考:既然溪水可以西流,人为什么不可以重新拥有青春年华呢?当然,这里的人生之"再少",并非真是"返老还童",而是一种像青年人一样的乐观积极的心态。白居易那首赠歌妓的诗,充满嗟老叹衰之气。作者反用其意,认为即使到了暮年,也不应有那种"黄鸡催晓"、朱颜已失的衰颓心态,反而更应振作,重返年少时不服输的积极的人生状态。这首词,应该说是融景、情、理为一体的佳作。

西江月

春夜行蕲水中过酒家饮。酒醉,乘月至一溪桥上,解鞍曲肱少休①。及觉,已晓。乱山葱茏,不谓尘世也。书此词桥柱。

照野弥弥浅浪②,横空暧暧微霄③。障泥未解玉骢骄④,我欲醉眠芳草。　可惜一溪明月,莫教踏破琼瑶⑤。解鞍攲枕绿杨桥,杜宇一声春晓。

注释

① 曲肱:弯着胳膊作枕头。语出《论语·述而》:"饭疏食饮水,曲肱而枕之,乐在其中矣。" ② 弥弥:水盛之状。 ③ 暧暧:隐隐约约,不明貌。 ④ 障泥:垂于马腹两侧,用于遮挡尘土的东西。南朝宋刘义庆《世说新语·术解》:"王武子善解马性。尝乘一马,箸连钱障泥,前有水,终日不肯渡。王云:'此必是惜障泥。'使人解去,便径渡。"玉骢:玉花骢,泛指骏马。 ⑤ 琼瑶:指月光。

品评

此词背景,词人已在序中说明,是写于贬谪黄州期间。一个春夜,词人在蕲水边一个酒家小饮,醉后经过一座溪桥,随即下马休憩。等到酒醒之时,天已经亮了,远处乱山葱茏,近处流水淙淙,词人仿佛不是在尘世之中,于是作了这首词写在桥柱上。

起句写月光普照大地,桥下的流水轻拍水岸,在夜幕中,层层云朵轻盈地铺展在空中。“障泥未解玉骢骄”是反用《世说》中王武子典故，意指马匹似乎也和主人一样懂得吟赏风月，不愿踏过小桥，而情愿解鞍止步，憩息在月色之中。下片“可惜”二句写在明月的朗照之下，大地如同种满美玉的琼田，如此璀璨迷人，让人不忍向前踏进一步。“解鞍”二句则写天明时分，杜鹃的一声鸣叫在整个山林回荡。这一结尾，余音袅袅，令人回味无穷，生动地表现了空山月明、万籁俱寂的春晨之美。

满江红

寄鄂州朱使君①

江汉西来②，高楼下③、蒲萄深碧④。犹自带、岷峨雪浪⑤，锦江春色⑥。君是南山遗爱守⑦，我为剑外思归客⑧。对此间、风物岂无情，殷勤说。　江表传⑨，君休读。狂处士⑩，真堪惜。空洲对鹦鹉⑪，苇花萧瑟。不独笑书生争底事，曹公黄祖俱飘忽。愿使君、还赋谪仙诗⑫，追黄鹤⑬。

注释

① 朱使君：朱寿昌，字康叔，苏轼好友，时任鄂州（今湖北武昌）知州。② 江汉：长江和汉水。　③ 高楼：指武昌江边的黄鹤楼。　④ 蒲萄深碧：形容江水深绿如葡萄酒色。此句化用李白《襄阳歌》中的“遥看汉水鸭头绿，恰似葡萄初酦醅”。　⑤ 岷峨雪浪：岷山、峨眉山上的积雪，溶入长江化为波浪。　⑥ 锦江：锦江在四川，是流入长江的支流。　⑦ 南山遗爱守：朱寿昌曾知阆州，唐时阆州属山南道。《宋史·朱寿昌传》称他在阆有政绩，“蜀人至今传之”。遗爱：称颂地方官留下好的政绩。　⑧ 剑外：指四川，对于唐代首都长安来说，在剑门山之外。　⑨《江表传》：书名，记载三国时吴楚人物的史书，今不传。　⑩ 狂处士：指祢衡。《后汉书·文苑传》说他有才学兼有狂名，不为曹操所容，后被刘表的部下江夏太守黄祖所杀。处士：指不入朝为官的文人。　⑪ 空洲对鹦鹉：祢衡曾作《鹦鹉赋》，死后葬在汉阳江边沙洲上，人称鹦鹉洲。　⑫ 谪仙：指李白。人称他为谪仙人。　⑬ 黄鹤：指崔颢的《黄鹤楼》诗。李白当年游览黄鹤楼，读到崔颢诗，曾有搁笔之叹，后来他写了《登金陵凤凰台》、《鹦鹉洲》等诗，则是有意同崔颢争胜。

品评

此词是作者谪居黄州时期写给在武昌为官的朋友朱寿昌的。

词的上片先点出友人所处的地理环境，长江和汉水交汇武昌，江水碧绿如同葡萄酒色。“犹自带、岷峨云浪，锦江春色”，指长江流经蜀地，尚挟带着岷山、峨眉的积雪，包裹着锦江的春色。东坡如此花费笔墨来大力铺写武昌的江水，其目的有二：一是写出作者与朱寿昌的浓厚情谊，一是写出自己对故地的眷恋之情。“君是南山遗爱守”则指朱寿昌曾任职川蜀，而苏轼亦是蜀人，二人对蜀地山水均有深厚的感情，这也是他们友谊的基础。

下片“江表传，君休读。狂处士，真堪惜”则转入对故人的深深劝诫，这里词人在以历史上的悲剧人物祢衡为例，既是劝告朱寿昌要收敛锋芒，避开外界的打击迫害，同时也未尝不是对世道的谴责与批判。“真堪惜”的悲剧显然蕴藏着词人深深的愤慨。于是有了下二句“不独笑书生争底事，曹公黄祖俱飘忽”，词人嘲讽历史上专以迫害文人为能事的奸雄如曹操辈，花费许多力气，最终也只落得黄土一抔，一场空而已。篇末二句，苏轼转而希望朱寿昌能避开污浊官场，而在诗文场上施展才华，逍遥一生。

全篇即景抒怀，论古说今，以抒发对故人的思念为主线，将写景、怀古、抒情结合，感慨深沉，笔力横放，虽为酬答之作，却也体现了东坡词豪放的风格。

念奴娇

赤壁怀古

大江东去，浪淘尽、千古风流人物。故垒西边人道是，三国周郎赤壁[①]。乱石穿空，惊涛拍岸，卷起千堆雪。江山如画，一时多少豪杰。　遥想公瑾当年，小乔初嫁了[②]，雄姿英发。羽扇纶巾，谈笑间[③]，强虏灰飞烟灭。故国神游，多情应笑我，早生华发。人间如梦，一尊还酹江月[④]。

注释

① 周郎：周瑜，字公瑾，三国时东吴大将。 ② 小乔：周瑜的妻子，三国时期有名的美女。 ③ 纶巾：用丝帛做成的头巾。 ④ 酹：以酒浇地，以示祭奠。

品评

这首词是苏轼游览黄州赤壁矶时所作。此词一出，振聋发聩，继范仲淹等人之后，一洗“花间”以来柔腻之风，开启了词坛新风尚。词作通过对赤壁雄伟景色的描绘，展现出对历史人物景仰之情，同时亦抒发自己功业无成，年齿徒长的感伤。

上片以景入手，滚滚长江向东流逝，象征着岁月不可挽回，人的生命的有限与珍贵，从中引出自古豪杰之士无不在有限时光中积极有为，建功立业的主题。苏轼即是这样一个豪杰之士。此时的他面对赤壁古战场，浮想联翩，想起三国名将——周瑜，“故垒西边，人道是，三国周郎赤壁”，为加重对周郎丰神伟业的讴歌，词人更是花费一番浓墨重彩来渲染：“乱石穿空，惊涛拍岸，卷起千堆雪。”真可谓，人未出，气势已经喷涌而出。那插入云天的山石，汹涌澎湃的江水，以及层层堆起的如雪般的浪花，这一切正可以说是“江山如画”，自然的壮丽与英雄的伟业相互映衬，共同铸就一幅崇高伟岸的审美境界。

下片则直接进入对周瑜风采的描绘，在苏轼心目中，周瑜无疑是古来英雄人物的典型，他年轻有为，相貌堂堂，既得佳人相伴，又大破敌军，树立千秋伟业，这一切均是苏轼向往的人生境界。在大笔渲染周郎的风采后，文笔忽然一转，转向悲凉之音，“故国神游，多情应笑我，早生华发”，对比古人，苏轼难免心情沮丧，自己已年近五旬，却是待罪监管，不说功业了，连身体也日趋衰颓。想到此，词人自然发出“人间如梦，一尊还酹江月”的悲愤之音。

此词上片写景，下片抒情，景情相融，在歌颂古人英雄业绩同时，亦抒发自己仕途受挫、事业无成的悲愤之感。整首词气势逼人，如天风海雨，奔放豪迈。

临江仙

夜归临皋[1]

夜饮东坡醒复醉[2]，归来仿佛三更。家童鼻息已雷鸣。敲门都不应，倚杖听江声。　　长恨此身非我有[3]，何时忘却营营？夜阑风静縠纹平[4]。小舟从此逝，江海寄余生。

注释

① 临皋：即临皋亭，是黄州的一个水驿官亭。 ② 东坡：本为黄州的一片荒地，苏轼于此处开荒耕种，并因此自号东坡居士。 ③ 此身非我有：语出《庄子》，原意为人由天地而生，受天地支配，因而不可能得到“道”。 ④ 縠(hú)纹：绉纱似的皱纹，常用以喻水的波纹。

品评

此词亦作于苏轼谪黄州期间。全词写酒醉归家不成的生活琐事，但在苏轼笔下，此小事亦充满了哲理佳趣。

起句直接点题，交待自己饮酒的地点、时间以及酒醉的程度。“仿佛”二字直写出醉眼朦胧的神态，写得兴趣盎然。“家童鼻息已雷鸣”句写自己回来敲门，但童子已经熟睡，全然不觉，此时，词人索性信步来到江边，聆听深夜江水的潮声。写到此，一个开朗明达、洒脱不羁的文人形象已经呼之欲出。面对江水，词人又有何感？

“长恨此身非我有，何时忘却营营”句，以“恨”领头，正体现出外似旷达，实则悲慨的复杂心态：苏轼待罪黄州，面对外界不公的打击、压迫，心中自是不平怨愤，而在现实痛苦无法摆脱的情况下，只能希望学得道家无我思想，来化解心中的苦闷。尤其在面前细细流淌的江水面前，他渴望能驾舟远行，归隐江湖。这里“出世”与“入世”的矛盾极其鲜明地呈现出来。自然，我们不会相信苏轼真能如庄周一样翩然化蝶，苏轼此番话无非是一种牢骚不平之气，其实他骨子里是真正入世。这一点可以一个极其有趣的轶闻来证明：苏轼作了此词后，城中人传说他“挂冠服江边，拏舟长啸去矣。郡守徐君猷闻之惊且惧，以为州失罪人，急命驾往谒，则子瞻鼻鼾如雷，犹未兴也”(叶梦得《避暑录话》)。这才是真正的苏轼！

水调歌头

快哉亭作[①]

落日绣帘卷，亭下水连空。知君为我，新作窗户湿青红[②]。长记平山堂上[③]，攲枕江南烟雨[④]，渺渺没孤鸿。认得醉翁语[⑤]，山色有无中。 一千顷，都镜净，倒碧峰。忽然浪起，掀舞一叶白头翁。堪笑兰台公子[⑥]，未解庄生天籁[7]，刚道有雌雄[8]。一点浩然气，千里快哉风。

注释

① 快哉亭：在黄州，张偓佺所建，苏轼名之曰"快哉"。张偓佺，名怀民，苏轼好友，时谪居黄州。 ② 湿青红：新涂饰的青红油漆。湿，形容油漆未干。 ③ 平山堂：在扬州西北蜀冈上，欧阳修知扬州时所建。苏轼在写这首词前，曾经三次到平山堂。 ④ 攲枕：倚枕。 ⑤ 醉翁：欧阳修自号醉翁，其《朝中措·平山堂》词有"平山阑槛倚晴空，山色有无中"句。 ⑥ 兰台公子：指宋玉，他曾任兰台令。 ⑦ 庄生：指庄周。天籁：《庄子·齐物论》说，人籁指箫管之音，地籁是穴窍之声，天籁为天地间的风声。 ⑧ 雌雄：指宋玉在《风赋》中说世间风有"大王之雄风"与"庶人之雌风"。

品评

此词以快哉亭为线索，围绕此亭，既写了周围秀丽的美景，又抒发了对故人的怀念，以及自己悠游世间，清雄不羁的思想情感。

词的上片直接写亭的位置，"落日绣帘卷"写亭子临江而立，正可欣赏落日美景。接着写了主人建筑此亭的目的，是"知君为我新作，窗户湿青红"，语言幽默诙谐，也可看出二人情谊之深厚。写至此，词人笔墨转折，由面前亭子回忆自己的恩师——欧阳修所建造的平山堂，"长记平山堂上"，那时自己和恩师朋友在一起是何等洒脱自由，在美丽的亭堂内可以欣赏江南绵绵春雨，可以远望飘渺云间的孤鸿。整个景色可以用"山色有无中"来形容。写到这里，笔头充满了温情，在细腻的山水美景的描绘中，不难感受到苏轼对昔日美好经历的珍惜。

下片，词人笔锋再次回到现实："一千顷，都镜净，倒碧峰。"往昔不可再，现实的美景冲淡了他淡淡的忧伤之情，面对身世的浮沉、世途的坎坷，苏轼又该如何排遣？"忽然浪起"的情景正好说明了他此时的想法，人生如同这个在风雨中历练的老者，只有心态平和自然，才能历经打击而不沮丧，反而胸怀愈加坦荡，行程更加稳健。如何才能做到这样？"一点浩然气，千里快哉风"，只有内心充满浩然正气，精神境界才可提升到与天地同体，才能淡漠外界的荣辱吉凶，从而在天地间自由挥洒，仿如老翁视风浪如平地。与之相反的则是宋玉，其在《风赋》中所说世间风有"大王之雄风"与"庶人之雌风"，这种富贵贫贱、阴阳两离的情形，正是其胸中没有"浩然正气"的原因。此词在艺术上肆意洒脱，波澜起伏，虚虚实实，大起大落，纵横捭阖，极尽挥洒之能事。

八声甘州

寄参寥子[①]

有情风、万里卷潮来，无情送潮归。问钱塘江上，西兴浦口[②]，几度斜晖。不用思量今古，俯仰昔人非[③]。谁似东坡老，白首忘机[④]。　记取西湖西畔，正暮山好处，空翠烟霏。算诗人相得，如我与君稀。约他年、东还海道，愿谢公、雅志莫相违[⑤]。西州路，不应回首，为我沾衣。

注释

① 参寥子：僧人道潜，苏轼在杭州的一位好友。　② 西兴浦口：即是西兴渡，在钱塘江南岸，杭州对岸，今萧山西面。　③ 俯仰：一低头、一抬头之间，形容很短的时间。　④ 忘机：消除机巧之心，常指甘于淡泊，与世无争。　⑤“约他年”五句：《晋书·谢安传》记载，谢安为大臣，“然东山之志始末不渝，每形于言色”。出镇广陵，病危还京，过西州门时，“自以本志不遂，深自慨失”。他去世之年，其外甥羊昙一次醉中偶过西州门，追忆往事，悲伤不自胜，诵曹子建“生存华屋处，零落归山丘”诗句，恸哭而去。此处见出作者归隐之心。

品评

此词作于宋哲宗元祐六年(1091)，是作者由杭州太守离职进京前，写给好友参寥子的。参寥子作为僧人，与苏轼有深厚的情谊。这首词虽是送别之作，却写得豪气冲天，恢宏跌宕。

起句即不凡，以汹涌的钱塘江潮水的往返奔波象征人世的更迭不休，“有情”是指二人情谊深厚，“无情”则指很快就要面临分别，真是人有悲欢离合。面对分别，一般作品往往写得悲咽缠绵，但苏词却以万里潮水作比，气势就高人一头，有此开头，已然振起全篇，奠定高亢之音的基调。“问钱塘江上”是回忆二人曾经面江赏月，何等洒脱，而今虽然“俯仰昔人非”，感叹人事不谐，但苏轼最终还是以“谁似东坡老，白首忘机”来化解这份悲伤。写至此，苏轼既是在对老友表白心迹，也是在对未来表明自信，无论世事多么险恶，我还是那个心地坦荡、洒脱自由的我，而这，正是二人交情的基础，故坡老特意点出，以销老友之忧。

下片“记取西湖西畔，正暮山好处，空翠烟霏”，转入对昔日二人交往的回忆，线索仍是上承“白首忘机”而来，塑造了二人志同道合，淡泊名利，向往山林之乐的隐士形象。正因此，“算诗人相得，如我与君稀”，才顺承自然，不落空套。“约他年”句则是借用谢安、羊昙的故事，嘱托友人不要为自己担忧：自己一定不会像谢安那样不能归隐山林，使老友恸哭于西州门下。这既是在安慰老友，也是表白心迹。二人的友情至此可谓揭示无余。

黄庭坚

黄庭坚(1045—1105),字鲁直,自号山谷老人,一号涪翁,洪州分宁(今江西修水)人。宋英宗治平四年(1067)进士,为叶县尉,历秘书丞、著作郎。哲宗绍圣初贬涪州别驾,黔州安置。徽宗建中靖国初召还,知太平州。旋除名编管宜州(今属广西),去世于此。有《山谷词》传世。《宋史》卷四四四有传。

念奴娇

八月十七日,同诸甥步自永安城楼[1],过张宽夫园待月[2]。偶有名酒,因以金荷酌众客。客有孙彦立,善吹笛。援笔作乐府长短句,文不加点[3]。

断虹霁雨[4],净秋空,山染修眉新绿[5]。桂影扶疏[6],谁便道,今夕清辉不足。万里青天,姮娥何处[7],驾此一轮玉。寒光零乱,为谁遍照醽醁[8]。　年少从我追游,晚凉幽径,绕张园森木[9]。共倒金荷家万里,难得尊前相属。老子平生,江南江北,最爱临风曲。孙郎微笑[10],坐来声喷霜竹[11]。

注释

① 永安:即白帝城,在今重庆奉节县西。　② 张宽夫:作者友人,生平不详。③ 文不加点:写得很快,一挥而就,无须修改。　④ 断虹:彩虹有一部分消失,或为云所掩,故称断虹。霁雨:天晴雨歇。　⑤ 修眉:长眉。　⑥ 桂影:月宫中桂树形成的阴影。　⑦ 姮娥:即嫦娥,月宫中的仙女。汉代避文帝刘恒讳,改姮娥

为嫦娥。 ⑧ 醽醁(líng lù):美酒名。晋葛洪《抱朴子·嘉遯》:"藜藿嘉于八珍,寒泉旨于醽醁。" ⑨ 张园:张宽夫的园子。 ⑩ 孙郎:指孙彦立。 ⑪ 坐来:顿时,立刻。喷:喷发。霜竹:即寒笛,用竹管做成的笛子。

品评

此词作于作者谪居戎州(今四川宜宾)时。起句描绘了开阔壮丽的秋夜之景:雨过天晴,虹霓出现,天空如洗,远处山峦叠翠,状如修眉。笔势灵动巧妙,衬托出作者开朗与快意的情怀。"桂影"以下六句写初月东升直至皓月当头的过程,极写月色之美。其中穿插与月亮有关的神话传说,想象丰富,发问奇异,已为下片的赏月饮酒和抒情留下伏线。过片"年少从我追游"将视线由天下拉回人间,具体交待赏月的人物、地点和周围环境,点出自己正在友人园中与外甥辈欢聚游乐。"共倒"二句明写良辰美景、好友相聚的难得,暗里已逗出自己远谪异地的牢骚不平。"老子平生"六句转写在不利的生存环境之下,自己心境旷达,反而在异地友人的音乐中寻到安慰,这些句子豪迈健朗,充满了兀傲不平之气,表现出词人在艰苦环境中积极乐观的精神。

据说黄庭坚对这首词非常满意,并说:"或以为可继东坡《赤壁》之歌。"此词沉郁孤傲与达观豪迈交织在一起,可以说不让苏轼"大江东去"在前。

水调歌头

游览

瑶草一何碧[①],春入武陵溪[②]。溪上桃花无数,花上有黄鹂。我欲穿花寻路,直入白云深处,浩气展虹霓[③]。只恐花深里,红露湿人衣[④]。 坐玉石,攲玉枕,拂金徽[⑤]。谪仙何处,无人伴我白螺杯。我为灵芝仙草,不为朱唇丹脸,长啸亦何为。醉舞下山去,明月逐人归[⑥]。

注释

① 瑶草:仙草,即山中的香草。 ② 武陵溪:陶渊明《桃花源记》:"晋太元中,武陵人捕鱼为业,缘溪行,忘路之远近,忽逢桃花林。"此处用此典故。 ③ "我欲"三句:元李治《敬斋古今黈》卷八:"东坡《水调歌头》:'我欲乘风归去,

只恐琼楼玉宇，高处不胜寒。起舞弄清影，何似在人间？'一时词手，多用此格。如鲁直云：'我欲穿花寻路，直入白云深处，浩气展虹霓。只恐花深里，红露湿人衣。'盖效坡语也。" ④"红露"句：出自唐王维《山中》诗："山路元无雨，空翠湿人衣。" ⑤ 金徽：用金属镶制的琴面音位标识，借指琴。唐黄滔《塞上》诗："金徽互鸣咽，玉笛自凄清。" ⑥"醉舞"二句：李白《下终南山过斛斯山人宿置酒》诗："暮从碧山下，山月随人归。"

品评

此游春之作当作于贬谪期间。自从陶潜《桃花源记》一出后，桃源无疑成为后人幻想的人间仙境，尤其是传统文人在遭遇不幸时，总是幻想能归隐于此。所以起二句"瑶草一何碧，春入武陵溪"把当下的踏春给美化乃至梦幻化了。"溪上"五句则写自己徜徉在山林中，有桃花相伴，黄鹂鸣翠，白云相随，彩虹高挂。此情此景何等惬意。但且慢，词人最后反言"只恐花深里，红露湿人衣"。此句颇似其师东坡"我欲乘风归去，又恐琼楼玉宇，高处不胜寒"的神味，看来这种出世与入世的矛盾在黄庭坚身上是同样存在的。"坐玉石"三句写清高孤傲之态，无论是玉石、还是玉枕、金徽，这些物件已全是世外之人的知己，孤寂之中的作者当然要引来相慰，于是"谪仙何处"的询问顺理推出，惟一能伴自己饮酒赏月的只有谪仙李白，二人都是逐客，且又铮铮傲骨，确可称为异代知音。然而仙人不在，"无人伴我白螺杯"，于是词人只有独自"醉舞下山去，明月逐人归"，充分体现出一种放浪形骸，蔑视名利的名士风度。

这首飘逸超旷的豪放之作，上阕写幽雅清纯的世外桃源般的美景，下阕写身临其境，徜徉其间的狂态逸情和词人放浪形骸的风姿。全词写景寓情、寄托理想，融现实与梦幻、桃源仙境和谪仙风情于一体，别具特色。

定风波

次高左藏使君韵[①]

万里黔中一漏天[②]，屋居终日似乘船[③]。及至重阳天也霁，催醉。鬼门关外蜀江前[④]。 莫笑老翁犹气岸[⑤]，君看，几人黄菊上华颠[⑥]。戏马台南追两谢[⑦]，驰射，风流犹拍古人肩。

注释

① 左藏使君：即左藏库使，官名。 ② 漏天：指阴雨连绵。 ③“屋居”句：指遍地是水，人只能困居室内，不能外出活动，像乘船一样。 ④ 鬼门关：即石门关，在今重庆奉节县东，两山相夹如蜀地之门户，地势凶险。 ⑤ 岸：高傲，严正不阿。 ⑥ 华颠：白头。 ⑦ 戏马台：传为项羽练兵之所，地在徐州。东晋时刘裕北征过此，重阳登台大宴佐僚，赋诗为乐，谢瞻与谢灵运各赋诗一首。

品评

词人贬黜在黔州荒野之地，生存环境恶劣，但他心胸开阔，能昂首向上，体现出传统文人穷而益坚的坚毅品格。首句写黔州地理环境之糟糕，连日阴雨，房屋简陋，作者自然苦不堪言，于是“一漏天”、“似乘船”写足了自己蜗居陋室，在风雨中苦苦支撑的窘境。偶而雨过天晴，终于可以在白日下大醉一场，“催醉。鬼门关外蜀江前”，文人大醉情形常见，但在“鬼门关外”能依然洒脱不羁、豪气不除的文人则少之又少。对此，词人自己十分得意，在他眼中，自己无论是才华还是胸襟气度，完全可以和“二谢”相高下。此词写得刚健豪爽，读来虎虎有生气，一洗传统贬谪文学哀苦衰颓之习。

虞美人

宜州见梅作①

天涯也有江南信②，梅破知春近。夜阑风细得香迟，不道晓来开遍、向南枝。 玉台弄粉花应妒③，飘到眉心住。平生个里愿杯深，去国十年老尽、少年心④。

注释

① 宜州：今属广西。 ② 江南信：用陆凯《赠范晔》诗：“折梅逢驿使，寄与陇头人。江南无所有，聊赠一枝春。” ③ 玉台：玉镜台，古代妇女梳妆时所用。此处用寿阳公主梅花妆的典故，事见《太平御览·时序部》引《杂五行书》曰：“宋武帝女寿阳公主，人日卧于含章殿檐下。梅花落公主额上，成五出花，拂之不去……今梅花妆是也。” ④ 去国十年：词人自宋哲宗绍圣元年(1094)被贬出

京，至此时整十年。

品评

此词写得悲慨惆怅，充满无限伤感。首句“天涯也有江南信”既欣喜又酸楚。自己贬置西南边远之所，这里地理环境迥然异于中原，所以突然看到故土的梅花也在此盛开，心境也不由为之豁然开朗，充满惊喜。“梅破知春近”，这里的“春”不言而喻有象征未来必将好转，重回故国的希望，仿佛作者的美好希望也伴随这朵梅花的盛开悄然滋长。“夜阑风细得香迟”则写梅花盛开时的美丽，这种美丽缘于一个“香”字，它正是词人自己高洁品格的对应物，“向南枝”的描写正是物我相融，互相怜惜的体现。过片仍是以花喻人，“玉台弄粉花应妒”化用寿阳公主典故，暗地里回忆自己早年在故国的风流洒脱生活，这里作者由梅花的美联想到自己青春时的自由率性。回忆虽然温暖明亮，但毕竟是短暂的，眼前的现实却是“去国十年老尽、少年心”，今昔前后对比，作者怎能不唏嘘感伤？又怎能不“平生个里愿杯深”？

这首词苍凉沉郁，用语深挚，情怀曲深，真实地描写出了一个孤高清傲的老者形象。

晁补之

晁补之(1053—1110),字无咎,济州巨野(今属山东)人。宋神宗元丰二年(1079)举进士。哲宗元祐元年(1086)以试太学正召试,授秘书省正字,擢著作郎。绍圣末坐党籍,谪监信州酒税。徽宗大观四年(1110)知泗州。后回家隐居。有《鸡肋集》、《琴趣外篇》。《宋史》卷四四四及《东都事略》有传。

摸鱼儿

东皋寓居

买陂塘①、旋栽杨柳,依稀淮岸江浦。东皋嘉雨新痕涨②,沙觜鹭来鸥聚。堪爱处。最好是、一川夜月光流渚③。无人独舞。任翠幄张天④,柔茵藉地,酒尽未能去。　　青绫被,莫忆金闺故步⑤。儒冠曾把身误。弓刀千骑成何事,荒了邵平瓜圃⑥。君试觑。满青镜、星星鬓影今如许。功名浪语。便似得班超⑦,封侯万里,归计恐迟暮。

注释

① 陂塘:池塘。 ② 嘉雨:好雨。 ③ 渚:水中的小块陆地。 ④ 翠幄:指树荫浓密得像帐幕。 ⑤ 金闺:即金马门,汉武帝时学士在金马门待诏,此处指过去做官的生活。 ⑥ 邵平瓜圃:《史记·萧相国世家》:"邵平者,故秦东陵侯。秦破,为布衣,贫,种瓜于长安城东。瓜美,故世俗谓之'东陵瓜'。" ⑦ 班超:据《后汉书·班超传》记载,班超少有大志,曾投笔叹息说:"大丈夫应该像傅介子、张骞那样到异域去立功,以取封侯,怎么能老是泡在笔墨纸砚间呢?"后来

在西域建立大功,被封为定远侯。

品评

晁补之是“苏门四学士”之一,因党祸遭贬退,便在故土东皋修葺了“归来园”,过起隐居的生活。此词叙述其买地栽柳、修建园林之事,夸赏东皋风光秀美和田园生活的安逸恬静,进而抒写对官场生活的厌倦。

上片写景,写园中雨后沙嘴、川渚月夜、铺天绿荫、柔曼草地等诸多景致,字里行间流露出欣喜自得之情,笔调轻快闲雅。下片转而抒情,“儒冠曾把身误”出自杜甫“纨绔不饿死,儒冠多误身”诗句。邵平秦时封东陵侯,秦亡后隐居长安种瓜,瓜有五色,称“东陵瓜”。作者接连用典,是借此发牢骚,说读书做官是耽误美好的人生,就像东汉名将班超,虽然建功封侯,可是从西域回到京城洛阳时,已是古稀之年,不久辞世。人生如此,又有什么意思呢?

晁补之曾求知于苏轼,颇得其旷达豁朗风神。此词全用赋体,写景抒情均豪放自如,辞气充沛。清人刘熙载评论说:“无咎词堂庑颇大,人知稼轩《摸鱼儿》‘更能消几番风雨’,为后来名家所竞效。其实辛词所本,即无咎《摸鱼儿》‘买陂塘旋栽杨柳’之波澜也。”(《艺概·词曲概》)

洞仙歌

泗州中秋作

青烟幂处,碧海飞金镜[①]。永夜闲阶卧桂影。露凉时、零乱多少寒螀[②],神京远,惟有蓝桥路近[③]。　　水晶帘不下[④],云母屏开[⑤],冷浸佳人淡脂粉。待都将许多明,付与金尊,投晓共、流霞倾尽。更携取、胡床上南楼,看玉做人间,素秋千顷。

注释

① 金镜:月亮。　② 寒螀(jiāng):秋天里鸣叫的一种蝉。　③ 蓝桥:在陕西蓝田东南蓝溪上,传说有仙窟,唐秀才裴航在此与仙女云英相遇并结为夫妇。④ 水晶帘不下:此句出自李白《玉阶怨》诗:“却下水晶帘”。　⑤ 云母屏:一种花岗石屏风。

品评

此词是晁补之在宋徽宗大观四年(1110)知泗州(今江苏泗洪东南)时所作。起句切题,写中秋之夜明月初升之景。词人仰视夜空,一轮月亮已然从云雾迷蒙处飞跃而出,斑驳桂影倾洒在空寂的台阶上,此时秋露寒凉,蟋蟀的声音也萧索零落。景色的清寂反映出作者内心的落寞,作者任职于远离京城的泗洪,“神京远”,升迁渺茫,只好借饮酒赏月来排遣心中烦闷。下片写屋内主人的心情,水晶帘、云母屏风折射出幽冷的月光,与妆容素淡的佳人相为映衬,营造了一种冰清玉洁的超俗境界。“更携取、胡床上南楼”用东晋庾亮南楼踞胡床赏月的典故,写作者欲忘却尘事,通过领略素洁清旷的无边月色来洗涤自己尘俗之心。全篇从月亮初升写到月过中天,景色变幻层次井然,情感抒发洒脱无痕,意境清幽寂旷。黄蓼园评曰:“冰魂玉魄,气象万千。”(《蓼园词选》)

张舜民

张舜民，字芸叟，自号浮休居士，又号矴斋，邠州（今陕西彬县）人。宋英宗治平二年（1065）进士。哲宗元祐元年（1086）召试，授秘阁校理。二年，监察御史。徽宗朝，为吏部侍郎，以龙图阁待制知同州。坐元祐党，贬商州，卒。有《画墁集》。《宋史》卷三四七及《东都事略》有传。

卖花声

题岳阳楼

木叶下君山[1]，空水漫漫。十分斟酒敛芳颜[2]。不是渭城西去客，休唱阳关[3]。　　醉袖抚危栏，天淡云闲。何人此路得生还？回首夕阳红尽处，应是长安。

注释

① 君山：在洞庭湖中，与岳阳楼相对，相传湘君曾游于此，故又名湘山。② 敛芳颜：收敛笑容。　③“不是”二句：化用王维《渭城曲》：“劝君更尽一杯酒，西出阳关无故人。”

品评

宋神宗元丰六年（1083），张舜民被贬往郴州（今属湖南），途经岳阳楼时，写下这首感怀词。

岳阳楼是遭贬谪官员通往西南的必经之地，“北通巫峡，南极潇湘，迁客骚人，多会于此”（范仲淹《岳阳楼记》）。作者此时登临名胜，自然感触良多。从楼上俯眺洞庭湖中的君山，秋深叶落，水天寥阔，景象萧疏。屈原《九歌·湘夫人》“袅袅兮秋风，洞庭波兮木叶下”的意境被用于此，婉述被贬而失意的心情。接着写席间演唱的《阳关三叠》撩起迁谪之人的千端乡愁，不忍卒听，因而他凄然阻止歌女的演唱。

酒后抚栏远望，对前程的怅惘、对故乡的依恋都曲折蕴藏于天淡云闲之间、夕阳红尽之处。白居易《题岳阳楼》“春岸绿时连梦泽，夕阳红处是长安”的语意被化用得自然浑成。宋时周煇评曰：“岂无去国流离之思，殊觉婉而不伤也。”(《清波杂志》)正道出这首词悲怆含蓄、空灵蕴藉、深挚婉曲的特点。

晁端礼

晁端礼(1046—1113),字次膺,其先为澶州清丰(今属河南)人,家彭门。宋神宗熙宁六年(1073)进士。两为县令,忤上官,坐保甲事中以危法,废徙。徽宗政和三年(1113)以承事郎为大晟府协律,卒于官。词有《闲适集》,不传。今传者有《闲斋琴趣外篇》六卷。

绿头鸭

咏月

晚云收,淡天一片琉璃[1]。烂银盘[2]、来从海底,皓色千里澄辉。莹无尘、素娥淡伫[3],静可数、丹桂参差。玉露初零[4],金风未凛[5],一年无似此佳时。露坐久,疏萤时度,乌鹊正南飞[6]。瑶台冷,栏干凭暖,欲下迟迟。　　念佳人、音尘别后,对此应解相思。最关情、漏声正永,暗断肠、花影偷移。料得来宵,清光未减,阴晴天气又争知。共凝恋、如今别后,还是来年期。人强健,清尊素影,长愿相随。

注释

① 琉璃:形容天气清朗。　② 烂银盘:形容月亮似明亮的银盘。唐代卢仝有"烂银盘从海底出"诗。　③ 素娥:嫦娥。　④ 玉露:白露。　⑤ 金风:秋风。秋季在五行中属金,故古人称秋风为金风。　⑥ "乌鹊"句:曹操诗有"月明星稀,乌鹊南飞"之句。

品评

晁端礼这首中秋赏月之作,意境阔大开朗,可谓不让东坡《水调歌头》。

“晚云收，淡天一片琉璃”，出语豪迈，将十五之月的皎洁澄澈、流光溢彩的绚烂形象呼之目前。“莹无尘、素娥淡伫”，视野从海上上升到天空，进一步渲染月亮澄静之美。月中嫦娥是素雅的，桂树也高洁无尘，整个画面可谓仙气飘飘，不染一点尘俗。“一年无似此佳时”一语既是对上几句的总结，亦逗出下面怀人的主题。“乌鹊正南飞”正指佳人远离，“欲下迟迟”则是因思人而不愿过早离开高楼，正写出相思之苦。过片“念佳人”则由赏月开始转到所思之佳人，值此良夜，她亦如我这般为相思所苦吧。“最关情、漏声正永”刻画出佳人在花影下徘徊不定，暗处憔悴形象，佳人思苦无疑正是词人自己满腔思念、为情所苦的体现。“人强健，清尊素影，长愿相随。”词的结句把这段哀苦心情化为深挚之语，以互相嘱托、安慰作结，愈显深婉曲折。

宋人胡仔《苕溪渔隐丛话》对本词给予高度评价：“中秋词，自东坡《水调歌头》一出，余词尽废，然其后又岂无佳词？如晁次膺《绿头鸭》一词殊清婉，但樽俎间歌喉以其篇长惮唱，故湮没无闻焉。”此词佳处正在于清婉和畅，出语高雅，短处则是抒情处有失散漫冗长，难免为歌者“惮唱”。

李 廌

李廌(1059—1109),字方叔,号济南,华州(今陕西华县)人。曾受知于苏轼,为"苏门六君子"之一。廌有才,然屡试不第,苏轼荐之于朝亦未果,遂绝意仕进,定居长社(今河南长葛东)。有《济南集》。《宋史》卷四四四及《东都事略》有传。

虞美人

玉阑干外清江浦,渺渺天涯雨[①]。好风如扇雨如帘[②],时见岸花汀草、涨痕添[③]。　青林枕上关山路[④],卧想乘鸾处。碧芜千里信悠悠[⑤],惟有霎时凉梦、到南州。

注 释

①"玉阑"二句:是说玉石栏干外面就是江水之滨,由此远望水天相连之处,雨意很浓。　②"好风"句:写清风过处,带来帘幕一样的密雨。　③"时见"句:指江水逐渐上涨,漫过了岸边花草。　④ 青林:青色树林,多指清静避世之处。北周庾信《任洛州酬薛文学见赠别》诗:"白石仙人芋,青林隐士松。"　⑤"碧芜"二句:是说碧草连天,情思无限,只能在梦中飞到南方去与友人互叙别情。

品 评

此词写初夏的雨景以及由此而产生的念远怀人之情。

上片写雨景,词人善于抓住雨中景物的特征。如"清江浦"写视野之阔,便于远眺;"渺渺"、"天涯"写雨区之广;"如扇"喻风之凉;"如帘"喻雨之密;"时见岸花汀草涨痕添"表明词人神情之专注,观察之细致。其中,"好风"两句,比喻新奇,为人所称道。《蕙风词话》赞曰:“春夏之交,近水楼台,确有此景。‘好风’句绝新,似乎未经人道。”

下片写词人独卧枕上,游目骋怀时的怀人之情。李廌向与苏轼、黄庭坚、秦观等交好,是“苏门六君子”之一。当时诸友或死或贬,不能再像以前那样相聚谈论,面对潇潇雨景,词人怎不浮想连翩?他幻想“乘鸾”,跨越关山,“飞梦南州”与友人相见。无奈关山阻隔,怎不叫人黯然神伤?结末两句,写所忆之人、所忆之事,却不着一实语,清疏潇洒,引人遐想。《蕙风词话》称道其“尤极淡远清疏之致”。

贺　铸

贺铸(1052—1125),字方回,卫州(今河南汲县)人。为人豪侠尚气,喜谈论当世事。早年曾任武职,后转文官。宋哲宗元祐中,通判泗州(今安徽泗县),又倅太平州(今安徽当涂)。后退居苏州,筑室于横塘,自号庆湖遗老。其词集名《东山词》。《宋史》卷四四三及《东都事略》有传。宋人叶梦得亦撰有《贺铸传》。

行路难

缚虎手[①],悬河口[②],车如鸡栖马如狗[③]。白纶巾[④],扑黄尘,不知我辈,可是蓬蒿人[⑤]?衰兰送客咸阳道,天若有情天亦老[⑥]。作雷颠,不论钱[⑦],谁问旗亭,美酒斗十千[⑧]?　酌大斗,更为寿,青鬓常青古无有[⑨]。笑嫣然[⑩],舞翩然,当垆秦女,十五语如弦[⑪]。遗音能记秋风曲[⑫],事去千年犹恨促[⑬]。揽流光,系扶桑[⑭],争奈愁来,一日却为长。

注释

① 缚虎手:喻杰出的武勇。贺铸《留别龟山白禅老兼简杨居士介》诗云:"刚肠愤激际,赤手搏豺虎。" ② 悬河口:即口若悬河。《世说新语·赏誉》:"郭子玄语议如悬河写水,注而不竭。" ③"车如"句:车子像鸡舍,马像狗,喻生活贫简,处境不得意。 ④ 白纶巾:常用以象征处士、隐者之高洁。白居易《访陈二》诗:"晓垂朱绶带,晚着白纶巾。出去为朝客,归来是野人。" ⑤"不知"句:李白《南陵别儿童入京》诗:"仰天大笑出门去,我辈岂是蓬蒿人。" ⑥"衰兰"二句:李贺《金铜仙人辞汉歌》成句。 ⑦"作雷颠"二句:《后汉书·独行列传》:"(雷

义)尝济人死罪,罪者后以金二斤谢之,义不受。金主伺义不在,默投金于承尘上。后葺理屋宇,乃得之。金主已死,无所复还,义乃以付县曹。"又云:"义归,举茂才,让于陈重。刺史不听,义遂阳狂被发走,不应命。" ⑧"谁问"句:《文选》张衡《西京赋》注:"旗亭,市楼也。"曹植《名都篇》云:"归来宴平乐,美酒斗十千。" ⑨"青鬓"句:唐韩琮《春愁》诗:"金乌长飞玉兔走,青鬓长青古无有。" ⑩笑嫣然:战国宋玉《登徒子好色赋》云:"嫣然一笑,惑阳城,迷下蔡。" ⑪"当垆"句:汉辛延年《羽林郎》诗:"胡姬年十五,春日独当垆。"语如弦:说话的声音像弹丝弦一样好听。韩琮《春愁》诗:"秦娥十六语如弦。" ⑫《秋风曲》:即汉武帝《秋风辞》,有云:"欢乐极兮哀情多,少壮几时兮奈老何!" ⑬"事去"句:唐李益《同崔邠登鹳鹊楼》诗:"事去千年犹恨速。" ⑭流光:此处指月。曹植《七哀诗》:"明月照高楼,流光正徘徊。"扶桑:此处指日。

品评

此词语意豪迈,音色激昂,充满兀傲伟岸之气,可谓发不平之鸣的杰作。

"缚虎手,悬河口"说明词人的身份:是个上阵能擒贼,入朝能持政的英才。这并非是词人自夸,贺铸初为武官,曾当过地方巡检;四十岁后改当文官,曾任地方通判,是个文武全才之人,但由于他生性耿直,不阿权贵,致使其终身未得大显,"车如鸡栖马如狗"则写尽自己的潦倒不堪。"白纶巾,扑黄尘"、"天若有情天亦老"诸句连续化用李白、李贺的诗,正是其一腔郁闷的倾洒。"作雷颠,不论钱",把一个失意无聊,只可借酒浇愁的烈士形象写得慷慨淋漓,性情毕现。下片转写愁情之深与自我消解之法,无论是"酌大斗",还是"笑嫣然",美酒佳人的陪伴也换不来"十五语如弦",将性情的耿直与失意之痛紧密联系,进一步深化愁的境界。最后词人只能寄希望于"揽流光,系扶桑",虽知空幻不可实现,但也可打发"争奈愁来,一日却为长"的痛苦。此词用典较多,正是借古人酒杯以浇自己胸中块磊的需要,故典虽多但不繁冗,更不晦涩,正是典由情发,故能达到如盐入水,不落痕迹之妙。同时大量运用参差不齐的长短句,来配合自己抑郁之情的抒发,读来节奏感强烈,具有音韵顿挫之美。

台城游

南国本潇洒,六代浸豪奢[①]。台城游冶,襞笺能赋属宫娃[②]。云观登临清夏，璧月留连长夜，吟醉送年华。回首飞鸳瓦，却羡井中蛙[③]。 访乌衣，成白社[④]，不容车。旧时王谢，堂前双燕过谁家[⑤]？楼外河横斗挂[⑥]，淮上潮平霜下，樯影落寒沙。商女篷窗罅，犹唱后庭花[⑦]。

注释

①“南国”二句：谓建都金陵的江南六朝（三国吴、东晋、宋、齐、梁、陈）十分豪奢。刘禹锡《金陵五题》其三：“台城六代竞豪华。” ②“台城”句：写陈后主叔宝奢侈享乐、荒废朝政的情景。据《南史·陈后主本纪》载，当年隋兵压境，陈后主迷恋酒色，后宫美人众多，常令张贵妃、孔贵人等八人夹坐，江总、孔范等十人预宴，“令八妇人襞彩笺，制五言诗，十客一时继和，迟则罚酒”。并制艳曲《玉树后庭花》、《临春乐》等。台城，在今南京市鸡鸣山南，为皇宫所在地。襞(bì)笺，叠笺。云观，齐云观，陈宫名。 ③“回首”二句：谓隋军入京烧起栋折瓦飞的大火，陈后主逃入井中被生俘。杜牧《台城曲》有“谁怜容足地，却羡井中蛙”之句。 ④“访乌衣”三句：谓豪族旧地荒废。乌衣，乌衣巷，晋南渡时王、谢诸望族聚居之地，在今南京秦淮河附近。白社，贫民所居。 ⑤“旧时”二句：化用刘禹锡《乌衣巷》诗：“旧时王谢堂前燕，飞入寻常百姓家。” ⑥“楼外”句：指天宇银河横空、北斗斜挂。 ⑦“商女”二句：杜牧《夜泊秦淮》诗：“商女不知亡国恨，隔江犹唱后庭花。”

品评

此是怀古咏史词。咏叹的是南朝陈叔宝因淫逸骄奢导致身败名辱的史实，声情激昂，激情与理性相交织，演唱了一曲高亢的历史咏叹调。

“南国本潇洒，六代浸豪奢”，首句即充满历史批判性，作者把南朝灭亡的原因归为秀丽的山水容易滋生淫奢之心，而六朝统治阶层一味纵欲享乐，最终导致了南朝六代均短命弱小。下面则以“豪奢”为中心，以陈后主为例证来说明六朝兴亡的缘由。历数陈后主罪证主要是荒淫奢侈，荒淫体现在他沉迷于酒色，不问政事，后宫佳丽千人，并且“常使张贵妃、孔贵人等八人夹坐，江总、孔范等十人预宴，号曰‘狎客’”，这些人整日在一起荒淫嬉戏，败坏朝政。奢侈则体现在他搜刮民脂，营结绮、临春、望仙三座高达数十丈的楼阁，偎红倚翠，酣饮消暑。这样造成了怎样的结果呢？“回首飞鸳瓦，却羡井中蛙”，史载城破之后，陈后主带着张、孔二妃躲在宫中一口枯井中，最后被隋军以投石相胁，不得不出来投降。所谓"却羡井中蛙"，无疑是讥讽陈后主落得个连井底之蛙也不如的地步。

下片"访乌衣，成白社，不容车"，由历史回到现实，昔日繁华热闹的豪贵之家如今已是车道狭窄，门可罗雀，成为一贫民窟矣。而最可悲的是这段历史还在不断重演，后来统治阶层仍然重蹈旧辙，"商女篷窗罅，犹唱后庭花"，词人写至此，戛然而止，留下了供人思索回味的余地。

伴云来

烟络横林[1]，山沉远照，逦迤黄昏钟鼓[2]。烛映帘栊[3]，蛩催机杼[4]，共苦清秋风露。不眠思妇，齐应和、几声砧杵[5]。惊动天涯倦宦，骎骎岁华行暮[6]。　当年酒狂自负。谓东君[7]、以春相付。流浪征骖北道[8]，客樯南浦[9]。幽恨无人晤语。赖明月、曾知旧游处。好伴云来，还将梦去。

注释

① 络：笼照。 ② 逦迤：延续。 ③ 帘栊：窗帘。 ④ 蛩催：蟋蟀鸣叫。⑤ 砧杵：捣衣石和棒槌，指浣洗。《子夜四时歌·秋歌》："佳人理寒服，万结砧杵劳。" ⑥ 骎骎：马奔驰的样子，此用以比喻迅速。 ⑦ 东君：司春之神。⑧ 征骖：旅人远行的车。 ⑨ 南浦：泛指西南的水边，多指送别之处。江淹《别赋》："送君南浦，伤如之何。"

品评

这首羁旅行役之词写得豪中蕴悲，融遒劲与悲婉于一体。首句描写旅客之所见所感：正是夕阳西下时分，远处山林被暮烟笼罩，淡淡日光透过树木洒在旅人的身上，此时远处传来阵阵钟鼓之音更平添了旅途萧瑟之感。"烛映"二句则写词人住宿旅店之景，店内烛光朦胧，蛩声凄苦之音不断，种种荒凉之景让词人尤显不堪。这种情感最终在思妇的砧杵声中达到高潮，"骎骎岁华行暮"，眼见一年将过，而自己在这种奔波中又是徒增白发，虚度一岁，自己一生到底何为？下片则由今忆昔，视线拉回过去，回忆自己一生以酒狂自负，"谓东君、以春相付"，正是年青时豪情满怀，对命运之神抱以期望，但谁料到，"流浪征骖北道，客樯南浦”，自己就在这北征南渡中白白消耗时光，只落得“幽恨无人晤语”的孤寂无聊境地。结尾“赖明月”三句，则渴望远方的知己能了解自己的衷肠，伴随明月、白云，在梦中来到自己身边，再随梦而去。

此词以健笔写柔情，抒写了羁旅怀人之悲。全篇辞采缠绵而又壮丽，曾被著名词学家朱祖谋评为“横空盘硬语”。

六州歌头

少年侠气，交结五都雄①。肝胆洞，毛发耸②，立谈中，死生同。一诺千金重③，推翘勇④，矜豪纵，轻盖拥⑤，联飞鞚⑥，斗城东⑦。轰饮酒垆，春色浮寒瓮⑧，吸海垂虹⑨。闲呼鹰嗾犬，白羽摘雕弓⑩。狡穴俄空⑪，乐匆匆。　似黄粱梦，辞丹凤，明月共，漾孤篷。官冗从⑫，怀倥偬，落尘笼，簿书丛。鹖弁如云众⑬，供粗用，忽奇功。笳鼓动，渔阳弄⑭，思悲翁。不请长缨，系取天骄种⑮，剑吼西风。恨登山临水，手寄七弦桐，目送归鸿⑯。

注释

① 五都：汉代以洛阳、邯郸、临淄、宛、成都为五都。唐代以长安、洛阳、凤翔、江陵、太原为五都。这里泛指北宋东京汴梁、西京洛阳、南京应天府、北京大名府等都市。此处语本唐代李益《从军有苦乐行》诗：“侠气五都少。” ② 毛发耸：形容易冲动。相传荆轲易水送别时，歌罢，“士皆瞋目，发尽上指冠”。 ③“一诺”句：重诺言。《史记·季布列传》：“季布者，楚人也，为气任侠……楚人谚曰：‘得黄金百斤，不如季布一诺。’” ④ 翘勇：勇敢。 ⑤ 轻盖拥：车马随从很多。盖，车盖，代指车子。 ⑥ 飞鞚(kòng)：南朝宋鲍照《拟古》诗：“幽并重骑射，少年好驰逐。……兽肥春草短，飞鞚越平陆。”鞚，马勒。 ⑦ 斗城：《三辅黄图》卷一：“(长安)城南为南斗形，北为北斗形，至今人呼汉旧京为‘斗城’是也。”此指北宋都城汴京。 ⑧“春色”句：酒缸里浮现出诱人的春色(写酒徒垂涎的心理)。 ⑨ 吸海垂虹：像长鲸那样大喝，像垂虹那样长饮。杜甫《饮中八仙歌》：“饮如长鲸吸白川。” ⑩ 嗾犬：指使狗时所发出的声音。白羽：箭名。雕弓：弓背上雕花的弓。 ⑪ 狡穴：《战国策·齐策》：“狡兔有三窟。” ⑫ 官冗从：指为散职从官。贺铸曾为右班殿直、西头供奉，皆属侍卫武官，故云。 ⑬“鹖

弁”句：鹖弁，指武士之冠。此处指许多武职人员，都只做些粗俗无意义的事，而没有建功立业的机会。 ⑭“笳鼓动”二句：借安禄山占据渔阳起兵叛唐事，指当时北方少数民族军事集团侵扰北宋。 ⑮“不请长缨”三句：是说不能为国家抗击敌人，宝剑也感到不平，在西风里怒吼起来。请缨，用终军的故事。《汉书·终军传》：“军自请‘愿受长缨，必致南越王而致之阙下’。”天骄种：匈奴单于曾自称“天之骄子”，见《汉书·匈奴传》。此借指当时北方少数民族割据政权的头目。 ⑯目送归鸿：晋嵇康《赠秀才入军》诗：“目送征鸿，手挥五弦。”

品评

这首词是作者自我形象的写照。上片写词人少年时期崇武任侠，交结豪客，重然诺，轻死生，使酒任性，以骑射为乐，过着豪放不羁的生活。经过浓墨重彩的刻画，一个少年英雄的形象跃然纸上。程俱在《贺方回诗序》里说贺铸“少时，驰马走狗，饮酒如长鲸”，“仪观甚伟，如羽人剑客”。可见这少年侠客的形象其实就是词人的自我画像。过片“似黄粱梦”一句，将上片的赏心乐事连同那兴高采烈的气氛收束殆尽，骤然转入对羁宦沉沦的现实生活的描述。词人由于官职卑微，仕途失意，虽有为国效力的凌云壮志，然而请缨无路，报国无门，只能把满腔的报国豪情淹没于庸俗琐碎的官场应酬之中，心情极其郁闷。“不请长缨”以下，感情激越，如龙吟虎啸，表现了词人强烈的爱国情感和请缨无路、报国无门的愤慨。夏敬观评此词“雄姿壮采，不可一世”(《手批东山词》)；俞陛云赞此词“雄健激昂，为集中希有之作”(《唐五代两宋词选释》)，皆是至评。

天门谣

牛渚天门险①，限南北、七雄豪占②。清雾敛，与闲人登览。　待月上潮，平波滟滟③。塞管轻吹新阿滥④。风满槛，历历数、西州更点⑤。

注释

① 牛渚：牛渚山，在今安徽当涂县北三十五里。山脚突入长江的部分即采石矶。天门：天门山，在当涂县西南三十里，因博望、梁山东西隔江，相对如门，故云。 ② 七雄：谓吴、东晋、宋、齐、梁、陈、南唐。此七代皆以长江为天险，与北

方对峙。 ③“待月”二句：用唐张若虚《春江花月夜》诗：“春江潮水连海平，海上明月共潮生。滟滟随波千万里……” ④阿滥：即《阿滥堆》，唐玄宗所作曲名。本为鸟名，俗名告天鸟，其鸣声相续，如泣如诉，至为动人，故以其声翻曲。唐张祜《华清宫》诗之三：“至今风俗骊山下，村笛犹吹《阿滥堆》。” ⑤西州：金陵，即今南京。

品评

此词为作者登临今安徽马鞍山的采石矶时所写的怀古词。“牛渚天门险”，首句即以“险”字概括采石矶所处地理环境之险恶，它是南京上游的一道门户，这也是“七雄”豪占的原因，历史上的“七雄”正依恃着它来抵御上游的入侵者，从而保全半壁江山。“清雾”二句陡转入轻松笔墨，写山上清雾散后，词人正好一览周围风景，也为下片的怀古抒情做铺垫。“待月上”二句，则由白天的赏景转入月光中的听曲，在滟滟波光晃动下，词人听着动人的歌曲，油然升起思古之情，历来不知有多少君主因沉溺于这些哀歌艳曲中而丧失了天下，后人能不为之警醒？“风满槛，历历数、西州更点”则是作者凭空想象之语，仿佛历来王朝的兴衰演变就在月色中一一在面前展现。作为小令，限于体制短小，一般很难写得波澜起伏，更难写得雄伟奇异，而贺铸此词写得大气磅礴，一波三折，可谓是小令中的别调和创新。

向子諲

向子諲(1085—1152),字伯恭,自号芗林居士,临江(今江西樟树市)人。宋哲宗元符初以恩补官。徽宗政和五年(1115)知咸平县,宣和末年任淮南东路转运判官。南渡后,他坚持抗金,并在潭州(今湖南长沙市)亲率军队和民众抵抗强大的金兵。高宗朝,历徽猷阁直学士,知平江府。因反对和议忤秦桧,乃罢官闲居。有《酒边集》。《宋史》卷一三六有传。

鹧鸪天

有怀京师上元[①],与韩叔夏司谏、王夏卿侍郎、曹仲谷少卿同赋[②]

紫禁烟花一万重[③],鳌山宫阙倚晴空[④]。玉皇端拱彤云上[⑤],人物嬉游陆海中[⑥]。　星斗转,驾回龙[⑦],五侯池馆醉春风[⑧]。而今白发三千丈,愁对寒灯数点红。

注释

① 京师:即北宋都城汴京(今河南开封)。上元:正月十五元宵节。　② 韩叔夏、王夏卿、曹仲谷:三人生平皆不详。　③ 紫禁:紫禁城,皇帝所居区域,这里指汴京。烟花:指花灯焰火。　④ 鳌山:山形集束花灯。刘昌诗《芦浦笔记》卷十《上元词》:"紫禁烟光一万重,五门金碧射晴空。梨园羯鼓三千面,陆海鳌山十二峰。"　⑤"玉皇"句:写北宋皇帝元宵御楼观灯。　⑥"人物"句:写百姓群集观灯。《东京梦华录》记元宵:"万姓皆在露台下观看,乐人时引万姓山呼。"陆海,指地方物产丰富。唐代李商隐《初食笋呈座中》诗:"皇都陆海应无数,忍剪凌

云一寸心。” ⑦“星斗转”二句：写夜深皇帝起驾回宫。 ⑧“五侯”句：写显贵人家回府晚宴。汉代贵戚有五人同时封侯者，称五侯。此泛指权贵之家。

品评

此词是南渡后所作，词情抑郁，充满故国之思。起句“紫禁烟花一万重”，入笔即充满激情地思念故国的繁华，烟花冲天，灯山如海，直写尽北宋元宵盛况。“玉皇端拱彤云上”则写出北宋民众生活的富庶和平，也写出皇帝与民同乐之景，也是在暗示北宋王朝是一个仁义之朝，君臣百姓之间鱼水深情。下片则顺承写出元宵盛况后，君主回宫，王侯嬉戏欢醉的场景，写至此，元宵欢会已达高潮。结句陡然由昔转今，写出当下的凄凉孤寂，“而今白发三千丈”，惟有数盏寒灯相伴，回忆往昔，真是恍如隔世。此词写得大起大落，今昔前后对比鲜明，既写出当下的萧条惨淡，又加重了对故国的思念。整首词意境凄清，含蓄深厚，是南宋初期文人心态的真实揭示。

胡世将

胡世将(1085—1142),字承公,晋陵(今江苏常州)人。南宋初抗金名将。宋徽宗崇宁五年(1106)进士。高宗时,从监察御史累官至川陕宣抚使,迁端明殿学士。存词一首。《宋史》卷三七〇有传。

酹江月

秋夕兴元使院作①,用东坡赤壁韵②

神州沉陆③,问谁是、一范一韩人物④。北望长安应不见⑤,抛却关西半壁⑥。塞马晨嘶,胡笳夕引,赢得头如雪。三秦往事,只数汉家三杰⑦。 试看百二山河,奈君门万里,六师不发。阃外何人回首处,铁骑千群都灭⑧。拜将台攲⑨,怀贤阁杳⑩,空指冲冠发。阑干拍遍,独对中天明月。

注 释

① 兴元:今陕西汉中。使院:即作者任职的川陕宣抚使衙门。 ② 东坡赤壁韵:即用苏轼《念奴娇》(大江东去)一阕的韵。 ③ 沉陆:即陆沉,比喻国土沦陷于敌手。《世说新语·轻诋》:“桓公入洛,过淮泗,践北境,与诸僚属登平乘楼,眺瞩中原,慨然曰:‘遂使神州陆沈,百年丘墟,王夷甫诸人,不得不任其责!’” ④ 一范一韩:范指范仲淹,韩指韩琦。二人于宋仁宗康定元年(1040)并为陕西经略安抚副使,时边上谣谚曰:“军中有一韩,西贼闻之心胆寒;军中有一范,西贼闻之惊破胆。”(见朱熹《五朝名臣言行录》卷七) ⑤“北望”句:李白《登金陵凤凰台》诗:“总为浮云能蔽日,长安不见使人愁。” ⑥ 关西:函谷关以西地区,时

已为金人侵占。 ⑦ 汉家三杰：指张良、萧何、韩信。见《史记·高祖本纪》。⑧“阃外”句：指富平之败。宋高宗建炎四年(1130)九月，张浚任川陕宣抚使，以五路兵马四十万与金兵接战，兵败于富平(今属陕西)。阃：此处指京都城门。阃外，指统兵在外。 ⑨ 拜将台：在陕西南郑，刘邦拜韩信为将的地方。攲：倾斜。⑩ 怀贤阁：在陕西南郑，诸葛亮死后，蜀后主建此阁纪念。

品评

作者任川陕宣抚使期间，曾统率陕西诸军坚决抵抗金兵，有力保卫了作为南宋门户的川蜀。作为爱国将领，其词与其人相互辉映，为后人所景仰。此词作为怀古词，历数镇守边关的历史人物的丰功伟绩，所指却无一不是当下主和派的投降策略，心情沉郁，语调悲凉，为南宋爱国词篇的代表作之一。

“神州沉陆”写出北方沦陷，南宋政权亦是危如累卵，在这样的危局之下，作者自问谁能力挽败局，一统江山？“问谁是、一范一韩人物”，作者的眼光直指北宋，当时在著名将领范仲淹、韩琦的带领下，陕西一带虽面临西夏危逼，却依然大局不乱。而今南宋是“长安”不见，“半壁”已抛，形势较北宋初期更为严峻，对人才的要求更是急迫，但是南宋朝廷却实行偏安政策，一味投降求和，致使像作者这样的将领只落得“赢得头如雪”；词人在“塞马晨嘶，胡笳夕引”的悲壮声中，不由引吭高歌，充满悲愤。“三秦往事，只数汉家三杰”，对汉初三杰的仰慕正是作者心中起伏不平的真实表达，而历史的悲剧在于，虽然有无数像“三杰”这样的将领，却由于统治者的冷落而只能穷老山林，赍志而殁。于是在下片，作者即将笔墨浓缩在对统治阶层屈膝求和、埋没忠良的愤慨谴责之中。面对“百二山河”沦陷危局，一面是统治者“六师不发”，战事一败再败；一面是“拜将台攲，怀贤阁杳”，忠良之士只能“空指冲冠发”。结句“阑干拍遍，独对中天明月”，正写出作者独拍阑干，仰天长叹，满腔忧愤之情。

此词风格沉郁悲壮，满含忠愤不平之气，读之可让人怒发冲冠。

赵 鼎

赵鼎(1085—1147),字元镇,自号得全居士,解州闻喜(今属山西)人。宋徽宗崇宁五年(1106)进士,累官河南洛阳令。高宗朝历官至左丞相。为秦桧所忌,出为奉国军节度使,徙知泉州。安置潮州。桧使人诬其受贿,移置吉阳军(今海南三亚),遂绝食而死。孝宗时追谥忠简。有《忠正得文集》十卷、《得全词》一卷。《宋史》卷三六〇有传。

满江红

丁未九月南渡,泊舟仪真江口作①

惨结秋阴,西风送、霏霏雨湿。凄望眼、征鸿几字②,暮投沙碛③。试问乡关何处是④?水云浩荡迷南北⑤。但一抹、寒青有无中,遥山色⑥。　天涯路,江上客。肠欲断,头应白。空搔首兴叹,暮年离拆。须信道、消忧除是酒,奈酒行有尽情无极⑦。便挽取、长江入尊罍⑧,浇胸臆。

注 释

① 丁未:宋高宗建炎元年(1127)。仪真:今江苏仪征。 ② 征鸿:远征的大雁。 ③ 沙碛:沙漠,戈壁。 ④“试问”句:唐代崔颢《黄鹤楼》诗:“日暮乡关何处是?烟波江上使人愁。” ⑤ 迷南北:唐代杜甫《哀江头》诗:“黄昏胡骑尘满城,欲往城南望城北。” ⑥“但一抹”二句:化用唐代王维《汉江临泛》“山色有无中”和宋代秦观《泗州东城晚望》“林梢一抹青如画”诗句。 ⑦“须信道”二句:曹操《短歌行》云:“何以解忧,唯有杜康。” ⑧ 尊罍(léi):酒器。

品评

建炎元年(1127)五月,宋高宗赵构即位于南京(今河南商丘),改元建炎。九月,金兵南侵,高宗退驻淮河,准备渡江而南。赵鼎此次渡江至建康(今江苏南京),是为高宗南渡作先行。词即作于此时。

上片开头两句以阴暗的秋季景色来抒写北宋灭亡后内心的凄黯,亦可以说是对飘摇时局的暗示。接下来的两句则以北雁南飞自比,象征自己远离故国,凄惶难安的苦境,对乡关故土的思念让他如同孤雁一样在天南地北间失去了方向。"但一抹"句则写自己回头北望,群山莽莽,中原已渺不可及。此是极写离国之痛。

下片写南渡后,对新朝建立的焦灼,对江山难复的愁闷。无论是"搔首兴叹"还是"消忧除是酒",终难泯灭忧国之情,最终只得以痛饮大醉来了结这份痛苦。此词以故国沦落之痛为中心,语意苍凉悲愤,造景凄迷失色。陈廷焯《白雨斋词话》认为此阕"慷慨激烈,发欲上指,词境虽不高,然足以使懦夫有立志"。

李清照

李清照(1084—1155?),号易安居士,山东济南章丘人。李格非之女,赵明诚妻。有《漱玉集》,不传。

渔家傲

天接云涛连晓雾,星河欲转千帆舞。仿佛梦魂归帝所①,闻天语,殷勤问我归何处。　　我报路长嗟日暮②,学诗谩有惊人句③。九万里风鹏正举④,风休住,蓬舟吹取三山去⑤。

注释

① 帝所:天帝居住的地方。 ②“我报”句:屈原《离骚》:“欲少留此灵琐兮,日忽忽其将暮。……路漫漫其修远兮,吾将上下而求索。” ③“学诗”句:唐代杜甫《江上值水如海势聊短述》诗:“为人性僻耽佳句,语不惊人死不休。” ④“九万里”句:《庄子·逍遥游》:“鹏之徙于南冥也,水击三千里,抟扶摇而上者九万里。” ⑤ 三山:相传渤海中有蓬莱、方丈、瀛洲三座神山。

品评

此词大气磅礴,想象奇伟,风格豪放,不仅在作者是别调,即使放置于整个词坛亦属难得。词为述梦之作,借梦中所见之景,作者委婉传达出心中的理想。

上片写自己梦入天空,周围云涛阵阵,轻雾连绵。作者在银河中驾舟远航,气魄何其壮大。接着写自己面见天帝,天帝亦和蔼地问其欲到何处。下片直接作答,上下片之间未有转折之语,亦可见出词人心情急迫,欲把满腔心事倾泻而出。以情遣笔,自然顾不及精雕细琢。“我报”二句,词人的回答大出后人所料。

她此时已经以词名闻天下，但她在此为何对写诗词反报以轻视之意？透过此二句不难见出，一代才女亦有如男子般雄心大志，惜其受时代局限，作为女子只能一生止步于闺阁，难如男子报国立业。正由于有此郁闷，故她只能把一生梦想托诸仙境来聊以解忧。

梁启超曾评此词“绝似苏辛派，不类《漱玉集》中语”。这个“不类”，正是此词弥足珍贵处，它向我们展示了李清照在现实社会中的无限苦闷与反抗精神。

叶梦得

叶梦得(1077—1148),字少蕴,号石林居士,吴县(今江苏苏州)人。宋哲宗绍圣四年(1097)进士。高宗朝,累官至江东安抚使,兼知建康府行宫留守。移知福州,提举洞霄宫。后居吴兴弁山。卒赠检校少保。能诗工词,其词学东坡,简淡而时出雄杰。有《石林词》。《宋史》卷四四五有传。

水调歌头

九月望日,与客习射西园,余偶病不能射[1]

霜降碧天静,秋事促西风[2]。寒声隐地[3],初听中夜入梧桐。起瞰高城回望,寥落关河千里[4],一醉与君同。叠鼓闹清晓,飞骑引雕弓。　岁将晚,客争笑,问衰翁。平生豪气安在,走马为谁雄?何似当筵虎士,挥手弦声响处,双雁落遥空。老矣真堪愧,回首望云中[5]。

注释

①九月望日:指宋高宗绍兴八年(1138)九月十五日,时作者帅建康(今南京)。　②"秋事"句:意即西风促秋事。促,催促。秋事,指秋收及制寒衣等与秋季相关之事。　③"寒声"句:是说本来还只隐约地感到点秋凉,到了夜半,西风猛烈地吹打着梧桐,就带来了更多的寒意。　④"起瞰"两句:登上城楼远望,遍地都是一片冷落的秋色。　⑤"老矣"二句:《史记·冯唐列传》谓魏尚守云中,匈奴不敢犯境。汉文帝却"削其爵,罚作之",时冯唐上言辩其功,文帝悦,令冯唐持节赦之,复以为云中守。至武帝立,求贤良,举冯唐,而冯唐已老。此处

“老矣”以冯唐自况,“回首”句乃希望边境能有魏尚这样的守将。

品评

此词写作者与客习射西园,自伤衰老,无力报国之情。词中所写秋事、习射等均与宋金战事有关。当时,金兵南下,大片国土沦陷,南宋王朝却偏安江南,无心北伐收复失地。词人有感于此,心情郁闷,借饮酒习射,挥笔写下此篇。

上片写夜饮西园、众客争射的情景,着力渲染出一派肃杀清穆的气氛,以烘托苍凉心绪。词人自伤时事,却又无力回天,只有借酒浇愁,“一醉与君同”,沉郁至极,无奈至极。后两句写众客习射的精彩场面,用语简炼,却生动传神。下片写词人自伤衰老,无力报国,深感惭愧,实则故作反语,表明自己虽然年迈,报国豪情依然不减。结句即暗含此意。此词上片言“回望”,结句说“回首”,前后呼应,写景、叙事与抒情紧密结合,浑然天成。全篇风格苍凉,笔力雄健,充分反映了词人“烈士暮年,壮心不已”的报国情怀。

八声甘州

寿阳楼八公山作①

故都迷岸草②,望长淮、依然绕孤城③。想乌衣年少④,芝兰秀发⑤,戈戟云横⑥。坐看骄兵南渡⑦,沸浪骇奔鲸⑧。转盼东流水,一顾功成。　千载八公山下,尚断崖草木⑨,遥拥峥嵘。漫云涛吞吐,无处问豪英。信劳生、空成今古⑩,笑我来、何事怆遗情⑪。东山老⑫,可堪岁晚,独听桓筝⑬。

注释

① 寿阳楼:寿春城楼。寿春,即今安徽寿县,东晋时名寿阳。八公山,在寿县北。　② 故都:战国时楚孝烈王二十二年(前241)攻秦失利,迁都寿春,因称故都。　③ 孤城:寿春因处宋金对峙的前线,故称。淮水在城北流过,淝水因经城东入淮,故云“绕孤城”。　④ 乌衣年少:《景定建康志》卷十六:“乌衣巷在秦淮南,晋南渡,王谢诸名族居此。时谓其子弟为乌衣诸郎。”此指东晋名相谢安的子弟,如谢石、谢玄等。　⑤ 芝兰秀发:喻优秀的青年子弟。《世说新语·言语》:“谢太傅(安)问诸子侄:‘子弟亦何预人事,而正欲使其佳?’诸人莫有言者。

车骑(谢玄)答曰:'譬如芝兰玉树,欲使其生于阶庭耳。'" ⑥ 戈戟云横:《世说新语·赏誉》:"见钟士季(会)如观武库,但睹戈戟。"戈、戟,都是古代作战兵器。这里指谢玄等人富有军事才能。 ⑦ 骄兵:指前秦苻坚之兵。苻坚将攻晋,朝臣以为晋有长江之险,不宜兴兵。苻坚说:"以吾之众旅,投鞭于江,足断其流。"(《晋书·苻坚载记》) ⑧ 奔鲸:鲸鲵,以比巨寇。《左传》宣公十二年:"取其鲸鲵而封之。" ⑨"尚断"句:淝水之战时,苻坚与弟苻融登寿春城而望八公山上草木,皆类人形,以为晋兵。故称"草木皆兵"。 ⑩"信劳生"句:劳生,谓人生多劳苦。《庄子·大宗师》:"夫大块载我以形,劳我以生,佚我以老,息我以死。"空成今古,语本孟浩然《与诸子登岘山》诗:"人事有代谢,往来成古今。" ⑪ 怆情:凄怆之感情。怆,悲伤,凄恻。 ⑫ 东山老:指谢安。东山,谢安早年隐居的地方,在会稽(今浙江绍兴)。 ⑬"可堪"二句:谢安晚年受奸人谗毁,见疏于孝武帝。一日,帝召桓伊宴,谢安侍坐。酒间,桓伊弹筝歌曹植《怨歌行》。词云:"为君既不易,为臣良独难。忠信事不显,乃见有疑患。"谢安闻之泪下(《晋书·桓伊传》)。作者引此事以抒心中不满。

品评

此词为怀古伤今之作。寿阳八公山是著名的淝水之战爆发地。公元383年,前秦皇帝苻坚率兵百万,希图东渡淝水,一举荡平退避江南的东晋。东晋军民在谢安等的领导下,奋起抗击,在淝水之战中以八万之众打败了苻坚的百万骄兵,创造了中国古代战争史上以少胜多、以弱胜强的一个范例。谢安、谢玄等的英雄形象,亦成为后世常咏不绝的题材和学习仿效的楷模。本词即通过咏此事,抒发词人深沉的今昔之感。

上片写词人登临寿阳城的所见所感。山河依旧,故都依旧,所不同的是南宋王朝偏安江南,苟延残喘、不思恢复,与当年东晋谢安等一举战胜苻坚的英雄壮举,形成鲜明对照。其中,"芝兰"、"秀发"、"坐看"、"转盼"等词,用语传神,活现出谢安等人的闲雅风度和镇定自若、稳操胜券的自信。"一顾功成"四字,内涵丰富,显示了谢安等高超的指挥艺术和出色的军事才能。下片抒发感慨。词人从回首往事回到现实,八公山依然屹立,形势不减当年,但却不再有像谢安那样的英雄人物来奋发图强,抗击敌人,"漫云涛吞吐,无处问豪英",感慨遥深;"信劳生、空成今古",今昔之感、爱国之情,溢于言外。结尾三句,借谢安因奸臣谗言见疑于孝武帝的典故,暗刺南宋皇帝不信任抗战派大臣。全词气势连贯,吊古伤今,感情深沉。宋人称赞叶梦得的词“能于简淡中出雄杰,合处不减靖节、东坡之妙”(关注《题石林词》)。此词即是体现这类风格的代表作。

点绛唇

绍兴乙卯登绝顶小亭①

缥缈危亭,笑谈独在千峰上。与谁同赏?万里横烟浪。 老去情怀,犹作天涯想。空惆怅,少年豪放,莫学衰翁样。

注释

① 绍兴乙卯:宋高宗绍兴五年(1135)。绝顶亭,在浙江吴兴西北卞山之上,叶梦得所筑。

品评

此词为作者晚年归隐吴兴时所作,词意高亢豪爽,亦带有失落孤寂之情。上片起句直入主题,点出亭子的位置和周围的风景,无论“缥缈”还是“千峰”,均道出亭子高耸云端,渺不可及的人间仙境之状。“万里横烟浪”已见登临远望的雄奇景象,“与谁同赏”同时为下片高处不胜寒的孤寂之感埋下伏笔。下片直抒情怀,“犹作天涯想”是暮年时心境的表达,大有老骥伏枥之叹,年轻时的壮志只能付诸空想,对未来,作者把希望寄托于后来人。“莫学衰翁样”,此莫学,正指词人希望年轻人要急国家之所急,趁大好年华,恢复失地,一统江山。此词在豪迈之气逼人的同时,亦略带伤感。就整首词而言,始终昂扬着积极乐观的斗志。

陈与义

陈与义(1090—1138),字去非,号简斋。本蜀人,后徙居河南叶县。宋徽宗政和三年(1113)登上舍甲科。高宗绍兴中,历中书舍人,拜翰林学士,寻参知政事。以病乞祠,提举洞霄宫。有《无住词》。《宋史》卷四四五有传。

临江仙

夜登小阁,忆洛中旧游①

忆昔午桥桥上饮②,坐中多是豪英。长沟流月去无声③。杏花疏影里,吹笛到天明。　　二十余年如一梦,此身虽在堪惊。闲登小阁看新晴。古今多少事,渔唱起三更。

注释

① 洛中:今河南洛阳。　② 午桥:今河南洛阳城南,唐朝裴度曾建别墅于午桥庄。　③ 长沟流月:月光洒在长河上,随水波流动。

品评

这首词大约是宋高宗绍兴八年(1138)陈与义辞官寓居湖州时所作。靖康之难后,中原沦陷,作者历经颠沛流离,领略了国破家亡的深切痛楚。在一个深夜,他登上阁楼,回首前尘恍如一梦,伤感之情尽寓词中。

上片是对"洛中旧游"的无限怀念,回想起在午桥上吹笛夜饮的情景,旧友们情志闲雅;豪情满怀,笛彻清夜。往事历历在目却又恍如隔世。下片陡然转笔,从悠然回忆中醒来,多年来惶惶奔波的艰辛替换了少年的豁朗无忧。眼下风雨如晦的日子暂时过去，词人聊可登楼赏晴，这里的“闲”字实为浓情淡写，饱含沧桑之感。结尾一句将追古抚今的万端思绪戛然收止，余味无穷。

整篇在忆昔与伤今之间自然转换，写景则声远景清，抒情则语淡情长，词境高雅清旷，笔意深沉苍凉，宋人黄升《中兴以来绝妙词选》说陈与义“词虽不多，语意超绝，识者谓其可摩坡仙之垒也”，是说其豪爽风格与苏轼接近，这首词就是一个典型的例证。

胡　铨

胡铨(1102—1180),字邦衡,号澹庵,江宁(今江苏南京市)人。宋高宗建炎二年(1128)进士甲科。绍兴五年(1135)任枢密院编修官。上封事反对和议,被贬。和议成,被除名编管新州,后又被流放海南。秦桧必欲杀之,会桧死,得免。孝宗即位,擢起居郎,历官至权兵部侍郎,以资政殿学士致仕。卒谥忠简。有《澹庵文集》。《宋史》卷三七四有传。

好事近

富贵本无心,何事故乡轻别?空使猿惊鹤怨①,误薜萝风月。　囊锥刚要出头来②,不道甚时节。欲驾巾车归去③,有豺狼当辙④。

注释

① 猿惊鹤怨:山中猿鹤都怪怨主人抛弃他们去做官。语本南朝孔稚珪《北山移文》:"蕙帐空兮夜鹤怨,山人去兮晓猿惊。" ② 囊锥:比喻贤士才能突出。事见《史记·平原君列传》:"平原君曰:'夫贤士之处世也,譬若锥之处囊中,其末立见……'毛遂曰:'臣乃今日请处囊中耳。使遂早得处囊中,乃颖脱而出,非特其末见而已。'" ③ 巾车:有披盖的车。陶渊明《归去来辞》:"或命巾车。" ④ 豺狼当辙:比喻秦桧当权误国。东汉顺帝时,梁冀专权,张纲斥为"豺狼当路"(见《后汉书·张纲传》)。

品评

胡铨是南宋初期著名的抗战派人士,一生坚持抗战,反对和议,屡逆权贵,横遭贬谪。本词作于绍兴十八年(1148),作者编管新州时。据宋人记载,由于此词中有“豺狼当辙”句,秦桧爪牙向朝廷检举胡铨“谤讪、怨望”,秦桧大怒,把胡铨流放到吉阳军(今海南三亚)。

这首词反映了作者虽遭打击,但蔑视权势、凛然不屈的斗争精神。上片写词人本不慕富贵却不得不“轻别”故乡,辜负大好风光的痛苦心态。隐含着词人误落尘网、厌恶官场的感慨。下片说自己本想有所作为,无奈权奸当道,主上昏庸,生不逢时,只好谋求归隐。“有豺狼当辙”,直斥秦桧等人专权误国。该词亦如匕首短刀,犀利逼人,指斥怒骂,酣畅之至。

岳 飞

岳飞(1103—1141),字鹏举,相州汤阴(今属河南)人。与金人战,为国累立大功。以不附和议,为奸相秦桧所陷害,殒于大理寺狱。宋孝宗初,追复官职。宁宗嘉定四年(1211),追封鄂王。理宗淳祐六年(1246)改谥忠武。有集,后人所编。《宋史》卷三六五有传。

满江红

写怀

怒发冲冠①,凭栏处、潇潇雨歇。抬望眼、仰天长啸,壮怀激烈。三十功名尘与土,八千里路云和月。莫等闲、白了少年头,空悲切。 靖康耻②,犹未雪。臣子恨,何时灭?驾长车踏破,贺兰山缺③。壮志饥餐胡虏肉,笑谈渴饮匈奴血④。待从头、收拾旧山河,朝天阙⑤。

注释

① 怒发冲冠:因愤怒激动而头发竖起,将帽子往上顶。 ② 靖康耻:靖康为宋钦宗年号,靖康二年(1127)金兵攻陷汴京,掳徽、钦二帝北去,北宋灭亡。 ③“驾长车”句:长车,古代战车。贺兰山,在今内蒙古与宁夏交界处。缺,山口。此非实写,喻指捣毁敌人的巢穴。 ④“壮志”二句:亦非实写,喻对敌人的仇恨。 ⑤ 朝天阙:天阙,皇宫前的楼观。此句意为回朝拜见皇帝。

品评

这首词大约作于宋高宗绍兴二年(1132)前后。当时抗金斗争取得初步胜利，广大军民恢复中原的信心深受鼓舞。作者爱国激情汹涌，满怀凌云壮志，挥笔写下了这首千古绝唱。

起句如雷霆突起，破空而来，挥洒出作者澎湃的心潮和爱国忧民的浩然正气。《史记·刺客列传》记载荆轲辞燕入秦刺杀秦王时，到易水边上，唱："风萧萧兮易水寒，壮士一去兮不复还！"送行的人"皆瞋目，发尽上指冠"。"怒发冲冠"表现了岳飞的英雄气概与誓死抗金的决心。回首过去，"三十功名尘与土"，他追求的是恢复河山，而不是个人的名利得失；瞻望前程，"八千里路云和月"，这位"壮怀激烈"的英雄更感到任重道远；"莫等闲，白了少年头，空悲切"，这番激励自己的言辞也激励了后世无数豪杰慷慨激昂，为国尽忠。下片更是饱蘸激情，直抒胸臆，淋漓酣畅地倾吐雪耻复仇、重整山河的豪情壮志，体现抗敌御侮的坚定信念和必胜的乐观精神。肝胆照人，忠义慷慨，熔叙事抒情于一炉。整篇笔力雄健，大气磅礴，读来令人荡气回肠，豪情顿生。"千载下读之，凛凛有生气焉"（陈廷焯《白雨斋词话》）。

朱敦儒

朱敦儒(1081—1159),字希真,洛阳(今属河南)人。早年隐居不仕。南渡后以荐补右迪功郎。赐进士出身,为秘书省正字,擢兵部郎中,迁浙东提刑。致仕后居嘉禾(今浙江嘉兴)。有词集名《樵歌》,词风豪放旷达,多写隐逸生活。南渡后时有感喟国事之作。《宋史》卷四四五有传。

鹧鸪天

西都作

我是清都山水郎①,天教分付与疏狂②。曾批给雨支风券,累上流云借月章③。　　诗万首,酒千觞,几曾著眼看侯王?玉楼金阙慵归去④,且插梅花醉洛阳。

注释

①“我是”句:清都,传说中天帝的宫阙。《列子·周穆王》:“王实以为清都紫微,钧天广乐,帝之所居。”山水郎,天上管理山水的郎官。作者以此表示自己爱好山水出于天性。　②疏狂:狂放不羁,不受礼法约束。　③“曾批”二句:谓自己能管风、露、云、月,乃是天帝所批给,也是自己屡次请求而获得的。　④玉楼金阙:指汴京金殿。本句表示朱敦儒不愿到朝廷里去做官。

品评

《宋史·朱敦儒传》称他:“志行高洁。……靖康中,召至京师,将处以学官,敦儒辞曰:‘麋鹿之性,自乐闲旷,爵禄非所愿也。’固辞还山。”此词就是他从京师返回家乡洛阳后所作。洛阳为宋之西都,故题作“西都作”。

词表现了作者追求自由,鄙视权贵、自乐闲旷的生活态度和处世准则。上片词人自称是“清都山水郎”,甘愿寄情山水,管理自然,过一种不问世事的隐逸生活。下片具体描写其生活态度和思想感情。“诗万首,酒千觞”,生活潇洒飘逸,“几曾著眼看侯王”的自白与陶渊明的“不为五斗米折腰”和李白的“安能催眉折腰事权贵,使我不得开心颜”的精神一脉相传。末两句进一步表明词人潇洒飘逸的生活态度和鄙视富贵利禄的思想感情,用语诙谐,意味深长。通篇以自述方式写成,清隽流畅,真切自然,在章法上前后呼应,井然有序。

水龙吟

放船千里凌波去①,略为吴山留顾②。云屯水府③,涛随神女④,九江东注⑤。北客翩然,壮心偏感,年华将暮⑥。念伊嵩旧隐⑦,巢由故友⑧,南柯梦、遽如许⑨。　　回首妖氛未扫,问人间、英雄何处?奇谋报国,可怜无用,尘昏白羽⑩。铁锁横江,锦帆冲浪⑪,孙郎良苦⑫。但愁敲桂棹,悲吟梁父⑬,泪流如雨。

注释

① 放船:乘船远出。凌波:从波涛上漂浮过去。　② 吴山:泛指江南地区的山岭。留顾:停留一下。　③ 水府:水神所居之处。唐代韩愈《贞女峡》诗:“悬流轰轰射水府,一泻百里翻云涛。”一谓“水府”乃古代星名。《晋书·天文志》:“东井西南四星曰水府,主水之官也。”　④ 神女:指传说中的洛水女神宓妃。作者是洛阳人,此时在水上旅行,遂联想到洛水女神。　⑤ 九江:这里指众水汇流而成的大江。东注:向东流入大海。　⑥“壮心”二句:这两句有感于自己报国之志未能实现,人却已经衰老了。壮心,指报国之心。　⑦ 伊嵩:伊阙(今河南洛阳市南)和嵩山(今河南登封市北),伊、嵩都是山名。　⑧ 巢由:巢父、许由,皆是古代隐士。此指作者友人。　⑨“南柯梦”句:唐代传奇《南柯太守传》记淳于棼醉后梦入槐安国,娶金枝公主,后又出任南柯太守,享尽荣华富贵,觉来方知是梦。此句是说旧日的好生活就像是南柯一梦。　⑩“奇谋”三句:白羽,殷芸《小说》谓三国时诸葛亮与司马懿作战,“持白羽扇指麾,三军随其止”。司马懿叹

曰："真名士也。"苏轼《祭常山回小猎》诗："圣朝若用西凉簿，白羽犹能效一挥。"此指奇才被埋没。 ⑪"铁锁"二句：三国末，晋武帝派大将王濬造大船东下伐吴，东吴沉铁锁横断江面，以阻止晋军进攻，晋军用火烧熔了铁锁，战船乘风破浪，攻下了建康，东吴孙皓出降。锦帆，相传隋炀帝幸江都，以纹锦制船帆，此指王濬的战船。 ⑫孙郎：指吴主孙皓。晋军攻陷金陵(今江苏南京)，孙皓出降，东吴灭亡。此喻南宋受金威胁的困境。 ⑬梁父：即《梁父吟》。《三国志·蜀书·诸葛亮传》说，诸葛亮好为《梁父吟》。

品评

这首词写金兵入侵、作者南逃途中的所见所感，抒发了词人对国土沦丧的悲哀和报国无门的愤慨。上片写词人放船千里，一路上看到长江的壮丽景色，想到北方大好河山沦入敌手，往日在洛阳的悠闲生活化为乌有，一种去国离乡的哀愁油然而生。将写景抒怀巧妙结合，从今昔对比来抒发对世事无常的感慨和对当时现实的不满。下片转到"妖氛未扫"，南宋王朝却偏安江南、不图恢复、苟且偷生的社会现实，抒写对国事的关怀和报国无路的悲痛。故土未复，国难当头，正是英雄用武的时刻，然而在投降派的操纵和打压下，像宗泽、李纲等抗战派将领都被排挤出朝了。词人禁不住发出"奇谋报国，可怜无用，尘昏白羽"的慨叹，表达对抗金英雄不幸遭遇的痛惜和对当朝者的愤慨。接着用西晋灭吴事，表达对严峻形势的关心和忧虑，爱国之心，溢于言外。然而，词人位卑不显，无能为力，只好"愁敲桂棹，悲吟梁父，泪流如雨"。痛苦至极，无奈至极。这首词，基调悲凉，词情沉郁，感慨遥深，真是"忧时念乱，忠愤之致"(王鹏运《樵歌跋》)。

念奴娇

插天翠柳，被何人，推上一轮明月。照我藤床凉似水，飞入瑶台琼阙。雾冷笙箫，风轻环佩，玉锁无人掣。闲云收尽，海光天影相接。 谁信有药长生，素娥新炼就、飞霜凝雪。打碎珊瑚①，争似看、仙桂扶疏横绝。洗尽凡心，满身清露，冷浸萧萧发。明朝尘世，记取休向人说。

注释

① 珊瑚：《世说新语·汰侈》："石崇与王恺争豪……武帝，恺之甥也，每助

恺，尝以一珊瑚树高二尺许赐恺。枝柯扶疏，世罕其比。恺以示崇，崇视讫，以铁如意击之，应手而碎。"后石崇偿以六七棵高三四尺、"光彩溢目"的大珊瑚。

品评

这是一首咏月词，由观月而想到时光易逝、人生短促，表达他乐天自适、不求闻达的人生态度。上片驰骋想象，上天入地。先写抬头望月，故作惊语、痴语，谓月乃是被人"推上"柳端，想象奇特。次写由月生感，想象自己凌空飞入月宫，发现里面一片清寒之景，笙箫寂寞，环佩空响，回望天边，闲云收尽，海水与月光交映生辉，极其绚烂。下片侧重写所思所感。词人以为，人间关于月宫有长生药之说不可信，月中只有"素娥新炼就"的"飞霜凝雪"而已。在脱去月宫的神秘面纱后，月宫是否就魅力全失？在词人看来，人间那些"打碎珊瑚"之类的夸豪斗富之举，远比不上赏玩月中枝叶扶疏的仙桂来得超凡脱俗。在月宫中，作者两袖清风，"满身清露，冷浸萧萧发"，感到凡心洗尽，有脱胎换骨之感。然而，这一切不过是一个美梦罢了，尽管美丽动人，却又怎能实现？结句"明朝尘世，记取休向人说"，感喟中饱含无奈与厌倦之感。这首词构思巧妙，境界清旷，骨子里"自是豪放"（张端义《贵耳集》卷上）。

相见欢

金陵城上西楼，倚清秋。万里夕阳垂地、大江流。　　中原乱[1]，簪缨散[2]，几时收？试倩悲风吹泪、过扬州。

注释

① 中原乱：指公元1127年靖康事变后金兵占领北宋原有的中原地区。

② 簪缨：本指达官贵族帽子上的装饰，此处指流亡的官僚贵族阶层。

品评

这首词和《水龙吟》"放船千里凌波去"一样，抒发了词人对故土的怀念和国破家亡后凄凉苦闷的心情。上片写景。"万里"句，写夕阳西沉，大江奔流的辽阔景致，景中含情，给人以苍凉悲壮之感。下片抒情。"中原乱，簪缨散"，点明当时严峻的政治军事形势和社会现实。金兵占领中原，进逼扬州，达官贵人只顾逃命,不图恢复。“几时收”三字,饱含着词人对国事日非、国势日下的悲痛、忧伤和苦闷。结末词人托悲风向中原父老传达自己的忧国之泪、爱国之情,语调沉痛,忧思绵长。陈廷焯评此词“笔力雄大,气韵苍凉,短调中具有万千气象”(《白雨斋词话》),深得其味。

好事近

渔父词

摇首出红尘[1],醒醉更无时节。活计绿蓑青笠[2],惯披霜冲雪。　　晚来风定钓丝闲,上下是新月。千里水天一色,看孤鸿明灭。

注释

① 红尘:尘世间,此处指官场生涯。　② 绿蓑:张志和《渔歌子》有“青箬笠,绿蓑衣,斜风细雨不须归”句,描写悠闲自得的打鱼生活。

品评

此词为作者晚年隐居嘉禾时所写,抒发隐居生活的潇洒宁静。“摇首出红尘”,直接写出摆脱尘俗束缚,身心获得自由的愉悦,“摇首”充满生机和乐趣,充分体现出得以归隐时心境的洒脱。“醒醉更无时节”以不问世事、无忧无虑的醉翁生活来总写归隐的感受。以下则写出脱离红尘后,生活的恬淡闲适。作者像个渔夫,每日头戴箬笠,身披蓑衣,在风霜雨雪中穿梭自如。下片则写出打鱼生活的心境感受,他悠闲于在夜晚新月初升时节,投丝垂钓,身心放松于水天一色,大雁高飞的自然美景中。此词抒情写景均超旷悠闲,画面简洁明了,充满看破红尘的高远旷达之情。

张元幹

张元幹(1091—约 1170),字仲宗,号芦川居士,永福(今福建永泰)人。曾为抗金领袖李纲的行营属官。官至将作少监。宋高宗绍兴中,坐以词送胡铨,得罪除名。早年词风婉媚。南渡后,多写感怀国事时局之作,词风豪放。有《芦川词》、《芦川归来集》。《宋史翼》有传。

贺新郎

送胡邦衡待制赴新州①

梦绕神州路②。怅秋风、连营画角,故宫离黍③。底事昆仑倾砥柱?九地黄流乱注④。聚万落、千村狐兔⑤。天意从来高难问,况人情、老易悲如许⑥。更南浦⑦,送君去。　　凉生岸柳催残暑。耿斜河、疏星淡月,断云微度。万里江山知何处?回首对床夜语。雁不到、书成谁与?目尽青天怀今古,肯儿曹、恩怨相尔汝!举大白⑧,听金缕⑨。

注释

① 胡邦衡:胡铨,字邦衡。曾于高宗绍兴八年(1138)十一月,上书反对和议,请斩秦桧以谢天下,谪监广州盐仓。绍兴十二年,诏除名,编管新州。张元幹作此词以送,因此得罪下狱。待制:官名,为皇帝的顾问官。新州:今广东新兴县。　② "梦绕"句:是说自己连做梦都怀念着中原失地。神州,古代中国的别称,这里指中原失地。　③ 怅:失意哀伤。画角:装饰精美的军中号角。故宫:此指北宋汴京(今河南开封)的宫殿。离黍:《诗·王风·黍离》:"彼黍离离,彼稷

之苗，行迈靡靡，中心摇摇。”相传东周大夫途经西周故都镐京，看到宗庙宫室长满了禾黍，彷徨不忍离去，故作此诗以寄哀愁。后人借此表现故国之思。
④ 九地：遍地。此泛指中原各地。黄流乱注：黄河水流泛滥，指金兵四处侵扰。
⑤ 狐兔：此喻金兵。 ⑥“天意”二句：语本杜甫《暮春江陵送马大卿公恩命追赴阙下》诗：“天意高难问，人情老易悲。”这里借指皇帝身居高位，用心难测，表示对朝廷议和的不满。 ⑦ 南浦：梁江淹《别赋》：“送君南浦，伤如之何！”泛指送别之地。 ⑧ 大白：酒杯。 ⑨ 金缕：即《金缕曲》，《贺新郎》词调的别名。

品评

此词写于绍兴十二年(1142)，作者寓居三山(今福州市)。绍兴八年(1138)，枢密院编修胡铨因反对和议，上书请斩秦桧、王伦、孙近三人而获罪，被降职外调，四年后又被除名押送新州编管。张元幹激于义愤，不顾个人安危，挺身而出，毅然写下此词为他送行。

词中流露出对金兵入侵、权奸误国、朝廷苟安的愤恨，也表明了对胡铨坚持正义、不屈斗争的敬佩、支持和深切同情。词的上片抒写故土之思，家国之恨。“梦绕神州路”，起笔突兀，概括时代背景，借梦境表现对中原故土的怀念，哀思弥切，寄恨遥深。接以天柱折、黄流乱注和狐兔占据千村万落等三个形象，有力地写出了山河破碎、国破家亡的凄惨景象，沉痛而悲愤。接着笔锋一转，以“底事”两字问出，把矛头指向南宋最高统治者。“天意”二句，道出了对主和派的愤慨，也隐含着对坚持抗金的胡铨的同情和支持。“更南浦”二句点出送别主题，更显情感深沉。下片抒写离别之情。“岸柳”、“斜河”、“疏星”、“淡月”、“断云”，渲染送别环境及气氛，清肃而悲凉。接下四句写离别在即、相逢何日的感慨，“回首”一句，不直写今夜长谈，而回忆往昔对床夜语，离情别意更进一层。“雁不到”一句推想别后之苦，曲笔抒写，低徊无限。结末四句以高昂的语气作结。词人勉励胡铨：应以国事为重，放眼天下，俯视古今，不可像儿女般只讲恩怨私情。全篇慷慨磊落，余韵不尽。现代学者薛砺若盛赞此词“使稼轩为之，亦不过如是”(《宋词通论》)。

贺新郎

寄李伯纪丞相[①]

曳杖危楼去。斗垂天、沧波万顷，月流烟渚。扫尽浮云风不定，未放扁舟夜渡。宿燕落、寒芦深处。怅望关河空吊影，正人间、鼻息鸣鼍鼓[2]。谁伴我，醉中舞[3]。　　十年一梦扬州路[4]。倚高寒、愁生故国，气吞骄虏。要斩楼兰三尺剑[5]，遗恨琵琶旧语[6]。谩暗涩、铜华尘土[7]。唤取谪仙平章看[8]，过苕溪、尚许垂纶否[9]？风浩荡，欲飞举。

注释

① 李伯纪：即李纲，南宋初任丞相。绍兴八年(1138)，宋高宗向金人求和，李纲上书反对后罢居福建长乐。张元幹在福州作此词以寄。　② 鼍(tuó)鼓：宋陆佃《埤雅·释鱼》："先儒以为鼍皮坚厚，取以冒鼓，故曰鼍鼓。……其声逢逢然，像鼍之鸣。"鼍，即扬子鳄。这里形容人们沉睡，鼻息声如鼓。　③ 醉中舞：用祖逖闻鸡起舞故事。东晋祖逖和刘琨同宿，中夜听见鸡鸣，就对刘琨说："这不是恶声。"于是起来舞剑练功(见《晋书·祖逖传》)。　④"十年"句：是说，回顾从扬州仓皇出逃以来的十年光景，仿佛是做了一场大梦。十年一梦，公元1127年，宋高宗在南京(今河南商丘)称帝，以李纲为相。高宗准备迁都扬州，李纲表示反对，旋被罢免。建炎三年(1129)金兵南侵，高宗从扬州出逃，最后定都临安(今浙江杭州)，扬州被焚。从建炎元年到绍兴八年，大约有十年光景，故称"十年一梦"。唐杜牧《遣怀》诗："十年一觉扬州梦，赢得青楼薄幸名。"　⑤ 楼兰：西汉傅介子出使西域，设计在宴席上刺杀屡次攻击汉使者的楼兰王。这里以楼兰影射金国，以傅介子比喻南宋的抗战派人物李纲等。　⑥"遗恨"句：借汉王昭君和亲事，讽刺南宋统治者向金屈膝投降。琵琶旧语，汉元帝时，宫女王昭君出塞远嫁匈奴和亲，相传王昭君善弹琵琶，作乐曲《昭君怨》以解愁。唐杜甫《咏怀古迹五首》其三有句："千载琵琶作胡语，分明怨恨曲中论。"　⑦"谩暗涩"句：是说，宝剑被弃而不用，因而生了锈，蒙上了尘土，显得没有光泽。此暗指李纲等爱国志士被朝廷废弃不用。谩，同"漫"，徒然之意。涩，因生锈而不光滑。铜华，锈痕。　⑧ 谪仙：李白的称号，这里指李纲。李纲《水调歌头·题太白画像》有云："李白乃吾祖，逸气薄青云。"平章：评论。　⑨ 苕溪：水名，在今浙江省境内，源出天目山，流经吴兴入太湖。垂纶：即垂钓。纶，钓鱼用的丝线。传说商朝的吕尚在渭水垂钓，后来周文王延请他出仕，辅佐武王灭了商朝。故后世又以垂钓指隐居。

品评

南宋初期，宋金对峙，和战问题举国瞩目，它关系着南宋的前途和命运。是北伐中原，收复故土，统一中国？还是偏安江南，屈辱求和，苟且偷生？主战派和主和派之间展开了激烈的斗争。宋高宗绍兴八年(1138)，宋金和议已成定局。在投降派秦桧、王伦的导演下，高宗向金拜表称臣。抗战派首领李纲(字伯纪)上书反对无效。张元幹写了这首词寄给李纲，对他的抗金爱国立场表示极力支持和无限同情。

词的上片即事叙景，以一派黑夜沉沉的苍茫景象隐喻当时岌岌可危的政治局势。"正人间、鼻息鸣鼍鼓"，似在感叹江南大地"众人皆醉"，不思振作，使自己悲愤无限。"怅望"句，笔锋泣血，从凄冷的境界中抒发深切的感受和惆怅孤独的心情，沉痛地发出"谁伴我，醉中舞"的呼喊。这是对政治知音李纲的热切呼唤。谁，是说除了你李纲之外还有谁。下片直言时事，进一步抒发爱国壮志受到压抑的悲愤和毫不退却、坚持斗争的战斗精神。"十年一梦扬州路"，用笔简练，涵盖深广。高宗避难江南，不思北返。词人北望故国，不禁"愁生"心间，感慨不已。接下连用两典，借古喻今。以王昭君被迫出塞和亲之事影射南宋朝廷的求和政策；以汉将傅介子腰斩楼兰王以功封侯事，抒发自己抗金救国的雄心壮志和报国无路的悲愤。"唤取"以下写词人热情鼓励李纲应乘风"飞举"，有所作为，而不是归隐垂纶，不问世事。全词风格豪迈悲壮，词情激越，用典娴熟，不愧为《芦川词》压卷之作。

石州慢

己酉秋吴兴舟中作[①]

雨急云飞，惊散暮鸦，微弄凉月[②]。谁家疏柳低迷，几点流萤明灭。夜帆风驶，满湖烟水苍茫，菰蒲零乱秋声咽。梦断酒醒时，倚危樯清绝。　心折[③]。长庚光怒[④]，群盗纵横，逆胡猖獗[⑤]。欲挽天河[⑥]，一洗中原膏血。两宫何处[⑦]，塞垣只隔长江[⑧]，唾壶空击悲歌缺[⑨]。万里想龙沙，泣孤臣吴越[⑩]。

注释

① 己酉：宋高宗建炎三年(1129)。吴兴：今浙江湖州。时作者避难此处。

②"雨急云飞"三句：意思是雨急风紧，寒云飞驰，惊散了秋夜中的寒鸦！似乎连天上的秋月也被秋雨所摆弄。 ③ 心折：喻伤心之极。梁江淹《别赋》："使人意夺神骇，心折骨凉。" ④ 长庚：即金星，又名太白星。古人以为金星主战事。 ⑤ 逆胡：这里指犯宋的金兵。 ⑥"欲挽"句：化用唐代杜甫《洗兵马》诗："安得壮士挽天河，净洗甲兵长不用。"欲挽天河，意指赶走金兵，收复中原。 ⑦ 两宫：指被金兵掳去的宋徽宗、宋钦宗。 ⑧ 塞垣：边界。建炎三年三月，金兵进占扬州一带，宋金隔江对峙，故云"塞垣只隔长江"。 ⑨"唾壶"句：《世说新语·豪爽》："王处仲每酒后辄咏'老骥伏枥，志在千里；烈士暮年，壮心不已'。以如意打唾壶，壶口尽缺。"这里借用来抒发抗金抱负不能实现的愤懑。 ⑩"万里"二句：是说，想到徽、钦二帝还囚禁在万里之遥的北方，自己孤立无靠地在南方船上，心中感到无比悲伤。龙沙，白龙堆沙漠。也泛指塞外沙漠地区。这里指徽、钦二帝囚禁之所。孤臣，孤独无靠之臣，作者自称。吴越，指今江、浙一带。

品评

宋高宗建炎三年(1129)，金兵大举南侵。二月，占领扬州，高宗仓皇渡江南逃到临安(今杭州)，江北全失；十月，金兵渡江，攻占临安，高宗狼狈逃往海上，江南一带也惨遭金兵蹂躏，南宋王朝处于风雨飘摇之中。作者在逃难途中，看到满目疮痍、国破家亡的惨状，饱含血泪写下此词。

上片写词人秋夜在船上无限伤感愁闷的情怀。"雨急云飞"八句写秋夜水面之景，描绘出一幅风云变幻、凄冷苍茫的画面，暗喻时局艰危。"梦断"二句，写酒醒后的悲伤孤寂，深沉动人，哀哀欲绝。下片直抒胸臆，以"心折"领引，满腔悲愤，一泻而出。接下写金兵入侵，战乱频仍，盗贼丛生，一片混乱景象。"两宫"句至篇末，言二帝被掳，中原沦陷，奇耻大辱，令人悲愤难忍。面对国仇家恨，词人发出"欲挽天河，一洗中原膏血"的愤怒呼喊。无奈朝廷苟且偷安，权奸当道，妥协投降，词人报国无路，只有击壶悲歌，一抒胸怀。

水调歌头

追和①

举手钓鳌客②，削迹种瓜侯③。重来吴会三伏，行见五湖秋④。耳畔风波摇荡，身外功名飘忽，何路射旄头⑤。孤负男儿志⑥，怅望故园愁。　梦中原，挥老泪，遍南州⑦。元龙湖海豪气，百尺卧高楼⑧。短发霜黏两鬓，清夜盆倾一雨，喜听瓦鸣沟。犹有壮心在，付与百川流。

注释

① 词当作于绍兴二十三年(1153)前后，时词人已年逾花甲，去职南归。为重游吴地所作。词题“追和”，据词意，当是追和二十年前《水调歌头》“同徐师川泛太湖舟中作”原韵。 ② 钓鳌客：《列子·汤问》载，渤海之东有五山，常随海潮漂浮。上帝命十五巨鳌以头顶山使之不动。龙伯国巨人举足数步即至五山，一钓即得六鳌，负而回国。后即以喻举止豪迈。李白尝自称“海上钓鳌客”，词人此处以“钓鳌客”自喻。 ③ 种瓜侯：指种瓜的东陵侯邵平。《史记·萧相国世家》：“邵平者，故秦东陵侯。秦破，为布衣，贫，种瓜于长安城东。瓜美，故世俗谓之‘东陵瓜’。”词人于此亦以古人自喻。 ④“重来”二句：重游吴地，正是三伏交秋季节。吴会，今江苏苏州。五湖，此指太湖。 ⑤“身外”二句：报国功业未就，志士请缨无门。旄头，星名，即昴宿，古时也称胡星(见《史记·天官书》)，古人以为旄头跳跃预兆胡兵大起。 ⑥ 孤负：即辜负。 ⑦ 南州：泛言南方。 ⑧“元龙”二句：谓忧国忘家之情至老不衰。据《三国志·陈登传》载，许汜见陈登，陈登久不与语，使许卧下床，而自卧大床。许汜诉于刘备，谓元龙“湖海之士，豪气不除”。刘备说：“君有国士之名，今天下大乱，帝王失所，望君忧国忘家，有救世之意；而君求田问舍，言无可采，是元龙所讳也，何缘当与君语！如小人，欲卧百尺楼上，卧君于地，何但上下床之间耶！”

品评

此词是作者辞官南归，重游吴地时所作。

起句“举手钓鳌客，削迹种瓜侯”，引用古人两个典故，意味深长地回顾了自己年轻时豪气冲天，为国事奔波，仗义执言，敢于与奸臣秦桧对抗。但是世事不定，朝廷一味苟安，自己亦一再受贬直至隐居，成为看破红尘的老叟。在这样的心态下，作者重游故地，自然感慨万分，“耳畔风波摇荡，身外功名飘忽，何路射旄头”。在太湖上，词人在湖面的风波中飘荡，浮想联翩，他不为自己功名失意而忧愤，而是想着北面金兵依然虎视眈眈窥伺着南宋江山，自己昔日报国志向却连连受挫，正可谓“孤负男儿志，怅望故园愁”，这种愁随着年近老迈，归乡无望，更加深广而沉痛。

下片则紧随“故园愁”而来,“梦中原”写恢复故土希望渺茫,只可在梦中一泻愁思。词写至此,渐进鸣咽,转入低潮,但词人毕竟是个“钓鳌客”,虽遭挫折,反增豪气,“元龙湖海豪气,百尺卧高楼”,词人正以这种勇于承担国家危亡的责任感再次振起高亢之音。“清夜盆倾一雨,喜听瓦鸣沟”,耳听深夜一场喜雨,作者顿感壮心又起,仿佛这自然界的澎湃之音又使他感受到生命的活力,他的一股豪情如同大江东去,要再次在天地间掀起波澜。

此词声调高亢,感慨深沉,具有暴风骤雨般的气势,实是豪放词的杰作。

周紫芝

周紫芝(1082—1155),字少隐,号竹坡居士,宣城(今属安徽)人。曾从李之仪、吕本中游。宋高宗绍兴十七年(1147),任右迪功郎敕令所删定官,同年十二月,为枢密院编修官。二十一年,知兴国军。有《太仓稊米集》及《竹坡诗话》。

临江仙

送光州曾使君[1]

记得武陵相见日[2],六年往事堪惊。回头双鬓已星星[3]。谁知江上酒,还与故人倾。　　铁马红旗寒日暮,使君犹寄边城。只愁飞诏下青冥。不应霜塞晚,横槊看诗成[4]。

注释

① 光州:州名,在今河南光山县。曾使君:作者友人,生平不详。使君,对郡州行政长官的称呼。　② 武陵:郡名,在今湖南常德市。　③ 星星:形容头发斑白。　④ 横槊看诗:手握长矛赋诗,形容儒将风度。元稹《唐故工部员外郎杜君墓系铭并序》:"曹氏父子鞍马间为文,往往横槊赋诗。"

品评

此词是送别之作。作者乍遇故友,心情激动,在依依惜别同时,更勉励友人在边地为国立功。

"记得武陵相见日,六年往事堪惊",此武陵或实指今天湖南常德,或虚指自己和友人曾在桃花源般的地方相聚,有着深厚的情谊。武陵一别,屈指六年已过，故突然相遇，都互相吃惊，“回头双鬓已星星”则暗示对方在六年时光中亦是饱经风霜、身世坎坷，如今已是头发斑白。相遇是短暂的，转眼又是分别，故词人在江上与友人一倾离别之酒，以表惜别之情。

下片则是作者在酒席之上，描绘了友人边地生活的诗情画意，实是一番宽慰之语。他想象友人此去边地，定是一员儒雅大将，在红旗飘扬的战地，身骑战马，巡边守地，立马横槊，赋诗赏景。这样洒脱自由的生活让他如此留恋，整日只愁有一天皇帝诏书下达让他重返京城。这里，词人把友人守边的生活刻画得如诗如画，令人向往之极。作为惜别之词，此词情感饱满，描摹细致，真挚动人，充分展现了词人对友人的款款深情。

韩元吉

韩元吉(1118—1187),字无咎,号南涧,开封雍丘(今河南杞县)人。韩维四世孙,吕祖谦之外舅。官至吏部尚书。曾与张元幹、张孝祥、范成大、陆游、辛弃疾等以词唱和,风调亦近辛派。有《南涧甲乙稿》、《南涧诗余》。《宋史翼》有传。

霜天晓角

蛾眉亭[①]

倚天绝壁,直下江千尺。天际两蛾凝黛[②],愁与恨、几时极? 怒潮风正急,酒醒闻塞笛[③]。试问谪仙何处[④]? 青山外、远烟碧。

注 释

① 蛾眉亭:据《安徽通志》:"蛾眉亭在当涂县北二十里,据牛渚绝壁,前直二梁山,夹江对峙如蛾眉然,故名。" ② 两蛾:喻东、西梁山,又称大门山,对峙于长江两岸,像女子的双眉。 ③ 塞笛:边塞的笛声。当时当涂处于抗金前线,为边防要地。 ④ 谪仙:指李白。

品 评

这首词写于金兵南侵,南宋被迫在长江南岸设阵抗金的时候。作者登临蛾眉亭,伤时怀古,凭吊大诗人李白,抒写家国之恨。上片写采石矶的壮丽景色。"倚天绝壁"使人想起李白《蜀道难》中"连峰去天不盈尺,枯松倒挂倚绝壁"的雄奇;"飞流直下三千尺"是李白的激昂奔放,而此处"直下江千尺"却令人惊心动魄。远望长江两岸的天门山,也像愁肠凝结的蛾眉,山河零落之愁弥漫天际,望不到尽头。下片写词人于亭内借酒浇愁，酒醒后听到远处的羌笛声勾起对故土的思念和无限感慨。遥想当年李白游踪至此，寄居并死于当涂，一世豪情却终于壮志未酬，念及此，作者不禁怆然伤怀，远望青山，满腔愁情真如烟霭迷茫，无边无际。全篇写景雄壮，抒情沉郁，元代吴师道称赞这首词在歌咏采石矶蛾眉亭的作品中“未有能继之者”(《吴礼部诗话》)。

袁去华

袁去华，字宣卿，豫章奉新(今属江西)人。宋高宗绍兴十五年(1145)进士。知善化县，又知石首县。有《袁宣卿词》一卷。

水调歌头

定王台[①]

雄跨洞庭野，楚望古湘州[②]。何王台殿，危基百尺自西刘[③]。尚想霓旌千骑，依约入云歌吹，屈指几经秋。叹息繁华地，兴废两悠悠。　登临处，乔木老，大江流。书生报国无地，空白九分头[④]。一夜寒生关塞，万里云埋陵阙[⑤]，耿耿恨难休。徙倚霜风里，落日伴人愁。

注释

① 定王台：在长沙。西汉景帝子刘发封长沙定王，筑台以望母。　② 楚望：即"楚地"，富庶地区称"望"。颜延之《始安郡还都与张湘州登巴陵城楼作诗》："江汉分楚望，衡巫奠南服。"湘州，东晋以湖南及广东、广西一部为湘州。以临湘(今长沙)为州治。　③ 西刘：指西汉刘发。　④"空白"句：此用陈与义《巴丘书事》诗中"腐儒空白九分头"句来表述自己请缨无路的悲愤。　⑤ 云埋陵阙：皇宫与陵寝都埋没在远方的云雾之中，借指宋都汴京沦陷。

品评

此词是作者在长沙任县令期间，登临定王台所写的怀古词。

"雄跨洞庭野，楚望古湘州"，起二句即以非凡的气势描述了登台所见景致和其所处的地理位置，一个"跨"字即为下面的怀古之情奠定了豪迈的基调。"何王台殿”直接引出怀古的主题，词人遥想建台之初，西汉王朝的鼎盛，想象当时定王出巡时的盛大场面，旌旗飘展，千骑突进，歌声直入云端。这是多么让人想望的盛世景象！“叹息繁华地”，语势一转，突入低沉，把眼光拉近现实，表达词人深沉的家国之忧。下片直承“兴废”二字而来，直达现实中的身世之痛、家国之愁。“登临处，乔木老，大江流”句，以乔木、大江比喻江河日下，南宋国势的衰微。自己虽有爱国之志，却在一片求和声中，“报国无地”，转眼成为功名无分的白头书生。“一夜寒生关塞，万里云埋陵阙”，面对远处沦陷的江山，词人心痛不已，只能徘徊在瑟瑟秋风中，与落日相伴，发出阵阵悲慨之音。

此词借古咏怀，境界苍凉雄浑，在今昔对比中，具有强烈的批判性和抒情性。

曾 觌

曾觌(1109—1180),字纯甫,汴(今河南开封)人。宋高宗绍兴中,以寄班祗候,与龙大渊同为建王(即后来的孝宗)内知客。孝宗受禅,以潜邸旧人而受重用。淳熙初,除开府仪同三司,加少保、醴泉观使。有《海野词》。《宋史》卷四七〇有传。

金人捧露盘

庚寅岁春[①],奉使过京师,感怀作

记神京、繁华地,旧游踪。正御沟、春水溶溶。平康巷陌[②],绣鞍金勒跃青骢。解衣沽酒醉弦管,柳绿花红。 到如今、余霜鬓,嗟前事、梦魂中。但寒烟、满目飞蓬。雕栏玉砌,空锁三十六离宫[③]。塞笳惊起暮天雁[④],寂寞东风。

注 释

① 庚寅岁:指宋孝宗乾道六年(1170)。京师:指北宋都城汴京,即今河南开封。 ② 平康巷陌:唐代长安里名,亦称平康坊,为妓女聚居之所。 ③ 离宫:本指皇宫正宫以外临时居住的宫室,此处泛指汴京的皇宫。 ④ 塞笳:胡笳,汉时流行于塞北、西域一代的乐器。

品 评

宋孝宗乾道六年(1170),作者作为副使出使金国,此词是其归来途中,经过旧都汴梁时所作。

上片写作者经过旧都时,回忆起昔日的繁华。北宋时京城内伴着溶溶流水,

处处春意盎然。平康巷陌，风流公子，金勒雕鞍，绿柳红花，正可谓国泰民安，一派祥和。作者轻轻几笔勾勒，尽显大宋王朝的文明繁华。上片的一派繁闹正是为下片的萧条作铺垫。“到如今、余霜鬓”，声情哽咽，转入当下对汴梁的哀悼。“但寒烟、满目飞蓬”，如今的都城只有轻烟阵阵，旧殿空锁，一派荒寒之景。词人此时顿生悲凉之感，他在阵阵寒风中，听着孤雁凄鸣，笳声悲吟，内心自是无限伤感。

此词结构清晰，通过今昔对比，虚实结合，抒发了黍离之悲，江山兴亡之痛。

陆　游

陆游(1125—1209),字务观,号放翁,山阴(今浙江绍兴)人。以荫补登仕郎,历枢密院编修官。宋高宗绍兴三十二年(1162)赐进士出身,为州别驾。范成大帅蜀时,为参议官。宁宗嘉泰初,诏同修国史,升宝章阁待制。有《剑南诗稿》,词集名《渭南词》。《宋史》卷三九五有传。

秋波媚

七月十六日晚登高兴亭望长安南山[1]

秋到边城角声哀[2],烽火照高台[3]。悲歌击筑[4],凭高酹酒[5],此兴悠哉。　多情谁似南山月,特地暮云开。灞桥烟柳[6],曲江池馆[7],应待人来[8]。

注释

① 高兴亭:在兴元府(今陕西汉中)城西北。陆游在此地从军时,常常登此亭等候前线的平安烽火传来。南山:即终南山,横亘陕西南部,其主峰在长安(今陕西西安)南面。　② 边城:指兴元府城。角声:军中吹奏号角的声音。　③ 高台:指高兴亭。　④ 悲歌击筑:以乐器伴奏,唱起悲壮的军歌。筑,古代一种弦乐器,像琴,有十三根弦。　⑤ 酹酒:把酒倒在地上祭奠。这里暗含祷祝收复中原失地之意。　⑥ 灞桥:即霸桥,在长安城东灞水上,汉朝时人们送客到此,折柳赠别。　⑦ 曲江:池名,在长安城南,唐朝时为风景名胜地区。　⑧ 应待人来:陆游在川陕军幕时,曾向主帅王炎献进取之策,认为要收复中原,应先攻取长

安作为“本根”。这里说长安风景在“待人来”，实际上是表达他出兵先收复长安的愿望。

品评

这首词作于宋孝宗乾道八年(1172)，当时陆游四十八岁，正在川陕安抚使王炎的幕府中任干办公事(边防军事机关的属员)。

这首抒情小令，情绪乐观，意兴豪迈，风格雄放，个中原因在于：川陕边防前线激烈紧张的军事生活激起了诗人参与收复中原之大业的雄心，使他坚定了北伐战争必胜的信念。这时他正在为主帅王炎策划先取长安作“本根”的北伐方略，这首词就是其政治、军事理想的艺术化表现。通篇词情豪放而又兼有含蓄蕴藉之美，篇末不说我军要去攻打长安，却用移情法，说是长安的灞桥烟柳、曲江池馆都在高高兴兴地等待我军到来，这就避免了干巴巴地直陈其事，而使抒情意境变得生动有趣，耐人回味。

汉宫春

初自南郑来成都作[①]

羽箭雕弓[②]，忆呼鹰古垒[③]，截虎平川[④]。吹笳暮归[⑤]，野帐雪压青毡[⑥]。淋漓醉墨[⑦]，看龙蛇、飞落蛮笺[⑧]。人误许，诗情将略[⑨]，一时才气超然。　何事又作南来，看重阳药市，元夕灯山。花时万人乐处[⑩]，攲帽垂鞭[⑪]。闻歌感旧，尚时时、流涕尊前。君记取，封侯事在[⑫]，功名不信由天。

注释

① 南郑：今陕西汉中，当时为兴元府治。　② 羽箭雕弓：精美的弓箭。羽箭，以白羽为饰的箭。雕弓，雕刻着花纹的弓。　③ 古垒：指南郑的汉高祖庙。作者曾在那里打猎，其《忽忽》诗“呼鹰古庙秋”句下自注：“南郑汉高帝庙，予从戎时，多猎其下。”　④ 截虎平川：作者在汉中曾亲手射杀猛虎。其《三月十七日夜醉中作》诗云：“去年射虎南山秋，夜归急雪满貂裘。”《忆昔》诗云：“昔者戍梁益，寝饭鞍马间。……挺剑刺乳虎，血溅貂裘殷。”此外作者东归后所作诗中也多次回忆起这段杀虎经历。　⑤ 笳：古代北方民族一种吹奏乐器，类似笛。　⑥ 野

帐:张在野处的军帐。青毡:指用青毡为幕的帐篷。 ⑦ 淋漓:字迹湿淋淋的样子。醉墨:趁着酒兴写字。 ⑧ 龙蛇:形容笔势飞舞的样子。蛮笺:古代四川所产的彩色笺纸。 ⑨ 许:推许、赞许。诗情:作诗的才情。将略:领兵打仗的谋略。 ⑩ 花时:古时成都地区每年农历四月十九日为"浣花"节,这一天市民倾城出动,到城郊浣花溪杜甫草堂一带举行花会,十分热闹。陆游《老学庵笔记》卷八对此有详细记载。 ⑪ 敧帽:歪戴着帽子(这是表示生活散漫自由的样子)。垂鞭:不用鞭子抽打,骑着马儿缓缓而行。 ⑫ 封侯事在:据《后汉书·班超传》记载,班超少有大志,曾投笔叹息说:"大丈夫应该像傅介子、张骞那样到异域去立功,以取封侯,怎么能老是泡在笔墨纸砚间呢?"后来在西域建立大功,封定远侯。这里引用班超的典故,是表示自己还有为国立功的心愿。

品评

宋孝宗乾道九年(1173)正月,南宋朝廷再次放弃北伐的打算,罢免了抗战派将领王炎的枢密使之职。在此之前三个月,川陕军幕已解散,陆游被改任成都安抚司参议官,离开汉中来到成都。面对国家政治和个人经历中的这一重大变化,陆游心中长时间不能平静,于是在十分陌生的新环境中写下这首抒愤之词。

词的上、下两片将汉中军旅生活和成都的闲散日子进行对比描写,对前者无比怀念,对后者则表示实非所愿,悲慨之情溢于言表。作者是以英雄自许的事功型人士,因此不愿沉溺于消散无为的状态之中。他壮心未已,时思奋飞,词的末尾,一笔振起,顽强地表示:事在人为,立功域外、万里封侯的目标一定会实现!正是由于主观战斗精神旺盛高昂,所以这首抒愤之作悲而不失其壮,怨而能存其雄,具有振奋人心的艺术感染力。

夜游宫

记梦寄师伯浑①

雪晓清笳乱起②。梦游处、不知何地。铁骑无声望似水。想关河,雁门西,青海际③。 睡觉寒灯里④。漏声断⑤、月斜窗纸。自许封侯在万里⑥。有谁知,鬓虽残,心未死。

注释

① 师伯浑：师浑甫，字伯浑，四川眉山人，是个隐居不仕的才士。陆游居蜀时，与他结下深厚的友谊。 ② 雪晓：下雪的早晨。 ③“雁门”二句：雁门关，在今山西代县西北。青海际，即青海湖，在今青海省。都是古代西北边防重地。④ 睡觉：睡醒。 ⑤ 漏声断：漏壶里的水滴完了，指天快亮时。漏，漏壶，古代滴水计时的器具。 ⑥“自许”句：自信能在万里之外立功封侯。

品评

阅读陆游的诗歌，我们可以看到，他的爱国热情十分充沛而炽烈，常常从现实生活中溢到了梦里。他的五、七言诗中的许多名篇，就是这样的作品。他的词中也不乏此类记梦之作。这首《夜游宫》写于诗人离开汉中前线回到四川之后，词中借梦境寄托对西北抗金前线的系念之情，表达对偏安时局的不满和壮志成虚的愤懑。从词中可以看出，诗人虽然投闲置散，无所作为，但仍念念不忘地要寻找机会回到前方去杀敌报国。

诉衷情

当年万里觅封侯[①]，匹马戍梁州[②]。关河梦断何处[③]？尘暗旧貂裘[④]。　　胡未灭[⑤]，鬓先秋，泪空流。此生谁料，心在天山[⑥]，身老沧洲[⑦]。

注释

① 觅封侯：寻求建立功业以取封侯的机会。 ② 戍梁州：指陆游四十八岁时在汉中王炎的川陕宣抚使署任职期间的那段军事生活。梁州，今陕西汉中一带地区，此处古属梁州。 ③ 关河：关塞与河防，指边疆。 ④“尘暗”句：据《战国策·秦策》，战国时苏秦到咸阳游说秦王，上书十次，仍不被采纳；“黑貂之裘弊，黄金百斤尽，资用乏绝”，只好离秦而归。这里用苏秦的典故是抱怨自己长期闲散，没有建功立业的机会。 ⑤ 胡：这里指占领中原的女真族军事集团。⑥ 天山：即祁连山（匈奴语称天为祁连），在今甘肃省境内，这里借指南宋与金朝对峙的前线地区。 ⑦ 沧洲：古时隐士居住的地方。陆游晚年隐居于绍兴镜湖边的三山，故以“沧洲”自指。

品评

此词是作者晚年归隐绍兴时所作，沉郁悲凉，正是失志英雄满腔热泪的倾诉。“当年万里觅封侯，匹马戍梁州”句，实指自己中年后曾入著名抗金大将王炎幕府，在汉中这个抗金前线度过的一段意气风发的从军生涯。那时的词人满腔报国豪情，一心恢复故土。然而在当时主和派的阻挠下，轰轰烈烈的抗金事业走向低潮，词人自己亦是“尘暗旧貂裘”，在失意潦倒中回归故土，迫不得已过上归隐生活。下片转入年老隐居后的生活描述，“胡未灭，鬓先秋，泪空流”，在报国无门，壮志受挫之时，作者只能在孤寂中打发时光，一把英雄泪洒向无人处。“此生谁料，心在天山，身老沧洲”，词写至此，已然把满腹悲愤抒发到最高潮。在志向高远，心在天下，却废置无用的极端对比中，把这个请缨无路，壮志难酬的失意英雄形象塑造得淋漓尽致。此词深沉阔大，充满爱国激情，具有悲剧崇高之美。

范成大

范成大(1126—1193),字致能,号石湖居士,吴郡(今江苏苏州)人。宋高宗绍兴二十四年(1154)进士。孝宗时,累官权吏部尚书,拜参知政事。尝帅蜀,继帅广西,复帅金陵。进资政殿学士,提举洞霄宫。卒谥文穆。有《石湖集》。《宋史》卷三八六有传。

水调歌头

细数十年事,十处过中秋。今年新梦,忽到黄鹤旧山头①。老子个中不浅,此会天教重见,今古一南楼②。星汉淡无色,玉镜独空浮。　敛秦烟,收楚雾,熨江流。关河离合,南北依旧照清愁。想见姮娥冷眼,应笑归来霜鬓,空敝黑貂裘③。酾酒问蟾兔④,肯去伴沧洲⑤?

注释

① 黄鹤旧山头:黄鹤山,即今武汉之蛇山,世传仙人子安曾骑黄鹤经过此地,故名。 ②“老子”三句:写词人自谓深知山水楼台之佳趣,所以天公作美,教重见南楼。南楼,古楼名,旧址在黄鹤山上,宋代为著名的登临胜地,今已不存。李白《陪宋中丞武昌夜饮怀古》诗:“清景南楼夜,风流在武昌。”“老子”之称出自东晋庾亮镇守武昌时。庾亮曾在秋夜登上南楼,与同僚把酒吟诗,高兴地说:“老子于此处兴复不浅。”(见《世说新语》) ③ 黑貂裘:据《战国策》:“苏秦说秦王,书十上而不行,黑貂之裘弊,黄金百斤尽,资用乏绝,去秦而归。”这里指蹉跎岁月而无用武之地。 ④ 酾酒:斟酒。蟾兔:传说月亮中有蟾兔,借指月亮。⑤ 沧洲:水滨,借指归隐之处。

品评

此词作于宋孝宗淳熙四年(1177),这一年词人辞去四川制置使一职,预备回乡归隐,途经鄂州(今湖北武昌),在中秋之日参加友人在黄鹤山南楼的宴会,即席写下此篇。

开头“细数”二句,回忆一生漂泊各地,多次在异乡度过中秋节,这已暗逗归隐主题。“今年”二句感叹身不由己,没想到在今年的中秋会忽然来到武昌。“老子”三句,以庾亮自比,自幸能像古人一样重新领略如此美丽景致。“星汉”句则直述登楼所见之景。银河浅淡,一轮明月如镜新磨,高挂半空。下片“敛秦烟”句则把视线由天上移至地上,从南楼远望,依稀可见秦地的轻烟,楚地的白雾,月下的江水如新熨的丝绸,轻盈光滑。“关河”句则指远望南北,想起分裂的国土,今夜又有多少人如同他一样在饱尝苦痛。“想见”句则是由南北人民之痛转入对自己漂泊之苦的嘲笑,词人想象天上的嫦娥也会笑我为何南北奔波,最后碌碌无为,空老一身。至此词人已把倦于仕宦、苦于漂泊之情完全展示出来。“酾酒问蟾兔”,最后词人探问天上明月能不能陪伴自己归隐山林,享受田园之乐。表面是问天上明月,实则是自我独白,坚定归隐之心。本词上片写景述典,下片则借景抒情。语意超迈的同时亦暗含辛酸。

王　质

王质(1127—1189),字景文,号雪山,郓州(今山东东平)人,寓居兴国军。宋高宗绍兴三十年(1160)进士。孝宗朝为枢密院编修官,出通判荆南府,奉祠山居。有《雪山集》。《宋史》卷三九五有传。

定风波

赠将

问讯山东窦长卿①,苍苍云外且垂纶②。流水落花都莫问,等取,榆林沙月静边尘③。　　江面不如杯面阔,卷起,五湖烟浪入清尊④。醉倒投床君且睡,却怕,挑灯看剑忽伤神。

注释

① 窦长卿:作者友人,生平不详,据词义当为一位赋闲的将军。　② 苍苍云外:远离尘世烦扰之处。垂纶:钓鱼。　③ 榆林:西地边塞,此处借指边地。边尘:边地上的尘土,此处借指战事。　④ 五湖:太湖及其周边的几个湖,此处借指归隐的水边。

品评

此词生动刻画了一个志在抗敌却投老山林的郁郁不得志的大将形象。

上片"问讯山东窦长卿"起句,意在衬托友人在山东早有威名,为其后来失志之痛作铺垫,这样一个勇猛之将如今却荒废田园,整日借垂钓打鱼消磨岁月。"流水落花都莫问"三句则写友人虽身遭废弃,但志向不坠,仍关心国事,时刻想着重返塞外驱除入侵者,保卫社稷江山。下片则是王质对友人的劝慰之语,“江面不如杯面阔”意指借酒消愁,忘却外在的不快,在酩酊大醉中乘舟出行,在江湖的风平浪静中静享人生的乐趣。然而作为知己,王质也明白,这样的麻醉只能是暂时的,于是“挑灯看剑忽伤神”,此句已开稼轩“醉里挑灯看剑”豪迈苍凉之风的先河。

该词在旷达豪迈之中,潜藏悲凉沉郁之音,很好地传达了一个废弃不用的爱国将领郁闷不平之情。

张孝祥

张孝祥(1132—1169),字安国,号于湖居士,历阳乌江(今安徽和县)人。宋高宗绍兴二十四年(1154)进士,廷试第一。历任中书舍人、建康留守、集贤殿修撰、知静江府兼广南西路经略安抚使等。孝宗乾道二年(1166)由广西北归,次年起知潭州,迁荆南湖北路安抚使。他一生刚正不阿,力主北伐,因此仕途坎坷。工诗文,尤善词,词风豪迈,境界阔大,其胸次笔力都与苏轼相仿佛。著有《于湖居士文集》、《于湖词》。《宋史》卷三八九有传。

六州歌头

长淮望断[①],关塞莽然平。征尘暗,霜风劲,悄边声[②]。黯销凝。追想当年事[③],殆天数,非人力,洙泗上,弦歌地,亦膻腥[④]。隔水毡乡[⑤],落日牛羊下,区脱纵横[⑥]。看名王宵猎,骑火一川明。笳鼓悲鸣。遣人惊[⑦]。 念腰间箭,匣中剑,空埃蠹,竟何成。时易失,心徒壮,岁将零。渺神京[⑧]。干羽方怀远[⑨],静烽燧[⑩],且休兵。冠盖使[⑪],纷驰骛,若为情。闻道中原遗老,常南望,翠葆霓旌[⑫]。使行人到此,忠愤气填膺[⑬]。有泪如倾。

注释

① 长淮:指淮河。当时宋金对峙,西以大散关、东以淮河为边界。 ② 悄边声:指边防前线静悄悄的,平时的人呼、马叫、号角等声音这时一概没有。③ 当年事:指公元1127年金兵南侵、中原沦丧、北宋灭亡的巨大事变。 ④“洙泗上”三句:洙、泗二水流经山东曲阜,当年孔子在这里讲学,结合音乐进行文化

教育,培养了大批弟子。弦歌,乐歌。《史记·孔子世家》说:"三百五篇,孔子皆弦歌之。"弦歌地,指经受儒家文化教育之地。亦膻腥,指中原文化圣地也被敌人的腥臊气污染了。 ⑤ 隔水:隔着一条淮河。毡乡:指金朝。北方游牧民族居住在毡帐里,故称毡乡。 ⑥ 区脱:汉代匈奴军队用以侦察敌情的土室,这里借指金朝屯兵的据点。 ⑦"看名王"四句:总写淮河北岸金兵的威势。孝宗隆兴元年(1163)宋军北伐失败后,金兵直逼淮河,十分猖狂。名王,指金兵主将。宵猎,夜间打猎。遣,使、令。 ⑧ 神京:指北宋都城汴京(今河南开封)。 ⑨"干羽"句:用礼乐文化感化远方的敌人(这是讽刺南宋对金朝妥协求和)。干羽,盾牌和雉尾。《尚书·大禹谟》说大禹用干羽之舞使苗人归顺。 ⑩ 静烽燧:平静无战事。烽燧,烽火,用以报警。 ⑪ 冠盖使:使臣。这是指隆兴元年宋与金通使议和之事。冠盖,官员的服装和车马。 ⑫ 翠葆霓旌:用翠羽装饰的车盖和虹霓似的彩旗,均为帝王所用的仪仗。此处借指宋朝的北伐军。 ⑬ 填膺:满怀。膺,胸。

品评

宋孝宗隆兴元年(1163),南宋的北伐军在符离(今安徽宿州符离集)溃败之后,朝中主和派得势,与金朝通款议和。当时张孝祥任建康(今江苏南京)留守,在一次宴会上即席写下这首忧愤之词。全词一气呵成,悲壮淋漓,感人肺腑。

上片写淮河前线的景色,敌寇的嚣张气焰与南宋的不修边防形成了极为鲜明的对比,令人触目惊心。下片抒作者满腔忠愤之情,写法上层层推进,情感一浪高过一浪。换头四句,叹恢复之志难遂。"时易失"四句,伤时光之流逝,叹"神京"之难复。"干羽"六句,笔锋指向朝廷,讽刺议和的错误决策。"闻道"二句,从中原遗老盼北伐的角度来落笔,更深一层地揭露议和之失策。结尾三句,直抒作者自己胸中的悲愤:眼看敌人如此猖狂,而我方竟如此泄沓,有志之士怎能不"有泪如倾"!

这首政治抒情词,因其直面现实、指斥时政的战斗锋芒,在当时就引起了很大的反响。据说当天的宴会,北伐军的统帅张浚也在场,他读了词后,悲痛得"罢席而入"(《历代诗余》卷一一七引《朝野遗记》)。清代文论家刘熙载因此称赞说:"张孝祥安国于建康留守席上赋《六州歌头》,致感重臣罢席,然则词之兴观群怨,岂下于诗哉!"(《艺概》卷四)

念奴娇

过洞庭

洞庭青草①，近中秋、更无一点风色。玉鉴琼田三万顷②，著我扁舟一叶。素月分辉，明河共影③，表里俱澄澈④。悠然心会⑤，妙处难与君说。　应念岭表经年⑥，孤光自照，肝胆皆冰雪⑦。短发萧骚襟袖冷⑧，稳泛沧浪空阔。尽挹西江，细斟北斗，万象为宾客。扣舷独啸，不知今夕何夕⑨。

注释

① 洞庭青草：洞庭湖在湖南省岳阳市西面，青草湖在岳阳西南面，与洞庭相通，二湖是所谓"重湖"，总称洞庭湖。　② 玉鉴琼田：形容洞庭湖如同玉镜，又像一片种玉的田地。鉴，镜子。琼田，种白玉的田。　③ 明河共影：天上的银河与洞庭湖共同被月轮照耀着。明河，天河，银河。　④ 表里：里外，上下。⑤ 悠然：闲适自在的样子。　⑥ 岭表经年：指作者在五岭以南的桂林做了一年的官。岭表，五岭以南，指今广东、广西地区。　⑦ 孤光：指月亮。肝胆皆冰雪：心地光明磊落，如冰之清，如雪之洁。　⑧ 萧骚：萧疏，指头发稀少了。　⑨ 今夕何夕：表示今夜是一个美妙的夜晚。语出《诗经·绸缪》："今夕何夕，见此良人。"

品评

宋孝宗乾道元年(1165)，张孝祥出任静江(今广西桂林)知府兼广南西路经略安抚使，仅一年即遭谗言落职。这首词是他从桂林北归，过洞庭湖所作，是张孝祥的代表作，也是宋词中传诵最广的名篇之一。

通篇借湖上月景以寓情，抒写自己光明磊落而又愤恨难平的政治胸怀，写作手法含蓄蕴藉，外表上看超尘脱俗、忘情物我，骨子里却深藏着对朝政的愤懑、对政敌迫害的蔑视。词的上片写近中秋月夜之洞庭湖，万里光明，水天交辉，境界极为空阔浩大。这个"外宇宙"其实就是词人心灵"内宇宙"的表征，词人胸襟之光明洒落、气概之豪迈轩昂，皆可于月景中见之。下片由景入情，自剖胸怀，而笔势转急，于平淡中微露悲慨之情，在潇洒中隐含不平之意。"应念"三句，既是自明心迹，也是对朝中主和派政敌的抗议，为全篇抒情的中心，其“孤光自照”之精神境界、“肝胆冰雪”之高尚情操，实非一般的诗人词人所能及，故有极大的感染力。而篇末的吸江酌斗、宾客万象、笑傲天地的描写，笔法更为雄奇，充分地显示了抒情主人公的英姿奇气和雄迈飘逸。

这首词外冷而内热，风格十分独特，恰如清人陈廷焯所评：“热肠郁思，正于闲冷处见得。”（《词则·放歌集》卷二）从艺术表现上看，全篇声律宏迈，音节振拔，气雄而调雅，意缓而语峭，想象奇特而境界高远，堪与苏轼《水调歌头》中秋词相媲美而无丝毫逊色。

水调歌头

泛湘江①

濯足夜滩急②，晞发北风凉③。吴山楚泽行遍④，只欠到潇湘⑤。买得扁舟归去，此事天公付我，六月下沧浪⑥。蝉蜕尘埃外⑦，蝶梦水云乡⑧。　制荷衣⑨，纫兰佩⑩，把琼芳⑪。湘妃起舞一笑⑫，抚瑟奏清商。唤起九歌忠愤⑬，拂拭三闾文字，还与日争光⑭。莫遣儿辈觉，此乐未渠央。

注释

①湘江：在今湖南境内。　②濯足：洗脚。　③晞发：洗头发晾干。　④吴山楚泽：长江下游东南地区的山水。　⑤潇湘：湘水与潇水在湖南零陵西汇合，称潇湘。　⑥沧浪：碧绿的水，此处指湘水。屈原《渔父》：“沧浪之水清兮，可以濯吾缨；沧浪之水浊兮，可以濯吾足。”　⑦蝉蜕：蝉出土后，褪掉外壳，飞到树上。借喻超脱世俗。《史记·屈原贾生列传》：“蝉蜕于浊秽，以浮游埃尘之外。”　⑧蝶梦：庄子梦到自己化为蝴蝶，典出《庄子·齐物论》。　⑨制荷衣：用荷叶制成衣服。《离骚》：“制芰荷以为衣兮，集芙蓉以为裳。”　⑩纫兰佩：将兰草串联起来佩戴。《离骚》：“纫秋兰以为佩。”　⑪把琼芳：手里拿着香花。《九歌·东皇太一》：“瑶席兮玉瑱，盍将把兮琼芳。”　⑫湘妃：湘水的女神。传说尧有娥皇、女英二女，为舜妃；舜死于苍梧，二妃投湘水而死，为女神，称湘妃。⑬九歌：屈原作品。　⑭三闾：屈原曾任三闾大夫。与日争光：《史记·屈原贾生列传》：“（屈原）忠而被谤，能无怨乎？屈平之作《离骚》，盖自怨生也。……推

此志也，虽与日月争光可也。”

品 评

上片“濯足夜滩急”句写渴望一游湘江的迫切心情；“只欠到潇湘”句已是蓄势待发；“买得扁舟归去”体现词人终于可以实现心愿的喜悦之情；“蝉蜕尘埃外，蝶梦水云乡”则点明此去寻找的其实并不是一个风光秀丽的自然景物，而是回到屈原所描绘的那个没有污染的精神圣地。于是下片就不再把笔墨放在对湘江自然山水的景色描绘上，而是着重体现精神回归的快乐与宁静。他像屈原一样穿戴起荷花、佩起兰叶，还请来湘妃演奏高雅的音乐，自然还忘不了高歌一曲《离骚》，在精神上与古人相交通，达到一种忘我的快乐之境。此词极具浪漫抒情性，想象丰富瑰丽，在神话与现实间构建起一个变幻莫测的精神世界，情感在自由宣泄时亦曲折深挚，余韵无穷。

西江月

题溧阳三塔寺[①]

问讯湖边春色[②]，重来又是三年。东风吹我过湖船，杨柳丝丝拂面。　世路如今已惯，此心到处悠然。寒光亭下水如天[③]，飞起沙鸥一片。

注 释

① 三塔寺：在今江苏溧阳三塔湖边。　② 问讯：探访。　③ 寒光亭：在三塔寺院内。

品 评

这首词大约是宋高宗绍兴三十二年(1162)春，作者自建康(今江苏南京)还宣城(今属安徽)，途经溧阳(今属江苏)时的遣兴之作。

作者本来“年少气锐”(《宋史》本传)，但中了进士做了官以后，短短几年中迭遭打击迫害，几次罢官。经过这些宦海风波之后，作者似已参透世情物理，心境变得淡泊悠然。这首词就是自述这段心理转变历程的。全篇融情入景，以和平宁静的湖边景色来喻示自己闲适恬淡的心境。与他那些悲慨雄放的政治抒情词不同的是，这首词表现的是一种勘破人生之后的旷达平和，因而多用轻松欢快语，不写雄奇伟壮之景而只写清丽幽远之景，展示了这位热心事功的政治人物心灵世界的另一面。

浣溪沙

荆州约马举先登城楼观塞①

霜日明霄水蘸空②，鸣鞘声里绣旗红③。澹烟衰草有无中。　万里中原烽火北④，一尊浊酒戍楼东⑤。酒阑挥泪向悲风⑥。

注释

① 马举先：可能是作者任职荆州时的同僚或幕客，生平不详。塞：边塞，国防前线。　② 霄：天空。水蘸空：指水天相接，江水仿佛蘸着天空似的。③ 鸣鞘声：挥动马鞭发出的声响。鞘，通“梢”，指鞭梢。绣旗：锦绣的军旗。④“万里”句：指被金人占领的万里中原还在荆州的北面。　⑤ 戍楼：城楼上有军队驻守，故称戍(防守)楼。　⑥ 酒阑：饮酒结束的时候。挥泪：掉泪，洒泪。

品评

宋孝宗乾道四年(1168)，张孝祥出任荆州知府兼荆湖北路安抚使。当时荆州为南宋国防前线。作者登城览景，触景生情，写下此词以表现其报国无路的忠愤之情。

上片先写登楼所见之景，秋日的荆州，水天无际，空阔明朗，远处刀剑铿锵作响，战旗面面鲜红，这种备战气氛极浓的边塞景象，自然使志在收复中原的作者精神为之一振。但远远望去，淡烟衰草，萧飒迷茫，这种西风残照的景致，让人联想到南宋偏安妥协的危局，心情不由转向悲怆低沉。下片直抒胸怀。作者北望万里中原，痛心疾首于朝廷的苟安与无能，忧思郁结，无以排遣，只有临风洒泪，举酒浇愁。全篇借景生情，慷慨悲歌，以小令短章写大题材，发大感慨，是一首豪壮感人的英雄之词。

辛弃疾

辛弃疾(1140—1207),字幼安,号稼轩,历城(今山东济南)人。耿京聚兵山东抗金,节制忠义军马,辛弃疾为其掌书记。受耿京命奉表归宋。高宗召见,授承务郎,差签判江阴。累官至浙东安抚使,加龙图阁待制,枢密院都承旨。宋恭帝德祐初,以谢枋得请,赠少师,谥忠敏。有《稼轩词》传世,存词总计六百二十六首。《宋史》卷四〇一有传。

水龙吟

登建康赏心亭[1]

楚天千里清秋,水随天去秋无际。遥岑远目[2],献愁供恨,玉簪螺髻[3]。落日楼头,断鸿声里[4],江南游子。把吴钩看了[5],栏干拍遍,无人会,登临意。　　休说鲈鱼堪脍,尽西风、季鹰归未[6]?求田问舍,怕应羞见,刘郎才气[7]。可惜流年,忧愁风雨,树犹如此[8]。倩何人,唤取红巾翠袖[9],揾英雄泪[10]。

注释

① 赏心亭:在建康城西下水门之城上,下临秦淮河,始建于北宋初年,在当时是一个登临览胜的亭子。 ② 遥岑:远山。 ③ 玉簪螺髻:形容山形如美人头上的碧玉簪和螺形发髻。 ④ 断鸿:失群的孤雁。 ⑤ 吴钩:春秋时期吴国制造的一种兵器,似剑而曲。此处借指腰间佩剑。杜甫《后出塞》诗:"少年别有赠,含笑看吴钩。" ⑥"休说"二句:《世说新语·识鉴》:"张季鹰辟齐王东曹掾,

在洛，见秋风起，因思吴中菰菜羹、鲈鱼鲙，曰：'人生贵得适意尔，何能羁宦数千里以要名爵？'遂命驾便归。俄而齐王败，时人皆谓为见机。"后因以"鲈鱼鲙"为思乡赋归之典。鲙，细切的鱼肉片。 ⑦"求田"三句：据《三国志·魏书·陈登传》载：许汜去见陈登，陈登瞧不起他，叫他睡下床，自己睡大床。后来许汜将此事告诉刘备，说："陈元龙湖海之士，豪气不除。"刘备就批评许汜说："你有国士之名，如今天下大乱，帝王流离失所，希望你忧国忘家，有救世之志，但你却只知求田问舍，所说的话没有可取之处。你还说陈登对你傲慢，让你睡下床，如果是我接待你，我就自睡百尺楼上，让你睡地下，岂止是上下床之间！"刘郎，指刘备。⑧"可惜"三句：流年，指时光流逝。风雨，喻指艰难的国势。树犹如此，典出《世说新语》：东晋大将桓温北征路过金城，看到自己早年所种的柳树已有十围粗，感叹说："木犹如此，人何以堪！"于是攀枝折条，流下眼泪。 ⑨红巾翠袖：代指美女。 ⑩揾(wèn)：擦去，揩掉。

品评

此词作于宋孝宗淳熙元年(1174)秋。当时作者应叶衡之邀，担任江东安抚司参议官。这是作者第四次到建康。第一次是十二年前奉耿京之命南下接洽归宋事宜，在建康受到宋高宗接见；第二次是押解叛徒张安国到达建康，献给南宋当局；第三次是任建康府添差通判。十二年过去了，他第四次来到这个对他来说具有特殊纪念意义的名城，自不免感慨万千。最让他感慨不已的是，他南渡本是为了完成抗金大业，不料十二年过去了，以在建康城去而复返，兜了一大圈又回到原地这件事为标志，他所追求的理想竟还处于原地踏步的状态。所以他再次登上赏心亭，自会产生像桓温那样的"树犹如此，人何以堪"的悲痛之怀，心中郁积的苦闷不能不以一吐为快。

词的上片，写景极为悲凉，而又熔情入境，借以袒露不得志的愁怀，满腹牢骚全吐于纸上。但这种牢骚并非个人进退出处的牢骚，而是至大至公的时世家国之忧，因此显得堂堂正正，浩气袭人。正如唐圭璋《唐宋词简释》评论此词时所指出的，同为登楼的名篇，三国王粲的《登楼赋》便无此慷慨。下片三次用典，以张翰、刘备、桓温三事来表达自己的宏图远志永不改变之意和眼下的伤感之怀，豪气浓情一时并集。全篇笔势浩荡，而又以潜气内转之法蓄势造境，所以感人至深。陈洵《海绡说词》赞此词："纵横豪宕，而笔笔能留，字字有脉络如此。"

太常引

建康中秋夜为吕叔潜赋[1]

一轮秋影转金波[2]，飞镜又重磨[3]。把酒问姮娥[4]：被白发、欺人奈何[5]？　　乘风好去，长空万里，直下看山河。斫去桂婆娑[6]，人道是、清光更多[7]。

注释

① 吕叔潜：吕大虬，字叔潜，是辛弃疾的朋友，生平事迹已不可考。　② 金波：指月光。语本《汉书·礼乐志》所载《郊祀歌》："月穆穆以金波。"　③ 飞镜重磨：喻月亮重圆。飞镜，指月，语本李白《渡荆门送别》诗："月下飞天镜，云生结海楼。"古时镜面是铜做的，需要常磨，才能明亮照人。这里比喻中秋之月如新磨的铜镜光彩照人。　④ 把酒：举起酒杯。苏轼《水调歌头》词："明月几时有，把酒问青天。"姮娥：即嫦娥，神话传说中的月中仙子。　⑤ 白发欺人：语本唐代薛能《春日使府寓怀》诗："青春背我堂堂去，白发欺人故故生。"奈何：怎么办。⑥ 斫：砍削。桂婆娑：指月中桂树。语本韩愈《月蚀诗效玉川子作》："玉阶桂树闲婆娑。"　⑦"人道"句：连同上句，化用杜甫《一百五日夜对月》诗："斫却月中桂，清光应更多。"

品评

这首词大约作于宋孝宗淳熙元年(1174)中秋之夜。这是一首政治抒情词，篇幅虽然短小，内容却很丰富，思想寄托很深。其主题是表现对于妨碍自己实现政治抱负的腐朽黑暗势力的憎恨，但通篇没有一句话直接地宣泄这个想法，而是用隐喻的手法来表现的。

上片的四句，意思可分为两层。前二句以简练而生动的笔触描写中秋之夜皎洁美好的自然景色。后二句对月伤感。中秋赏月是传统习俗，但赏月时，不同的人往往产生不同的感想。正当盛年的辛弃疾仰视明月想到的是什么呢？他首先想到的是南归多年，光阴虚度，理想和抱负没有实现。于是他向那想象中的月里嫦娥尖锐地发问：年华飞逝，白发欺人，我该怎么办？"奈何"一词是句中之眼，生动地揭示出作者内心的苦恼和焦躁。

下片五句，表现作者对于造成他的苦恼和焦躁的恶势力的憎恨。这个主题的揭示又是分两个层次来完成的。第一个层次为“乘风”三句，意脉直承上片：在人间无法解除苦恼，则转而幻想飞举太空，去俯瞰祖国山河。祖国太可爱了，而作者对祖国的感情又是如此之深。可是月中那讨厌的桂树却用它的阴影来遮蔽了光明，使作者没法看清山河。这一联想寓意很深。祖国山河因金人的蹂躏而残缺不全，作者多年系心的就是如何使缺月重圆，山河重归一统，可那些黑暗势力却阻止他实现美好的理想。于是在下一层次，作者愤然吟为“斫去桂婆娑，人道是、清光更多”的警句——只有砍掉这象征黑暗的桂树，才能消除笼罩在祖国大地上的阴霾，使山河重光。这首小词就在这极有艺术感召力的想象中表达了作者去邪除恶的迫切愿望，是辛弃疾用小令写大题材，发大感慨的杰作之一。

菩萨蛮

书江西造口壁①

郁孤台下清江水②，中间多少行人泪？西北望长安，可怜无数山。③　　青山遮不住，毕竟东流去④。江晚正愁予⑤，山深闻鹧鸪⑥。

注释

① 造口：即皂口。在今江西万安县西南六十里，有皂口溪，溪水自此入赣江。　② 郁孤台：在今江西赣州市西南。在唐宋时代，这里是登台览景的名胜。宋代王象之《舆地纪胜》卷三二“江南西路赣州”：“郁孤台……隆阜郁然，孤起平地数丈，冠冕一郡之形胜，而襟带千里之山川。”清江：指赣江。　③ “西北”二句：化用杜甫《小寒食舟中作》诗：“云白山青万余里，愁看直北是长安。”及北宋刘攽《九日》诗：“可怜西北望，白日远长安。”长安本为汉唐故都，这里用以代指北宋故都汴京（今河南开封）。可怜，可惜。　④ “青山”二句：化用北宋陈师道《送何子温移亳州》诗：“关山遮极目，汴泗只东流。”　⑤ 愁予：使我发愁。予，我。语本屈原《九歌·湘夫人》：“目眇眇兮愁予。”苏轼《和邵同年戏赠贾秀才》诗有“烟波渺渺正愁予”句。　⑥ 鹧鸪：鸟名。古人说它的叫声像是说“行不得也哥哥”。这里暗指时事艰难。

品评

此词为宋孝宗淳熙三年(1176)作者任江西提点刑狱时所作,是辛词中最负盛名的代表作之一。

上片从忆旧发端,以江水起兴,极写四十多年前金兵侵犯赣西南时给人民带来的巨大苦难,以江水之滔滔流不尽象征民族苦难之深。三、四两句笔锋一转,直指当前中原沦陷、偏安危局依旧的可悲现实,并表达了作者对北方的深切怀念。下片即景抒情,一方面写江水冲破重重山岭的阻拦,依旧浩浩东流,令人向往;一方面写黄昏深山里的凄凉之景,以鹧鸪之鸣暗示时局的艰难。

《菩萨蛮》这个词牌,自晚唐五代以来一直被用作抒写儿女柔情或小事小景的短调,作者却用它来写大题材,发大感慨,其宏大的艺术气魄令人叹服。明人卓人月《古今词统》赞其"忠愤之气,拂拂指端";近人梁启超更评论说:"《菩萨蛮》如此大声镗鞳,未曾有也。"(《艺蘅馆词选》引)道出了此词思想艺术上的特点。

水调歌头

舟次扬州,和杨济翁、周显先韵①

落日塞尘起,胡骑猎清秋②。汉家组练十万③,列舰耸层楼④。谁道投鞭飞渡⑤,忆昔鸣髇血污,风雨佛狸愁⑥。季子正年少,匹马黑貂裘⑦。　今老矣,搔白首,过扬州⑧。倦游欲去江上⑨,手种橘千头⑩。二客东南名胜,万卷诗书事业,尝试与君谋⑪。莫射南山虎⑫,直觅富民侯⑬。

注释

① 杨济翁:名炎正,江西吉水人,诗人杨万里的族弟。周显先:生平不详。② "落日"二句:指宋高宗绍兴三十一年(1161)金主完颜亮带兵南侵。胡骑,北方少数民族统治者的骑兵,这里指金兵。猎清秋,趁凉爽的秋天发动战争。猎,打猎,借指发动战争。清秋,凉爽的秋天。古时北方游牧部落的军队常趁秋高马肥时侵扰南方。　③ 汉家:代指南宋朝廷。组练:指军队。　④ "列舰"句:指南宋水军高大的楼船。层楼,高楼。　⑤ 投鞭飞渡:东晋时,前秦苻坚举兵南侵,号称大军九十万,他夸口说:"以吾之众,投鞭于江,足断其流。"(《晋书》)这里借

以讽刺完颜亮侵宋时的嚣张气焰。 ⑥“忆昔”二句：指完颜亮侵宋失败，自己被部下杀死的事。鸣髇(xiāo)，即鸣镝，古时匈奴人用的一种响箭，射时发声。西汉时，匈奴头曼单于的太子冒顿对其部下说：“如果我用鸣镝射谁，不跟着我射的，就要被处死。”后来他随父打猎，以鸣镝射头曼，部下也跟着射，遂将其射死(见《史记·匈奴列传》)。血污，指死于非命。佛狸，北魏太武帝拓跋焘的小名。他南侵受挫，回去后被部下杀死。这里用此二典，借指完颜亮采石矶战败后被部下杀死。 ⑦“季子”二句：战国时策士苏秦字季子，曾游说六国，使合纵抗秦，佩六国相印。这里作者以苏秦自喻，说明当年自己在北方起兵抗金，像苏秦一样南北奔走，年轻有为。黑貂裘，苏秦开始游说诸侯时所穿的衣服。 ⑧过扬州：这里是“又过扬州”之意。扬州既是完颜亮兵败被杀之地，又是当年辛弃疾奉表渡江归宋时经行的一道重要关口，那段经历他终身难忘，直到晚年在镇江作词时，还说：“四十三年，望中犹记，烽火扬州路。” ⑨“倦游”句：倦于宦游，不想做官了，要隐遁江湖。 ⑩“手种”句：意谓隐居后想以耕种为生。种橘，典出《襄阳耆旧记》：李衡为丹阳太守，遣人往武陵龙阳泛洲上作宅，种橘千株。临死，敕儿曰：“吾州里有千头木奴，不责汝食，岁上匹绢，亦当足用尔。” ⑪“二客”句：是称赞杨、周二人为江南名士。名胜，作名士、名流解。 ⑫“莫射”句：意谓不要再从军。据《史记》记载，李广为右北平太守时，曾射杀猛虎；罢官闲居蓝田南山时，把石头错认为虎，发箭中石没镞。 ⑬“直觅”句：汉武帝晚年悔征伐之事，封丞相为富民侯。这里表面上是叫朋友去追求太平宰相的官职，实际上是感叹南宋朝廷大敌当前却偃武修文。

品评

宋高宗绍兴三十一年(1161)金主完颜亮大举南侵，一度占领扬州，并以此作为渡江基地，妄图一举吞灭南宋。南宋军民奋起抗敌，采石矶一战大败金军，完颜亮也被部下所杀。趁此大好时机，年轻的辛弃疾在济南起兵抗金，开始了他的政治、军事生涯。转眼间十七年过去了，孝宗淳熙五年(1178)作者“舟次扬州”，在这个对于国家和他本人都有纪念意义的地方不禁抚今追昔，写下了这首感慨很深的抒情词。

上片满怀豪情地追忆十七年前的旧事。这可分为两个层次：第一层从开头到“风雨佛狸愁”，共七句，以简括而形象的描写，热烈而奔放的笔调，歌颂了当年宋军大败金兵的英雄业绩。第二层即“季子”二句，写自己在金兵败退的大好形势下，如何英姿飒爽地投入了战斗。

下片转入当前，写时光流逝，事业无成的一种无可奈何的悲愤心情。也可分为两个层次：前五句为第一个层次，写英雄失路的悲哀。尤其"搔白首"一语，看似平淡，实含深悲。这是暗用杜甫《梦李白》诗中"出门搔白首，若负平生志"的句子，感叹自己大业未成。"二客"句到结尾是第二层次，转入本词题面，对杨、周二人说话，但目的是承上失意叹恨之绪，抒发自己的牢骚。末二句从表面上看是对朋友的劝勉之语，但其意思应该反过来理解，实际上是指斥宋廷放弃北伐，苟且偷安，偃武修文的错误方针和卖国行径。这就是全篇主旨所在。

摸鱼儿

淳熙己亥①，自湖北漕移湖南②，同官王正之置酒小山亭③，为赋

更能消、几番风雨，匆匆春又归去。惜春长怕花开早，何况落红无数④。春且住，见说道、天涯芳草迷归路⑤。怨春不语。算只有殷勤，画檐蛛网⑥，尽日惹飞絮⑦。　　长门事⑧，准拟佳期又误。蛾眉曾有人妒⑨。千金纵买相如赋，脉脉此情谁诉⑩？君莫舞，君不见、玉环飞燕皆尘土⑪。闲愁最苦。休去倚危楼，斜阳正在，烟柳断肠处。

注释

① 淳熙己亥：即宋孝宗淳熙六年(1179)。　② 自湖北漕移湖南：作者由湖北转运副使调任湖南转运副使。漕，漕司，宋代称转运使为漕司，省称漕。③ 同官王正之：王正之，淳熙六年任湖北转运判官，与辛弃疾为同僚，故称同官。小山亭：亭名。据宋王象之《舆地纪胜》记载，该亭在鄂州(今武汉市)湖北转运副使衙门院内。　④ 落红：落花。　⑤ 见说道：听说是。芳草无归路：化用苏轼《点绛唇》词："归不去，凤楼何处？芳草迷归路。"　⑥ 画檐：雕饰华美的屋檐。⑦ 惹：粘住。　⑧ 长门事：据《长门赋序》，汉武帝的皇后陈氏先得宠幸，后来失宠，被幽闭于长门宫。陈皇后听说司马相如善写辞赋，就用黄金百斤请他写了一篇《长门赋》。相如将此赋献给武帝，武帝读了很受感动，于是陈皇后重新得宠。下文"千金买赋"亦指此事。　⑨"蛾眉"句：语本屈原《离骚》："众女嫉予之蛾眉兮，谣诼谓予以善淫。"蛾眉，代指美女。　⑩ 脉脉：含情不语的样子。　⑪ 玉环

飞燕:玉环,指唐玄宗最宠爱的妃子杨玉环。安禄山叛乱,玄宗西逃,在马嵬坡缢死了杨玉环。飞燕,指汉成帝宠爱的皇后赵飞燕。她失宠后被废为平民,自杀而死。皆尘土:指杨玉环、赵飞燕都死于非命,一切都落空。

品评

这是辛年疾最负盛名的代表作之一。通篇借春天的衰残来寄托作者哀时怨世的情怀,表示了对南宋偏安政局的深切忧虑和悲愤。

上片以春天即将逝去的花残叶败的景象,喻示宋朝南渡后不能有所振作的危弱局势;下片连用典故,以比喻象征的手法,侧重描写和谴责偏安的小朝廷里竟还有许多妒宠争妍的丑态,感叹南方士大夫茫茫然不知劫后湖山已成残局,弄不好则无论此时得意或失意都将同归于尽。词的结尾用唐人李商隐《北楼》诗“轻命倚危栏”句意,写出一片斜阳烟柳的凄迷黯淡景象,让人感到真是愁到极处,也就是危险到了极处。传说宋孝宗读了此词“颇不悦”(罗大经《鹤林玉露》甲编卷一),可见它的确刺着了南宋当局的痛处。

这首词的写作手法和风格面貌,让人联想到了屈原的《离骚》。论者指出:“此词颇似屈子《离骚》,盖谗谄害明,贤人失志,为古今所同慨也。”(刘永济《唐五代两宋词简析》)它与《离骚》相似之处就在于都是用美人、香草的比兴手法来抒写政治牢骚。此词风格偏向柔美一路,但它与一般写儿女柔情和风月闲愁的婉约词大有不同,是一种“摧刚为柔”的特殊风格。作者以阳刚雄豪之气驱遣一系列美人香草的柔美意象,组织成温婉缠绵的精丽词章,将政治上的难言之隐尽兴宣泄出来,这比一般粗豪直露之作更具艺术感染力。

水龙吟

甲辰岁寿韩南涧尚书[①]

渡江天马南来[②],几人真是经纶手[③]?长安父老[④],新亭风景[⑤],可怜依旧。夷甫诸人,神州陆沉,几曾回首[⑥]?算平戎万里[⑦],功名本是,真儒事、公知否[⑧]? 况有文章山斗[⑨],对桐阴、满庭清昼[⑩]。当年堕地,而今试看,风云奔走[⑪]。绿野风烟,平泉草木,东山歌酒[⑫]。待他年整顿,乾坤事了,为先生寿。

注释

① 甲辰岁：指宋孝宗淳熙十一年(1184)。韩南涧：韩元吉(1118—1187)，字无咎，号南涧，开封雍丘(今河南杞县)人。南渡后寓居上饶。做过吏部尚书。是一个抗战派的官员，政绩和文学都驰名于当时。 ②“渡江”句：西晋末年，中原大乱，统治者将北方放弃给匈奴等入侵者，逃到江南，建立东晋政权。当时，琅邪王司马睿与另外四个王子一齐渡江，过江后司马睿做了皇帝(即晋元帝)。童谣说：“五马浮渡江，一马化为龙。”皇帝号称天子，晋朝皇帝又姓司马，故称天马。这里借指宋朝南迁。 ③ 经纶手：筹划、治理国家大事的能手。 ④“长安”句：是借东晋事说中原父老盼望北伐。典出《晋书·桓温传》：东晋时桓温举兵北伐，一直打到长安郊外的灞上，长安父老持牛酒迎接桓温，感动得哭着说：“不图今日复见官军！” ⑤“新亭”句：典出《世说新语·言语》：晋南迁后，渡江的士大夫们经常在金陵郊外的新亭相聚饮酒，一次饮酒时，周顗感叹说：“风景不殊，正自有山河之异！”于是众人“皆相视流涕”。 ⑥“夷甫”三句：据《晋书·桓温传》，桓温北伐时，登高远望中原，感叹说：“遂使神州陆沉，百年丘墟，王夷甫诸人不得不任其责！”王衍，字夷甫，西晋末宰相。他喜空谈，不管国事，弄得国家破败。这里暗指南宋当权者尚空谈，不图恢复。沉陆，即陆沉，指国土沦陷。几曾，何曾，何尝。 ⑦ 平戎：指打败金兵，收复失地。戎，本是古代西北民族的通称，这里专指金人。 ⑧ 真儒：大儒，有真学问和大本领的读书人。汉扬雄《法言》：“如用真儒，无敌于天下。” ⑨“况有”句：这是把韩元吉的道德文章比拟于韩愈。《新唐书·韩愈传赞》：“自愈之没，其言大行，学者仰之如泰山北斗云。”山斗，即“泰山北斗”的省写。 ⑩“对桐阴”句：这是赞韩元吉的光荣家世。韩元吉是北宋时中原地区著名的“颍川韩氏”家族的后裔。颍川韩氏在汴京的门第前多植桐木，以区别于当时另一韩氏大族相州韩氏。韩元吉有《桐阴旧话》十卷，记其家世旧事。 ⑪“当年”三句：是赞扬韩元吉当年像渥洼神马降生人间，如今风云际会，要在政坛大显身手。这里化用了黄庭坚《次韵邢敦夫》诗：“渥洼麒麟儿，堕地志千里。”及苏轼《和张昌言喜雨》诗：“百神奔走会风云。” ⑫“绿野”三句：以古代名相的别墅来赞美韩元吉在上饶的隐居之所。绿野，绿野堂，是唐代名相裴度在洛阳的别墅。平泉，平泉庄，是唐代名相李德裕在洛阳郊外的别墅。东山，山名，在今浙江上虞，是东晋名相谢安的隐居地。

品评

寿词一般容易流于无聊的应酬恭维，尤其是写给一个做过大官、比作者整整大二十多岁的老前辈。但作者却不落常套，将此词写成了一首壮美的政治抒情词。

上片连用典故，以古喻今，纵论国事。一开头就痛斥南宋当权者偏安误国。“夷甫”三句更是借晋说宋，矛头直指只会清谈而对国家命运漠不关心的时相，是对南宋投降派的口诛笔伐。既然国家的中兴不能指望这些空谈误国的权臣，那么指望谁呢？作者在上片末锐身自任地响亮回答：“算平戎万里，功名本是，真儒事、公知否？”真儒者谁？这是不言自明的——韩公您与我辛某也！下片这才转到祝寿的题面上来，主要内容是对寿主进行一番歌颂，但也没有脱离政治抒情的主题。作者对韩元吉的门第、家风、道德、人品、文章、才干诸方面的赞颂，其中当然掺杂着社会交际中不可免的一些滥美的成分。不过，结尾三句“待他年整顿，乾坤事了，为先生寿”，却以国家大事相期，以整顿乾坤的宏伟抱负共勉，仍然不落常格，其中充分反映了作者本人对抗战事业的必胜信念和顽强乐观的战斗性格——哪怕是被迫闲居、思想苦闷的时期，他的战士性格也未曾丝毫减弱，甚至在为别人祝寿的应酬场合，也要充分地表露战斗的锋芒。

在写法上，此词通篇用典，但不使人感到生硬堆砌，而是驱遣自如，融化无迹，把所欲表达的悲壮豪迈之情恰到好处地写出来，显示了作者驾驭语言和谋篇布局的高超水平。

清平乐

独宿博山王氏庵

绕床饥鼠，蝙蝠翻灯舞[①]。屋上松风吹急雨，破纸窗间自语。　　平生塞北江南[②]，归来华发苍颜[③]。布被秋宵梦觉，眼前万里江山。

注释

① 翻灯舞：绕着灯飞来飞去。　② “平生”句：指作者一生走遍中国南北。塞北，指作者年轻时曾到燕山一带观察形势，以备抗金复国。江南，指作者归宋

后在江南地区做了多年的地方官。 ③ 归来：指作者四十多岁时罢官归隐农村。华发苍颜：感叹自己如今已经衰老。华发，花发，花白头发。苍颜，面色青苍衰疲。

品评

本篇是作者游览上饶属县永丰境内的博山时所作。全篇以夜晚山中旅舍凄凉荒寂之境映衬内心悲慨抑郁的情绪，表现了报效家国、至老不已的"烈士暮年"情怀。上片，环境气氛的渲染十分出色。在写景的同时，已暗寓凄恻孤愤之情。下片直抒政治怀抱，前二句先用对偶，概述自己大半生的政治斗争和蹉跎不得志的经历，感慨很深。后二句以俯视万里江山的描写，表现自己虽然身处逆境，但仍不忘祖国统一大业的真实思想。这就一下子将全词的思想境界提高了。此词短小精悍，内容却极为丰富，章法严谨而语言凝重洗练；景中含情，情景相生；结尾波澜突起，使主题得到升华。这些都是本篇艺术表现上的主要特点。

丑奴儿

书博山道中壁[①]

少年不识愁滋味[②]，爱上层楼。爱上层楼，为赋新词强说愁[③]。 而今识尽愁滋味，欲说还休[④]。欲说还休，却道："天凉好个秋。"

注释

① 博山：山名，在信州永丰(今江西广丰)县西约二十里。以其形似庐山香炉峰，故取此名。 ② "少年"句：北宋陈慥《无愁可解》词："生来不识愁味。"此处化用其语。 ③ 强：勉强地，硬要。 ④ 欲说还休：语本李清照《凤凰台上忆吹箫》词："生怕离怀别苦，多少事、欲说还休。"

品评

本篇是闲居上饶期间的作品。全词以咏"愁"为中心，通过少年时与"而今"(中年时)两个不同的人生阶段对"愁"的相异体会，阐发深刻的生活哲理，使人具体地感受到忧患余生的辛酸况味。

上片先写少年时的所谓愁，表明人在青年时期往往因为涉世未深而不懂得人生的艰难。作者以自嘲的口吻写这种少年时的假愁和闲愁的目的，是为了反衬如今中年时期的真愁与深愁。

下片以“而今”一语作有力的转折，来写现在——饱经忧患的中老年之愁。真正品出了愁的滋味反而不愿说，这是多么深沉的痛苦！然而作者之意尚不止于此。秋天在愁人心中是衰老没落的象征，作者在中年失意的岁月逢秋，心境本极凄凉，但他对此并不以悲叹出之，反而出人意表地结以轻松幽默的欣赏之语：“却道天凉好个秋！”至深之情却以至淡之语表之，含蓄而又分明，更加耐人寻味。从这里读者可以深入理解辛弃疾倔强而诙谐的豪士、达士性格。

八声甘州

夜读《李广传》[①]，不能寐。因念晁楚老、杨民瞻约同居山间[②]，戏用李广事，赋以寄之。

故将军饮罢夜归来，长亭解雕鞍。恨灞陵醉尉，匆匆未识，桃李无言[③]。射虎山横一骑，裂石响惊弦[④]。落魄封侯事[⑤]，岁晚田园。　谁向桑麻杜曲，要短衣匹马，移住南山[⑥]。看风流慷慨[⑦]，谈笑过残年。汉开边、功名万里[⑧]，甚当时、健者也曾闲[⑨]？纱窗外、斜风细雨，一阵轻寒[⑩]。

注释

① 李广传：即《史记》中的《李将军列传》。李广（？—前119），西汉名将。他率军抵御匈奴入侵，英勇善战，匈奴数年不敢攻扰，称之为“飞将军”。但遭遇不好，不但未被封侯，还多次被罢免或降职，最后被迫自杀。　② 晁楚老、杨民瞻：辛弃疾的朋友，生平不详。　③“故将军”五句：据《史记·李将军列传》，公元前129年，李广因与匈奴作战失利被罢官，闲居在长安附近的终南山。一天在外打猎，同别人在田间饮酒，深夜醉归，经过灞陵亭。亭尉也喝醉了酒，呵斥李广，不让通行。李广的从人说：“这是故李将军。”亭尉说：“现任将军尚且不准夜行，何况故将军！”命令李广宿于亭下。这五句就是简括叙述这个故事。“桃李无言”是汉代民谚“桃李无言，下自成蹊”的略写，意思是桃李虽不会说话，但喜爱它们的人络绎不绝，在树下踩出了路来。司马迁在《李将军列传》末尾引用这个谚语来赞美李广虽不善辞令，但却是一个天下景仰的英雄。　④“射虎”二句：同上《李

将军列传》载，一次李广出猎，误将草中巨石认成虎，引弓发箭猛射，箭中石头，连同箭羽都没入石中。惊弦，强烈的弓弦声。一骑，单人匹马，指李广。 ⑤“落魄”句：同上《李将军列传》载，自从汉朝抗击匈奴以来，李广没有一次不在其中，他参加过大小七十余战，战功累累，但一直未得封侯。落魄，失意，不得志。 ⑥“谁向”三句：化用杜甫《曲江三章》：“自断此生休问天，杜曲幸有桑麻田。故将移住南山边，短衣匹马随李广，看射猛虎终残年。”杜曲，地名，在长安(今西安)城南。短衣匹马，射猎的装束。南山，即终南山，李广罢官后住此。 ⑦风流慷慨：指英雄的风度和行为，即上文所说的罢官后不去经营田园，而是去射猎练武。残年，晚年。 ⑧开边：开辟疆土。功名万里：在万里边疆建立功名。 ⑨甚：为什么。健者：语本《后汉书·袁绍传》：“天下健者，岂惟董公。”指强健勇武的英雄人物。 ⑩“纱窗外”三句：用苏轼《和刘道原咏史》诗“独掩陈编吊兴废，窗前山雨夜浪浪”句意。

品评

辛弃疾所写的作品中多次提到李广，这是因为李广的不幸遭遇使他常常联想到自己。这首词就是借李广闲居终南山的一段故事，暗喻自己无端落职、赋闲家居的处境，表示了对现实社会中当权集团的不满。作者发思古之幽情的目的，完全是为了申诉自己的不平。

上片写李广终南山射猎夜归一事，讽刺了势利的灞陵尉，对李广的遭遇表示深切同情。一上来五句，先概括描写李广灞陵亭受辱一事。接下来“射虎”二句，赞扬李广非凡的勇力和武艺，这恰好反衬了他所受到的不合理待遇，进一步烘托出他悲剧性的命运。以下“落魄”二句语意双关，既写历史英雄的落魄，也暗示自己的失意。其中“田园”既指李广的闲居地，也关合自己现在的乡间住所。这就为下面的议论和抒情作了有力的铺垫。

下片突起高昂之调，抒写自己虽遭打击而意志不衰的壮士怀抱。首五句，表示决不甘心默默无闻地老死田园，而要学李广那样风流慷慨、自强不息地度过晚年。以下“汉开边”二句，意思来了一个转折，通过对汉代亏待英雄这一事件的质问，实际上把矛头指向了当代那些排斥打击忠良之士的当权派，语意愤激，借古讽今的倾向一望可知。末三句以景结情，暗用苏轼诗句意，表示对历史的反思和对现实处境的困惑，意蕴又变得十分含蓄，引人深思。

贺新郎

陈同父自东阳来过余[①]，留十日，与之同游鹅湖，且会朱晦庵于紫溪[②]，不至，飘然东归。既别之明日，余意中殊恋恋，复欲追路。至鹭鸶林[③]，则雪深泥滑，不得前矣。独饮方村，怅然久之，颇恨挽留之不遂也。夜半，投宿吴氏泉湖四望楼，闻邻笛悲甚，为赋《乳燕飞》以见意[④]。又五日，同父来书索词。心所同然者如此，可发千里一笑。

把酒长亭说[⑤]。看渊明、风流酷似，卧龙诸葛[⑥]。何处飞来林间鹊，蹙踏松梢残雪[⑦]。要破帽多添华发[⑧]。剩水残山无态度[⑨]，被疏梅、料理成风月[⑩]。两三雁，也萧瑟。　　佳人重约还轻别[⑪]。怅清江、天寒不渡，水深冰合。路断车轮生四角，此地行人销骨[⑫]。问谁使君来愁绝？铸就而今相思错，料当初、费尽人间铁[⑬]。长夜笛，莫吹裂[⑭]。

注释

① 陈同父：陈亮(1143—1194)，字同父，号龙川，婺州永康(今浙江永康)人。南宋著名爱国人士，词人。他坚决主张抗金，屡遭统治者迫害。与辛弃疾是志同道合的朋友。东阳：即今浙江金华。过：这里当拜访、访问讲。　② 朱晦庵：南宋理学家朱熹字元晦，号晦庵。紫溪：地名，在江西铅山县南四十里。　③ 鹭鸶林：地名，在上饶市毛村铺至铅山县太平桥之间。下文提到的“方村”，即在鹭鸶林附近。泉湖四望楼，旧址在今上饶西茶亭乡附近。兹不另注。　④《乳燕飞》：为《贺新郎》词牌的别名。　⑤ 把酒：举起酒杯。长亭：这里用以代指送别之地。　⑥“看渊明”二句：赞扬陈亮倜傥不羁的潇洒风度很像陶渊明，而其胸中的抱负和韬略又极似高卧隆中的诸葛亮。渊明，指东晋大诗人陶渊明。卧龙诸葛，指三国蜀汉丞相诸葛亮。诸葛亮隐居隆中时，徐庶向刘备推荐他，说：“诸葛孔明者，卧龙也，将军岂愿见之乎？”(见《三国志》)　⑦ 蹙踏：用脚踩踏。⑧“要破帽”句：是说喜鹊踏下来的残雪落在破帽上，好像又增添了白头发。⑨ 无态度：不成样子，不好看。　⑩ 料理：安排，装点。风月：风光。　⑪ 佳人：品貌端庄、才华出众的人，指陈亮。重约：看重原先的约定。按，五年前，即淳熙

十年(1183)时,陈亮就与辛弃疾相约来访,旋即被诬下狱,未能践约,此次是专为兑现旧约而来,故曰“重约”。轻别:轻易地离别。 ⑫ 销骨:伤神而致痛彻入骨。语本孟郊《答韩愈李观因献张徐州》诗:“富别愁在颜,贫别愁销骨。” ⑬“铸就”二句:据《资治通鉴》记载,唐末魏博节度使罗绍威借助朱全忠的力量击败了魏承嗣的军队,但罗绍威供给朱全忠军队所用军资、粮食、牛羊等等,耗费巨大,把本镇积蓄都花光了。罗后悔地说:“合六州四十三县铁,不能为此错也。”以铸造错刀(一种钱币)比喻酿成重大的过错。相思错,这里指没有能挽留住陈亮的错误。 ⑭“长夜笛”二句:据《太平广记》记载,唐代著名笛师李謩有一次在宴会上遇见一位独孤生,此人擅吹笛,把普通的笛子都一一吹裂了。最后李謩把自己珍藏的一支好笛子拿出来,独孤生预言此笛吹奏到乐曲“入破”处会破裂。一试,果然如此,李謩乃拜服。作者借用此典,是说邻家的笛子吹得太悲凉,希望他不要把笛子吹裂了,那样就会使人更伤悲。

品评

辛弃疾和陈亮都是南宋著名的政治、文学精英,辛、陈“鹅湖之会”更是南宋政治史和文学史上的一段佳话。这首词就是“鹅湖之会”后所作,它尽兴地抒写了二人之间深挚的情谊,具有深刻的思想意义和文学意义。

上片一开头,就用历史上的杰出人物来比拟陈亮,对他的风度才识给予极高的评价。用陶渊明来比拟陈亮不同流俗的高洁志趣,用诸葛亮来比拟其治国平天下的非凡才干。从“何处飞来”句开始,写送别陈亮时的寒冬景色,借以渲染自己悲凉的心境和当时衰败的政局。尤其是“剩水残山”二句,堪称上片抒情意境的中心:上一句形象地描绘出宋朝山河破碎、偏安一隅的残局;下一句则含蓄地歌颂抗战派支撑国家的危局,把他们暗喻为犯寒而开、为严冬生色的红梅。寓情于景,格外感人。

下片则写作者追赶陈亮,为风雪所阻,惆怅而归的情景,表现了两位政治知音之间的高尚友谊。前一半极力描绘追赶陈亮途中遇到的种种困难,实际上也暗示了政治斗争和人生道路上的不顺利。“问谁”一句,虚拟一问,以表露自己的忧愁,是从写景到抒情的转折。以下一气贯注,如飘风骤雨,倾诉了对友人极为浓烈的相思之情。结尾“长夜笛,莫吹裂”二句,以悲痛的情语收束全词,再一次突出了作者心绪的哀切和相思的绵远。

贺新郎

赋琵琶

凤尾龙香拨①。自开元、霓裳曲罢②,几番风月③。最苦浔阳江头客④,画舸亭亭待发⑤。记出塞、黄云堆雪⑥。马上离愁三万里,望昭阳宫殿孤鸿没⑦。弦解语,恨难说⑧。　　辽阳驿使音尘绝⑨。琐窗寒、轻拢慢捻⑩,泪珠盈睫。推手含情还却手⑪,一抹梁州哀彻⑫。千古事、云飞烟灭。贺老定场无消息⑬,想沉香亭北繁华歇⑭。弹到此,为呜咽。

注释

① 凤尾龙香拨:唐玄宗的宠妃杨玉环善弹琵琶,她的琵琶用逻娑檀木做槽,龙香柏木作拨。见唐郑嵎《津阳门》诗自注。苏轼《听琵琶》诗:"数弦已品龙香拨,半面犹遮凤尾槽。"凤尾,指琵琶槽的形状。这句是形容琵琶的名贵。

② 开元:唐玄宗李隆基的年号。霓裳曲罢:暗指唐天宝末年安禄山叛乱,进攻长安,玄宗仓促逃走,在马嵬坡被迫缢死杨贵妃的事。白居易《新乐府·法曲》注:"霓裳羽衣曲,起于开元,盛于天宝。"又《长恨歌》:"渔阳鼙鼓动地来,惊破霓裳羽衣曲。" ③ 几番风月:经历了多少岁月。 ④ 浔阳江头客:指唐代诗人白居易。白居易曾被贬官江州(今江西九江),在江州所作《琵琶行》有"浔阳江头夜送客"句。这句连同下句,就是概括白居易浔阳江头夜送客时在船上听弹琵琶的故事。

⑤"画舸"句:语本北宋郑文宝《咏柳》诗:"亭亭画舸系寒潭,直到行人酒半酣。"画舸,装饰华丽的大船。亭亭,高挺的样子。 ⑥ 出塞:汉元帝对匈奴和亲,将王昭君远嫁呼韩邪单于,传说她在马上弹琵琶抒发怨恨。黄云堆雪:语本欧阳修咏王昭君的《明妃曲》:"不识黄云出塞路,岂知此声能断肠。"黄云,指沙漠上飞扬的尘土。 ⑦"望昭阳"句:指王昭君在出塞的路上遥望长安。昭阳,汉代京城长安未央宫中的一个宫殿。 ⑧"弦解语"二句:是说虽然琵琶懂得表达人的心思,但人的怨恨却很难说清楚。 ⑨ 辽阳:在今辽宁境内。古时这里是边防之地。驿使:在驿道上传递音信的使者。音尘绝:指音书断绝。 ⑩ 琐窗:雕花的窗户,这里代指女子的卧室。拢、捻:琵琶指法。用左手指扣弦叫拢,用左手指揉弦叫捻。白居易《琵琶行》:"轻拢慢捻抹复挑,初为霓裳后六幺。" ⑪ 推手、却

手：琵琶指法，用右手指往前弹叫推手，往后弹叫却手。欧阳修《明妃曲》："推手为琵却手琶，胡人共听亦咨嗟。" ⑫ 抹：琵琶指法，用右手指顺手下拨弦。梁州：唐宋大曲名。唐代元稹《连昌宫词》："逡巡大遍梁州彻，色色龟兹轰陆续。" ⑬ 贺老定场：贺老指唐玄宗时任梨园供奉的琵琶名手贺怀智；定场是说他琵琶弹得好，能压住场子。此句亦本元稹《连昌宫词》："贺老琵琶定场屋。" ⑭ 沉香亭：唐代长安兴庆宫中亭子名。唐玄宗与杨贵妃经常在此游玩取乐。李白《清平调》三首之三："解释春风无限恨，沉香亭北倚阑干。"

品评

这首词是辛弃疾在带湖闲居时所作。题为"赋琵琶"，篇中连用了历史上许多有关琵琶的典故。粗读之，似为咏物之作；细品味，方晓是抒怀之章。表面看来，词中琵琶的故事杂乱无章，互不关联，实际上却有一条伤时感事的伏线将它们有机地串联在一起，编织成一首忧国的哀歌。其起结二处都是用唐开元、天宝年间的琵琶故事（这时期是唐帝国走向大乱和衰落的一个转折期），已在借此抒发对宋朝盛衰的感伤，表达对北宋承平繁华的追念。结尾几句特以当代没有定场的琵琶高手，暗指朝中没有治国能臣，宋朝难以振兴，故有"弹到此，为呜咽"的哀叹。

上片用霓裳曲、浔阳江及昭君出塞三个典故，下片则虚拟一个南北分离的家庭，和思妇一方弹琵琶怀念辽阳丈夫的情节，这些都是与时世盛衰和家国兴亡有关联的怨恨之事，而总起来用"千古事、云飞烟灭"结束之。

对此词的主旨和抒情层次，俞陛云《唐五代两宋词选释》有准确到位的点评："起笔'开元'句即追想汴京之盛。以下用商妇、明妃琵琶故事，藉以写怨。转头处承上阕'万里离愁'句，接以辽阳望远，慨宫车之沙漠沉沦。'琐窗'、'推手'四句咏琵琶正面，中含一片哀情。转笔'云飞烟灭'句笔势动荡。结局沉香亭废，贺老飘零，自顾亦沦落江东，如龟年之琵琶仅在，宜其弹罢呜咽，不复成声矣。"

沁园春

再到期思卜筑①

一水西来，千丈晴虹②，十里翠屏③。喜草堂经岁，重来杜老④；斜川好景，不负渊明⑤。老鹤高飞，一枝投宿⑥，长笑蜗牛戴屋行⑦。平章了⑧，待十分佳处，着个茅亭[⑨]。　青山意气峥嵘。似为我、归来妩媚生[⑩]。解频教花鸟[⑪]，前歌后舞；更催云水，暮送朝迎。酒圣诗豪，可能无势，我乃而今驾驭卿[⑫]。清溪上，被山灵却笑，白发归耕。

注释

① 期思：地名，在江西铅山境内。原名奇师，辛弃疾改名期思，具体位置在今铅山县稼轩乡横畈村瓜山脚下，著名的瓢泉就在这里。辛弃疾赴福建任职之前曾来此地居留。卜筑：选地造屋。　② 晴虹：指水面上映照的晴空彩虹。③ 翠屏：喻四周苍翠的山岭如同竖立的屏风。　④“喜草堂”二句：唐代诗人杜甫于唐肃宗乾元二年(759)因关中饥馑，弃官入蜀依靠严武，次年在成都浣花溪卜筑草堂。代宗宝应元年(762)冬，西川兵马使徐知道反叛，杜甫奔梓州避难。其后往来于汉州、阆州、梓州间，到广德二年(764)春，严武再次镇蜀，杜甫方得重归成都草堂。其间相隔一年之久。这里以杜甫重归草堂来比喻自己重到期思。⑤“斜川”二句：晋陶渊明有《游斜川》诗，诗前序中叙述了他与邻居同游风景优美的斜川，眺望曾城、庐山的情景。这里自比陶渊明，并以期思比斜川。⑥“老鹤”二句：取意于《庄子·逍遥游》：“鹪鹩巢于深林，不过一枝。”此处意谓，我好比一只老鹤在天上高飞，归宿时只不过占据林中一枝而已。　⑦ 蜗牛戴屋行：蜗牛背有硬壳，呈螺旋形，似圆形之屋，爬行时如戴屋而行。这里用以嘲笑那些目光短浅、死守家园的人。　⑧ 平章：筹划，品评。　⑨ 着：这里是“构筑”之意。　⑩“青山”二句：高峻的青山喜我归来，显得格外秀丽。峥嵘，山势高峻的样子。妩媚，原指女子姿态美好，这里形容青山秀美。　⑪ 解：懂得。频：多次地，不断地。　⑫“酒圣”三句：我是酷爱诗酒的人，如今唯一的权势是能主宰山水。酒圣诗豪，酒中的圣人、诗中的豪杰。乃，却。驾驭，主宰，统率。卿，“你”的美称，此处指自然山水。

品评

此词作于宋光宗绍熙五年(1194)秋冬之间，为辛弃疾重到期思择地造屋时的即兴抒怀之作。

词的上片描写了期思优美的自然景色，并叙述了来这里卜地隐居的意图。首三句，大笔勾绘期思的地形和风景，句式工整而又气势壮阔，足以包举全篇。

其中二、三两句对偶精严，写景如画。以下用一个充满欢乐色彩的“喜”字领起四个呈扇对形式的四字句，切入正题写自己“再到期思”。这里连用典故，自比重归草堂的杜甫和畅游斜川的陶渊明，意在表白隐居的志趣与决心。“老鹤”三句，再用动物作比，发为议论，表明自己在人生道路上随遇而安的豁达态度，嘲笑了那些蜗牛般拘谨的庸人。“平章”三句方才落实到“卜筑”上头，点明了此行的意图——择佳地建屋。下片畅言寄情山水风光的无穷乐趣，同时流露了自己内心深处的隐痛。

过片二句，赋予青山以人的性格与感情，使词情顿时摇曳生姿。以下由一个“解”字领起四个扇对句子，进而说青山知情识趣，驱遣云水花鸟给作者取乐。这一系列拟人化和动态化的描写，十分幽默风趣并极富艺术感染力。不说自己喜欢山水花鸟，反说山水花鸟都主动来讨好自己，这样愈见出作者对自然风光的陶醉之情。“酒圣”三句，表达自己主宰驾驭自然风景的愿望，更显出作者性情之豪迈。词的最后三句：“清溪上，被山灵却笑，白发归耕。”笔势急转，借山神的耻笑，出人意表地暴露作者不甘退隐的牢骚情怀，蕴含着政坛失意后的深悲巨痛。

水龙吟

过南剑双溪楼[①]

举头西北浮云[②]，倚天万里须长剑[③]。人言此地，夜深长见，斗牛光焰[④]。我觉山高，潭空水冷[⑤]，月明星淡。待燃犀下看[⑥]，凭栏却怕，风雷怒，鱼龙惨[⑦]。　峡束苍江对起[⑧]，过危楼、欲飞还敛[⑨]。元龙老矣[⑩]，不妨高卧，冰壶凉簟[⑪]。千古兴亡，百年悲笑，一时登览。问何人又卸，片帆沙岸，系斜阳缆[⑫]。

注释

① 南剑：宋州名，属福建路，治所在今福建南平市。双溪楼：在南平剑溪、樵川二水汇流处。剑溪与樵川在这里汇合而成深潭，潭边建楼，故取名“双溪”。② 西北浮云：语本《古诗十九首》“西北有高楼，上与浮云齐”句及曹丕《杂诗》“西北有浮云，亭亭如车盖”句。这里是以浮云遮蔽西北天空比喻中原地区被金人占领。　③“倚天”句：语本宋玉《大言赋》：“方地为车，圆天为盖，长剑耿耿倚天

外。”又,《庄子·说剑》:“上决浮云,下绝地纪,此剑一用,匡诸侯,天下服矣。”此二句用此意,喻指中原失地需要强有力的人去收复。 ④“人言”三句:据《晋书·张华传》记载,西晋张华夜间常见紫气上冲到斗宿与牛宿两个星座之间,便问雷焕,雷焕断定是斗、牛所应的丰城(今属江西)埋有宝剑,紫气是宝剑的精光上彻于天。张华就推荐雷焕去当丰城令,果然在该县狱基下挖出两把宝剑。张、雷各分一把。张华的一把在他被杀后失踪。雷焕死后,他的儿子雷华佩其剑过延平津(即剑溪),宝剑忽从腰间发出响声,飞入水中。雷华急令人入水取剑,但见两条龙光彩照水,在波浪中翻腾。于是双剑皆失。这三句是概述这个传说。 ⑤ 潭空水冷:宝剑化龙之津空荡荡的,只剩下一潭冷水。按,此潭即为传说中的宝剑化龙处。《舆地纪胜·南剑州》谓剑溪、樵川“二水交流,汇为龙潭,是为宝剑化龙之津”。 ⑥“待燃犀”句:典出《晋书·温峤传》:东晋将军温峤至牛渚矶,见水深不可测,听民间传说水下多怪物,就点燃犀角往下照着看,一会儿见水底涌出各种妖怪,奇形怪状,还有乘马车、穿红衣的。 ⑦ 鱼龙:指温峤见到的水中妖魔。惨:这里当“狠毒”讲。 ⑧“峡束”句:化用杜甫《秋日夔府咏怀》诗“峡束苍江起,岩排古树圆”,描述双溪楼的山水形势。 ⑨ 危楼:高楼,指双溪楼。敛:收束住(指溪水)。 ⑩ 元龙:三国时豪士陈登的字。陈登,见前《水龙吟》(楚天千里清秋)“求田”三句注。这里作者以陈登自比。 ⑪ 冰壶凉簟:指清贫的隐居生活。凉簟,凉席。 ⑫“问何人”三句:试问,是何人在斜阳里系船于沙岸。

品评

宋光宗绍熙五年(1194)秋天,正在福建安抚使任上的辛弃疾被诬告落职,只得再回江西农村闲居。他在归途中经过南剑州,登上双溪楼,遥望西北蔽天的乌云,不觉百感交集,悲愤中写下了这首激楚苍凉的怀古伤今之词。

词的上片用比喻象征手法,反映南宋抗金事业艰难、投降派猖獗、整个社会十分黑暗的现实。将忧国思想、宝剑神话和延平津秋色三者融合一气来写,充分揭示了失意英雄的忧愤心理。一上来二句,即以“剑溪”之剑起兴,呼唤“倚天剑”扫荡西北妖氛。意境壮阔雄奇,包举全篇。接下来“人言”六句,承“倚天剑”而来,引出宝剑在此地化龙的神话,以象征性的描写表明:那可以用来克敌制胜的“宝剑”已经难以寻到,剑化为龙之地只留下了空潭冷水。这实际上是暗示南宋抗金力量久遭沉埋,难以重振。再下去“待燃犀”四句,用温峤燃犀典,说自己不甘心宝剑被沉埋,想燃犀照水寻剑,但又怕水中妖魔作怪。这是喻示自己虽想继续为事业奋斗，但由于黑暗势力阻拦，理想已无法实现。

下片写壮志不酬的抑郁情绪。过片二句以峡束苍江比喻英雄受制于时局的窘境，极为生动贴切。此后写内心的矛盾：一方面发出"千古兴亡，百年悲笑"的感慨，流露出对国家前途的关怀；另一方面毕竟已被罢官，想要参与国事也不可能了，只好强作达观地唱起了"不妨高卧"的归隐曲。全篇悲慨难抑，沉郁顿挫，呈现出典型的稼轩词境。

沁园春

灵山齐庵赋[①] 时筑偃湖未成[②]。

叠嶂西驰，万马回旋，众山欲东[③]。正惊湍直下[④]，跳珠倒溅[⑤]；小桥横截，缺月初弓[⑥]。老合投闲[⑦]，天教多事，检校长身十万松[⑧]。吾庐小，在龙蛇影外[⑨]，风雨声中。 争先见面重重。看爽气、朝来三数峰[⑩]。似谢家子弟，衣冠磊落[⑪]；相如庭户，车骑雍容[⑫]。我觉其间，雄深雅健，如对文章太史公[⑬]。新堤路，问偃湖何日，烟水濛濛？

注释

① 灵山：山名。山在上饶境内，绵延一百余里，主峰海拔 1496 米。齐庵：庵名，在灵山上，四周是茂密的松树林。 ② 偃湖：辛弃疾在灵山下修筑的湖。 ③"叠嶂"三句：意谓重重叠叠的山峰势如万马奔腾，疾驰向西，忽又盘旋回转，掉头向东而去。苏轼《游径山》诗云："众峰来自天目山，势若骏马奔平川。中途勒破千里足，金鞭玉镫相回旋。"这里借鉴了苏诗的意境。叠嶂，重叠的山峰。 ④ 惊湍：溪涧中的急流。 ⑤ 跳珠：溅起的水珠。 ⑥"小桥"二句：谓一座小桥架在急流上，横截水面，其状如弓形的弯月。 ⑦ 合：应该，该当。投闲：指离开官场，过闲散的生活。 ⑧ 检校：考察管理。长身：躯干高大。 ⑨ 龙蛇：指松树。白居易《草堂记》："夹涧有古松，如龙蛇走。"苏轼《游灵隐高峰塔》诗："古松攀龙蛇，怪石坐牛羊。" ⑩"看爽气"句：几座山峰带着清爽的朝气矗立晴空下。此句语本《世说新语·简傲》："王子猷……以手版拄颊云：'西山朝来，致有爽气。'" ⑪"似谢家"二句：以东晋大族谢家子弟服饰之庄重大方、美丽鲜明比喻山的仪容。磊落，开朗洒脱的样子。 ⑫"相如"二句：《史记·司马相如列

传》:“相如之临邛,从车骑,雍容闲雅甚都。”这里形容灵山诸峰像司马相如的车骑那样雍容闲雅,气度不凡。 ⑬“我觉”三句:《新唐书·柳宗元传》称:“韩愈评其文曰:‘雄深雅健,似司马子长,崔、蔡不足多也。’”这里用司马迁文章的雄深雅健风格来比拟灵山诸峰的非凡气概。太史公,指汉代史学家、文学家司马迁。司马迁曾为太史令,人称太史公。

品评

这首词大约作于作者从福建回归江西之初。这是一首很有新意的写景名篇,写山尤有特色。

上片以大开大合之势,极写群山飞动盘旋的气派,将静景主观化地写成了动景,形象鲜明生动而且富有层次感。一开头好景就破空而来,把重叠连绵的山峰比作万马西驰又回旋向东,动态毕具,气势飞腾。这是写的远景、大景。下面接写中景,镜头转到山中。将飞流倒溅比作珍珠散乱,将山涧上小桥横跨比作新月初弓,比喻贴切自然,画面清幽爽丽。“老合投闲”三句,情景合一,发泄了投闲置散的牢骚苦闷。但这种发泄不是本篇的主旨,而只是涉笔成趣,自然流露心中之情。以下“吾庐小”三句,是在写了大景、中景之后接写小景——自己的居所。这是以小景反衬大景,目的还是为了映带群山和松海的雄伟壮观。

上片写景已经是如此生动活泼而富有层次,但这尚不是作者独擅胜场之处,画龙点睛之笔还在下片——这就是“谢家子弟衣冠”、“相如庭户车骑”和“太史公文章”等三个写山的绝妙比喻。这是辛弃疾描写自然风景的创造发明。一般写诗作文,总是习惯于用自然山水之物去比拟形容人的形貌、性格、气度及文艺作品的风格意象等等,辛弃疾却反将过来,用人的衣冠服饰、风度气派甚至文章风格等来比拟自然山水,描写壮丽的山景给予人的精神上的感受。这就遗其貌而取其神,传达出了自然风景的人文涵义和内在的美。同时,从作者这种独特描写中,也充分显露了他本人“雄深雅健”的审美个性与艺术风格倾向。

破阵子

为陈同父赋壮词以寄之

醉里挑灯看剑①,梦回吹角连营②。八百里分麾下炙③,五十弦翻塞外声④。沙场秋点兵。 马作的卢飞快⑤,弓如霹雳弦惊⑥。了却君王天下事[7]，赢得生前身后名。可怜白发生。

注释

① 挑灯：把油灯拨亮。看剑：语本杜甫《夜宴左氏庄》诗："检书烧烛短，看剑引杯长。"又，北宋刘斧《青琐高议》卷三载高言诗："男儿慷慨平生事，时复挑灯把剑看。" ② 梦回：梦醒。吹角：吹响号角。连营：连绵不断的军营帐幕。③"八百里"句：是说把烤熟的牛肉分给部下一起吃。八百里，指牛。《世说新语·汰侈》："王君夫有牛，名八百里驳。"麾下，部下。炙，烤熟的肉。 ④ 五十弦：本指古乐器瑟。李商隐《锦瑟》诗："锦瑟无端五十弦。"此泛指军中各种乐器。翻：演奏。塞外声：边塞的音乐，其声调激昂雄壮。 ⑤ 的卢：古代烈性名马。《相马经》："马白额入口至齿者，名曰榆雁，一名的卢。"据《三国志·蜀书·先主传》裴松之注引《世语》载，刘备所骑马名的卢，一次刘备"骑的卢走，堕襄阳城西檀溪水中，溺不得出，备急曰：'的卢，今日厄矣，可努力！'的卢一踊三丈，遂得过"。这里用以泛指战马。 ⑥"弓如"句：《南史·曹景宗传》载，曹景宗对人回忆他少年时在家乡与同辈数十人骑马练武，"拓弓弦作霹雳声，箭如饿鸱叫……此乐使人忘死"。这里借以描写抗金战场的景象。 ⑦ 了却：这里当"完成"讲。天下事：指收复中原的大业。

品评

此词大约写于作者与陈亮用《贺新郎》词调唱和之后不久。通过对青年时期横戈跃马的战斗生活的深情回忆和对北伐胜利的无限向往，作者慨叹自己和友人报国无门，表现了壮志难酬的苦闷。近人梁启超评此词："无限感慨，哀同父，亦自哀也。"（梁令娴《艺蘅馆词选》丙卷引）这个评语抓住了此词的主旨。

这篇作品结构章法十分奇特：它打破了一般作词以一片为一个段落的成规，从开头"醉"与"梦"写起，一气贯注，冲破上、下片之间的界限，至下片快结束处"赢得生前身后名"一句方才顿住，成为一个段落。这是以回忆和想象的方式，痛快淋漓地宣写战士的生活、战士的豪情和战士的心愿。最后一句单独成一段，作大反跌，鲜明地突显了理想和现实的矛盾。由于对比强烈，反跌有力，所以十分感动人。

此外，这首词多用对偶，但词情却丝毫不因此而显得呆板，反而气势磅礴，神采飞扬，原因在于作者善于运用这个词调奇偶相生的句格，巧妙地以单句的承接来缓解偶句的凝重，使得格局开阖动荡，摇曳生姿，一股灵气顺其势而通贯全篇，足以畅发胸中的豪情与哀思。

鹧鸪天

有客慨然谈功名，因追念少年时事①，戏作

壮岁旌旗拥万夫②，锦襜突骑渡江初③。燕兵夜娖银胡觮④，汉箭朝飞金仆姑⑤。 追往事，叹今吾，春风不染白髭须⑥。却将万字平戎策⑦，换得东家种树书⑧。

注释

① 少年时事：指作者青年时在山东济南起兵抗金的那一段往事。 ②“壮岁”句：化用黄庭坚《送范德孺知庆州》诗：“春风旌旗拥万夫。”壮岁，少壮之时。 ③ 锦襜突骑：穿锦衣的精锐骑兵。张孝祥《水调歌头·凯歌上刘恭父》：“少年荆楚剑客，突骑锦襜红。”突骑，能冲突敌人军阵的骑兵。 ④ 燕兵：指金兵。娖(chuò)：整理。银胡觮(lù)：饰银的箭袋。《集韵》：“胡觮，箭室。” ⑤ 金仆姑：春秋时箭名。《左传》庄公十一年：“公以金仆姑射南宫长万。”此泛指箭。 ⑥“春风”句：化用欧阳修《圣无忧》词：“好景能消光景，春风不染髭须。”春风，比喻青春。 ⑦ 万字平戎策：指作者屡次上呈朝廷论抗金恢复策略步骤的奏疏、策论等，今尚存者有《美芹十论》、《九议》等数篇。平戎策，论平定外敌的战策。语本《新唐书·王忠嗣传》：“因上平戎十八策。” ⑧ 种树书：有关种树栽花的书籍。《史记·秦始皇本纪》：“所不去者，医药卜筮种树之书。”韩愈《送石处士赴河阳幕》诗：“长把种树书，人云避世士。”代指隐居耕种的生活。

品评

这首词为作者失意闲居瓢泉期间所作。小序称“戏作”，实际上却感慨很深。作者在词中满怀深情地追忆了自己少壮时那一段短暂而辉煌的抗金杀敌的斗争生活，对于投闲置散、无法实现政治理想的难堪现状透露了强烈的不满，因而此词可当作一篇简括而形象化的稼轩自传来品读。

上片作者回忆一生中最值得骄傲的那一段聚众抗金、跃马杀敌的非凡经历，

青年英雄叱咤时代风云的英姿跃然纸上。首句“旌旗拥万夫”写出了山东抗金义军的赫赫军威和作者作为万人之英的伟岸形象。次句“锦襜铁骑渡江”记叙了作者率兵擒拿叛贼、突围渡江归宋的壮烈行为。“燕兵”二句，用工整而精炼的对仗回忆了当年义军与金兵作战的日日夜夜，气氛紧张而热烈，场面阔大而壮观。

下片则以目前被迫闲居的颓唐老境来与上面搏击风云的黄金时代相对比，抒发壮志难酬的深沉悲慨。作者南归几十年，一直未忘北伐大业，屡次向朝廷上陈恢复方略，先后上了《美芹十论》、《九议》等万言名篇，可一直没有得到统治者采纳。直到五十四岁时他还写了《论荆襄上流为东南重地》的奏议，对抗金北伐事业提出自己的精辟见解。可这一切不但得不到回应，他反而被罗织罪名，罢官闲居，“万字平戎策”换来的竟是“东家种树书”！下片反映的，就是他南归几十年的不幸遭遇和抑郁心境。末尾二句不直发牢骚，而是出以反语和自嘲，愈显得沉郁深厚，无穷的悲慨都含蕴于其中。通篇调短情长，言简意深，把作者一生的经历和悲愤都概括进去了。

贺新郎

别茂嘉十二弟[①] 鹈鴂、杜鹃实两种，见《离骚补注》[②]。

绿树听鹈鴂。更那堪、鹧鸪声住，杜鹃声切。啼到春归无寻处，苦恨芳菲都歇[③]。算未抵、人间离别。马上琵琶关塞黑[④]，更长门、翠辇辞金阙[⑤]。看燕燕，送归妾[⑥]。 将军百战身名裂[⑦]。向河梁、回头万里，故人长绝[⑧]。易水萧萧西风冷，满座衣冠似雪[⑨]。正壮士、悲歌未彻。啼鸟还知如许恨[⑩]，料不啼清泪长啼血。谁共我，醉明月。

注释

① 茂嘉十二弟：即辛茂嘉，是作者的族弟，因其排行十二，故称十二弟。此时他因事调官桂林，作者作词相送。 ② 鹈鴂、杜鹃：两种鸟，啼声皆悲。《离骚补注》：书名，宋洪兴祖撰。其中说：“子规（杜鹃）、鹈鴂二物也。” ③“啼到”二句：化用屈原《离骚》：“恐鹈鴂之先鸣兮，使夫百草为之不芳。”芳菲，指各种花草。④ 马上琵琶：用西汉王昭君出塞远嫁匈奴事。晋石崇《王明君辞序》曾推测王昭君出塞的情况说：“昔公主嫁乌孙，令琵琶马上作乐，以慰其道路之思。其送明君

(昭君),亦必尔也。"李商隐《王昭君》诗:"马上琵琶行万里,汉宫长有隔生春。"关塞黑:语本杜甫《梦李白二首》:"魂来枫林青,魂返关塞黑。"借指王昭君出塞时边关要塞一片昏暗。 ⑤ 长门:汉宫名。武帝陈皇后失宠后幽居之所。翠辇:用翠羽装饰的宫车。 ⑥"看燕燕"二句:《诗·邺风·燕燕》:"燕燕于飞,差池其羽。之子于归,远送于野。瞻望弗及,泣涕如雨。"据汉代毛苌的解释,这是春秋时卫国庄姜夫人送归妾之作。据《左传》隐公三年、四年记载,卫庄公夫人庄姜无子,以庄公妾戴妫之子完为子。完即位不久,就在一次政变中被杀,戴妫遂被遣返。庄姜远送于野,作《燕燕》诗以赠别。 ⑦"将军"句:将军指西汉时的李陵,他多次与匈奴作战,立下不少战功,但最后一次战败投降了匈奴,所以说"身名裂"。 ⑧"向河梁"二句:世传李陵《与苏武诗》有"携手上河梁,游子暮何之"之句;又,《汉书·苏武传》载李陵送别苏武语:"异域之人,一别长绝。"辛词这里合而化用之。河梁,河桥。故人,指苏武。长绝,永别。 ⑨"易水"二句:用荆轲辞燕入秦刺秦王事。据《史记·刺客列传》记载,战国末年,燕太子丹命荆轲行刺秦王嬴政。荆轲离开燕国时,太子丹及众宾客皆白衣素服相送于易水之上。在饯别宴会上,高渐离击筑,荆轲和乐而歌:"风萧萧兮易水寒,壮士一去兮不复还。"未彻,没有结束。指歌声犹在耳中回荡。 ⑩ 还知:倘若知道,如果知道。如许:这么多。

品评

此词也是闲居瓢泉时所作。作者的族弟辛茂嘉也是一个志在抗金而重忠义气节的人。他因事调官桂林,作者赋二词赠别。这首词仿前人作《恨赋》、《拟恨赋》的手法,集许多古代怨事以寄寓作者自己忧国愤世的情怀。理解全词的关键,是其中五个表现古代薄命女子与失败英雄辞家去国之恨的典故。前三个典故是说薄命女子,后二个典故是说失败英雄,但都不是讲私人之间一般的伤离怨别,其内容均属极为严重的生离死别,且都关涉国家命运。精心选取这些典故来编织成词,总体上造成一个悲剧气氛极浓的抒情意境,这就可见作者所抒写的远不止是兄弟之间的情谊,而是用这些故事来暗寓家国兴亡及他本人作为失败英雄的身世之感。

清人周济认为此词上片是表现"北都(汴京)旧恨",下片是表现"南渡新恨"(《宋四家词选》),所说大致不差。上片特意选用春秋时戴妫被迫离开卫国,以及汉代以公主、宫嫔与敌国和亲的典故,确能使人联想到北宋末年朝廷对金国妥协投降、皇帝与三宫六院美人被俘北行的惨痛事实。下片的两个典故，是以历史上的匈奴、秦国喻金国，借李陵、荆轲的悲剧暗寓一生坚持抗金的辛弃疾本人壮志不酬的愤恨之情。本篇章法极妙，它以送别为题，以听鸟儿悲啼起兴，在抒发了悲愤之情后，又不忘照应开头，以使首尾呼应，气脉贯串。

此词写得极为悲愤慷慨，典型地代表了稼轩词的思想特征和艺术风格，因而在词的传播史上知名度极高，词话家几乎众口一词，推之为稼轩词压卷之作。如清人陈廷焯就认为："稼轩词自以《贺新郎》一篇为冠，沉郁苍凉，跳跃动荡，古今无此笔力。"(《白雨斋词话》)但这首词不依常格，全凭联缀典故，以辞赋手段结构成篇，而又居然写得如此成功，究非一般的词人所能措手。所以王国维《人间词话》又评论说："稼轩《贺新郎》词送茂嘉十二弟，章法绝妙，且语语有境界，此能品而几于神者。然非有意为之，故后人不能学也。"

西江月

遣兴

醉里且贪欢笑，要愁那得工夫？近来始觉古人书，信着全无是处①。　昨夜松边醉倒，问松："我醉何如？"②只疑松动要来扶，以手推松曰："去!"③

注释

①"近来"二句：谓近来才明白，完全相信古人书上的话是错的。语本《孟子·尽心下》："尽信书，则不如无书。"　②我醉何如：我醉得怎么样。何如，怎样，怎么样。　③"以手"句：《汉书·龚胜传》："博士夏侯常见胜应禄不和，起至胜前，谓曰：'宜如奏所言。'胜以手推常曰：'去！'"

品评

这首词也是作者于宋宁宗庆元年间隐居瓢泉时所作。借酒浇愁本是稼轩词中屡见不鲜的题材，但这一篇写酒醉之态别有风味，表现手法十分新颖生动，而且通过对醉态的自我描写，表现了作者倔强的性格和战斗者的锋芒。

上片先表达了对社会现实满腹牢骚的作者借酒浇愁时极为清醒的心态：

“欢”之可“贪”，因为它是暂时得之，实在不易；古书之不可信，是因为南宋当时严酷的社会现实，决非用现成的典籍所能解释和处理得了的。作者的意思当然不是菲薄古人，否定一切古书的价值和意义，而是针对当时政治上没有是非和古人的至理名言都被抛弃的状况，发为愤激之论。同时我们应该看到，这个句子包涵着深刻的哲理。

下片专写醉态。松边醉倒，与松问答，疑松来扶，举手相拒，此老的醉态、狂态多么活泼可爱！夏承焘先生评论说：“下片写出自己倔强性格，就是他的《贺新郎》词所谓‘北夏门高从拉摺，何事须人料理’（用《世说》和峤说任恺语）的意思。这样写闲适，和朱敦儒一般人的‘拖条筇杖家家竹，上个篮舆处处山’，显然是另一种心情。”（《月轮山词论集·辛词论纲》）

此词写法上还有一个特点，就是语言通俗简洁，明快自然，将警策的议论与生动的白描结合起来，使得所写的形象和意境十分耐人寻味。

永遇乐

京口北固亭怀古

千古江山，英雄无觅，孙仲谋处①。舞榭歌台，风流总被②，雨打风吹去。斜阳草树，寻常巷陌③，人道寄奴曾住④。想当年，金戈铁马，气吞万里如虎⑤。　　元嘉草草⑥，封狼居胥⑦，赢得仓皇北顾⑧。四十三年⑨，望中犹记，烽火扬州路⑩。可堪回首⑪，佛狸祠下⑫，一片神鸦社鼓⑬。凭谁问：廉颇老矣，尚能饭否⑭？

注释

① 孙仲谋：孙权（182—252），字仲谋，三国吴的开国皇帝。镇江是吴国对抗魏国的战略要地，孙权曾经常来此。　② 风流：指孙权的英雄业绩和流风余韵。③ 寻常巷陌：普通的街巷。　④ 寄奴曾住：南朝宋开国皇帝刘裕小字寄奴，他家自其高祖随晋南渡，即侨居于镇江。他自己出生成长于镇江，后来又从这里起事，终于成就大业，代晋称帝。　⑤“想当年”三句：这是颂扬刘裕北伐的武功。金戈铁马，形容刘裕的军队兵强马壮。气吞万里，指刘裕两次北伐中原，驰骋于

万里之地，灭南燕、后秦，收复洛阳、长安。 ⑥ 元嘉：南朝宋文帝刘义隆的年号。草草：匆忙，仓促。 ⑦ 封狼居胥：汉武帝元狩四年（前119），霍去病率五万骑兵远征匈奴，歼敌七万余人，封狼居胥山（在今内蒙古五原县西北）而还。后用"封狼居胥"代指北伐立功。据《宋书·王玄谟传》记载，元嘉年间，王玄谟屡次向宋文帝陈说讨伐北魏之策，宋文帝被说动了，对人说："闻王玄谟陈说，使人有封狼居胥意。" ⑧ 仓皇北顾：元嘉二十七年（450），刘宋大将王玄谟北伐失败，北魏军队乘胜追到长江北岸，声称要渡江。宋都建康（今江苏南京）震恐，宋文帝登烽火楼北望，对轻率北伐表示后悔。以上三句引元嘉北伐事，是影射宋孝宗隆兴元年（1163）张浚仓促北伐失败之事，并告诫韩侂胄等当权派不要仓促北伐，以免蹈元嘉覆辙。 ⑨ 四十三年：自张浚隆兴北伐失败至稼轩作此词时，恰四十三年（1163—1205）。 ⑩ 烽火扬州路：指隆兴北伐失败后金兵乘机渡过淮河，攻陷滁州而至扬州事。 ⑪ 可堪：哪堪，岂堪。 ⑫ 佛狸祠：北魏太武帝拓跋焘（小字佛狸）击败王玄谟北伐军，统率追兵到达长江北岸瓜步山（在今江苏六合境），在山上建立行宫。后世改建为祠，称佛狸祠。 ⑬ 神鸦：栖息在祠庙里啄食祭品的乌鸦。社鼓：民间祭祀土地神时的乐鼓声。 ⑭ "廉颇"二句：战国时赵国大将廉颇，年老后尚能"一饭斗米、肉十斤"，还能饭后披甲上马（见《史记·廉颇蔺相如列传》）。这里用以表示自己虽然老了，但仍像廉颇一样有雄心和胆力，可惜已经不被重视。

品评

这首政治抒情词写于宋宁宗开禧元年（1205），作者时年六十六岁，正在镇江知府任上。此时南宋朝廷里正紧锣密鼓地准备北伐，主持其事的宰相韩侂胄寡谋躁进，急于立盖世功勋以巩固自己的权位，不待条件成熟，就要命将出师。消息传到镇江，辛弃疾感慨良多，心情十分矛盾和复杂。这首词，就是通过怀古来表达自己既积极支持和参与抗金北伐，同时又坚决反对轻率冒进的正确战略思想的。

词的上片，先写镇江这座名城的风光和历史人物。写孙权的流风余韵已不可寻觅，是叹息当时已经没有杰出人物可以抵抗外侮，担负起国家兴亡的重任。赞扬刘裕的金戈铁马，则是向往古代北伐成功者的声威，以见自己参与抗金心情之迫切。下片转而描述历史上轻敌误国的教训，实际上是用艺术描写的方式向头脑发热的当权者进谏。一开头六句，痛陈南北朝时"元嘉草草"北伐失败的往事，既是影射四十三年前隆兴北伐的惨败，又是忧虑即将开始的开禧北伐重蹈前代的覆辙。“可堪回首”以下，由怀古折入伤今，对敌寇猖獗、国家南北分裂的既成局面无比痛心。结尾三句用廉颇事，以问句表达了烈士暮年、壮心不已的忠愤情怀。

此词通篇用典，以至当作者拿给岳飞的孙子岳珂让他挑毛病时，岳珂也委婉地说：“新作微觉用事多耳。”（《桯史》）不过从总体上来看，这些典故都是经过精心选择的。它们切情切景，切时切事，十分贴切地表达了作者的现实政治情感。用典虽多，不足为病。全词语言极为精炼，概括力强，风格沉雄豪放而又悲慨苍凉，是辛弃疾这位英雄词人的重要代表作。明人杨慎甚至认为：“辛词当以《永遇乐·京口北固亭怀古》为第一。”（《词品》）

南乡子

登京口北固亭有怀[①]

何处望神州[②]？满眼风光北固楼。千古兴亡多少事，悠悠[③]，不尽长江滚滚流[④]。　年少万兜鍪[⑤]，坐断东南战未休[⑥]。天下英雄谁敌手？曹、刘，生子当如孙仲谋[⑦]。

注释

① 京口：今江苏镇江。北固亭：亦名北固楼，在镇江东北长江南岸的北固山上，为东晋时蔡谟所建。是著名的游览胜地。　② 神州：本指全中国，这里特指被金人占领的中原地区。　③ 悠悠：连绵不断的样子。　④“不尽”句：化用杜甫《登高》诗：“不尽长江滚滚来。”又，苏轼《次韵前篇》诗：“长江滚滚空自流。”⑤ 年少：指三国吴大帝孙权，他继承父兄大业为吴主时只有十九岁。万兜鍪：是说孙权统率千军万马。兜鍪，武士的头盔，这里代指士兵。　⑥“坐断”句：指孙权据守东南地区，不断与敌人作战。坐断，据守，占据。　⑦“天下”三句：是说天下英雄只有曹操和刘备才是孙权的对手。据《三国志·蜀书·先主传》记载，曹操曾对刘备说：“今天下英雄，惟使君（刘备）与操耳。”谁敌手，有谁称得上是对手。“生子”句：据《三国志·吴书·吴主传》裴松之注，一次曹操与孙权对阵打仗，见孙权军伍整肃，气势雄壮，忍不住赞叹说：“生子当如孙仲谋，刘景升（刘表）

儿子若豚犬耳!”仲谋,孙权的字。

品评

这首词为宋宁宗嘉泰四年(1204)作者在镇江知府任上所作。词以凭吊往古英雄来讽刺南宋当权者,写得极为简洁明快,并巧用古语来恰切地表现了主题。作者之所以选取曾在京口大有作为的孙权来大力颂扬,主要原因在于:孙权与不战而降的刘表之子刘琮等人不同,他敢与北方强敌曹操争锋,多次抵御并战胜南侵之敌。这样寓意明显的怀古之作,其矛头所向显然是一贯软弱偷安的南宋统治集团。

全篇章法奇特,设三问,作三答,以问答来层层推进地凸显主题:第一组问答,点出产生怀古伤今之情的特定环境;第二组问答,引出深沉浩茫的历史感与现实感;最后一组问答,直接用古人成句来赞扬凭吊对象,揭示本篇借古讽今的题旨。最耐人寻味的是,结尾的句子只用了曹操原话的上半句“生子当如孙仲谋”,却将下半句“刘景升儿子若豚犬耳”留给读者去接续,去联想,去品味。当今之世谁是“刘景升儿子”?词人不明说,也不必说,这种类似于歇后语的表达方式自会引导人去作出应有的判断。

此词用典虽多,却不是为了矜奇炫博,而是为了表现主题的需要而选取切时切事、切情切景的典故编织入词,因而全篇抒情造境显得既古朴凝重,委婉含蓄,又十分流利畅达,意旨显豁。

陈 亮

陈亮(1143—1194),字同甫,一作同父,婺州永康(今属浙江)人。宋孝宗淳熙中,诣阙上书。光宗绍熙四年(1193),策进士,擢第一,授签书建康府判官厅公事,未至而卒。端平初,谥文毅。有《龙川文集》三十卷。《宋史》卷四三六有传。

水调歌头

送章德茂大卿使虏①

不见南师久,谩说北群空②。当场只手,毕竟还我万夫雄。自笑堂堂汉使,得似洋洋河水③,依旧只流东④。且复穹庐拜⑤,会向藁街逢⑥。 尧之都,舜之壤,禹之封。于中应有,一个半个耻臣戎。万里腥膻如许⑦,千古英灵安在?磅礴几时通?胡运何须问,赫日自当中⑧。

注释

① 章德茂:章森,字德茂,淳熙十二年(1185)以大理少卿试户部尚书衔为贺万春节(金世宗完颜雍生辰)正使。大卿为其官职的尊称。 ② 北群空:原意指良马被选光,这里借用比喻人才的缺乏。语出韩愈《送温处士赴河阳军序》:"伯乐一过冀北之野而马群遂空。" ③ 洋洋:形容水势浩大。 ④ 依旧只流东:江河东流归海,在古代比喻诸侯朝见天子,这里喻指章森的屈辱使命。 ⑤ 穹庐:北方民族居住的圆形帐篷,这里借指金国朝廷。 ⑥ 藁街:汉代京城长安街名,专供外国使者居住。汉将陈汤曾斩匈奴郅支单于,并将其头颅悬之藁街。 ⑦ 腥膻:生羊肉的臊臭气,南宋人常用此指代金国。 ⑧ 赫日:火红的烈日,喻南宋前途光明。陈亮《上孝宗皇帝第一书》云:"南师之不出,于今几年矣!河洛

腥膻,而天地之正气郁而不得泄。岂以堂堂中国,而五十年之间无一豪杰之能自奋哉!其势必有时而发泄矣。"词中所表,与之相同。

品评

在南宋初期,为换取与金和好,双方达成互致使者的约定,当时金强宋弱,出使金国的使者往往会遭受一些屈辱的对待。陈亮的好友章德茂出使金国,临别时,陈亮送词一首。此词慷慨激昂,被人称为"精警奇肆,几于握拳透爪,可作中兴露布读"(陈廷焯《白雨斋词话》)。

开头"不见"二句即是警示金人之语:不要以为我们大宋不讨伐你们,就是我们国家没有人材了。"当场只手,毕竟还我万夫雄",词很快步入送友出使的主题,现在章德茂出使金国,正是显示宋人雄壮之势的机会。"自笑堂堂汉使"句指现在敌强我弱,宋朝使者不得不向洋洋河水一样奔向金朝,祝贺金主生辰。"且复"这两句是说,这次遣使往贺金主生辰,章德茂可暂时忍辱叩谢;但南宋终会发愤图强,获彼王之头悬于藁街。

下片"尧之都"五句,以上古三代的辉煌相比,意指作为华夏祖先的后人,怎能没有人挺起脊梁,为改变宋朝的屈辱境况而奋发有为?"万里腥膻如许",外敌猖狂之际,词人痛苦呼唤古代英杰之灵来振兴国运。"胡运何须问,赫日自当中",最后词人充满自信地预言金人的灭亡即将到来,而大宋的国运必将隆隆日上。

这首词壮气淋漓,大开大合,笔触豪迈,充满昂扬乐观的精神,千百年来已成为中华儿女不屈不挠,反侵略、抗强敌的民族精神的真实写照。

念奴娇

登多景楼[1]

危楼还望,叹此意、今古几人曾会?鬼设神施,浑认作、天限南疆北界。一水横陈,连岗三面,做出争雄势。六朝何事[2],只成门户私计。 因笑王谢诸人,登高怀远,也学英雄涕[3]。凭却江山,管不到、河洛腥膻无际[4]。正好长驱,不须反顾,寻取中流誓[5]。小儿破贼,势成宁问强对[6]?

注释

① 多景楼:在江苏镇江北固山甘露寺内,是登览胜地,有"天下第一江山楼"

之称。 ② 六朝：指三国吴、东晋、宋、齐、梁、陈六个朝代，都偏安自守。 ③“因笑”三句：《世说新语·言语》载，东晋士族们常在建康（今江苏南京）郊外的新亭邀宴，宴会上周顗叹曰：“风景不殊，正自有山河之异。”于是大家相视流泪。王导突然变色说：“当共戮力王室，克复神州，何至作楚囚相对！”此处借以讽刺南宋王朝中只有空谈却不见实行北伐行动的人。 ④ 河洛：黄河和洛水，这里泛指沦陷的中原。腥膻：指北方异族的统治。 ⑤“寻取”句：晋代祖逖领兵北伐，渡长江至江心时曾击桨发誓，一定要收复中原，否则决不回还。 ⑥“小儿”二句：淝水之战，谢安之侄谢玄击败前秦苻坚大军，捷报传来时，谢安正与客人下棋，看过捷报后并无言语，接着对局。客人问战况如何，谢安说：“小儿辈遂已破贼。”强对：强大的敌手。

品评

此词作于宋孝宗淳熙十五年(1188)春，这一年陈亮为向皇帝陈述北伐的有利形势，亲临长江一带，考察了当时南京、镇江一带的地理环境。这首登临怀古词即写于此时。

“危楼还望，叹此意、今古几人曾会”，首句标题，直抒登楼时的情感。“几人会”已见出浓浓的悲剧感。“鬼设神施，浑认作、天限南疆北界”为远望所见之景，此指镇江一带险峻的地形仿佛大自然的神奇作品，这样有利的地形却被当朝统治阶层错误地看作是划分南北的天然屏障，对此种苟且偷安的思想，词人无疑极其愤慨。以下即过渡到对历来奉行偏安政策的短命王朝的辛辣讽刺。“一水横陈，连岗三面，做出争雄势”，指镇江面对长江，其东、西、南三面均连接雄伟的山冈。然而这样的有利地形却被六朝统治者看作守护自家一己私产的门户！

下片则把批判的锋芒指向当时掌权大臣，他们“登高怀远，也学英雄涕”，只会消极感伤，而无一丝振作之气和收复失地的良策。“凭却江山，管不到、河洛腥膻无际”，指南朝诸人凭着好江山，却根本不管北方人民饱受异族欺凌之苦。“正好长驱，不须反顾，寻取中流誓”，最后词人拈出晋代著名大将祖逖北伐的典故，激励后来者应以祖逖为榜样，奋勇杀敌，无须犹豫反顾。“小儿破贼，势成宁问强对”，结句以谢安大破敌军为例，说明一旦时机成熟，正应把握良机，不顾强敌的嚣张，直捣虎穴。

该词大气磅礴，写景、述事、立论、抒情均围绕北伐主题而发，辞采壮烈，可谓是一篇起顽立懦的大手笔！

鹧鸪天

怀王道甫[1]

落魄行歌记昔游[2]，头颅如许尚何求[3]。心肝吐尽无余事，口腹安然岂远谋[4]。　才怕暑，又伤秋。天涯梦断有书不？大都眼孔新来浅，羡尔微官作计周[5]。

注释

① 王道甫：名自中，平阳(今浙江瑞安)人。《宋史》本传称其“少负奇气，自立崖岸”。宋孝宗淳熙十年(1183)，官仅止于分水县令。　②“落魄”句：忆少年共游。落魄，失意貌，此指入仕前。　③“头颅”句：谓自己头发虽白，但于名利尚一无所求。头颅如许，指头白如此。　④“心肝”二句：一生唯求为国尽言，岂可因口腹而长谋远虑。　⑤“大都”二句：谓自己近来眼光短浅，羡慕你甘作小官为口腹而计谋周全。此为正话反说，婉言责讽。

品评

陈亮与王道甫少有深交，气类相近；但道甫入仕后，为求微官，有违初衷。陈亮作词以寄，既怀念，又责讽，为怀人诗词所罕见，但语重心长，无愧诤友。

“落魄行歌记昔游，头颅如许尚何求”句，意指你我二人曾年少轻狂过，虽经挫折未尝丢失气节，如今已近衰老之年，难道还要追求那些无谓的名利吗？二句一昔一今，一叙友情，一微讽友人当下逐名之浊行，已露批评之意。“心肝吐尽无余事，口腹安然岂远谋”句则转而说己，自己多年来四处奔波，饱尝艰辛，但这些努力全为江山社稷着想，并非为一己之私利。《宋史·陈亮传》载：“书既上，帝欲官之，亮笑曰：‘吾欲为社稷开数百年之基，宁用以博一官乎！’亟渡江而归。”可见词人言行一致，故此语说得大义凛然，毫无愧色，也是希望好友能幡然醒悟，更改前辙。下片“才怕暑，又伤秋。天涯梦断有书不”转入叙述对其思念之情。历经寒暑，词人时时不忘故人，渴望得到故人的书信。“大都眼孔新来浅，羡尔微官作计周”句，意谓你最近官做得非常周全，让我这个眼孔短浅的人不由分外羡慕起来。既是自嘲亦是辛辣讽刺友人。

作为一篇书信体小词，该词意正言赅，讽刺之余亦不乏款款深情，可谓语重心长，处处可见诤友之道。

刘 过

刘过(1154—1206),字改之,号龙洲道人,吉州太和(今江西泰和)人。尝伏阙上书,请光宗过宫,复以书抵时宰,陈恢复方略。不报。放浪湖海间。有《龙洲集》。《南宋书》、《宋史翼》有传。

贺新郎

弹铗西来路[①]。记匆匆、经行十日,几番风雨。梦里寻秋秋不见,秋在平芜远树。雁信落[②]、家山何处?万里西风吹客鬓,把菱花[③]、自笑人如许。留不住,少年去。　　男儿事业无凭据[④]。记当年、悲歌击楫,酒酣箕踞[⑤]。腰下光芒三尺剑,时解挑灯夜语。谁更识、此时情绪?唤起杜陵风月手[⑥],写江东渭北相思句[⑦]。歌此恨,慰羁旅。

注 释

① 弹铗:弹剑唱歌。《战国策·齐策》载,冯谖为孟尝君门客,未得重视,倚柱弹剑而歌,数次后,孟尝君始重之。此指自己西来,未得权贵所重。 ② 雁信:相传雁能传书,见《汉书·苏武传》。 ③ 把:持。菱花:镜。古以铜制镜,背后铸刻菱花纹,故称。 ④ 凭据:倚仗。 ⑤ 箕踞:坐姿,伸足而坐,手据膝,状如簸箕,故称,系狂傲之举。 ⑥ 杜陵风月手:指杜甫。甫居长安杜陵,自称杜陵布衣。风月手,善于吟风写月、体物传情的诗人。 ⑦ 江东渭北:杜甫《春日忆李白》诗:"渭北春天树,江东日暮云。"

品 评

词人满怀爱国之志,为申张抗金大计,四处游说,浪迹江湖,遍及大江南北,但始终落落寡合，知音寂寥。此词即为其漂泊路上所作。“弹铗西来路”首句即直入主题，词人引用冯谖客孟尝君之典故，点出自己满腹才华却无从施展的身世之痛。“记匆匆、经行十日”句点出漂泊之苦，自己在风雨交加中，辛苦奔波十日，始终寻不到可安息之处。“梦里寻秋秋不见”则隐含对故土的思念之情。秋季对游子来说异常敏感，气候的寒冷更加增添对家的思念，这里，词人眼见秋色已在平原大地上展现，他多么渴望收到家中亲人的消息，但惟有阵阵西风吹拂他凌乱的头发，不经意间，对镜自照，发现青春已逝，可自己却依然是功名无分的白头书生，牢骚不平之气自然由此生发。下片转入抒情，以“事业无凭据”直接呼应上片的“少年去”。词人回忆自己年轻时慷慨悲歌，豪情壮志，而如今只有腰间宝剑伴其一生，了解自己衷肠。无奈之下，词人只好拿起自己的如椽大笔，像当年杜甫一样，写下满腹失志之痛。此词多处用典，却能拿捏巧妙，真正做到如同己出。自然这也是词人才情丰富，满腹不平之气使然。

唐多令

安远楼小集[①]，侑觞歌板之姬黄其姓者，乞词于龙洲道人[②]，为赋此《唐多令》，同柳阜之、刘去非、石民瞻、周嘉仲、陈孟参、孟容，时八月五日也。

芦叶满汀洲[③]，寒沙带浅流。二十年、重过南楼。柳下系舟犹未稳，能几日、又中秋。　　黄鹤断矶头[④]，故人今在不？旧江山，浑是新愁[⑤]。欲买桂花同载酒，终不似、少年游。

注释

① 安远楼：即南楼，在武昌黄鹤山上。黄庭坚《鄂州南楼书事》诗：“清风明月无人管，并作南楼一味凉。” ② 龙洲道人：刘过自号龙洲道人。 ③ 汀洲：水中小洲。 ④ 黄鹤断矶头：指矶头不见黄鹤飞来。黄鹤矶又名黄鹄矶，上面有著名的黄鹤楼。 ⑤ 浑是：全是。

品评

此词是宋孝宗淳熙十三年(1186)，作者重经武昌，恰逢南楼新建成，词人参与宴会,在席间作成。此曲声情抑郁,满纸悲慨苍凉之音。

"芦叶满汀洲,寒沙带浅流",首二句即交待了新楼建成的时间、地点,更有物是人非的身世之感在其中隐藏着。词人从楼上看远处水洲,芦苇苍白,浅流如带,整个画面冷清孤寂,充满萧条之感。作者二十年前曾经过此地,而今,重返故地才几天,又到中秋节。无论是"二十年",还是"能几日",作者总是试图在传达着时光流逝之感。下片则把叙述的角度从自己再一一扫过故友、江山,仿佛在用摄像机向读者一一展示他心中的所感所见。"欲买桂花同载酒,终不似、少年游。"下语沉痛,词人多么想通过大醉一场,能重新拾回逝去的青春,然而"终不似"已然把这个期望给无情打破了。

与刘过豪迈粗犷的主导词风相比,此词简洁含蓄,饱含沧桑,意旨丰厚,家国之忧、身世之痛、老大之悲诸多感情均可在词中获得。

姜　夔

姜夔(1155—1221),字尧章,自号白石道人,鄱阳(今属江西)人。宋宁宗庆元中,曾上书乞正太常雅乐,得免解,讫不第。有《白石诗》一卷、《白石词》五卷。姜夔为南宋词坛巨擘,善自度新腔,创制新调,且格律精严。其词与北宋周邦彦齐名,并称"周姜"。

翠楼吟

淳熙丙午冬①,武昌安远楼成②,与刘去非诸友落之,度曲见志。予去武昌十年,故人有泊舟鹦鹉洲者,闻小姬歌此词,问之,颇能道其事。还吴,为予言之。兴怀昔游,且伤今之离索也。

月冷龙沙③,尘清虎落④,今年汉酺初赐⑤。新翻胡部曲⑥,听毡幕、元戎歌吹⑦。层楼高峙,看槛曲萦红,檐牙飞翠。人姝丽,粉香吹下,夜寒风细。　　此地,宜有词仙⑧,拥素云黄鹤,与君游戏。玉梯凝望久,叹芳草、萋萋千里。天涯情味。仗酒祓清愁⑨,花销英气。西山外,晚来还卷,一帘秋霁。

注释

① 淳熙丙午:宋孝宗淳熙十三年(1186)。　② 安远楼:在武昌西南黄鹤山上,紧邻黄鹤楼,今不存。　③ 龙沙:语出《后汉书·班超传赞》:"坦步葱雪,咫尺龙沙。"原是地名,指白龙堆沙漠,后用以泛指塞外,这里指金人的地盘。④ 虎落:防御工事,遮护城堡或营寨的篱笆。　⑤ 赐酺:允许老百姓聚众饮宴。古代禁止百姓无故聚饮,在喜庆的日子特许聚饮则被称为赐酺。此制始于秦,汉

承秦制，后代称之为汉酺。宋朝时已不禁群饮，因而无须赐酺，这里仅引用典故来说近事而已。 ⑥ 翻：按照旧曲制作新词。胡部：本是唐代西凉地方的乐曲，《新唐书·礼乐志》："开元二十四年，升胡部于堂上。"从此胡部进入殿堂，成为中华传统乐曲的一个组成部分。 ⑦ 元戎：原指兵车，这里指帅府。 ⑧ 词仙：传说有仙人骑鹤经过黄鹤楼，唐代著名诗人崔颢亦写过《黄鹤楼》一诗。 ⑨ 祓(fú)：原指古代除灾的仪式，这里指去除。

品评

南宋淳熙十三年(1186)安远楼建成，作者曾与友人登楼一观，并写词一首。十年后，朋友告知，此曲已被传唱多时了。

此词上片主要描写楼成之日的热闹之景，下片则转而写流落他乡的落魄之情。首句写建楼经过，南宋通过求和换得暂时的和平与繁荣，为了与民同庆，统治阶层特意建此楼以做纪念。"新翻胡部曲，听毡幕、元戎歌吹"，描写了当时热闹的场景，众人听着新翻奏的胡人乐曲，狂歌曼舞，一派太平之景。"槛曲萦红，檐牙飞翠"则写新建的楼层也被新漆了一番，"萦红"、"飞翠"极写色彩之艳丽，让人目眩。"人姝丽"则写楼中人陶醉在周围的歌舞声中，直至入夜。下片"此地，宜有词仙"为起句，转而写自己登楼之感，在热闹的场景中，词人却落落寡合，他独自凭栏，想着远去的仙人，渴望一起乘着"素云黄鹤"，游戏人间。"玉梯凝望久"写自己漂泊天涯之感，他希望醉酒于花间草丛中，以洗去自己的沦落之痛。结句写西山外，秋风吹起了帘帐，自己隐约看到天色晴朗，希望似乎又在远方等着他。

此词借安远楼建成之际的热闹场景，来反衬自己羁旅之愁，词笔清丽，景致洒脱，带有幽幽的清雅之气。此词上片所写之景，与宋人林升的"山外青山楼外楼，西湖歌舞几时休。暖风熏得游人醉，直把杭州作汴州"(《题临安邸》)有异曲同工之妙，均辛辣嘲讽了统治阶层醉生梦死、苟且偷安的生存景象。

永遇乐

次稼轩北固楼词韵①

云隔迷楼②，苔封很石③，人向何处？数骑秋烟，一篙寒汐④，千古空来去。使君心在⑤，苍崖绿嶂，苦被北门留住⑥。有尊中酒差可饮⑦，大旗尽绣熊虎。　前身诸葛[8]，来游此地，数语便酬三顾[9]。楼外冥冥，江皋隐隐[10]，认得征西路[11]。中原生聚[12]，神京耆老[13]，南望长淮金鼓[14]。问当时、依依种柳，至今在否？

注释

①稼轩北固楼词：指辛弃疾《永遇乐》（千古江山）一词。　②迷楼：在扬州，隋炀帝所建。楼成，曲折繁复，帝幸之，曰："使真仙游此，亦当自迷。"遂名迷楼。北固山临长江，可隔江远望扬州。　③很石：一作"狠石"，在北固山甘露寺，状如伏羊。相传孙权、刘备尝在此共谋拒曹之事。　④"一篙"句：在寒冷的潮水中见一船泛波。　⑤使君：州郡长官，此指辛弃疾。　⑥北门：镇江地处对金斗争前线，故称之。宋代王君玉《国老谈苑》卷二："皇上以朝廷无事，北门锁钥，非（寇）准不可。"此暗用之。　⑦"有尊中酒"句：《晋书·郗超传》载桓温语："京口酒可饮，兵可用。"陈亮《戊申再上孝宗皇帝书》曾引用。　⑧前身诸葛：以诸葛亮比辛弃疾。宋代刘宰《贺辛待制弃疾知镇江》："三辅不见汉官仪，今百年矣。诸公第效楚囚泣，谁一洗之！……某官卷怀盖世之才，如圯下子房；剂量济时之策，若隆中诸葛。"可见以诸葛比稼轩并非孤例。　⑨三顾：指刘备三顾茅庐，请诸葛亮出山事。　⑩江皋：江岸边的高地。　⑪征西路：指辛弃疾北伐时的行军路线。　⑫生聚：繁殖人口，积聚物力。《左传》哀公元年："越十年生聚，而十年教训。"杜预注："生民聚财富而后教之。"　⑬耆老：父老。　⑭长淮：淮河，时宋、金以淮河为界。

品评

宋宁宗开禧元年（1205），时年六十六岁的辛弃疾写下了著名的《永遇乐·京口北固亭怀古》。作为辛弃疾的好友，姜夔读此词后，深为其壮志所折服，慨然写了此首和词。同样是抒发报国之志，姜词与辛词迥然不同，辛词慷慨激昂，沉郁顿挫，真可谓"气吞万里如虎"。而白石词却写得幽婉清徐，别具滋味，可谓是"依依种柳"了。

"云隔迷楼，苔封很石，人向何处"，已然精炼概括了时局，词人以迷楼指称当时苟安享乐的主和派，而以"很石"指代和刘备一样的抗金英雄，"人向何处"交待了自古以来，主战人士往往遭受打击、迫害，已然凋零渺远，在当世更难寻到。

“数骑”三句，暗示当时抗金大业的萧条衰败之景，这是为后面辛的出场作铺垫。“使君”三句，一面赞扬友人心系江湖的高尚品操，一面又在危难面前敢于承担重任。“有尊中酒”二句，则写尽辛弃疾豪爽性格与治军严厉、军容威武之势。过片则把友人比作诸葛亮，为报答朝廷相知之恩，义不容辞来到镇江，把守江关。“楼外”三句写辛正站在高楼，眼望远方高地，正胸有成竹地筹划着北伐路线。“中原”三句则是把视角转向北方，那些被异族欺凌的中原父老正盼望着宋军的及早到来。词人写到此更加澎湃激昂，“问当时、依依种柳，至今在否”，这是鼓励稼轩像桓温一样北伐成功，收复失地。也许是受稼轩原作豪迈之风的感染，姜夔的这首和作在写得典雅灵动、含蓄蕴藉的同时，亦不时发出高亢之调，充满了浓郁的爱国之情。

杨炎正

杨炎正(1145—?),字济翁,庐陵(今江西吉安)人。杨万里之族弟。宋宁宗庆元二年(1196)进士,调宁远簿。五年,诏除架阁,未上即被劾落。嘉定初迁大理司直,三年(1210),出知藤州,七年,罢。后以事戍琼州,十年,始北归。有《西樵语业》一卷。

水调歌头

登多景楼①

寒眼乱空阔②,客意不胜秋③。强呼斗酒,发兴特上最高楼。舒卷江山图画,应答龙鱼悲啸,不暇顾诗愁。风露巧欺客,分冷入衣裘。　　忽醒然,成感慨,望神州。可怜报国无路,空白一分头。都把平生意气,只作如今憔悴,岁晚若为谋。此意仗江月,分付与沙鸥。

注释

① 多景楼:在今江苏镇江北固山甘露寺内,宋时为登览胜地。　② 寒眼:秋日登眺,故云寒眼。　③ 不胜秋:禁不起秋天的凄清。

品评

此词作于宋孝宗淳熙五年(1178)。作者与辛弃疾一同乘舟来到镇江,登览多景楼,杨有感而发,作了此词,辛弃疾亦有和作。

上片交待登楼的时间与心境。由于作客他乡,再加上难以忍受秋日的凄寒,作者与好友携带美酒,一同来登楼畅望。接着写了登上最高楼所见之景,但见江水奔腾,远山如画,江中的龙、鱼正在悲鸣应和着,这声音让作者听了也为之惆怅,以致都忘记写下瞬间的感受。随着在楼上站得时间久了,觉得风露也似乎欺负他衣裳单薄,特意把许多冷气吹入他身上。"欺"字明写自然气候的侵袭,暗则写当朝政权对他的漠视乃至打击。故下片转入抒情,词人感触最深的是,神州沦陷,中原未复。自己满怀报国之志,却无力实现,到如今已是白了少年头。年青时的满腔豪情现在只剩下憔悴失意,能不悲慨?最后词人希望在晚年能与沙鸥为伴,在江湖中度过余生。

此词苍凉悲壮,可以说是一曲黄钟大吕。

戴复古

戴复古(1167—?),字式之,黄岩(今浙江温岭)人。居南塘石屏山,因号石屏。少孤,笃志于诗,曾登陆游之门。后游江湖间几五十年,年近八十,始由其子自镇江迎还。有《石屏诗集》十卷、《石屏词》一卷。《宋史翼》据《黄岩县志》立其传。

柳梢青

岳阳楼

袖剑飞吟①,洞庭青草②,秋水深深。万顷波光,岳阳楼上,一快披襟③。 不须携酒登临,问有酒、何人共斟?变尽人间,君山一点④,自古如今。

注释

① 袖剑:藏在衣袖里的短剑。 ② 青草:湖名,在岳阳西南,与洞庭相连,和洞庭共称洞庭湖。 ③ 一快披襟:宋玉《风赋》云:"楚襄王游于兰台之宫,宋玉、景差侍。有风飒然而至,王乃披襟而当之,曰:'快哉此风。'" ④ 君山:洞庭湖中的小山。

品评

戴复古为南宋著名江湖诗人,一生志在恢复,虽穷困潦倒,而豪气不减。此词是其登临岳阳楼所作。

上片"袖剑飞吟",起句即树立起一个满怀豪情的侠客形象,充满壮气。以下则写登楼所见之景，远望洞庭湖，秋水深澈，波光粼粼，作者在高楼之上，迎风披襟，快意洒脱。下片则抒情达意。虽有美景，但乏知音，词人遗憾无人可与同赏美景，这里流露出他淡淡的伤感，漂泊天涯，友人日见稀少，能不感叹时光流逝？最后以君山对比人事，相比较世间的繁华盛衰、聚散离合，君山无疑更显超脱与永恒。这里词人与君山无疑也有惺惺相惜之感，正和辛弃疾“我见青山多妩媚，料青山、见我应如是”（《贺新郎》）有相似之妙。

此词笔意闲澹，快意洒脱，却不乏高远玄思，包涵无限沧桑兴亡之叹。

水调歌头

题李季允侍郎鄂州吞云楼[1]

轮奂半天上[2]，胜概压南楼[3]。筹边独坐[4]，岂欲登览快双眸。浪说胸吞云梦[5]，直把气吞残虏，西北望神州。百载一机会，人事恨悠悠。　骑黄鹤[6]，赋鹦鹉[7]，谩风流。岳王祠畔[8]，杨柳烟锁古今愁。整顿乾坤手段，指授英雄方略，雅志若为酬。杯酒不在手，双鬓恐惊秋。

注释

① 李季允：名埴。曾任礼部侍郎、沿江制置副使，并知鄂州。　② 轮奂：高大华美。《礼记·檀弓下》：“晋献文子成室……张老曰：‘美哉轮焉，美哉奂焉。’”后亦作“轮奂”或“美轮美奂”，用以形容建筑物的华丽或高大。　③ 南楼：楼名，在武昌。《世说新语·容止》：“庾太尉（亮）在武昌，秋夜气佳景清，使吏殷浩、王胡之之徒登南楼理咏。音调始遒，闻函道中有屐声甚厉，定是庾公。俄而率左右十许人步来，诸贤欲起避之，公徐云：‘诸君少住，老子于此处兴复不浅。’因便据胡床与诸人咏谑，竟坐甚得任乐。”　④ 筹边：思考筹划边防事务。　⑤ 胸吞云梦：司马相如《子虚赋》：“吞若云梦者八九，其于胸中，曾不蒂芥。”为极度夸张之语，形容其地广大无边。　⑥ 骑黄鹤：《太平寰宇记》记载，蜀人费文祎登仙，曾驾黄鹤憩于武昌黄鹄矶头。　⑦ 赋鹦鹉：指东汉文学家祢衡的《鹦鹉赋》。⑧ 岳王：指南宋著名抗金将领岳飞，惨死于投降派秦桧等手中。宋宁宗嘉定年间被追谥为“鄂王”。

品评

此词是作者登临友人李季允修建的吞云楼所作。

起句即称赞该楼美轮美奂，直插云天，其壮丽直压倒著名的南楼。作者在此不仅是在赞美吞云楼，更是在间接赞美其主人李季允，称其人品风流超过东晋时拥兵一方、声名显赫的庾亮。接着作者说明李季允为何要修建此楼？难道仅仅是为了逞耳目之欲？不是，他修建的目的是为了“筹边”，为了“西北望神州”，为勘察地形、侦察敌情所需。故相比传说中的楚王云梦游的奢侈行为相比，李季允的行为更是正气凛然，压倒前人了。词写到此，本应慷慨激昂鼓励友人杀敌立功，但用“百载一机会，人事恨悠悠”句忽然收住，转入史的深沉思考，更显冷静与理性。回顾南宋初期曾有过如岳飞这样的抗金英雄，北伐事业一度如日当中，但最终还是留下遗憾。下片直承“人事恨悠悠”，历数古今名人，有骑鹤仙人，有失志文人，最终词人把目光锁定在岳王坟畔。“烟锁古今愁”已然把过去和现在相衔接，其连接点即是抗金北伐。在回顾了历史的伤痛后，词人把恢复大计寄托在李季允身上，鼓励其整顿乾坤，施展经纶谋略。可见在酒宴之上，作者内心复杂，既满怀希望，又有忧患不安之感。最后，词人以杯酒相劝自己和友人：趁着良辰美景，姑且痛饮一场，不要让岁月白白催老我们的头发。

此词把景与情、物与人、古与今等诸多元素，通过“西北望神州”这一北伐主题，贯通联结成一个整体，故无论写景还是抒情均流畅自然。浓厚的历史感与家国感让此词在内涵上超过一般登临之作。

岳 珂

岳珂(1183—1234),字肃之,号亦斋,晚号倦翁,汤阴(今属河南)人,侨居江州。岳飞之孙。历管内劝农使,知嘉兴府。宋宁宗嘉定十五年(1222),任朝奉郎、守军器监、淮东总领。理宗宝庆二年(1226),任户部侍郎、淮东总领兼制置使。珂好文学、喜书法,与刘过、辛弃疾等有交往。有《岳鄂王行实编年》、《金佗粹编》、《桯史》等著作传世。

祝英台近

北固亭①

澹烟横,层雾敛。胜概分雄占②。月下鸣榔③,风急怒涛飐④。关河无限清愁⑤,不堪临鉴⑥。正霜鬓、秋风尘染。　　漫登览。极目万里沙场,事业频看剑。古往今来,南北限天堑⑦。倚楼谁弄新声?重城正掩。历历数、西州更点⑧。

注释

① 北固亭:在江苏镇江北固山上,下临长江,其势险要,因而得名。　② 胜概:胜景、佳境。　③ 鸣榔:捕鱼时用木棒敲船,使鱼惊入网。　④ 飐(zhǎn):风吹使物颤动。　⑤ 关河:《史记·苏秦传》:"秦四塞之国,被山带渭,东有关河,西有汉中。"此处泛指山河。　⑥ 临鉴:登临鉴赏。　⑦ 天堑:天然险要不易越过的堑坑,此处指长江。　⑧ 西州:指扬州。贺铸《天门谣》词:"历历数,西州更点。"

品评

此词为登临怀古之作。上片写登亭所见之景。远处淡烟一抹，如带横空，黄昏的层雾也逐渐敛尽。面临史上著名的战略要地，作者想到的是，千百年来不知多少豪杰在此争雄，此时却一片宁静，月下渔人正鸣榔回家，江面的急风掀起阵阵怒涛。“关河”以下三句则写远望关口，顿起家国之悲，词写至此，已使“不堪临鉴”的含义深广阔大，由一己的风尘之悲提升到家国之感。下片则重在抒怀。“漫登览”诸句直写自己功业未成却已双鬓如霜。“古往”二句则慨叹长江至今仍是阻隔南北的天堑。最后四句说重重城门都关闭了，除了远处高楼之上渺茫的歌声之外，就只剩有西州更点，清晰可闻。词人通过远处的歌声、更点之声全盘托出自己孤寂、凄清的感觉。

黄 机

黄机，生卒年不详，字几仲，一云几叔，东阳（今属浙江）人。尝仕宦州郡，与岳珂唱和。有报国之志而未见用于时。有《竹斋诗余》一卷，存词九十余首。

满江红

万灶貔貅[①]，便直欲、扫清关洛[②]。长淮路[③]、夜亭警燧[④]，晓营吹角。绿鬓将军思饮马[⑤]，黄头奴子惊闻鹤[⑥]。想中原、父老已心知，今非昨。　狂鲵剪，於菟缚[⑦]。单于命，春冰薄。政人人自勇，翘关还槊[⑧]。旗帜倚风飞电影，戈铤射月明霜锷[⑨]。且莫令、榆柳塞门秋，悲摇落。

注 释

① 万灶貔貅（pí xiū）：形容南宋的军队勇猛而众多。貔貅，传说一种凶猛的野兽。　② 扫清关洛：扫清关中、洛阳地区之敌。　③ 长淮路：指淮南西路和东路，当时为宋、金的分界线。　④ 夜亭警燧：古代边塞筑亭堠以防守，遇警即举烽火。　⑤ 绿鬓：黑发，指人的壮年。　⑥ 黄头奴子：对敌人的蔑称。闻鹤：指风声鹤唳。　⑦ “狂鲵剪”二句：《左传》宣公十二年载，“古者明王伐不敬，取其鲸鲵而封之，以为大戮”。杜预注：“鲸鲵，大鱼名，以喻不义之人吞食小国。”於菟，虎的别名。《左传》：“三日於菟，其气食牛。”以上以狂鲵、於菟比喻金国敌人，要缚取而杀灭。　⑧ 翘关还槊：攻占城池，短兵交接。翘，举。还，旋。槊，长矛。　⑨ 铤（dìng）：铜矿石，铸铜的坯料。锷：刀剑的刃。

品 评

此词壮怀激烈，可与岳飞《满江红》相媲美。读之可以起顽立懦，是一篇极具鼓动性的战斗檄文。

上片即描绘出一场千军万马奔腾向前、直扑敌营的喜人场景。词人把宋军赞美为“貔貅”，把宋军的昂扬斗志以“扫清”二字形象托出。接着词人写了沿淮河两岸，宋军严阵以待，加紧戒备，时刻准备发出冲锋的嘹亮号角。果然在年少有为的青年将领的指挥下，敌人早已被宋军气势所吓倒，变成风声鹤唳的可怜虫了。在这样大好的抗金形势下，中原父老也不必整日忧愁，他们开始转变心态，积极迎接宋军了。

下片接写宋军攻城夺池，一路凯歌的情形。宋军们高举银光闪闪的戈矛，冲锋陷阵，如电飞驰，那些入侵的敌人早已命如薄冰，只能束手待毙，等待着被俘的命运。最后，词人把胸中怒气、志气、不平之气淋漓尽致地发泄后，面对不利宋军的事实，他豪气不减，继续鼓励守边士兵及时立功，奋勇杀敌，不要让青春年华白白荒废在边关。

此词气势恢宏，如大江黄河奔腾而下，体现出词人满腔报国豪情。词人虽在结句露出忧愁之色，但其心态则是奋勇向前，体现出一种不屈不挠、可歌可泣的英雄气概。

霜天晓角

仪真江上夜泊[1]

寒江夜宿，长啸江之曲。水底鱼龙惊动，风卷地，浪翻屋。 诗情吟未足，酒兴断还续。草草兴亡休问，功名泪，欲盈掬[2]。

注 释

① 仪真：在长江北岸，即今之江苏仪征市。 ② 掬：双手捧取。

品 评

长江北岸的仪真当时是南宋的前线，曾多次被金兵侵占骚扰。作者夜泊此地，触动内心郁积多年的伤痛，因而作此词。

上片写寒江夜宿。词人身处抗金前线，感怀万端，情难自禁，故于江边悲歌长啸以发泄心中的悲愤。作者是一名爱国志士，与岳飞之孙岳珂过从甚密。其忧国忧民之心、杀敌报国之志盖非一日，郁积心中的愤懑极为深沉，故一旦发出，便惊心动魄，震动鱼龙，狂风卷地，波浪拍屋。下片直接抒发自己对时事的伤感。南宋偏安一隅已经百余年之久，中兴之望十分渺茫，吟诗作赋既不足以发泄心中的郁闷，只好继之以饮酒。但借酒浇愁愁更愁，对于时刻以复兴祖国为己任的仁人志士，吟诗纵酒又焉能真正忘掉家仇国耻？所以词人发出"草草兴亡休问，功名泪，欲盈掬"的沉重哀叹。这满把的泪水既是伤心之泪，更是悲愤之泪，所以令读者也为之洒下一掬同情之泪。

此词上片豪气逼人，激情满怀；下片凄楚苍凉，感人肺腑。故《四库全书总目》称黄机词："皆沉郁苍凉，不复作草媚花香之语。"

刘克庄

刘克庄(1187—1269),字潜夫,号后村,莆田(今属福建)人。宋宁宗嘉定二年(1209)以荫补将仕郎,累官至枢密院编修官。理宗淳祐六年(1246)赐同进士出身,除秘书少监。累官至龙图阁学士。有《后村大全集》二百卷传世,内含词五卷。

沁园春

梦孚若①

何处相逢?登宝钗楼②,访铜雀台③。唤厨人斫就④,东溟鲸脍⑤;圉人呈罢⑥,西极龙媒⑦。天下英雄,使君与操,余子谁堪共酒杯?车千两,载燕南赵北,剑客奇才⑧。　饮酣画鼓如雷,谁信被晨鸡轻唤回。叹年光过尽,功名未立;书生老去,机会方来。使李将军,遇高皇帝,万户侯何足道哉⑨!披衣起,但凄凉感旧,慷慨生哀。

注释

① 孚若:方信孺(1177—1222),字孚若,兴化军(今福建莆田)人。开禧北伐失利,信孺时年三十,自夏至秋,三使金国,置生死于度外,力折强敌。 ② 宝钗楼:在陕西咸阳。 ③ 铜雀台:故址在今河北临漳西南,曹操所建。 ④ 斫就:切好。 ⑤ 东溟:东海。鲸脍:鲸肉切成的细丝。 ⑥ 圉人:《周礼·夏官·司马》云:“圉人掌养马刍牧之事。” ⑦ “西极”句:《汉书·礼乐志》载《郊祀歌》:“天马徕,从西极……天马徕,龙之媒。”后人遂以龙媒指骏马。 ⑧ “车千两”三句:刘克庄《宝谟寺丞诗境方公墓志铭》:“(方信孺)尤好士,所至从者如云。闲居

累年，家无儋石，而食客常满门。”两：同“辆”。 ⑨“使李将军”三句：据《史记·李将军列传》载，汉文帝谓李广曰：“惜乎！子不遇时。如令子当高帝时，万户侯岂足道哉！”

品评

作者友人方信孺为人豪爽，喜接名士，在南宋北伐失败后出使金国，面对金人的苛刻条件，他据理以争，不畏生死，最终以口舌折强敌。此词当是作者梦后哀悼之作。

上片首写梦中之景。在梦中，作者和友人相聚一起，并且终于踏上中原之路，他们登宝钗楼，上铜雀台，吃的是用东海大鱼切成的“鲸脍”，骑的是西北地区的骏马“龙媒”。他们像刘备、曹操一样，同是英雄豪杰，并且用千万辆车马去网罗天下的“剑客奇才”。在上片，作者有意虚构了二人相聚的场景，这梦，实即是他们二人理想的实现，故写得逸兴遄飞。下片则写梦醒后的悲凉之景。正在痛饮美酒之时，突然一声鸡鸣，把他从梦中惊醒，发现现实是如此无情，不但年光白白流逝，并且功业仍然未立。他不由想起历史上李广的悲剧，假使自已像李广一样遇到英明君主，功名何愁不就？想起这点，词人悲愤难平，难以入眠，披衣独起，感受人生失意之痛。

此词在虚与实、悲与喜、今与昔中穿插往复，极尽大悲大喜之曲折跌宕，充分展露了一个失意英雄愤懑不平之怀。结句披衣独坐的场景，尤有绕梁三日之妙。

贺新郎

送陈真州子华[①]

北望神州路。试平章[②]、这场公事，怎生分付？记得太行山百万，曾入宗爷驾驭[③]。今把作、握蛇骑虎。君去京东豪杰喜，想投戈、下拜真吾父。谈笑里，定齐鲁。　　两河萧瑟惟狐兔。问当年、祖生去后[④]，有人来否？多少新亭挥泪客，谁梦中原块土？算事业、须由人做。应笑书生心胆怯，向车中、闭置如新妇。空目送，塞鸿去[⑤]。

注释

① 陈真州：陈子华，作者友人，曾知真州。真州，即今江苏仪征，当时属抗金

前线。②平章：评论。③宗爷：宗泽，北宋著名抗金将领。④祖生：祖逖，此处以之喻指南宋初年的岳飞、韩世忠等抗金将领。⑤空目送：晋嵇康《赠秀才入军》诗有“目送归鸿，手挥五弦”句。

品评

友人陈子华要掌管真州一带的防务，由于该地区位于前线，故作为好友，刘克庄仔细为他分析形势，制定抗金策略，所以虽是送别词，并无儿女私情，全是言及国家大事，可谓是送别词中的独创。

上片首句即点出要害问题，面对复杂多变的抗金局面，如何把握？怎样应对？可见这是作者考虑最多，也是思考许久的问题。他带给友人的建议是：大胆起用当时北方的抗金民众力量，改变当时统治阶层对农民义军疑而不敢用的尴尬局面，要像当年老将宗泽一样集结各方力量，这样才有可能弥补宋兵兵力较弱、地形不熟等诸多困难。只有把这些民众力量团结了，才能真正“定齐鲁”。写到这，可感到作者对当时格局了然于胸的自信。下片则转而压抑低沉。他在为中原的父老伤感，他们日日盼望宋兵，却始终见不到宋兵的到来。当时的南宋朝廷上上下下又有多少人真心为北伐事业操心？在这样的危难关头，作者鼓励陈子华敢于承担重责，真正把事业做到底。最后词人进行了一番自我解嘲，说自己如同一个新媳妇，举止失措，胆怯难当大任，只有目送友人归去，祝福他功业有成。

此词上片指点江山，风云之气逼人；下片则转而低咽沉痛，在激励他人同时，未尝不为自己的失意潦倒而苦涩。总体风格仍趋于酣畅乐观，豪情勃发。

玉楼春

戏林推[1]

年年跃马长安市，客舍似家家似寄[2]。青钱换酒日无何，红烛呼卢宵不寐[3]。易挑锦妇机中字[4]，难得玉人心下事。男儿西北有神州，莫滴水西桥畔泪[5]。

注释

①林推：作者的同乡，名林宗焕。推，即节推，为节度使属官，掌勘问刑狱。

②“年年”二句：言林节推为了追求功名，年复一年地住在临安，以客舍为家，争名于朝。跃马：指获取功名。 ③“青钱”二句：写林节推白日酗酒、通宵赌钱。呼卢，古代即指赌博。古代掷骰子时，五子全黑叫“卢”，掷得卢即全胜。④“易挑”二句：写林不顾家中妻子对他的思恋，而沉溺于与妓女的往来。⑤ 水西桥：指京城妓坊之所。

品评

此词虽为“戏作”，但以家国之感相勖，“戏”的同时亦有推勉之意。词人的这位好友亦有豪爽的性格，他整日在京城中四处游玩，挥霍无度，把旅店当成家，整日消磨在歌舞场中、赌博坊里，可谓是游荡公子。下片则是一番好意相劝，一是劝友人顾家爱妻，二是鼓励友人眼光高远，要把精力放在边关上，通过恢复中原，获得功名来实现人生价值。此词亦是豪放词中的名作，前人推许有加，如清人陈廷焯认为“此词足以使懦夫有立志”（《白雨斋词话》）；冯煦评此词是“拳拳君国似放翁，志在有为，不欲以词人自域似稼轩”（《宋六十一家词选》）。

清平乐

五月十五夜玩月

风高浪快，万里骑蟾背①。曾识姮娥真体态②，素面元无粉黛。 身游银阙珠宫，俯看积气濛濛③。醉里偶摇桂树，人间唤作凉风。

注释

① 蟾背：古人视蟾蜍为月精，骑在蟾蜍背上，就是到达了月宫。此句化用古代传说有人乘槎来到天上月宫的故事。 ② 姮娥：即嫦娥。 ③“俯看”句：从天宫中看人间，只见雾气模糊一片。积气：《列子》：“天，积气耳。”指天体由混沌之气组成。濛濛：迷迷茫茫的样子。

品评

此词写遨游月球，充满了神奇的想象。上片写词人骑着蟾蜍，在乘风破浪中渡过宽广的银河来到月宫。在月宫中，词人见到了嫦娥仙子，她的面貌清雅素丽，不施一点脂粉。下片则写词人在皎洁的月宫中四处巡游，他从天上看到人间，发现大地雾气朦胧，混沌难识。词人喝醉了酒，靠在桂树边休息，不小心摇动了桂树，结果人间竟吹起了一阵凉风。

此词想象大胆生动，可以说写尽了古人对月球的丰富想象与神秘认知。读者通过作者在月宫中的种种无拘无束的举动，不难体会作者在生活中的苦闷。这里对月宫的想象亦折射了作者对现实的某种困惑与无奈。

陈人杰

陈人杰(1217—1243),号龟峰,长乐(今福建福州)人。少时为应考,曾寓居临安(今浙江杭州)。二十岁时曾应举子试。后游幕两淮、荆、湘等地。有《龟峰词》。

沁园春

丁西岁感事[1]

谁使神州,百年陆沉[2],青毡未还[3]?怅晨星残月,北州豪杰,西风斜日,东帝江山[4]。刘表坐谈[5],深源轻进[6],机会失之弹指间。伤心事,是年年冰合,在在风寒[7]。　说和说战都难,算未必江沱堪宴安。叹封侯心在,鳣鲸失水[8],平戎策就,虎豹当关[9]。渠自无谋,事犹可做,更剔残灯抽剑看。麒麟阁[10],岂中兴人物,不画儒冠!

注释

① 丁酉:宋理宗嘉熙元年(1237)。此年七月,蒙古兵自光州、信阳攻宋,进至合肥。　②“谁使”二句:《晋书·桓温传》:“温自江陵北伐……与诸僚属登平乘楼,眺瞩中原,慨然曰:‘遂使神州陆沉,百年丘墟,王夷甫诸人不得不任其责。’”　③“青毡”句:《晋书·王献之传》:“(献之)夜卧斋中,而有偷人入其室,盗物都尽,献之徐曰:‘偷儿,青毡我家旧物,可特置之。’群偷惊走。”此处以青毡“旧物”喻中原故土。　④“东帝”句:此处以东帝指南宋王朝。　⑤“刘表”句:《三国志·魏书·郭嘉传》:“刘表坐谈客耳!”此系郭嘉评刘表只善空谈之语。⑥“深源”句:东晋殷浩字深源。《晋书·殷浩传》载前秦苻健死,殷浩想趁机收

复中原，用羌人姚襄为先锋。襄叛，殷浩仓皇弃军而逃。 ⑦ 在在：处处。 ⑧“鳣鲸”句：贾谊《吊屈原赋》：“横江湖之鳣鲸兮，固将制于蝼蚁。”鳣，大鱼名。 ⑨“虎豹”句：喻坏人当道。《楚辞·招魂》：“虎豹九关，啄害下人些。” ⑩ 麒麟阁：汉宣帝曾命画霍光等十一位功臣的肖像于未央宫内麒麟阁上，以表彰其功绩。

品评

宋理宗时期，蒙古灭金后，随即举兵南下入侵南宋，宋军屡屡败北，襄、汉、淮、蜀间烽烟不断。宋理宗张惶无能，虽下诏罪己，但仍无法挽救国土的沦丧。这即是此词的写作背景。

词的起句即直击要害，大声呵问：“如今国土沦丧，久不得恢复，这究竟是谁的责任?”此句理正辞严，大义凛然。这里将《晋书》中桓温、王献之两个典故合在一起，极为贴切地传达出时局危难，如何挽救败局这一主题。接着，词人精辟入里地分析了造成国事危险的原因：北方豪杰之士寥如晨星，抗金事业也如同落日，益渐衰退。朝廷官员或如刘表一样，因循守旧，懦怯无能，一味空谈；另外一些人则同殷浩一样，妄取虚名，轻率冒进，错失战机。正是由于这些原因导致有志之士只能扼腕痛惜，伤悲国家江河日下。下片则是词人的慷慨陈情。面对此危局，朝廷官员只知在战与和上争执，骨子里都只考虑偏安一隅，自保荣华。这样造成了像词人这样的真正有为之士就像鳣、鲸一样，离开了江湖大海，遭受蝼蚁的欺凌。即使有退敌良方，也会被当权者拒之门外。然而国事是否真如那些人所悲观地认为不可拯救了呢？词人在此则大声呼喊：事犹可为！在这危难时刻，正直之士应奋力抗敌，击退强虏，重新振兴宋朝国运，在麒麟阁上立下英名！

此词洋溢着奋发蓬勃之气，既愤慨于当局者的懦弱无能，又慷慨陈词，充满了报国雄心。在当时举国消沉之时，这种镗鞳之音尤属难得。

刘辰翁

刘辰翁(1232—1297),字会孟,号须溪,庐陵(今江西吉安)人。乡试时因指斥当道,被屏斥。宋理宗景定元年(1260)补太学生,得国子祭酒江万里赏识。景定三年廷试忤贾似道,以亲老请为赣州濂溪书院山长。后入江万里幕。恭帝德祐元年(1275),因荐被授太学博士,元兵犯境,不果赴。文天祥起兵勤王,入幕。宋亡后,隐居不仕。有《须溪集》。《南宋书》、《宋史翼》有小传。

柳梢青

春感

铁马蒙毡①,银花洒泪②,春入愁城③。笛里番腔④,街头戏鼓,不是歌声。　那堪独坐青灯,想故国、高台月明⑤。辇下风光⑥,山中岁月⑦,海上心情⑧。

注释

① 铁马:指元兵的铁骑。蒙毡:为防战马受冻而披上毛毡。　② 银花:元宵节银色的花灯。　③ 愁城:指临安。　④ 番腔:外族的腔调,此指蒙古族。　⑤“想故国”句:李煜《虞美人》词:“故国不堪回首月明中。”高台:指临安的宋朝故宫。　⑥ 辇下:京师。　⑦ 山中岁月:指隐居生活。　⑧ 海上心情:谓向往志士继续抗元的心情。临安沦陷后,宋臣多有从海上逃亡者,继续在广东沿海抗元。

品评

宋恭帝德祐元年(1275),文天祥起兵抗元,刘辰翁曾以同乡、同门的身份参加文天祥的幕府。后在外流落多年，晚年隐居于故乡江西庐陵山中。此词即作于晚年。题名“春感”，实际上是元宵节有感而作，这从词中“银花”、“戏鼓”、“月明”等与元宵节有关的景物可看出。

上片写今年临安元宵灯节的凄苦情景。劈头一句，不仅点明整个临安已处于元军铁蹄之下，而且渲染出一种阴冷森严与元宵灯节喜庆气氛极不协调的氛围。“银花洒泪，春入愁城”两句将客观景物拟人化、主观化，以加重愁苦凄清的气氛。“笛里番腔”之句写想象中临安城里到处弹唱异族的歌声——临安早已是蒙古人的城池！“不是歌声”，一笔横扫，感情由前面的沉郁苍凉转为激烈高昂。过片点明自己隐居山中，引发出故国之思。结句以三个并列的四字句，追忆宋亡前皇都的美好风光，传达自己此时的寂寞无奈之苦，以及追慕当年苏武牧羊北海，矢志不屈的风范。

此词笔墨沉痛，内涵深远，故国之情与兴亡之叹在词中皆一一可见。

兰陵王

丙子送春[①]

送春去，春去人间无路。秋千外，芳草连天，谁遣风沙暗南浦？依依甚意绪。漫忆海门飞絮[②]。乱鸦过，斗转城荒，不见来时试灯处[③]。　春去，最谁苦？但箭雁沉边，梁燕无主。杜鹃声里长门暮[④]。想玉树凋土，泪盘如露[⑤]。咸阳送客屡回顾[⑥]，斜日未能度。　春去，尚来否？正江令恨别[⑦]，庾信愁赋。二人皆北去。苏堤尽日风和雨。叹神游故国[⑧]，花记前度[⑨]。人生流落，顾孺子[⑩]，共夜语。

注释

① 丙子：宋恭帝德祐二年（1276）。此年，元军破临安，将投降了的宋恭帝及太后等掳到元大都。　② 飞絮：语出辛弃疾《摸鱼儿》：“算殷勤，画檐蛛网，尽日惹飞絮。”　③ 试灯处：试灯为元宵节前的张灯预赏，此代指昔日临安繁华喧腾的景象。　④ 长门：原为汉宫殿名，此代指南宋故宫。　⑤“泪盘”句：汉代长安皇宫中有金铜仙人承露盘。　⑥“咸阳”句：语出唐李贺《金铜仙人辞汉歌》：“衰兰送客咸阳道。”这里用以说明被元兵胁迫北行的南宋君臣对故国恋恋不舍。

⑦ 江令：南朝诗人江总。庾信：北朝诗人，有《愁赋》。二人皆北去：指江总在陈朝任尚书令，故称“江令”；陈亡后，他入隋北去。庾信仕梁，梁亡后，出使西魏被扣留长安。 ⑧ 神游故国：即“故国神游”，句出苏轼《念奴娇》。 ⑨ 花记前度：刘禹锡《再游玄都观》诗：“百亩庭中半是苔，桃花净尽菜花开。种桃道士归何处，前度刘郎今又来。”这里借用其意，感叹杭州的荒凉。 ⑩ 孺子：小孩，此指自己的子女。

品评

此词作于南宋灭亡之际，名为“送春”，实为“悲宋”之作。词分三叠，每叠均以“春去”为主题，词意悲凉，哀苦之音弥笃。

第一叠总写南宋灭亡后的整体局势和感受。“春去人间无路”正是此叠的中心，围绕无路之痛，作者写了宋亡后，天地一片悲飒之景，芳草萋萋，风沙弥漫，此句中的“海门”可暗喻当时南逃的端宗和一些流亡大臣，他们在闽广地区仍坚持抗争，成为作者心中惟一的希望，但这希望显然也是渺茫的。“斗转城荒”指朝代更替后，繁华的都城盛景已是一去不复返。第二叠则写亡国后的各类人物的悲伤场景。其中的“箭雁”、“梁燕”、“杜鹃”、“玉树”、“铜仙”均有所指，或指被掳北去的宋朝宗室和大臣，或指留守京城的民众，或指流亡南方海滨的端宗君臣，或指忠心耿耿的遗民志士，虽不可确指，但囊括了上至君臣、下至百姓，写尽他们在亡国后的种种凄凉遭遇和悲苦心情。第三叠则转写自己的心情，“春去。尚来否”，将哀悼之情推向极致。作者亦何尝不渴望宋朝能重新振兴，但冷酷的现实让他只能像江总与庾信一样，无奈地以词笔寄托哀情。“苏堤尽日风和雨”指亡国后的都城临安沉浸在一片凄风苦雨中，而词人只能借神游故国，聊以慰藉故国之思了。结句“人生流落，顾孺子，共夜语”，在哀婉之中，将身世漂泊与故国沦丧紧密结合，进一步深化主题。

该词声情哀苦，以春去象征亡国之痛，比兴深厚，曲折动情，正像清人陈廷焯所言：“曲折说来，有多少眼泪。”（《白雨斋词话》）

永遇乐

予自乙亥上元诵李易安《永遇乐》①，为之涕下。今三年矣，每闻此词，辄不自堪。遂依其声，又托之易安自喻。虽辞情不及，而悲苦过之。

璧月初晴，黛云远澹，春事谁主？禁苑娇寒，湖堤倦暖，前度遽如许[②]。香尘暗陌，华灯明昼，长是懒携手去。谁知道，断烟禁夜[③]，满城似愁风雨。　宣和旧日[④]，临安南渡，芳景犹自如故。缃帙流离[⑤]，风鬟三五[⑥]，能赋词最苦。江南无路，鄜州今夜[⑦]，此苦又谁知否。空相对，残釭无寐[⑧]，满村社鼓[⑨]。

注 释

① 乙亥：宋恭帝德祐元年(1275)。李易安《永遇乐》：是李清照所述元宵佳节流离异地，哀悼故国的名篇。　② 前度：此处用刘禹锡诗"前度刘郎今又来"句意。　③ 断烟禁夜：炊烟断绝，夜禁森严。指临安城现状的凄凉。　④ 宣和：宋徽宗的年号。　⑤ 缃帙：书卷。流离：散失。　⑥ 风鬟：头发散乱。三五：十五元宵节。　⑦ 鄜州：杜甫《月夜》诗："今夜鄜州月，闺中只独看。"此句言相思之情。　⑧ 釭：油灯。　⑨ 社鼓：社日的鼓声。

品 评

此词作于宋端宗景炎三年(1278)。当时南宋京城杭州已被元军攻陷，作者重临旧地，以词哀悼故国。

上片写元宵之夜，一轮明月如璧新磨，深绿色的云霞淡淡飘来，极其幽远。在这样的美景之下，作者却发出"春事谁主"疑问，这样的美景谁能欣赏？言下之意却是"风景不殊，正自有山河之异"。作者回忆上次来到杭州时，皇宫内还笼罩着阵阵轻寒，西湖边却已是暖意十足，游人在湖堤边散步时易生倦怠之意。没想到，再次到来，杭州会发生如此大的变化，江山易主，虽然华灯初上，道路依旧，但自己早已没有游玩之兴，更何况元军宵禁，想游也不可得。

下片前六句即是作者读李易安《永遇乐》词的感想。想当年，李清照南渡后，也是时常忆起宣和年间汴京的繁华，她在国破家亡后倦于梳妆，即使是逢元宵节，也是"风鬟霜鬓，怕见夜间出去"，李清照的身份、遭遇和词人自己有相似之处，所以他读李词而为之涕下。可以说，词人引用李清照的遭遇、情事，诉说的正是他自己的亡国之痛。此时的词人也开始怀念家中的亲人，就像当年杜甫身陷长安，思念家中妻子一样，但这份痛苦又有谁能理解？词人看着面前残灯，耳边传来社祭的鼓声，农民正在新春到来之际，祈求来年的丰收。在这新旧交替之中，词人可谓感慨良多！

此词虽说“悲苦过之”，但笔墨亦具备深邃灵动、阔大雄厚之长，与易安原作，亦可称之为“双壁”。

宝鼎现

春月

红妆春骑①，踏月影、竿旗穿市。望不尽、楼台歌舞，习习香尘莲步底。箫声断、约彩鸾归去②，未怕金吾呵醉③。甚辇路④、喧阗且止。听得念奴歌起⑤。　　父老犹记宣和事⑥。抱铜仙、清泪如水⑦。还转盼、沙河多丽⑧。滉漾明光连邸第⑨。帘影冻、散红光成绮。月浸葡萄十里⑩。看往来、神仙才子⑪。肯把菱花扑碎⑫。　　肠断竹马儿童，空见说、三千乐指⑬。等多时春不归来，到春时欲睡。又说向、灯前拥髻⑭。暗滴鲛珠坠⑮。便当日、亲见霓裳⑯，天上人间梦里⑰。

注释

① 红妆春骑：写贵妇盛妆出游。　② “彩鸾”句：据元代林坤《诚斋杂记》载，彩鸾为一姿色绝佳的仙女，与书生文箫相遇于道中遂成夫妻。比喻指男女恋爱情事。　③ 金吾：古代京城有金吾禁夜制度，“唯正月十五日夜，敕许金吾弛禁，前后各一日”（韦述《西都杂记》）。　④ 辇路：天街，皇家车骑行经的道路。⑤ 念奴：唐天宝年间的名歌妓，此借指北宋汴京歌妓。　⑥ 宣和事：此代指北宋沦陷事。宣和，宋徽宗年号。　⑦ 铜仙、清泪：用李贺《金铜仙人辞汉歌》事寓亡国之痛。　⑧ 沙河：沙河塘，地名，在今杭州南，居民甚盛，歌舞不绝。南宋周密《武林旧事》：“邸第好事者……间设雅戏烟火，花边水际，灯烛粲然。”　⑨滉漾：摇动，闪动。　⑩葡萄：形容月下西湖水的深碧色。　⑪ 神仙才子：意即才子佳人。　⑫ “肯把”句：用南朝徐德言事，徐预料将有国破家亡之祸，预先将镜子打破，与妻子各执一半，以作他日团圆的凭证。　⑬ 三千乐指：宋时旧例，教坊乐队由三百人组成，一人十指，故称三千乐指。形容当时歌舞升平胜景。⑭ 灯前拥髻：用《飞燕外传》事，喻“以手拥髻，凄然泣下，不胜其悲”的情态。⑮ 鲛珠：眼泪之美称。　⑯ 霓裳：指霓裳羽衣舞。唐代乐舞，以场面盛大繁复见

称。 ⑰ 天上人间梦里:化用李煜《浪淘沙》"流水落花春去也,天上人间"词句。

品评

这首词作于元成宗大德元年(1297),作者通过回忆北宋、南宋的灭亡经过,抒发自己的凄楚心情。

此调三叠,紧扣亡国之痛而写。第一叠是回忆北宋的繁华富丽景象。起三句写元宵佳节,月圆之夜,贵妇人盛妆出游,到处是香车宝马,旌旗飘展;歌舞楼台上,观众云集,美人步履过处,散发阵阵清香。那些趁夜约会的情侣也欢闹到深夜,再也不怕士兵们盘查呵问。在人头攒动的辇路上,突然人声寂静,原来是美丽的歌手正在演唱新翻的乐曲。第二叠续写南宋的情形。虽然士大夫们还抱着偏安之痛,怀念故君,但这种伤感很快就被杭州城美丽的风光所吸引,他们纷纷在西湖边盖起连云甲第,整日歌舞升平,享受起半壁江山的暂时繁荣。曾经有多少才子佳人陶醉在西湖美丽的月色下,他们又怎会料到有一天会饱受生离死别的亡国之痛呢?第三叠详写宋亡后的民众心痛。词人把视角转向身边的儿童,他们是最可怜的,从未见过大宋的繁华景象,只能从老辈人的述说中想象一番当时的繁华。想到这,词人不禁哀苦万分,涕泪涟涟了。最后词人感伤再见宋朝的希望就像天上人间杳不相接一样,渺不可及。

此词结构完整,意象明了,全篇一气贯注,以亡国之恨作为主题,乐景与哀情相交替,最终形成了"字字悲咽"(《历代诗余》所评)的效果。

仇 远

仇远(1247—1326),字仁近,一字仁父,自号山村民,钱塘(今浙江杭州)人。宋度宗咸淳间以诗名。元成宗大德九年(1305),为溧阳教授,官满代归,优游湖山以终。所著有《兴观集》、《金渊集》及《无弦琴谱》二卷等。

八犯玉交枝

招宝山观月上[①]

沧岛云连[②],绿瀛秋入[③],暮景却沉洲屿。无浪无风天地白[④],听得潮生人语。擎空孤柱[⑤]。翠倚高阁凭虚,中流苍碧迷烟雾[⑥]。唯见广寒门外[⑦],青无重数。　　不知是水,不知是山是树[⑧],漫漫知是何处。倩谁问、凌波轻步[⑨]。漫凝伫、乘鸾秦女[⑩]。想庭曲、霓裳正舞[⑪]。莫须长笛吹愁去,怕唤起鱼龙[⑫],三更喷作前山雨。

注释

① 招宝山:在今浙江舟山定海区。　② 沧岛:指被海水围绕的岛屿。③ 瀛:瀛州的简称。瀛州为传说中仙人所居之山,此指招宝山。　④ 天地白:天地在月光的照射下一片银白。　⑤ 擎空孤柱:形容招宝山的雄伟孤峻。⑥ 中流:水流的中央。　⑦ 广寒门:指月宫中的广寒宫殿,此指月亮。　⑧"不知是水"二句:形容水天相接,月光映照在水面的美景。不知是山是树,分别指月宫中的桂树和玉兔。　⑨ 倩:请。凌波轻步:指水中仙女,见三国曹植《洛神赋》:"凌波微步,罗袜生尘。"凌波,形容女子走路时步履轻盈。　⑩ 凝伫:伫立

凝望。乘鸾秦女：指春秋时秦穆公之女弄玉。传说弄玉嫁给萧史，萧史善吹箫，作凤鸣。一日萧史吹箫引凤而来，接上弄玉，夫妻乘凤升天而去。 ⑪“想庭曲”句：作者想象月宫中正在演奏《霓裳羽衣曲》。 ⑫“怕唤起”句：怕笛声惊醒了海中鱼龙。宋代黄机《霜天晓角》词：“长啸江之曲，水底鱼龙惊动，风卷地、浪翻屋。”

品评

这首风景词描写了作者登招宝山观海上月出时所看到的雄奇壮美景象，风格极为豪放。关于招宝山，元代吴莱《甬东山水古迹记》有如下记载：“庆元（今浙江宁波）东，逼海有招宝山，或云他处见山有异气，疑下有宝；或云东夷以海货来互市，必泊此山。前至峡口，怪石嵌险离立，南曰金鸡，北曰虎蹲。又前为蛟门，峡东浪激，或大如五石斗瓮，跃入空中却堕下，碎为氛雨。或远如雪山冰岸，声势崩涌。秋风一作，海水又壮。排空触岸，杳不知舟楫所在。”登上这样一座神奇险峻的名山观海上月出，难怪仇远会逸兴遄飞、奇思腾涌了。

上片起头五句，就大笔挥洒，写黄昏海上明月初升。“无风无浪天地白，听得潮生人语”二句，绘声绘色，凸现出海面（而不是陆地）月出时才有的景象。“擎空孤柱”以下五句，状写月光笼罩下的海上苍茫景色和波涛澎湃的壮观。下片起头三句，表达自己观览海上月景时既兴奋愉快又充满好奇心的复杂感受。“倩谁问”三句，则利用神话传说，驰骋想象，虚拟月中仙境，为海上月景增添了一层神秘幽深的美感。结尾三句突发奇语，说是月下不要吹笛，怕惊起海底的鱼龙，半夜三更的到前山来喷雨，把这漫天的好景给遮蔽掉。此词充满阳刚之美，其风格接近苏、辛一派。

蒋 捷

蒋捷，字胜欲，号竹山，阳羡(今江苏宜兴)人。宋度宗咸淳十年(1274)进士。宋亡，遁迹不仕。有《竹山词》。

贺新郎
吴江[①]

浪涌孤亭起[②]。是当年、蓬莱顶上，海风飘坠。帝遣江神长守护，八柱蛟龙缠尾。斗吐出、寒烟寒雨。昨夜鲸翻坤轴动，卷雕翚[③]、掷向虚空里。但留得，绛虹住[④]。　五湖有客扁舟舣[⑤]。怕群仙、重游到此，翠旌难驻。手拍阑干呼白鹭，为我殷勤寄语。奈鹭也、惊飞沙渚。星月一天云万壑，览茫茫、宇宙知何处。鼓双楫，浩歌去。

注 释

① 吴江：即吴淞江，是太湖支流之一，东入大海。　② 孤亭：吴淞江上有长桥，名垂虹桥，上有垂虹亭，可观赏江边风景。　③ 雕翚(huī)：雕刻精美，色彩鲜艳。此处指垂虹亭。翚，雉的五彩羽毛。　④ 绛虹：对桥的美称，此处指垂虹桥。　⑤ 舣(yǐ)：停船靠岸。

品 评

此词是作者在宋亡后流落苏浙一带，经过吴江时所作。

上片起句想象奇丽，写出垂虹桥雄伟的气势和壮丽的景色。词人经过垂虹桥，看见江涛翻滚，孤亭屹立，巨浪腾空涌起。如此气势让作者想象桥上的亭子本在蓬莱仙山上，后被一阵海风无意中吹到人间。为此，天帝特意派遣江神来守护它，在亭子的周围共有八条巨龙盘旋飞舞，它们不时喷出阵阵寒烟冷雨。接着词人又描述了此亭被毁的经过，昨夜一条巨鲸掀翻了地轴，把美丽的亭子抛到天空，只把垂虹桥留了下来。这里词人放笔纵情，生动展现了垂虹亭从建造到被毁的神奇过程，其实也暗喻了南宋政权由繁盛到灭亡的经历。

下片写自己漂泊江湖，来到此地，感伤亭子的被毁，想到即使天上的神仙重新来此聚会，目睹此景恐怕也会失望而归。于是想请湖边白鹭去天宫报信，可惜它却受惊飞走了。作者站在云天之下，感到宇宙茫茫，却无自己容身之所。最后还是高歌一曲，驾着一叶小舟，重踏江湖归隐之路了。

此词借垂虹亭被毁，象征宋朝灭亡，从而抒发亡国之痛，以及身世飘零之感。词情悲抑不平的同时，亦有慷慨高歌的豪迈之气。

贺新郎

兵后寓吴

深阁帘垂绣。记家人、软语灯边，笑涡红透①。万叠城头哀怨角②，吹落霜花满袖。影厮伴、东奔西走。望断乡关知何处，羡寒鸦、到着黄昏后。一点点，归杨柳。　　相看只有山如旧。叹浮云、本是无心，也成苍狗③。明日枯荷包冷饭，又过前头小阜④。趁未发、且尝村酒。醉探枵囊毛锥在⑤，问邻翁、要写《牛经》否⑥。翁不应，但摇手。

注释

① 涡：酒涡。　② 万叠：指鼓角吹奏多遍。叠，鼓三百三十搥为一通，鼓止角动，吹十二声为一叠。　③“叹浮云”二句：即“浮云苍狗”，比喻世事变幻无常。语本杜甫《可叹》诗：“天上浮云如白衣，斯须改变如苍狗。”　④ 小阜：小土山。　⑤ 枵(xiāo)囊：空空的口袋。　⑥ 毛锥：毛笔。《牛经》：古代关于饲养牛、相牛的书。

品评

宋亡时，战争频繁，为避战乱，作者流落到吴地。此词以“兵后”为中心，抒写了流离之痛与思家之苦，可谓战后实写。

上片先重温了昔日和亲人团聚的场面，深闺小院，绣帘低垂，房内灯光柔和，妻子在身边软语温存，嫣然一笑，酒涡迷人。但这样的温馨场面很快被现实战乱场景所取代，随着城头鼓角的哀怨声起，词人也流落异地，一脸风霜。如今已近日暮，和词人相伴的惟有孤影一个，眼看家乡遥远不可及，看身边的寒鸦都比自己幸运，毕竟它们在黄昏后还可以回到柳树上，那里还有一个窝可以落脚。“羡”字亦极沉痛。下片写人事更替，江山易主，自己如同天上的白云漂泊不定。接下来，词人写潦倒不堪的窘境。第二天他带着枯荷叶包裹的冷饭，沿山而行，趁天色尚早，便来到酒店喝酒解忧。痛饮之后，一探行李，里面已无余钱，幸好还有一支秃笔尚存，作者便满怀希望地去询问路边的老翁，可否以抄写《牛经》换钱。但在战乱之时，世局不稳，老翁又怎会有心情养牛耕稼，当然是摇头拒绝了。

此词可谓是流浪者的悲歌，作者通过叙事与抒情相结合，生动描绘出战后个体的流离之痛与田园荒芜、民不聊生的社会惨景。情感深沉激越，具有高度的现实性与抒情性。

一剪梅

舟过吴江①

一片春愁待酒浇，江上舟摇，楼上帘招。秋娘渡与泰娘桥②，风又飘飘，雨又萧萧。　　何日归家洗客袍？银字笙调③，心字香烧④。流光容易把人抛，红了樱桃，绿了芭蕉。

注释

① 吴江：在今江苏苏州太湖附近。　② 秋娘渡、泰娘桥：均是吴江地名。③ 银字笙：笙上镶嵌有银做的字以表示音色。　④ 心字香：盘旋成“心”字形的香。

品评

此词写羁旅漂泊之愁，清新明丽，用字精巧而不见雕琢。词的上片以“春愁”直接点题，“待酒浇”则写出愁之深非得大醉一场不能排遣。“江上舟摇”、“楼上帘招”二句形成一个鲜明对比，一方面是游子在船中飘荡不安、疲倦不堪，一方面是岸上酒楼旗帜飘扬，诱惑着词人前去消忧。“摇”与“招”极具动感。词人显然未能上岸浇愁，而在秋娘渡与泰娘桥中继续赶路，这里“渡”与“桥”本是路途常见的渡口与桥梁，但词人却刻意选择两个有女性化色彩的地名，突显出词人倦于漂泊，渴望一归家中，与妻子团聚之情。眼见春雨潇潇，春风飘扬，更平添了词人几分愁思。下片则重点写词人思归之情。作者想象当他风尘仆仆地到家后，脱掉沉重的客袍，妻子在旁调理好笙弦，把心字香烧起，为他洗去奔波之苦。然而现实是苦涩的，在希望不能实现的情况下，词人感叹时光流逝，眼见樱桃红了，芭蕉绿了，一春又将过去，而自己却不知漂泊到何时？归家之路仍遥不可及。前人称蒋词炼字精深，音调谐畅，此词正可体现这些特点。用字精深，故能精警动人；音韵谐畅，故能朗朗上口，余韵悠长。

虞美人

听雨

少年听雨歌楼上，红烛昏罗帐。壮年听雨客舟中，江阔云低、断雁叫西风。　　而今听雨僧庐下[1]，鬓已星星也。悲欢离合总无情，一任阶前、点滴到天明。

注释

① 僧庐：僧房。

品评

此词构思精巧，以听雨为主线，巧妙编织起一段完整的人生旅程。上片写作者少年时的洒脱风流与中年时的飘零孤苦。这两次听雨分别以红楼罗帐、风雨客舟为背景，极具代表性。前者富丽温馨，后者凄凉苦涩，对比鲜明。下片则以僧房为背景，写暮年时单身一人，寄居僧舍的孤苦无依之状。结句雨滴石阶的意境尤显凄苦萧条。作者能以一首小令把自己复杂坎坷的一生交待得清晰动人，可谓精于剪裁。在音节上，掷地有声，铿锵有力，内在情感虽苦涩悲凉，却也包含了洞达人生的彻悟与达观。

声声慢

秋声

黄花深巷，红叶低窗，凄凉一片秋声。豆雨声来[1]，中间夹带风声。疏疏二十五点[2]，丽谯门[3]、不锁更声。故人远，问谁摇玉佩，檐底铃声。　彩角声吹月堕，渐连营马动，四起笳声。闪烁邻灯，灯前尚有砧声。知他诉愁到晓，碎哝哝、多少蛩声。诉未了，把一半、分与雁声。

注 释

① 豆雨：即豆花雨。《荆楚岁时记》："里俗以八月雨为豆花雨。" ② 二十五点：指更点。古代用铜壶滴漏计时，一夜分为五更，一更分为五点，所以叫更点。③ 丽谯门：魏武帝有楼名丽谯，又城上望远的楼为谯门。

品 评

此词以赋体手法，多层次、多角度为我们呈现了一个立体的秋声形象。在菊花盛开的小巷，红叶低映窗边，秋声就从这里蔓延开来。先是在一阵豆花雨中，秋声悄悄地来了。踩着深夜不眠的更声，它从城楼缓缓经过。这声音从远至近，就仿佛屋檐下的铃声，又像是远方故人身上玉佩的叮当声。伴随着秋声，词人一直到晓未眠，他听见远处军营中的马声、号角声、笳鼓声阵阵入耳。窗外可见邻家主妇还在点灯赶制寒衣，耳边絮叨叨的蟋蟀声一直响个不停，好像有满腹忧愁要说，但还未诉完，就被天边飞过的大雁接过，它们嘹亮的声音似乎也在诉说着流浪之苦。此词呈发散式布局，取景多。作者以"秋声"为主题，从"豆雨声"、"风声"、"更声"、"玉佩"、"铃声"、"笳声"、"砧声"、"蛩声"、"雁声"，多层次、多视角来展示"秋声"，虽繁复却不凌乱，"愁"是把作者与景物融为一体的凝固剂。画面优美、语句流丽亦是此词一大优点。

周　密

周密(1232—1298),字公谨,号草窗,世居济南,流寓吴兴,居弁山,自号弁阳啸翁,又号四水潜夫。宋末时曾任义乌县令。入元不仕,专事著述。工诗词。有《齐东野语》、《癸辛杂识》等多种文史著作传世。词集有《草窗词》、《蘋洲渔笛谱》。《宋史翼》有传。

一萼红

登蓬莱阁有感[1]

步深幽,正云黄天淡,雪意未全休。鉴曲寒沙[2],茂林烟草[3],俯仰千古悠悠。岁华晚,漂零渐远,谁念我、同载五湖舟[4]？磴古松斜[5],崖阴苔老,一片清愁。　　回首天涯归梦,几魂飞西浦,泪洒东州[6]。故国山川,故园心眼,还似王粲登楼[7]。最负他、秦鬟妆镜[8],好江山、何事此时游。为唤狂吟老监[9],共赋销忧。

注释

① 蓬莱阁:在浙江绍兴卧龙山下。　② 鉴曲:即鉴湖、镜湖。《新唐书·贺知章传》:"有诏赐镜湖剡川一曲。"　③ 茂林:指绍兴兰亭。王羲之《兰亭集序》:"此地有崇山峻岭,茂林修竹。"　④ 五湖:指太湖。相传范蠡助越军灭吴后,偕西施泛舟五湖而去。　⑤ 磴(dèng):山路的石阶。　⑥ 西浦、东州:皆是绍兴地名。　⑦"还似"句:王粲是汉末建安七子之一,年轻时曾避乱荆州,依附刘表,未被重用,登荆州城楼,作《登楼赋》抒发自己的乡国之思和怀才不遇之情。⑧ 秦鬟:秦望山,在绍兴东南。妆镜:指镜湖。　⑨ 狂吟老监:指唐代著名诗人

贺知章。贺知章曾任秘书监，自号四明狂客，于唐玄宗天宝初年归隐镜湖。

品评

浙江绍兴卧龙山下的蓬莱阁，为五代时吴越王钱镠所建，是浙东名胜之一。宋恭帝德祐元年(1275)冬天，周密从杭州南下路过绍兴前往婺州义乌(今属浙江)就任县令时，曾登蓬莱阁。第二年初，杭州陷落，元兵继续南下，婺州等地相继沦没，周密离开义乌，路经绍兴，再次登上蓬莱阁，吊古伤今，吟成了这首“亡国之音哀以思”的名作。

词的上片以写景为主，景中寓情。从登阁着笔，作者俯视四野，只见到处是一片阴惨肃杀，禁不住“俯仰千古悠悠”。下片由身世之感进而抒发家国之痛。作者以王粲登楼自况，但在国破家亡之际登高望远，长歌当哭，只能幻想与昔日群贤共赋消忧。本篇上片无一字涉及国土沦亡，但无处不渗透遗民的哀痛；下片直抒胸臆，但妙在才欲说破，便自咽住。这种吞吐咽噎、回环往复的写法，构成了此词情思哀婉、沉郁顿挫的风格特征。清人陈廷焯《白雨斋词话》卷二评曰：“公谨《一萼红·登蓬莱阁有感》一阕，苍茫感慨，情见乎词，当为草窗集中压卷。虽使美成(周邦彦)、白石(姜夔)为之，亦无以过。惜不多觏耳。”

邓 剡

邓剡，字光荐，号中斋，庐陵（今江西吉安）人。宋理宗景定三年(1262)进士。帝昺祥兴时，官礼部侍郎。崖山兵溃，为张宏范所得，教其次子，得放还。有《中斋集》。《南宋书》、《宋史翼》有传。

念奴娇

驿中言别

水天空阔，恨东风不惜、世间英物[①]。蜀鸟吴花残照里[②]，忍见荒城颓壁。铜雀春情[③]，金人秋泪[④]，此恨凭谁雪？堂堂剑气，斗牛空认奇杰[⑤]。 那信江海余生，南行万里，不放扁舟发。正为鸥盟留醉眼，细看涛生云灭。睨柱吞嬴[⑥]，回旗走懿[⑦]，千古冲冠发。伴人无寐，秦淮应是孤月。

注 释

①“恨东风”句：反用三国时诸葛亮巧借东风打败曹操的故事。 ②蜀鸟：即杜鹃鸟。相传战国时蜀王杜宇号望帝，因为大臣鳖灵治水有功，禅位给他，自己退隐西山。死后化为杜鹃鸟，叫声凄切，昼夜悲鸣。吴花：吴宫花草。化用李白《登金陵凤凰台》诗：“吴宫花草埋幽径，晋代衣冠成古丘。” ③铜雀：魏武帝曾于邺城西北立三台，中台名铜雀台。 ④金人秋泪：传说魏明帝时，曾派人到长安把汉朝建章宫前的铜人搬至洛阳，铜人在被拆卸时流下了眼泪。语出李贺《金铜仙人辞汉歌》：“空将汉月出宫门，忆君清泪如铅水。” ⑤斗牛：据《晋书·张华传》记载，西晋张华夜间常见紫气上冲到斗宿与牛宿两个星座之间，便问雷焕，雷焕断定是斗、牛所应的丰城（今属江西）埋有宝剑，紫气是宝剑的精光上彻

于天。张华就推荐雷焕去当丰城令，果然在该县狱基下挖出两把宝剑。 ⑥睨柱吞嬴：指战国时期赵国人蔺相如完璧归赵的故事。当时蔺相如手持宝璧，欲以投柱自毁威胁秦王。 ⑦回旗走懿：指指蜀国丞相诸葛亮死后还能把司马懿吓退的故事。

品评

邓剡和文天祥是同乡好友。文天祥抗元兵败被俘，后遇邓剡，二人一同被押解北上。到金陵时，邓剡因病留下，文天祥继续北上。临别之际，邓剡作此词赠之。词中融汇亡国之痛和别友之情，慷慨悲凉，气贯长虹。

上片即从亡国之痛写起。首三句慷慨激昂，沉痛悲慨。它是指南京城外的长江天险虽雄奇壮阔，可惜不能借东风与文天祥等人完成抗元大业。接着以"蜀鸟吴花"自比亡国之痛。"铜雀"二句则暗指被元兵掳去北上的太后、大臣、宫女。"此恨凭谁雪"句写出邓与文天祥共同的爱国情感。"堂堂"二句则叹惜文天祥偏偏不能建立奇功，恢复南宋社稷。下片则是对文天祥的祝福与期望。"那信"三句指自己本想投老南荒，归隐山林，不想却被俘北上。词人因病不能与文天祥同行，于是他一方面期待友人回来和自己一起归隐江湖，一方面又鼓励天祥此去要以气节折服元人，正像当年蔺相如和诸葛亮一样，不屈于外敌的强大，以气吞山河之势呵退元人。最后则传达了惜别之情：我虽不能随你北上，但将在这南京城的不眠之夜中为你祈祷。

此词将对友人的惜别之情与家国之痛相结合，下语用字沉痛有力，典故详赡，衬托出词人昂扬的壮志与不屈的豪情，可以说写得气壮山河。

张 炎

张炎（1248—1314后），字叔夏，号玉田，又号乐笑翁，西秦人，南渡时名将张俊的六世孙，居杭州。宋亡，落拓纵游。其词崇姜夔，倡清空骚雅。有《山中白云词》和《词源》传世。

甘 州

辛卯岁[①]，沈尧道同余北归[②]，各处杭越[③]。逾岁，尧道来问寂寞，语笑数日，又复别去。赋此曲，并寄赵学舟[④]。别本“尧道”作“秋江”、“赵学舟”作“曾心传”。

记玉关[⑤]、踏雪事清游，寒气脆貂裘。傍枯林古道，长河饮马，此意悠悠。短梦依然江表[⑥]，老泪洒西州[⑦]。一字无题处，落叶都愁[⑧]。　载取白云归去，问谁留楚佩，弄影中洲？折芦花赠远，零落一身秋。向寻常野桥流水，待招来、不是旧沙鸥。空怀感，有斜阳处，却怕登楼。

注释

① 辛卯岁：元世祖至元二十八年（1291）。　② 沈尧道：作者友人，即沈秋江，名钦。　③ 杭、越：即杭州与越州（即今浙江绍兴市）。　④ 赵学舟：赵与仁，字元父。　⑤ 玉关：即玉门关，此处指其泛游的北方。　⑥ 江表：江南。　⑦ 西州：今南京市西。晋谢安死后，其友人羊昙醉至西州门，想起谢安，不禁恸哭，不忍心经过此门。　⑧“一字”二句：暗用红叶题诗的典故。唐代范摅《云溪友议》记载，唐宣宗时，卢渥赴京应举，偶临御沟，拾得红叶，叶上题诗云：“流水何太急，深宫尽日闲。殷勤谢红叶，好去到人间。”后宣宗放出部分宫女，卢得一宫

女,即题诗者。

品评

公元1290年,张炎与好友沈尧道应召为元政府写金字《藏经》。次年,回归南方。之后词人在绍兴居住,沈尧道自杭州来看望词人,这首词即作于二人分别之时。

起二句即劲健阔大,充满豪气。词人回忆当年他们赴京写经的旧事,展现了一幅踏雪而行的北国羁旅图。北风凛冽,寒气袭人,作者一行人连衣服都被冻裂,他们在那枯林古道上艰难行进,亦曾在冰河边饮马,现在回想起来,词人仍慷慨万分,充满豪气。以下写二人分别后,自己在梦中怀念友人,泪水也为之倾洒,面前的片片秋叶都题满了他的忧愁,让词人再也无处下笔。下片则写与友人依依惜别之情。朋友像天空一朵白云飘然而去,他留下的情意让自己始终怀念难忘。临别之际,词人想折取一朵芦花聊表情意,同时也渴望能再次团聚。结尾三句写词人空怀飘零之感,思念之情,想登楼远望排遣惆怅寂寞,但落日余晖只能徒增伤悲罢了。

此词将身世家国之感与友人惜别之情熔为一炉,波折起伏,卷舒自如,内含劲拔爽朗之气,正是"山中白云"的本色。

吴 激

吴激(1090—1142),字彦高,建州(今福建建瓯)人。宋宰相吴栻之子,米芾之婿。使金被留,累官翰林待制。词与蔡松年齐名,号"吴蔡体"。词集名《东山乐府》。《金史》卷一二五有传。

风流子

书剑忆游梁①,当年事、底处不堪伤?念兰楫嫩漪②,向吴南浦③;杏花微雨,窥宋东墙④。凤城外⑤,燕随青步障⑥,丝惹紫游缰⑦。曲水古今⑧,禁烟前后⑨,暮云楼阁,春草池塘⑩。　回首断人肠,年芳但如雾,镜发成霜。独有蚁尊陶写⑪,蝶梦悠扬⑫。听出塞琵琶,风沙淅沥,寄书鸿雁,烟月微茫⑬。不似海门潮信,能到浔阳⑭。

注释

①"书剑"句:《史记·司马相如列传》称他"少时好读书,学击剑","客游梁"。梁,指宋都汴京,即今河南开封。 ②嫩漪:细小的波纹,微波。 ③南浦:指代送别之处。 ④窥宋东墙:宋玉《登徒子好色赋》:"天之下美者莫若楚国,楚国之美者莫若臣里,臣里之美者莫若臣东家之子。""然此女登墙窥臣三年,至今未许也。" ⑤凤城:京城。沈佺期《奉和立春游苑迎春》诗:"歌吹衔恩归路晚,栖乌半下凤城来。" ⑥步障:古代的一种用来遮挡风尘、视线的屏障。⑦紫游缰:紫色的马缰绳。温庭筠《江南曲》:"傍岸骑马郎,乌帽紫游缰。"⑧曲水:古代风俗,于农历三月上巳日(上旬的巳日,魏晋以后始固定为三月三日)就水滨宴饮,认为可祓除不祥,后人因引水环曲成渠,流觞取饮,相与为乐,称

为曲水。晋王羲之《兰亭集序》:“又有清流激湍,映带左右,引以为流觞曲水,列坐其次。” ⑨ 禁烟:清明节前一日是寒食节,禁烟火。 ⑩ 春草池塘:谢灵运《登池上楼》诗:“池塘生春草,园柳变鸣禽。” ⑪ 蚁尊:酒杯,亦借指酒。 ⑫ 蝶梦:《庄子·齐物论》:“昔者庄周梦为蝴蝶,栩栩然蝴蝶也。”后因以“蝶梦”喻迷离惝恍的梦境。 ⑬ 出塞琵琶:王昭君出塞时,在马上弹琵琶。杜甫《咏怀古迹》诗:“千载琵琶作胡语,分明怨恨曲中论。”寄书鸿雁:《汉书·苏建传》载,苏武羁留匈奴时,汉与匈奴和亲,求苏武,匈奴诡言武死。原来苏武出使随从常惠夜见汉使,教使者言“天子射上林中,得雁,足有系帛书,言武等在某泽中”。匈奴大惊,放还苏武。 ⑭“不似”二句:化用唐代诗人刘长卿《江州留别薛六柳八二员外》诗:“离心与潮信,每日到浔阳。”潮信,以潮水涨落有定时,故称。“寄书鸿雁”、“潮信浔阳”暗寓故国之思。

品评

此词是作者被扣留金朝后所作。上片词人写他年青时曾背负书剑来到汴京求取功名。“当时事”云云,是对年青时的整体回忆。一“伤”字暗逗出今昔之感。作者当年驾兰舟一路北行,经过吴江来到汴京。满城的美人隔墙遥望,对他充满爱慕之情。到了京城后,他经常在早春时候骑马踏青,手拿紫缰绳,带着青步障,来到曲水。那里青草池塘,高耸楼阁,处处留下了他的足迹。过片三句从过去过渡到现在。以下写如今自已整日以酒浇愁,觉得生活如同一场大梦。耳边听着昭君当年出塞时弹奏的琵琶曲,也曾想寄封书信给故土,但希望渺茫。结尾二句苦涩地写道:想想自己连江边的潮水都不如,毕竟潮水还能每年回到故地一次啊。此词结构严谨,辞彩华美,声情哀苦,在抒发故国之痛上,可与南朝著名诗人庾信的《哀江南赋》比美。

张中孚

张中孚(约1096—1154),字信甫,号长谷老人,世为安定望族。宋徽宗朝以父荫补承节郎。金太宗天会九年(1131)降金,天德二年(1150)拜参知政事。有《三谷集》。《金史》卷七九有传。

蓦山溪

山河百二①,自古关中好。壮岁喜功名,拥征鞍、貂裘绣帽。时移事改,萍梗落江湖②,听楚语③,厌蛮歌④,往事知多少⑤? 苍颜白发⑥,故里欣重到。老马省曾行⑦,也频嘶、冷烟残照⑧。终南山色,不改旧时青⑨,长安道,一回来,须信一回老⑩。

注释

① 山河百二:原意是指秦地险固,二万人足当诸侯百万之兵。典出《史记·高祖本纪》:"秦,形胜之国,带河山之险,县隔千里,持戟百万,秦得百二焉。" ②"萍梗"句:比喻行踪如浮萍断梗一样漂泊不定。 ③ 楚语:南方楚地方言。 ④ 蛮歌:南方少数民族歌曲。 ⑤"往事"句:李煜《虞美人》:"春花秋月何时了,往事知多少。"感慨往事不堪回首。 ⑥ 苍颜白发:辛弃疾《清平乐·绕床饥鼠》:"归来华发苍颜。" ⑦"老马"句:老马知道曾经走过的路。《韩非子·说林》载,管仲迷途,放老马而随之,遂得路。 ⑧ 冷烟残照:化用李白《菩萨蛮》"平林漠漠烟如织,寒山一带伤心碧"及《忆秦娥》"西风残照,汉家陵阙"意。 ⑨"终南"句:终南山,在今陕西西安市南。此处化用刘禹锡《初至长安》诗:"不改南山色,其余事事新。" ⑩"长安道"句:白居易《长安道》诗:"君不见,外州

客，长安道，一回来，一回老。”孟郊《怨别》诗：“一别一回老，志士白发早。”

品评

这是一曲“少小离家老大回”的悲歌。上片总述自己的江湖生活。词人曾在壮岁为求功名，远离“山河百二”的故土，开始了漂泊生涯，长久流落江湖，听惯了楚语蛮歌，也厌倦了这种萍梗无依的生活。“往事知多少”已饱含经历世事后叶落归根的感情。下片则写自己终于踏上归乡之路，虽然已是苍颜白发，但欣慰地看到故里青山不改，欢喜之余，不免伤感，结句“一回来，须信一回老”可谓其悲欣交集的复杂心情的体现。清人况周颐评此词：“以清遒之笔写慷慨之怀，冷烟残照，老马嘶鸣，何其情之一往而深也。昔人评诗有云‘刚健含婀娜’，余于此词亦云。”（《蕙风词话》）

蔡松年

蔡松年(1107—1159),字伯坚,号萧闲老人,真定(今河北正定)人。早年在燕山随其父降金,仕金后,官至右丞相,封卫国公。词集名《明秀集》。《金史》卷一二五有传。

大江东去

还都后,诸公见追和赤壁词,用韵者凡六人,亦复重赋

离骚痛饮[①],问人生佳处,能消何物?夷甫当年成底事[②],空想岩岩青壁。五亩苍烟,一邱寒玉,岁晚忧风雪[③]。西州扶病[④],至今悲感前杰。　我梦卜筑萧闲[⑤],觉来岩桂,十里幽香发。块磊胸中冰与炭[⑥],一酌春风都灭。胜日神交,悠然得意,遗恨无毫发。古今同致,永和徒记年月[⑦]。

注释

① 离骚痛饮:《世说新语·任诞》:"王孝伯言:'名士不必须奇才,但使常得无事,痛饮酒,熟读《离骚》,便可称名士。'" ② 夷甫:王衍字夷甫。岩岩青壁,亦指王衍。《世说新语》刘孝标注:"顾恺之《夷甫画赞》曰:'夷甫天形瑰特,识者以为岩岩秀峙,壁立千仞。'" ③"五亩"三句:据《明秀集》魏道明注称:"'风雪'以比忧患,是时公方自忧,恐不为时所容。" ④ 西州:古城名。东晋置,为扬州刺史治所。故址在今江苏省南京市。晋谢安死后,羊昙醉至西州门,恸哭而去。事见《晋书·谢安传》。 ⑤ 萧闲:蔡松年入金后定居镇阳,筑萧闲堂,自号萧闲老人。 ⑥ 块磊:郁结在心中的不平、愁闷。 ⑦ 永和:王羲之《兰亭集序》:"永和九年……会于会稽山阴之兰亭,修禊事也。"又云:"虽世殊事异,所以兴怀,其

致一也。”

品评

此词是借怀古以消自己胸中块磊。起句即不凡,词人自问,如何才算是真正享受了大好人生?答案是熟读《离骚》,痛饮美酒。接着词人转而传达对以谢安为首的东晋士人的向往,他鄙薄以王衍为首的人只知清谈误国,于己于国均无用,不如谢安心忧天下,虽然隐居在五亩苍烟,青青翠竹中,但在遭遇乱世时,毅然担当起保卫晋朝的重担。下片由思古人转入抒发自我的牢骚失意之痛。词人梦到隐居世外,在种满桂树的山谷中逍遥自在,但醒后却发现现实与理想如同冰和炭一样,难以相融。最后词人感叹什么时候自己才能真正和谢安诸人神游世外,洒脱得意。那样的话,就真正做到如王羲之所言,摆脱时空束缚,和古人神游于千古了。此词写作明显受苏轼词风影响,整体呈现豪迈旷达之风。但蔡松年的豪放中却融入了秀丽清幽,颇显魏晋风采。

刘 著

刘著(？—1140)，字鹏南，号玉照老人，皖城(今安徽潜山县北)人。北宋末进士，入金后，历仕州县。晚年任翰林修撰，终忻州刺史。存词一首，见《中州乐府》。

鹧鸪天

雪照山城玉指寒，一声羌管怨楼间[①]。江南几度梅花发[②]，人在天涯鬓已斑。 星点点，月团团，倒流河汉入杯盘[③]。翰林风月三千首[④]，寄与吴姬忍泪看[⑤]。

注释

① 羌管：羌族的一种乐器。范仲淹《渔家傲》："羌管悠悠霜满地，人不寐，将军白发征夫泪。" ②"江南"句：笛有《梅花落》曲，闻笛而念及美人。 ③"倒流"句：意谓深夜饮酒，河汉倒映杯盘之中。河汉指天河。 ④"翰林"句：欧阳修《赠王安石》诗："翰林风月三千首，吏部文章二百年。"欧阳修诗中"翰林"指李白，并喻指王安石，本词中为作者自称。 ⑤ 吴姬：江南一带的美女。李白《金陵酒肆留别》诗："吴姬压酒劝客尝。"词中指作者所思之佳人。

品评

此词为怀人之作。起句即追忆当年二人相伴之景。在白雪皑皑的山城里，她曾经在歌楼上用纤纤玉指为自己吹奏一曲《梅花落》，如今作者流落天涯多年，鬓发斑白，每当看见梅花纷飞，就不由思念远方的佳人。下片重在写相思之痛。

作者在月下品尝孤独,痛饮美酒,写下三千情诗,并将这些情诗寄给佳人,希望她收到后,体谅自己孤独之苦,也会为自己一洒同情之泪。此词用笔空灵细密,境界阔大之中孕含哀婉,可谓深情之作。

赵 可

赵可，字献之，号玉峰散人，泽州高平（今属山西）人。金海陵王贞元二年（1154）进士，仕至翰林直学士。博学多才，朝廷诏诰多出其手。有《玉峰散人集》。《金史》卷一二五有传。

凤栖梧

霜树重重青嶂小[①]，高栋飞云[②]，正在霜林杪。九日黄花才过了[③]，一尊聊慰秋容老。　　翠色有无眉黛扫[④]，身在西山，却爱东山好[⑤]。流水极天横晚照，酒阑望断西河道。

注释

① 霜树：经霜之树。青嶂：青色的山峦。　② 高栋飞云：语出王勃《滕王阁序》："画栋朝飞南浦云。"　③ 九日：重阳节。　④ 眉黛扫：山色如同美人未施铅华的眉毛。古人多以山喻眉，后亦有以眉喻山者。　⑤ 东山：指东晋谢安隐居之所，此句见出作者的归隐之心。

品评

这首酒宴即兴之作抒发了作者倦于仕宦，渴望归隐之情。上片写在酒宴高楼之上所见之景，已露出厌倦仕宦之情。远处秋树重叠，青山绵绵，渐远渐小。一片流云飞过高楼，一直漂到远处树林间。现在已是过了重阳节，菊花也已凋谢，为打发自己疲惫的老态，词人姑且以美酒相慰。下片则直接抒发对归隐的渴慕。作者虽仍在宦海中，但心已飞到美丽的东山，那里山色浅黛，若有若无，一湾江水带着斜阳的余辉缓缓流淌。结句写作者酒阑兴未了,一直遥望远方,仿佛可以见到美丽的东山。青山、夕阳、飞云、晚照,诸多景物点缀其间,为此词笼上一层萧远之色,读之亦可增东山之想。

赵秉文

赵秉文(1159—1232),字周臣,自号闲闲居士,滏阳(今河北磁县)人。金世宗大定二十五年(1185)进士。兴定中拜礼部尚书,后改翰林学士。诗词文兼擅,其词有苏轼之风。有《滏水集》。《金史》卷一一〇有传。

大江东去

用东坡先生韵

秋光一片,问苍苍桂影,其中何物?一叶扁舟波万顷[①],四顾粘天无壁[②]。叩枻长歌[③],嫦娥欲下,万里挥冰雪[④]。京尘千丈[⑤],可能容此人杰? 回首赤壁矶边,骑鲸人去[⑥],几度山花发。澹澹长空今古梦,只有归鸿明灭[⑦]。我欲从公,乘风归去,散此麒麟发[⑧]。三山安在[⑨]?玉箫吹断明月。

注释

①“一叶”句:苏轼《前赤壁赋》:“白露横江,水光接天。纵一苇之所如,凌万顷之茫然。” ②粘天无壁:形容水天相接的景象。韩愈《祭张员外文》:“洞庭漫汗,粘天无壁。” ③叩枻(yì):敲打船舷。苏轼《前赤壁赋》:“扣舷而歌之。” ④“嫦娥”二句:苏轼《前赤壁赋》:“桂棹兮兰桨,击空明兮溯流光。渺渺兮予怀,望美人兮天一方。”冰雪,比喻月光之皎洁。 ⑤京尘:晋陆机《为顾彦先赠妇》诗:“京洛多风尘,素衣化为缁。”后以“京洛尘”比喻功名利禄等尘俗之事。唐司空图《下方》诗:“三十年来往,中间京洛尘。” ⑥骑鲸人:原指李白,词中借指苏轼。 ⑦“澹澹”二句:杜牧《登乐游原》诗:“长空澹澹孤鸟没,万古销沉向此

中。” ⑧“我欲”三句：苏轼《水调歌头》：“我欲乘风归去，又恐琼楼玉宇，高处不胜寒。”麒麟发：韩愈《杂诗》：“翩然下大荒，被发散麒麟。” ⑨三山：传说中的蓬莱、方丈、瀛洲三处神山，为仙人所居之地。

品评

此词是追和苏轼《念奴娇·赤壁怀古》之作，于语气和用词中均可见作者对苏词的推崇与模仿。作者虽未亲到长江赤壁，但对苏轼的《念奴娇》乃至前后《赤壁赋》显然烂熟于心，此词亦可说是隐括了苏轼的这些作品。

上片写大江之上，一轮明月高挂天地，作者仰望明月，不禁发出月中苍苍桂影究竟是何物的奇思妙想。接着词人想象当年苏轼驾一叶扁舟在万顷碧波中肆意前行，他拍打船舷，长歌一曲，引得嫦娥也为他的洒脱所吸引，不禁挥舞长袖来到人间，在冰雪般的月色中翩翩起舞。此情此景令作者无限向往，但“京尘”二句，转而对苏轼的坎坷遭遇深表同情。在那个尘污满地的昏浊世界，像苏轼这样超凡入仙的高洁之人怎能被世俗所容忍？于是下片自然转到对苏轼人格的无限向往。他叹息在今天的赤壁边再也见不到苏轼了，只有山中花朵年年盛开，但人已去，花空发。最后词人想象和苏轼一样乘风凌波，骑着麒麟、吹着玉箫，一直向着仙山而去。

此词超逸、旷达、新奇，充满了想象，无怪乎被人称为“雄壮震动，有渴骥怒猊之势，视‘大江东去’信在伯仲间”（徐轨《词苑丛谈》）。

水调歌头

昔拟栩仙人王云鹤赠予诗云：“寄兴闲闲傲浪仙，枉随诗酒堕凡缘。黄尘遮断来时路，不到蓬山五百年。”① 其后玉龟山人云：“子前身赤城子也。”② 予因以诗寄之云：“玉龟山下古仙真，许我天台一化身。拟折玉莲骑白鹤，他年沧海看扬尘。”吾友赵礼部庭玉说，丹阳子谓予“再世苏子美也”③，赤城子则吾岂敢，若子美则庶几焉。尚愧辞翰微不及耳，因作此以寄意焉。

四明有狂客，呼我谪仙人④。俗缘千劫不尽，回首落红尘。我欲骑鲸归去，只恐神仙官府，嫌我醉时真⑤。笑拍群仙手，几度梦中身。 倚长松，聊拂石，坐看云。忽然黑霓落手⑥，醉舞紫毫春⑦。寄语沧浪流水，曾识闲闲居士，好为濯冠巾[8]。却返天台去[9]，华发散麒麟[10]。

注释

① 拟栩仙人：王云鹤（中立）的别号。 ② 赤城：山名。在浙江省天台县北，为天台山南门。世人多以之为仙山。北周庾信《奉答赐酒》诗："仙童下赤城，仙酒饷王平。"倪璠注引《神仙传》："茅蒙，字初成，乃于华山之中乘云驾龙，白日升天。歌曰：'神仙得者茅初成，驾龙上升入泰清，时下玄洲戏赤城。'"赤城子，指仙人。 ③ 丹阳子：马钰。苏子美：北宋苏舜钦，字子美。 ④"四明"二句：唐人贺知章，字季真，四明人，晚年自号四明狂客。见李白，叹服其为"谪仙人"。⑤"我欲"三句：苏轼《水调歌头》："我欲乘风归去，又恐琼楼玉宇，高处不胜寒。"此句暗中点化苏词。 ⑥ 黑霓：墨笔。 ⑦ 紫毫：紫色兔毛制的笔。 ⑧"寄语"三句：《孟子·离娄》："有孺子歌曰：'沧浪之水清兮，可以濯吾缨；沧浪之水浊兮，可以濯吾足。'"此处有归隐之意。闲闲居士：作者自号。 ⑨ 天台：天台山，在今浙江天台县。 ⑩"华发"句：见上首《大江东去》注⑨。

品评

作者以"谪仙人"李白自居，借此词来抒写自己的仙风道骨。上片为自述身世，意思是自己本为天上神仙，只因俗缘未了，故被贬红尘。虽也想骑着海上鲸鱼回归天宫，只是性格直率耿介，恐怕连神仙洞府也难容忍。下片则在上片自述身世的基础上，抒写狂放之态。词人倚靠长松，坐在青石上，手拿紫毫毛笔，瞬间完成一篇绝美文章，其洒脱之姿就像一片黑云从手中落下。作者徜徉山林中，洗濯冠发，与山水交友。结句写归去的情形，他骑着麒麟，飘散长发，逍遥地回到神仙洞府中。此词想象奇特，造语瑰丽，处处折射着谪仙人的神态，可说是一篇隐括李白《梦游天姥吟留别》之作。

完颜璹

完颜璹(1172—1232),本名寿孙,字仲实,一字子瑜,号樗轩老人。金世宗之孙,越王永功子,封密国公。博学有俊才,喜与文士游。有《如庵小稿》,存词九首。《金史》卷八五附传永功。

朝中措

襄阳古道灞陵桥①,诗兴与秋高。千古风流人物,一时多少雄豪②。　霜清玉塞③,云飞陇首④,风落江皋⑤。梦到凤凰台上⑥,山围故国周遭⑦。

注释

① 灞陵桥:桥名,本作霸桥。据《三辅黄图·桥》记载,霸桥在长安东,跨水做桥。汉人送客至此桥,折柳赠别。唐代郑谷《小桃》诗:"和烟和雨遮敷水,映竹映村连灞桥。"宋贺铸《连理枝》词:"想灞桥春色老于人,恁江南梦杳。" ②"千古"二句:化用苏轼《念奴娇》:"大江东去,浪淘尽、千古风流人物。""江山如画,一时多少豪杰。" ③ 玉塞:玉关门。 ④ 陇首:陇头,位于今陕西陇县西北。梁柳恽《捣衣》诗:"亭皋木叶下,陇首秋云飞。" ⑤ 江皋:江边高地。 ⑥ 凤凰台:古台名。在今江苏南京南面。李白《登金陵凤凰台》诗:"凤凰台上凤凰游,凤去台空江自流。" ⑦"山围"句:唐代刘禹锡《石头城》诗:"山围故国周遭在,潮打空城寂寞回。"

品评

此词为怀古之作,深沉跌宕,有雄豪之气。上片写自己一路奔波,从襄阳到长安，回想千百年来，在这条路上涌现出的英雄豪杰，他们演义出多少惊天地、泣鬼神的故事？这一切怎不令人诗兴大发，浮想连翩？下片直写怀古之情。词人的神思一会飞到霜气逼人的玉门关，感受边塞的严酷；一会飞到浮云飘荡的陇西战场，体验战场的酷烈；还飞到秀丽的长江边上，领略别情的缠绵悱恻，最后他梦到李白曾去过的南京凤凰台，亲耳听到潮水无情拍打江岸的声音。

作者在此词中充分调动丰富的历史典故，用广阔的想象把思古之情淋漓尽致地抒发出来。词情豪迈不乏苍凉，绮丽之中亦带有一丝孤寂，可谓短小而有深意。

辛 愿

辛愿(? —1231?),字敬之,福昌(今河南宜阳县)人。学成不仕,隐居女几山下,自号女几野人,又号溪南诗老。躬耕自守,博览群书,尤富诗才。存词一首。《金史》卷一二七有传。

临江仙

河山亭留别钦叔、裕之[①]

谁识虎头峰下客[②]?少年有意功名。清朝无路到公卿。萧萧华屋,白发老诸生。　　邂逅对床逢二妙[③],挥毫落纸堪惊。他年联袂上蓬瀛[④]。春风莲烛[⑤],莫问此时情。

注 释

① 河山亭:在河南孟津。钦叔:李献能字。裕之:元好问字。　② 虎头峰下客:作者自称。虎头峰,在今河南巩义市。　③ 二妙:晋人卫瓘、索靖善草书,被人称为“二妙”。此处是对李献能与元好问的美称。　④ 蓬瀛:传说的中蓬莱、瀛洲仙山,此处借指翰林院。　⑤ 莲烛:即金莲烛,为皇帝御前所用。

品 评

此词可谓牢骚失意之作。词的上片写作者久困场屋、落魄终老的经历。起句即充满奇气,“虎头峰”被当地人称为“奇山”,作者在自己名前冠以山名,即在暗示自己卓荦不群,胸怀奇志。可惜虽有大志,却始终无法取得功名,身逢“清朝”,却无公卿之命,只能终老茅屋。下片则转而写临别之景。词人面对春风得意、才气逼人的两位好友，在祝愿他们的同时，亦饱含酸楚地写道，倘若他年二人飞黄腾达、面达圣听之时，就无需再想起此时的情形了。此词满纸孤高、豪宕之气，作者虽身处困窘，但对友人仍充满真挚祝福之情，全然没衰飒老迈之气，可谓老而弥坚，充满骨劲了。

李献能

李献能(1192—1232),字钦叔,河中(今山西永济市)人。金宣宗贞祐三年(1215)廷试第一。以镇南军节度副使充河中帅府经历官。后元兵攻破河中,遇兵变被害。《金史》卷一二六有传。

浣溪沙

河中环胜楼感怀[1]

垂柳阴阴水拍堤[2],欲穷远目望还迷[3]。平芜尽处暮天低[4]。　万里中原犹北顾[5],十年长路却西归。倚楼怀抱有谁知?

注释

① 环胜楼:在今山西永济境内,永济旧为河中府。　② 水:指涑水。据《金史》卷二十六《地理下》,河东南路河中府境"有涑水"。　③ 欲穷远目:唐代王之涣《登鹳雀楼》诗:"欲穷千里目,更上一层楼。"　④ "平芜"句:欧阳修《踏莎行》词:"平芜尽处是春山,行人更在春山外。"　⑤ 北顾:北望。金宣宗贞祐二年(1214)蒙古入侵,金朝被迫移都南京(汴京),自此国势日蹙,朝野多忧。沈约《宋书·索虏传》:"上(文帝)以滑台战守弥时,遂至陷没。乃作诗曰:'逆虏乱疆场,边将婴寇仇……惆怅惧迁逝,北顾涕交流。'"辛弃疾《永遇乐·京口北固亭怀古》:"元嘉草草,封狼居胥,赢得仓皇北顾。"

品评

此词为登临忧时之作。上片写登临之景,下片写忧时之情。上片先写环胜楼的位置,它位于柳阴环抱的大堤上。登楼远望,前方风景迷茫一片,目力所极,但见平原尽处,昏暗的天空更加低沉。词人在写景之时,亦是在极力表现内心感受,如“迷”、“低”诸字均隐约传达出自己忧国之情。下片则写国运衰颓之感。这时的金朝已然失去前期的强盛,转而受蒙古军的逼压而被迫把国都迁到了汴梁,国势已是岌岌可危。故作者虽满怀壮志,竭力挽救,试图收复北方失地,但结果却是十年来一败再败,归去的路愈加渺茫。结句写由于无人领会自己的心情,只能倚楼长叹了。

此词细致传达出金末文人面对国运衰微的真实心情,既悲凉又沉雄,堪与辛弃疾《永遇乐·京口北固亭怀古》相匹敌,故清人况周颐评其“意境高绝,以南北名贤拟之,辛幼安殆伯仲之间”(《蕙风词话》)。

邓千江

邓千江，生平不详，临洮（今属甘肃）人。存词一首。

望海潮

上兰州守[1]

云雷天堑[2]，金汤地险[3]，名藩自古皋兰[4]。营屯绣错[5]，山形米聚，喉襟百二秦关[6]。鏖战血犹殷[7]。见阵云冷落，时有雕盘[8]。静塞楼头，晓月依旧玉弓弯[9]。　　看看定远西还[10]。有元戎阃令，上将斋坛[11]。区脱昼空，兜零夕举，甘泉又报平安[12]。吹笛虎牙闲。且宴陪珠履[13]，歌按云鬟[14]。未拓兴灵，醉魂长绕贺兰山。

注释

① 兰州守：当时驻扎兰州的地方长官，或云即为张信甫。　② 云雷：指军队声威之盛。天堑：天然形成的隔断交通的大壕沟，此处借指皋兰城外的黄河。　③ 金汤："金城汤池"的省称，形容城池险固。《汉书·蒯通传》："必将婴城固守，皆为金城汤池，不可攻也。"颜师古注："金以喻坚，汤喻沸热不可近。"④ 皋兰：兰州。　⑤ 营屯绣错：军营错列如绣。　⑥ 喉襟：亦作喉衿，喻指要害之地。《晋书·石勒载记》："邺有三台之固，西接平阳，四塞山河，有喉衿之势。"　⑦ 鏖战：激烈的战斗。殷（yān）：黑红色。　⑧ 雕盘：雕鹰盘旋。⑨"晓月"句：李贺《南园十三首》其六："寻章摘句老雕虫，晓月当帘挂玉弓。"⑩ 定远：东汉班超立功西域，封定远侯。后人称之为班定远，定远为其省称。庾信《拟咏怀》诗之三："不言班定远，应为万里侯。"　⑪ 元戎：主将。《诗·小

雅·六月》:"元戎十乘,以先启行。"阃令:军令,将令。斋坛:斋戒设坛。⑫ 区脱:匈奴语,指汉时与匈奴连界的边塞所立的土堡哨所。一说指双方都管辖不到的边境地带,后亦泛称边境哨所。张孝祥《六州歌头》词:"隔水毡乡,落日牛羊下,区脱纵横。" ⑬ 兜零:亦作"兜铃",笼子,用以放置柴木以举烽火。《史记·魏公子列传》:"公子与魏王博,而北境传举烽。"裴骃集解曰:"作高木橹,橹上作桔槔,桔槔头兜零,以薪置其中,谓之烽。" ⑭ 甘泉:秦汉时宫名,又名云阳宫,旧址在今陕西淳化甘泉山上。 ⑮ 虎牙:将领。 ⑯ 珠履:珠饰之履,此处指将帅的幕僚。《史记·春申君列传》:"春申君客三千余人,其上客皆蹑珠履。" ⑰ 云鬟:指代军中的歌妓舞女。

品评

关于此词的本事,金人刘祁《归潜志》卷四记载:"金国初,有张六太尉镇西边,有一士人邓千江者,献一乐章《望海潮》。……太尉赠以白金百星,其人犹不惬意而去。词至今传之。"

上片先述兰州地势。"云雷"二句极尽赞美之能事,写兰州地处波涛汹涌的黄河边,其周围地形如金汤险固,难怪有"名藩自古皋兰"的美誉了。有了前面的烘托,词人极其自然地引出了对统帅所驻军营的赞美:其营地如锦绣盘错,山形严整险峻如米粒齐聚。因为有了这样威武雄壮的军队驻守,兰州才能固若金汤,成百二之势。接着,词人以恢宏的笔墨补叙了一场刚刚结束的战争。战后的敌人营垒已空无一人,阵地上鲜血犹殷,低垂的云朵还未散去,不时有雕鹰在天空盘旋,寻觅死尸。激战过后的兰州显得异常安静,一轮晓月如弯弓斜挂。这里将激战后的惨景写得凄凉之极,正说明和平来之不易,也是为下片守边将士的庆功作铺垫。下片重在写统帅获得皇帝嘉奖以及设宴庆功之景。当捷报传至皇宫,为褒扬其功,皇帝亲授以更高的官职,并举行隆重的拜将仪式。于是上至将帅下至幕僚、士卒,在庆功宴上无不欢歌痛饮,沉浸于胜利后的喜悦之中。最后词人笔墨一转,以沉痛的笔调讴歌了那些阵亡的士兵,祈祷他们的英灵与贺兰山不朽,永远保卫雄伟的兰州城。

此词写得雄壮悲慨,充满豪侠之气。明人杨慎认为:"金人乐府称邓千江《望海潮》为第一。"(《词品》卷五)

王予可

王予可(?—1232),字南云,河东吉州(今山西吉县)人。貌古躯伟,发狂嗜酒,诗词每多奇气古字。存词三首。《金史》卷一二七有传。

生查子

夜色明河静[①],好风来千里。水殿谪仙人[②],皓齿清歌起。　前声金斝中[③],后声银河底。一夜岭头云[④],绕遍楼前水。

注释

① 明河:银河。　② 水殿:临水的宫殿,此是对楼阁的美称。谪仙人:被贬谪下凡的仙人,此处指歌女。　③ 金斝(jiǎ):金樽,盛酒的器具。　④ 岭头云:沈佺期《遥同杜员外审言过岭》诗:"天长地阔岭头分,去国离家见白云。"李益《扬州送客》诗:"闻道望乡望不得,梅花暗落岭头云。"

品评

此为咏叹歌者之词。起句写听歌的环境。宁静的夜色下,天上的星河寂静无声,这时从千里之外吹来一阵凉风,洗涤净了人们燥热不安的心,大自然为了能听到歌者的美妙歌声似乎也在做着精心准备。最后介绍歌者出场,在如水阴凉的大殿里,她的一曲清歌悠然而起,引人无限遐思。下片重在描述歌者声音之美妙。她的声音时而飘荡在听者的酒樽间,时而起伏在天上的银河中。结句以她的歌声如行云流云,环绕楼阁,形象地把听者如痴如醉的状态刻画得入木三分。明人杨慎曾评此词为"高妙飘逸,固谪仙之流亚也"。此词将歌者的歌声描绘得很美,从而形成了空灵洒脱的审美境界。

折元礼

折元礼(? —1221),字安上,忻州(今属山西)人。金章宗明昌五年(1194)进士,仕至延安治中。死于蒙古军攻占葭州的战役中。学问渊博,为文多有法度。存词一首。

望海潮

从军舟中作

地雄河岳①,疆分韩晋②,重关高压秦头。山倚断霞,江吞绝壁,野烟萦带沧洲③。虎旆拥貔貅④。看阵云截岸,霜气横秋。千雉严城⑤,五更残角月如钩⑥。　　西风晓入貂裘。恨儒冠误我⑦,却羡兜鍪⑧。六郡少年⑨,三明老将⑩,贺兰烽火新收⑪。天外岳莲楼⑫。想断云横晓,谁识归舟⑬。胜着黄金换酒,羯鼓醉凉州⑭。

注释

① 地:潼关。河岳:黄河与华山。　② 韩晋:春秋时,韩、赵、魏三家分晋,韩位于今河南中部、山西东南部。　③ 沧洲:滨水的地方。古时常用以称隐士的居处。阮籍《为郑冲劝晋王笺》:"然后临沧洲而谢支伯,登箕山以揖许由。"李白《江上吟》诗:"诗成笑傲凌沧洲。"　④ 貔貅:古书上说的一种凶猛的野兽,常喻指勇猛的将士。　⑤ 雉:雉堞,城墙。　⑥ 五更残角:杜甫《阁夜》诗:"五更鼓角声悲壮,三峡星河影动摇。"　⑦ 儒冠误我:杜甫《奉赠韦左丞丈二十二韵》诗:"儒冠多误身。"儒冠,指文人。　⑧ 兜鍪(móu):头盔,指代士兵。　⑨ 六郡:指汉的陇西、天水、安定、北地、上郡、西河六郡。　⑩ 三明:指东汉"凉州三明"。

《后汉书·段颎传》:"颎字纪明……初,颎与皇甫威明、张然明并知名显达,京师称为凉州三明云。"宋代黄庭坚《次韵刘景文登邺王台见思》诗之四:"路寻西九曲,人似汉三明。" ⑪ 贺兰:贺兰山,在宁夏中部。 ⑫ 岳莲楼:华山之莲花峰。 ⑬ 谁识归舟:谢朓《之宣城出新林浦向板桥》诗:"天际识归舟,云中辨江树。" ⑭ 黄金换酒:用《晋书》所载阮孚金貂换酒事。羯鼓:我国古代一种腰部较细的鼓,据说起源于羯族,故称。凉州:乐府《近代曲》名,属宫调曲。原是凉州一带的地方歌曲,唐开元中由西凉府都督郭知运进献。王昌龄《殿前曲》诗之二:"胡部笙歌西殿头,梨园弟子和《凉州》。"

品评

此词为作者从军途中所作。上片以浓墨重彩描写了潼关一带险要的地形和军阵的严整。起句分别以"雄"、"分"、"压"字突显潼关地处要冲的特征,它横跨黄河、华山之间,扼守三晋之地,地处秦地之首。接着,词人从侧面写其周围风光景物,烟霞缠绕山间,大江奔腾在绝壁之下,景象极其奇妙壮观。最后词人将视野拉回军营。以一"看"字领起下文,军营内战旗飘扬,士兵豪气冲天,犹如猛兽,严阵以待,守卫城池。下片为词人的抒怀。他为这雄武的军队气势所鼓舞,感叹以前被儒术所误,未能及时征战沙场。看着守护边关的少年郎与威猛老将,个个扬名边塞,而自己却垂老无功名,想到这,词人略显感伤,为了销愁,不惜金貂换酒,在雄壮的军乐声中一醉方休。此词上片精警雄奇,下片悲凉壮观,可谓一曲威武的从军曲了。

高　永

高永(1187—1232),初名夔,字信卿,一字舜卿;又名揆,号应庵,渔阳(今天津蓟县)人。累举不第,病殁于汴京。为人有豪侠之风,词风亦豪放。存词一首。

大江东去

滕王阁[①]

闲登高阁,叹兴亡满目,风烟尘土。画栋珠帘当日事,不见朝云暮雨[②]。秋水长天,落霞孤鹜,千载名如故[③]。长空淡淡[④],去鸿嘹唳谁数[⑤]。　遥忆才子当年[⑥],如椽健笔[⑦],坐上题佳句。物换星移知几度[⑧]?遗恨西山南浦。往事悠悠,昔人安在,何处寻歌舞[⑨]?长江东注,为谁流尽今古?

注　释

① 滕王阁:在今江西南昌赣江滨。唐代王勃有《滕王阁序》、《滕王阁》诗,此词多暗用王勃作品。　② "画栋"二句:王勃《滕王阁》诗:"画栋朝飞南浦云,珠帘暮卷西山雨。"　③ "秋水"三句:王勃《滕王阁序》:"落霞与孤鹜齐飞,秋水共长天一色。"　④ 长空淡淡:杜牧《登乐游原》诗:"长空澹澹孤鸟没,万古销沉向此中。"　⑤ 嘹唳:鸿雁高亢的鸣叫声。　⑥ 才子:指王勃。　⑦ 如椽健笔:《晋书·王珣传》:"珣梦人以大笔如椽与之。既觉,语人曰:'此当有大手笔事。'"　⑧ 物换星移:王勃《滕王阁》诗:"闲云潭影日悠悠,物换星移几度秋。"　⑨ "昔人"二句:王勃《滕王阁》诗有"滕王高阁临江渚,佩玉鸣鸾罢歌舞"、"阁中帝子今何在,槛外长江空自流"句。

品评

此词为登临怀古之作。首句点题,叙述登阁原因以及登阁所感。“兴亡满目”可谓此词主旨。从“画栋朱帘当日事”至上片末,遣词造句多隐括王勃的《滕王阁序》,生动简约地描绘出秋水长天、落霞孤鹜的优美景致,并以“长空淡淡”引出下片的思古之情。“遥忆才子当年”句意谓当年锦心绣笔的才子已渺不可及,风流事迹亦恍不可见,人世沧桑之感油然而生。结句写词人注目长江,不禁自问:千古而下,究竟谁能留住历史呢?此词景致超然,善于融化前人语句而不露斧痕。文笔沧桑,时有豪迈之响,亦可谓登临佳作。

高　宪

高宪,字仲常,辽东(今辽宁东南)人。王庭筠之甥。金章宗泰和三年(1203)进士,仕至博州防御判官。后元兵攻破辽阳,死于军中。

三奠子

留襄州[①]

上楚山高处,回望襄州。兴废事,古今愁。草封诸葛庙[②],烟锁仲宣楼[③]。英雄骨,繁华梦,几荒邱。　　雁横别浦,鸥戏芳洲[④]。花又老[⑤],水空流。着人何处在,倦客若为留。习池饮[⑥],庞陂钓[⑦],鹿门游[⑧]。

注 释

① 襄州:今湖北襄阳。　② 诸葛庙:在今襄阳市。　③ 仲宣楼:湖北麦城城楼。王粲(字仲宣)曾登临此楼,有《登楼赋》。　④ 芳洲:芳草丛生的水中陆地。《楚辞·九歌·湘君》:"采芳洲兮杜若。"　⑤ 花又老:苏轼《和蔡景繁海州石室》诗:"山人一去五十年,花老石空谁作主?"　⑥ 习池:高阳池,在湖北襄阳岘山南。《晋书·山简传》:"简镇襄阳……诸习氏荆土豪族有佳园池,简每出游嬉,多之池上,置酒辄醉,名之曰高阳池。"后多借指园池名胜。唐代杜甫《从驿次草堂复至东屯茅屋》诗之一:"非寻戴安道,似向习家池。"　⑦ 庞陂:东汉庞德公隐居之地,在襄阳。　⑧ 鹿门:鹿门山在湖北襄阳,东汉庞德公携妻子登鹿门山,采药不返。后因用指隐士所居之地。唐代杜甫《冬日有怀李白》诗:"未因乘兴去,空有鹿门期。"

品评

此词为词人游览襄州时所作。上片叙写襄州的地理形势及其历史古迹。在登临这座历史名城时，作者面对的是“草封诸葛庙，烟锁仲宣楼”，曾经的赫赫英雄如今只剩下一堆白骨，一个荒丘，真可以说是繁华似梦，人生虚无。下片则从沉重的感伤中挣脱出来，转写自己的从游之乐。既然人生如梦，为何不把握当下，享受生活呢？于是词人在同身边鸥鹭、大雁的嬉戏中寻到乐趣，以此来消解“花又老，水空流”的人生虚无感。在结句，词人已然是一个在习池、庞陂、鹿门中悠游山水、乐而忘返的隐士了。此词文笔流畅活泼，章法自然。上片沉郁荒凉，下片明朗流利，充分展现了末代文人借山水聊以解忧的消沉而又无奈的复杂心态。

王 渥

王渥(1186—1232),字仲泽,太原人。金宣宗兴定二年(1218)进士,连辟寿州、商州、武胜三帅府经历官,后使宋议和。归任尚书省掾、枢密院经历官等。哀宗天兴元年(1232)战死。存词一首,见《中州乐府》。《金史》卷一二三有传,附见《完颜陈和尚传》中。

水龙吟

从商帅国器猎[①],同裕之赋[②]

短衣匹马清秋[③],惯曾射虎南山下[④]。西风白水,石鲸鳞甲[⑤],山川图画。千古神州,一时胜事,宾僚儒雅。快长堤万弩[⑥],平冈千骑[⑦],波涛卷,鱼龙夜[⑧]。 落日孤城鼓角,笑归来、长围初罢。风云惨淡,貔貅得意,旌旗闲暇。万里天河,更须一洗,中原兵马[⑨]。看鞬櫜呜咽[⑩],咸阳道左[⑪],拜西还驾。

注释

① 商帅国器:指金国商州防御史完颜斜烈,名鼎,字国器。 ② 裕之:元好问字裕之。 ③ 短衣匹马:杜甫《曲江三章》诗:"短衣匹马随李广,看射猛虎终残年。" ④ 射虎南山:用李广南山射虎典,事见《史记·李将军列传》。南山,终南山。 ⑤ 石鲸:石雕的鲸鱼。《三辅黄图·池沼》:"(昆明)池中有豫章台及石鲸。刻石为鲸鱼,长三丈,每至雷雨,常鸣吼,鬣尾皆动。"隋代江总《秋日游昆明池》诗:"蝉噪金堤柳,鹭饮石鲸波。" ⑥ 长堤万弩:相传吴越王钱镠曾射潮筑塘。《宋史·河渠志七》:"浙江通大海,日受两潮。梁开平中,钱武肃王始筑捍海

塘，在候潮门外。潮水昼夜冲激，版筑不就，因命强弩数百以射潮头，又致祷晋山祠。既而潮避钱塘，东击西陵，遂造竹器，积巨石，植以大木。堤岸既固，民居乃奠。”苏轼《表忠观碑》：“仰天誓江，月星晦蒙；强弩射潮，江海为东。” ⑦平冈千骑：苏轼《江城子·密州出猎》：“锦帽貂裘，千骑卷平冈。” ⑧鱼龙夜：杜甫《秦州杂诗》：“水落鱼龙夜，山空鸟鼠秋。” ⑨“万里”三句：刘向《说苑》：“武王伐纣……风霁而乘以大雨，水平地而啬，散宜生又谏曰：‘此其妖欤？’武王曰：‘非也，天洒兵也。’”杜甫《洗兵马》诗：“安得壮士挽天河，净洗甲兵长不用。” ⑩韃櫜(jiàn gāo)：盛弓箭的器具。唐李绅《渡西陵十六韵》诗：“弓日韃櫜动，旗风虎豹争。” ⑪咸阳：秦之都城，此处代指金之都城。

品评

这首狩猎词是作者跟随商州防御史完颜斜烈打猎时所作。起句超拔出群，首写短衣匹马的将军英姿飒爽的形象，作者直接把他美化为曾在南山射虎的飞将军李广。接着写了此次狩猎的壮观景象，其中“石鲸鳞甲”意指群山连绵，仿佛一头巨鲸在吹动鳞甲，此比喻虽出自前人诗句，但化用得巧妙，一方面形象地写出周围山峦的壮观景象，另一方面也紧扣了打猎的主题，渲染了气氛。接着词人把视角集中在将军手下的士卒，这支打猎队伍奔腾向前，犹如鱼龙翻江倒海，可谓极其壮观。下片则写猎后的凯旋之景。在夕阳的映照下，归去的路上早有雄壮的鼓角吹起，“笑归来”，渲染打猎成果的丰硕和军士的昂扬斗志。最后，词人歌颂这支队伍将来一定能平定中原，驱逐蒙古，收复失地，那时会受到当地百姓更热烈的欢迎。结句由打猎联想到复国，意境尤显深厚博大。此词大笔濡染，风云气盛，充满雄壮之音，可谓打猎词中的佳品。

段克己

段克己(1196—1254),字复之,河东(今山西永济)人。金末登进士第。入元不仕,与弟成己避地龙门山中。其诗词集与成己《菊轩乐府》合刻,名《二妙集》。

望月婆罗门引

癸卯元宵①,与诸君各赋词以为乐。寂寞山村,无可道者,因述其昔年京华所见,以《望月婆罗门引》歌之。酒酣击节,将有堕开元之泪者②。

暮云收尽,柳梢华月转银盘③。东风轻扇春寒。玉辇通宵游幸④,彩仗驾双鸾。间鸣弦脆管,鼎沸鳌山⑤。　漏声未残⑥,人半醉,尚追欢。是处灯围绣毂,花簇雕鞍。繁华梦断,醉几度、春风双鬓斑。回首处、不见长安⑦。

注释

① 癸卯:宋理宗淳祐三年(1243),时金朝已亡十年之久。 ② 开元:唐玄宗李隆基年号(713—741)。此处以唐盛与金之败亡作对照。 ③"暮云"二句:苏轼《阳关曲》:"暮云收尽溢清寒,银汉无声转玉盘。" ④ 玉辇:皇帝乘坐的车子。游幸:皇帝出游。 ⑤ 鳌山:宋、元时俗,元宵节用彩灯堆叠成的山,像传说中的巨鳌形状。 ⑥ 漏声:铜壶滴漏滴水之声,古代用以计时。 ⑦"回首处"句:李白《登金陵凤凰台》诗:"总为浮云能蔽日,长安不见使人愁。"

品评

此词写于金亡后。当时词人隐居山村,在元宵之夜倍感萧条寂寞,因作此词,实为伤国之作。通篇皆为追忆。

上片忆及元宵时节，晚霞收尽，天边明月在柳丛中渐升渐高，直至中天，晚上吹起的东风还带着冬天的余寒。这时，皇帝驾车游赏，在车驾前后，彩旗飘扬，乐器杂错演奏。最后词人把目光集中在这一晚的高潮——在高耸的鳌山前，人声鼎沸，歌舞喧杂。下片则写深夜后，游人如织，到处华灯溢彩，繁花似锦。“繁华梦断”则从过去转到现实，作者历经亡国之痛，两鬓斑白，多少次在梦中回到了旧都，然而醒后才发现，长安不见，空锁愁人。

此词凄婉动人，乐景与伤情互相映衬，深挚委曲地传达出词人的“开元之泪”。

段成己

段成己(1199—1279),字诚之,号菊轩。克己弟。金哀宗正大间进士。金亡,隐居不仕。有《菊轩乐府》。

江城子

季春五日,有感而作,歌以自适

阶前流水玉鸣渠①,爱吾庐②,惬幽居。屋上青山③,山鸟喜相呼。少日功名空自许,今老矣,欲何如? 闲来活计未全疏④,月边渔,雨边锄。花底风来,吹乱读残书⑤。谁唤九原摩诘起⑥?凭画作,倦游图。

注释

① 玉鸣渠:水流声音清脆。 ② 爱吾庐:陶渊明《读山海经》诗:"众鸟欣有托,吾亦爱吾庐。" ③ 屋上青山:苏轼《司马君实独乐园》诗:"青山在屋上,流水在屋下。" ④ 活计:生计,谋生的手段。 ⑤"花底"二句:唐代薛能《老圃堂》诗:"昨日春风欺不在,就床吹落读残书。" ⑥ 九原:本为山名,在今山西新绛北。相传春秋时晋国卿大夫的墓地在此,后世因称墓地为九原。摩诘:唐代诗人王维。

品评

此词亦是词人隐居之作。上片写"幽居"的环境,下片写"活计"。上片写自己隐居之庐,前有流水淙淙,屋后则青山连绵,整日鸟雀相呼,与己相伴,自己亦淡泊功名,无意出仕矣。下片则写自己隐居时所做的"活计",每天有月则捕鱼,有雨则忙于锄草,闲来还在花下吹风,随意翻书。对这样的隐居生活,词人显然十分惬意，他甚至想请来唐代大诗人兼画家王维，让他为自己画一幅山居倦游图。欣喜、愉悦之意溢于言表。此词用笔轻灵，仿如文人写意山水画，寥寥几笔即把山居之色、之音、之香描绘得如在目前了。

元好问

元好问(1190—1257)，字裕之，号遗山，太原秀容(今山西忻州)人。金宣宗兴定三年(1219)进士。哀宗天兴初入翰林知制诰。金亡不仕，以整理故国文献自任。有《遗山集》。《金史》卷一二六有传，附传其父元德明中。

木兰花慢

游三台[①]

渺漳流东下[②]，流不尽，古今情。记海上三山，云中双阙，当日南城[③]。黄星[④]，几年飞去，淡春阴、平野草青青。冰井犹残石甃[⑤]，露盘已失金茎[⑥]。　风流千古短歌行，慷慨缺壶声[⑦]。想酾酒临江[⑧]，赋诗鞍马，词气纵横。飘零，旧家王粲，似南飞、乌鹊月三更[⑨]。笑杀西园赋客[⑩]，壮怀无复平生。

注 释

① 三台：魏武帝曾于邺城西北立三台，中台名铜雀台，南名金兽台，北名冰井台。　② 漳流：发源于山西，流经河南临漳。上源有清漳、浊漳两支。　③ 南城：在河南孟州西南，为河阳三城之一。　④ 黄星：古人认为是祥瑞之星。据《三国志·魏志·武帝纪》记载，初桓帝时，有黄星现于楚汉之分，辽东殷馗善天文，言五十岁后当有真人起于梁沛之间。黄星，指曹操。　⑤ 冰井：台名，曹操所建，故址在河南临漳县西南。石甃(zhòu)：以石头砌的井壁。　⑥ 露盘、金茎：金茎，即建章宫内铜柱，汉武帝所立，高二十丈，上有仙人掌，承露盘。

⑦“慷慨”句：晋裴启《语林》载，王大将军（敦）每酒后，辄咏魏武帝乐府歌曰：“老骥伏枥，志在千里……”以铁如意击唾壶为节，壶口尽缺。 ⑧酾酒临江：向江里洒酒。苏轼《前赤壁赋》：“（曹操）酾酒临江，横槊赋诗，固一世之雄也。” ⑨“似南飞”二句：此指飘零似南飞夜鹊。曹操《短歌行》有“月明星稀，乌鹊南飞”之句。 ⑩西园赋客：曹植《公宴诗》：“清夜游西园，冠盖相追随。”王粲诗：“日暮游西园，兼写幽思情。”

品评

此词为怀古词，为词人游览邺城时所作。邺城曾是曹操封魏王时定都之所，故此三台也就成为魏国盛衰的见证。

词从漳水无情东流领起，苍凉激楚，已隐然兴起江山替代的沧桑感。接着以梦幻之笔描述了三台的雄伟气势，它高耸云端，仿佛传说中的仙山楼阁。然而很快随黄星飞去，魏由盛转衰。如今作者重来此地，只见青青野草，满目废墟，亭台楼阁已成瓦砾一堆。下片由感伤故国转而感伤曹操。词人先颂扬曹操风流文章，想象其在高楼之上、戎马之间饮酒赋诗之景，将一代枭雄的雄才武略、儒雅风度呈现在读者面前。“飘零”二字过渡到自己，词人嘲笑自己像当年旧家王粲一样，飘泊四方，转徙不定。但王粲后来在西园内和曹操饮酒赋诗，大展鸿图，而自己却终无那样的机遇了。

此词苍凉激越，感情深沉，身世漂泊之感尤其明显。况周颐说：“遗山之词，亦浑雅，亦博大。有骨干，有气象。以比坡公，得其厚矣，而雄不逮焉者，豪而后能雄，遗山所处不能豪，尤不忍豪。”此词正是其不能豪、不忍豪的体现。

水调歌头

赋三门津①

黄河九天上，人鬼瞰重关。长风怒卷高浪，飞洒日光寒。峻似吕梁千仞②，壮似钱塘八月③，直下洗尘寰。万象入横溃④，依旧一峰闲。　仰危巢，双鹄过，杳难攀。人间此险何用，万古秘神奸。不用燃犀下照⑤，未必佽飞强射⑥，有力障狂澜。唤取骑鲸客，挝鼓过银山⑦。

注释

①三门津：即今三门峡。《陕州志》："三门：中神门，南鬼门，北人门。惟人门修广可行舟。鬼门尤险，舟筏入者罕得脱。" ②吕梁千仞：形容三门津险峻如同吕梁山。吕梁山，在今山西吕梁市离石区东北。仞，古代长度单位。周制八尺，汉制七尺。 ③钱塘八月：指每年八月钱塘江涨潮。 ④横溃：指浪涌湍急泛滥奔腾之状。 ⑤燃犀下照：典出《晋书·温峤传》，参见辛弃疾《水龙吟》（举头西北浮云）注释⑥。 ⑥佽（cì）飞：汉武帝时官名，掌管弋射鸟兽。 ⑦挝（zhuā）鼓：击鼓。银山：比喻涌起的波涛。

品评

此词为咏叹三门津之作。词的上片突显三门之险，笔势横奇。首句"黄河九天上"极言水势之高，如同天河奔腾。一"瞰"字写出关口之险隘，须探头战战兢兢而视。接着写关口浪高湍急，在白日如同寒光飞洒。词人为写水势之大，将其比喻为千仞吕梁，巍峨雄起；又如八月钱塘，惊涛骇浪。"直下洗尘寰"正可见其气象之壮阔。在极言津口水势之大后，词人忽然收住，"依旧一峰闲"转写黄河中的中流砥柱，屹然而立，视河水若等闲。在前面笔墨横放之际，此处戛然停止，收束有力，也为下片的咏怀抒情留下空间。下片以"人间此险何用"为中心，展开议论。在词人看来，此凶险关口不但没有为人类带来福祉，反而成为神奸隐匿藏身之所。"不用燃犀下照"句指面对此险关，不需燃烛驱赶，也无需弓弩射杀，只要有"力障狂澜"的气魄和胆识，就可击鼓骑鲸而过。本篇境界雄奇阔大，抒情激越，正可用况周颐的"崎崛排奡"（《蕙风词话》）之评来概括。

水龙吟

从商帅国器猎于南阳，同仲泽、鼎玉赋此①

少年射虎名豪②，等闲赤羽千夫膳③。金铃锦领④，平原千骑，星流电转。路断飞潜⑤，雾随腾沸，长围高卷⑥。看川空谷静，旌旗动色，得意似，平生战。　　城月迢迢鼓角，夜如何，军中高宴。江淮草木，中原狐兔，先声自远。盖世韩彭⑦，可能只办，寻常鹰犬。问元戎早晚⑧，鸣鞭径去，解天山箭⑨。

注释

① 商帅国器：参见王渥《水龙吟》注释。仲泽、鼎玉：作者友人王渥、王铉的字。 ②“少年”句：暗用汉代名将李广射虎的典故。 ③“赤羽”句：杜甫《故武卫将军挽歌》：“赤羽千夫膳，黄河十月冰。”此是形容商帅猎物丰富，足够千名勇士饱餐一顿。 ④ 金铃锦领：跟随侍卫华丽的服饰。 ⑤ 飞潜：指天上飞禽、水中游鱼。 ⑥ 长围：打猎时往往合围以困鸟兽。 ⑦ 韩彭：指汉代名将韩信和彭越。 ⑧ 元戎：元帅。 ⑨ 天山箭：唐代薛仁贵讨伐突厥，用三箭即降服了突厥，当时军中有“将军三箭定天山”之说。

品评

此词与王渥的《水龙吟》同咏一事，境界亦相仿。词的上片写商帅打猎之气势。先是讴歌将军的骁勇善射，犹如当年李广，其从骑亦个个衣着华丽，如流星，如闪电，飞驰原野。在他们的围猎下，天上飞禽、水中游鱼也无路可逃。最后写猎后情景，山川寂静，将士们满载而归，犹如从战场上凯旋。下片写军中高宴情形。为了犒劳士兵，商帅摆起夜宴，大家痛饮高歌，声响连千里外的江淮草木和中原狐兔也为之惊恐难安。然而写至此，词人笔意一转，认为像商帅这样有盖世武功业绩的大将正应浴血沙场，为国解难，击溃远方的敌人，岂可仅仅满足于眼下几只山鹰狐犬？词至此，意转深，可见作者绝非一般阿谀奉承的文人，而是心怀家国、痛念社稷，可谓正直文人士大夫之流。此词在豪迈奔放的同时，亦感慨深沉，正气凛然。

鹧鸪天

只近浮名不近情，且看不饮更何成。三杯渐觉纷华远①，一斗都浇块磊平。　　醒复醉，醉还醒，灵均憔悴可怜生②。离骚读杀浑无味，好个诗家阮步兵③。

注释

① 纷华：指世俗红尘。 ② 灵均：指屈原。可怜生：即可怜。生，为语助词。③ 阮步兵：即阮籍，曾官步兵校尉，后世称其阮步兵。

品评

此词作于金亡之后，深切地传达出词人的亡国之哀，以及狂放不羁之态。起句作者即以阮籍自比，阮籍曾为美酒而担任步兵校尉一职，词人意为自己如同阮籍一样只为美酒而来，至于生平的官职地位只是饮酒的一个借口而已。这里词人可谓是正话反说，明明眷恋故国、心痛社稷，却偏偏说自己无意世间名利，似乎完全成为一个洒脱出世之人。但“一斗都浇块磊平”，已然说明饮酒恰恰因为“近情”太深，无法忘记家国之忧。下片则反复说明自己苦痛之状，“醒复醉，醉还醒”，作者领悟到与其像屈原一样执着无悔、饱受痛苦，反不如像阮籍一样放浪不羁、超脱世间。

况周颐曾称元好问为“遗臣孤臣”，不类苏轼这样的“逐臣”。故苏轼可作旷达语，而元好问只能传达栖迟零落、孤臣泣泪之痛。此词故作洒脱，但终以沉郁怅惘为底色。

鹧鸪天

偃蹇苍山卧北冈①，郑庄场圃入微茫②。即看花树三春满，旧数松风六月凉。　　蔬近井，蜜分房，茅斋坚坐有藜床③。傍人错比扬雄宅④，笑杀韩家昼锦堂⑤。

注释

① 偃蹇：高耸状。　② 郑庄：河南郑州。　③ 坚坐：稳坐。藜床：用藜木做成的粗糙床具。　④ 扬雄宅：扬雄闭门读书之时，门庭寂寞冷清。卢照邻《长安古意》诗：“寂寂寥寥扬子居，年年岁岁一床书。”　⑤ 昼锦堂：宋代魏国公韩琦的住宅。《汉书·项籍传》载，秦末项羽入关，屠咸阳。或劝其留居关中，羽见秦宫已毁，思归江东，曰：“富贵不归故乡，如衣锦夜行。”《史记·项羽本纪》作“衣绣夜行”。后遂称富贵还乡为“衣锦昼行”，省作“昼锦”。

品评

此词是作者归隐之作。起句先交待自己的隐居之所，在河南郑州高耸的苍山中，一个位北的高冈，词人在此筑屋而居。在房子的周围尽是果圃农场，阳春三月，满树花开；炎炎盛夏，松风乍凉。下片接着写小屋周围情形，有清凉的井水便于灌溉蔬菜，还有蜜蜂时时飞绕花间采蜜。虽然屋内简陋不堪，惟有藜床仅供安坐，但词人心满意足，觉得历史上文气十足的扬雄宅，或是荣华富丽的昼锦堂，都不如自己的草屋更显珍贵。此词语旨平淡，情怀丰腴，充分展现了一个不慕名利、淡泊自守的隐士形象。

耶律楚材

耶律楚材(1190—1244),字晋卿。入元,累官至中书令。赠太师,封广宁王。卒谥文正。博学多识,雅通文物,有《湛然居士集》。《元史》卷一四六有传。

鹧鸪天

题七真洞①

花界倾颓事已迁②,浩歌遥望意茫然。江山王气空千劫③,桃李春风又一年。　横翠嶂,架寒烟,野花平碧怨啼鹃。不知何限人间梦,并触沉思到酒边。

注释

① 七真洞:道观名称,故址在今北京。七真,指道教祖师茅盈等七人。唐代陆龟蒙《和袭美江南道中怀茅山广文南阳博士》诗:"一片轻帆背夕阳,望三峰拜七真堂。"自注:"三茅、二许、一杨、一郭,是为七真。" ② 花界:指道观。③ 千劫:极言时间之长。劫,佛教指世界历经万年毁一次,再重新开始,此为一劫。

品评

此词为作者游览道观所作。上片写作者慕名来到七真洞,却见到一座倾颓的道观,这让词人心思为之怅然。从道观的兴废中,作者感受到是人世的沧桑巨变,无法把握;与之相反的是大自然永恒不变,每年春风依旧,桃花娇艳如昔。下片由景抒情。作者在道观周围,看到青翠的群山如屏风铺展,寒烟如带,萦绕在山间，杜鹃在野花绿树间发出哀怨的啼鸣声。这样的美景却让作者感到人世的无常与无助。倾颓的道观、无常的命运、喧闹的花鸟、永恒的宇宙……由此作者发出了"人间梦"的感叹，只是这种感叹不是一般的消极无奈，而是在浸透了对历史人事、宇宙自然的把玩、思索后，醍醐灌顶般的透彻认知。

此词境界阔大，寄托深远，情溢于景，令人回味无限。晚清况周颐极为赞赏曰："耶律文正《鹧鸪天》歇拍云：'不知何限人间梦，并触沉思到酒边。'高浑之至，淡而近于穆矣。庶几合苏之清、辛之健而一之。"(《蕙风词话》)陈廷焯亦评曰："语亦雄秀，是宋元人七律之佳者。"(《词则》)

许　衡

许衡(1209—1281),字仲平,河内(今河南沁阳)人。仕元累官中书左丞,集贤大学士兼国子祭酒。卒谥文正。以道学自任,从学者甚众。有《鲁斋遗书》。存词四首。《元史》卷一五八有传。

满江红

别大名亲旧[①]

河上徘徊,未分袂[②]、孤怀先怯。中年后、此般憔悴,怎禁离别?泪苦滴成襟畔湿,愁多拥就心头结。倚东风、搔首谩无聊[③],情难说。　黄卷内[④],消白日。青镜里,增华发。念岁寒交友,故山烟月。虚道人生归去好,谁知美事难双得。计从今、佳会几何时,长相忆。

注 释

① 大名:大名府,即今河北大名县。 ② 分袂:分手。袂,衣袖。 ③ 搔首:烦躁不安的样子。《诗·邶风·静女》:“爱而不见,搔首踟蹰。” ④ 黄卷:古人用黄檗染纸以防虫蛀,故云。

品 评

许衡博学多才,门下学生众多,忽必烈亦慕其名,招其至京城做官,此词即写于被召入京与亲友分别之时。

此次被召,词人显然不情愿,他留恋故地,迟迟不愿出发,“孤怀先怯”,一“怯”字点出恋乡的主题。接着词人写离别的痛苦让这个中年人难以忍受。他泪滴湿衣,心中万般纠结,对着东风,一腔苦情,也无法说出。下片则详写他眷恋之情。故土这里有他心爱的图书，记录着他人生的轨迹；有日常所用的青镜，目睹了每一根白发的掉落；还有和他志同道合的老友，他们在山林烟月间共度美好岁月。这一切都让词人感叹伤怀。这一别又不知何时才能回来，和亲友重新相聚。

此词语浅情深，纯是心灵絮叨之语，就在絮叨之中，一个重乡情、轻功名、笃学简率的词人形象被刻画得栩栩如生了。清人沈雄曾言："此被召时作也。尝自言曰：'生平为虚名所累，不能辞官。'其心亦可哀矣。"(《续古今词话》)

刘秉忠

刘秉忠(1216—1274),字仲晦,邢州(今河北邢台)人。少为僧,后为元世祖所重用。至元初,拜光禄大夫,位太保。卒谥文贞。有《藏春集》等。《元史》卷一五七有传。

木兰花慢

混一后赋

望乾坤浩荡,曾际会[①],好风云。想汉鼎初成,唐基始建,生物如春。东风吹遍原野,但无言、红绿自纷纷。花月流连醉客,江山憔悴醒人[②]。 龙蛇一屈一还伸[③]。未信丧斯文[④]。复上古淳风,先王大典,不费经纶[⑤]。天君几时挥手,倒银河,直下洗嚣尘。鼓舞五华鸑鷟[⑥],讴歌一角麒麟[⑦]。

注释

① 际会:机遇、时机。旧称君臣遇合得以行道为“风云际会”。 ② 憔悴醒人:《史记·屈原贾生列传》称屈原“披发行吟泽畔,颜色憔悴”,谓众人皆醉己独醒。作者以屈子自比,有弃旧从新之意。 ③ 龙蛇:喻非常人物。《左传》襄公二十一年:“深山大泽,实生龙蛇。”此处为作者自况。 ④ 丧斯文:《论语·子罕》:“天之将丧斯文也。”亦见出作者自负之意。 ⑤ 经纶:整理丝缕,借指治理天下。 ⑥ 鸑(yuè)鷟(zhuó):一种水鸟,形似鸭,相传为吉祥物。 ⑦ 一角麒麟:据《汉书》记载,武帝时曾获一白麟,“一角而五蹄”。

品评

此词是讴歌元朝建国之作,赞美元混一(统一)天下的盛大景象,写得大气磅礴，气象雄厚。上片即赞扬江山一统、天下太平之景。由于君臣相得，风云际会，故换来大好乾坤。词人把新建立的元朝与汉、唐相等同，以“生物如春”，概括了大地复苏、万物逢春，举国上下生机勃勃之景。接着写在春光满地的时候，不仅那些风流文人沉醉了，就连憔悴不堪的遗民旧臣也为之惊醒。在写全国雀跃狂欢后，下片转而投向自己。在这新朝一统的形势下，自己又有怎样的感想？词人庆幸自己像龙蛇一样，在遭受曲伏挫折后，最终能扬眉吐气，一展宏图。他的志向就是恢复先圣的“斯文”，即上古的典章制度，以此来治理天下，而不需要后来那些繁琐的法律制度。这样就可以一洗天下污浊，迎来太平盛世。

刘秉忠入元后，为元世祖忽必烈所重用，元朝建立后的礼仪、典章、官制皆出其手。此词即是其心声的真实传达，故虽是讴歌新朝之作，但无谄媚之气，而是写得慷慨淋漓、气壮山河，实为新朝欢腾之貌所鼓舞的真情凝聚之作。

白　朴

白朴(1226—1307),字太素,一字仁甫,号兰谷。真定(今河北正定)人。父华,仕金为枢密院判。朴七岁时,因战乱,父子相离,为父执元好问抚育成人,亲受指导,故名重一时。元一统后,徙家金陵,放情山水。所作除散曲杂剧外,有《天籁集》词。

沁园春

金陵凤凰台眺望①

独上遗台,目断清秋,凤兮不还。怅吴宫幽径,埋深花草,晋时高冢,销尽衣冠。横吹声沉,骑鲸人去②,月满空江雁影寒。登临处,且摩挲石刻③,徙倚阑干。　　青天半落三山④,更白鹭洲横二水间⑤。问谁能心比,秋来水静,渐教身似,岭上云间⑥。扰扰人生,纷纷世事,就里何常不强颜!重回首、怕浮云蔽日⑦,不见长安。

注 释

① 金陵凤凰台:在今南京市西。凤凰台之名,最早见于南朝刘宋文帝元嘉年间。据载,刘宋元嘉十四年(437),有头小足高、五颜六色、叫声悦耳、状如孔雀的大鸟三只,飞到秣陵(今南京市)永昌里,栖李树而鸣。群鸟随之,比翼而飞,人以为凤凰。扬州刺史、彭城王义康乃改永昌里为凤凰里,并于附近保宁寺后山筑台建楼纪之,台为凤凰台,山名凤台山。唐诗人李白曾游览此台,并写有《登金陵凤凰台》诗:"凤凰台上凤凰游,凤去台空江自流。吴宫花草埋幽径,晋代衣冠成古丘。三山半落青天外,二水中分白鹭洲。总为浮云能蔽日,长安不见使人愁。"

② 骑鲸人：指李白，李白自称是“海上骑鲸客”。 ③ 石刻：指宋高宗曾在此处御书王安石《赠僧》诗。 ④ 三山：在今南京市西南长江南岸，因有三峰相连而得名。 ⑤ 白鹭洲：在今南京市区西三里，因常有白鹭聚集而得名。 ⑥“问谁”四句：化用王安石《赠僧》诗：“亦欲心如秋水静，应须身似岭云闲。” ⑦ 浮云蔽日：诗词中常以浮云指奸佞小人，以白日喻君主。

品评

此词既是登临怀古词，亦是在李白《登金陵凤凰台》一诗基础上隐括而成。词的上片交待登台的月令及心情，“凤兮不还”已然透露出家国之感。白朴在金亡后一直隐居不仕，这里他在感叹江山变迁的同时，伤国之情已溢于言外。“吴宫幽径”诸句直接化用李白诗句，以南朝来隐喻金朝的盛衰。“横吹声沉”感伤诗仙李白去后，自己再无知音，惟有抚摸古迹，闲倚阑干，聊以打发孤寂。下片写倚阑所见之景。作者先化用李白之诗写远处山水逶迤之景，再引用王安石之诗，传达出一种企望如秋水闲云般出世洒脱，但又无法超脱的矛盾和痛苦。结句化用李白“长安不见使人愁”之意，不过李白所愁唐室衰败，尚有重回盛世的希望，而词人的惆怅则更显苍凉凄咽，国已不在，所谓“长安不见”则已成永恒矣。词人巧借李白之诗隐括成词，写景开阔豁达，抒情更显深厚浑成，可谓借古人酒杯浇自己心中之块磊。

姚 燧

姚燧(1239—1314),字端甫,号牧庵,洛阳(今属河南)人。少即好学,拜许衡为师,后官至翰林学士承旨、知制诰。为人豪宕刚毅,文章宏肆淹博。有《牧庵文集》。《元史》卷一七四有传。

鹧鸪天

退观堂暮饮[1]

谁道夔龙不致君[2]?白头离乱不曾闻。三秦碧树生春色[3],千里青山入暮云。　　何事业,底功勋?百年五十已中分。从今万八千场醉,莫酹刘伶荷锸坟[4]。

注释

① 退观堂:作者居所之名。源于陶渊明《归去来兮辞》"时翘首而遐观"之句。　② 夔龙:舜的两位大臣名,夔主管音乐,龙作谏言之书。　③ 三秦:今陕西一带。项羽灭秦后,将关中地划为三块,分封给秦的三个降将,故称。　④ 刘伶:《世说新语·文学》刘孝标注引《名士传》:"(刘伶)肆意放荡,以宇宙为狭。常乘鹿车,携一壶酒,使人荷锸随之,云:'死便掘地以埋。'"锸(chā),铁锹,掘土的工具。

品评

此词写会饮之事。词的上片先为自己买醉述说原因,时值太平盛世,自然不需我这样的治世能臣出来干预朝政,辅佐君主。于是就安心在三秦开旷之地,于荫荫树色中筑屋隐居了。在上片,作者已将牢骚失意之感倾泻而出。下片则是吐酒后真情。词人于功业富贵全然看破。所谓醉翁之意在何处呢?“从今万八千场醉!”词人自我解嘲道:如今年已过半,剩下的时光难道还要博取一些虚名不成?不如日饮美酒,享受生活,这样方不被刘伶前贤所嘲笑。此词风格狂放,语意洒脱,亦带有消沉悲凉之色。

刘 埙

刘埙(1240—1319),字起潜,自号水云村人,江西南丰人。入元曾为延平路儒学教授。工诗文,有《水云村稿》、《隐居通议》等。

菩萨蛮

和詹天游[①]

故园青草依然绿[②],故宫废址空乔木[③]。狐兔穴岩城[④],悠悠万感生。 胡笳吹汉月,北语南人说[⑤]。红紫闹东风[⑥],湖山一梦中。

注 释

① 詹天游:即詹正,一作詹玉,字可夫,号天游,郢人。 ② 故园:家园。 ③ 故宫,昔日的宫殿,此处指南宋宫殿。乔木:高大的树木。古人以"乔木"指代故国。江淹《别赋》:"视乔木兮故里。" ④ 岩城:高城,这里指临安城。 ⑤"北语"句:指当时蒙古人入主中原,南方汉人也不得不说蒙古语了。北语,指蒙古语。 ⑥"红紫"句:原指春风到来,百花盛开。这里是讽刺一些新贵投靠元人,逢迎巴结。

品 评

此词为哀悼宋亡之作。词的上片首写故宫荒废之状,虽然园内青草翠绿如昔、树木依旧挺拔,但往昔繁盛之景已成空梦一场。现在只有狐狸、野兔在城中钻穴打洞,对此,作者不能不感到悲伤沉痛。下片转写对新政权的讽刺与愤慨。现在中原大地到处吹奏蒙古人的乐器,说着蒙古人的话语。没有人再挂念南宋故国,大家都忙着巴结元人,追逐名利,过着醉生梦死的生活,还会有谁想起故国的一草一木？作为抒发黍离之悲的作品，词人在抒发对故国思念的同时，亦讽刺元朝新政权，嘻笑怒骂与愤慨悲哀相为一体，可谓内涵深广。清人况周颐评其："黍离麦秀之感，流溢行间。所谓满心而发，颇似包举一长调于小令中。与詹天游《齐天乐》一阕，各极慷慨低徊之致。"

燕公楠

燕公楠（1241—1302），字国材，号芝庵，南康（今属江西）人。元世祖至元中，召对称旨，赐名赛因囊加，累拜湖广行省右丞。有《五峰集》。《元史》卷一七三有传。

摸鱼儿

答程雪楼见寄[①]

又浮生、平头六十，登楼怅望荆楚。出山小草成何事[②]？闲却竹烟松雨。空自许。早摇落江潭[③]，一似琅玡树[④]。苍苍天路。谩伏枥心长[⑤]，衔图志短[⑥]，岁晏欲谁与[⑦]。　　梅花赋[⑧]，飞堕高寒玉宇，铁肠还解情语。英雄掺与君侯耳[⑨]，过眼群儿谁数。霜鬓缕。只梦听、枝头翡翠催归去[⑩]。清觞飞羽。且细酌盱泉[⑪]，酣歌郢雪[⑫]，风致美无度。

注释

① 程雪楼：程钜夫，名文海，京山人。累官翰林学士承旨，为当时名臣。有《雪楼集》，因称程雪楼。　② 出山小草：《世说新语·排调》：“谢公始有东山之志，后严命屡臻，势不获已，始就桓公司马。于时有饷桓公药草，中有远志。公取以问谢：‘此药又名小草，何一物而有二称？’谢未即答，时郝隆在坐，应声答曰：‘此甚易解：处则为远志，出则为小草。’”　③ 摇落江潭：指柳树凋落。庾信《枯树赋》：“昔年移柳，依依汉南。今看摇落，凄怆江潭。”　④ 琅玡树：柳树。《晋书·桓温传》：“温自江陵北伐，行经金城。见少为琅玡时所种柳皆已十围，慨然曰：‘木犹如此，人何以堪？’”　⑤ 伏枥：曹操《龟虽寿》诗：“老骥伏枥，志在千里。

烈士暮年,壮心不已。"枥,马槽。 ⑥ 衔图志短:指自己无力报效君主。衔图,出自《论语·子罕》:"凤鸟不至,河不出图,吾已矣夫。" ⑦ 岁晏:岁晚。屈原《九歌》:"留灵修兮儋忘归,岁既晏兮孰华予。" ⑧ 梅花赋:唐代皮日休《桃花赋序》:"宋广平(宋璟)之为相,贞姿劲质,刚态毅状,疑其铁石心肠,不解吐婉媚辞,然睹其文而有《梅花赋》,清便富艳,得南朝徐庾体,殊不类其为人也。"又此亦指程雪楼所寄贺词中有"苔枝夭矫苍龙瘦"的咏梅内容。 ⑨ 君侯:此处指刘备。《三国志·蜀书·先主传》:"曹公(操)从容谓先主曰:'今天下英雄,惟使君与操耳,本初之徒,不足数也。'" ⑩ 翡翠催归:《龙城录》:"隋开皇中,赵师雄游罗浮。一日天寒日暮,于松林间酒肆旁舍,见美人淡妆素服出迎。……师雄与语,言极清丽,芳香袭人。因与之叩酒家门共饮。少顷,一绿衣童来笑歌戏舞。师雄醉寝,但觉风寒相袭。久之,东方已白,起视,乃在大梅花树下。上有翠羽啾嘈相顾,月落参横,但惆怅而已。" ⑪ 盱泉:以盱水酿成的美酒。江苏盱眙县有玻璃泉,泉水极美。 ⑫ 郢雪:即《阳春白雪》,指高雅的乐曲,语出宋玉《对楚王问》。

品评

此词作于作者六十寿辰之时,颇耐人寻味。上片首述生平,从浮生六十之叹来看,作者虽位列高官,但他显然志不在功名。"望荆楚"已露出思乡归隐之情。作者感叹匆匆出仕,宦海奔波,全然忘记了故乡的松山烟雨。现在自己已是枯柳一枝,年华不多,已无报效朝廷的雄心壮志了。下片转而答谢友人的祝寿词。作者赞扬友人如同当年名相宋璟一样,所写之词清新妩媚,情深意重。接着感叹天下惟有二人算是真心相得,志向一致。在结句,作者希望有一天二人能同归故土,手持美酒,迎风高歌,欣赏周边无尽的美景。此词如面对好友娓娓而谈,时而悲抑,时而高亢,写得典雅空灵。

刘　因

刘因(1249—1292),字梦吉,保定容城(今属河北)人。元世祖至元中,征为承德郎右赞善大夫,以母疾乞归。卒谥文靖。有《樵庵词》。《元史》卷一七一有传。

念奴娇

忆仲良[①]

中原形势,壮东南、梦里谯城秋色[②]。万水千山收拾就,一片空梁落月[③]。烟雨松楸,风尘泪眼,滴尽青青血[④]。平生不信,人间更有别离。　旧约把臂燕南[⑤],乘槎天上[⑥],曾对河山说。前日后期今日近,怅望转添愁绝。双阙红云[⑦],三江白浪[⑧],应负肝肠铁。旧游新恨,一时都付长铗[⑨]。

注释

① 仲良:作者友人,生平不详。　② 谯城:今安徽省亳州。　③ 空梁落月:杜甫《梦李白二首》:"落月满屋梁,犹疑照颜色。"　④ 青青血:碧血。　⑤ 燕南:此指当时都城大都,即今北京。　⑥ 乘槎天上:晋张华《博物志》记载:"天河与海通。近世有人居海滨者,年年八月有浮槎去来,不失期。人有奇志,立飞阁于槎上,多赍粮,乘槎而去……去十馀日,奄至一处,有城郭状,屋舍甚严,遥望宫中多织妇。见一丈夫牵牛渚次饮之,牵牛人乃惊问曰:'何由至此?'此人具说来意,并问此是何处。答曰:'君还至蜀郡,访严君平则知之。'竟不上岸,因还如期。后至蜀问君平,平曰:'某年月日有客星犯牵牛宿。'计年月,正是此人到天河时也。"　⑦ 双阙红云:指帝都繁华之景。　⑧ 三江:泛指江湖。　⑨ 长铗:长剑。《战国

策·齐策》载，冯谖为孟尝君门客，未得重视，倚柱弹剑而歌，数次后，孟尝君始重之。此指清贫失意之态。

品评

此为怀友之作。上片直诉梦中与友人相见之景，足见用情之深。作者在梦中与仲良一起游览美丽的故地——谯城，饱览中原开阔之景。醒后发现梦中的千山万水已消失不见，惟有梁间落月空照见自己的孤单之影。“烟雨松楸”则写自己长久以来奔波他乡，思念故土的一草一木，以至每次想起总是泪流不尽。年少时不能理解离别之痛，现在自己真的是感受到离别之沉重。下片写二人曾约定在京城相见，那时，他们对着朗朗山河，诉说一起乘槎远游的梦想。如今约定的日期将近，而自己身在京城，远望故人，感觉辜负了友人的深情厚意。最后词人试图把所有的愁闷都付诸弹剑高歌之中，以排解内心之痛。此词抒发怀人之痛，悲凉深沉，全以真情动人。故清人王鹏运曾评：“樵庵词朴厚深醇，中有真趣洋溢，是性情语，无道学气。”

鹊桥仙

悠悠万古，茫茫天宇，自笑平生豪举。元龙尽意卧床高①，浑占得、乾坤几许？　　公家租赋，私家鸡黍，学种东皋烟雨②。有时抱膝看青山，却不是、长吟梁甫③。

注释

①“元龙”句：《三国志·陈登传》载，许汜见陈登，陈登久不与语，使许卧下床，而自卧大床。许汜诉于刘备，谓元龙“湖海之士，豪气不除”。刘备说：“君有国士之名，今天下大乱，帝王失所，望君忧国忘家，有救世之意；而君求田问舍，言无可采，是元龙所讳也，何缘当与君语！如小人，欲卧百尺楼上，卧君于地，何但上下床之间耶！”宋代张元幹《水调歌头》词：“元龙湖海豪气，百尺卧高楼。”　② 皋：水边的高地。　③ 梁甫：即《梁父吟》。《三国志》记载，诸葛亮好为《梁父吟》。

品评

此为述志之作。上片重在抒发今是昔非之感。词人历览古今，俯视宇宙，他自嘲即使有像陈登一样澄清天下的理想又如何，在这茫茫乾坤之中又占得几许位置？下片由过去转入将来，词人希望自己能及时调整人生目标，归隐山林，每日交完租税，做完农活后即可享受衣食无忧的农家生活，有时还可以悠闲地抱膝看青山。这种归隐是真正忘记世情，而不是像诸葛亮一样，借归隐来把握时局，乘时而动。此词结构整饬，一气呵成，在今昔的情感变动中，涌现一股忧愤不平之气，故貌似旷达，实则悲痛。

鲜于枢

鲜于枢(1259—1301),字伯机,号困学山民、寄直老人,渔阳(今天津蓟县)人。曾官太常寺典簿。工诗文,善书画。有《困学斋集》,存词四首。

念奴娇

八咏楼[1]

长溪西注、似延平双剑[2],千年初合。溪上千峰明紫翠,放出群龙头角。潇洒云林,微茫烟草,极目春洲阔。城高楼迥,恍然身在寥廓。　　我来阴雨兼旬,滩声怒起,日日东风恶。须待青天明月夜,一试严维佳作[3]。风景不殊[4],溪山信美,处处堪行乐。休文何事[5],年年多病如削。

注 释

① 八咏楼:在今浙江金华。南朝文人沈约为东阳太守,曾题诗八首于此楼上,后人名之为"八咏楼"。　② 长溪:指金华江。延平双剑:典出《晋书·张华传》,参见辛弃疾《水龙吟》(举头西北浮云)注释④。这里是比喻金华江的两个源头,一支南自永康流入,一支东自义乌,二江在金华南合为金华江。　③ 严维佳作:指唐人严维的《送人入金华》,其中有"明月双溪水,清风八咏楼"之句。④ 风景不殊:典出《世说新语》,参见陈亮《念奴娇》(危楼还望)注释③。　⑤ 休文:指南朝沈约,他在给徐勉的信中说:"百日数旬,革带常应移孔;以手握臂,率计月小半分。以此推算,岂能支久?"

品 评

此词上片写登楼远眺金华之美景。起句以浪漫瑰丽之笔写出金华江的历史,作者把江的两个支流想象为古人遗失的两把宝剑,它们化龙飞去后,历经千年终于回归大地,在此汇合了。接着词人写了周围群山在阳光照射下,呈现或翠绿或深紫的五彩幻景,犹如群龙仰首角逐。词人站在高楼之上,远望山林,烟草迷蒙,一片辽阔无际,仿佛身处于苍茫宇宙之中。上片在写足登楼所见的美景后,下片则写登楼所感。词人来到金华多日,却整日遇到阴雨绵绵的糟糕天气,词人自然感到遗憾,他想起唐代诗人严维关于咏叹金华美景的名句,感叹什么时候能在青天明月之下一睹严维所描述的那些美景呢?最后词人一反前人常见的思乡之苦,认为只要有美丽的风景可以欣赏,虽不是故土又有何妨呢?不知当年南朝文人沈约来到金华这样美丽的地方,为何总是憔悴消瘦呢?真是太不达观了。

此词描绘风景层叠有序,章法自然,与一般登楼思乡愁苦之作相比,它更显乐观、豪迈,通篇洋溢着随遇而安的旷达精神。

虞　集

虞集(1272—1348),字伯生,号道园,又号邵庵,崇仁(今属江西)人。宋丞相虞允文五世孙。累官翰林学士,兼国子祭酒。卒谥文靖。其诗与杨载、范梈、揭傒斯齐名,号称“元代四大家”。有《道园学古录》。《元史》卷一八一有传。

苏武慢

和冯尊师[①]

放棹沧浪[②],落霞残照,聊倚岸回山转。乘雁双凫,断芦漂苇,身在画图秋晚。雨送滩声,风摇烛影,深夜尚披吟卷。算离情、何必天涯,咫尺路遥人远。　　空自笑、洛下书生[③],襄阳耆旧[④],梦底几时曾见?老矣浮丘[⑤],赋诗明月,千仞碧天长剑。雪霁琼楼,春生瑶席,容我故山高宴。待鸡鸣、日出罗浮[⑥],飞渡海波清浅。

注释

① 冯尊师:道士,当时在京城享有盛名,曾写有《苏武慢》廿篇。虞集曾写词和之,此词即为其中一篇。尊师,对道士的尊称。　② 放棹:放船,任船行驶。③ 洛下书生:西汉贾谊,洛阳人,年少多识,被文帝召为博士,世称贾生。此作者自谓。洛下,即洛阳。　④ 襄阳耆旧:晋习凿齿撰有《襄阳耆旧传》。襄阳,今属湖北;耆旧,谓故老。宋苏轼诗有“风流耆旧消磨尽”。　⑤ 浮丘:即浮丘公,相传为黄帝时得道仙人。此处指冯尊师。　⑥ 罗浮:山名,风景秀丽,为粤中名山。

品评

元顺帝至正三年(1343),虞集送长子赴罗浮任职,途至鄱阳湖,遇风雪而驻留,此词即作于舟中。

词的上片交待沿途景物。词人在一片碧波中放舟而行,晚霞的余晖绚烂美丽,沿途两岸峰回路转,不时有大雁和野鸭掠过天空,水面则漂浮着青翠的芦苇,作者虽身在船中,却仿如在画中行走一般。日暮时分,忽然飞来一阵大雨,词人在摇动的烛光下吟诗,感慨这一去又是远离故土,咫尺天涯,心中充满惆怅。下片则抒发路途受阻,夜困江面的感受。“空自笑”诸句转入对故人的思念之中,从前的那些风流才俊,德高望重的长者们,如今他们还会梦见我吗?而年老健在、豪气冲天的故友冯尊师也会在此时高歌一首明月诗吧。在思念之余,作者转而乐观想到将来,等回到故土后,自己一定在白雪融化、春回大地的时候,于高楼之上宴请好友来欢聚。最后作者以梦想之语作结,他想象天明之时,自己仿如仙人驾舟飞渡大海,顺利来到罗浮了。

作者的好友冯尊师是位道士,故虞集此和词多夹杂一些神仙语,语带凌云之势,读之亦有飘飘然如临仙境之感。

张　雨

张雨(1277—1350),字伯雨,一名天雨,号贞居子,钱塘(今浙江杭州)人。年二十,弃家为道士;居茅山,自号句曲外史。能诗词,工书翰。有《句曲外史集》。《新元史》卷二三八有传。

太常引

漫翁新制画舫湖中,予为名其舫曰浮家泛宅。翁姓李,字仁仲,湖船用布帆自李始。

莫将西子比西湖①,千古一陶朱②,生怕在楼居,也用着风帆短蒲③。　银瓶索酒,并刀斫鲙④,船背锦模糊⑤。堤上早传呼:那个是烟波钓徒⑥?

注释

① 西子比西湖:化用苏轼《饮湖上初晴后雨》诗:"欲把西湖比西子,淡妆浓抹总相宜。" ② 陶朱:春秋时陶朱公范蠡。春秋战国时期,越国范蠡辅佐越王句践灭吴后,游五湖,变姓名,自称鸱夷子皮,因居陶地(今山东定陶县),世人称之为"陶朱公"。 ③ 风帆短蒲:以蒲草制成的风帆。 ④ 并(bīng)刀:古时并州(今山西太原)出产的剪刀,以锋利著称。鲙:细切的鱼肉片。 ⑤ "船背"句:杜甫《送蔡希曾还陇右因寄高书记》诗:"马头金匼匝,驼背锦模糊。" ⑥ 烟波钓徒:唐代诗人张志和散居江湖,自号烟波钓徒。

品评

词人登览友人新制画舸,游历湖中,心境洒脱,特作此词。上片以歌颂范蠡入题，称其为千古第一人，充满了向往之情，“莫将西子比西湖”即指画舸主人与词人想浮游江湖，逍遥避世，像范蠡一样，但语气极其恭敬，有不敢唐突前贤之意。“生怕在楼居”则写主人厌倦世俗的楼居生活，终于制成画舸一只，悠闲过上湖上生活。下片承写画舸生活场景，他们二人美酒装瓶，快刀斫鱼，船上灿烂的锦绣熠熠生光。结句尤富戏剧性，写二人正谈笑风生时，忽听岸边有人高呼，请问哪位是烟波钓徒？至此，船主人的风流洒脱全在不言中，含蓄之极。

此词写湖上隐居生活，快意洒脱。用笔突起逆势，诙谐幽默，为全篇笼上了一种轻松愉悦的情调，尤其是结句一问，令人联想无穷。

王 恽

王恽(1228—1304),字仲谋,号秋涧,卫辉汲(今河南卫辉市)人。曾官监察御使,翰林学士。其诗笔力劲健,词亦浑厚。有《秋涧先生大全文集》,词集为《秋涧乐府》。《元史》卷一六七有传。

水龙吟

登邯郸丛台[①]

春风赵国台荒,月明几照苕华梦[②]。纵亡横破,西山留在,翠鬟烟拥[③]。剑履三千[④],平原池馆,谁家耕垄。甚千年事往,野花双塔,依然是,骚人咏。　　还忆张陈继起[⑤],信侯王、本来无种[⑥]。乾坤万里,中原自古,几多麟凤[⑦]。一寸囊锥[⑧],初无铦颖,也沾时用。对残缸影澹,黄粱饭了[⑨],听征车动。

注 释

① 邯郸丛台:邯郸,即今河北省邯郸市。战国时为赵国都城,信陵君窃符救赵解邯郸之围的故事,即发生在这里。丛台,众多的土台。　② 苕华梦:《史记》中记载赵武灵王一日"梦见处女鼓琴而歌诗曰:'美人荧荧兮,颜若苕之荣。'"意指赵王将享受长久的荣华富贵。　③"纵亡横破"三句:意谓合纵连横的往事已成历史陈迹,唯有青山依旧,白云悠悠。　④ 剑履:指平原君位高权重,君主予以特殊礼遇,允许他可以带剑上朝。三千:平原君的三千门客。《史记·春申君列传》:"赵平原君使人于春申君,春申君舍之于上舍。赵使欲夸楚,为玳瑁簪,刀剑室以珠玉饰之,请命春申君客。春申君客三千余人,其上客皆蹑珠履以见赵

使，赵使大惭。” ⑤还忆张陈：张陈，指秦末农民起义领袖陈胜。陈胜起义后，建立“张楚”政权，自立为王，故称张陈。 ⑥“信侯王”句：陈胜起义时的口号：“王侯将相宁有种乎！” ⑦麟凤：喻才德出众的人。 ⑧囊锥：用毛遂自荐事，事见《史记·平原君虞卿列传》。 ⑨黄粱饭了：用《枕中记》卢生一枕黄粱事。

品评

此词为咏古词，作者通过咏叹赵国的盛衰演变，传达一种兴亡之感。上片先言登台所见之景。在春风吹拂下，昔日繁盛的邯郸城，如今只落下荒台几座，散落在草间，赵武灵王江山永固的美梦，在明月的映照下已成泡影。接着回顾了赵国的盛衰史。那些风云一时的合纵连横的强国之策已经破灭，只留下西山一座，在烟雾缭绕中矗立。闻名天下的平原君，其池馆早已不知变成哪个农夫的田地。千年之后，作者来到此地，只见开满野花的双塔孤零零地站在面前，成为历代文人咏叹的一个主题。下片视野扩大到对战国时期历史人物的咏叹。陈胜“王侯将相宁有种乎”这句话让作者若有所悟，虽然古往今来，真正能称为英雄的可谓凤毛麟角，但只要你是英雄，终究会像毛遂一样脱颖而出，承担历史的重任。想到此，虽然功名如梦，但词人还是感激奋发，希望迟早能听到君主征召的车轮声。此词将咏古与抒情相结合，感伤历史，语含沧桑的同时亦充满郁勃不平之气，传达出词人渴望身逢明主，一展才华的宏图大愿。

卢　挚

卢挚(1235—1300?),字处道,号疏斋,涿郡(今河北涿州)人。元世祖至元五年(1268)进士。成宗大德初,授集贤学士、大中大夫,后官至翰林学士承旨。诗词曲文兼擅。有《疏斋集》。《新元史》卷二三七有传。

六州歌头

题万里江山图

诗成雪岭①,画里见岷峨②。浮锦水③,历滟滪④,灭陂陀,汇江沱⑤。唤醒高唐残梦,动奇思,闻巴唱,观楚舞,邀宋玉,访巫娥⑥。拟赋《招魂》《九辩》,空目断云树烟萝⑦。渺湘灵不见,木落洞庭波⑧。抚卷长哦,重摩挲。　问南楼月,痴老子,兴不浅,意如何⑨?千载后,多少恨,付渔蓑。醉时歌。日暮天门远,愁欲滴,两青蛾⑩。曾一舸,奇绝处,半经过。万古金焦伟观⑪,鲸鳌背,尽意婆娑。更乘槎欲就,织女看飞梭,直到银河。

注释

① 雪岭:在今四川华阳。　② 岷峨:指岷山和峨眉山。　③ 锦水:即锦江。　④ 滟滪:滩名,在今重庆奉节瞿唐峡口。　⑤ 汇江沱:指江水各个支流在此汇合。沱,江的支流。　⑥ 高唐残梦:宋玉《高唐赋》中描写楚怀王尝游高唐,梦中与巫山神女相遇的故事。巴唱:巴人演唱的歌曲。楚舞:湖湘一带的舞蹈。"邀宋玉"二句:指邀请宋玉重新访问他笔下描绘的神女。　⑦《招魂》《九辩》:分别为屈原、宋玉所作。　⑧"渺湘灵"二句:《楚辞·湘夫人》:"袅袅兮秋风,洞庭波

兮木叶下。” ⑨“南楼月”三句：典出《世说新语》，参见戴复古《水调歌头》（轮奂半天上）注释③。 ⑩ 天门：山名，在今安徽当涂。两山夹长江对峙，犹如天门，故名。下句中“两青蛾”即指此。 ⑪ 金焦：今江苏镇江附近的金山和焦山。

品评

这是一首题画词，词人为我们描绘了一幅宏伟壮观的万里长江美景。整首词如同一幅缓缓展开的画卷。作者叙述了长江从四川出发，经过湖南、湖北、安徽、江苏，最后东入海的整个历程，沿途选取了当地具有代表性的历史古迹和山水风景。从巍峨的雪岭，如诗的岷山和峨眉山，到锦江、滟滪滩，突显出自然风光的美丽。到了两湖一带，则选取了宋玉描绘的神女、楚辞中的湘夫人、南朝的风流墨客，呈现出浓郁的历史文化气息。最后词人以华丽之笔，展开丰富联想：在长江的入海口，词人要骑着鲸鱼，沿海入天，到天宫寻访织女，遨游于银河之上。此词气势雄伟，笔墨横放，繁简得当，充分展现出词人开阔的胸怀和对祖国大好江山的炽热之情。

许有壬

许有壬(1287—1364),字可用,汤阴(今属河南)人。元仁宗延祐二年(1315)进士,累拜集贤大学士太子谕德。谥文忠。著《至正集》、《圭塘小稿》。《元史》卷一八二有传。

沁园春

寿同馆虎贲百夫长邓仁甫[1]

十载炎方[2],同饮汉江,同为转蓬[3]。恨寻常会面,当年无分,三千余里,此地相逢。宇宙英奇,幽并慷慨[4],肯事区区笔砚中[5]。男儿志,要长枪大剑,谈笑成功。　　辕门醉卧秋风[6]。看落日旌旗掩映红。爱朔云边雪,一声寒角,平沙细草,几点飞鸿。湖海情怀,金兰气谊[7],莫惜琼杯到手空。君知否,怕明朝回首,渭北江东[8]。

注释

① 虎贲百夫长:皇帝的侍卫队长。虎贲,原为周朝官名,后用为勇士的代名词。邓仁甫:作者友人。 ② 炎方:南方。 ③ 转蓬:指漂泊四方,如同蓬草一样。蓬草秋季枯黄,随风飘散四方。 ④ 幽并:幽州和并州,在今河北、山西一带,自古多游侠之士。曹植《白马篇》:“幽并游侠儿,少小去乡邑。” ⑤“肯事”句:暗用《汉书》中班超投笔从戎的故事。 ⑥ 辕门:军营大门。 ⑦ 金兰:指朋友间情同兄弟的情谊,常用于结拜兄弟。出自《易经》:“二人同心,其利断金;同心之言,其臭如兰。” ⑧ 渭北江东:杜甫《春日忆李白》诗:“渭北春天树,江东日暮云。”

品评

作者在此词上片交待了与邓仁甫的深厚友情，他们曾经在南方的汉江边相交十年，最后在汉江分离，这一别竟相隔千里，无缘相见。没想到若干年后，二人会在京城相遇。接着作者称赞友人的功业，称他为宇宙间英豪，投笔从戎，最终在战场上博得功名。下片正面描述相遇时的快乐。痛饮大醉后，两人在夕阳下相携散步，欣赏风景。北方已近严寒，天空大雪纷飞，军营内红旗飘扬，鼓角吹奏，几只大雁划过长空。在壮丽风光的映衬下，更显二人豪迈不羁和浓情深意。结句写分别之时，他们举杯痛饮，更感悲伤，因为明天就要天南地北，各处一方，而这一别不知何时再见。作为一首赠友词，本篇慷慨沉雄，豪迈中见苍凉，直爽中见婉曲，处处可见二人友情之深厚。

鹊桥仙

赠可行弟[①]

花香满院，花阴满地，夜静月明风细。南坡一室小如舟[②]，都敛尽、山林清致。　竹帘半卷，柴门不闭，好个暮春天气。长安多少晓鸡声[③]，管不到、江南春睡。

注释

① 可行：许有孚，字可行，有壬弟，元文宗至顺元年(1330)进士。　② "南坡"句：语本苏轼《戏子由》诗"宛丘先生长如丘，宛丘学舍小于舟"句。　③ "长安"句：比喻都城官场中的名利争斗。

品评

此词为赠弟之作，亦是述怀之作。上片首写隐居之所的清幽雅静。白日有花香扑鼻，有树阴满地；在夜晚可以静赏明月，感受微微细风。作者在南坡的这个小屋虽狭窄如舟，但拥有了整个山林的清幽景致。下片则写隐居生活和心境。词人整日闭门不出，竹帘半卷，吟赏烟霞，柴门敞开，任人来往。在晚春时节，作者没有感到春去的悲伤，反而庆幸可以安睡于自己的江南小屋中，任凭外界风雨变换，清守自若。此词写景淡雅，摇曳多姿，抒情和婉深沉，含蓄冲淡中略带针砭之力。

李齐贤

李齐贤(1289—1367),字仲思,高丽人。仕元,历官门下侍中,封鸡林府院君。卒谥文忠。有《益斋乱稿》等。

巫山一段云

远浦归帆

南浦寒潮急[1],西岑落日催[2]。云帆片片趁风开,远映碧山来。　出没轻鸥舞,奔腾阵马回。船头浪吐雪花堆,昼鼓殷春雷[3]。

注释

① 南浦:面南的水滨。江淹《别赋》:"送君南浦,伤如之何。"　② 西岑:西山。　③ 殷:震动。

品评

此词是作者组词《巫山一段云·潇湘八景》中的一篇。作品紧扣"远浦"和"归帆",于上、下两片中分别咏之。上片写日暮时分水浦边的景致。随着西山落日的下沉,潮水渐渐高涨、急促,几只渔帆迎风展开,正映着碧山渐行渐近地归来。下片则写帆船归来时的情景。海鸥在水面上下飞舞,轻盈而敏捷,而涛水正一浪高过一浪地奔腾而至,如战马仰首而至,迅猛而高大。这时,只见船头间的浪花堆成了雪堆,纷飞成团,船上敲打的阵阵鼓声,高亢如同春雷。此词轻徐有致,用笔粗犷又不乏细腻,体现出作者敏锐地感知、捕捉事物的能力。同时工于设色,远近、高低、动静、大小均把捏得准确细致,所以况周颐评论:"益斋词写景极工。《巫山一段云·远浦归帆》云:'云帆片片趁风开,远映碧山来。'笔姿灵活,得帆随湘转之妙。"(《蕙风词话》)

薛昂夫

薛昂夫(约 1270—1350),名超吾,回鹘人。汉姓马,亦称马昂夫,字九皋。官三衢路达鲁花赤。有诗名,与萨都剌唱和。

最高楼

九日

登高懒,且平地过重阳。风雨又何妨?问牛山悲泪又何苦[1]?龙山佳会又何狂[2]?笑渊明,便归去,又何忙?　也休说、玉堂金马乐[3]。也休说、竹篱茅舍恶。花与酒,一般香。西风莫放秋容老,时时留待客徜徉。便百年,浑是醉,几千场。

注释

① 牛山:山名。在今山东省淄博市。春秋时齐景公泣牛山,即其地。曹植《感节赋》:"唯人生之忽过,若凿石之未耀。慕牛山之哀泣,惧平仲之我笑。" ② 龙山佳会:《晋书·孟嘉传》:"(嘉)后为征西桓温参军,温甚重之。九月九日,温燕龙山,寮佐毕集。时佐吏并着戎服,有风至,吹嘉帽堕落,嘉不之觉。温使左右勿言,欲观其举止。嘉良久如厕,温令取还之,命孙盛作文嘲嘉,着嘉坐处。嘉还见,即答之,其文甚美,四坐嗟叹。" ③ 玉堂金马:指豪贵生活。

品评

此词为重阳节之作。词人在常见的题材中翻出新意,可谓别具匠心。词的上片发语奇特,常人在重阳节一般要登高赏菊,饮酒赋诗,而作者却说,为何一定要登高呢,平地亦有风采。常人喜欢此日天晴气爽,作者又说,风雨之日未尝不佳。与常人不同之处还在于,有人在佳节这天登临伤感,有人却狂放洒脱,尽显才情。在作者看来大悲大喜实无必要。最后连古来共称的陶渊明,作者也同样挑剔说他为何这样急于弃官归隐,避功名如仇敌呢?可见归隐也未必即好。经过这么多的否定后,读者急于知道词人究竟如何度过佳节的呢?下片词人才揭开谜底。在作者眼中,不必因身处玉堂金马就陶醉于富贵荣华,也不必因身处茅屋而悲伤厌恶。无论富贵还是贫穷,佳节中的花与酒都同样芳香可人。既是好佳节,就应抛弃外在的身份、境遇,全身心地投入美景中,毕竟欣赏美,与物质上的丰富还是贫乏无关。所以作者是不管所处何地,所遇何事,他都要在这个好日子痛饮美酒,分享好时光,在有限的时光中大醉几千回。

词人气概非凡,评点历史,眼光独特,胸怀洒脱,在及时行乐的同时,亦隐含着珍惜、热爱生命的积极意义。

张可久

张可久(1268—1348?),字伯远,号小山,庆元(今浙江宁波)人。以路吏转首领官,又曾为桐庐典史。纵情山水,尤长于曲。其《张小山乐府》内有词四十二首。

百字令

春日湖上

扣舷惊笑,想当年行乐,绿朝红暮。曲院题诗[①],人去远、别换一番歌舞。鸥占凉波,莺巢小树,船阁鸳鸯浦。画桥疏柳,风流不似张绪[②]。　闲问苏小楼前[③],夕阳花外,归燕曾来否?古井香泉秋菊冷,坡后神仙何许[④]?醉眼观天,狂歌喝月[⑤],夜唤西林渡[⑥]。穿云笛响,背人老鹤飞去[⑦]。

注释

① 曲院:院名,在西湖边上,原是宋代酿酒之处。这里代指酒楼歌馆。② 张绪:南朝的美男子。《南史·张绪传》:“绪吐纳风流,听者皆忘饥疲。……刘悛之为益州,献蜀柳数株,枝条甚长,状若丝缕。时旧宫芳林苑始成,武帝以植于太昌灵和殿前,常赏玩咨嗟,曰:‘此杨柳风流可爱,似张绪当年时。’”后世遂以张绪比喻杨柳。　③ 苏小:即苏小小,南齐时杭州著名歌妓。　④“古井香泉”二句:说苏东坡品格清高,像秋菊浸泡在泉水里。在他之后,就很少有这样的人物了。此句亦暗用苏轼《书林逋诗后》“不然配食水仙王,一盏寒泉荐秋菊”之句。⑤ 狂歌喝月:语本李贺《秦王饮酒》诗“酒酣喝月使倒行”句。　⑥ 西林渡:即西泠渡,位于西湖通向北山处。　⑦“穿云笛响”二句:听到笛响,看到鹤飞,便想起了

西湖处士林逋。林逋隐居孤山二十年不入城，不娶，无子，终日与梅花、白鹤为伴。

品评

此词为作者晚年流落西湖时所作。上片先追忆从前在西湖的风流生活，当时的他在歌楼酒馆中经常驻足痛饮、题诗，度过了一段洒脱狂放的文人生活。然而当词人暮年再来之时，已是落魄潦倒，“鸥占凉波，莺巢小树”暗指物是人非，曾经熟悉的地方已然被新人取代，身世悲凉之感油然而生。“画桥疏柳，风流不似张绪”可谓沉痛之语。下片转而抒发虽穷困失意但愈发豪放之情。他来到旧日熟悉的青楼之中，感叹万分。“归燕”句写情人已去，难以寻觅的伤感。在苏轼曾经赏菊饮酒的古井边，词人感叹这样的风流人物已是不能再遇了。可看出，不仅昔日情人不可见，就是志同道合的老友也没法见到了。结句写词人狂放之态。他醉眼观天，狂歌喝月，唤来仙鹤一只，背负自己远离尘嚣，飞到想望的坡仙、林逋所居之所了。

此词清冷孤寂，内含无限伤感与失落，词的下片虽强振高音，但由于骨气悲凉，这种放旷也只能是悲而不放了。

张　埜

张埜，字埜夫，邯郸（今属河北）人。张之翰之子。生卒年不详，元世祖至元末前后在世，曾官翰林学士。有《古山乐府》二卷。

念奴娇

题钓台

钓台千尺[①]，问谁曾占断，一江新绿？试拜先生眉宇看，何地可容荣辱？遥想当年，故人邂逅，以足加其腹[②]。书生常事，可怜惊骇流俗。　应恨惹起虚名，平生正坐，误识刘文叔[③]。笑煞君房痴到底[④]，燕雀焉知鸿鹄[⑤]？万迭云山，一丝烟雨，比得三公禄。高风千古，冷香聊荐秋菊。

注释

① 钓台：在今浙江桐庐县，为汉名士严光垂钓处。　②“遥想”三句：《后汉书·严光传》记载，光武帝刘秀曾与严光为好友，刘秀登基后，“复引光入，论道旧故，相对累日……因共偃卧，光以足加帝腹上。明日，太史奏客星犯御座甚急。帝笑曰：‘朕故人严子陵共卧耳。’”　③“应恨”三句：意指严光因结识刘秀，屡被刘秀征召入朝为官，惹起烦恼不断。　④“笑煞”句：晋皇甫谧《高士传》记载，侯霸曾派侯子道奉书给严光，“光不起，于床上箕踞抱膝发书读讫，问子道曰：‘君房素痴，今为三公，宁小差否？’子道曰：‘位已鼎足，不痴也。’光曰：‘遣卿来何言？’子道传霸言。光曰：‘卿言不痴，是非痴语也。天子征我三乃来，人主尚不见，当见人臣乎？’”君房即侯霸字。　⑤“燕雀”句：出自《史记·陈涉世家》中陈涉之语：“燕雀安知鸿鹄之志。”这是讽刺侯霸热衷名利，根本不懂得严光的高远志向和节操。

品评

此词是一曲称颂东汉严光的赞歌。上片以千尺钓台为背景直接引入对严光的追思。这钓台之下水流不断，但千百年来，这些美景只被一人独占，他就是严光。接着写其蔑视名利的高尚节操，即使光武帝刘秀再三邀请，他也只是来到朝廷和刘秀叙旧，并以放达不羁的姿态把脚放在皇帝的肚子上，这个狂放的举止惊骇世俗，并在史书上名彪千古。下片词人意犹未足，为了陪衬严光，还找来了一个丑角——侯霸。侯霸虽位列三公，可惜他这样的世俗之人全然不懂得严光的脾性，白白碰了一鼻子灰。在严光的眼中，三公的荣耀远比不上这钓台周围的山水烟云。最后词人发出“高见千古”的赞叹之音，并以冷香秋菊来祭奠他，以传达仰慕之情。此词巧于言事传情，善于剪裁，体现出高超的叙事技巧。只是通篇叙事、议论，气脉急促，在张驰有度上略显不足。

水龙吟

酹辛稼轩墓，在分水岭下①

岭头一片青山，可能埋得凌云气②？遐方异域③，当年滴尽，英雄清泪。星斗撑肠，云烟盈纸，纵横游戏。漫人间留得，阳春白雪④，千载下，无人继。　　不见戟门华第⑤，见萧萧竹枯松悴。问谁料理，带湖烟景，瓢泉风味⑥。万里中原，不堪回首，人生如寄。且临风高唱，逍遥旧曲，为先生酹。

注释

① 分水岭：在江西铅山县，辛弃疾墓地所在。 ② 凌云气：出自《史记·司马相如列传》：“相如奏《大人之颂》，天子大悦，飘飘有凌云之气，似游天地之间意。” ③ 遐方异域：指江西铅山并非辛弃疾的故土。遐方，远方。 ④ 阳春白雪：指高雅的乐曲，出自宋玉《对楚王问》。 ⑤ 戟门华第：指辛弃疾雄壮气派的居所。 ⑥ 带湖、瓢泉：分别在江西上饶和铅山，都是辛弃疾曾居之地。

品评

这是作者来到江西铅山辛弃疾墓地所作的吊唁之词。作者饱含深情，充分描绘了爱国词人辛弃疾的精神面貌。

起句“岭头一片青山，可能埋得凌云气”，即以矫若游龙的笔势，突出了稼轩精神长留人间，与天地同寿的英雄气概。“遐方异域”诸句则以极其尊敬和惋惜的笔调，代忠魂鸣不平，指出他当年是在领兵北伐、收复中原的大志不能实现的情况下，在异乡含恨而逝。上片这五句已高度概括了辛弃疾作为有才识无时运的政治家、作为壮志凌云的民族英雄的悲剧形象，使之突显出来。“星斗撑肠”至“纵横游戏”为上片第二层次，描述辛氏在武功未竟而被迫改行作词人之后所取得的重大文学成就。“星斗”二句用形象化的夸张和比喻，赞扬他磅礴的文学才气。“漫人间留得”诸句则指辛氏大业不成，白白留下这些词章，真是委屈了他；但这些词章却是阳春白雪般高雅，千载之下也难以为继。

上片追述了辛氏的高风亮节与文学业绩，下片则把笔意转折到凭吊英雄旧居的破败萧条之景，写出了作者的悲愤情怀。“不见戟门华第”以稼轩生前府第的雄壮气派与死后故居的荒凉景象作了鲜明对比，充分表现出英烈身后寂寞的不平之意。“问谁料理，带湖烟景”，以设问形式，举出辛氏生前两个隐居之地——带湖、瓢泉的萧条破落，铺展和深化上两句的哀悼之意。“万里中原”则直抒悲情，正面表达怀古伤今的民族情绪和人生感慨。结句“且临风高唱”，是点明题旨“酹辛稼轩墓”。全词就在这吟唱稼轩旧曲，为其痛饮歌呼的余音中结束。

此词风格雄豪，感情悲壮，笔调遒劲，章法浑成，实为历代哀悼辛弃疾的词中的杰作。

贯云石

贯云石(1286—1324),字浮岑,号酸斋,原名小云石海涯,父名贯只哥,遂以贯为氏。元仁宗时,拜侍读学士,寻辞去。泰定帝泰定初卒,封京兆郡公,谥文靖。《元史》卷一四三有传。

水龙吟

咏扬州明月楼[1]

晚来碧海风沉[2],满楼明月留人住。琼花香外[3],玉笙初响,修眉如妒。十二阑干,等闲隔断,人间风雨。望画桥檐影,紫芝尘暖[4],又唤起、登临趣。　　回首西山南浦。问云物、为谁掀舞?关河如此,不须骑鹤[5],尽堪来去。月落潮平,小衾梦转[6],已非吾土。且从容对酒,龙香涴茧[7],写平山赋[8]。

注释

① 明月楼:元时,富商赵氏在扬州所建之楼。　② 碧海:此处指瘦西湖。风沉:风紧。　③ 琼花:花木名。叶柔而莹泽,花色微黄而有香。旧扬州后土祠有琼花一株,相传为唐人所植,宋以后为稀有珍异植物。古时以洛阳、扬州所产琼花最佳。　④ 紫芝:仙芝类,古代道士常服食之,以求长生。　⑤ 骑鹤:喻指成仙事。　⑥ 小衾:薄被。　⑦ 龙香:香名,即是龙脑香。涴(wò):沾染。茧:茧纸,用蚕丝做成的纸。　⑧ 平山赋:北宋欧阳修营建平山堂,常在其中饮酒赋诗。

品评

此词为登临之作。扬州在元时作为大都市,异常奢华。词人登临扬州城著名的明月楼，挥笔写下这首名作。

上片为作者登临所见之景，紧扣“明月”二字而来。深夜城内的瘦西湖已经波澜不惊，周围一片宁静，这里月光倾洒楼内，处处皆见皎洁之光，如此美景似乎是多情的明月在真诚地邀请词人留下好好欣赏。接着词人写了楼内之景，花香不断，笙歌奏起，歌女们轻歌曼舞。高大宽敞的明月楼内，处处显出繁华富丽，仿佛把外界的风雨变化全都隔绝在外了。望着远处碧波之中荡漾的画桥和屋檐的倒影，岸边各色芝草也成熟待采，这不禁引起作者想登临更高处的雅趣了。下片则写此“登临趣”。词人望着楼外西山，那里云彩飞舞，如此美丽的山河，就是仙人也早已安居于此，无需骑鹤回去了。最后在明月低沉时，词人觉得这一切仿佛是在梦中，醒来才发现原来这不是自己的故土。结句则以兴笔作赋为结，进一步衬托词人登楼的雅兴和乐趣。

此词写景如行云流水，洒脱自然，逼真地再现了扬州夜景的繁华、优美。

宋 褧

宋褧(1292—1344),字显夫,宛平(今北京市)人。元泰定帝泰定元年(1324)进士,累官监察御史。卒谥文清。有《燕石集》。《元史》卷一八二附传其兄宋本。

菩萨蛮

丹阳道中

西风落日丹阳道,竹冈松阪相环抱[1]。何处最多情?练湖秋水明[2]。　驿城那惮远,佳句初开卷。寒雁任相呼,羁愁一点无。

注 释

① 阪:山坡。　② 练湖:一名练塘,在江苏丹阳。

品 评

此词脱略一般行役之词的悲凉凄苦,写得昂扬不羁,可视之为别调。起句即点题,词人交待了行至丹阳道中所见之景。在西风吹拂下,夕阳已落,作者在丹阳道上看见青松翠竹环环相抱,景色幽致,冲淡了他旅途中的疲倦。远处一汪湖水盈盈相对,如美人秋波微动,充满了绵绵情意,让词人感到分外激动与温暖。词的下片写其愉悦之情。他为得此美景而欢呼雀跃,庆幸自己虽经跋涉,但终不枉此行。有了美景,更需佳句,词人提笔濡墨要立刻把所见绝美之景书之笔下。这时,天空中几声雁鸣传来,在词人心中,这声音并不会勾起思乡之愁,反而充满新鲜与刺激感,仿佛在召唤他去探寻远处更美的地方。此词写得激荡起伏,充满了现代探险家的勇于开拓、不惮远行的精神,这在古代"父母在,不远游"的传统下,尤属难得。清人况周颐评为:"(宋显夫)《菩萨蛮·丹阳道中》云:'何处最多情,练湖秋水明。'视杨升庵'塘水初澄似玉容'句,微妙略同,而超逸过之。"(《蕙风词话》)

詹　正

詹正，一作詹玉，字可大，号天游，郢（今湖北江陵）人。宋末官翰林学士，元世祖至元间历除翰林应奉、集贤学士。工词，有《天游词》。

齐天乐

赠童瓮天[1]，兵后归杭

相逢唤醒京华梦[2]，吴尘暗斑吟发[3]。倚担评花，认旗沽酒[4]，历历行歌奇迹。吹香弄碧[5]。又坡柳风情[6]，逋梅月色[7]。画鼓红船，满湖春水断桥客[8]。　当时何限怪侣，甚花天月地，人被云隔。却载苍烟，更招白鹭，一醉修江又别[9]。今回记得。再折柳穿鱼，赏花催雪。如此湖山，忍教人更说。

注释

① 童瓮天：作者友人，生平不详。　② 京华梦：指对于杭州的怀念之情。③ 吟发：杜荀鹤《秋晨有感》诗有"吟发不长黑"句。　④ 认旗沽酒：白居易《杭州春望》诗有"青旗沽酒趁梨花"句。　⑤ 吹香弄碧：指喜欢梅和柳。　⑥ 坡柳：《林下词谈》："子瞻在惠州，与朝云闲坐，时青女初至，落木萧萧，凄然有悲秋之意，命朝云把大白，唱'花褪残红'。朝云歌喉将啭，泪满衣襟。子瞻诘其故，答曰：'奴所不能歌，是"枝上柳绵吹又少，天涯何处无芳草"也。'"　⑦ 逋梅：林逋《山园小梅》诗有"疏影横斜水清浅，暗香浮动月黄昏"句。　⑧ 断桥：在杭州西湖。　⑨ 修江：即修水。在今江西境内，指送别之地。

品评

此词当为元兵灭宋后，詹正送别友人归杭所作。上片先交待友人的身份和遭遇。起句指二人再次相见之时，童已是满头白发，一脸风尘，这不由让作者想起当初在杭州见到他时风流洒脱的容貌，此“梦”字已逗出故国之思。接着词人叙述了当年童的种种洒脱不羁。他喜欢品评、赏玩城中贩卖的各种花朵，更喜欢在酒楼间买醉高歌，做出许多让人惊异的举止。他最喜欢做的事是在西湖的苏堤边赏柳，在月色下像林逋一样看梅，在春天到来之时，还驾一叶小舟游遍整个西湖。交待了童过去的这些“奇迹”后，下片即叙述其当下的潦倒。杭州被攻陷之后，童即流落各地，落魄不堪。好不容易二人在修水相遇，过了几天招云烟、侣白鹭的归隐生活。可是不久童又将离去，回到杭州，作者感伤不知何时二人可以再“折柳穿鱼，赏花催雪”，毕竟朝代更替，现在再也不是旧山河了。

作为送别词，作者在塑造了一位洒脱不羁的隐士形象同时，亦传达出一种深厚的故国之悲。故况周颐《蕙风词话》称：“天游词歇拍云：‘如此湖山，忍教人更说。’看似平淡，却含有无限悲凉……可知弄碧吹香，无非伤心惨目，游乐云乎哉！”

姚云文

姚云文，字圣瑞，江西高安人。宋度宗咸淳四年(1268)进士，官兴县尉。入元，授承直郎，抚、建两路儒学提举。有《江村遗稿》，今不传。

摸鱼儿

艮岳[①]

渺人间、蓬瀛何许[②]，一朝飞入梁苑[③]。辋川梯洞层崖出[④]，带取鬼愁龙怨。穷游宴。谈笑里，金风吹折桃花扇[⑤]。翠华天远[⑥]。怅莎沼黏萤，锦屏烟合，草露泣苍藓。　　东华梦[⑦]，好在牙樯雕辇[⑧]。画图历历曾见。落红万点孤臣泪，斜日牛羊春晚。摩双眼。看尘世，鳌宫又报鲸波浅[⑨]。吟鞘拍断。便乞与娲皇[⑩]，化成精卫[⑪]，填不尽遗憾。

注释

① 艮岳：是北宋末年在今河南开封修建的一座皇家林苑。宋徽宗《艮岳记》："登极之初……命土培其冈阜，政和间大兴土役筑山，号'万寿艮岳'。" ② 蓬瀛：传说中的海上三座神山，即方丈、瀛洲、蓬莱。此处指艮岳。 ③ 梁苑：即梁王兔园，旧址在河南商丘市东。 ④ 辋川：在陕西蓝田县南，为王维别业。 ⑤ 金风：秋风。桃花扇：歌扇。晏几道《鹧鸪天》词："歌尽桃花扇底风。" ⑥ 翠华：皇帝的仪仗。 ⑦ 东华：本指道家仙境，此指代京城。 ⑧ 牙樯：桅杆。雕辇：有雕刻花纹的帝王车子。 ⑨ 鳌宫：龙宫。郑侠诗："仙人居处即鳌宫。" ⑩ 娲皇：即女娲，传说曾炼五色石补天。 ⑪ 精卫：传说炎帝女溺死于东

海，化为精卫鸟，衔西山木、石以填海。

品评

此词作者借描写艮岳，寄托家国之慨。上片起句不凡，一“飞”字足以概括艮岳的高大雄伟，写其犹如天外仙山飞来人间，下笔有力劲拔。接着词人又以唐代诗人王维的“辋川”别业作比，以“鬼愁龙怨”写出艮岳的富丽奢侈，也写出它招致天怒人怨，为其后来的灭亡埋下伏笔。“穷游宴”则直陈宋徽宗骄侈淫逸的生活，这种歌舞升平的日子最终以“金风吹折桃花扇”结束，也即被金朝所灭。“翠华天远”诸句则是哀悼宋徽宗与宋钦宗被俘北上，最终埋骨异域的悲惨命运。下片抒发词人的亡国之痛和“孤臣泪”。作者重睹宋亡后艮岳的荒凉之景，回忆其昔日繁华之景，不禁悲从中来。“落红万点孤臣泪”极其沉痛和伤感，逼真现出孤臣孽子的赤诚忠心。“摩双眼”则指自己经历亡国之痛，历经岁月沧桑，如今“鳌宫又报鲸波浅”，沧海桑田之感油然而生。但岁月的流逝并没有带走词人故国之情，在结句，词人请求娲皇把他变成精卫鸟，好让他也可以尽心竭力地报效故国，以尽绵绵忠心。

此词写得哀婉沉痛、凄凉之极。作者虽身仕新朝，但对故国的思念与伤悼之情始终如一，可谓执而无悔了。

罗志仁

罗志仁，字寿可，号壶秋，庐陵（今江西吉安）人。宋末中乡试，曾作诗颂文天祥，讥留梦炎，几得祸，逃而免。元初授天长书院山长。与方回、戴表元及刘辰翁之子刘将孙交游。存词七首，见《元草堂诗余》。

金人捧露盘

丙午钱塘[①]

湿苔青，妖血碧[②]，坏垣红[③]。怕精灵、来往相逢。荒烟瓦砾，宝钗零乱隐鸾龙[④]。吴峰越巘，翠颦锁、苦为谁容。　浮屠换、昭阳殿[⑤]，僧磬改、景阳钟[⑥]。兴亡事、泪老金铜[⑦]。骊山废尽[⑧]，更无宫女说玄宗[⑨]。海涛落月，角声起，满眼秋风。

注释

① 丙午：即元成宗大德十年（1306）。钱塘：指杭州。　② 妖血碧：语出《庄子·外物》："苌弘死于蜀，藏其血，三年而化为碧。"　③ 坏垣：指倒塌的墙。④"宝钗"句：指南宋灭亡后杨琏真伽发六陵之事。周密《癸辛杂识》载，一村翁在孟后陵得到一发髻，长六尺多，谢翱作《古钗叹》诗："白烟泪湿樵叟来，拾得慈献陵中发。青灵七色光照地，发下宛转金钗二。"这里指南宋衰败荒凉的景象。⑤ 浮屠：寺庙。朝阳殿：指南宋临安故宫中的殿名。　⑥ 僧磬：指寺庙中敲击用以聚集僧侣的鸣器。景阳钟：《南齐书·皇后传》："置钟于景阳楼上，宫人闻钟声早起装饰。"这里指代南宋帝王寻欢作乐时的钟鼓之声。　⑦ 金铜：指金铜仙

人,为汉武帝刘彻造,矗立于神明台,“高二十丈,大十围”(《三辅故事》)。魏明帝曹睿在景初元年(237)将其拆离汉宫,运往洛阳。“帝徙盘,盘折,声闻数十里,金狄或泣,因留霸城。”(《汉晋春秋》)这里借此典痛悼王朝之兴衰。 ⑧ 骊山:在陕西临潼。唐太宗贞观十八年(644)置骊山宫,故名华清宫,为杨贵妃沐浴之地。⑨ 宫女说玄宗:元稹《行宫》诗:“白头宫女在,闲坐说玄宗。”

品评

此词为悼念南宋故国之作。上片写宋亡后,杭州衰败之景。“湿苔青”诸句写故宫荒凉,苔藓青青,颓垣上堆满红叶。路人夜晚经过时,竟都担心会不会遇到鬼怪。在残砖败瓦中,零乱散落着被元人挖出的的宋代皇室坟墓中的首饰。这样的惨景让西湖周边的群山也为之动容,愁眉紧锁,无心梳妆。下片则写词人悼亡之情。元人入侵中原后,四处拆毁宋人宫殿,大肆修建喇嘛庙,此处“浮屠换”、“僧磬改”当指此事,面对此景,作者自然愤怒不已,但无法改变时局,只能“泪老金铜”了。“骊山废尽”则暗讽无人再眷恋故国,只有自己尚在秋风萧瑟中,听鼓角吹起,看海上明月,内心充满无限感伤。此词善传愁情,全篇充满兴亡之感,故国之痛。写景抒情,均冷瑟凄凉,可谓孤臣之心,天地可鉴了。

倪　瓒

倪瓒(1301—1374),初名珽,字元镇,号云林、风月主人、沧浪漫士等,江苏无锡人。善书法、绘画。元顺帝至正初,弃家泛游五湖。有《清閟阁集》。《明史》卷二九八、《新元史》卷二三八有传。

人月圆

惊回一枕当年梦,渔唱起南津。画屏云嶂,池塘春草①,无限消魂。　旧家应在,梧桐覆井,杨柳藏门。闲身空老,孤篷听雨,灯火江村。

注释

① 池塘春草:谢灵运《登池上楼》诗:"池塘生春草,园柳变鸣禽。"

品评

这是一首忆旧之作。上片写词人在梦中被一阵渔夫的歌声所惊醒,接着追叙梦中之景。那是在春草池塘的小院内,远处群山被白云缭绕,犹如一幅美丽的画屏。这里梦中之地应是作者的故居,倪瓒虽富有,但不恋钱财,懒于治家,后来干脆散尽家产,泛舟江湖,逍遥避世去了。词的上片即是对他早年生活的回顾。下片则详写居所之景。院内有梧桐覆盖在井边,一株巨大的杨柳几可遮蔽房门。寥寥几笔已把故居自然、恬静的气息展示无余。结句写当下,自己一人孤单终老,每日在湖上听雨而眠,看着远处的灯火渔村,感慨万分,一种失落孤寂之情溢于言外。

此词在今与昔、美梦与现实的穿插叙述中,写尽故居的闲适安宁,以及当下漂泊之感,一种穷老无依之痛隐然流于笔下。全词章法浑成,闲适淡泊中亦有些许忧伤。

顾阿瑛

顾阿瑛(1310—1369),字仲瑛,一名德辉,号金粟道人,江苏昆山人。轻财好客,喜好古董名画,常与友人在玉山草堂觞咏唱和。有《玉山璞稿》。《明史》卷二八五附传陶宗仪。

青玉案

彦成以他故去[1],作此怀之

春寒恻恻春阴薄[2],整半月,春萧索。旭日朝来升屋角。树头幽鸟,对调新语,语罢双飞却。　红入花腮青入萼,尽不爽花期约。可恨狂风空做恶。晓来一阵,晚来一阵,难道都吹落。

注释

① 彦成:诗人于立,作者友人。 ② 恻恻:轻寒貌。唐代韩偓《寒食夜》诗:“恻恻轻寒翦翦风。”

品评

此词借春天之景抒发怀友之情。上片写早春时节,寒气未散,再加上连日阴沉天气,词人心境不佳。清早词人发现日出屋角,心情为之爽朗。接着一对小鸟也难得到来,它们在树间鸣唱着,调弄着尚稚嫩的声音,可欢唱一会后,它们就双双飞走。下片写春天到来,百花也已绽露红色的花蕾,花萼更加青绿,看来今年百花会按时盛开。但是心情刚刚转好的时候,不幸昨夜突来一阵狂风,把花蕾吹落大半。此词上半所写双鸟齐飞,正暗示自己孤寂难安。下片的百花吹落之景,又暗含催促友人过来相聚之意。此词清切流丽,语带诙谐,处处可见词人对朋友的调侃、思念之意。况周颐评曰:“顾仲瑛《青玉案》过拍云:‘旭日朝来升屋角,树头幽鸟,对调新语,语罢双飞却。’眼前景物,涉笔成趣,犹在宋人范围之中。歇拍‘可恨狂风空自恶。晓来一阵,晚来一阵,难道都吹落’云云,即堕元词藩篱。再稍纤弱,即成曲矣。”(《蕙风词话》)

萨都剌

萨都剌(约 1308—?),字天锡,号直斋,回族人,一说蒙古族人。元泰定帝泰定四年(1327)进士,历官闽海、河北廉访司经历等职。工诗词,有《雁门集》。《新元史》卷二三八有传。

卜算子

泊吴江夜见孤雁

明月丽长空,水净秋宵永①。悄无乌鹊向南飞②,但见孤鸿影③。 自离边塞路,偏耐江波静。西风鸣宿梦魂单,霜落蒹葭冷④。

注释

① 秋宵永:秋夜长。 ②“乌鹊”句:化用曹操《短歌行》:“月明星稀,乌鹊南飞。” ③ 孤鸿影:化用苏轼《卜算子·黄州定慧院寓居作》:“谁见幽人独往来?缥缈孤鸿影。”孤鸿,孤雁。 ④“霜落”句:化用《诗·秦风·蒹葭》:“蒹葭苍苍,白露为霜。”蒹葭,芦苇。

品评

此词是元顺帝至正三年(1343)词人外放任江浙郎中,经过吴江时所作。上片直接点题,说明自己的行程以及秋夜所见孤雁之景。在明月映照之下,天空异常明丽;吴江的河水缓缓流淌,澄澈明净。但江水、夜空的美丽却不能消去作者孤寂之感,他觉得秋夜过于漫长,抬头望天,也看不到乌鹊南飞,只有孤雁划过夜空。这里的比兴意味浓厚,词人由于刚直不阿,敢于弹劾权贵,致使仕途总是坎坷多难,他觉得自己就像曹操诗中的乌鹊一样,孤单无依,又像苏轼笔下的孤鸿,幽栖难安。下片词人身化孤雁，以孤雁的口吻述说自己的遭遇。他如今远离京城，就像孤雁离开塞外，独自迁徙到南方江边。到了夜晚西风在梦中吹响，周围的芦苇也在寒霜中枯黄。结尾以大雁所处枯寒之景来衬托词人忧惧难安的处境。词以孤雁自比，有苏轼《卜算子》词的韵味。在景情交融和比兴方面，均有苏词神韵，但与苏词的清幽相比，作者显然苦寒过之。

满江红

金陵怀古

六代繁华，春去也、更无消息。空怅望、山川形胜，已非畴昔。王谢堂前双燕子，乌衣巷口曾相识①。听夜深、寂寞打孤城，春潮急②。　思往事，愁如织③。怀故国，空陈迹。但荒烟衰草，乱鸦斜日。玉树歌残秋露冷④，胭脂井坏寒螀泣⑤。到如今，惟有蒋山青、秦淮碧。

注释

①“王谢”二句：唐刘禹锡《乌衣巷》诗：“旧时王谢堂前燕，飞入寻常百姓家。”　②“听夜深”二句：刘禹锡《石头城》诗：“山围故国周遭在，潮打空城寂寞回。”　③愁如织：宋胡浩然《秋霁》词：“动人无限愁如织。”　④玉树歌：陈后主曾制《玉树后庭花》曲，被目为亡国之音。　⑤胭脂井：在台城内，隋兵攻打金陵，陈后主与妃子张丽华、孔贵嫔避入井中。《金陵志》：“景阳井在台城内，陈后主与张丽华、孔贵嫔投其中，以避隋兵。旧传栏有石脉，以帛拭之，作胭脂痕，名胭脂井。一名辱井，在清华寺。”

品评

这是一首咏叹金陵的怀古词。咏叹金陵的诗词数量不少，佳作也多，此词的特色在于作者能跳出一般文人经常咏叹一个王朝、一个君主的盛衰荣辱，而把问题提高到一个具有人生哲理的形而上的层次，在词中体现了人生有限与江山永恒这种反差，其核心则是人的生存价值体现在何处？个体所取得的功名利禄，这点成就与自然的永恒来比，显得多么渺小不堪。那么人能否获得如自然一样的永恒呢？如果能，又将如何获得呢？当然，词人不可能给出答案，几千年来无数哲人、宗教领袖、政治家均向这个难题挑战，它代表了人类的终极追求与智慧。这首词难得之处在于作者把这个哲学乃至宗教难题以审美的境界让我们为之感动，受到鼓舞，从而勇于探索，大胆追求。这也是此词在众多同题材的作品中能脱颖而出的原因吧。

水龙吟

赠友

王郎锦带吴钩[①]，醉骑赤鲤银河去[②]。绛袍弄月[③]，银壶吸酒，锦笺挥兔[④]。秃鬓西风，短篷落月，东吴西楚。怅丹阳郭里[⑤]，相逢较晚，共翦烛、西窗雨[⑥]。　　文采风流俊伟，碧纱巾挂珊瑚树。出门万里，掀髯一笑，青山无数。扬子江头，冻沙寒雨，暮天飞鹭。待明朝酒醒金山，金山过、瓜洲渡[⑦]。

注释

① 王郎：指俊杰之士。《晋书》记载谢道蕴初见王凝之，回来说："不意天壤之中乃有王郎。"吴钩：兵器，形似剑而曲。相传吴王阖闾命国人作金钩，有人杀掉自己二子，以血涂钩，铸成二钩，献给吴王，后来以吴钩泛称利剑。　② 醉骑赤鲤：朱长文《琴史》："琴高以鼓琴为宋康王舍人，行涓彭之术。后入涿水中取龙子，与诸弟子期候于水旁。果乘赤鲤来，留一月余，复入水去。"　③ 绛袍弄月：传说诗仙李白曾着锦袍，在醉后坐舟中捉月。　④ 挥兔：挥毫写作。兔，指毛笔。　⑤ 丹阳：在今天江苏丹阳。　⑥"共翦烛"句：语出唐代诗人李商隐《夜雨寄北》诗："何当共剪西窗烛，却话巴山夜雨时。"　⑦ 金山：在今江苏镇江。瓜洲渡：在今江苏仪征。

品评

此词为赠友之作，写得神采飞扬，意气风发。上片以对友人的赞美入手，写其风流倜傥之态。友人身着锦袍，腰带宝剑，仿佛当年的琴高骑着赤鲤遨游于天河，又像李白一样洒脱狂放，在大醉过后，挥毫作诗。作者庆幸自己在投老江湖的时候，能结交这样的好友，二人在丹阳相识，即一见如故，依依不舍。下片则写友人在酒宴之后的豪放之态。他在醉后脱去巾帽,面对远方青山仰天大笑。他们乘船来到扬子江边,在寒雨冷风中欣赏白鹭飞翔。大醉之后,还约定明天要好好畅游金山和瓜洲。

作者塑造了一个极具个性的江湖人士的形象,他洒脱狂放,文采飞扬,清高自傲。在赞美友人的同时,处处可见作者仰慕、欣赏之意,或许在他身上实现了作者所梦想的一种生活方式,因为自己无法获得,姑且借友人的洒脱聊以自慰。

念奴娇

登石头城次东坡韵[①]

石头城上,望天低吴楚[②],眼空无物。指点六朝形胜地,惟有青山如壁。蔽日旌旗,连云樯橹[③],白骨纷如雪。一江南北,消磨多少豪杰。　寂寞避暑离宫[④],东风辇路[⑤],芳草年年发。落日无人松径里,鬼火高低明灭。歌舞尊前,繁华镜里,暗换青青发。伤心千古,秦淮一片明月。

注释

① 石头城:金陵城,故址在今南京清凉山。次东坡韵:指步苏轼《念奴娇·赤壁怀古》之韵。　② 吴楚:指长江中下游地区。　③ 樯橹:船舰。　④ 离宫:行宫,古代皇帝临时居住的宫室。　⑤ 辇路:皇帝车驾所经行之路。

品评

此词为步苏轼《念奴娇》韵之作。词的上片即以大笔振起全篇,其豪迈之气直逼原作。"望天低吴楚,眼空无物"写出登城远眺,所见开阔之景与苍莽气象。"指点六朝形胜地"转入咏史,词人感慨在石头城下,不知曾经有多少战舰在此排开,展开鏖战,又不知有多少无辜白骨葬身江中,这其中又有多少英雄豪杰在此驰骋雄图,耗去一生岁月。下片转而写大江东去,英雄已逝,豪杰无存,留下的只有荒凉故宫,芳草青青,苍松累累,鬼火明灭。作者感伤时光无情流去,自己亦白发苍苍,将要同那些历史人物一样被时间所淘汰、埋没。结句"伤心千古,秦淮一片明月"引人深思,千年以来,惟有此江上明月永恒不变,阅尽人世沧桑。

此词写得流畅自然,豪迈奔放,慷慨悲凉。作为和作,不仅不被原作所约束,还能显露出自家风采，实属难得。

木兰花慢

彭城怀古[1]

古徐州形胜[2]，消磨尽、几英雄。想铁甲重瞳[3]，乌骓汗血[4]，玉帐连空。楚歌八千兵散，料梦魂、应不到江东[5]。空有黄河如带，乱山起伏如龙。　汉家陵阙动秋风[6]。禾黍满关中。更戏马台荒[7]，画眉人远，燕子楼空[8]。人生百年如寄，且开怀，一饮尽千钟。回首荒城斜日，倚栏目送飞鸿。

注释

① 彭城：即今江苏徐州。　② 古徐州：徐州因颛顼六世孙彭祖所建大彭氏国而得名。　③ 重瞳：眼中有双眸子。司马迁《史记·项羽本纪》："吾闻之周生曰'舜目盖重瞳子'，又闻项羽亦重瞳子，羽岂其苗裔邪？"　④ 乌骓：项羽所骑的宝马。⑤"楚歌"三句：引用《史记》中记载，项羽不愿东渡乌江，因其曾经带领故乡子弟八千人出来，尚有自己一人生还，愧对江东父老。遂自刎。　⑥ 汉家陵阙动秋风：李白《忆秦娥》词："西风残照，汉家陵阙。"　⑦ 戏马台：旧址在徐州城南，项羽曾建此台，以观士兵演练。　⑧ 燕子楼：在今江苏徐州。唐代张愔为其爱妾盼盼建造，张死后，盼盼守楼十余年不嫁。

品评

此词亦是怀古词，围绕古徐州的历史人物而生发出深沉的历史感喟。上片先交待徐州的地理位置：它东临大海，西接中原，北趋京津，南达江淮，为中原要道，历来是兵家必争之地。也正因此，才在历史上演义出无数可歌可泣的英雄事迹。接着词人把视野接到秦末英雄项羽。由于项羽曾在此定都，自称西楚霸王，故词人把目光主要投向他。而对项羽的描述中，又集中在其最具悲剧性的结局上。在那悲壮的一幕中，项羽辞别美人虞姬，带领八千江东子弟与刘邦血战，最终自刎于乌江。当词人回想起历史上这一惨烈的场景时，亦不禁悲从中来，远处的青山如苍龙起伏，似乎也为英雄的逝去而悲伤不已。下片则由历史转到当下，如今项羽留下的戏马台已荒无人烟，然而历史的悲剧还在延续。又接着写到一个出名的女子——盼盼，如今这位女子也已远离人间，空留一座高楼供人瞻仰。在回顾了这些历史人物后，词人感想良多，认为与其生前博得虚名，不如把大好时光留在享受人生上。结句“倚栏目送飞鸿”，饱含无限苍凉与感伤，让读者回味不已。

此词悲壮苍凉，读来荡气回肠，引人深思之处良多。

谢应芳

谢应芳(约1295—1392),字子兰,武进(今属江苏)人。自幼笃志好学,郡辟教乡校,后避地吴中,乱定始归。潜心理学,以名节自励。诗词雅洁疏旷,有《龟巢集》。《明史》卷二八二有传。

南楼令

老友刘景仪去秋以星术之书推测年命,谓今春当即世,乃预集葬具,且自为埋铭及赋诗自挽。既而失去行囊之资用,郁郁然康强无恙。余故作此曲,戏而付之。

生死来年期。刘伶老似痴①。动教人、负锸相随。惊得青蚨飞去了②,无酒饮,却攒眉。　　春暖典春衣③。还堪醉似泥。趁清明、雨后游嬉。杨柳池塘桃杏坞,春水漫,夕阳迟。

注释

① 刘伶:"竹林七贤"之一。他不拘礼法,因对时政不满,每以酗酒排忧,自称"天生刘伶,以酒为名"。常携酒乘小车出行,并让人扛锸跟随,说:"死便埋我。"　② 青蚨:相传一种虫子。《淮南子·万毕术》"青蚨还钱"注:"以其子母各等,置瓮中,埋东行阴垣下,三日后复开之,即相从,以母血涂八十一钱,亦以子血涂八十一钱,以其钱更互市,置子用母,置母用子,钱皆自还也。"世称钱为青蚨,本此。　③ 典春衣:杜甫《曲江》诗:"朝回日日典春衣,每日江头尽醉归。"

品评

这是一个颇有喜剧性的故事,作者的好友痴迷于算命,并精确算出自己的亡期，为此选好了墓地，预备好了棺木，还提前写好了挽联、诗赋，然而到了命绝之日，友人却又没死，虽没死，但钱财花去不少，为此开始发愁生计了。对老友这样的荒唐举止，词人特意写了此词相送，嘲讽之余，不忘宽慰。

起句“生死来年期，刘伶老似痴”，微讽友人过于痴迷于算命，真是越老越糊涂，竟事先给自己算好了死期。“惊得青蚨飞去了”指其为操办丧事，钱财费尽，不过作者语气极其幽默，说是他的钱宝宝飞走了，再也没飞回。结果友人想喝酒，却因为没有酒钱而愁眉苦脸。下片由揶揄转向劝慰。“春暖典春衣，还堪醉似泥”，指虽没酒钱，但在大好春光下，还是要开怀痛饮的，何不把春衣典去以换美酒？接着词人告之饮酒赏春的人生美景。在清明前后，春雨停歇，桃花开了，柳枝发芽，在春水荡漾的湖面，漫步其中，直至夕阳西下。写至此，作者的一片苦心才揭底，他是在劝慰朋友，要尽量想着人生美好的一面，才能活得长寿，活得快乐，虽然人生已近夕阳，仍然要抓住面前的春光，好好享受。作者在以积极、乐观的心态鼓励老友要开朗、快乐地生活。

此词语带诙谐，趣味十足，有散曲的风味。

张以宁

张以宁(1301—1370),字志道,福建古田人。元时以《春秋》举进士,官至翰林侍读学士。明初,召为侍讲学士,奉使安南,还卒于道。工诗文词,有《翠屏词》。《明史》卷二八五有传。

明月生南浦

广州南汉王刘铱故宫铁铸四柱犹存,周览叹息之余,夜泊三江口,梦中作一词,觉而忘之,但记二句云:"千古兴亡多少恨,总付潮回去。"因隐括为此词。

海角亭前秋草路[①],榕叶风清,吹散蛮烟雾[②]。一笑英雄曾割据,痴儿却被潘郎误[③]。　宝气销沉无觅处,藓晕犹残,铁铸遗宫柱[④]。千古兴亡知几度?海门依旧潮来去。

注释

① 海角亭:遗址在广州。 ② 蛮烟雾:南方蛮荒之地常有的瘴气。 ③ 痴儿:指刘铱,史载其昏庸无能,为宦官所掌控。潘郎:周必大《二老堂杂志》记载:"太祖皇帝(赵匡胤)尝令李煜作书谕广南刘铱,令归中国。煜命其臣潘佑视草,文甚典丽,累数千言。" ④ 铁铸遗宫柱:方信孺《南海百咏野史》:"刘铱铸铁柱十二,筑乾和殿。"

品评

此词咏叹的是五代时南汉王国的事。作者来到广州,脚下即是当年南汉王国的领土,如今已是天下太平,广州的榕树亦吹来阵阵凉风。"吹散蛮烟雾"指南汉归降宋朝,天下一统的和平局面。"一笑"二句,概括了南汉的历史:它曾经风云一时,割据一方,但随着刘铱的昏庸无能,很快就在宋朝的压迫下归降。下片则转入对史实的评论:如今再也寻不到当年王国的宝气,空留下废墟上的几片苔藓,以及当年铸造的大铁柱。与人事的沧海桑田、变幻无常相比,惟有城外的海门潮依旧年年如约来去。作为怀古词,此词浑雅高亢,语带悲凉,在明词中可谓佳作。

刘 基

刘基(1311—1375),字伯温,浙江青田人。元末进士,官江西高安县丞,后弃官归。明太祖起事,聘至金陵,佐太祖定天下。明初各种典章制度多由其与宋濂等计定。封诚意伯。卒谥文成。博通经史,诗词文皆自成一家。词集名《诚意伯词》。《明史》卷一二八有传。

青门引

采采黄金蕊[1],遥见晚山横翠。重门深掩一庭风,沽来濇酒,能得几回醉。　　草黄云白鸿千里,落日寒烟起。相怜自有明月,照人肺腑清如水[2]。

注释

① 采采:繁盛貌,见《诗·秦风·蒹葭》:"蒹葭采采,白露未已。"黄金蕊:指菊花的花蕊。　② "相怜"二句:张孝祥《念奴娇》:"应念岭表经年,孤光自照,肝肺皆冰雪。"

品评

此词作于作者早年郁郁不得志时。上片交待自己早年的失意之态。虽然已是深秋,菊花已灿烂开放,远山苍翠欲滴,这正是登高赏秋的好时节,但词人却偏偏深掩房门,以酒买醉。下片则是以景抒怀,排遣苦闷,同时表白自己的志向。"草黄云白鸿千里",词人凝望远方,碧草枯黄,白云飘荡,几只大雁飞过天边。在落日下,一抹寒烟渐淡渐起。词人被这自然的宁静所打动,他开始领悟到,即使举世无人了解自己,但毕竟还有大自然和自己惺惺相惜。结句作者以明月自比,意指自己的心胸如同明月澄澈明净。此词写早年苦情,沉郁中又高亢不平,融情于景,色泽明丽,不失为佳作。

水龙吟

鸡鸣风雨潇潇①,侧身天地无刘表②。啼鹃迸泪,落花飘恨,断魂飞绕。月暗云霄,星沈烟水,角声清袅。问登楼王粲③,镜中白发,今宵又添多少。　　极目乡关何处,渺青山、髻螺低小④。几回好梦,随风归去,被渠遮了⑤。宝瑟弦僵,玉笙簧冷,冥鸿天杪。但侵阶莎草,满庭绿树,不知昏晓。

注释

①"鸡鸣"句:《诗·郑风·风雨》:"风雨凄凄,鸡鸣喈喈。" ② 刘表:三国人,荆州刺史,为当时名士,尤以赏识人才著称,当时许多文人如王粲等为避战乱,纷纷投奔于他。 ③ 王粲:字仲宣,汉末人。以文学见长,曾流落荆州,依附刘表。在荆州,他曾登江陵城楼,写了著名的《登楼赋》,抒发去国怀家之悲。④ 髻螺:女子盘成螺形的发髻,比喻青山。 ⑤ 渠:代词,他。此处指青山。

品评

此词抒发作者对时局的忧虑及志向不得施展的苦闷。起句即以"鸡鸣风雨潇潇",暗示时局动荡。"侧身天地无刘表"指词人满腹经纶,却无明主赏识,这只能让其哀叹天地之窄。"啼鹃迸泪"诸句抒发自己沉沦不遇的痛苦。他的心像杜鹃一样,早已泣之以血,身世飘零又如落花无主。"月暗云霄"正以深夜昏暗之景象征着前途渺茫。而自己也已是白发王粲,渐渐衰老。下片则是在"白发王粲"的基础上,进一步申发思乡之痛。"极目乡关何处",痛则思归,作为心灵的安慰之所,故土无疑是最好的地方,于是词人整日魂牵梦绕,渴望随风而去。"宝瑟弦僵"句则以室内的凄清来衬托内心的孤寂,渲染周围的凄凉。结句"侵阶莎草",则暗示在动乱时局,自己还要在苦闷中等待着,待机而动。可以说这是一颗沉埋不屈的心在奋争,悲鸣着。

这首词可谓有志之士的悲慨之音,虽有些伤感,但仍有昂扬之气在潜伏着。全词一气流转,中间又曲折多变,在写景、抒情、议论上均和谐融洽。

贝 琼

贝琼(约1297—1379),又名阙,字廷琚,一字廷臣,崇德(今浙江桐乡)人。元末领乡荐。兵起,退居殳山。明太祖洪武初,征修《元史》,除国子监助教。博览经史,尤工于诗。有《清江文集》三十一卷,词附。

南 浦

赋水光山色舟[①]

一叶小如凫,趁几番、樵风日日来往。何处最堪看,吴门外[②]、都是白波青嶂。斜阳半敛,采菱尚有莲娃唱[③]。谩载得前村月,归来人家三两。 何须万斛黄龙[④],驾滟滪、瞿塘接天风浪[⑤]。空为利名牵,谁能似、鸱夷散发湖上[⑥]。秋行更好,镜中新绿东西向。雪寒夜静定多在[⑦],萧萧芦花深放。

注释

① 水光山色舟:作者友人孙道明隐居时所乘之舟名。 ② 吴门:苏州。 ③ 娃:南方对女孩的美称。 ④ 万斛:形容容量巨大。斛,古代量器,一斛为十斗。黄龙:船舰名。《隋书·杨素传》:“素居永安,造大舰……次曰黄龙,置兵五百。” ⑤ 滟滪、瞿塘:长江三峡的两个险滩。 ⑥ 鸱夷:鸱夷子皮,即范蠡。《史记·货殖传》:“范蠡乘扁舟,浮于江湖,变名易姓,适齐为鸱夷子皮。” ⑦ 雪寒:比喻月光的皎洁明亮。

品评

此词写作者驾舟欣赏江南水乡美景的过程。上片写江南山水的秀丽。在湖面上，有白色的浪花在翻滚涌动，映衬着远处青翠的群山。夕阳将下时，可以听见采莲女孩清脆的歌声。月色下，三三两两的渔夫们也开始驾舟回来。这样悠闲宁静的水乡生活自然让词人有感而发。下片感慨为何人们总喜欢驾着楼船去滟滪、瞿塘这样的峡口拼搏，他们无非就是为了猎取功名利禄。古往今来，能做到像范蠡那样放弃功名，归隐江湖的人真是少之又少。最后回到面前的美景，湖面如镜，作者划船任意东西，在宁静的夜晚，无数洁白的芦苇花在月光下悠然绽放。此词写景如画，用笔轻灵，处处体现出作者心胸透脱，深沉宁静的人格魅力。

陶宗仪

陶宗仪(1316—?),字九成,号南村,黄岩(今浙江台州)人。元末举进士不第,家贫,教授自给。博学严谨,工书,善小篆。明太祖洪武中曾仕教官。著有《南村集》、《南村辍耕录》。惜阴堂辑其词为《沧浪棹歌》。《明史》卷二八五有传。

南浦

会波村在松江城北三十里,其西九山离立[1],若幽人冠带拱揖状[2]。一水兼九山,南过村外以入于海。而沟塍畎浍[3],隐翳竹树间,春时桃花盛开,鸡犬之声相闻,殊有武陵风概[4],隐者停云子居焉[5]。一舟曰水光山色,时放乎中流,或投竿、或弹琴、或呼酒独酌、或哦咏陶谢韦柳诗[6],殆将与功名相忘。尝坐余舟中作茗供[7],襟抱清旷,不觉度成此曲。主人即谱入中吕调,命洞箫吹之,与童子棹歌相答[8],极鸥波缥缈之思云[9]。

如此好溪山,羡云屏、九叠波影涵素[10]。暖翠隔红尘,空明里、著我扁舟容与。高歌鼓枻[11],鸥边长是寻盟去。头白江南看不了,何况几番风雨。 画图依约天开,荡清晖、别有越中真趣。孤啸柘篷,窗幽情远,都在酒瓢茶具。水荇茫摇晚月明[12],一笛潮生浦。欲问渔郎无恙否,回首武陵何许?

注释

① 离立:并立。《礼记·曲礼》:"离坐离立,毋往参焉。" ② 幽人:隐士。③ 沟塍(chéng)畎浍:泛指土埂沟洫。塍,土埂。畎、浍,沟渠,水沟。 ④ 武陵

风概：桃花源的风貌。用陶渊明《桃花源记》事。 ⑤ 停云子：孙道明的号。孙道明，字明叔。元代松江华亭人。博学好古，藏书万卷，一生不仕，以诗书自娱。⑥ 陶谢韦柳：即陶渊明、谢灵运、韦应物、柳宗元。 ⑦ 茗供：用茶果之类招待。⑧ 棹歌：船歌，边摇船边歌唱。 ⑨ 鸥波缥缈之思：悠闲自在的意趣。鸥波，鸥鸟逍遥飞翔于水面。比喻隐居者生活的悠闲自在。 ⑩ 云屏、九叠：形容青山像屏风一样重重叠叠。李白《庐山》诗："庐山秀出南斗旁，屏风九叠云锦张。"⑪ 鼓枻：敲击船桨。屈原《渔父》："渔父莞尔而笑，鼓枻而去。" ⑫ 水荭(hóng)：又名大蓼，水边草名。

品评

此词的上片以"如此好溪山"起，直击主题，同时亦是词人内心情感的真实流露。接着描绘了溪山的好处：一是远处山峰重叠起伏，犹如画屏；二是湖面澄澈，作者驾舟而行，就像行走在一片空灵无尘滓的透明世界。在这样优美的自然环境中，作者是得意洒脱，每日驾船高歌，身边还伴有鸥鹭驻足。作者惟一感伤的是自己日益年老，这样的好风光不能欣赏多久了，更何况自然界还常有风雨侵袭。下片则是抒怀。作者在蓬窗茶酒中，每日游荡在松江，从天明一直逗留至夜晚，为此，作者还得意地向陶渊明《桃花源记》中的渔翁询问，你现在还无恙否？有没有寻到桃花源呢？言外之意是，我居住的松江就是桃花源，不必像你一样还四处寻觅，辛苦一生了。

此词描绘了一幅优美的松江归隐图，画面简洁传神，风景旖旎迷人，可谓桃花源的绘影。

高 启

高启(1336—1374),字季迪,号青丘子,吴郡长洲(今江苏苏州)人。元末隐居吴淞之青丘。明太祖洪武初,召修《元史》,授翰林院编修。擢户部右侍郎。洪武七年(1374)以文字获罪,腰斩于市。有《高太史大全集》十八卷、《扣舷集》词一卷。《明史》卷二八五有传。

沁园春

雁

木落时来,花发时归,年又一年。记南楼望信①,夕阳帘外,西窗惊梦,夜雨灯前②。写月书斜③,征霜阵整,横破潇湘万里天④。风吹断,见两三低去、似落筝弦⑤。　　相呼共宿寒烟,想只在、芦花浅水边。恨呜呜戍角,忽催飞起,悠悠渔火,长照愁眠⑥。陇塞间关⑦,江湖冷落,莫恋遗粮犹在田。须高举,教弋人空慕⑧,云海茫然。

注释

① 南楼:唐代赵嘏《寒塘》诗:"乡心正无限,一雁度南楼。" ②"西窗"二句:语本唐代李商隐《夜雨寄北》诗:"何当更剪西窗烛,却话巴山夜雨时。" ③ 写月书斜:比喻大雁在天空排成"人"字形,犹如在写字。 ④"潇湘"句:语本唐代钱起《雁》诗:"潇湘何事等闲回。" ⑤ 筝弦:筝的弦柱,因排列成行,如斜飞的大雁,故名"雁柱"。此是以弦柱比喻大雁。 ⑥"悠悠"二句:语本唐代张继《枫桥夜泊》诗:"江枫渔火对愁眠。" ⑦ 陇塞:西北边塞。 ⑧ 教弋人空慕:弋人,射

鸟的人。扬雄《法言》:“鸿飞冥冥,弋人何羡焉。”

品评

此词虽是咏物体,但亦借物抒怀,带有浓厚的比兴意味。上片写大雁在木叶脱落时飞来,在明年百花盛开时又飞回,就这样度过了一年又一年。在总写大雁的生活后,词人由雁写到人。由于大雁这样的守信,故世间人总是让其担当一个职责——传递书信。你看那南楼的佳人,站在高楼,为了等待来信,望穿秋水。“夕阳帘外”诸句正是渲染佳人等候来信不得的苦闷之态。“写月书斜”则写大雁终于不负承诺,远隔千里,冲破霜寒,穿越长空,来传递书信。“风吹断”则写它们的辛苦之状,在寒风中被吹散,犹如琴弦低垂。下片则是重点描述大雁旅宿的艰辛。它们在日暮时分,栖息在寒烟笼罩的芦苇丛中。然而就在周围,不时有鼓角响起,让它们受惊起飞;还有渔人的灯火彻夜不息,让它们无法入眠。最后词人忽转而提醒大雁,在路途上不要贪恋田地丢弃的粮食,因为那是猎人故意设的陷阱,而是及早飞到高空,让狩猎的人空手而回,只能无奈地看你们安全逃脱。此词紧扣大雁的生活习性写起,对大雁充满了怜惜、关爱之情。在结句,更体现出作者的意图,他正是借大雁来隐喻当时的险恶时局,担心自己不能高飞避祸,这善意的提醒也是词人的自我警醒。只是作者最后还是未能逃脱外在的迫害,无辜受难,读此词亦可哀其不幸了。

刘 炳

刘炳，生卒年不详，字彦昺，江西鄱阳人。明太祖洪武初，献书言事，授中书典签，出为大都督府掌记。有《春雨轩集》，惜阴堂裁为《鄱阳词》。事迹附《明史》卷二八五《王冕传》后。

满江红

寄水北山人徐宗周①

水北幽居，抱柴门、一溪寒玉②。山万叠、青林当户，白云连谷。乳燕落红春又晚，桑麻三径多松菊③。喜新晴、布谷又催耕，秧分绿。　床头酒，何时熟？谋诸妇，明朝漉④。谩黄鸡炊黍⑤，共邀邻曲⑥。旧梦风云销侠气，繁华看破知荣辱。系扁舟，钓罢晚归来，书还读。

注释

① 山人：隐士的通称。徐宗周：作者友人，生平事迹不详。　② 寒玉：这里指春水寒冷澄碧。　③“桑麻”句：晋陶潜所作《归去来辞》中有“三径就荒，松菊犹存”句。三径：晋赵岐《三辅决录·逃名》载，西汉末蒋诩因不满王莽专权而辞官家居，门前开三径，只与求仲、羊仲相往来。后用以喻指归隐者的家园。④“床头酒”四句：语出苏轼《后赤壁赋》：“顾安所得酒乎？归而谋诸妇。”谋诸妇，和妻子商量。漉，用纱巾过滤酒。　⑤ 黄鸡炊黍：《论语·微子》：“止子路宿，杀鸡为黍而食之。”　⑥ 邻曲：乡村邻居。

品评

词的上片写友人隐居的生活环境。起句“水北幽居”巧妙点题，“水北”是其友人的号，亦是指其住所，“幽居”则点明他的身份是个隐士。接着写其朋友居住环境之清雅幽静，真如神仙一般。他的门前有一碧寒溪流过，远望即是绵绵群山，青青林海，经常有白云在山谷中轻轻飘扬。在春天的时候，可以欣赏乳燕群飞，百花洒落，可以与友人相聚赏菊饮酒。天晴时，要在布谷鸟的催促声中耕田自给。下片接着写忙碌收获的季节到了，友人即把新收的粮食酿成美酒，还蒸上黄米饭，摆上新杀的黄鸡，请邻里一起来共饮。最后作者直探友人心思，为何友人能这样洒脱平静？缘于其看破红尘，弃却了外在的荣华富贵。心静了，自然能安静享受美丽生活。在夜晚时分，垂钓归来，手持书卷，美美度过一天。此词恬淡自然，并带有静穆的韵味。

凌云翰

凌云翰，生卒年不详，字彦翀，浙江杭州人。元顺宗至正十九年(1359)举人。明太祖洪武十四年(1381)任成都府学教授。坐贡举乏人，谪南荒以卒。工诗，词集名《柘轩词》。

蝶恋花

杏庄为暮景行题

一色杏花三百树。茅屋无多，更在花深住。旋压小槽留客醉[①]，举杯忽听黄鹂语。　　醉眼看花花亦舞。风卷残红，飞过邻墙去[②]。恰似牧童遥指处，清明时节纷纷雨[③]。

注释

① 旋压小槽：有李白《金陵酒肆留别》“胡姬压酒劝客尝”之意。　② “醉眼看花”三句：化用欧阳修《蝶恋花》“泪眼问花花不语，乱红飞过秋千去”句。③ “恰似”二句：化用杜牧《清明》诗。

品评

词人在杏庄信步赏晚春之景，随手写了这首小令。起句点明“杏庄”的特征，有三百杏树，就是说整个村庄即被杏花包围着，美丽非凡。在这样的美景之下，词人自然雅兴不浅，邀请远方客人来饮酒，正当两人准备举杯痛饮时，忽然被一阵黄鹂清脆的声音吸引。这种“鸟鸣山更幽”的境界为此次欢会更添雅致。难怪下片作者即刻续写二人欢饮过后，酩酊大醉，醉眼看花的洒脱风采。在落花飞舞中，作者仿佛魂归唐诗人杜牧《清明》一诗的画卷中，一个牧童也迎面而来，对词人说，在不远处的杏花丛中，即可饮到清香的美酒了。此词紧贴杏庄特征，在融化前人诗句的同时另铸新境。

杨 基

杨基(1326—1378),字孟载,号眉庵,祖籍嘉州,徙居吴中。明初任荥阳知县,后任山西按察使,因事夺职,罚劳役,死于工所。有《眉庵集》十二卷。《明史》卷二八五有传。

清平乐

狂歌醉舞,俯仰成今古①。白发萧萧才几缕,听遍江南春雨。　　归来茅屋三间,桃花流水潺潺。莫向窗前种竹②,先生要看西山③。

注 释

① 俯仰:王羲之《兰亭集序》有"俯仰之间,已为陈迹"语。　② 种竹:用《世说新语·任诞》所载王子猷种竹故事,王回答"暂住何烦尔"之问说:"何可一日无此君。"　③ 西山:《晋书·王徽之传》载,桓冲请王徽之参预政务料理,王氏不答,"以手板拄颊云:'西山朝来,致有爽气耳。'"

品 评

此词是一位历经世情,归隐山林的老者旷达之语。上片以"狂歌醉舞,俯仰成今古"起句,塑造出一位狂狷愤世的隐士形象,他参透世理,洞察功名利禄的虚无性,彻底脱离世情,做真隐士,而非真名士。"白发"两句则以听雨江南的洒脱来表现隐士生活的诗意美。下片详写"归来"的隐逸之趣,茅屋三间,临水而居,桃花满树,水流潺潺。结句写不愿种植象征文人雅趣的竹子,惟恐它挡住了欣赏西山的风景。这里竹子成为一个符号,象征着文人的风流高雅,连它都不愿见到,只能说明词人归隐之坚决和彻底了。古来归隐诗词虽多,但大多为文人牢骚不平之语，所以名为隐士，实则是“真名士”、“真官迷”。固然作者最终也没做成隐士，实为时局险恶，明朝对知识分子的打击迫害使然，让作者的愿望只能在纸间得以发泄，成为千古悲鸣的回响。

韩守益

韩守益，生卒年不详，字仲修，号樗寿，湖北石首人。累官河南道御史，正直有清声。工词，有《樗寿稿》。

苏武慢

江亭远眺

地涌岷峨[1]，天开巫峡[2]，江势西来百折。击楫中流[3]，投鞭思济[4]，多少昔时豪杰。鹤渚沙明，鸥滩雪净，小艇鸣榔初歇[5]。喜凭阑、握手危亭，偏称诗心澄澈。　还记取、王粲楼前，吕嵓矶外[6]，别样水光山色。烟霞仙馆，金碧浮图[7]，尽属楚南奇绝。紫云箫待[8]，绿醑杯停，咫尺良宵明月。弃高歌、一曲清词，遍彻冯夷宫阙[9]。

注释

①岷峨：岷山、峨眉山。　②巫峡：长江三峡之一，地处重庆巫山县。③击楫：《晋书》载："（祖逖）渡江击楫曰：'不清中原而复济者，有如此江。'"④投鞭：《晋书》载："苻坚将攻晋，石越谏曰：晋国有长江之险，'未宜动师'。坚曰：'以吾之众，投鞭于江，足断其流。'"　⑤鸣榔：古代捕鱼时用长木叩船舷以惊鱼群，曰鸣榔。　⑥吕嵓矶：在湖北武昌，相传为吕洞宾（名嵓）所憩之处。矶，江边突出的岩石。　⑦浮图：寺庙。　⑧紫云箫：古箫名。绿醑（xǔ）：绿酒，此指美酒。　⑨冯夷：水神名。

品评

作者伫立江亭长江天险，兴奋之时写下此作。起句想象长江西来之景，它从岷山、峨眉山脚下奔腾而出，百转千回之后，浩浩荡荡向东涌去。这雄伟的自然景观让作者油然升起思古之情，想多少豪杰，就像当年祖逖、苻坚一样，面对长江，发下豪言壮语，要一统江山，青史留名。而现在这些英雄呢？无非都被“大江东去，浪淘尽”了。接着作者由感喟历史而回到现实。如今天下一统，江山稳固，词人可以悠闲地在长江边上，欣赏白鹤鸣沙渚，鸥鹭戏沙滩，渔人鸣榔回家的太平景象。一“喜”字，交待了独立江边，诗心盎然的悠然心态。下片，仍由“诗心”而来，词人想起此地曾留下过文人王粲望乡的楼阁，仙人吕洞宾驻足的石矶，如今这里又建起金碧辉煌、巍峨高耸的道家仙观和佛教寺庙，风光堪称楚地一绝。为了尽情欣赏江边美景，词人准备了高雅动听的乐曲、清澈碧绿的美酒，等待明月升起之时，高歌一曲，那雄浑的歌声直达海底神仙洞府。此词想象瑰丽，气魄宏大，写景抒怀自然浑成，豪迈有力。

杨 慎

杨慎(1488—1559),字用修,号升庵,新都(今属四川成都)人。明武宗正德六年(1511)举进士第一,授翰林修撰。世宗时大礼议起,以直谏忤旨,下狱廷杖,谪戍云南永昌卫。卒于贬所。熹宗天启中,追谥文宪。有《升庵集》八十一卷、《升庵长短句》等。《明史》卷一九二有传。

临江仙

滚滚长江东逝水,浪花淘尽英雄①。是非成败转头空,青山依旧在,几度夕阳红。　　白发渔樵江渚上,惯看秋月春风。一壶浊酒喜相逢,古今多少事,都付笑谈中。

注释

①“浪花”句:化用苏轼《念奴娇》:“大江东去,浪淘尽,千古风流人物。”

品评

这是杨慎所作《廿一史弹词》第三段《说秦汉》的开场词。上片起首“滚滚”二句即展开一幅波澜壮阔的画卷,境界苍凉高亢。此句明写长江,实则暗喻时间长河之流逝。与东坡“大江东去”云云有异曲同工之妙。这里以一去不返的江水比喻历史的进程,用后浪推前浪来比喻英雄叱咤风云的丰功伟绩,然而这一切终究被历史的长河带走。第三句简短有力,既是对前两句的总结,亦有引起下句之意。“青山依旧在,几度夕阳红”则转入了现实描写。如果说历史长河汹涌澎湃,挟裹着血雨腥风,那么此两句却一片宁静平和。青山和夕阳象征着自然和宇宙的亘古悠长，尽管人世变迁如走马，但青山和夕阳却不会随之改变，词人在此已逗出人生易逝的悲伤感喟。过片承接上文，“白发”句为我们展现了一个白发渔翁的形象，任惊骇涛浪、是非成败，他只留意于春风秋月，陶醉在一杯美酒中，内心宁静而淡泊。“惯看”句则有沧海桑田之意。非阅尽沧桑之人，难以有如此洒脱的精神境界。“一壶”句写君子之交淡如水的清净，偶然相逢，欣然之情，跃然纸面，与那些刀光血影恰成对比。结句的“笑谈”二字，尤为精彩，将数千年历史的沉重，化为不值一谈的如梦往事，轻松之极，亦洒脱之极。此词上片境界宏大，充满历史沧桑感。下片是通过高士的隐居生活进一步回应上片对历史变迁的看法。此中之意，可与李白“古来圣贤皆寂寞，惟有饮者留其名”相比美。隐者高士，把酒临风，历史的沧桑沉重，在此一扫而空。上片是入世，下片是出世，作者理想，至此坦露。全词景语中富含哲理，意境尤显深邃。

沁园春

己丑新正[1]

甚矣吾衰[2]，叹天涯岁月，何苦频催。奈霜毫种种，三千盈丈，丹心炯炯，一寸成灰。三径秋荒，五湖天远[3]，儒术于吾何有哉。君知否，盼行云不住，流水难回。　　寂寥谁与徘徊。好事者、惟输曲秀才[4]。恁昏花老眼，底须窥牖[5]，支离病脚[6]，最怯登台。思发花前，人归雁后[7]，百感中来强自裁。狂歌好，只清风和我，明月休猜。

注释

① 己丑新正：明世宗嘉靖八年(1529)年元旦。　② 甚矣吾衰：《论语·述而》：“甚矣，吾衰也。久矣，吾不复梦见周公。”　③ 三径：汉末，兖州刺史蒋诩告病辞官，隐居乡里，在院中开辟三径，独与求仲、羊仲来往。后人常以“三径”指隐居之所。五湖：指太湖。范蠡泛舟隐居之所。　④ 曲秀才：指酒。　⑤ 窥牖：向窗子外面看。　⑥ 支离：庄子笔下人物支离疏，典见《庄子·人间世》。　⑦“思发”句：隋薛道衡《人日思归》诗有“人归落雁后，思发在花前”句。

品评

此词作于明嘉靖八年(1529)年元旦，此时作者正在贬谪地云南永昌。词中主要抒发在蛮荒之地的思归之苦。起句“甚矣吾衰”充满了暮年衰飒之气，总结了自己在南方贬谪生涯的整体感受。“叹天涯岁月”以下诸句则详述“衰”的表现，这里有“三千盈丈”的白发，有“一寸成灰”的丹心，有“儒术于吾何有哉”的困窘失意之苦，最后以一句“行云不住，流水难回”收束起句年华不再的感伤。下片在上片“衰老”之苦的基础上抒发归家之叹。“寂寥谁与徘徊”，写尽暮年漂泊之叹，解其衷肠者，惟有美酒。“昏花老眼”则写自己体弱多病，年迈无用。“人归雁后”句将思归之痛抒发得尤其动人，最后词人在狂歌醉舞中，把一腔心事付诸明月，心境之凄凉可感可叹。

魏大中

魏大中(1575—1625),字孔时,浙江嘉善人。明神宗万历三十五年(1608)进士。累迁至吏科给事中。因弹劾魏忠贤而被逮捕,酷刑拷讯,毙于狱中。魏忠贤诛,追谥忠节。《明史》卷二四四有传。

临江仙

钱塘怀古

埋没钱塘歌吹里[①],当年却是皇都[②]。赵家轻掷与强胡[③],江山如许大,不用一钱沽[④]。　　只有岳王泉下血,至今泛作西湖。可怜故事眼中无,但供侬醉后,囊句付奚奴[⑤]。

注释

① 歌吹:歌舞吹奏。杜牧《题禅智寺》诗:"谁知竹西路,歌吹是扬州。" ② 皇都:指南宋都城临安,即今杭州。 ③ 赵家:指南宋王朝。 ④"江山"二句:李白《襄阳歌》:"清风朗月不用一钱买,玉山自倒非人推。"此反用其意。 ⑤ 囊句付奚奴:李商隐《李贺小传》称其"恒从小奚奴,骑蹇驴,背一古破锦囊,遇有所得,即书投囊中"。

品评

此词为怀古词。上片起句直入主题,抒发对宋朝江山社稷的感叹,矛头直指偏安杭州,醉生梦死的统治阶层。"赵家"三句,意为如许大的江山,赵宋皇帝竟不费一钱，就拱手让给了元人。讽刺之辛辣，批判之犀利，如匕首短刀，痛快淋漓。下片则由批判君主转入赞扬岳飞，称其忠贞热血化为一潭西湖水，至今仍供后人凭吊感怀。结句写自己不能与英雄相见的遗憾，惟有大醉之后，把满腔悲愤化成诗句，以奠英雄之灵。此词以议论着笔，笔势矫健，意气忠烈，可谓是岳飞的异代知己。作者后来不畏强暴，敢逆魏阉，其人与其词可谓共光彩了。

王　越

王越(1423—1498),字世昌,浚县(今属河南)人。明代宗景泰二年(1451)进士。官至兵部尚书,以武功封威宁伯。卒谥襄敏。有《王襄敏公集》。《明史》卷一七一有传。

浪淘沙

远浦归帆

远水接天浮,渺渺扁舟,去时花雨送春愁。今日归来黄叶闹,又是深秋。　聚散两悠悠。白了人头,片帆飞影下中流。载得古今多少恨①,都付沙鸥②。

注释

①"载得"句:化用宋郑文宝《柳枝词》:"亭亭画船系春潭,直到行人酒半酣。不管烟波与风雨,载将离恨过江南。" ②"都付"句:化用杜甫《旅夜书怀》诗"飘飘何所似,天地一沙鸥"句。

品评

此词为羁旅之作。上片写归途所见之景。"远水接天浮"写了远处水天交接,苍茫浑阔的景色,境界开阔,然紧接"渺渺扁舟",则以一己之渺小放置于天地之间,则写尽人生漂泊沧桑之感,亦可以说紧扣"归"的主题。这种漂泊之感,词人又以不同的自然景物来衬托,无论是离家时花雨纷飞,还是归来时的黄叶满树,这四季的轮回,带给作者的只是"愁",于是我们恍如看见作者满载一舟的离愁在天地间孤独行进。下片则是直接抒怀,情感深沉复杂,如果说是个体的"聚散两悠悠”还好理解，那么“古今多少恨”就含蓄之极，它是在前者一己之愁的基础上的深化。

史载作者“封侯万里”，位高权重，那么此句的“千古恨”当是其历经宦海风波，对时局、对自我的一种隐忧吧。惟其过于隐晦，千载之下也难以猜测了。

文徵明

文徵明(1470—1559),初名壁,字徵明,号衡山居士,长洲(今江苏苏州)人。“吴中四才子”之一。明武宗正德末,授翰林院待诏。世宗立,预修武宗实录,侍经筵,后辞归。及卒,私谥贞献先生。诗文书画皆工,而画尤胜。有《甫田集》三十五卷。《明史》卷二八七有传。

满江红

题宋思陵与鄂王手敕墨本,石田先生同赋①

拂拭残碑,敕飞字、依稀堪读。慨当初、倚飞何重,后来何酷。果是功成身合死,可怜事去言难赎②。最无辜、堪恨又堪悲,风波狱③。　岂不念,疆圻蹙?岂不念,徽钦辱④?念徽钦既返,此身何属?千载休谈南渡错⑤,当时自怕中原复。笑区区、一桧亦何能,逢其欲。

注释

① 宋思陵:指宋高宗赵构。思陵,赵构墓,称永思陵,简称思陵,在浙江绍兴。鄂王:岳飞。墨本:指宋高宗赐岳飞手敕刻石的拓本。　② “果是”句:《史记·淮阴侯列传》:“上令武士缚信(韩信),载后车。信曰:“果若人言:狡兔死,良狗烹;高鸟尽,良弓藏。……天下已定,我固当烹!”　③ 风波狱:宋大理寺狱风波亭,相传为岳飞遇害处。　④ 徽钦:宋徽宗赵佶、宋钦宗赵桓,是高宗赵构的父兄。靖康二年(1127)徽、钦二帝为金兵所俘,北宋灭亡。　⑤ 南渡:北宋灭亡后,宋高宗退走江南,先在南京(今河南商丘)即位,后怕金兵进逼,迁都临安(今浙江坑州)。

品 评

此词纯以议论着笔,可当作一篇精彩的史论来读。上片直接点题,由宋高宗所赐岳飞的墨本直接引出作者的一番议论。“倚飞”二句指当初宋高宗非常器重岳飞,后来却痛下杀手,置其于死地。接着词人直接为岳飞鸣不平,怜其功未成身先死,一“恨”一“悲”,把作者的满腹悲情揭示无余。下片则由哀伤岳飞转至抨击高宗。接连两个“岂不念”直剖高宗私心,难道他不为宋朝江山考虑?难道他不为被虏北上的父兄考虑?但“徽钦既返,此身何属”一针见血,将高宗不可告人的私心鬼胎公诸于众,可谓痛快淋漓。结尾二句,使迫害岳飞的主谋大白于天下。

此词犹如一篇宣判词,揭示了虚伪自私的宋高宗的真面目。它痛快淋漓,极具史胆史识,可谓咏史词的杰作。

屠　隆

屠隆(1542—1605),字长卿,晚号鸿苞居士,浙江鄞县(今宁波市)人。明神宗万历五年(1577)进士,除颍上知县,调青浦,迁礼部主事。有《由拳集》、《白榆集》等。《明史》卷二八八有传。

清江裂石

西湖

淼淼重湖背郭斜[①],永日坐蒹葭。四面山青不断,楼阁外,乱水明霞。有画船锦缆载词客[②],金翘杂佩[③],强半挟吴娃[④]。水穷处,长林古寺,夏木绿阴遮。　　回首望空明[⑤],白鸥隐隐,飞来一片轻沙。把酒问西湖,今来古往都不管,兴亡旧恨年华。且与客棹扁舟,听取哀弦急筑[⑥],散发弄荷花[⑦]。

注释

① 淼淼:湖水流动的样子。　② 画船锦缆:杜甫《秋兴》诗:“珠檐绣柱围黄鹤,绵缆牙樯起白鸥。”词客:擅长词章的才士。　③ 金翘:古代妇女所戴的钗。　④ 吴娃:吴地女子。　⑤ 空明:透明光亮的天空。　⑥ 哀弦急筑:指急促悲凉的音乐。　⑦ “散发”句:意谓隐居于水间山中。《后汉书·袁闳传》:“闳遂散发绝世,欲投迹深林。”

品评

此词是作者罢官后,借游览西湖以抒内心愤闷之气。上片写西湖四周之景。烟波淼淼的湖水围着杭州的外城逶迤而行,词人的船行进在芦苇丛中,欣赏四面青山,绿意绵绵;水波荡漾,霞光明灭。他自己坐在华丽的船头,船上满载着美丽歌妓，一路歌舞不休。最后小船在一个古寺边停泊，那里绿树繁茂，树荫浓密。从上片可看出作者由于满怀郁闷，故“强半挟吴娃”，苦苦寻觅排遣良方，但显然歌舞美妓并没有给他带来安慰，终于在一个古刹边，词人这颗骚动不安的心平静下来。下片即写在古寺边自己内心的某种旷达。与上片所写景色的富丽浮躁相比，随着作者心境平和，下片所见之景也随之走向平淡：水面空明，白鸥隐隐飞舞，阵阵轻沙如雾似烟。作者面对此景，内心亦不由一阵升华，他把酒自劝：你看这西湖水，历尽千年，不知看过多少人间的悲欢离合，却始终平静如一，我要像这西湖水一样看淡世情，摆脱外界的羁绊。结句写与客人相偕，划舟入湖，在急管哀弦中，隐入荷花丛中。

此词外似狂放旷达，实则是强以自遣，体现出作者在罢官之后内心的不安、失落与怨愤。所以画面清疏之中，往往带有某种不协调的凌乱感。

孙承宗

孙承宗(1563—1638),字稚绳,号恺阳,河北高阳人。明神宗万历三十二年(1604)进士。熹宗天启初,累官兵部尚书、东阁大学士。时辽阳、广宁俱破,承宗慨请行边。既至,修筑城堡,练兵屯垦,拓地二百里。魏忠贤党谗之,乞归。清兵陷高阳,城破殉难。有《高阳集》,惜阴堂裁为《孙文公词》。《明史》卷二五〇有传。

水龙吟

平章三十年来①,几人合是真豪杰?甘泉烽火②,临淮部曲③,骨惊心折④。一老龙钟,九扉鱼钥⑤,单车狐搰⑥。念河山百二,玉镡罢手⑦,都付与、中流楫⑧。　　快得熊罴就列⑨,更双龙、陆离光揭⑩。一朝推毂⑪,万古快瞻,百年殊绝。玄菟新障⑫,卢龙旧塞⑬,贺兰雄堞⑭。看群公、撑住乾坤,大力了心头血。

注释

① 平章:评论。　② 甘泉:秦汉时宫名,又名云阳宫,旧址在今陕西淳化甘泉山上。此指明朝皇都受到威胁。　③ 临淮:西汉郡名。今江苏盱眙县西北一带。部曲:古代军队编制单位,引申为军队的组织或行列。　④ 骨惊心折:意犹惊心动魄。南朝梁江淹《别赋》:"有别必怨,有怨必盈;使人意夺神骇,心折骨惊。"　⑤ 九扉:犹九重门,即宫门。鱼钥:古代门上的锁常做成鱼形,叫鱼钥。⑥ 狐搰(hú):《国语》:"狐埋之而狐搰之,是以无成功。"搰,挖出。　⑦ 玉镡(xín):玉剑。　⑧ 中流楫:用祖逖北伐击楫中流典。　⑨ 熊罴就列:指雄壮的

队伍整齐排列。 ⑩ 双龙:双剑。陆离光揭:光彩夺目的样子。 ⑪ 推毂:选拔重用之意。 ⑫ 玄菟:汉武帝所置古郡名,泛指边塞要地。 ⑬ 卢龙:地名。卢龙塞在今河北卢龙县一带。 ⑭ 贺兰:山名。在今宁夏北部。雄堞:雄伟的城墙。

品评

此词为作者面对明末衰局抒发的肺腑忠言。上片“平章三十年来,几人合是真豪杰”,满含愤慨,这三十年来朝政腐败,国势衰颓,满朝大臣都在做什么呢?又有几人称得上是真豪杰,真正是为国出力的呢?接着作者直陈时局之危难。眼见东北满人崛起,危及社稷,边关将士却毫无斗志,而主持整个局面的大臣都年老衰颓,皇帝更是身处深宫内,不理朝政。有这样的君主大臣,局面怎能转变呢?作者心忧社稷,却被阉竖辈排挤,无奈只能放下腰中剑,回归故土。像当年祖逖一样,作者只能临江击楫,空发报国誓言。下片则是老臣的耿耿忠言。他面对衰局,心急如焚,大声呼喊朝廷改弦更张,时事尚有所为。一“快”字直见老臣的焦灼与忠诚。他希望朝廷首先要做的是更换将帅,大胆起用有抱负、有才华的真豪杰、真勇士,这样才能鼓舞士气,振奋人心,从而巩固边关,击退来敌。最后作者把希望寄托在这些真豪杰身上,发出了强烈呼喊:重整乾坤就依靠诸公了,这也是我生前惟一的愿望!

读此词,一个忠贞报国、心忧社稷、刚直不阿的词人形象呼之欲出,可谓千古而下,正气凛然,毫发如生。

徐石麒

徐石麒(1578—1645),字宝摩,号虞求,浙江嘉兴人。明熹宗天启二年(1622)进士。初入官,即忤魏忠贤,诬赃削籍。崇祯初,起南礼部主事,累官刑部尚书。福王时召拜吏部尚书,为权奸所扼,乞归。清世祖顺治二年,嘉兴城陷,殉节。著有《可经堂集》。《明史》卷二七五有传。

拂霓裳

望中原,故宫锦树障烽烟①。惊坐起,凉宵梦断蒋陵前②。金人倾宝露③,玉女绣苔钱。问当筵。谁能醉鼓渐离弦④? 西台哭罢⑤,三户裹⑥,识遗贤。敧皂帽⑦,吹箫乞食总堪怜⑧。英雄身未死,屠钓技常连⑨。又何颜,许青门瓜种故侯田⑩。

注释

① 锦树:树木都披上华丽丝绸,形容皇都的奢华。《新五代史》:"钱镠游衣锦城宴故老,山林皆覆以锦。" ② 蒋陵:东吴孙权的陵墓,因在蒋山(即今钟山)而得名。 ③"金人"句:语本唐代李贺《金铜仙人辞汉歌》。 ④ 渐离:即高渐离,荆轲之友,后因以筑击秦始皇而被杀。 ⑤ 西台哭罢:元初,宋遗民谢翱曾登西台设文天祥神主于亭隅,再拜号哭,并写有《西台恸哭记》。 ⑥ 三户:出自《史记·项羽本纪》:"楚虽三户,亡秦必楚也。" ⑦ 敧皂帽:用三国时管宁典故,管宁"常著皂帽",朝廷诏以为大中大夫,管宁不受。 ⑧ 吹箫乞食:春秋楚国伍子胥为报父仇,"夜行而昼伏,吹箫乞食于吴市"(《战国策》)。 ⑨ 屠钓:屠夫与

渔夫。 ⑩“青门”句:《史记·萧相国世家》:“邵平者,故秦东陵侯。秦破,为布衣,贫,种瓜于长安城东。瓜美,故世俗谓之‘东陵瓜’。”

品评

此词是哀悼南明政权覆亡之作。作者因被奸臣排挤,落职归乡,不久听到南京被清兵攻陷的消息,心境悲慨。首句“望中原”即点明哀悼之情,南京一破,意味着明朝政权的终结,作为故朝旧臣,能不为之心胆摧裂?他想象曾经繁华富丽的都城如今却是烽烟四起,一片狼藉,宫殿倾圮,铜柱被毁,皇宫内也长满青苔。面对如此惨痛的亡国之景,作者自问,当今又有几人能像当年高渐离一样勇于刺杀敌酋?下片重在抒发忠贞之情。在哭罢那些报国烈士之后,作者的愿望就是能重新复国,消灭清兵,即使像伍子胥那样乞食他乡,也在所不辞。在此报国之志未能实现之前,决不像东陵侯那样消极归隐。此词慷慨悲愤,抗强敌,谋复国,肝胆忠心赤诚可见,与荆轲《易水歌》堪为双璧。

卢象升

卢象升(1600—1638),字建斗,宜兴(今属江苏)人。明熹宗天启二年(1622)进士,历官至兵部侍郎。总督山西,师次巨鹿蒿水桥与清兵遇,炮尽矢穷,奋斗而死。福王时追谥忠烈。著有《忠肃集》、《大司马卢公诗集》,惜阴轩裁为《卢忠烈公词》。《明史》卷二六一有传。

渔家傲

丁丑重九日猎边外龙安山,次先贤范希文词(其二)

搔首问天摩巨阙[①],平生有恨何时雪?天柱孤危疑欲折[②]。空有舌,悲来独洒忧时血。　　画角一声天地裂,熊狐蠢动惊魂掣。绝影骄骢看并逐。真捷足,将军应取燕然勒[③]。

注释

① 搔首问天:出自屈原的《天问》。　② 天柱:擎天之柱。《神异经》:"昆仑之山有铜柱焉,其高入天,所谓天柱。"　③"将军"句:汉将窦宪曾北伐匈奴,大胜,于燕然山刻石记功而归。

品评

卢象升为明末朝廷所依赖的守边大将,屡挫清兵,最后捐躯沙场。此词当作于他守边抗击清兵之时。首句"搔首问天摩巨阙"即塑造出一个悲愤交加的武将形象,他的问天,当是询问苍天如何才能守护江山,击退敌兵?"平生有恨何时雪",意为满腔愤恨之情何时可以消去?此恨不仅有憎恨清兵入侵,更隐含有对当朝皇帝狐疑不决，满朝文武懦弱无能之慨。眼见败局难挽，词人只能像杜鹃鸟一样为国泣尽最后一滴血。下片则直击战场厮杀。随着画角的吹响，敌人如熊狐一样蠢蠢欲动，作者带领骁勇士兵，如风逐影，快马加鞭直扑敌营。“真捷足”写作者为自己、也为身边忠勇士兵而欣慰，有此良将和士兵，何愁不灭进犯的敌人？结句充满乐观积极心态，当是鼓舞士卒奋勇杀敌之意。

此词可谓沙场实录，真实揭示了一代名将浴血沙场、精忠报国之心与不屈不挠、反抗强敌之坚毅品格。

夏允彝

夏允彝，字彝仲，华亭（今上海松江区）人。明思宗崇祯十年(1637)进士，官吏部考功司主事。好古博学，工属文。与陈子龙等结“几社”。明亡，殉节。《明史》卷二七七有传。

千秋岁引

丽谯[①]

泽国微茫，海滨寥廓，万堞孤城逼天角[②]。云外龙车碧树悬[③]，霜前雁字当窗落。苎城花，秦山月，都萧索。　刺史风流携琴鹤[④]，暇日高吟倚轩阁。酾酒新亭几忘却[⑤]。三泖沙明绕郡楼[⑥]，九峰岚翠扶城郭。铜壶响，晓更催，宛如昨。

注释

① 丽谯：魏武帝曾建有高楼名丽谯，此处当指建于华亭附近的一座高楼。② 堞：城墙。　③ 云外龙车：指太阳。相传太阳每日东升，必有六龙为之驾车。④“刺史”句：形容官吏的风流雅致。宋代王洋《庸斋薛微之里居时与仆为莫逆交……》诗：“寄身琴鹤堂中相，早为皇家致太平。”此处的风流太守当指词人自己。　⑤ 酾酒新亭：用《世说新语·言语》所载过江诸人新亭对泣典故。　⑥ 三泖：湖名，在今上海松江，有上泖、中泖、下泖，全称三泖。

品评

此词为登楼览胜之作。上片写登楼所见之景。远望四周海滨之地，苍莽辽远，一座高城直达天角，整幅画面充满雄浑之气。接着，词人写楼前之景，一轮红日斜挂树梢,几行雁字从窗前飞过,大地一片苍茫,四周的花月在作者眼前均萧瑟冷清之极。下片则写登楼之感。词人每日忙于公务,只有在闲暇之时才能亲近风雅,听琴赏鹤。今天他站在高楼,对酒吟诗,暂时摆脱一下对危如累卵时局的担忧,欣赏一下城楼前的流水沙滩以及山前的青翠烟雾。这时,城楼的更点声响起,似乎这一夜还跟昨天一样,宁静安详。结句所写亦可谓是大战爆发前的宁静之景,其内在的焦灼、忧虑均可在言外得之。

此词情感晦涩,吞咽之间,情难以测。词中所写之景,亦沉浸于朦胧迷茫之中。可以解释的是作者身处明末之际,"新亭对泣"之感深切直接,亦可说是对国运衰微,难以挽回的某种凄凉直觉了。

吴 易

吴易(1612—1646),易一作昜,字日生,号惕庵,吴江(今江苏苏州)人。明思宗崇祯十六年(1643)进士。福王时授兵部主事,为名将史可法的监军。唐王时授兵部侍郎,进尚书。鲁王监国,封长兴伯。率部坚拒清兵,后兵败被执,不屈就义。有词集《北征小咏》。《明史》卷二七七有传。

满江红

姑苏怀古

斗大江山,经几度、兴亡事业。瞥眼处、称王说霸,战争不息。香水锦帆歌舞罢①,虎丘鹤市精灵歇②。漫简残、吴越旧春秋,伤心切。　　伍胥耻,荆城雪③。申胥恨,秦庭咽④。更比肩种蠡⑤,一时英杰。花月烟横西子黛⑥,鱼龙沫喷鸱夷血⑦。到而今,薪胆向谁论⑧?冲冠发。

注释

① 香水锦帆:锦帆,指隋炀帝所乘龙舟。《开河记》:"龙舟既成,泛江沿淮而下。……锦帆过处,香闻千里。"　② 虎丘:山名,在苏州城外,相传春秋时吴王阖闾葬于此,三日有虎踞其上,故名。鹤市:《吴越春秋》载,吴王女滕玉自杀,葬于都城西阊门外,舞白鹤于吴市中,令万民随而观之,并使男女与鹤俱入羡门,发动机关,全部掩闭之。　③"伍胥耻"二句:春秋楚国伍子胥,父兄为楚平王所害,奔吴,助吴伐楚,破楚,鞭楚平王尸以解恨。　④"申胥恨"二句:申包胥,春秋时楚大夫。吴师破楚后,申包胥入秦乞师救楚,依秦庭痛哭七日,感动秦王,遂

出师退吴。 ⑤ 种蠡：指春秋时越国大夫文种和范蠡。 ⑥“花月”句：指范蠡用计献美女西施于吴王夫差。 ⑦ 鸱夷血：《吴越春秋》载，吴王听信谗言，迫伍子胥自杀，“子胥伏剑而死，吴王乃取子胥尸盛以鸱夷，投之江中”。鸱夷，革囊。 ⑧ 薪胆：指越王勾践卧薪尝胆，最终灭吴雪耻事。

品 评

此词作于作者屯兵于苏州太湖附近的长白荡，抵御清兵之时。起句直接点题，表现出寸土必护的英雄气概。作者面对眼前江山，感慨万分。想起在这片土地上多次的兴亡成败，百感交集。这些均让词人“伤心切”。作者这是借前朝的覆亡来影射明朝江山沦落的悲惨结局。面对已濒于灭亡的江山，词人是什么态度呢？难道仅仅是发发牢骚，大骂一场？不！词人在下片即慷慨陈词，述说志愿。他要像伍子胥、申包胥、范蠡这些“英杰”一样担当复国重任，最终像越王勾践一样灭强敌，雪耻辱，赢得这场战争。

此词悲歌慷慨，怒发冲冠，实为爱国志士一片赤诚的坦露。史载作者兵败被俘，从容就义，临死前曰：“今日臣之志毕矣。”此词即可为其注解。

张煌言

张煌言(1620—1664),字玄箸,号苍水,小字阿云,鄞县(今浙江宁波)人。明思宗崇祯十五年(1642)举人。明亡,以残兵支撑于天涯海角二十年,后被执,不屈而死。

满江红

示同难宾从罗子慕于武陵狱邸

萧瑟风云,埋没尽、英雄本色。最发指,酡酥羊酪[1],故宫旧阙。青山未筑祁连冢[2],沧海犹衔精卫石[3]。又谁知、铁马也郎当[4],雕弓折。　谁讨贼,颜卿檄[5];谁抗虏,苏武节[6]。拼三台坠紫、九京藏碧[7]。燕语呢喃新旧雨,雁声嘹呖兴亡月。怕他年,西台恸哭人[8],泪成血。

注释

① 酡酥羊酪:北方游牧民族的食物,此代指清兵。　② 祁连冢:汉名将霍去病死后,汉武帝为其筑冢像祁连山。　③ "沧海"句:传说炎帝少女女娃溺死于东海,化为精卫鸟,衔西山木、石以填海。　④ 郎当:破败貌。　⑤ 颜卿檄:唐天宝时,颜真卿为平原太守,安禄山反,他倡议传檄讨伐叛贼。　⑥ 苏卿节:汉武帝时,苏武为中郎将,出使匈奴被执,持汉节牧羊十九年。　⑦ 三台:官名。汉因秦制,设置尚书为中台、御史为宪台、谒者为外台,合称三台。"三台坠紫"意谓罢官。九京:山名,同"九原"。晋卿大夫之墓地在九原,后世因以之称墓地。藏碧:《庄子·外物》:"苌弘死于蜀,藏其血,三年而化为碧。"指大臣遭谗而冤死。⑨ 西台恸哭:元初,宋遗民谢翱曾登西台设文天祥神主于亭隅,再拜号哭,并写

有《西台恸哭记》。

品评

作者在明朝灭亡后，仍领兵抗清，并曾与郑成功会师北伐，直逼南京城。兵败后，流亡海岛。此词即是兵败后长歌慷慨之作。

起句即以惨淡之笔写爱国志士们虽历经艰难奋斗，最终还是“埋没尽，英雄本色“的悲剧，可谓令人长恸不已。这段描写无疑指作者虽经艰苦奋斗，却最终没能完成复明大业的痛苦经历。词人悲愤的是明朝江山沦落异族手中，虽然自己有霍去病的志向，有精卫一样的执着，但最终还是没能挽回败局，只落得折戟沉沙，抗清大业凋零殆尽。在上片一番沉痛悲慨的自述后，下片作者又转入高亢之调。他要以唐代抗击安禄山叛乱的名将颜真卿、汉代在匈奴牧羊十九年的苏武为榜样，坚守气节，誓不降清。最后即使献出生命，他也要苌弘化碧，名耀千古，到那时，后人一定会以血泪祭奠自己的一缕忠魂。

此词悲慨激扬，忠义之气上达九霄，充分体现了中华民族铮铮铁骨的抗争精神。

屈大均

屈大均(1630—1696),字翁山,广东番禺(今广州市)人。南明弘光元年(1645)为南海县学生员。清兵入广州前后,曾参加抗清义军,事败,削发为僧。后还俗,北游关中、山西,与顾炎武等交往。工诗,为"岭南三家"之一。有《道援堂词》。《清史稿》附陈恭尹传。

长亭怨

与李天生冬夜宿雁门关作[1]

记烧烛、雁门高处。积雪封城,冻云迷路。添尽香煤[2],紫貂相拥、夜深语。苦寒如许,难和尔、凄凉句。一片望乡愁,饮不醉垆头驼乳[3]。　无处,问长城旧主,但见武灵遗墓[4]。沙飞似箭,乱穿向,草中狐兔。那能使、口北关南,更重作,并州门户[5]。且莫吊沙场,收拾秦弓归去[6]。

注 释

① 李天生:即李因笃,作者朋友。 ② 香煤:原指古代女子画眉之物,此指煤炭。 ③ 驼乳:当时边地少数民族喜欢喝的骆驼奶。 ④ 武灵遗墓:指战国时赵武灵王,其在位时改革风俗,励精图治,使赵国国力大增。 ⑤"那能使"三句:指要塞已失,原先的关口已由塞外移至中原内陆。口北关南,指张家口北、雁门关南。并州,今山西太原,为古要塞。 ⑥"收拾"句:化用《楚辞·国殇》:"带长剑兮挟秦弓,首身离兮心不惩。"

品 评

本词约作于清圣祖康熙五年(1666)。当时作者为避清廷势力,北上塞外,寄居友人家中。此词写他和友人李天生在塞外对饮的情形。

上片写他和友人相识情景。二人在雁门关上燃起炭火，拥衾夜语。此时关内积雪封城，阴云密布，当谈至悲伤处时，作者不禁为之哽咽，难以回答，只能通过痛饮驼乳酒来消解。由于二人都是意志坚决的抗清志士，故此“凄凉句”当指故国沦陷，有家难回的家国之痛。一片“望乡愁”，望的就不仅是家乡，更是被清兵占领的中原大地！下片重在怀古抒情，亦是紧接上片的家国之愁而言。作者想起长城边上曾威赫一时的赵武灵王，之所以想起他，因为作为一代雄主，赵武灵王曾使赵国一度强盛，有效抗击了来犯的入侵者。在赵王身上，正折射出词人的愿望，他渴望乱世之中，有君主、豪杰可以振臂一呼，云集天下英雄，驱逐清兵，恢复明代社稷。也正因英雄难遇，故词人感伤赵的坟墓如今已沙飞似箭，狐兔穿梭其间。最后作者由感伤忽转向高亢，他要呐喊，要把中原门户重新推至塞外，言外之意即把异族驱逐出中原。所有中原人民都要重新振作，不要沉湎于哀悼亲人的痛苦中，而应拿起武器，战死沙场，做一个魂归大地的勇士！

此词悲凉哀婉。作者将家国之感，身世之痛化做长枪利剑，处处洋溢着坚毅不屈的斗争精神。

紫萸香慢

送雁

恨沙蓬、偏随人转，更怜雾柳难青。问征鸿南向，几时暖返龙庭[①]？正有无边烟雪，与鲜飙千里[②]，送度长城。向井门少待、白首牧羝人，正海上手携李卿[③]。　秋声，宿定还惊。愁里月、不分明。又哀笳四起，衣砧断续，终夜伤情。跨羊小儿争射[④]，恁能到、白苹汀？尽长天、遍排人字，逆风飞去，毛羽随处飘零。书寄未成。

注释

① 龙庭：匈奴单于祭天地鬼神之所。《后汉书·窦宪传》：“蹑冒顿之区落，焚老上之龙庭。”李贤注：“匈奴五月大会龙庭，祭其先、天地、鬼神。”冒顿（mò dú），汉时一匈奴单于名。区落，部落也。　② 鲜飙：大风。　③ 白首牧羝人：

《汉书·苏武传》载，苏武使匈奴，单于迫降，武不从。“仗汉节牧羊，卧起操持，节旄尽落。……武留匈奴凡十九岁，始以强壮出，及还，须发尽白。”羝，公羊。李卿，即李陵。 ④ 跨羊小儿：指胡人。

品评

此词当作于作者北上塞外之时。作者北上目的一是为了躲避清廷迫害，二是为了联络北方义士，商量抗清大业。然而随着清朝统治的日趋稳固，作者恢复之志也日渐渺茫，于是萌发了回乡归隐的感想。此词“送雁”实即“送己”。

上片即点出送雁主题。在北方酷厉之地，只有蓬草四处飞扬，由于严寒，柳树也是难见绿色。这里的“沙蓬”亦象征词人漂泊他乡之苦。作者看见一只大雁南飞，不禁询问，不知你何时才会返回塞外？正是睹物思乡，由大雁南飞，体现出深切的思乡之感。作者希望大雁在其身边多呆片刻，因为自己正像当年苏武一样羁留北方，有家难回。以苏武自称，亦可见作者不屈不挠的意志和艰苦卓绝的生存环境。下片转入对大雁的抒情。作者想象在南返的路上，大雁不知要经过多少苦痛惊吓，悲伤泣泪，最让词人担心的是，千万别遇上那些喜欢打猎的胡人，否则可能命殒长空，白羽飘零，而传给远方的书信再难到达。

此词托物言志，借大雁南飞，传达出作者自己漂泊北地，饱受折磨，大志难展的痛苦，以及担忧清廷迫害，不能南返故土的悲哀之情。

吴伟业

吴伟业(1609—1671),字骏公,号梅村,江苏太仓人。明思宗崇祯四年(1631)会试第一,廷试第二,官至少詹事。南明时,与马士英、阮大铖不合,假归。清世祖闻其名,力迫入都,累官国子监祭酒。伟业隽敏多才,尤长于诗,有多种著作传世。词集名《梅村诗余》。事迹见《清史稿》。

满江红

蒜山怀古[①]

沽酒南徐[②],听夜雨、江声千尺。记当年、阿童东下[③],佛狸深入[④]。白面书生成底用[⑤],萧郎裙屐偏轻敌[⑥]。笑风流、北府好谭兵,参军客[⑦]。　人事改,寒云白。旧垒废,神鸦集[⑧]。尽沙沉浪洗,断戈残戟。落日楼船鸣铁锁[⑨],西风吹尽王侯宅。任黄芦苦竹打荒潮,渔樵笛。

注释

① 蒜山:在今江苏镇江。　② 南徐:即镇江,南朝时为南徐州治所。③ 阿童东下:谓王濬破东吴事。《晋书·羊祜传》载,祜以伐吴必藉上流之势。又时吴有童谣曰:"阿童复阿童,衔刀浮渡江。不畏岸上兽,但畏水中龙。"祜闻之曰:"此必水军有功,但当思应其名者耳。"会益州刺史王濬征为大司农,祜知其可任,濬又小字阿童,因表留濬监益州诸军事,加龙骧将军,密令修舟楫,为顺流之计。濬果平吴。　④ 佛狸:北魏太武帝拓拔焘小字。拓拔焘统一中原,欲征南朝宋,败于江北瓜步。后为宦官所杀。　⑤ 白面书生:《南史·沈庆之传》记载,

宋文帝(刘义隆)将北侵,庆之固陈不可,并曰:“今欲伐国,而与白面书生辈谋之,事何由济。”白面书生,指只会纸上谈兵而乏谋略的文臣。 ⑥萧郎裙屐:《北史·邢峦传》记载:“萧深藻是裙屐少年,未洽政务。”指年轻俊美的少年而乏实才。 ⑦“笑风流”二句:指东晋时谢玄手下的将领。《晋书·刘牢之传》:“谢玄镇广陵,以牢之为参军,领精锐为前锋,号北府兵。”谭:同“谈”。 ⑧“旧垒废”二句:化用辛弃疾《永遇乐》:“可堪回首,佛狸祠下,一片神鸦社鼓。” ⑨“落日”句:指东吴为拒西晋讨伐,特意在江面铺设铁索,后王濬进攻东吴,造楼船数艘,举火炬以烧铁索,终使孙皓投降的典故。楼船:有楼之战船。

品评

作为怀古词,此词声情悲壮,可谓名作。首句以词人买酒南徐,深夜倾听江边雨声、涛声写起,即为本词笼上一层苍茫之色。接着历数有关镇江的风流人物,历史陈迹。这其中有王濬训练水师攻下东吴之事,有北魏太武帝拓跋焘率军直攻南朝事,有萧深藻因轻敌冒进为敌所败之事,以及谢玄率北府兵据守长江的往事。这些历史人物或成或败,出处结局各不相同,但在作者笔下却能浑然一体,传达出一种兴亡无常之感,自然这里也不乏有作者哀悼明亡的隐约之痛。下片由怀古转入伤今。随着时间的流逝,人事的更改,曾经的风流之所,王侯宅第已被萧萧黄芦掩埋,再也听不到铁马金戈的嘶喊声,代替这一切的只有渔夫悠闲的吹笛声。结句感伤怅惘,无限深情伴随笛声缭绕不绝。

作为咏古词,穿插大量历史典故,但不琐碎,不晦涩,反是浑然一体,这不能不佩服作者除熟于史实外,更能以一种亡国之痛,将其穿插得天衣无缝。所以清人陈廷焯评其:“声情悲壮,高唱入云,顿挫生姿,哀感不尽,不专为南徐写照也。”

沁园春

观潮①

八月奔涛,千尺崔嵬②,砉然欲惊③。似灵妃顾笑④,神鱼进舞;冯夷击鼓⑤,白马来迎。伍相鸱夷⑥,钱王羽箭⑦,怒气强于十万兵。峥嵘甚,讶雪山中断,银汉西倾。 孤舟铁笛风清,待万里乘槎问客星。叹鲸鲵未翦⑧,戈船满岸,蟾蜍正吐⑨,歌管倾城。狎浪儿童,横江士女,笑指渔翁一叶轻。谁知道,是观潮枚叟⑩,论水庄生⑪。

注释

① 观潮：指阴历八月十八钱塘江大潮。 ② 崔嵬：本指山的高大险峻，此指潮水。 ③ 砉(huā)然：本指动作迅速的声音，此指潮水的巨响。 ④ 灵妃：指江中女神。 ⑤ 冯夷：水神。 ⑥ 伍相鸱夷：《吴越春秋》载，吴王听信谗言，迫伍子胥自杀，“子胥伏剑而死，吴王乃取子胥尸盛以鸱夷，投之江中”。后传说伍子胥化为潮神。鸱夷，革囊。 ⑦ 钱王羽箭：指五代吴越国王钱镠为退潮水，以长箭射潮神，最终消除水患。 ⑧ 鲸鲵：指代祸害一方的恶人。 ⑨ 蟾蜍正吐：亦有奸邪当道之意。蟾蜍，指月宫中吞吐云彩的蟾蜍。 ⑩ 观潮枚叟：西汉文人枚乘写有《七发》长赋，其中有对潮水的精彩描写。 ⑪ 论水庄生：庄子有《秋水》篇对东海浩大之势有精彩描绘。

品评

此词为记钱塘大潮之作。上片写潮水来时的雄伟奇观，下片写观潮之感。起句分别从高度(“千尺崔嵬”)和声响(“砉然欲惊”)两个方面突显潮水初起时汹涌澎湃的景象。接着，词人展开丰富的想象，对潮水的万千变化与神话历史人物进行巧妙衔接。在其眼中，这些潮水忽而像美丽的女神在回眸顾笑，忽而像水神驾着白马，击打着着雷鸣般的鼓声，其怒气冲天之状仿佛当年伍子胥驾车前来雪冤报仇，忽而又像钱王正指挥十万勇士拉弓射箭。接着写了潮头出现的景象，其翻滚之势如同一座巍峨的雪山瞬间崩塌，又像整个银河水突然从天空倾泻而出。下片则转入观潮之感。“孤舟铁笛”句指自己正驾舟远行，归隐江湖，但见两岸民众正如痴如醉、欢欣鼓舞地欣赏潮水，浑然忘记这个世界还是奸佞当道，污浊不堪。大家都笑作者不懂得观潮的好时间、好地点，偏偏驾舟在江上，这哪能欣赏到潮水呢？结尾作者感叹：这些俗人怎能理解我这个入道之人对潮水的领悟呢？

此词上片写潮水发生的奇观，想象瑰丽，富有深厚的人文内涵；下片则在抒发观潮之感时，带有讽刺清朝，缅怀前朝之意。

贺新郎

病中有感

万事催华发[①]。论龚生、天年竟夭[②]，高名难没。吾病难将医药治，耿耿胸中热血。待洒向、西风残月。剖却心肝今置地，问华佗解我肠千结。追往恨[③]，倍凄咽。　　故人慷慨多奇节[④]。为当年、沉吟不断，草间偷活。艾炙眉头瓜喷鼻[⑤]，今日须难诀绝。早患苦、重来千叠。脱屣妻孥非易事[⑥]，竟一钱、不值何须说！人世事，几完缺。

注 释

① 华发：花白头发。　② 龚生：西汉哀帝时，龚胜在朝任职，王莽专政，胜归老于乡里。王莽篡位，复召龚胜，胜坚不肯出，曰："吾受汉家厚恩……岂以一身事二姓下见故主哉！"　③ 往恨：指仕清之事。　④ 故人：指明亡时作者的一些慷慨死节的朋友。　⑤ "艾炙"句：典出《隋书·麦铁杖传》："大丈夫性命自有所在，岂能艾炷灸頞，瓜蒂喷鼻，治黄不差，而卧死儿女手中乎？"艾炙，中医治病的一种方法。　⑥ 脱屣：《汉书·郊祀志》："嗟乎！诚得如黄帝，吾视去妻子如脱屣耳。"

品 评

此词哀婉沉痛，曾传为吴梅村的绝命词。词的主题是抒发自己身仕清廷，成为贰臣后的痛悔之情。上片即以西汉忠臣、不仕王莽的龚胜对比，龚生的"高名"如同一面镜子，时刻照见他屈辱的灵魂。他自叹心病难医，即使寻来盖世名医——华佗也难解自己的愁肠。"追往事，倍凄咽"则是引出下片，申诉自己痛悔之意。作者由于一时的软弱，屈节仕清，面对那些慷慨死节的故人，尤觉愧悔。"草间偷活"句尤可见其再无颜面苟活人世心情。作者由于难以摆脱"妻孥"的负累，造成不值一钱的可悲下场，为此纠结一生，成为难以摆脱的心病。"人世事，几完缺"，面对不可改变的事实，词人又能说什么？历史如同一面镜子，无论是高风亮节还是卑微求活，二者均已进入历史，成为后人的明鉴。让作者痛苦的是，他只能以"贰臣"的身份成为后人嗤笑的对象。清人陈廷焯曾言："悲感万端，自怨自艾。千载下读其词，思其人，悲其遇，固与牧斋（钱谦益）不同，亦与芝麓（龚鼎孳）辈有别。”这正是此词的成功之处，其真诚愧悔之情打动后人，竟亦谅解其气节之亏了。

归 庄

归庄(1613—1673),一名祚明,字玄恭,江苏昆山人。年十七,与顾炎武同入复社。明亡,以恢复为事,曾参与昆山民众反薙发义举,旋僧装亡命。清世祖顺治九年(1652)应淮阴塾师聘。后返昆山,隐居乡野,以鬻文卖画度日。其文集被整理为《归庄集》。

锦堂春

燕子矶①

半壁横江矗起,一舟载雨孤行。凭空怒浪兼天涌②,不尽六朝声。　隔岸荒云远断,绕矶小树微明。旧时燕子还飞否③?今古不胜情。

注释

① 燕子矶:在今南京市北观音山上,俯瞰长江,形如燕子,故云。 ②"怒浪"句:杜甫《秋兴八首》:"江间波浪兼天涌,塞上风云接地阴。" ③ 旧时燕子:刘禹锡《乌衣巷》:"旧时王谢堂前燕,飞入寻常百姓家。"

品评

此词抒发作者亡国之痛与身世之感。上片先言燕子矶的地形,它位于半山腰,俯瞰长江,犹如横空出世。词人就在风雨中乘舟独行,登上燕子矶,他看到江面波浪连天,发出阵阵怒吼。这声音听来就像在诉说着六朝的悲伤历史。作者一生以恢复明朝为事业,忠于前朝,矢志不变,这里的六朝即指不久灭亡的南明政权,故下语极其沉痛。下片转入抒情,远处低垂的云朵被高岸隔断,几丛小树亦在烟雨中朦胧晦暗。结句写不知昔日的燕子是否还会眷恋故地，徘徊不忍离开？不言而喻，这里对燕子的发问，其实亦是对故朝眷恋的传达，他自己就是一只始终不忍离开旧居的燕子。

此词借古伤今，沉痛悲婉，其眷恋、忠于前朝之情历历可见。

曹　溶

曹溶(1613—1685),字洁躬,号秋岳,浙江秀水(今浙江嘉兴)人。明思宗崇祯十年(1637)进士。清圣祖康熙中,举博学鸿词,以疾辞。荐修《明史》,亦不赴。家富藏书,工诗、词。朱彝尊纂《词综》即多从其家藏宋人遗集中录出。有《静惕堂词》。事迹见《清史稿》。

满江红

钱塘观潮

浪涌蓬莱①,高飞撼、宋家宫阙。谁荡激、灵胥一怒②,惹冠冲发。点点征帆都卸了,海门急鼓声初发③。似万群、风马骤银鞍,争超越。　江妃笑,堆成雪。鲛人舞④,圆如月。正危楼湍转,晚来愁绝。城上吴山遮不住⑤,乱涛穿到严滩歇⑥。是英雄、未死报仇心,秋时节。

注释

①蓬莱:道家仙山之名。　②灵胥一怒:指伍子胥被吴王冤杀,化为潮神之事。　③海门:即入海中。　④鲛人:古时传说有鲛人居于海底。"水居如鱼,眼泣成珠。"(《述异记》)　⑤吴山:山名,在杭州凤山门内。　⑥严滩:在今浙江桐庐县富春山,为东汉名士严子陵垂钓处。

品评

此词清晰地描绘了钱塘潮水从涌起到消失的整个过程,富有强烈的画面感,也隐含着作者某种故国之思。上片先写潮起时的情形。巨浪涌起,仿佛从天宫疾驰而下，直接撼动着钱塘江边雄伟的官阙。潮头怒起之势，让词人觉得是潮神伍子胥在发怒，他怒发冲冠，似乎前来报仇了。为避开潮水，远处的帆船早就收了帆布，在海口处，远远就传来震耳欲聋的鼓声，像万匹奔马身披银鞍，奋力疾驰。上片以“怒”字概括潮水高潮时的特点，极其鲜明。下片则写潮水退后的经过。“江妃笑”诸句仍承上片潮头而来，面对这壮丽的景象，江中的神女，海底的鲛人都起舞高歌，她们的笑声堆成白雪，她们的舞姿犹如圆月，这些比喻、想象突显了潮退时江面的平和宁静。接着词人的笔法再次变化，在结句将潮水入海时最后的爆发力以雄壮之笔抒写出来。词人写到，潮水退后，威力不减，连吴山也无力阻拦它的退去，最后来到富春江上的严陵滩头，其凶猛之姿如同一个壮志未酬的英雄发出的复仇呐喊。可以看出，曹溶此词处处紧扣“怒”来写钱塘潮水。这里的“怒”语带双关，未尝不暗含作者哀悼明亡的伤痛及不平之气吧。

宋琬

宋琬(1614—1674),字玉叔,号荔裳,山东莱阳人。清世祖顺治四年(1647)进士,授户部主事,累迁永平兵备道、宁绍台道。圣祖康熙初,两次被诬系狱,得白,流寓吴、越间。寻起四川按察使。诗与施闰章齐名,称"南施北宋"。著有《安雅堂集》、《二乡亭词》。事迹见《清史稿》。

贺新郎

登燕子矶阁望大江作

绝壁衔飞阁。倚寒空、嶒窈窕①,是谁雕琢?六代兴亡如逝水,烟冷千寻铁索②。梦不到、乌衣帘箔③。结绮临春歌舞散④,大江流、尚绕青山郭。悲自语,檐边铎⑤。　　滔滔东下风涛作。俯层栏、鼋鼍出没。雪山喷薄。况是清秋明月夜,何处楼船吹角?早惊起、南飞乌鹊⑥。估客船从巴蜀下,看帆樯、半向青天落。吾欲醉,骑黄鹤⑦。

注释

① 嶒(céng):形容山势险峻。窈窕:形容山形宛转玲珑。　② 千寻铁索:三国时吴国为了阻挡西晋南下,特意在江面铺设铁索,后王濬以火烧之,大破东吴。唐代刘禹锡《西塞山怀古》诗:"千寻铁锁沉江底,一片降幡出石头。"　③ 乌衣:即乌衣巷,为南朝贵族子弟所居之所。　④ 结绮临春:南朝陈朝后主陈叔宝曾建结绮、临春、望仙三阁,以供自己享乐。　⑤ 铎:楼阁檐角处悬挂的铃铛。⑥"早惊起"句:化用曹操《短歌行》:"月明星稀,乌鹊南飞。绕树三匝,何枝可

依。” ⑦ 黄鹤：意为自己像传说中的仙人一样骑黄鹤远去。唐代崔颢《黄鹤楼》诗：“昔人已乘黄鹤去，此地空余黄鹤楼。”

品评

此词上片写燕子矶阁的风光。它位于燕子矶上，仿佛绝壁上一只飞出的大鸟，“嶒窈窕”极写此阁险与巧。接着词人以此阁为中心抒发“六代兴亡”之感，这里曾经出现过繁盛的乌衣巷以及陈后主的结绮阁。如今，这些繁华风流尽随江水流去，只有楼阁上的铃铛还在发出亘古不变的声响。下片写词人俯视长江，看见江水翻滚，如同雪山喷薄而出，鼋鼍亦时常出没于水中。在这清秋之夜，不知是谁吹起了笛子，惊起了几只乌鸦飞过夜空，亭阁下几只船正在青天之下张帆远行。面临此清旷之景，词人亦顿生豪迈之兴。他渴望能大醉一场，然后身骑黄鹤，像传说中仙人一样逍遥而去了。此词融苍茫悲壮与空灵秀丽于一体，正如清人徐钪所评：“慷慨激昂，仿佛曹公‘乌鹊南飞’之句，倘呼铜将军铁绰板与髯仙共唱，应使大江鼎沸。”（《词苑丛谈》）

金 堡

金堡，字道隐，又字卫公，浙江仁和(今杭州)人。明思宗崇祯十三年(1640)进士，官临清知州，两年后引疾去职。杭州城破，起兵抗清。隆武时，授礼科给事中，后避居湖南沅州。永历间，授兵科给事中，以党争系狱，惨遭非刑，远戍金齿。历经磨难，后投广州雷峰寺，改名今释。再至韶州创丹霞寺，更名为澹归。著有《遍行堂词》。事迹见《南疆逸史·金堡传》、《永历实录·金堡列传》等。

满江红

大风泊黄巢矶下①

激浪输风，偏绝分、乘风破浪②。滩声战、冰霜竞冷，雷霆失壮。鹿角狼头休地险③，龙蟠虎踞无天相④。问何人、唤汝作黄巢，真还谤。　雨欲退，云不放。海欲进，江不让。早堆垝一笑⑤，万机俱丧。老去已忘行止计，病来莫算安危帐。是铁衣、着尽着僧衣⑥，堪相傍。

注释

①黄巢矶：故址不详，当在长江边，曾为黄巢经行处。　②乘风破浪：《南史·宗悫传》载，宗悫少年时对叔父表示自己的志愿说："愿乘长风破万里浪。"③鹿角狼头：重庆瞿塘峡一带滩名。杜甫《大历三年春白帝城放船出瞿塘峡久居夔府将适江陵漂泊有诗凡四十韵》："鹿角真走险，狼头如跋胡。"休地险：与黄巢矶相比，休得多言地险。　④龙蟠虎踞：指江苏南京。晋吴勃《吴录》载："刘备曾使诸葛亮至京，因睹秣陵山阜，叹曰：'钟山龙盘，石头虎踞，此帝王之宅。'"

⑤ 堆垝(guǐ):同“堆偃”,困顿貌。　⑥“铁衣”句:世传黄巢兵败为僧,并作《自题像》诗:“记得当年草上飞,铁衣着尽着僧衣。天津桥上无人识,独倚栏干看落晖。”

品 评

此词为作者路过长江边的黄巢矶时所作,将咏史、抒情、写景融为一体。

上片首写自己因大风所迫,泊于江边的情形。“输风”二字用得极巧,形容大风之酷烈竟将长江大浪给逼退,让自己无法乘风破浪。此三句既是交待自己泊于黄巢矶的原因,又象征自己连年抗击清兵,却屡屡受挫,大志不得伸展之意。接着,词人写了江边所见之景,大风卷起巨浪,发出阵阵怒吼声,仿佛正进行一场恶战,散发出凛冽的寒意,其声响之剧烈,连雷霆之音也为之失色。写了此处地形之险要之后,词人立刻转入咏史,有这样的有利地形,不知当年黄巢为何还会兵败自杀?可见此地名叫“黄巢矶”纯为后人虚构。表面上,作者是在为地名打抱不平,实际是在抒发家国之慨。作者自问,抗清大业有如此好的基础,天时、地利皆有,为什么却一败再败,最终覆亡呢?

下片直接抒发一己之忧愤。“雨欲退,云不放”诸句明写江面之景,实寓身世之慨。自己在长期流亡、抗争中已看透世情,所谓名利之争早已淡漠,“早堆垝一笑”正表示归隐江湖之意。结句“是铁衣、着尽着僧衣”,无限凄婉,作者自比黄巢,将人生的种种失意之痛全然放置在袈裟之中,貌似出世,实则是入世之激烈的一种强烈反弹。

八声甘州

卧疴初起,将还丹霞,谒别孝山[①]

算军持频挂到于今[②],已是十三年。便龙钟如许[③],过头拄杖,缓步难前。若个唤春归去,高柳足啼鹃。有得相留恋,也合翛然[④]。　况复吟笺寄兴,似风吹萍聚,欲碎仍圆[⑤]。只使君青鬓,霜雪又勾连。叹人间、支新收故,尽飞尘、赴海不能填[⑥]。重相惜、后来还得,几度相怜。

注 释

① 丹霞:丹霞寺,在今广东韶关。孝山:作者友人。　② 军持:澡罐或净瓶。

源于梵语。僧人游方时携之，贮水以备饮用及净手。后亦指能挂在身上的陶瓷水瓶。 ③ 龙钟：衰老年迈貌。 ④ 翛(xiāo)然：无拘无束，超脱貌。《庄子·大宗师》："翛然而往，翛然而来而已矣。" ⑤"风吹"二句：古人认为水中浮萍为柳絮所化。 ⑥"尽飞尘"句：这是化用精卫填海的典故。

品评

永历政权失败后，作者随即出家为僧，住在韶关丹霞寺。此是其病愈后，将返寺庙前，拜别友人之作。上片交待自己出家十三年来的老迈之态。"军持"表示身归佛门，不问世情；"龙钟如许"、"过头拄杖"则写衰老之状。至此，作者已从身、心两个方面揭示自己的衰颓之状，语气沉重悲哀。下片则过度到对友人的嘱咐。此一别后，二人只能通过书信互传友情，但就像风中飞絮，终究会有相聚那一天。接着词人感伤二人均已青春不再，满头白发，曾经立志恢复明朝社稷，全身心地投入抗清事业中，如今大业未成，却都已是苍苍老者了。结句作者郑重嘱咐友人要保重身体，因为不知以后还能相聚几回？

此词将伤己与伤国融为一体，感叹青春已逝，壮志难酬，实为英雄暮年伤感之辞。极其沉痛，亦极其浑厚博大。

龚鼎孳

龚鼎孳(1615—1673),字孝升,号芝麓,庐州合肥(今属安徽)人。明思宗崇祯元年(1628)进士,官兵科给事中。降清后,累官至礼部尚书。谥端毅。有《香严词》,亦名《定山堂诗余》。事迹见《清史稿》。

贺新凉

和曹实庵舍人赠柳叟敬亭①

鹤发开元叟②。也来看、荆高市上,卖浆屠狗③。万里风霜吹短褐,游戏侯门趋走④。卿与我、周旋良久⑤。绿鬓旧颜今改尽,叹婆娑、人似桓公柳⑥。空击碎,唾壶口⑦。　　江东折戟沉沙后⑧。过青溪、笛床烟月,泪珠盈斗。老矣耐烦如许事,且坐旗亭呼酒。判残腊、销磨红友⑨。花压城南韦杜曲⑩,问球场、马弰还能否⑪。斜日外,一回首。

注释

① 曹实庵:清初文人曹贞吉号实庵,有《珂雪词》传世。柳叟敬亭:即明末著名说书人柳敬亭。　② 鹤发开元叟:指柳敬亭。语出唐代元稹《行宫》诗:"白头宫女在,闲坐说玄宗。"　③"荆高"二句:出自《史记·刺客列传》:"荆轲既至燕,爱燕之狗屠及善击筑者高渐离。荆轲嗜酒,日与狗屠及高渐离饮于燕市,酒酣以往,高渐离击筑,荆轲和而歌于市中,相乐也。已而相泣,旁若无人者。"　④"游戏"句:指柳敬亭曾先后游历于名将左良玉等人幕府。　⑤"卿与我"句:《世说新语》载殷浩语:"我与我周旋久,宁作我。"　⑥"叹婆娑"句:《世说新语·言语》

载，桓温北征路过金城，看到自己早年所种柳树已有十围粗，感叹说："木犹如此，人何以堪！"于是攀枝折条，流下眼泪。 ⑦"空击碎"二句：《世说新语》载，王敦每酒后，以铁如意敲唾壶为节，歌咏"老骥伏枥，志在千里；烈士暮年，壮心不已"。壶口因此尽缺。 ⑧"江东"句：杜牧《赤壁》诗："折戟沉沙铁未销，自将磨洗认前朝。" ⑨红友：指美酒。 ⑩韦杜曲：地名，在长安城南，曾是韦、杜两大家族聚居之所。 ⑪马弰（shāo）：指古代马球游戏中使用的马弓。

品评

此词既是和作，亦是赠友之作。词的上片交待柳的身世及其与自己的深厚友情，下片则转而抒发家国沦丧之感。起句"鹤发开元叟"已交待出柳的身份是白发遗民，忠于前朝。"荆高市上"则说明柳还是一个悲歌慷慨的奇士，而非一般的卖唱艺人。"万里"句则写其一生游戏侯门，饱经沧桑。最后词人将暮年时的柳敬亭与自己相交之深一笔带过，其用意则在述说"空击碎，唾壶口"的家国之叹，亦为下片抒情铺垫。下片则言家国、身世之痛。"江东折戟"已暗含悲悼明亡之意。接着写重经旧地的青溪、山月，无不泪水盈盈。比起一般文人，作者身仕三姓（明、李自成、清），心境尤其复杂，这种沉痛也已超脱一般文人的故国之思。其中的委屈、怨恨、愧悔之情只有作者心中清楚，于是借酒销愁，怀念故居，留恋昔日繁华生活，诸多感受一一涌现。结句借夕阳回首，更显苍凉深远。

此词虽为和作，但情真意深，古今对比，身世、家国之伤蕴含其中，让此词更显沧桑与悲凉。

彭孙贻

彭孙贻(1615—?),字仲谋,号羿仁,浙江海盐人。明太仆彭期生次子。拔贡生。明清易代之际,父死难赣州,求遗骸不得,归,益发愤著书,清静自守。孙遹为其从弟,尝从受经。卒于清圣祖康熙初,其乡人私谥孝介先生。有《茗斋诗余》。

西　河

金陵怀古,次美成韵①

龙虎地,繁华六代犹记。红衣落尽②,只洲前、一双鹭起③。秦淮日夜向东流,澄江如练无际④。　白门外⑤,枯杙倚⑥。楼船朽橛难系。石头城坏,有燕子、衔泥故垒。倡家犹唱后庭花⑦,清商子夜流水⑧。　卖花声、过春满市。闹红楼、烟月千里。春色岂关人世。任野棠无主,流莺成对,衔入临春故宫里⑨。

注 释

① 次美成韵:即步周邦彦(字美成)《西河》词之韵。　② 红衣:指荷花。唐代羊士谔《玩荷花》诗:"红衣落尽暗香残,叶上秋光白露寒。"　③"只洲前"句:李白《登金陵凤凰台》诗:"三山半落青天外,二水中分白鹭洲。"　④"澄江"句:语出南朝谢朓《晚登三山还望京邑》诗:"余霞散成绮,澄江静如练。"　⑤ 白门:原为南京城的西门,此指代金陵。　⑥ 杙(yì):木桩。　⑦"倡家"句:杜牧《泊秦淮》诗:"商女不知亡国恨,隔江犹唱后庭花。"　⑧ 清商子夜:均为南朝乐府民歌。　⑨ 临春:南朝陈后主叔宝曾在后宫建临春等楼阁。

品评

此词为次韵前人之作，借咏叹金陵抒发亡国之痛。本词分为三叠。第一叠回忆金陵作为六朝古都的繁华之景，“龙虎地”是其地势险要，“红衣”、“白鹭”、“澄江”为其风景之美，虽化用前人语句，亦写得流畅生动。第二叠则写当下衰败之景。亡国后的金陵一片荒凉，楼船朽败，木桩斜倚，惟有燕子年年飞回，歌女依旧唱着《后庭花》，全然不管亡国之痛。第三叠则抒写词人的亡国之痛，一句“春色岂关人世”，充满了愤懑不平，既是在为明朝诉冤，亦是在控诉清朝的欺凌中原。结句，词人以无主野棠、故家流莺来衬托自己对故国的深切思念。

此词虽为常见的咏古怀今题材，但内涵深厚，语带深情，充满了亡国之悲。

贺新郎

感时用稼轩韵[①]

孤愤韩非说[②]。恨茫茫、乾坤无地，避秦仇葛[③]。江左夷吾谁底是[④]？杨白花飞成雪[⑤]。笑久矣，吾其被发。咫尺佛狸饮江水[⑥]，犹寻常、乳燕巢梁月。弹不尽，雍门瑟[⑦]。　　金樽到手休轻别。望滹沱、朔风不起，河冰难合[⑧]。移得冬青三两树，谁辨六陵余骨[⑨]？且莫道，先生痴绝。烧取咸阳三月火[⑩]，也难消、方寸肝肠铁。发上指，眦双裂。

注释

① 稼轩韵：指辛弃疾《贺新郎》(把酒长亭说)一阕的韵。　② “孤愤”句：韩非子有《孤愤》篇，此处作者以韩非自比，写出愤孤直行不容于世。　③ 避秦：陶渊明《桃花源记》中所述避秦之人。仇葛：意指做一个隐居之人。仇，即匹配，相当。葛，即葛洪，晋朝求仙炼丹之人。　④ 夷吾，即是管仲。《论语》中载孔子云：“微管仲，吾其被发左衽矣。”江左夷吾，指东晋王导。　⑤ 杨白花：柳絮，此处喻指南明佞臣。　⑥ 佛狸：北魏太武帝拓跋焘小字佛狸。此处喻指南侵的清军。　⑦ 雍门：刘向《说苑》记载，齐人雍门周以琴见孟尝君。孟尝君曰：“先生鼓琴亦能令文悲乎?”雍门周引琴而鼓，孟尝君为之涕泣增哀，下而就之曰：“先生之鼓琴，令文若破国亡邑之人也。”　⑧ “望滹沱”二句：《后汉书·王霸传》记载，

汉光武帝在行军路上，要经过滹沱河，士兵说前方无船可渡，正惊慌时，王霸诡称河已冰冻，坚硬可渡。于是大军继续行进，等到达滹沱河时，河水果已冻合，大军顺利渡过。 ⑨ 六陵：指南宋高宗、孝宗、光宗、宁宗、理宗、度宗六人的陵墓，在今浙江绍兴市东十八公里之宝山（又名攒宫山）。南宋灭亡后，元僧杨琏真伽等盗挖宋帝陵墓，将帝后遗骨抛撒一地，后赖义士唐珏等人收殓重新入葬，并植冬青树以纪念。 ⑩“烧取”句：《史记·项羽本纪》记载，项羽入关后，焚烧秦宫，大火三月不灭。

品评

此词为遗民抒怀之作。上片连用《韩非子》、《桃花源记》、《论语》、《说苑》等典故，曲折而深挚地传达出遗民之痛。起句即以“孤愤”二字点出主题。词人面对明朝的灭亡，一腔怨愤充斥天地，他痛斥清兵的入侵，让中原已无桃源可避。接着，词人感慨世道无情，没有人再像当年东晋王导一样，要收复失地，击退强敌。如今清兵已过长江，虽然风景如昔，但词人却像当年雍门周一样，内心只有无限伤国之痛。下片则传达复国之情。词人首先感伤无人再生北伐之念，也盼不到有像光武帝一样的英明之主，率军光复明朝江山。“移得冬青三两树”直接抒发了作者为覆亡的明朝君主无限的伤感。面对南明、永历君臣的遇害，词人不禁怒发冲冠，恨不能立刻焚清人以三月大火，才能消其满腔愤怒。

该词用典精当，比兴寄托浓烈，孤愤之感溢于言表，满含对明的悼念与对清的愤怒，可谓爱憎分明，一腔赤诚了。

余 怀

余怀(1617—1695),字澹心,一字无怀,号漫翁,福建莆田人,流寓南京。入清,不求仕进,往返于广陵、吴门。文采风流,有声于时。有《玉琴斋词》。

桂枝香

和王介甫①

江山依旧,怪卷地西风,忽然吹透。只有上阳白发②,江南红豆③。繁华往事空流水,最飘零、酒狂诗瘦。六朝花鸟,五湖烟月,几人消受。　问千古、英雄谁又?况霸业销沉,故国倾覆。四十余年,收拾舞衫歌袖。莫愁艇子桓伊笛④,正落叶、乌啼时候。草堂人倦,画屏斜倚,盈盈清昼。

注释

① 和王介甫:即王安石《桂枝香》(登临送目)一阕。　② 上阳白发:指长年累月被幽禁在宫廷里的宫女。白居易有《上阳白发人》诗。上阳,唐宫名,在东都皇城西南。　③ 红豆:一名相思子。王维《相思》诗:"红豆生南国,春来发几枝。愿君多采撷,此物最相思。"　④ 桓伊笛:晋桓伊字野王,音乐尽一时之妙,为江左第一,得蔡伯喈柯亭笛,常自吹之。事见《晋书》。

品评

此词作于清圣祖康熙五年(1666),是其《四十九岁感遇》组词中的第一首,为哀悼南明之作。上片"江山依旧"点出故国之思,"怪卷地西风"则指清兵入关,曾建都南京的南明亦很快被清兵攻灭。面对故国的灭亡,词人以"上阳白发人"自居，对故国充满无限怀念。他感叹曾经繁华一时的故国已风流云散，只剩下他这个无聊诗人整日与诗酒相伴，但面对满目春花秋月，又怎能真正投入其中去欣赏美景呢？下片叙说自己颓废消沉之感。王室倾颓，霸业已去，风流艳迹亦成昨梦，作者在惆怅之余，只能重回草堂故居，归隐山林，整日在绘有故国山水的画屏间徘徊，借着魂回故国来打发漫长白日。

与哀悼明朝的慷慨激昂之作相比，此词消沉、黯淡了很多，这也正反映了随着清廷统治的巩固，部分遗民激奋与消沉交织的复杂心态。

曹尔堪

曹尔堪(1617—1679),字子顾,号顾庵,浙江嘉善人。清世祖顺治九年(1652)进士,授编修。补侍读,升侍讲学士。诗与施愚山、王阮亭等合称海内八家。著有《南溪词》。

满江红

湖上书怀,再柬西樵考功、阮亭祠部[1]

飞絮漫天,平堤外、乱萍初涨。人似燕、重来湖海,画梁无恙。风雅竟推东阁妙[2],文章每说西京上[3]。细论诗、若个过墙头,松醪饷[4]。　　曾踏险[5],瞿塘漾。才会意,沧浪唱。但银瓶索饮,酴醾佳酿。五岳未周名士屐,百钱常挂山人杖[6]。奈此君、不惠不夷间[7],难于状。

注释

① 西樵:王士禄号西樵山人,故称。考功:官名。古官制,吏部考功司掌官吏考课黜陟之事。王士禄因累官至吏部员外郎,充河南乡试正考官,故以考功相称。阮亭:王士禄弟王士禛号。祠部:官名。三国魏有祠部尚书,掌礼制。北周改为礼部。王士禛曾官礼部主事,故称。　② 东阁:《汉书·公孙弘传》:"时上方兴功业,娄举贤良。弘……数年至宰相封侯,于是起客馆,开东阁以延贤人,与参谋议。"因此称宰相招致款待宾客之所为东阁。后亦泛指文人宴集之地。③ 西京:汉都长安,东汉迁都洛阳,以长安在西,称西京,称洛阳为东京。后亦泛指京城。　④ 松醪(láo):用松膏酿制的浊酒。　⑤ 踏险:指因事下狱。⑥ 山人:山居者,多指隐士。　⑦ 不惠不夷:指折中而不偏激。惠,柳下惠;夷,

伯夷。扬雄《法言》:"不夷不惠,可否之间也。"

品评

清圣祖康熙四年(1665),曹尔堪、宋琬、王士禄三位文人刚刚从牢狱出来,在杭州相聚。这三位朋友遭遇相似,同病相怜,便以词唱和,借描写西湖风景抒发牢骚郁闷之情。每人填《满江红》八首,合为二十四首,编为一集,名为《江村倡和词》。此词即是作者以西湖风景起兴,抒写劫后余生的庆幸心理和归隐湖山,颐养天年之愿。

词的起句写暮春时节西湖上迷茫之景,亦是在传达词人脱险南归后复杂而纷乱的思绪。接着"人似燕"二句则以燕自比,庆幸自己终得出狱返乡,家乡风物依旧,正适安居。"风雅竞推东阁妙"至上片末写湖上唱和的人物及场景。此二句意为我辈皆曾在京城为官,本来都是文章高妙的风雅才士,可现在却只能降身湖海,只能通过品酒论诗来打发时光了。词的下片,抒写作者勘破红尘,归隐江湖的愿望。换头四个三字句,语调明畅显达,意为经历了人生的大风险之后才能领会回归自然的可贵。"但银瓶"二句,设想自己隐居之后要专心品尝美酒;"五岳"二句进一步计划自己的旅程,打算杖头挂酒钱,踏遍天下名山。词的结句则自嘲亦自解,说我收敛锋芒徜徉江湖之后,便会变成一个不温不火的平常人,其容貌恐怕都难以绘出了。

此词虽抒发自己一腔郁闷,但锋芒内敛,于清劲峭拔之中别具旷逸圆融之致。

念奴娇

送幼光还白门,同仲驭二调[①](其一)

孤舟初发,正严霜似雪,布帆如纸。一派残云萦别恨,愁向青山隐几。晚圃黄花,小槽红酒,客路谁同醉。蒯缑黯淡[②],自将管乐为比[③]。　遥念旅宿方寒,丹阳古道,老树酣青紫。戍鼓沉沉天未晓,残月模糊映水。白夹谭兵[④],青灯读《易》,漫洒英雄泪。啼乌成阵,石头城外潮起。

注释

① 幼光:当时著名的遗民诗人钱澄之的号。白门:即南京。仲驭:钱棅,字

仲驭，嘉善人。明思宗崇祯十年(1637)进士。 ② 蒯缑(kuǎi gōu)：《史记·孟尝君列传》载，冯谖"甚贫，犹有一剑耳，又蒯缑。弹其剑而歌曰：'长铗归来乎，食无鱼。'"蒯是一种草，可以为绳。缑，指剑把。蒯缑，指剑的主人贫穷，剑无装饰，只能以蒯绳缠之。 ③"自将"句：三国时诸葛亮曾自比为管仲、乐毅。管仲为齐国之相，乐毅为燕国大将。 ④ 白夹：白色夹衣，常为平民所著。

品评

这是一首借送别友人来宣泄内心牢骚不平的词。词的开头三句描绘送别时的寒冷凄清的场景，暗示了作者与被送者寂寞悲伤的情怀。其中"布帆如纸"这一夸张之笔正象征了词人漂泊无定、命薄如纸的生存状态。"一派"句把视野从眼前的码头霜岸、片帆孤舟伸向了青青远山和飘浮残云的天际，主客之间的离愁别恨也随之变得阔大而幽深了。遥望迷茫的江水，设想着此去南京的漫长旅程，词人进一步为孤身远行的友人发愁。"晚圃黄花"诸句，意为时下正是晚秋，黄菊盛开，高人雅士纷纷携壶登高，品酒赏菊，而你却形影相吊，这多么叫人难堪！接着词人为友人满腹才华，却穷老无依的悲惨境遇打抱不平。"蒯缑黯淡"诸句指友人如同管、乐有济世之才，但处此国变之际，不愿献媚新朝，便落得穷困潦倒的地步，只好像冯谖一样束剑归乡了。词的下片进一步抒写英雄失志之悲，哀友人亦是自哀。"遥念"至"残月"五句，上承"孤舟初发"和"客路谁同醉"而来，以想象之笔写友人归途的凄凉、寂寞和心境的迷茫苍凉。"白袷"三句更是从前面的以景衬人，转入直接描写钱澄之失路英雄的形象：他精通《易经》，在国变后坚持品节，不愿仕清，也就无法施展自己平治天下的抱负和才能。这里既是伤友人，亦是在伤自己。结句则以虚写白门之景映衬词人自己此时起伏不平的心情。

清初尤侗论曹尔堪的词"品格在眉山(苏轼)、渭南(陆游)之间"(《曹顾庵六十寿序》)。这就是说，曹词能屏除纤艳，达到清雄健举，清旷脱俗。此词即其一例。它虽写离愁别恨，却不流于低徊缠绵；虽牢骚满腹，却不粗犷叫嚣。笔力遒劲，潜气内转，笔势顿挫而具清超峭拔之美。

尤侗

尤侗(1618—1704),字同人,更字展成,别字晦庵,号艮斋,晚号西堂老人,江苏长洲(今江苏苏州)人。清圣祖康熙十八年(1679)应博学鸿词,授翰林院检讨,纂修《明史》。二十一年告归家居。四十二年康熙南巡,赐御书一幅,即家晋升侍讲。有《百末词》六卷。其事迹见《清史稿》。

金人捧露盘

卢龙怀古①

出神京,临绝塞,是卢龙。想榆关、血战英雄。南山射虎②,将军霹雳吼雕弓。大旗落日,鸣笳起、万马秋风。　　问当年,人安在,流水咽,古城空。看雨抛、金锁苔红。健儿白发,闲驱黄雀野田中。参军岸帻③,戍楼上,独数飞鸿④!

注释

① 卢龙:即卢龙要塞,位于河北喜峰口附近,自古为边关要塞。尤侗在永平府任职三年,亦曾在此。　② "南山"句:用《史记·李将军列传》中李广射虎典。③ 参军岸帻:此处是反用东晋孟嘉落帽的典故。参见薛昂夫《最高楼》(登高懒)注释②。岸帻,将冠帽上推,露出前额。　④ 独数飞鸿:化用杜牧《登乐游原》诗:"长空澹澹孤鸟没,万古销沉向此中。看取汉家何事业,五陵无树起秋风。"

品评

清世祖顺治五年(1648),三十一岁的尤侗以贡生选授直隶永平府(今河北卢龙)推官。此首怀古词即他任职卢龙期间所作。

上片起三句,以最简炼的语言,点明卢龙拱卫京城的险要位置。“想榆关”三句为第二层,转入咏古,出语淋漓悲壮,为下文李广的出现造势。“南山”二句,方呼唤出自己最景仰的英雄人物,借千古艳传的射虎之事,着意写出李广镇守此地时的凛凛威风。下面“大旗”二句,复由个人形象的描写扩展到边关,大笔挥洒,展示出雄浑苍凉的边关景色,往古英雄的形象也就更显高大肃穆,引人怀想了。词的下片则从怀古转入伤今。“问当年”四句,一个“问”字,领起今昔之感,对时代的变迁、英雄的逝去而无限怅惘。从“看雨抛”至结尾,是本篇抒情重心所在。词人吊古是为了伤今、伤己,他不露痕迹地将自身融进了悲壮苍凉的历史之中,在那里久久伫立,在感受,在思索,在铺展自己的无限幽思。结尾“参军岸帻,戍楼上独数飞鸿”的形象,实则是写词人自己,一个在怀古伤今之中触动了历史感和现实感的孤独者、苦闷者,一个想有所作为却担心怀才不遇、功业无成的青年士子。

此词格调高朗、风格悲壮、浑然天成。清谭莹《论词绝句》说尤侗:“语本天然笔不休,将军射虎也封侯。老名士是真才子,法曲飘零总泪流。”可为此词的评。

朱一是

朱一是，字近修，浙江海宁人。生卒年不详。明思宗崇祯十五年(1642)举人。尝游吴伟业之门。入清，绝意仕宦，与屠爌、范路称“三友”。有《梅里词》三卷。

二郎神

燕子矶晚眺①

岷峨万里，渺渺水流东去。指远近关山，参差宫阙，起灭长空烟雾。南望沧溟天边影，辨不出、微茫尽处。叹三楚英雄②，六朝王霸，消沉无数。　从古。长江天堑，飞艎难渡③。自玉树歌残，金莲舞罢，倏忽飞乌走兔④。燕子堂前⑤，凤凰台畔⑥，冷落丹枫白露。但坐看、狎鸥随浪⑦，渔父扁舟朝暮。

注释

① 燕子矶：在今南京市北观音山上。　② 三楚：春秋时楚地分为西楚、东楚、南楚。此泛指长江流域地区。　③ 飞艎：快艇。艎，船名。金莲：《齐书》：“东昏侯凿金为莲花贴地，令潘妃行其上，曰步步生莲花也。”李商隐《南朝》诗：“谁言琼树朝朝见，不及金莲步步来。”　④ 飞乌走兔：指时光流逝之迅速。乌，指太阳。兔，指月亮。唐代韩琮《春愁》诗：“金乌长飞玉兔走，青鬓长青古无有。”⑤ 燕子堂：即南朝王谢贵族子弟所居之乌衣巷。　⑥ 凤凰台：在今南京市。⑦ 狎鸥：《列子·黄帝篇》：“海上之人有好鸥鸟者，每旦之海上，从鸥鸟游，鸥鸟之至者百数而不止，其父曰：‘吾闻鸥鸟皆从汝游，汝取来，吾玩之。’明日之海上，

鸥鸟舞而不下也。”

品评

此词的上片写登燕子矶所见长江之景。起句即描写出长江从四川的岷山、峨眉山出发,浩荡万里,奔腾向东而去的壮丽景观。下片则重点放在南京城边四周景象的描写上。由周围远近高低不同的群山写至山上的楼阁宫殿,“叹三楚英雄”则由写景转到怀古的主题上,由长江的自然风景过渡到历史人文景观,为下片的兴亡之感做铺垫。下片“从古长江天堑”呼应上片的英雄王霸之业,指出长江自古以来凭借天险,成为无数英雄在此争强斗智的舞台,也演义出无数人间悲欢离合的传奇故事。接着词人历数了六朝君主的荒淫享乐导致的亡国之悲,以及王谢大家族的盛衰演变史,这些史实都是上片所言“英雄”、“王霸”的具体化陈述。在结句,词人以达观的眼光看待人生,从归隐江湖、逍遥避世中寻到解脱的路径,从而消解了这份历史的沉痛感。自然,这里也包含词人某种志向受挫的牢骚不平之慨。

王夫之

王夫之(1619—1692),字而农,号姜斋,晚号船山,湖南衡阳人。明思宗崇祯十五年(1642)举人。曾任职南明桂王政权。明亡,隐居衡阳石船山,著述四十年,学者称船山先生。著有《船山遗书》。善诗文,亦工词曲。词有《鼓棹初集》、《鼓棹二集》、《潇湘怨词》。《清史稿》有传。

更漏子

本意

斜月横,疏星炯①,不道秋宵真永。声缓缓,滴泠泠②,双眸未易扃③。　霜叶坠,幽虫絮,薄酒何曾得醉。天下事,少年心,分明点点深。

注释

① 炯:光明、灿烂貌。　② "声缓缓"二句:指报时的铜壶的滴水声。③ 扃:关闭。

品评

《更漏子》一调的本意是专摹男女情思的,但此词格调高,气象浑厚,远非花间本调可比。词的上片写夜深人静,斜月西沉,淡星几点,正是秋夜好眠之时,但作者却是感叹"秋宵真永",为漫漫长夜难以打发而苦闷。"声缓缓"则以倾听四周铜壶的滴水声来加深这份不眠的痛苦。下片则点出不眠的原因,"薄酒何曾得醉"强化忧愁之深广,"天下事,少年心"则说明此愁缘于心怀社稷,但又回天乏力的痛苦造成的。

此词貌似本意，但在深夜不眠的表象下却潜藏着浓烈的家国之感和报国无门之恨，故在感情的深度上要大大超过花间本调，亦可称为词中老杜了。

摸鱼儿

东洲桃浪[1]（《潇湘小八景词》之三）

剪中流、白苹芳草，燕尾江分南浦。盈盈待学春花靥[2]，人面年年如故[3]。留春住，笑几许浮萍，旧梦迷残絮。棠桡无数[4]。尽泛月莲舒[5]，留仙裙在[6]，载取春归去。　　佳丽地[7]，仙院迢遥烟雾。湿香飞上丹户。醮坛珠斗疏灯映[8]，共作一天花雨。君莫诉。君不见、桃根已失江南渡[9]。风狂雨妒。便万点落英，几湾流水，不是避秦路[10]。

注释

① 东洲：在今湖南衡阳。　② 花靥：妇女颊上彩妆。靥，妇人面妆。③“人面”句：指盛开的桃花。用唐代诗人崔护的人面桃花的故事。崔护于清明外出游玩时，在郊外遇一女子，容貌娇美，两人暗通情愫。后崔护再次来时，则此女子不可寻觅，于是题诗一首：“去年今日此门中，人面桃花相映红。人面不知何处去，桃花依旧笑东风。”　④ 棠桡：棠木制成的桨，此处指船。桡，桨。　⑤ 泛月：月下泛舟。莲舒：化用太乙真人以莲叶作舟事。　⑥ 留仙裙：谓汉代皇宫宠妃赵飞燕裙。典出《赵飞燕外传》。　⑦ 佳丽地：此指金陵。谢朓《入朝曲》有“江南佳丽地，金陵帝王州”句。　⑧ 醮坛：道士作法之神坛。醮，北齐颜之推《颜氏家训·治家》：“吾家巫觋祷请，绝于言议；符书章醮，亦无祈焉。”王利器集解引卢文弨曰：“道士设坛伏章祈祷曰醮。”觋，《国语·楚语下》：“如是则明神降之，在男曰觋，在女曰巫。”韦昭注：“巫觋，见鬼者。”　⑨ 桃根渡：桃叶，晋王献之妾名，其妹名桃根。桃叶渡，今南京秦淮河与青溪合流处。　⑩ 避秦路：典出陶渊明《桃花源记》，该文所述桃源中人乃是避秦而来。

品评

王夫之曾作《摸鱼儿》八首，专写潇湘一带著名的景致。组词表面写景，暗寓其哀悼明朝之意。此词即写其故土——湖南衡阳东洲的美景。

上片写东洲春天到来之景：芳草青青，燕子翻飞，桃花流水，浮萍如梦……在这样的美景下，词人自然要泛舟月下，满载一船春色好好欣赏了。下片则写东洲附近道观繁闹之景。这个道观远远地看去，仙雾缭绕，芳香弥漫，里面灯火荧荧，充满了安宁气息。词人在此似有所指，或讽或谏，当是对当时政治格局、人心走向的一种看法。接着词人以哀婉之笔写出江山沦陷之痛，“桃根”典故正暗喻南京的明政权，随着南京的失陷，作者感叹人间已无太平之景，昔日的安宁美丽如同狂风过后百花凋谢一样，不可再回，即使想寻到一个可以归隐的桃花源也无路可觅。

此词一片哀婉，纯是《离骚》比兴寄托手法。故前人每将其比为屈子，如叶恭绰云：“故国之思，体兼骚、辨。”（《广箧中词》）龙榆生亦云：“所谓伤心人别有怀抱，真屈子《离骚》之嗣响也。”（《近三百年名家词选》）

陈维崧

陈维崧(1625—1682),字其年,号迦陵,江苏宜兴人。明末陈贞慧之子。清圣祖康熙八年(1679)荐应博学鸿儒科,试列一等,授翰林院检讨,与修《明史》。平生以词名,词作数量亦多,传世者即达一千七百首。有三十卷本《湖海楼词集》。《清史稿》有传。

点绛唇

夜宿临洺驿[①]

晴髻离离[②],太行山势如蝌蚪。稗花盈亩,一寸霜皮厚[③]。　赵魏燕韩,历历堪回首。悲风吼,临洺驿口[④],黄叶中原走。

注释

① 驿:驿站,古传递文书、官员来往及运输途中暂息住宿之所。古驿传有亭,故又称驿亭。清末置邮局后始废。临洺驿,在今河北。　② 髻:指山形如髻。　③"稗花"二句:谓田野荒废,杂草丛生,月下如一寸霜皮。稗,形状像稻的草。　④ 驿口:驿站口岸,水驿码头。

品评

陈维崧入京谋职,失意北游,途经临洺驿投宿,于夜色中俯仰今古,感慨万端,因有此作。

词上片写驿口处所见之远景,开头即用两个奇特的比喻:一是把峰峦比作发髻,一是把山岭跃动之势比作蝌蚪。眼界特高,气魄特大。三、四句写近景,以盈亩稗草暗示连年兵祸带来的荒凉灭寂,为下文抒怀埋下伏笔。下片转入抒情,词人的目光从“赵魏燕韩”一直联想到当今。千百年来,在这片大地上不知发生多少战争,直至现在,此地不还是血火交映,满目疮痍?而自己又落魄天涯,日暮途穷,历史的重荷与一己的穷困让作者发出“悲风吼”之势。结句写悲风怒叫,黄叶狂走,亦渲染词人踽踽独行、苍凉悲愤的天涯沦落人的形象。

一般说来,小令篇幅短狭,很难写得波澜壮阔。陈维崧则以他出众的才华和满腹悲情在小令中描绘出一般只能寓于长调的慷慨沉雄境界。这无疑是他对词体作出的杰出贡献。

好事近

夏日,史蘧庵先生招饮[①],即用先生喜余归自吴阊过访原韵[②]

分手柳花天,雪向晴窗飘落。转眼葵肌初绣[③],又红欹栏角[④]。　别来世事一番新,只吾徒犹昨。话到英雄失路[⑤],忽凉风索索。

注释

① 史蘧庵:作者友人史可程的字,为名将史可法之弟。　② 吴阊:即今苏州。　③ 葵肌:指蜀葵,又名一丈红,夏日开红花。　④ 红:指花。周邦彦《过秦楼》有“一架舞红”,架上迎风飘展之红花也。欹:指欹枕。　⑤ 失路:喻不得志。汉扬雄《解嘲》:“当涂者升青云,失路者委沟渠。”

品评

词人自苏州回乡,与友人史可程相聚,杯酒之余,各有唱和,此词即是步友人之韵而作。上片先从二人上次分手的情形写起。那是一个春天,阳光灿烂,雪白的柳絮在窗前飘飞,这里正以满天飞舞的柳絮来烘托依依难舍之情。“转眼”二句则写分别之后的情景,作者以开出了串串红花的蜀葵来暗示春天将逝,自己对故人的怀念之情。下片则转入当下。如今再次相见,世事沧桑,人事几经更替,作者感叹不变的只有这两个落魄之人沧桑依旧。结句“话到英雄失路”则以景结情,将自己潦倒穷途之叹托之于索索凉风,让人不禁为之感慨万分,难言之情正在景中呈现。

清平乐

夜饮友人别馆，听年少弹三弦[1]

檐前雨罢，一阵凄凉话。城上老乌啼哑哑，街鼓已经三打。　　漫劳醉墨纱笼[2]，且娱别院歌钟。怪底烛花怒裂，小楼吼起霜风。

注释

① 三弦：一种三根弦的弹拨乐器。　② 墨纱笼：纱笼墨迹，诗因人重之意。五代王定保《唐摭言·起自寒苦》载："王播少孤贫，常客扬州惠昭寺木兰院，随僧斋餐。诸僧厌怠，播至，已饭矣。后二纪，播自重位出镇是邦，因访旧游，向之题已皆碧纱幕其上。播继以二绝句曰：'……上堂已了各西东，惭愧阇黎饭后钟。二十年来尘扑面，如今始得碧纱笼。'"阇（shé）黎，即阇梨，梵语"阿阇梨"之略，指教育僧徒之轨范师，高僧，亦泛指僧人。

品评

此是听曲感怀之作。上片写夜饮友人别馆，时值雨季，直至深夜雨声才止。这时，周围一片寂静，只有屋内弹三弦的凄凉之音传遍四周。在写足凄凉之感后，词人又以城楼上乌鸦嘶哑的叫声来渲染心境的愁楚难安。下片"漫劳"诸句意为自己不愿像唐代名人王播那样为了晚年的一点功名奔波四方，辛苦求官。今天自己就聆听这个少年的三弦声来忘记忧愁吧。最后词人以夸张的笔墨形容三弦发出的怒吼之声如此巨大，以至把屋内的烛花都给吹裂了。很明显，词人是在借听曲来抒写壮志难酬、漂泊四方的羁旅失意之痛。词人声情激楚，慷慨怒放，将此小令写得悲壮苍凉之极。

南乡子

邢州道上作[1]

秋色冷并刀[2]，一派酸风卷怒涛[3]。并马三河年少客[4]，粗豪，皂栎林中醉射雕[5]。　　残酒忆荆高[6]，燕赵悲歌事未消。忆昨车声寒易水[7]，今朝，慷慨还过豫让桥[8]。

注释

①邢州：今河北邢台。②并刀：并州（今山西太原）所产之刀。③酸风：冷风。李贺《金铜仙人辞汉歌》有“关东酸风射眸子”。④三河：河东、河内、河南三郡。⑤皂栎：即皂树与栎树。杜甫《壮游》诗：“呼鹰皂栎林，逐兽云雪冈。”⑥荆高：荆轲、高渐离。⑦易水萧萧：谓荆轲将刺秦王，于易水作歌事。⑧豫让：春秋时晋智伯家臣。智伯为赵襄子灭。豫让为报智伯的知遇之恩，漆身吞炭，谋刺襄子，未遂，自杀。豫让桥，指豫让曾伏于桥下刺杀赵襄子。

品评

此词约作于康熙七年（1668），作者在京城困顿不堪，转而出京，游历各地。这年他来到河北邢台，览景思怀，写下此词。

词的上片先交待时间，正值深秋，秋色冷咽，犹如寒光闪闪的并刀。作者行走在荒凉的道路上，感觉秋风吹来如怒涛阵阵，这里词人连用两个比喻，深刻传达出自己漂泊异地孤寂之情，虽有些惨淡，但用笔老辣，反更见高亢不羁的胸怀。接着词人写见到一队少年呼拥而过，满面豪情地去林中打猎射雕。目睹少年勇猛身姿，不能不让作者有所触动，于是有了下片的咏古抒怀。“残酒”句正由上片的少年豪杰引发对英雄人物的追慕。这里有昨天入其梦中的荆轲和高渐离，他们正在易水河边，呼酒痛饮，高唱悲歌，走向刺秦之路。昨夜易水河畔的车马声还未过去，今天，作者又慷慨激昂地踏上了当年豫让刺杀赵襄子的桥梁了。词人在怀念古人、与前辈英雄惺惺相惜的同时，亦是在抒发自己怀才不遇之痛。

此词正体现出陈维崧作品“湖海豪气”的特征，满纸豪情，故清人陈廷焯曾评为：“骨力雄劲”、“不着议论，自令读者怦怦心动”（《白雨斋词话》）。

夜游宫

秋怀

一派明云荐爽，秋不住、碧空中响。如此江山徒莽苍。伯符耶[1]？寄奴耶[2]？嗟已往。　　十载羞厮养[3]，孤负煞、长头大颡[4]。思与骑奴游上党[5]。

趁秋晴，跖莲花[⑥]，西岳掌[⑦]。

注释

① 伯符：三国时东吴孙权之兄孙策，字伯符。 ② 寄奴：南朝宋高祖武帝刘裕，字德舆，小名寄奴。 ③ 厮养：厮役。 ④ 长头：汉代经学家贾逵，人称贾大头。事见《后汉书·贾逵传》。大颡（sǎng）：宽大的额头。颡，前额。 ⑤ 上党：在今山西。 ⑥ 跖（zhí）：脚踏。莲花：即莲花峰，为西岳华山三峰之一。⑦ 西岳掌：指华山北面，传说留有巨灵神掌迹。

品评

此词为作者游历北方时所作。上片写词人行走在北方辽阔的大地上，爽气袭人，秋声一片，仿佛穿过碧空而来。面对苍茫大地，词人不禁想起在此中原大地，不知涌现多少像孙策、刘裕这样的豪杰人物，让作者几多仰慕。而今，他们的影像尚依稀留存在词人的记忆中。写至此，已透露出作者"江山代有才人出"的不凡气概。下片即转写自己。词人混迹京城十载，却无一官半职，想起历史上和自己一样是"长头大颡"的贾逵，不能不心生惭愧之念。作者失意之痛不久即打住，转而在结句再次振起，表示明天自己还要直上西岳华山，脚踏莲花主峰，再抚摸一下著名的西岳掌，大有不登西岳非好汉的气概。此词意气干云，豪情满纸，正如清人陈廷焯所评："无一语不精锐，正如干将出匣，寒气逼人。"（《词则》）

醉落魄

咏鹰

寒山几堵[①]，风低削碎中原路[②]。秋空一碧无今古。醉袒貂裘[③]，略记寻呼处[④]。　男儿身手和谁赌？老来猛气还轩举[⑤]。人间多少闲狐兔？月黑沙黄，此际偏思汝。

注释

① 堵：座。 ②"风低"句：形容鹰飞起时翅膀的有力拍击。 ③ 醉袒貂裘：酒醉后，敞开貂袍。 ④ 寻呼处：指猎人以口哨唤鹰搜寻猎物。 ⑤ 轩举：高昂。

品评

此词为咏物体，描写猎鹰睥睨一切的雄姿，亦抒发作者苦闷之感。上片写雄鹰的不凡气势。它在险峻的高山间飞翔，其从高空飞下的凌厉气势直把中原的石块击碎。接着词人回忆早年打猎情形，那时自己也是豪气纵横，在酒醉后，袒露着衣裘，向高空呼鹰直击猎物。下片则是对鹰的怀念之情。作者一身豪情壮志却沦落江湖，这时的他多么渴望能有一只雄鹰从天空飞下，驱除掉那些为害四方的奸佞之徒，还世界以清平，还自己一个自由搏击的朗朗晴空。此词陈廷焯曾评为："声色俱厉，较杜陵'安得尔辈开其群，驱出六合枭鸾分'之句，更为激烈。"(《白雨斋词话》)

夏初临

癸丑三月十九日[1]，用明杨孟载韵[2]

中酒心情[3]，拆绵时节[4]，瞢腾刚送春归[5]。一亩池塘，绿阴浓触帘衣。柳花搅乱晴晖。更画梁、玉剪交飞[6]。贩茶船重，挑笋人忙，山市成围。　蓦然却想，三十年前[7]，铜驼恨积[8]，金谷人稀[9]。划残竹粉，旧愁写向阑西。惆怅移时，镇无聊[10]、掐损蔷薇。许谁知？细柳新蒲[11]，都付鹃啼。

注释

① 癸丑：康熙十二年(1673)。 ② 杨孟载：即明代著名文人杨基。 ③ 中酒：醉酒，病酒。 ④ 拆绵时节：指夏季。拆绵，拆洗冬日的绵绸衣物，意指春寒已退，暑热来临。 ⑤ 瞢腾：昏沉迷糊状。 ⑥ 玉剪：指燕子。 ⑦ 三十年前：即明崇桢十七年(1644)，此年三月十九日乃崇祯帝自缢之日。 ⑧ 铜驼：即铜驼街，因汉铸铜驼而名，是洛阳繁华游冶之地。晋陆机《洛阳记》："汉铸铜驼二枚，在宫之南四会道头，夹路相对，俗语曰：'金马门外聚群贤，铜驼陌上集少年。'言人物之盛也。"此处亦引用《晋书·索靖传》："靖有先识远量，知天下将乱，指洛阳宫门铜驼叹曰：'会见汝在荆棘中耳。'" ⑨ 金谷：晋豪富石崇所造花园，在洛阳西北，为古代文人欢聚之所的代名词。 ⑩ 镇：常。 ⑪ 细柳新蒲：杜甫《哀江头》诗："江头宫殿锁千门，细柳新蒲为谁绿。"

品评

此词明写夏初景象,实则寄寓亡国之痛。上片先写自己在春夏交替之季,心境转恶,不得不借酒销愁。此"中酒心情"实为伤国之痛。作者刚刚送走了春天,眼见夏季到来,池塘边上的柳树已浓阴满地。接着描写了夏季的诸多景观,有乱空飘洒的柳絮,有上下飞舞的燕子,还有商业街上繁忙的运茶、卖笋人的身影,整个大街已被围得水泄不通。在动景写足之后,作者在下片转而写自己独处一室的孤寂之态,可见上片的诸多景象只是陪衬,目的是为了引出下片的故国之感。词人回想起三十年前,正是崇祯自缢之日,"铜驼恨积"的亡国之痛油然而生。作者的父亲陈贞慧为明末四公子之一,具有强烈的爱国节操,是一名坚决的抗清志士,受父亲及其周围遗民志士的影响,词人自小即忠于明朝,虽然他后来仕清为官,但故国之念时刻未忘。故下片的"铜驼"、"金谷"之语即是这种伤悼故国之情的直接流露,其用笔之直率大胆,在清初也是让人瞠目结舌的。结句化用老杜诗句,更是直接点醒主题,把对明朝的忠贞之情大笔渲染,令人为之心痛。清人谭献评此词曰:"故家乔木,语自不同。"(《箧中词》)这里的"不同"除感情上的沉郁悲婉外,更有抒情的大胆直率,超乎常人。

念奴娇

读屈翁山诗有作①

灵均苗裔②,羡十年学道,匡庐山下③。忽听帘泉豗冷瀑④,豪气轶于生马⑤。亟跳三边⑥,横穿九塞,开口谈王霸。军中球猎,醉从诸将游射。　　提罢匕首入秦,不禁忍俊,缥缈思登华⑦。白帝祠边三尺雪⑧,正值玉姜思嫁⑨。笑把岳莲,乱抛博箭⑩,调弄如花者⑪。归而偕隐⑫,白羊瑶岛同跨⑬。

注释

① 屈翁山:屈大均,字翁山。　② 灵均苗裔:灵均,屈原字。苗裔,后代。此处将屈大均称为屈原后代。　③ 匡庐:庐山。殷商时有匡裕兄弟七人居于此,故称匡庐。　④ 豗(huī):相击。　⑤ 轶:超越。　⑥ 三边:汉代幽、并、凉三州

均在边疆,后将三边代指边塞。 ⑦ 华:华山。 ⑧ 白帝祠:指供奉西岳华山之神的神祠。 ⑨ 玉姜思嫁:指屈大均娶华姜事。玉姜是对华姜的美称。 ⑩ 博箭:《韩非子》:"秦昭王令工施钩梯而上华山,取松柏之心为博箭,长八尺,棋长八寸,而勒之曰:昭王尝与天神博于此矣。" ⑪ 如花者:指华姜。 ⑫ 归而偕隐:指华姜偕屈大均归广东隐居。 ⑬ 白羊:钱易《南部新书》:"晋吴修为广州刺史,未至州,有五仙人骑五色羊负五谷而来。……故广南谓之五羊城。"瑶岛:传说仙人所居之岛。

品评

此词是作者读友人屈大均的作品后,为其所绘的一幅写照,生动刻画出一个豪气纵横、洒脱倜傥的文人形象。

上片写其生平经历,下片重在写其新婚之事。起句"灵均苗裔"尤其警醒,这不是泛泛地将其比附于屈原,更是点出友人是个满怀爱国情怀,充满报国之志的有为之士。"十年学道"指其在明亡后曾出家为僧的经历,"忽听"二句即指他为僧时的豪迈洒脱英姿。"亟跳三边"直至上片末,则指其曾北上边关的传奇事迹,这里的"军中球猎"则是屈大均投身北方,联络义士,积极抗清,志在复明的隐晦写法。下片则写娶华姜的风流事迹。"提罢匕首入秦"则写其西入华山,巧结连理之事。"白帝祠边"正是暗指其妻子华姜,因屈大均为其妻取名为"华姜",自号"华夫",故词人特意点出"白帝"以喻这对英雄佳人的爱情传奇。"笑把岳莲"则化用秦昭王与天神比箭的典故,来指他们夫妻和美恩爱,常在一起比赛箭术之事。据当时人记载,其夫人"好驰马习射,诗画琴棋,无所不善",与屈大均可谓伉俪相谐。结句"归而谐隐"正是祝福他们夫妻二人回归故里——广州,在仙山灵岛中享受爱情生活。

此词生动记叙了清初著名诗人屈大均的传奇经历,笔墨灵动,想象丰富,把屈氏豪迈、洒脱、忠义的性格揭示无余。

水龙吟

秋感

夜来几阵西风,匆匆偷换人间世。凄凉不为,秦宫汉殿,被伊吹碎。只恨人生,些些往事,也成流水。想桃花露井[1],桐英永巷[2],青骢马[3],曾经系。　　光景如新宛记，记瑶台、相逢姝丽[4]。微烟淡月，回廊复馆[5]，许多情事。今日重游，野花乱蝶，迷蒙而已！愿天公还我，那年一带，玉楼银砌。

注释

① 桃花露井：唐代梁锽《艳女词》："露井桃花发，双双燕并飞。" ② 桐英永巷：唐代李贺《秦宫诗》："桐英永巷骑新马，内屋深屏生色画。"永巷，常为青楼歌馆的代称。宋代陈师道《放歌行》诗："春风永巷闲娉婷，长使青楼误得名。" ③ 青骢马：青白杂色的马，此指作者曾经来此幽会。 ④ 瑶台：美玉砌成的楼台。姝丽：容貌美丽的女子。 ⑤ 回廊：回环曲折的走廊。复馆：重叠的馆阁。

品评

此词为重回故地，怀念情人之作。上片直接点出"秋感"主题，接着词人写这层秋感产生的原因。从"凄凉不为"直至上片末，指自己经历过家国沦丧，漂泊四方之苦，这些人世的苦痛如同流水早已淡忘，心目中惟一不能忘怀的是当初在歌楼中与情人相见的甜蜜时光。下片则详述自己与情人种种情事。在作者的心中，始终留有第一次相见的情景，那时的情人在作者眼中美丽超群，仿佛月宫中仙子降临人间。接着，词人写了他们在重楼复馆中相知相恋的甜蜜情节。与昔日的甜蜜相比，当时却是如此悲伤。作者重回故地，所见唯有野花乱蝶，一片荒凉。结句"愿天公还我"直抒胸臆，虽略显直泻无余，但亦是作者惨痛之极的呼喊，可谓是见血性、见真情的笔墨。

此词在一向以豪迈为主导的陈维崧作品中可谓别调，沉痛之极，缠绵之极，真实流露出作者对情爱的执着与痴情，正可以"侠骨柔情"来评论。

沁园春

题徐渭文《钟山梅花图》[1]，同云臣、南耕、京少赋[2]

十万琼枝，矫若银虬，翩如玉鲸。正困不胜烟，香浮南内；娇偏怯雨，影落西清[3]。夹岸亭台，接天歌板，十四楼中乐太平[4]。谁争赏？有珠珰贵戚，玉佩公卿。　　如今潮打孤城，只商女船头月自明。叹一夜啼乌，落花有恨;五陵石马[⑤],流水无声。寻去疑无,看来似梦,一幅生绡泪写成[⑥]。携此卷,伴水天闲话,江海余生。

注释

①徐渭文:明末画家徐元玠的字。②云臣:史惟圆,号蝶庵,别署荆水钓客,东林名宿史孟麟之孙。南耕:曹亮武,字渭公,号南耕,作者表弟。京少:蒋景祁,著有《罨画溪词》,并编成《瑶华集》,又与曹亮武等合辑《荆溪词初编》。③南内、西清:指代宫苑。南内泛指朝政中枢大内,西清泛指御苑清静之所。④十四楼:朱彝尊《静志居诗话》:"明制:南北都各立教坊司,北有东、西二院,南有十四楼。"⑤五陵石马:指明孝陵前之石马翁仲。⑥生绡:一种生丝织成的绸子。

品评

明末画家徐元玠曾作《钟山梅花图》,此图以南京明孝陵前的梅花山为背景,寄寓画家的亡国之情。同时的一些词人看后均受感动,纷纷题词寄慨。此词即是其中的一首。

上片写钟山梅花的繁盛以及城内的繁华。"十万琼枝"至"影落西清",分别写了梅花数量之众("十万")、姿态的优美("矫若银虬")、内在的芳香("香浮南内")以及娇柔的情态("娇偏怯雨"),将梅花的情韵写得异常动人。"夹岸亭台"至上片末,则写了赏梅之景,当时满街公卿贵族携带歌妓舞女纷沓而来,将明朝的太平景象推向高潮。与上片欢快、明晰、艳丽的笔墨相比,下片则哽咽凄凉。作者将时下的南京城写得一片凄风苦雨,充满了失落与痛苦,无论是"潮打孤城"还是"落花有恨"、"流水无声",均是以山川风景的寂寥伤感来衬托词人对故国的深切缅怀。结句"携此卷"重新回到画主人身上,意指其将携带此画卷在江湖夜雨中度过余生,在点明其遗民身份的同时对其遭遇无限同情与敬仰。

此词生动刻画出清初遗民和普通士子对前明的无限伤惋,可谓情韵兼备。清人陈廷焯评之为:"情词兼胜,骨韵奇高,合周、秦、苏、辛、姜、王为一手。"(《词则·放歌集》)

贺新郎

赠苏昆生[①]

苏，固始人，南曲为当今第一[②]。曾与说书叟柳敬亭同客左宁南幕下，梅村先生为赋《楚两生行》[③]。

吴苑春如绣[④]。笑野老、花颠酒恼[⑤]，百无不有。沦落半生知己少，除却吹箫屠狗[⑥]。算此外、谁欤吾友。忽听一声河满子[⑦]，也非关、泪湿青衫透[⑧]。是鹃血，凝罗袖。　　武昌万叠戈船吼[⑨]。记当日、征帆一片，乱遮樊口[⑩]，隐隐柁楼歌吹响[⑪]，月下六军搔首。正乌鹊、南飞时候[⑫]。今日华清风景换[⑬]，剩凄凉、鹤发开元叟[⑭]。我亦是，中年后。

注释

① 苏昆生：清初著名戏曲家。　② 南曲：即昆曲。　③ 柳敬亭：清初著名说书人。左宁南：明末大将左良玉，被封宁南伯。梅村：清初大诗人吴伟业的号。④ 吴苑：指苏州。　⑤ 野老：杜甫《哀江头》诗："少陵野老吞声哭，春日潜行曲江曲。"　⑥ 吹箫：指伍子胥，他曾出逃流亡，以吹箫乞食于吴市。屠狗：指荆轲和高渐离的典故。　⑦ 河满子：唐代乐曲名，音情悲咽。　⑧ 泪湿青衫透：白居易《琵琶引》："座中泣下谁最多，江州司马青衫湿。"　⑨ 武昌：为当时左良玉水军驻扎之地。　⑩ 樊口：在今湖北鄂州。　⑪ 柁楼：即战船。柁，即舵。　⑫ 乌鹊南飞：语出曹操《短歌行》："月明星稀，乌鹊南飞。"　⑬ 华清：即华清宫，在长安，为唐玄宗与杨贵妃游乐之所。　⑭ 鹤发开元叟：指白头发的苏昆生。开元，唐玄宗的年号。

品评

此词为赠友之作。上片抒写二人相遇的时间、地点及心境。起句写在春景如画的苏州，作者与苏昆生相遇，环境的优美亦是在反衬人的潦倒。"笑野老"则概叹自己沦落江湖，除与花、酒相伴外，知己更少。"算此外、谁欤吾友"，在自伤的同时亦为苏昆生的出场做铺垫。"忽听一声河满子"直至上片末，则写突遇苏昆生，为其演唱所倾倒，"青衫透"表明二人均经历过亡国之痛，故有"同是天涯沦落人”之感。下片则重点写苏昆生的生平遭遇，其间亦穿插有对南明历史的回顾。“武昌万叠戈船吼”是回顾当年左良玉起兵之事。左良玉为南明福王四大镇将之一，因不满马士英等人专权误国，举兵讨伐，后病死军中。这是南明政权的转折点，自此后，南明政权分崩离析，很快为清兵所破。“记当日”句，正是对这段史实的回顾。“隐隐柁楼歌吹响”则是指苏昆生在军营中演唱情形，“六军搔首”点明其演唱之动人，让将士为之垂泪搔首。“正乌鹊南飞”则指南明亡后，苏昆生流落江湖，惨淡无依的境遇。作者以“鹤发开元叟”来指称苏昆生，亦点明其遗民身份，话语中充满敬仰。结句则以“我亦是，中年后”，呼应起首“笑野老”，再次点明家国沦丧之痛。

此词沉郁悲凉，将身世之感与家国之痛紧密结合，写人亦是写国，写友亦是写己，极具历史厚重感。

贺新郎

纤夫词

战舰排江口。正天边[①]、真王拜印[②]，蛟螭蟠钮[③]。征发棹船郎十万，列郡风驰雨骤。叹闾左、骚然鸡狗[④]。里正前团催后保[⑤]，尽累累锁系空仓后。捽头去[⑥]，敢摇手？　　稻花恰称霜天秀。有丁男、临歧诀绝[⑦]，草间病妇。此去三江牵百丈[⑧]，雪浪排樯夜吼[⑨]。背耐得、土牛鞭否[⑩]？好倚后园枫树下，向丛祠亟倩巫浇酒。神佑我，归田亩。

注释

① 天边，指云南。　② 真王拜印：谓吴三桂反清事。真王，《史记·淮阴侯列传》载，韩信平齐，请为“假王”，刘邦谓：“大丈夫定诸侯，即为真王可耳，何以假为?”吴三桂降清后初封平西王，后进亲王，举兵反清，自号“周王”、“天下都招讨兵马大元帅”。　③ 蛟螭蟠钮：指雕刻有蟠龙的帅印。　④ 闾左：指贫民，亦借指戍边兵士。《史记·陈涉世家》：“二世元年七月，发闾左谪戍渔阳九百人，屯大泽乡。”《索隐》云：“闾左谓居闾里之左也。秦时复除者居闾左。今力役凡在闾左者尽发之也。又云，凡居以富强为右，贫弱为左。秦役戍多，富者役尽，兼取贫弱者也。”骚然鸡狗：即鸡犬不宁之意。　⑤ 里正：即里长，管理地方事务的官员。

唐制,百家为里,设里正一人。团、保:均为当时户籍管理制度,十家为一保。⑥ 捽(zuó)头:抓住壮丁的头。 ⑦ 临歧:面临歧路。 ⑧ 三江:此指江、皖、赣三省界之长江段。 ⑨ 樯:桅杆也。 ⑩“背耐得”句:《魏书·甄琛传》:“背如土牛,殊耐鞭杖。”土牛,春牛,古人祭祀社神时的祭物。

品评

此词可当做老杜的“三吏”、“三别“来读,它深刻揭示了清初乱抓壮丁给民生带来的巨大痛苦。起句“战船排江口”即以杀伐之事形成一种紧张、恐怖的气氛,拉开了整首词悲惨气氛的序幕。“正天边”两句则指朝廷派来要员,身带皇帝颁发的大印前来征召壮丁,交待出官员耀武扬威的嚣张气势。“征发櫂船郎十万”一方面指战争之激烈残酷,非一年半载可结束,一方面也对无端充当炮灰的百姓充满了无限同情哀怜。“叹闾左”以下则写以里正为代表的地方官员四处抓壮丁,折腾得地方鸡犬不宁之景。词人写了里正从前村跑到后村,到处堵截百姓,以充人数。这些被强抓的壮丁被五花大绑,紧紧锁在了空粮仓里,他们哪敢反抗申诉呢?保长正把他们的头抓在手中,根本不让他们有喘息、反抗的机会。下片词人把视角对准一个纤夫的悲剧遭遇。他的妻子卧病在家,夫妻二人在离别的那一刻还不忘叮嘱劝慰。妻子担心丈夫此去在惊天骇浪中行船,不知几多凶险,还要遭受无端鞭打,也不知夫君的脊背能否承受得起。而丈夫则在叮嘱妻子,自己去后,你要多请巫婆祈祷神灵,好保佑我平安归来。

此词创新之处在于,突破以往词体或言男女艳情或写文人失意之痛的小圈子,而大胆把词体的写作空间突围到更深广的社会上去,以词当史,全面反映民间疾苦与社会黑暗,其胆识与魄力均超越前人,大大开拓了词体的发展空间,可谓大手笔!

朱彝尊

朱彝尊(1629—1709),字锡鬯,号竹垞,又号金风亭长、小长芦钓鱼师,秀水(今浙江嘉兴)人。清圣祖康熙十八年(1679)荐举博学鸿词,授检讨,纂修《明史》。二十年,充日讲起居注官,出典江南乡试。罢归后,殚心著述。工诗,与王士禛为南北二大宗。词与陈维崧并称"朱陈"。选辑《词综》,风靡当世,遂开浙西词派。论词主"醇雅"。《清史稿》卷四八四有传。

满江红

吴大帝庙①

玉座苔衣②,拜遗像、紫髯如乍③。想当日、周郎陆弟④,一时声价。乞食肯从张子布⑤?举杯但属甘兴霸⑥。看寻常谈笑敌曹刘,分区夏。　南北限,长江跨。楼橹动,降旗诈。叹六朝割据,后来谁亚?原庙尚存龙虎地,春秋未辍鸡豚社⑦。剩山围衰草女墙空,寒潮打⑧。

注释

① 吴大帝庙:即东吴孙权之庙,位于南京城。　② 苔衣:即青苔。　③ 紫髯:《三国志》记载,孙权"紫髯将军,长上短下"。　④ 周郎陆弟:分别指周瑜和陆逊。　⑤"乞食"句:曹操兵逼东吴时,当时大臣张昭力主投降,后周瑜大败曹操,孙权讽刺张昭说:"如张公之计,今已乞食矣。"(《三国志·张昭传》)子布即张昭。　⑥ 甘兴霸:指大将甘宁。　⑦ 鸡豚社:指民间仍以鸡豚年年祭拜孙权。⑧"剩山"二句:化用唐代刘禹锡《石头城》诗:"山围故国周遭在,潮打空城寂寞

回。淮水东边旧时月，夜深还过女墙来。”

品评

作者流寓江南，在南京拜祭孙权庙之后，有感而发，遂作此词。上片先从庙内遗像写起。虽然孙权的塑像下长满苔藓，但其威猛之气不除，紫髯仍如生前肃肃生威。接着词人写其生平伟绩，包括知人善用，先后起用了周瑜、陆逊这样的良将，他们一个在赤壁之战中大败曹操，一个火烧刘备军营，将刘备逼至白帝城。可以说有此二将，东吴江山可以无忧。不仅懂得用人，孙权本人亦是有勇有谋，在曹操大举入侵东吴时，他力退重臣张昭投降之议，坚决起用甘宁奋勇抵抗。正是这样一个有胆识、有谋略的雄主，才能与曹、刘三分天下，奠定东吴大局。下片则是词人抒发思古之情。“南北限”承上片而来，赞孙权开辟疆土之功。“叹六朝割据”则是叹息孙权之后的南朝君主一味荒淫享乐，再也建立不起孙权似的业绩了，无怪后人这么推崇孙权，年年到其庙上祭拜了。结句化用刘禹锡的诗意，抒发今昔盛衰之感，为整首词笼上一层悲凉深沉的气氛。

这首怀古词讴歌了孙权的英雄伟绩，同时亦抒发了对古人的无限思慕之情和牢落不遇的失志之痛。全词跌荡起伏，深情余韵均在词外可体会之。

卖花声

雨花台[①]

衰柳白门湾[②]，潮打城还。小长干接大长干[③]。歌板酒旗零落尽，剩有渔竿。 秋草六朝寒，花雨空坛。更无人处一凭栏。燕子斜阳来又去，如此江山！

注释

① 雨花台：在今南京城南。相传梁武帝时，有法师在此讲经，感动上天降下花雨，故名。 ② 白门：指南京。 ③ 长干：南京地名，是船民集居之地。

品评

此词为览景抒怀之作。南京曾是明朝的都城，尤其是南明小朝廷亦曾建都于此，故作者实借雨花台暗寓亡国之感。上片总写南京衰败之景，“衰柳白门湾”

已然为本词带上一层萧瑟冷清之感。虽然潮水扑城之景依旧,大小长干亦如昨日,但毕竟经过了社稷更替,从前繁华的南京城如今一片破败凋敝,曾经香艳的秦淮河两岸早已人去楼空,只剩下几根渔竿斜挂。下片则写词人登台抒怀。作者看见远处的青草还带着六朝的余寒之气,曾经传说有花雨飘荡的地方也是空无一人。在寂寥无助中,作者一个人凭栏远眺,惟见几只燕子还在斜阳下飞来飞去,目睹此景,词人不禁发出一阵痛苦的呼喊:"如此江山!"这也是经历王朝更迭之后,仍对前朝眷念不已的人才会发出的呼喊。此词沉痛激昂,亦警醒健拔,故被人称为"声可裂竹"(谭献《箧中词》)。

百字令

度居庸关[①]

崇墉积翠,望关门一线,似悬檐溜。瘦马登登愁径滑,何况新霜时候。画鼓无声,朱旗卷尽,惟剩萧萧柳。薄寒渐甚,征袍明日添又。　谁放十万黄巾[②],丸泥不闭[③],直入车箱口?十二园陵风雨暗[④],响遍哀鸿离兽。旧事惊心,长途望眼,寂寞闲庭堠。当年锁钥,董龙真是鸡狗[⑤]。

注释

① 居庸关:长城要塞,在今北京昌平区。　② 十万黄巾:本指东汉末年的黄巾军,这里借指明末李自成起义军。　③ 丸泥不闭:《后汉书·隗嚣传》载,王元游说隗嚣:"元请以一丸泥为大王东封函谷关,此万世一时也。"　④ 十二园陵:指明朝十二座皇陵。　⑤ "董龙"句:《晋书·王堕载记》:"(王堕)性刚峻疾恶,雅好直言。疾董荣、强国如仇雠,每于朝见之际,略不与言。人谓之曰:'董尚书贵幸一时,公宜降意。'堕曰:'董龙是何鸡狗,而令国士与之言乎?'"龙,即董荣的小字。

品评

此词上片写作者经过北京居庸关所见之景。登关远望,只见群山叠翠,绵延无际,沿关门的小路陡峭险峻如同屋檐滴水处形成的凹坑。词人在这样的小路上行走,时刻担心所骑的瘦马被路上的秋霜滑倒。这时关内一片冷清,鼓角无声，军旗卷起，只有几株残柳在寒风中瑟瑟飘动。眼见秋寒渐重，词人考虑明天该添些衣裳。与上片所描写的居庸关冷清萧条相比，下片则显得剑拔弩张，十分亢烈。词人联想当年把守此关的明军，连如此险峻的要塞都守不住，最终让明朝社稷在李自成军队的冲击下土崩瓦解。想到大好河山被无辜葬送，明皇陵一片哀鸿遍野的悲惨景象，词人不禁痛骂当年驻守此关的将帅真是一群像董龙一样的“鸡狗”。清人郭麐《灵芬馆词话》评此词“直欲平视辛、刘，自出机杼”。这话点出了本篇激奋跌宕、充满郁勃怒发之气的特征。

消　息

度雁门关[①]

千里重关，凭谁踏遍，雁衔芦处[②]？乱水滹沱[③]，层霄冰雪，鸟道连句注[④]。画角吹愁，黄沙拂面，犹有行人来去。问长途、斜阳瘦马，又穿入，离亭树。　　猿臂将军[⑤]，鸦儿节度[⑥]，说尽英雄难据。窃国真王，论功醉尉[⑦]，世事都如许！有限春衣[⑧]，无多山店，酹酒徒成虚语！垂杨老，东风不管，雨丝烟絮。

注释

①雁门关：在山西代县雁门关山上，为长城要塞之一。　②雁衔芦处：崔豹《古今注》：“雁自河北渡江南，瘦瘠能高飞，不畏矰缴。江南沃饶，每至还河北，体肥不能高飞，恐为虞人所获，尝衔芦长数寸，以防矰缴焉。”　③滹沱：河名，发源于山西，经河北入海。　④鸟道：只有鸟才能飞越的路，形容山间小路狭窄陡峭。句注：山名，即山西雁门山。　⑤猿臂将军：指汉代李广。《史记·李将军列传》：“广为人长，猿臂。”　⑥鸦儿节度：指李克用。《五代史》记载，李克用骁勇，军中号曰李鸦儿。因率兵击退黄巢军队，被封为河东节度使。　⑦窃国真王：指李克用，曾被封为晋王。论功醉尉：指李广退居乡里，一次夜饮归来，路过霸陵亭，亭长不让其通过。后来李广重新为将，即将此亭长招至军中斩之。⑧有限春衣：杜甫《曲江二首》：“朝回日日典春衣，每日江头尽醉归。”

品评

作者于康熙三年(1664)年北上山西，依附其乡友曹溶为幕僚。此词即为游历雁门关时所作。上片写雁门之景。起三句先写雁门的险峻，并以大雁都不敢飞过衬托其穿越之难。“乱水”三句则写远望滹沱水奔涌而下，高山上冰雪几乎连着天边的云朵，一条奇险的山间小道正蜿蜒通向远处的雁门山。接着写路上景色，作者耳边响起鼓角悲凉的曲子，阵阵黄沙扑人脸面，让人寸步难行。在这样恶劣的环境中，只有几个旅人还在路上行走，他们在询问了前面的路程后，又骑着瘦马穿入前面的树林中。下片则是词人登关所思。他想起曾在雁门关上作战厮杀的那些古来名将，如李广、李克用，他们一个是名震沙场的“飞将军”，一个是骁勇的“鸦儿节度”，如今他们人在何处？即使李克用贵封为王，李广最终斩杀了侮辱自己的校尉，那又如何？最终他们不还是或被杀或自杀，落个悲惨结局？人间事皆如此，谁能把握自己的命运呢？词人在感慨古人的同时，亦在为自己的失意寻到解脱的方式。如今他漂泊四方，潦倒栖迟，为了喝酒，不得不典当春衣。面对古人的英雄事迹，他虽心向往之，却又无力为之，只得发发牢骚，聊以解忧了。结句以衰老垂杨，东风柳絮作结，这迷茫失落的春景可以说是词人面对前途无限怅惘的体现。

迈陂塘

题其年填词图[①]

擅词场、飞扬跋扈[②]，前身可是青兕？[③] 风烟一壑家阳羡[④]，最好竹山乡里[⑤]。携砚几，坐罨画溪阴[⑥]，袅袅珠藤翠。人生快意，但紫笋烹泉，银筝侑酒，此外总闲事。　　空中语[⑦]，想出空中姝丽，图来菱角双髻[⑧]。乐章琴趣三千调[⑨]，作者古今能几？团扇底，也直得尊前，记曲呼娘子[⑩]。旗亭药市[⑪]，听江北江南，歌尘到处，柳下井华水[⑫]。

注释

① 其年：陈维崧字。　② 飞扬跋扈：语出杜甫《赠李白》诗：“痛饮狂歌空度日，飞扬跋扈为谁雄。”　③ 青兕：宋词人辛弃疾曾被人称为“青兕”，见《宋史》本传。兕，如野牛而青。　④“风烟”句：语出杜牧《正初奉酬歙州刺史邢群》诗：“一壑风烟阳羡里，解龟休去路非赊。”阳羡：江苏宜兴，为陈维崧的故乡。⑤ 竹山：南宋词人蒋捷的号。蒋亦是宜兴人。　⑥ 罨(yǎn)画溪：为宜兴一溪

名。 ⑦ 空中语：惠洪《冷斋夜话》："（法云）尝谓鲁直曰：'诗多作无害，艳歌小词可罢之。'鲁直曰：'空中语耳。非杀非偷，终不坐此堕恶道。'" ⑧ 菱角：唐代诗人白居易身边的歌女。此指歌妓。 ⑨ 乐章琴趣：均是代指词集。柳永的词集为《乐章集》，黄庭坚的词集是《山谷琴趣外编》。 ⑩ 记曲呼娘子：《乐府杂录》："张红红唱歌乞食于市，韦青纳为姬。敬宗召入宫，号'记曲娘'。" ⑪ 旗亭：酒楼。药市：陆游《老学庵笔记》："成都药市以玉局化为最盛。"玉局化，成都市内之地名。 ⑫ 柳下井华水：叶梦得《避暑录话》："予仕丹徒，尝见一西夏归朝官云：'凡有井水之处，即能歌柳词。'"柳，这里代指柳永。

品评

清初词人陈维崧有一幅自画像，画面是自己在房中填词，旁边坐一丽人拈箫吹奏。后陈将此画携至京城，请诸多词人为其题咏，朱彝尊此作即是其中一首。

词的上片是对此图内容的概述。作者先给画中主人一个定位——"词中青兕"，这是赞其词风飞扬跋扈，霸悍有力，犹如南宋豪放词派的领袖辛弃疾。接着是对画面风景进行介绍，这里正是风景优美的江苏宜兴，亦是著名词人蒋捷的故乡。有此佳美山水，又有乡贤词人为榜样，陈维崧能不写出好词丽句吗？果然，陈维崧正是在翠绿林木遮掩下，身坐清澈溪水边，研墨写词呢，在他身边还煮着泉水泡制的宜兴名茶——紫笋茶。有山水，尚需佳人相伴，这是传统文人的理想生活，在陈维崧身边就有这么一位妙丽佳人，正弹奏银筝，侑酒助兴。在介绍完画面的内容后，作者开始对陈维崧的词进行赞美。"空中语"正是借黄庭坚的典故，说明陈的词正是满肚牢骚不平之气的发泄。"想出空中姝丽"指其词往往是借写艳情来传达身世家国之感，也即是传统"美人香草"的比兴寄托手法。"乐章琴趣三千调"，指陈才情丰富，填词达三千多首，为古今词人之冠。"团扇底"则指其词音调谐美，可付诸歌女演唱。结句将其比拟为柳词，以此来赞美陈词在大江南北普遍传唱，足见其声名之广。

吴兆骞

吴兆骞(1631—1684),字汉槎,江苏吴江人。清世祖顺治十四年(1657)举人。以科场舞弊案受牵连,遣戍宁古塔二十三年。后经纳兰性德多方营救,始回归。有《秋笳集》。《清史稿》有传。

念奴娇

家信至有感

牧羝沙碛[1],待风鬟,唤作雨工行雨[2]。不是垂虹亭子上[3],休盼绿杨烟缕。白苇烧残,黄榆吹落,也算相思树。空题裂帛[4],迢迢南北无路。　消受水驿山程,灯昏被冷,梦里偏叨絮。儿女心肠英雄泪,抵死偏萦离绪。锦字闺中[5],琼枝海上,辛苦随穷戍。柴车冰雪[6],七香金犊何处[7]?

注释

①"牧羝"句:此用苏武牧羊事以自喻。《汉书·苏武传》载:"(匈奴)乃徙武北海上无人处,使牧羝,羝乳乃得归。"羝,公羊。　②"待风鬟"二句:《柳毅传》记载,柳毅路遇龙女,见其"风鬟雨鬓,所不忍睹",牧羊于道上,询之,为洞庭龙君小女,柳毅问"吾不知子之牧羊,何所用哉?"女曰:"非羊也,雨工也。""何为雨工?""雷霆之类也。"　③垂虹亭子:在今江苏苏州。　④空题裂帛:意指撕裂布帛,在其上写信。《汉书·苏武传》载:"天子射上林中,得雁,足系帛书,言武等在某泽中。"　⑤锦字:前秦苏蕙思念夫君,织锦为回文诗,寄给夫君。　⑥柴车:粗陋的车。　⑦七香金犊:形容牛拉的华贵车辆。宋代方岳《三次韵答惠兰亭纸翠毫笔》诗:"策勋翰墨玉床籍,未羡香车驾金犊。"

品评

此词是作者因科场案被发配宁古塔后，接到家信，知其妻子将来相伴时所作。词的上片写发配之地的苦寒之景。词人以苏武自比，将宁古塔比做苏武牧羊处的北海，一是为了突显此地的荒寒，二是暗指自己含冤被发配。“待风鬟”指北方沙漠之地无水露浇灌，亦含有期待亲人相聚之意。接着词人将此地的白苇、黄榆与故乡垂虹亭子的绿杨、相思树进行了对比，写出自己不耐边地荒漠，以及对故土、家人的思念。下片则重在抒发对妻子的挂念、相思之苦。作者接到来信，知其妻子将来，便日日梦见其妻子在山程水驿中奔波的情形，在梦中自己还喋喋不休地告诉妻子路途上应注意的事项。醒后作者黯然悲伤，想到她千里奔波，辛苦随边，不知要在此受多少煎熬。结句意为，在这里只有冰雪柴车相伴，哪里有七香金犊这样的好环境来让妻子安居呢？

此词词情悲苦，将在苦寒境况之下夫妻间相濡以沫的患难真情写得真实感人。

米汉雯

米汉雯，字紫来，号秀岩，大兴(今属北京)人。清世祖顺治十八年(1661)进士。圣祖康熙朝官至侍讲学士。善书法，时称“小米”，与其祖并称“二米”。工诗词，有《始存词》。

满江红

易水吊古①

击筑遗墟②，觅故垒、尽成陈迹。想当日、停杯西发③，壮怀辟易④。惨淡徵声歌已杳⑤，潺湲易水寒犹昔⑥。念燕丹、岂乐蹈危机⑦，他无策。　於期颈，空函赤⑧。夫人匕，成虚掷⑨。笑舞阳竖子⑩，何堪争烈。永诀直应毛发竖，密谋何用衣冠白⑪？叹一般、有志事无成，沙中客⑫。

注 释

① 易水：河名，在今河北易县。　② 击筑：燕太子丹送别荆轲至易水，高渐离击筑，荆轲和而歌。筑，古乐器，已失传。　③ 停杯西发：指荆轲饮罢饯行酒，向西取道入秦。　④ 辟易：退避。　⑤ 徵声：五音之一，是最激烈之声。⑥“潺湲”句：喻易水犹寒。荆轲歌曰：“风萧萧兮易水寒。”　⑦ 燕丹：燕太子丹。燕王喜之子，质于秦国，秦国待之无礼，逃归燕。　⑧ 於期颈：樊於期，秦国将领，因秦王尽屠其父母宗族，故逃奔至燕。秦王以千金购其首。荆轲说服樊於期，要借其首去接近秦王行刺，樊於期遂自刎。　⑨ 夫人匕：徐夫人是赵国收藏利匕的人，燕太子丹曾向其求购匕首，以供荆轲刺秦。　⑩ 舞阳：即秦舞阳，燕国勇士，曾随荆轲刺秦。竖子：卑贱之人，对人的辱称。　⑪ 衣冠白：指燕太子

丹及其宾客皆穿白衣送荆轲。 ⑫ 沙中客：指张良。张良曾趁秦始皇东游时，使力士操铁椎狙击秦始皇于博浪沙中。因误中副车，故有“有志事无成”之句。

品评

此词为凭吊荆轲之作。词的上片先交待自己来到易水河边，看见古迹尽成废墟，感慨万分。他不禁想象当年在易水河边，燕太子丹及其宾客皆穿白衣送荆轲的情形。那时，大家刚喝完酒，荆轲即一腔壮志向西而行，朋友们为他唱起激昂的歌曲。这是一幅多么悲壮的场面，时间也似乎停止在那一刻，易水河畔的水永远带着阵阵寒气。然而作者在怀念英雄的同时，亦对整个刺秦计划产生新的认识。“念燕丹”句指他认为燕太子丹派荆轲刺秦王实属下策，为黔驴技穷之法，从这点出发，作者对整个计划进行了全盘否定。在下片词人对涉及到的其他人物一一评述，他认为樊於期也不应白白送上自己的头做无谓牺牲。虽然荆轲有了从徐夫人处购得的匕首，但最终还是没刺中，利器也没发挥作用。而秦舞阳只是一个胆怯却说大话的人，等真正面对秦王时，他脸色吓得煞白，真是无用之人。至于那场著名的燕太子丹一身白衣送荆轲的情形，作者也不以为然，这不是明摆着向秦王透露行刺的计划吗？结句，作者对整个刺秦计划的评价是“有志事无成”，即就像当年张良使人狙击秦始皇一样都是有勇无谋。

可以看出这是一首翻案词，对著名的荆轲刺秦的史实进行了一番毫不留情的批判，虽大体脱离了当年具体的环境，纯属书生之见，但他的某些看法仍是相当深刻和中肯的。

曹贞吉

曹贞吉(1634—1698),字升六,又字升阶,号实庵,山东安丘人。清圣祖康熙三年(1664)进士,考授内阁中书,出为徽州府同知,内召礼部仪制司郎中,调湖广学政,寻以疾辞归。工诗,为金台十子之一;又工词。有《珂雪诗》、《珂雪词》、《实庵诗略》等。事迹见《清史稿》及《安丘续志》。

留客住

鹧鸪

瘴云苦。遍五溪、沙明水碧[1],声声不断,只劝行人休去[2]。行人今古如织,正复何事关卿。频寄语。空祠废驿,便征衫湿尽,马蹄难驻。　风更雨,一发中原[3],杳无望处。万里炎荒,遮莫摧残毛羽[4]。记否越王春殿,宫女如花,只今惟剩汝[5]。子规声续,想江深月黑,低头臣甫[6]。

注释

① 五溪:指湘西、黔东北之雄溪、横溪、酉溪、沅溪、辰溪。　② 只劝行人休去:民间认为鹧鸪的声音是在说"行不得也哥哥"。　③ 一发中原:苏轼《澄迈驿通潮阁》诗:"杳杳天低鹘没处,青山一发是中原。"　④ 遮莫:任凭。　⑤"记否"三句:语出李白《越中览古》诗:"越王勾践破吴归,义士还乡尽锦衣。宫女如花满春殿,只今惟有鹧鸪飞。"　⑥ 臣甫:唐代诗人杜甫诗中每自称"臣甫",如《北征》诗有"东胡反未已,臣甫愤所切"句。

品评

作者的弟弟身逢吴三桂叛乱,当时谣传其弟已降顺吴三桂,后查实,其弟实因不屈而为吴三桂所害。此词哀苦缠绵，当为怀念其弟而作。

首句“瘴云苦”即点出鹧鸪生存环境之艰难，亦喻指康熙十二年(1673)吴三桂在云贵、湖南等地举兵叛乱，其弟身处乱局无法自保的情形。接下来，“遍五溪”三句则写鹧鸪凄苦的叫声如同是在呼唤行人不要远行南方，声情悲苦之极。“行人今古如织”直至上片末，意指虽然鹧鸪辛苦呼唤行人不要远行，但还是有许多行人匆匆经过祠堂，马蹄不断地向南方进发。词的上片明写鹧鸪，暗则指其弟当年不顾艰险，勇于去南方任职的情形。下片则写想象其弟虽处险境，但对朝廷的忠心不变。“风更雨”即暗喻战乱时局，“一发中原”二句则指吴三桂占据要地，称王称帝。“万里炎荒”实指其弟生死不明的情况。结句“子规声续”则以杜甫指称其弟，赞其一片忠心天地可鉴。作者写作此词时，其弟案件尚未明朗，故用语隐晦，以比兴体来曲折传达对弟弟的挂念以及相信其弟必为朝廷忠臣的信心。

此词声情悲凄哀苦，虽为其弟而作，但也反映了战乱时局士子们危苦不安的心态，故清人谭献评其有“投荒念乱之感”(《箧中词》)。

满庭芳

和人潼关[①]

太华垂旒[②]，黄河喷雪，咸秦百二重城[③]。危楼千尺[④]，刁斗静无声[⑤]。落日红旗半卷，秋风急、牧马悲鸣。闲凭吊，兴亡满眼，衰草汉诸陵[⑥]。　泥丸封未得，渔阳鼙鼓[⑦]，响入华清[⑧]。早平安烽火，不到西京[⑨]。自古王公设险，终难恃、带砺之形[⑩]。何年月，铲平斥堠，如掌看春耕[⑪]？

注释

① 潼关：在今陕西。　② 太华：即西岳华山。垂旒：王冠前下垂的玉串。③ 百二重城：形容地形险峻。　④ 危楼：高楼。　⑤ 刁斗：古代行军用具，白天用来烧饭，晚上用来敲击巡更。　⑥ 汉诸陵：在咸阳有汉代帝王的陵墓，共有五陵。　⑦ 渔阳鼙鼓：指镇守渔阳的安禄山发动叛乱。白居易《长恨歌》：“渔阳鼙鼓动地来，惊破霓裳羽衣曲。”　⑧ 华清：华清池，为唐玄宗所建温泉池，以供自己和杨玉环享用。　⑨ 西京：即长安。　⑩ 带砺之形：《史记·高祖功臣侯者年表》：“封爵之誓曰：‘使河如带，泰山若厉，国以永宁，爰及苗裔。’”汉人应劭注曰：

"河当何时如衣带,山当何时如厉石,言如带、厉,国乃绝耳。"砺,磨刀石。

⑪ 斥堠:指军队中对敌情的侦察、候望之所。

品评

这是一首怀古词。上片重在写潼关的险要地形。"太华垂旒"指潼关西面的华山,其山峰高迈险峻如同帝王冠冕前垂下的玉串。"黄河喷雪"指其北接黄河,一个"喷"字已交待出黄河磅礴之势。"百二重城"是对潼关的概括,强调其易守难攻,为中原门户的重要位置。接着词人写了潼关周围的景色,虽然已近日暮,城里一片安静,但作者登上高楼,听到四周战马悲鸣之声,眼见远处的汉代皇陵被荒草埋没,不禁发出"兴亡"之感。下片则是详述此"兴亡"之感。作者以唐玄宗为例,他当初的荒淫享乐导致如此险要的潼关被安禄山轻易攻破,联想史实,作者不禁感叹"自古王公设险,终难恃、带砺之形",点出从古到今,一代明君都是重德不重险的主题。最后词人衷心渴望能有太平之世到来,到那时,将彻底除去城防边备,把战场变成百姓手中的良田。

此词由潼关之险出发,引申出对帝王守城的劝诫,直至提出废军备、变良田的思想,这一点为历来词人所极少提到的,也是这首词高出常人之处。在风格方面,"雄浑苍茫"、"惝恍傲睨"(王炜《珂雪词序》)自是此词特色。

顾贞观

顾贞观(1637—1714),字华峰,号梁汾,江苏无锡人。清圣祖康熙五年(1666)顺天举人,擢秘书院典籍。在京时,馆纳兰相国家,与纳兰性德交契。善填词,与吴兆骞交尤笃。后兆骞以科场案谪戍宁古塔,贞观为求援于性德,兆骞遂得生还。有《弹指词》。事见《清史稿·文苑传》。

夜行船

郁孤台[1]

为问郁然孤峙者,有谁来、雪天月夜?五岭南横[2],七闽东距[3],终古江山如画。　百感茫茫交集也。憺忘归、夕阳西挂。尔许雄心,无端客泪,一十八滩流下[4]。

注释

① 郁孤台:在今江西赣州市。　② 五岭:山名,在今广东北面。　③ 七闽:古地名,包括现在福建及浙江的温州、台州。　④ 一十八滩:江西省赣江流经赣县、万安境内,有滩十八,十分湍急。

品评

此词为登临咏怀之作。起句即写自己登上郁孤台所见之景。在作者眼中,郁孤台是一个"孤峙",又有些落寞的失意者形象,词人在雪天月夜独自登临,更有一种身世茫茫之感。"五岭南横"两句交待远望的开阔景象,它连接闽地和粤地,一眼望去,江山如画。下片则抒发作客他乡之感。"茫茫交集"写出词人对前途的迷惘之感。结句“尔许雄心”则以客泪比拟湍急的河水，把这份悲情推向高潮。此词在阔大的景象中插入“茫茫交集”之感，一种作客他乡、身世浮沉、前途难定的失落情绪笼罩全篇。

金缕曲

寄吴汉槎宁古塔，以词代书，丙辰冬寓京师千佛寺冰雪中作[1]（其一）

季子平安否[2]？便归来，平生万事，那堪回首？行路悠悠谁慰藉？母老家贫子幼。记不起、从前杯酒。魑魅搏人应见惯[3]，总输他覆雨翻云手[4]。冰与雪，周旋久。　　泪痕莫滴牛衣透[5]。数天涯、依然骨肉[6]，几家能彀[7]？比似红颜多命薄，更不如今还有。只绝塞、苦寒难受。廿载包胥承一诺[8]，盼乌头马角终相救[9]。置此札，君怀袖。

注释

① 吴汉槎：吴兆骞，字汉槎。顺治十四年(1657)江南乡试中举，适科场舞弊案发，被诬罹祸，流放黑龙江宁古塔。十六年出塞，至康熙二十年(1681)，经纳兰性德、徐乾学兄弟等赎，放生还。　② 季子：春秋吴季札称“延陵季子”，兆骞吴姓，又行四，故以此代称之。兄弟排行曰伯、仲、叔、季，季行第四。　③ 魑魅：指各种害人的鬼怪。　④“覆雨”句：指世情变化难料。杜甫《贫交行》诗：“翻手作云覆手雨，纷纷轻薄何须数。”　⑤ 牛衣：给牛御寒之衣。衣牛衣者，即穷困者。⑥“数天涯”句：谓兆骞妻葛采真不远千里至宁古塔与其随戍相守，生一子四女。⑦ 能彀：即“能够”，宽慰语，合“更不如今还有”句，谓更悲惨者大有人在。⑧ 包胥一诺：谓言出必行之承诺。《史记·伍子胥列传》载：“始伍员与申包胥为交，员之亡也，谓包胥曰：‘我必覆楚。’包胥曰：‘我必存之。’及吴兵入郢，伍子胥求昭王。既不得，乃掘楚平王墓，出其尸，鞭之三百，然后已。申包胥亡于山中，使人谓子胥曰：‘子之报雠，其以甚乎！吾闻之，人众者胜天，天定亦能破人。今子故平王之臣，亲北面而事之，今至于僇死人，此岂其无天道之极乎！’伍子胥曰：‘为我谢申包胥曰，吾日莫途远，吾故倒行而逆施之。’于是申包胥走秦告急，求救于秦。秦不许。包胥立于秦廷，昼夜哭，七日七夜不绝其声。秦哀公怜之，曰：‘楚虽无道，有臣若是，可无存乎！’乃遣车五百乘救楚击吴。六月，败吴兵于稷。”

⑨ 乌头马角：指不能成之事。《史记·刺客列传》司马贞《索隐》注称，燕丹子求归，秦王曰："乌头白，马生角，乃许耳。"丹乃仰天叹，乌头即白，马亦生角。

品评

本篇与下一篇都是传诵清代的名作。据作者在此词后所加的"附注"，纳兰性德读了此词后，"为泣下数行"，说营救吴兆骞之事"弟当以身任之，不俟兄再嘱也"。可见纳兰之所以愿意鼎力相助，实为此词所感动。

上片起句"季子平安否?"以问候语入手，颇显突兀，可见作者心之所系，如鲠在喉，不吐不快，二人之间深厚情谊不难看出。接着，作者介绍了吴家中凄惨状况。"母老家贫子幼"，三件事，件件是牵动人心之事。让读者不能不为吴伤感落泪。"魑魅搏人"二句则是交待吴悲惨遭遇的原因，由于科场舞弊，吴无辜受到牵连，作者显然对朝廷借舞弊来打击士子的残酷手段不满，但不能直言，只好借小人作梗来含蓄传达。下片则是作者营救之意志的传达。"泪痕"句是指自己掬泪盈把的痛苦心情。他想到虽然普天之下能够阖家团圆的是少之又少，但像吴这样发配如此荒寒之地，处境之悲惨的更为少有。为此，作者郑重发下誓言，一定在二十年内帮助朋友脱离险境，生还故土。二十年看似漫长，实是由于吴系皇帝钦点要犯，要翻动此案，实际上是重新驳回皇帝的判决，当今之世谁有此力？故营救之路注定坎坷波折，二十年亦是实情。此词语浅情深，不加藻饰，更显动人。

金缕曲

其二

我亦飘零久。十年来、深恩负尽，死生师友。宿昔齐名非忝窃，试看杜陵消瘦①，曾不减、夜郎僝僽②。薄命长辞知己别，问人生到此凄凉否？千万恨，为兄剖。　兄生辛未吾丁丑③。共些时、冰霜摧折，早衰蒲柳④。词赋从今须少作，留取心魂相守。但愿得、河清人寿。归日急翻行戍稿，把空名料理传身后。言不尽，观顿首。

注释

① 杜陵：指杜甫。　② "曾不"句：以李白流放夜郎自比。僝僽（chán

zhóu):摧残,憔悴貌。 ③“兄生”句:指吴汉槎生于明思宗崇祯四年辛未(1631),作者生于崇祯十年丁丑(1637)。 ④早衰蒲柳:《世说新语·言语》:“顾悦与简文同年,而发蚤白。简文曰:‘卿何以先白?’对曰:‘蒲柳之姿,望秋而落;松柏之质,经霜弥茂。’”

品评

顾贞观这两首词,前一首重在申诉吴汉槎的痛苦遭遇,此首则重在表达自己飘零之痛,二首都以两人生死与共的真挚友情为主题。上片起句是在向吴推心置腹地表白自己多年来奔走京城,仕途坎坷的遭遇。“十年”三句意为功名无分,愧对师友,内心中充满无限痛苦,这种人生凄凉之苦只有向吴细细传达,亦可见二人在患难之中更加情深意重。下片则是对吴的劝慰语。意为我们都已是衰老之姿,要彼此珍重,词赋少作,一是为了保养身体,不必为之呕心沥血;二也是为避“文字祸”之意。最后作者祝愿吴能在太平时节平安归来,到那时,再好好整理文稿,以留身后名。

与上首的满篇凄凉相比,此词更多是朋友间絮叨之语,反反复复,似断似连,真情毕露。故清人陈廷焯赞曰:“华峰《贺新郎》两阕,只如家常说话,而痛快淋漓,宛转反覆,两人心迹,一一如见,虽非正声,亦千秋绝调也!”又曰:“二词纯以性情结撰而成,悲之深,慰之至,丁宁告戒,无一字不从肺腑流出,可以泣鬼神矣!”(《白雨斋词话》)

纳兰性德

纳兰性德(1654—1685),字容若,太傅明珠长子。年十七补诸生,清圣祖康熙丙辰(1676)应殿试,赐进士出身,选授宫廷侍卫。师事徐乾学,与严绳孙、顾贞观等交善。因顾贞观之请,赎吴兆骞于戍所,其事尤为人所称道。有《通志堂词》。《清史稿》有传。

如梦令

万帐穹庐人醉①。星影摇摇欲坠。归梦隔狼河②,又被河声搅碎。还睡。还睡。解道醒来无味。

注释

① 穹庐:游牧民族居住用的毡帐。 ② 狼河:白狼河,即今辽宁大凌河。

品评

作为康熙身边的侍卫,作者常扈从巡视边塞,此词当是其巡边时所作。"万帐"二句雄阔辽远,可以想见康熙巡边时,营帐连绵不绝的雄伟之景,再加上夜空澄澈如水、星星如坠目前,整个画面豪健之中亦带有似水柔情。接着,词人写了深夜难眠,归心似箭情形。结句"解道"语,淡淡写来,全无粉彩,却将醒后无聊孤寂之情揭示得异常生动。此词纯用白描,语言浅切流畅,读之有南唐二主及易安的神味,故谭献评纳兰小令特色时说:"格高韵远,极缠绵婉约之致,能使残唐坠绪绝而复续。"(《箧中词》)

长相思

山一程，水一程，身向榆关那畔行[1]。夜深千帐灯。　　风一更，雪一更，聒碎乡心梦不成。故园无此声。

注释

① 榆关：即今山海关。那畔：那边。

品评

此词作于康熙二十一年(1682)，时康熙平定三藩之乱后，北上盛京(沈阳)祭祀永陵、福陵、昭陵，纳兰以侍卫随行，此词即作于途中。上片起句“山一程”三句意为自己一路所经山水不知其数，漫长无边，已露疲于奔波之感。“夜深千帐灯”句则写大军露宿之景，千军万马，营帐灯深，背景顿显雄壮有力。下片则是抒发故土之思。作者深夜不眠，缘于周围风雪之声呼啸而过，让其归乡之梦也难做成。结句以“故园无此声”乍然结束，直白如话，但余情不绝，令人顿起乡关之思。此词颇为王国维激赏，比之于唐诗，并称为“千古壮观”(《人间词话》)之句。

蝶恋花

出塞

今古河山无定据，画角声中，牧马频来去。满目荒凉谁可语？西风吹老丹枫树。　　从前幽怨应无数，铁马金戈，青冢黄昏路[1]。一往情深深几许[2]？深山夕照深秋雨。

注释

① 青冢：指王昭君墓，相传冢上草色常青，故名。杜甫《咏怀古迹》诗：“一去紫台连朔漠，独留青冢向黄昏。”　② “一往”句：化用欧阳修《蝶恋花》词：“庭院深深深几许。”

品评

此词为纳兰扈驾巡边之作。上片首句即点醒词旨，亦是词人此次出塞的总体感受。接着写边塞的风光景色，周围传来阵阵钟鼓画角之声，边塞牧民骑着马匹频频往来。极目远望，可见荒凉的战场遗址，几棵枫树在秋风中愈显苍迈。作者不禁想起此地作为战场，不知发生过多少幽怨伤痛、爱恨情仇的故事，如今事往境迁，只留下一丘黄土。“铁马金戈”意为曾经的悲剧故事如今仍在反复上演。由此可见，词人在此传达的是一种穿越历史时空的永恒感喟，包含有对生命、人生价值及爱情的诸多感念。这些深沉的思索难以言传，于是以“秋雨深山”之景作结，包涵无限深情。此词主旨较隐晦，有学人认为是隐含了纳兰内心中的家族世仇，可备一说。唐圭璋先生评为：“气概豪雄，仿佛苏辛。”但在豪雄之中，亦饱含深深柔情，可谓刚健之中含婉丽之态。

金缕曲

赠梁汾[①]

德也狂生耳。偶然间、缁尘京国[②]，乌衣门第[③]。有酒惟浇赵州土[④]，谁会成生此意[⑤]？不信道、遂成知己。青眼高歌俱未老[⑥]，向尊前、拭尽英雄泪。君不见，月如水。　　共君此夜须沉醉。且由他、蛾眉谣诼[⑦]，古今同忌。身世悠悠何足问？冷笑置之而已。寻思起、从头翻悔。一日心期千劫在，后身缘、恐结他生里。然诺重，君须记。

注释

① 梁汾：顾贞观的号。　② 缁尘：指衣服被尘土染黑。晋陆机《为顾彦先赠妇诗》：“京洛多风尘，素衣化为缁。”　③ 乌衣门第：乌衣巷，在今南京市东南，是东晋时王导、谢安等名门望族所居之地。　④“有酒”句：李贺《浩歌》：“买丝绣作平原君，有酒惟浇赵州土。”赵州土，指战国时期赵国平原君之所。平原君“喜宾客，宾客盖至者数千人”（《史记》）。　⑤ 成生：作者原名成德。　⑥ 青眼：晋人阮籍能为青白眼，见凡俗之士，以白眼对之。嵇康携酒挟琴来访，籍大悦，对以青眼。青眼，眼睛正视，黑眼珠在中间。后人便以青眼指对人的器重或喜爱。

⑦ 蛾眉谣诼：指佳人因貌美常被人忌恨，招致谣言。屈原《离骚》："众女嫉余之蛾眉兮，谣诼谓余以善淫。"

品评

此词为赠友之作，亦是纳兰的一番自我写真。上片"德也狂生耳"，"狂"字为纳兰的自评，也是他和顾贞观友情的基石。他们都有蔑视功名富贵的气节，顾氏如此，纳兰亦是如此。他贵为权相明珠之子，不但不慕名利，反而厌倦周围的权势之争，向往归隐、自由的隐士生活，在一定程度上，纳兰与《红楼梦》中的贾宝玉确有相似的一面。"偶然"二句，明显看出他对荣华富贵的漠视。那么纳兰渴望什么呢？"有酒"句写其心愿，他希望如同赵国平原君一样，每日与友人开怀畅饮，无所不谈。"谁会成生此意"，意指自己心愿长期无人理解，渴望知音之感油然而生。于是，"不信道"写出他遇见顾氏之惊喜，立刻引以为知己。"青眼高歌"则写二人交往之愉快，一边痛饮美酒，一边高歌一曲，写尽友情之美好。下片则是对顾氏一番剖心之语。顾氏在京城曾做小官，后因谗言被去官。所以"蛾眉谣诼"之语是对顾氏的安慰，"冷笑置之"既是他劝告顾氏的话，也是自己面对周围谣言的一种态度。"一日心期"至结句，是表达与顾氏订交之语。他希望与顾氏生生世世结为知己，即使到了来生，还要继续保持情谊。其对友情之珍重亦可谓感天动地了。无怪清人谭献曾说，读纳兰词"使人增朋友之重，可以兴矣！"（《箧中词》）此词慷慨不羁，豪迈洒脱，徐釚评其："词旨嵚奇磊落，不啻坡老、稼轩。"（《词苑丛谈》）

厉　鹗

厉鹗(1692—1751)，字太鸿，号樊榭，钱塘(今浙江杭州)人。清圣祖康熙五十九年(1720年)举人，高宗乾隆元年(1736)举鸿博不赴。著作等身，搜奇爱博，尤熟于宋、元以来丛书稗说。著有《樊榭山房集》、《宋诗纪事》、《南宋院画录》等。《清史稿》、《杭州府志》有传。

齐天乐

吴山望隔江霁雪[1]

瘦筇如唤登临去[2]，江平雪晴风小。湿粉楼台，酽寒城阙[3]，不见春红吹到。微茫越峤[4]，但半沍云根[5]，半销沙草。为问鸥边，而今可有晋时棹？　清愁几番自遣，故人稀笑语，相忆多少？寂寂寥寥，朝朝暮暮，吟得梅花俱恼。将花插帽，向第一峰头[6]，倚空长啸。忽展斜阳，玉龙天际绕[7]。

注释

① 吴山：在今杭州西湖边。霁雪：雪后天晴。　②筇：竹名。实心，节高，宜作手杖。　③ 酽寒：严寒，酷寒。　④ 峤：高山峻岭。　⑤ 沍(hù)：寒冷，冻结。⑥ 第一峰：即吴山。　⑦ 玉龙：比喻被白雪覆盖的吴山如龙矫健。

品评

此词写雪后吴山的美丽景致。上片“瘦筇”句即起得幽默清新，写雪后景致绝佳，连手杖都在忙不迭地催促自己快去欣赏风景。接着词人写到登临西湖楼台远望之景。此时虽是早春，但天气严寒，花朵尚未绽放，但见微茫处，吴山正朦胧出现，它的一半被冻结在云层中，另一半则被周围沙草掩埋起来。作者目睹美景，兴致颇高，不免有登山的雅兴，于是便问水面的沙鸥，如果现在有东晋文人在场，他们一定会和我雪中乘船，去登吴山了吧。下片则是作者抒怀之笔。作者独自一人欣赏景致，不免有些落寞，于是想起曾经一起出游赏玩的友人们，不知身处异地的他们能否忆及自己？“吟得梅花俱恼”指整日思念朋友、吟诗作文，冷落了梅花，不禁让梅花恼怒起来，语句亦诙谐淡雅。“将花”至结句，则写词人为排遣寂寞，头戴梅花，努力向第一峰头攀去，他要登上峰头，仰天长啸。攀登之际，抬头忽见一抹夕阳立现山头，整个吴山像个雪白的巨龙在凌空飞舞。

此词以清淡灵动的笔墨绘出雪后吴山的壮丽景色，用笔设色均淡雅清幽，可谓是山水词中的佳作。清人谭献评曰：“顿挫跌宕。”（《箧中词》）

百字令

月夜过七里滩[1]，光景奇绝。歌此调，几令众山皆响。

秋光今夜，向桐江，为写当年高躅[2]。风露皆非人世有，自坐船头吹竹[3]。万籁生山，一星在水，鹤梦疑重续。拏音遥去[4]，西岩渔父初宿[5]。 心忆汐社沉埋[6]，清狂不见，使我形容独。寂寂冷萤三四点，穿过前湾茅屋。林净藏烟，峰危限月[7]，帆影摇空绿。随风飘荡，白云还卧深谷。

注 释

① 七里滩：在浙江桐庐县。 ② 当年高躅：谓汉时垂钓于七里滩的隐士严光之足迹。躅，足迹。 ③ 吹竹：即笛、箫类竹制乐器。 ④ 拏（ná）音：桨声。⑤“西岩”句：语出柳宗元《渔翁》诗：“渔翁夜傍西岩宿，晓汲清湘燃楚竹。烟销日出不见人，欸乃一声山水绿。” ⑥ 汐社：南宋谢翱于宋亡后，在七里滩附近隐居，与友朋相聚，成立“汐社”，取潮汐期晚而信之义。 ⑦ 危：高。

品 评

此词写作者夜过浙江七里滩所见奇绝之景。读之，令人绝尘想，神契古人。上片写秋夜过七里滩，作者怀着对前代高人严陵的仰慕之情，亦想在今夜高蹈人世，远离尘嚣。他在船头吹起了笛子，应和着美妙的天籁，在山谷中回荡。一星灿烂，倒映水中，此情此景，让自己好像回到了过去，重新过起了隐居生活。这时，一阵桨声渐去渐远，那一定是渔夫悠然回到了西岩夜宿。下片重在抒情。作者想起此地曾是宋末文人欢聚之所，可惜他们的音容已然不见，这让作者心生孤寂之感。已近深夜，几点流萤穿过茅屋，缕缕轻烟隐约可见，高峻的山峰已把明月遮蔽，一只帆船在水中摇着碧绿的影子远去。结句作者写自己像一朵白云轻轻飘动，归卧在幽静的山谷中。

此词语意清幽，意境高雅，犹如不食人间的神仙语，故前人对此词历来好评不断，如陈廷焯曰："无一字不清俊。"又曰："练字练句，归于纯雅，此境亦未易到。"（《白雨斋词话》）谭献曰："与于湖《洞庭词》，壮浪幽奇，各极其胜。"（《箧中词》）

郑　燮

郑燮(1693—1765),字克柔,号板桥,江苏兴化人。清高宗乾隆时进士。曾任山东范县、潍县知县。后弃官居扬州,以卖画为生。擅画兰竹,工书法,能诗文,均标新立异,独树一帜,为“扬州八怪”之一。有《郑板桥集》。

沁园春

恨

花亦无知,月亦无聊,酒亦无灵。把夭桃斫断①,煞他风景②。鹦哥煮熟,佐我杯羹。焚砚烧书,椎琴裂画,毁尽文章抹尽名。荥阳郑③,有慕歌家世,乞食风情。　　单寒骨相难更④。笑席帽青衫太瘦生⑤。看蓬门秋草,年年破巷,疏窗细雨,夜夜孤灯。难道天公,还钳恨口,不许长吁一两声?颠狂甚,取乌丝百幅⑥,细写凄清。

注释

① 夭桃:《诗·周南·桃夭》有“桃之夭夭,灼灼其华”之句。　② 煞他风景:李商隐《杂纂》有“杀风景”十事,如花间喝道、月下把火等。　③ 荥阳郑:指唐人白行简《李娃传》之郑生。其往长安应试途中,流连李娃声色,以钱尽被逐,沦为丧葬店的歌者与乞丐。这里作者自比为郑生。　④ 骨相:古人往往根据一个人面相来推测其前途。　⑤ 青衫:唐代八、九品低级官吏所穿之服。生:语助词,无义。　⑥ 乌丝:即乌丝栏,一种有黑格线的纸笺。

品评

此词可谓是一首“恨”曲,亦是一首“狂”歌,是作者一肚皮牢骚不平之气的发泄。

上片重在写自己种种狂态，他与花、月、酒均无缘，这些文人雅士的伴侣在他眼中看来都是无知之蠢物，根本不能通人情。于是他把美丽的桃树砍倒，把鹦鹉煮了吃，把笔墨纸砚、琴棋书画统统烧毁，更要把自己的绝妙文章和当世才名统统抹去。这些狂妄举动尽显作者蔑视俗情、讽刺世道之意，完全是以一个地地道道的斗士形象与当朝统治者进行决裂。这与后来鲁迅先生《狂人日记》中狂人的某些特质有些相似。作者这些外在的“狂”未尝不是他看透世情乃至统治阶层的虚伪后，愤而打破枷锁，渴望成为一自由独立个体的呐喊。“荥阳郑”正是作者“自甘堕落”的体现，他以流浪歌手自比，成为一个完全脱离统治阶层的叛逆者。下片则重在抒“恨”。作者自笑命相不好，天生不是做官的料，于是只能年年在秋草穷巷中艰难度日，夜夜与孤灯细雨相伴，内心有满腔怨恨无处发泄，于是他自问上天，难道还要让我闭口，不许我长吁短叹几声？“颠狂甚”的结果就是诗词千百，以泻心中恨气。

此词淋漓畅快，尽泄心中狂气、怒气、怨气、恨气，可谓是在“万马齐喑”的乾隆时期正直知识分子一腔热血的喷发。清人查礼称此词“风神豪迈，气势空灵，直逼古人”(《铜鼓书堂词话》)。此评尚停留在表面上，至于作者骨子里的叛逆性他没敢道出。

蒋士铨

蒋士铨(1725—1785),字定甫,号藏园,江西铅山人。清高宗乾隆二十二年(1757年)进士,官翰林院编修,后以养母乞假南归。博学多才,诗词文均工,尤长剧曲。诗追踪唐宋,奔放浑厚。词与陈维崧为近。有《忠雅堂集》、《铜弦词》、《藏园九种曲》等。事迹见《清史稿·文苑传》及《国朝先正事略》卷四一。

水调歌头

舟次感成

偶为共命鸟①,都是可怜虫。泪与秋河相似②,点点注天东。十载楼中新妇,九载天涯夫婿,首已似飞蓬③。年光愁病里,心绪别离中。　　咏春蚕,疑夏雁,泣秋蛩。几见珠围翠绕④,含笑坐东风?闻道十分消瘦,为我两番磨折,辛苦念梁鸿⑤。谁知千里夜,各对一灯红!

注释

① 共命鸟:一身两头之鸟。《翻译名义集·杂宝藏经》:"雪山有鸟,名为共命,一身二头,识神各异,同共报命。" ② 秋河:秋天的银河。 ③ 飞蓬:蓬草。《诗·卫风·伯兮》:"自伯之东,首如飞蓬。" ④ 珠围翠绕:形容古代贵妇被众多侍女围侍着。 ⑤ 梁鸿:东汉人,与其妻孟光恩爱,"举案齐眉"之典即出此二人。

品评

此词写作者漂泊在外,对家中糟糠之妻的思念。上片为想象妻子在家艰苦之状。“共命鸟”、“可怜虫”之称，表现出对爱妻的挂念与无限伤感。他想象妻子在家一定整日以泪洗面，泪水之多，几乎与天上银河等同。这种痛苦缘于妻子结婚十载，但有九年夫君漂泊在外，把她抛置在家，年年被相思、离别之痛所缠绕。写到此，对妻子的愧疚之情溢于言外。下片则是作者的一番内心苦诉。他自己长年流落在外，如同春蚕在痛苦吐出思念之丝，他看见大雁就怀疑是否带来妻子的书信，听到秋虫的鸣叫就泣不成声。这里的泪不仅缘于离别之苦，更由于作者自伤穷困，无力让妻子过上幸福日子，而且每每仕途受挫，让她为之担心恐惧。如今又是相隔千里，二人虽心在一起，却也只能无奈面对孤灯一盏，空怀牵挂。结句再次点明起句“共命鸟”、“可怜虫”的主题，可谓回环相扣，浑然一体。

此词悲哀沉痛，将“贫贱夫妻百事哀“的悲凉诉之笔下，感慨深沉，笔势顿挫。清人谭献评曰：“生气远出，善学坡仙。”(《箧中词》)

洪亮吉

洪亮吉(1746—1809),字稚存,号北江,晚号更生居士,阳湖(今江苏常州)人。清高宗乾隆五十五年(1790)进士,官编修,充贵州学政。以上书言事得罪,谪戍新疆伊犁,越年放还。乾嘉时期著名的诗人、学者。有《更生斋诗余》。《清史稿》列传卷一四三有传。

木兰花慢

太湖纵眺

眼中何所有?三万顷,太湖宽。纵蛟虎纵横,龙鱼出没,也把纶竿①。龙威丈人何在②,约空中、同凭玉阑干。薄醉正愁消渴,洞庭山橘都酸。　更残,黑雾杳漫漫,激电闪流丸。有上界神仙,乘风来往,问我平安。思量,要栽黄竹③,只平铺、海水几时干。归路欲寻铁瓮④,望中陡落银盘。

注释

① 纶竿:钓鱼竿。　② 龙威丈人:古仙人名。《云笈七签》记载,春秋时吴王阖闾游禹山,遇龙威丈人,请他入洞庭取禹书一卷。　③ 黄竹:本上古诗篇名,见《穆天子传》,这里指代仙境。　④ 铁瓮:即铁瓮城,在今江苏镇江。相传为三国时孙权所建,以其坚固,且深狭如瓮,故名。

品评

此词为洪亮吉奇崛豪宕词风的代表作。作者以三万顷太湖的浩瀚气象为背景,抒写了豪迈俊爽、自由放旷的主观情志。

上片"眼中"三句,自问自答,极写太湖的浩渺阔大,语带惊叹。词人在此大笔挥洒，一开头就将太湖的阔大气象刻画出来，为全篇抒写超迈雄放的情怀造势。接下来，"纵蛟虎"三句就景生情，以浩渺湖山蛟虎纵横、龙鱼出没为背景，推出一位藐视风浪与猛兽的垂钓者（即词人自己）的形象。这位稳坐三万顷碧波之上垂纶作钓的高人，并非是在钓鱼，实不过借此亲和大自然，陶冶性情。他独钓太湖，颇感孤单，于是又仰视天界，呼唤仙人龙威丈人来同其乐事。作者在此巧妙嵌入与太湖有关的神话传说，为太湖增添了神秘气氛，也为下片续写奇险莫测之景预伏了线索。结拍"薄醉"二句则是补一笔以表明刚才所见、所感与所想皆是在太湖洞庭山登高豪饮时发生的；酒后虽逸兴遄飞，然此时正觉唇焦舌燥，碰巧洞庭山橘可以止渴解酲。这一写实之笔，加浓了全篇自在自得的情韵。

下片转入了另一种光怪陆离、奇险幽绝的梦幻境界。换头三句，将读者的目光引入幽奇神秘的黑夜，此时湖上黑雾弥漫，闪电激发，如飞曳光丸。这种令人骇怕的景象不但没有使词人恐惧畏缩，反令他浮想联翩，他认定那黑云中穿插来往的闪电之光，是天界神仙纷纷现身，来向他问平安。这一高度主观化的幻想境界的背后，附丽着词人想要飞身轻举、摆脱尘鞅，与雄奇幽险的大自然融为一体的浪漫情怀。"思量"二句是因词人忽发奇想，要遍栽黄竹，造成一片人间仙境。只是想到：这茫茫湖水平铺到天边，不知何时才能将它吸干，辟出种竹的土地？这一清醒的认识使词人从梦幻重新回到人间。在结句，词人说自己夜半归去，要去寻找铁瓮城，这时太湖上空黑云消散，银盘似的一轮明月像是落进了澄澈的湖底。这光景表示词人经历了刚才一番浪漫幻想后，心境复归于平静。

本篇神驰万里，想落天外，在超现实的描写中有力地抒发了词人豪迈奇崛的主观情致，可视为他学习阳羡词派的代表作。

黄景仁

黄景仁(1749—1783),字汉镛,一字仲则,号鹿菲子,武进(今属江苏)人。十六岁考取秀才,之后因生计南北奔波。清高宗乾隆四十一年(1776),乾隆东巡召试,列二等,授武英殿书签官。后得毕沅相助,纳资授县丞,未补官而卒。工诗词,有《竹眠词》。《清史稿》有传。

贺新郎

太白墓①,和稚存韵②

何事催人老?是几处、残山剩水③,闲凭闲吊。此是青莲埋骨地④,宅近谢家之朓⑤。总一样、文人宿草⑥。只为先生名在上⑦,问青天、有句何能好?打一幅,思君稿。　　梦中昨夜逢君笑。把千年、蓬莱清浅⑧,旧游相告。更问后来谁似我,我道才如君少。有亦是、寒郊瘦岛⑨。语罢看君长揖去,顿身轻、一叶如飞鸟。残梦醒,鸡鸣了。

注释

① 太白墓:在今安徽当涂采石矶。 ② 稚存:洪亮吉的字。 ③ 残山剩水:语出杜甫《陪郑广文游何将军山林》诗:"剩水沧江破,残山碣石开。" ④ 青莲:李白号青莲居士。 ⑤"宅近"句:语出李白《谢公宅》诗:"宅近青山同谢朓,门垂碧柳似陶潜。" ⑥ 宿草:来年的草,借指坟墓。《礼记·檀弓上》:"朋友之墓,有宿草而不哭焉。" ⑦"只为"句:采石矶太白楼上楹联云:"我辈此中惟饮酒,先生在上莫题诗。" ⑧ 蓬莱清浅:葛洪《神仙传·王远》载,麻姑自说云:"接待以来,

已见东海三为桑田。向别蓬莱，水清浅于往者，会时略半也。” ⑨ 寒郊瘦岛：晚唐诗人孟郊、贾岛。时人称之为“寒郊瘦岛”，形容其诗歌艰涩锤炼的特点。

品评

此词是凭吊李白，亦是作者借古人抒发内心志向之作。起句“何事催人老”，突兀奇特，似与主题不相关，实是暗含作者自伤身世，借凭吊李白来一吐胸中块磊之意。“是几处”回答首句。原来是来到李白墓前，为其墓前的残山剩水所伤感，故多添了几缕白发，至此，作者才引入主题，以伤“老”之情，将古人与自己联在一起。接着作者写了李白墓前的环境，青青宿草让词人心有所感，古来文人大多如此，生前潦倒，死后悲凉。“只为”三句指自己本想构思篇好文章，但在李白墓前，为其大名所震，竟无处下笔。这是词人自嘲之语，亦是谦逊之话。“打一幅，思君稿”，此白日之“思”，引发了下片的夜中之“梦”，衔接异常巧妙和紧密。下片作者回忆了昨夜梦见李白的情形。李白笑着对词人说，这千百年来自己一直居住在蓬莱仙山，经历了沧海桑田，有很多话想对作者说。李白问作者：这千年来，人间有谁的诗和我相似？作者回答说：是我。才华比您略微低些，但在辛苦雕琢、苦力经营方面却是都一样的。这里，作者把自己比作李白，足见其惊人的胆识与非凡的气魄。接着词人写李白离去之形，如大鸟飞过苍天，极其轻盈和洒脱。这里亦暗含对李白的敬意，因李白自许为人间大鹏鸟，以飞鸟来比喻李白，极其形象和贴切。结句以梦醒鸡鸣结束全篇，余音不绝，令人三思。

全词写得澎湃有力、气魄逼人，颇有李白的狂气和傲骨。

左 辅

左辅(1751—1833),字仲甫,号杏庄,阳湖(今江苏常州)人。清高宗乾隆五十八年(1793)进士。历官至湖南布政使、巡抚。官安徽最久,洁己奉公,勤政爱民。有《念菀斋诗词》。其事迹见李兆洛撰《湖南巡抚左公墓志铭》及其子续编之《杏庄府君自叙年谱》。

南 浦

夜寻琵琶亭[①]

浔阳江上,恰三更[②]、霜月共潮生。断岸高低向我,渔火一星星。何处离声刮起?拨琵琶、千载剩空亭。是江湖倦客,飘零商妇[③],于此荡精灵。 且自移船相近,绕回栏、百折觅愁魂。我是无家张俭[④],万里走江城。一例苍茫吊古,向荻花枫叶又伤心[⑤]。只琵琶响断,鱼龙寂寞不曾醒[⑥]。

注释

① 琵琶亭:在江西九江。唐代白居易送客溢浦口,夜闻琵琶声,遂作《琵琶引》。后人因以名亭。 ② 三更:半夜十二时左右。 ③ 飘零商妇:《琵琶引》中弹琵琶的商人妇。 ④ 无家张俭:张俭,东汉人,尝劾中常侍侯览,览反诬以党事,俭遂亡命,望门投止,所止无不破家相容。 ⑤“向荻花”句:用白居易《琵琶引》:“枫叶荻花秋瑟瑟。” ⑥ 鱼龙寂寞:杜甫《秋兴》诗云:“鱼龙寂寞秋江冷。”

品评

此词是作者深夜旅宿江西九江,咏叹琵琶亭之作。上片写路遇琵琶亭的经过。时值深夜,作者夜泊九江,但见江面潮水缓缓上升,与明月融为一体,澄澈皎洁。词人在舟中看见对面江岸高低起伏，尚有几点渔火微微跳动。就在这宁静的江面忽然响起了一阵琵琶声，作者寻声而望，看见了空无一人的亭子，仿佛这是千百年来无数落魄文人、飘零商妇的魂魄在此显灵、弹奏。下片则是作者登上亭子的所思所感。作者在亭子来回寻找，试图发现那些弹奏琵琶的精灵，却一无所获。作者纵览周围荒凉景色，不禁悲从中来。他联想自己亦是长年奔波，疲惫不堪，如同当年张俭一样四处漂泊。而今，面对一千多年前白居易《琵琶行》中所描写的荻花、枫叶之景，可以说心有同感，如同当年白居易一样泪湿青衫了。结句以“鱼龙寂寞”之景来映衬孤寂羁旅之情。

此词语句凄凉，意境幽深，包含深意。清人谭献赞曰：“濡染大笔，此道遂尊。”(《箧中词》)

邓廷桢

邓廷桢(1775—1846),字维周,号嶰筠,江苏江宁(今南京市)人。清仁宗嘉庆时进士。宣宗道光间,官两广总督。时值禁烟,与英人六次接战,英船皆伤退,终其任不得入虎门。后调任闽浙,坐事戍伊犁,旋召回,官至陕西巡抚。有《双研斋词》。《清史稿》列传卷一五六有传。

买陂塘

赎裘[①]

悔残春、炉边买醉,豪情脱与将去。云烟过眼寻常事,怎奈天寒岁暮。寒且住。待积取叉头[②],还尔绨袍故[③]。喜余又怒。怅子母频权[④],皮毛细相,抖擞已微蛀。　铜斗熨,皱似春波无数,酒痕襟上犹涴。归来未负三年约,死死生生漫诉。凝睇处,叹毳幕毡庐,久把文姬误[⑤]。花风几度?怕白夹新翻,青蚨欲化[⑥],重赋赠行句。

注释

① 赎裘:赎回典当的皮裘。　② 叉头:指钱。苏轼《与秦观书》:“初到黄,廪入既绝,人口不少,私甚忧之。但痛自节俭,日用不得过百五十。每月朔,便取四千五百钱断为三十块,挂屋梁上。平旦用画叉挑取一块,即藏去叉。仍以大竹筒别贮用不尽者,以待宾客。”　③ 绨袍:《史记·范雎传》载,战国时魏人范雎先事魏中大夫须贾,遭其毁谤,笞辱几死。后逃到秦国,改名张禄,仕秦为相,权势显赫。魏闻秦将东伐,命须贾使秦。范雎乔装,敝衣往见。须贾不知,怜其寒而赠

一绨袍。迨后知雎即秦相张禄,乃惶恐请罪。雎以贾尚有赠袍念旧之情,终宽释之。后多用为眷念故旧之典。 ④ 子母频权:频频计算本息。子母,本金和利息。频权,频繁衡量。 ⑤ 文姬:蔡琰的字。文姬曾为匈奴所掳,后被曹操以重金赎回。 ⑥ 青蚨:参见谢应芳《南楼令》(生死来年期)注释②。

品评

此词写的虽是赎裘这样一件生活小事,却跌荡起伏,极富变化。上片写自己赎裘的经过。"悔残春"二句是回忆当初典当裘衣的原因,由于酒兴大发,却无酒钱,于是豪情之余将裘典当。"云烟"二句指赎裘的原因,眼见天寒,无裘难以过冬,于是词人"积取叉头",即通过积攒,终于凑足钱数,将裘赎回。"喜余又怒"为赎后的心情,刚开始的喜悦很快变成愤怒,原因在于"子母频权",自己连本带利花费更多的钱,换回的却是裘衣皮毛"微蛀",这里体现出词人对此裘衣的无比珍惜之情。下片词人写了赎裘回来的情形。他先是仔细将裘衣熨了了一遍又一遍,将皱痕一一熨平。看着上面的几点弄脏的酒痕,作者心境复杂,经过三年,终于如约将裘衣赎回,面前的裘衣就像当年文姬归汉一样,在自己面前诉说着分离后的痛苦。作者更是自责长久以来未能将其赎回,致使其饱尝艰辛。这里人、衣之间如亲人互诉离情,分外感人。结句又是一变,词人担心来年春天到来,该穿上夹衣时,由于经济困窘,恐怕又要将其典当,再次吟起离别的诗篇了。

此词深情缠绵,将赎裘的过程写得情意盎然,曲折多变,非常富于生活趣味,故清人谭献曾评此词曰:"姿态横生。"(《箧中词续》)自然,这里典裘、赎裘、再典裘的经历未尝不隐含作者在官场上几番波折,弃而复用经历的某种影射。

水龙吟

雪中登大观亭①

关河冻合梨云②,冲寒犹试连钱骑③。思量旧梦,黄梅听雨,危栏倦倚。被鹫重来,不分明处,可怜烟水。算夔巫万④里,金焦两点⑤,谁说与,苍茫意? 却忆蛟台往事⑥,耀弓刀、舳舻天际⑦。而今剩了,低迷鱼艇,模黏雁字。我辈登临⑧,残山送暝,远江延醉。折梅花去也,城西炬火,照琼瑶碎⑨。

注释

①大观亭:在今安徽安庆。亦有学者认为是江苏扬州瓜洲镇上的大观楼。②梨云:指雪。③连钱:马名,又称连钱骢。唐代纪唐夫《骢马曲》:"连钱出塞蹋沙蓬,岂比当时御史骢。"④夔巫:夔州与巫山,在今重庆,指长江中游之地。⑤金焦:金山与焦山,在今江苏,指长江下游地区。⑥蛟台:在今广东虎门。有学者认为是射蛟台,在安徽枞阳城内。相传汉武帝时南巡,尝在此地射蛟。⑦舳舻:船头和船尾的并称。多泛指前后首尾相接的船。《汉书·武帝纪》:"自寻阳浮江,亲射蛟江中,获之。舳舻千里,薄枞阳而出。"⑧我辈登临:孟浩然《与诸子登岘山》诗:"江山留胜迹,我辈复登临。"⑨琼瑶:美玉,此处指雪。

品评

邓廷桢在鸦片战争后,被削职为民,后又远戍伊犁,此词当是他远戍伊犁前,游历长江时所作。作者虽在雪中赏景,却无风雅之色,反多忧虑迷茫之感,体现出对国运衰微的某种感喟。

上片写词人在关口河川冰冻的时候,冒着大雪,骑着快马来到亭中,这里"旧梦"、"重来"说明词人是故地重游。接下来,作者并未直接写登亭所见美丽景色,而是以一句"可怜烟水"轻轻带过,可见他心事重重之态。"算夔巫"三句点明自己无心欣赏雪景的原因,放眼长江,从夔巫到镇江的防务处处让他担忧。在经历过鸦片战争后,中国长江武备之弱毕现无余。"谁说与、苍茫意",点出词人心忧社稷却无人倾诉衷肠的苦情。下片转写对往事的回忆,"蛟台"句当指不久前发生的虎门之战。如今在作者的想象中,那里的战场已是萧条一片,由于保守派占上风,加之皇帝懦弱无能,以致鸦片战争之后,广东的防务更松懈了。词人想到这,面前江面景象更显低迷,无论是"鱼艇"还是"雁字"均写满了作者忧伤疲惫之意。"我辈"三句,写自己在日暮时分,心情沉重,不得不大醉一场,以消愁闷。"折梅"三句饱含伤感,暗指自己即将远戍他乡,面对残局亦无力回天的悲戚。

此词情辞沉痛悲婉,为作者晚年杰作,于中可见其心忧社稷的耿耿忠心,谭献评之为"忠诚悱恻"(《复堂日记》)。

张惠言

张惠言(1761—1802),字皋文,武进(今江苏常州)人。清仁宗嘉庆四年(1799)进士,选庶吉士,授翰林院编修。早岁治经学,精通《周易》、《仪礼》,工骈体辞赋,后与同里恽敬共治唐宋古文,合骈体文、散文之长,开创阳湖派。又是常州词派的创始人。词论主"意内言外"、"比兴寄托"的儒家诗教之旨。有《茗柯词》,编选《词选》。

水调歌头

春日赋示杨生子掞[1]

百年复几许?慷慨一何多。子当为我击筑[2],我为子高歌。招手海边鸥鸟[3],看我胸中云梦,蒂芥近如何[4]。楚越等闲耳,肝胆有风波[5]。　生平事,天付与,且婆娑[6]。几人尘外相视,一笑醉颜酡[7]。看到浮云过了,又恐堂堂岁月[8],一掷去如梭。劝子且秉烛[9],为驻好春过。

注释

① 杨生子掞:作者的学生杨子掞。 ② 筑:乐器名,形如琴,十三弦。 ③"招手"句:参见朱一是《二郎神》(岷峨万里)注释⑦。 ④"看我"二句:出自司马相如《子虚赋》:"吞若云梦者八九,于其胸中,曾不蒂芥。"云梦,水泽名,在今湖北。 ⑤"楚越"二句:语本《庄子》:"自其异者视之,肝胆楚越也;自其同者视之,万物皆一也。" ⑥ 婆娑:盘旋舞动貌。 ⑦ 酡(tuó):饮酒脸红的样子。 ⑧ 堂堂岁月:唐代薛能《春日使府寓怀二首》诗:"青春背我堂堂去,白发欺人故故生。" ⑨ 劝子且秉烛:语本《古诗十九首》:"昼短苦夜长,何不秉烛游。"

品评

此词为张惠言赠人之作，勉其学生珍惜岁月。上片“百年复几许”，即人的一生能度过几个百年，借此警醒学生珍惜时光之意。试想人的一生区区几十年，瞬间即过，怎能不好好珍惜？“慷慨一何多”则指短短一生却又要经历许多挫折和无奈，如何面对人生的逆境呢？起首二句实际上是在回答学生两个疑问：一是为何珍惜人生？二是如何度过一个有意义的人生？第一个问题好理解，第二个问题则是作者重点要解释的。“子当为我击筑”二句，烘托出师生之间亲密的情谊。作者并非板起面孔训斥或严肃说教，而是以身为范，通过自己的言行来启示学生。“招手”二句引用《列子》故事说明自己了无机心，心胸如同梦泽湖一样广阔，不会为人间的一点失意挫折而再起波澜。“楚越”二句进一步引用庄子的话形容自己的人生已达到物我为一，身心全然与宇宙融为一体的境界。作者说这一番话并非虚言，他三十八岁始中进士，在此之前一直以开馆授徒为生，可谓是一个饱读诗书的穷秀才。但在人生灰色失意的时候，作者始终能以开朗、达观的态度看待人生、看待自己的事业，不气馁、不消沉，有了这样的人生体验，他所谓的“胸无蒂芥”就真是夫子自道了，全无做作之态。下片作者意在传达在面对人生失意的时候，不仅要懂得达观地化解，更要学会如何把人生引向自由、美好的方向。“生平事”三句意为抛弃外在的荣辱区分，要随缘自适，把人生推向“乐”的境界。这即是儒家每每乐道的“孔颜乐处”。这种“乐”体现为笑看人生，诗酒相娱，视功名为“浮云”，同时又不让岁月虚度。结句“劝子”二句，意为让大好春光及时留住，不要让它白白流去。

此词以“惜春”为主题，自是鼓励学生要珍惜、把握好青春时光。难得的是这位刻苦自修的经学大师，不是板起面孔教训学生悬梁刺股，整日读书，不理世事，而是劝其诗酒人生，乐享人生。以“乐”的态度看待学问事业、看待人生，其教育理念直至当下还是值得借鉴。

木兰花慢

杨花

尽飘零尽了，何人解当花看[1]？正风避重帘，雨回深幕，云护轻幡[2]。寻他一春伴侣，只断红、相识夕阳间。未忍无声委地，将低重又飞还。　疏狂情性，算凄凉耐得到春阑。便月地和梅，花天伴雪，合称清寒。收将十分春恨，做一天愁影绕云山。看取青青池畔，泪痕点点凝斑[3]。

注释

①“何人”句：苏轼《水龙吟·次韵章质夫杨花词》：“似花还似非花，也无人惜从教坠。” ② 幡：即护花幡，上面画有日月五星，以保护花朵免遭风吹雨打。事见唐人郑怀古《博异志》。 ③“泪痕”句：语本苏轼《水龙吟·次韵章质夫杨花词》：“细看来，不是杨花，点点是离人泪。”

品评

同是写杨花，苏轼《水龙吟》（似花还似非花）一阕中将杨花比拟为闺中怨妇，写得凄婉缠绵。此词中的杨花则显然是一个学者形象的投射，突显出的是“疏狂”的特性。

词的上片写杨花飘零孤苦的遭遇。它从树枝落下，飘零殆尽，却无人怜惜，身世之悲凉已全盘托出。“正风避”三句写其在风雨中四处散落的落魄情形。它一会儿为避风来到帘下，一会儿为躲雨回到帷帐中，一会儿又为避开阴云而藏在护花幡下。此三句将杨花软弱无力之态写得楚楚动人。“寻他”二句，则写其孤寂，杨花试图寻到自己的同伴，但寻觅半日，只在夕阳西下时，遇到几朵残败的落花。“未忍”二句则写其刚毅之态，在其将落到泥潭中的那一刻，杨花却又不甘沉沦，奋而飞起，反抗命运。下片写杨花落到水中化为浮萍的结局。“疏狂情性”是对杨花的深切赞美，亦是对上片杨花种种举止的总结。“便月地和梅”三句，将杨花与月、梅、雪并称为岁寒之友，可见作者欣赏之极。“收将十分春恨”至结句，则写其最终怀抱一腔怨恨，化为池中浮萍的情形，“泪痕点点”化用苏词而来，亦写得缠绵凄婉。

此词正如清人谭献所评：“胸襟学问，酝酿喷薄而出，赋手文心，开倚声家未有之境。”（《箧中词》）以杨花自喻，以“疏狂情性”为题旨，能在前人意境之上另辟新境，洵为不易。

周 济

周济（1781—1839），字保绪，一字介存，号止庵，荆溪（今江苏宜兴）人。清仁宗嘉庆十年（1805）进士，官淮安府学教授。继张惠言之后为常州词派领袖，既承张之余绪，又曾从董士锡共商词学。所辑《宋四家词选》、《词辨》等，独具手眼，为世所宗。

渡江云

杨花

春风真解事，等闲吹遍，无数短长亭。一星星是恨，直送春归，替了落花声。凭栏极目，荡春波、万种春情。应笑人、舂粮几许①？便要数征程。　冥冥。车轮落日，散绮余霞②，渐都迷幻景。问收向、红窗画箧③，可算飘零？相逢只有浮云好，奈蓬莱东指，弱水盈盈④。休更惜，秋风吹老莼羹⑤。

注 释

① 舂粮：捣米。《庄子》："适百里者宿舂粮。"　② 散绮余霞：南朝谢朓《晚登三山还望京邑》诗："余霞散成绮，澄江静如练。"　③ 画箧：精雕细绘的小箱子，此指美人的梳妆盒。　④ 弱水：古水名，位置不一，或认为是甘肃张掖河，或认为是陕西北洛河一支流。盈盈，清澈貌。　⑤ "秋风"句：参见辛弃疾《水龙吟》（楚天千里清秋）注释⑥。莼，植物名，多生于湖泊河流中，叶椭圆形，有长柄浮水面，可以作羹，味美。

品 评

与张惠言咏叹杨花的"疏狂情性"不同，周济这首词另辟蹊径，写其豪宕。上片写杨花凋落，直上征程的情形。“春风真解事”，起句即有新意，常人总埋怨春风春雨吹落花朵，不但不解事，反是败人兴致。作者在此却一反常态，赞扬春风的多情，它在不经意间就吹遍了大小长亭，也为杨花的出征带来了方便。“一星星”三句写杨花的多情、懂事，它带着一丝遗憾，悄悄来送春归，不再麻烦无数落花来送春去。“凭栏”二句写杨花浩浩荡荡出征，在波面上掀起万种春情。“应笑”句则写尽杨花的豪爽之态，它在嘲笑那些愁眉苦脸的旅人，带了那么多干粮做什么呢？像杨花多好，不费吹灰之力，轻装上路，毫无牵挂，更无小女子哭哭啼啼的柔弱之状。下片则写踏上征程的情形。时近日暮，一轮落日缓缓落下，几抹晚霞在天边展开，整个画面极其迷幻美丽。“问收向”句是杨花的问语：难道这一生只有被红楼佳人收在梳妆盒内才算是完美结局？或许到达天上的蓬莱仙山最好，但是那远隔茫茫江水，想去也去不成。在徘徊不定中，是否该考虑到回到故土？不！“休更惜”三字颇为豪迈，大有男儿立志向前、誓不回头之慨。杨花的命运就在这不断的被否定中戛然而止，留下的谜团让读者不断去揣测、思考。清人谭献评此词曰：“怨断之中，豪宕不减。”(《箧中词》)

林则徐

林则徐(1785—1850),字少穆,福建侯官(今福州市)人。清仁宗嘉庆十六年(1811)进士,历官至湖广总督。曾上疏力请严禁鸦片,宣宗道光十八年(1838)底,受命为钦差大臣,赴广州,销烟虎门。鸦片战争爆发时为两广总督,痛击来犯英军。旋被诬革职,谪戍伊犁。后复起为陕甘总督,历陕西巡抚、云贵总督,病卒。谥文忠。以经世名臣而儒雅能文,有《云左山房诗钞》等。其事迹见《清史稿》、《清史列传》及来新夏编著《林则徐年谱》等。

高阳台

和嶰筠尚书韵[1]

玉粟收余[2],金丝种后[3],蕃航别有蛮烟[4]。双管横陈[5],何人对拥无眠。不知呼吸成滋味,爱挑灯,夜永如年。最堪怜,是一丸泥[6],捐万缗钱[7]。　春雷欻破零丁穴[8],笑蜃楼气尽[9],无复灰燃。沙角台高[10],乱帆收向天边。浮槎漫许陪霓节[11],看澄波,似镜长圆。更应传、绝岛重洋,取次回舷。

注释

① 嶰筠:邓廷桢的字。 ② 玉粟:作者自注:"罂粟一名苍玉粟。" ③ 金丝:作者自注:"吕宋烟草曰金丝醺。"吕宋为菲律宾的一个岛屿,以产烟草著名。 ④ 蛮烟:指英国贩卖到中国的鸦片烟。 ⑤ 双管:即烟枪。 ⑥ 一丸泥:指鸦片药膏。 ⑦ 缗:穿钱的绳子,亦指钱。 ⑧ 春雷:指火炮。欻(xū):忽然。零丁穴:指零丁洋,在广东珠江,时为英国鸦片贩子聚居之地。 ⑨ 蜃楼:指英国

战舰。 ⑩ 沙角：山名，在广东东莞虎门外，形势险要，建有炮台。 ⑪ 浮槎：指林则徐以钦差大臣身份前来广州查办鸦片。霓节：古代使臣的符节，此当指邓廷桢节镇一方的两广总督身份。

品评

本词是一首见证鸦片战争的史诗性作品。词的上片涉及鸦片战争爆发的原因，即破家亡国，已到不禁不行的地步。“玉粟”三句叙及鸦片的来源，是西洋人通过种植罂粟，制成烟形，通过航运输入我国。“双管”二句写病态国民手抱烟枪吸食的情形。“不知”三句指烟民一旦吸上，便弃却不得，每天挑灯吸食不休，这样的人生真是漫如黑夜，彻底被毁灭。国民遭到毁灭，国家也必然随之灭亡，其危害可谓怵目惊心。“最堪怜”指大量银钱流失国外，长此以往，国将不国矣！下片则重在叙述鸦片战争的经过。“春雷”指林则徐率军攻克英军据点的情形。“笑蜃楼气尽”直写军民协力大破敌军后的喜悦之情。“沙角”二句则写英军灰溜溜逃窜的狼狈相。“浮槎”二句即邓、林二人在船上看见敌军退却，海面平静，地方和国家均得以平安的欣喜之情。结句“更应传”三句是正告英军，回到你们远在天涯的国家，以后永远不要再侵犯我国边土。

此词大气凛然、慷慨奋发，令人读之，如亲见作者挥师破敌的风采。

龚自珍

龚自珍(1792—1841),字璱人,号定盦,仁和(今杭州)人。清宣宗道光九年(1829)进士,官礼部主事。博学有才气,于经通《公羊春秋》,于史长西北舆地,晚尤好佛乘。其文道源周、秦诸子,沉博奥衍,自成一家。有《定盦诗文集》、《定盦词》等。

浪淘沙

写梦

好梦最难留,吹过仙洲。寻思依样到心头。去也无踪寻也惯,一桁红楼[1]。　　中有话绸缪[2],灯火帘钩,是仙是幻是温柔?独自凄凉还自遣,自制离愁。

注释

① 桁(héng):梁上横木。　② 绸缪:情意深厚,缠绵貌。

品评

此词为纪梦之作,写得迷离恍惚,充满奇幻色彩。起句"好梦最难留"总写梦中的情形和梦醒后的感受。他在梦中来到仙洲,感觉到人生的美妙,但梦虽好,却非现实,一个"难留"突显出作者无限留恋和失落。接着"寻思"句写其醒后品尝、寻思梦缘何而起,自己在梦中去的地方究竟在何处呢?"去也"二句写其努力回忆,终于想起自己在梦中曾来到一个红楼。下片则续写他在楼中与佳人幽会情形。"中有话绸缪"指其与佳人情意缠绵,难以割舍状。由于佳人的温柔乡非常美妙,让词人飘飘然有如仙似幻的感觉。结句"独自"二句则写其醒后无聊凄凉之感。再次呼应起句“好梦最难留”的感喟。此词意境奇幻，在浓重的梦幻色彩中，潜藏着词人一段难以割舍的情爱经历。清人谭献评曰：“绵丽飞扬，意欲合周、辛而一之，奇作也。”(《复堂日记》)

湘 月

壬申夏[①]，泛舟西湖，述怀有赋，时予别杭州盖十年矣。

天风吹我，堕湖山一角，果然清丽。曾是东华生小客[②]，回首苍茫无际。屠狗功名[③]，雕龙文卷[④]，岂是平生意？乡亲苏小[⑤]，定应笑我非计。 才见一抹斜阳，半堤香草，顿惹清愁起。罗袜音尘何处觅[⑥]？渺渺予怀孤寄[⑦]。怨去吹箫，狂来说剑，两样消魂味。两般春梦，橹声荡入云水。

注释

① 壬申：嘉庆十七年(1812)，作者二十一岁。 ② 东华生小客：言从小至京城客居。东华，即京城。 ③ 屠狗功名：《史记·樊哙传》载，沛人樊哙以屠狗为事，后因军功封舞阳侯。 ④ 雕龙文卷：比喻善于修饰语辞，或刻意雕琢文字。⑤ 苏小：苏小小，南齐时钱塘歌妓。钱塘即今杭州，故作者称其为乡亲。 ⑥ 罗袜音尘：语出曹植《洛神赋》：“凌波微步，罗袜生尘。” ⑦ 渺渺予怀：苏轼《赤壁赋》：“渺渺兮予怀，望美人兮天一方。”

品评

嘉庆十七年(1812)，作者父亲任徽州知府，他亦随父出京，并于此年与其表妹完婚。随后二人来杭州游玩，此词即作于游杭之时。

上片写其游杭心情。“天风”三句，写自己得以游玩西湖的惊喜之情。作者十年后重回故地，自然欣喜若狂，“天风吹我”一句领起，极具戏剧性，仿佛是上天感应自己的思乡之苦，竟派一阵大风把自己刮到西湖来了。对西湖之景，作者以“果然清丽”淡淡写出，既写西湖的美，又传达再见时的淡淡哀伤。接着写自己为何心境不佳的原因。“曾是东华”二句指自己客居北京，身在天子脚下，却一直毫无作为，身世苍茫之感顿时引出下文。“屠狗”二句表达其蔑视为俗人津津乐道的功名文章，自己胸怀天下，立志拯救生灵，岂能以“屠狗”、“雕龙”著称于世？如果那样，连地下有知的老乡苏小小也会大大嘲笑他了。上片写到此，一个郁郁寡欢的志士形象跃然纸上。原来他此次游玩是借西湖来冲淡他内心中的郁闷与苦涩。那么西湖能助其达成所愿吗？下片作者接着写自己游览西湖所见之景及内心的感慨。“才见一抹斜阳”三句写其在夕阳下西湖边漫步的情形。本来在苏堤上散步是件惬意之事，但作者所见却只是满目“清愁”。这里的“清愁”则直指佳人。“罗袜音尘何处觅”当是他年轻时热恋的情人，如今风景如昔，佳人不在，心境自然凄凉。“怨去”三句实是绾合了上下片的内容。“箫”指向的是儿女柔情，“剑”指的却是男儿凌云之志。结句“两般春梦”进一步强化这两个理想失去后的人生虚无梦幻感。

此词忽激昂澎湃，忽抑郁低沉，融豪放与婉曲于一体，称为奇作可谓恰当。

项廷纪

项廷纪(1798—1835),原名继章,改名廷纪,又名鸿祚,字莲生,浙江杭州人。其先人经营盐业,颇富有,及其出世,家业衰落。幼年丧父。清宣宗道光十二年(1832),乡试中举。其词多作愁苦之音,有《忆云词甲乙丙丁稿》、《忆云词删存》等。事迹见谭献《项君小传》。

水龙吟

秋声

西风已是难听,如何又着芭蕉雨。泠泠暗起①,澌澌渐紧②,萧萧忽住③。候馆疏砧④,高城断鼓,和成凄楚。想亭皋木落⑤,洞庭波远⑥,浑不见,愁来处。　此际频惊倦旅,夜初长、归程梦阻。砌蛩自叹⑦,边鸿自唳,剪灯谁语。莫更伤心,可怜秋到,无声更苦。满寒江剩有,黄芦万顷,卷离魂去。

注释

① 泠泠:流水声。　② 澌澌:风、雪、雨声。　③ 萧萧:拟声,如风声、雨声、草木摇落声、马蹄声。《诗·小雅·车攻》有"萧萧马鸣",《史记·刺客列传》有"风萧萧兮易水寒"。　④ 候馆:接待宾客、旅人之馆舍。《周礼·地官·遗人》:"五十里有市,市有候馆。"砧:捣衣石。　⑤ 亭皋:司马相如《上林赋》有"亭皋千里,无不被筑"。王先谦《汉书补注》曰:"亭当训平,'亭皋千里'犹言平皋千里。皋,水边地,故以平言。"木落:落叶。　⑥ 洞庭波远:屈原《楚辞·九歌·湘夫人》:"袅袅兮秋风,洞庭波兮木叶下。"　⑦ 砌:台阶。蛩:蟋蟀。

品评

此词写秋声凄凉之音，比之于宋人欧阳修的《秋声赋》，可谓哀苦过之。上片写秋声到来之景，“西风”三句写秋声已够凄苦，何况还加上雨声，更是苦上加苦，让人难以为怀了。“泠泠”三句总写秋声由远至近的行近过程。“泠泠”形容秋声初起时如同小溪潺潺而至，“澌澌”则形容其渐近时尖锐、细密的声响，“萧萧”则指其逼近时发出渐强渐大的声音。总之，作者通过这三个拟声词，试图动态地描绘出整个秋声出现的过程，从中亦可见其遣词造句之工巧及其细腻敏锐的感觉。“候馆”三句则写与秋声相伴的更有寂寥的钟鼓声和旅馆传来阵阵的捣砧声，这些声响组成一部浑成凄楚的交响曲。“想亭皋”三句则指秋声引发了作者阵阵愁苦，仿佛见到屈子《湘夫人》中所描绘的洞庭湖上，木叶飘落波面的凄怆景致。至此，全词过渡到由秋景到愁情的抒发上。下片重在写作客他乡的愁苦之情。“此际”二句写自己频频被秋声撩起思归之感。“砌蛩”三句则指身处逆旅，只有秋蛩相伴，抬头望天，一行大雁嘹亮的声音划过长空，这场景让独自呆在旅馆中的作者无尽凄惨，只能剪灯自语。虽说听到的各种声响让作者无不感到辛酸，但倘若身边没有这些声音，那份寂静就更难以承受了。结句写寒潮退去，黄芦万顷，大地一片寒噤，自己的魂魄仿佛也被这潮水带走了。

此词为秋声绘色，笔触细腻敏锐，只是意境过于凄迷，所谓“不为无益之事，何以遣有涯之生”，已道尽其词风格。

八声甘州

黄叶楼赋夕阳[①]

界斜红、飏出晚晴天，相看转凄然。甚匆匆只是，横催雁阵，低照鸥眠。树外山眉衬黛，远道草芊芊[②]。一段苍茫意，都付樊川[③]。　　汉阙秦宫何处？送几声画角，吹老华年。尽欢游长好，到此黯流连。倚江楼、玉人凝望，带西风、帆影落窗前。愁无限，近黄昏也，新月笼烟。

注释

① 黄叶楼：故址在今江苏镇江。　② 芊芊：草木茂盛样。　③ 樊川：唐代

诗人杜牧的号。

品评

作者年轻时曾北渡长江，游历江苏镇江的金山和焦山，此词当作于此时。上片写登楼所见之景。“界斜红”句直接点出“夕阳”的主题，意为一抹夕阳露出天际，本是沉霾不清的天地瞬间分出界限，灿烂的霞光装扮出一个分外晴朗的天气。只是作者面对美景却转而凄然，因为他乡虽好，却非故土。在此已逗出思乡的主题。“甚匆匆”三句指夕阳出现得太短暂，仅仅横扫过一行雁阵，低照了入眠的鸥鸟，就匆匆而去了。“树外”二句指远望山林，青山绵绵，回去的道路已被细草遮住。面对苍茫之景，作者油然生出故土之悲，假若当年杜牧目睹此景，一定也会写出悲伤的诗篇吧。下片则写登楼之思。“汉阙”三句，指作者遥想千百年来在此修筑的秦宫汉阙，如今都已化为尘土，只有耳边的鼓角声还依稀鸣响，这声音苍凉凄楚，让作者不禁痛感年华易逝。接着作者写来此漫游，本想消遣一番，没想到换来的只有伤感。他想起远方的佳人一定也是倚靠在江楼上，眼望大江，希望能在门前见到他归来的帆船。想到这些，作者更是满怀愁思。时近黄昏，一轮新月正在轻烟弥漫处缓缓升起。起句写乍见夕阳，结句再次点到新月，首尾相衔，章法井然。

陈 澧

陈澧(1810—1882),字兰甫,广东番禺(今广州市)人。清仁宗道光十二年(1832)举人,官河源县学训导。泛览群籍,凡天文、地理、乐律、算术、古文、骈体文、填词、篆、籀、真、行书,无不精究。先后主讲学海堂及菊坡精舍。有《忆江南馆词》。

百字令

夏日过七里泷[①],飞雨忽来,凉沁肌骨。推篷看山,新黛如沐,岚影入水,扁舟如行绿颇黎中[②]。临流洗笔,赋成此阕。倘与樊榭老仙倚笛歌之[③],当令众山皆响也。

江流千里,是山痕寸寸,染成浓碧。两岸画眉声不断,催送蒲帆风急。叠石皴烟[④],明波蘸树,小李将军笔[⑤]。飞来山雨,满船凉翠吹入。　便欲舣棹芦花,渔翁借我,一领闲蓑笠[⑥]。不为鲈香兼酒美[⑦],只爱岚光呼吸。野水投竿,高台啸月,何代无狂客[⑧]?晚来新霁,一星云外犹湿。

注释

① 七里泷:即七里滩,在富春江,位于今浙江建德。 ② 绿颇黎:即绿玻璃。③ 樊榭:清初词人厉鹗的号。厉鹗写过《百字令》(秋光今夜)一阕,咏叹七里滩。见前。 ④ 皴烟:古代绘画技法之一,用淡干墨涂染以表现山石的纹理、峰峦的阴阳向背。 ⑤ 小李将军:唐代画家李昭道,善画山水,被人称为“小李将军”。其父李思训被人称为“大李将军”。 ⑥ 一领:量词,一件。 ⑦“鲈香”句:暗用晋人张翰弃官归家,只为家乡的美味莼羹、鲈鱼。 ⑧ 狂客:唐代诗人贺知章自

号“四明狂客”。这里借指东汉名士严子陵。

品评

此词为作者游览七里滩时所作，上片写滩水周围景色，突出“浓碧”的特征。“江流”三句写船至七里滩时风光旖旎、山水碧绿之景。从船上可以听到画眉声响，风声疾速，远见山石被轻烟缭绕，碧树在水中垂影，如此美景让作者仿佛进入了“小李将军”金碧辉煌的水墨画中。“飞来”二句则写一阵山雨忽打入船中，带来一阵清凉。下片写归隐之情。作者欲把船划入芦苇丛中，借来渔夫的蓑笠，不为打鱼求美食，只是为了陶醉在这山水中，每天野外垂钓，高台啸月，被人称做狂客又何妨？结句写晚来天晴，一星遥挂天边之景，其清静让人神往。此词写景抒情均宁静高远，犹如水墨画卷。

江　开

江开(1795—?)，字龙门，安徽庐江人，家居西安。清仁宗道光十五年(1835)中举。好击剑，慕任侠。能诗文，有《浩然堂词稿》(又名《双忠砚斋诗余》)一卷。

长亭怨

由函谷至潼关作[①]

问谁把、天根攻剖[②]，万古行人，地中盘走。月落听鸡，仰天如线但垂手。谷风排触，山自作、边声吼。令尹此为谁[③]？识紫气、从东来否？　翘首，又潼关四扇[④]，壁立半天雄陡。河声岳色[⑤]，聚眼底、让谁销受？且搁下、砺带山河[⑥]，好明日、新丰沽酒[⑦]。笑虎视龙兴[⑧]，都付阳关烟柳。

注释

① 函谷：关名，在河南、陕西交界处。潼关：在陕西东部，靠近河南。　② 天根攻剖：天根指山，意谓使山一分为二。　③ 令尹：《史记·老子韩非列传》："老子修道德……见周之衰，乃遂去。至关，关令尹喜曰：'子将隐矣，强为我著书。'"　④ 潼关四扇：韩愈《次潼关先寄张十二阁老使君》诗："日照潼关四扇开。"　⑤ 河声岳色：河指黄河，岳指西岳华山。　⑥ 砺带山河：参见曹贞吉《满庭芳》(太华垂旒)注释⑩。　⑦ 新丰沽酒：王维《少年行》："新丰美酒斗十千，咸阳游侠多少年。"新丰在今西安，为汉代豪侠、富商聚居之所。　⑧ 虎视龙兴：班固《西都赋》："周以龙兴，秦以虎视。"

品评

作者在词中写了由函谷到潼关路上所见之景。上片首写路过函谷时所见高山峻岭之貌。“问谁把”三句气势非凡，把函谷的地形比喻成仙人从空中劈开的一个缝隙，写出其地形之险要、地势之陡峭，以及行人路过时惴惴不安、为之颤栗的情形。“仰天一线”句则把视角由俯视变成仰视，突显出“一线天”的地形特征。“谷风”三句则写行走在路上，但见风声如吼，吹人难以站立，而风之猛烈，正可见谷口之窄，两壁山形之高。“令尹”二句则插入老子出关的典故，将自然的雄伟与历史人物的传奇相融一体，进一步显现函谷关的神秘魅力。下片则写行至潼关时所见之景。“潼关四扇”句写其高高在上、壁立万仞的雄伟姿态。“河声岳色”亦是在突显其高峻，万里江山如收眼底，其气魄何其壮大。“且搁下”三句写自己只是欣赏其中的美致，而非像乱世枭雄一样想着角逐中原，争夺名利。“笑虎视”意指曾经立下丰功伟绩的豪杰志士如今在哪？功名富贵不过一场春梦，唯有阳关翠柳青青依旧，笑看世事沧桑。

此词文笔洒脱，写景如画，立论深远，可谓怀古佳作。

蒋春霖

蒋春霖(1818—1868),字鹿潭,江苏江阴人。少有才名,家道中落后,就职两淮盐官。太平天国起义期间,流落四方。所写之词尤沉痛凄婉,被人称为“倚声家老杜”。有《水云楼词》二卷,杜文澜刻之《曼陀罗华阁丛书》中。宗源瀚为刊补遗一卷。《光绪江阴续志》、《清史稿》均有传。

木兰花慢

江行晚过北固山[①]

泊秦淮雨霁,又灯火,送归船。正树拥云昏[②],星垂野阔[③],暝色浮天。芦边夜潮骤起,晕波心、月影荡江圆。梦醒谁歌楚些[④]?泠泠霜激哀弦。　婵娟[⑤],不语对愁眠[⑥],往事恨难捐。看莽莽南徐[⑦],苍苍北固,如此山川!钩连更无铁锁[⑧],任排空樯橹自回旋。寂寞鱼龙睡稳[⑨],伤心付与秋烟。

注 释

① 北固山:见辛弃疾《南乡子》(何处望神州)注释①。　② 树拥云昏:杜甫《返照》诗:“返照入江翻石壁,归云拥树失山村。”　③ 星垂野阔:语本杜甫《旅夜书怀》诗:“星垂平野阔,月涌大江流。”　④ 楚些:即《楚辞》。些为语助词。⑤ 婵娟:指代月亮。　⑥ 对愁眠:唐代张继《枫桥夜泊》诗:“月落乌啼霜满天,江枫渔火对愁眠。”　⑦ 南徐:今江苏镇江。　⑧ 铁锁:见朱敦儒《水龙吟》(放船千里凌波云)注释⑪。　⑨ 寂寞鱼龙:语本杜甫《秋兴》诗:“鱼龙寂寞秋江冷,故国平居有所思。”

品评

此词为作者经过镇江北固山时所作。上片“泊秦淮”二句交待自己的行程，从南京秦淮河出发，夜半来到镇江。词从秦淮写起，似有些冗长，但写秦淮正是为后面感伤时事埋下伏笔。“树拥”三句，巧裁老杜诗句，写镇江夜晚的美景：云树相拥，星垂平野，夜色浮天，优美的景致亦暗逗漂泊之感。“芦边”二句则写夜起之见闻：潮水陡涨，一轮明月将影子投入江中，随波荡漾，这时，一曲哀伤的琵琶声响起，引起作者无限愁思。下片词人重在抒发江山沦丧之感。换头“婵娟”以明月起兴，写出往事之“恨”。这里的“恨”，现代学者多认为是指刚刚结束不久的鸦片战争，当时英军攻陷镇江后，直逼南京，迫使清政府签订《南京条约》。这样也就可理解为何词人先从秦淮河写起，实是为抒发痛惜国事之情奠基础。“看莽莽南徐”正是感伤山川沦落后的寂寥。“钩连”亦是借东吴被西晋攻破长江防线的典故来隐喻英军入侵南京。结句“寂寞鱼龙”写出了作者感伤国事衰微，痛恨主政者昏庸无能，自己虽满腔壮志，却只能付诸江水，白白叹息而已。

此词为蒋氏代表作，历来好评不断，论其风格为“雄深雅健”，“婉约深至”。清人谭献评曰：“子山（庾信）、子美（杜甫），把臂入林。”（《箧中词》）后人遂谓其词为“词史”。

虞美人

水晶帘卷澄浓雾，夜静凉生树。病来身似瘦梧桐，觉道一枝一叶怕秋风。　　银潢何日销兵气①？剑指寒星碎。遥凭南斗望京华②，忘却满身清露在天涯。

注释

① 银潢：即银河。　② 南斗：星名，南斗六星，即斗宿。京华：京城，即北京。

品评

此词作于太平军起义之时，词人既伤国事，又伤自己流落江湖之痛。上片“水晶”二句写深夜不眠，卷帘四望，但见浓雾笼罩天地，几棵寒树依稀可辨。起句以迷茫不见天日来象征时局动荡。“病来”二句写自己如同面前的梧桐，茕茕孑立，生命不能自保，连风吹草动都为之颤栗不安。以瘦梧桐自比，深刻传达出战乱之中，四处逃难的文人惊惧之态。下片“银潢”二句指自己渴望朝廷能平定太平起义，还百姓以安康。结句“遥凭”则是进一步传达对朝廷的忠贞之情，作者伫立长久以至满身清露，但仍遥望京城，借此传达一种忠诚悱恻之感。此词缠绵忠厚，体现出传统文人对朝廷的忠贞之情。其情可哀，其志可怜，故谭献曰：“‘斜阳烟柳’，谢其温厚。”（《箧中词》）

唐多令

枫老树流丹，芦花吹又残①。系扁舟、同倚朱栏。还似少年歌舞地，听落叶，忆长安②。　　哀角起重关，霜深楚水寒。背西风、归雁声酸。一片石头城上月，浑怕照，旧江山③。

注释

①“枫老”二句：化用白居易《琵琶行》“枫叶荻花秋瑟瑟”之句。　②“听落叶”二句：化用贾岛《忆江上吴处士》诗：“秋风生渭水，落叶满长安。”　③“一片”三句：化用刘禹锡《石头城》诗：“淮水东边旧时月，夜深还过女墙来。”

品评

此词为感伤往事之作。起首“枫老”二句，写深秋之景，枫树泛红，芦苇苍白，虽色彩斑斓却又萧瑟冷清。“系扁舟”句指重来故地，依靠着栏杆，不禁沉浸在对往事的回忆中。“还似”三句当指作者回忆年轻时结交歌妓的风流往事，如今歌舞之地依稀可辨，但物是人非，此地已非“旧长安”了。下片重在抒发身世之感。“哀角”二句正指战乱不休，中原大地一片寒瑟。这里的霜深水寒的秋景正是作者凄凉心境的真实折射。“背西风”句写雁声酸楚，实是作者沦落他乡，落魄潦倒的象征。结句以“浑怕照、旧江山”煞拍，意指江山替代，南京被太平军攻陷，昔日的风流日子亦不忍回顾。这里，个人身世之痛与江山沦丧之感相融合，为此词平添了更多阔大、深沉的气象。此词虽写身世之伤，但雄浑激荡、起伏不平，大有健笔凌云之气。

满庭芳

秋水时至，海陵诸村落辄成湖荡[1]。小舟来去，竟日在芦花中。余居此既久，亦忘岑寂。乡人偶到，话及兵革，咏“我亦有家归未得”之句，不觉怅然。

黄叶人家，芦花天气，到门秋水成湖。携尊船过，帆小入菰蒲[2]。谁识天涯倦客[3]，野桥外、寒雀惊呼。还惆怅、霜前瘦影，人似柳萧疏。　愁予，空自把，乡心寄雁，泛舟依凫。任相逢一笑，不是吾庐。漫托鱼波万顷，便秋风、难问莼鲈[4]。空江上、沉沉戍鼓，落日大旗孤[5]。

注释

① 海陵：今江苏泰州。　② 菰：多年生草本植物，可食，俗称茭白。蒲：水草，可编织成席。　③ “谁识”句：周邦彦《兰陵王》词：“登临望故国，谁识京华倦客。”　④ 莼鲈：参见辛弃疾《水龙吟》（楚天千里清秋）注释⑥。　⑤ 落日大旗孤：杜甫《后出塞》诗：“落日照大旗，马鸣风萧萧。”

品评

此词为作者逃避战乱流落到泰州时所作。上片写秋水来时的水乡之景。起首“黄叶”三句，以黄叶、芦花、秋水写出作者所居之乡的恬淡自然。“携尊”二句指词人久居无聊，携酒乘船，来到水泊销忧。“谁识”二句以鸟雀惊呼来传达漂泊异地的孤寂之感。“还惆怅”三句以瘦柳比喻自己憔悴不堪的容貌，新颖而动人。下片抒发思乡之感。过片以“愁”字承上启下，直接引出后面传信的情节。“空自把”则写自己乡愁难耐，托大雁传递书信，但恐怕家乡破败，连大雁也难以寻到自己的居所了。“漫托”三句亦是申诉有家难归之慨。结句“大旗落日”可谓实录，记载了社会动乱萧条之景，亦是抒发作者家国沦落之痛。此词造境劲拔浑厚，颇有老杜“沉郁顿挫”之美。

台城路

易州寄高寄泉[1]

两年心上西窗雨[2]，阑干背灯敲遍。雪拥惊沙[3]，星寒大野[4]，马足关河同贱。羁愁数点。问春去秋来,几多鸿雁?忘却华颠,昔时颜色梦中见。　　青衫铅泪似洗[5],断笳明月里,凉夜吹怨。古石敧台,悲风咽筑[6],酒罢哀歌难遣。飞花乱卷。对万树垂杨,故人青眼[7]。雾隐孤城,夕阳山外远。

注释

① 易州:今河北易县。高寄泉:作者友人高继珩,字寄泉。　② 西窗雨:李商隐《夜雨寄北》诗:"何当共剪西窗烛,却话巴山夜雨时。"　③ 雪拥:韩愈《左迁至蓝关示侄孙湘》诗:"云横秦岭家何在,雪拥蓝关马不前。"　④ 星寒大野:杜甫《旅夜书怀》诗:"星垂平野阔,月涌大江流。"　⑤ 青衫铅泪:分别化用白居易《琵琶行》和李贺《金铜仙人辞汉歌》。　⑥ 悲风咽筑:见辛弃疾《贺新郎》(绿树听鹈鴂)注释⑨。　⑦ 青眼:见纳兰性德《金缕曲》(德也狂生耳)注释⑥。

品评

此词为作者寄给北方友人之作。上片回忆二人深厚的情谊。"两年"二句述说分别以来,每日倚靠阑干想念友人的苦情。"雪拥"三句则是回忆二人在北地踏雪游玩的情形,那时他们满怀豪情地在广袤大地上快马疾驰,周围是飞沙走石,星垂平野,景致极其雄壮。"羁愁数点"则转入当下,指分别以来,自己漂泊各地,春去秋来,如今已是满头白发,但在梦中仍屡屡见到昔日的友人。下片是想象北方的友人亦是如何挂念自己。"青衫铅泪"指友人官职卑微,如同自己一样在下层官吏中谋生。"断笳明月"写其满怀怨愤,每日对着明月吹奏胡笳。"古石"三句将自己与友人比作战国时的荆轲与高渐离,一面突显出二人深厚友谊,一面也写出二人郁郁不得志的遭遇。"对万树垂杨"则睹物思人,见到青青杨树,仿佛即见到自己一样,极写友人情感之深。"雾隐"二句,以夕阳西沉,远山寥落之景,衬托二人远隔天涯而不能相见的痛苦。

此词写怀友之情虽然低沉感伤,但由于其背景放置于雄阔的北方大地,让整首词意境开阔,豪气纵横,充满恢宏之势。

宝 廷

宝廷(1840—1890),爱新觉罗氏,初名宝贤,字少溪,号竹坡;后改名宝廷,字仲献,号偶斋,满州镶蓝旗人。清穆宗同治七年(1868)进士,选庶吉士,授编修。官至礼部侍郎。工诗能词,有《偶斋诗草》、《偶斋词》。

喝火令

衰草连荒垒,寒林绕故关。角声呜咽晚风酸①。遥见征人无数,曝背古城边。　　朔气侵金甲②,严霜冷玉鞍。停鞭一望更凄然。几点旌旗,几点夕阳山。几点颓垣断壁,掩映暮云间。

注释

① 晚风酸:李贺《金铜仙人辞汉歌》有“东关酸风射眸子”句。　② 朔气:指北方寒冷之气。《木兰辞》有“朔气传金柝,寒光照铁衣”句。

品评

此词描写边塞场景。上片即以“衰草”、“寒林”营造出一种荒凉孤寂的边塞气氛。“角声”本是悲壮雄厚之音,但作者却以“呜咽”二字形容之,颇见守边士兵心情之伤痛乃至消沉无力之态。“遥见”句写征人在古城边晒背取暖的情形,既见出边地之寒,亦可见清廷武备之松懈。下片则写作者临塞的心情。“朔气”二句正紧扣上片“曝背”情节而来,说明塞外之荒寒,士兵守城之艰苦。“停鞭”一句总述作者出塞之感:凄然。但见几面旌旗无力地飘扬在夕阳下,几个荒凉城堡亦是残垣断壁,无力地映照在云霞下。这些景观无不预示着清廷守卫的松懈与无能。故此词虽写边塞,亦是微讽清廷在守边政策上的失误。

薛时雨

薛时雨(1818—1885),字慰农,号桑根老农,滁州全椒(今属安徽)人。清宣宗道光二十三年(1843)举于乡,文宗咸丰三年(1853)进士。出知嘉善,迁杭州府,兼署督粮道,代行布政、按察两司事。以疾归江南讲学。有《西湖橹唱》、《江舟欸乃》。

临江仙

大风雨,过马当山①

雨骤风驰帆似舞,一舟轻度溪湾。人家临水有无间。江豚吹浪立②,沙鸟得鱼闲。　　绝代才人天亦喜,借他只手回澜。而今无复旧词坛。马当山下路,空见野云还。

注释

① 马当山:在今江西彭泽县。　② 江豚吹浪立:唐代许浑《金陵怀古》诗:"石燕拂云晴亦雨,江豚吹浪夜还风。"

品评

词人在急风骤雨中经过江西马当山,作品不但不哀老叹穷,反是刚健沉雄之极。上片即写风雨之大直把自己的船帆吹得东西摇摆,仿佛在狂风中舞蹈一般,就在千钧一发之际,小船安然脱离险境,划入一湾小溪中。在险境面前,词人毫不畏怯,反而欣赏风雨佳景,这份气魄与胆识实际就为下片"只手回澜"作铺垫。"江豚吹浪立"则写所见江面之景,江豚在大风浪中嬉戏耍闹,鸥鸟则趁机捕食被浪花卷起的江鱼。整个画面动感十足,极富童趣。下片则是词人的一番抒怀。

“绝代才人天亦喜”则由自然险境过渡到社会险局。时值清代末期，正是多事之秋，国家亟需绝代之人来挽救社稷，从而达到“只手回澜”的效果。作者显然亦以“只手”自诩，但“时不利兮可奈何”，朝廷又怎能给他这样的才人以施展本事的机会？于是“而今无复旧词坛”就是必然的结局，这里借文坛凋落暗寓朝政昏庸，难容才人出现。结句“马当山下路”，则以野云归还之景，暗示自己穷老归山，虽不甘心，亦无可奈何的心境。

谭献评此词“结响甚遒”（《箧中词》），其实不止是结响，整首词均写得遒劲挺拔，大笔渲染，极富豪杰气象。

张景祁

张景祁(1827—?),字蘩甫,号韵梅,浙江杭州人。清德宗光绪间进士,曾官福安、连江知县。晚岁由福建渡海至台湾,宦游淡水、基隆等地。有《新蘅词》九卷、外集一卷。

望海潮

基隆为全台锁钥[1]。春初,海警猝至,上游拨重兵堵守,突有法兰兵轮一艘入口游弋,传是越南奔北之师,意存窥伺。越三日始扬帆去,我军亦不之诘也。

插天翠壁,排山雪浪,雄关险扼东溟。沙屿布棋,飙轮测线[2],龙骧万斛难经[3]。笳鼓正连营。听回潮夜半,添助军声。尚有楼船,鲎帆影里矗危旌[4]。　追思燕颔勋名[5],问谁投健笔,更请长缨?警鹤唳空[6],狂鱼舞月,边愁暗入春城。玉帐坐谈兵[7]。有僮花压酒,引剑风生。甚日炎洲洗甲[8],沧海浊波倾。

注释

① 基隆:在台湾岛的北端,是重要港口,亦是台北的门户。 ② 飙轮测线:指舰船在测量水道。飙轮,即轮船。 ③ 龙骧:晋龙骧将军王濬奉命伐吴,特意造巨大船舰,每艘可容纳二千余人。后人亦以"龙骧"指称大型船舰。万斛:形容船舰巨大,可承载万斛之物。斛,古代量词,十斗为一斛。万斛,犹言万吨。④ 鲎(hòu)帆:船帆。鲎,节肢动物,甲壳类,其背高耸如帆,有风则举。这里指法国舰只。 ⑤ 燕颔勋名:指汉代班超投笔从戎,立下功勋的典故。《后汉书·

班超传》载，相者谓班超“生燕颔虎颈，飞而食肉，此万里侯相也”。 ⑥ 警鹤唳空：《晋书》记载，前秦军队兵败之后，士兵“闻风声鹤唳，皆以为王师也”。⑦ 玉帐：主将所居的军帐。 ⑧ 炎洲洗甲：杜甫《洗兵马》诗：“安得壮士挽天河，净洗甲兵长不用。”炎洲，传说中位于南海的洲名，此指南方闽、粤诸地。

品评

此词作于光绪十年(1884)中法战争前夕，是作者宦游台湾时所作，可谓实录。

上片“插天”三句，首写基隆地理位置之重要，其壁立万仞，为台湾的门户，故作者赞其为“雄关险扼”。除了地理位置险要外，其军备防务亦是重要，“沙屿”三句写其众多岛屿星罗棋布，每日有战船测量航道，巡逻把守，有这样的严密防备，即使有万吨战船也难穿过。“笳鼓”三句写军营内战鼓不断，可见我军早有戒备之心。“尚有”二句则写法舰突然闯入，树起旌旗，直接挑衅。这里体现出词人的愤慨不平之气，有如此天险和军备，为何还让法军这样嚣张而不痛击？下片则是作者的愤慨之词和对清军的讥讽。作者眼看敌军大摇大摆离开，不禁斥问我千军万马中为何没有一人尚有血性，敢于效法班超去斩杀酋首，壮我军威、国威？“警鹤”三句写词人忧虑敌军已做好入侵准备，而我军将领呢？“玉帐“则揭露这些主将大帅们整日纸上谈兵，与佳人美酒相伴，空把宝剑舞得花哨，却无一点用处。结句写得沉痛慷慨，什么时候才能结束外敌的侵凌，让百姓过上太平的日子，让国家安康呢？

此词愤慨不平，激昂澎湃，处处洋溢着报国杀敌的豪迈之气。

曲江秋

马江秋感[①]

寒潮怒激。看战垒萧萧[②]，都成沙碛。挥扇渡江[③]，围棋赌墅[④]，诧纶巾标格[⑤]。烽火照水驿。问谁洗、鲸波赤？指点鏖兵处，墟烟暗生，更无渔笛。 嗟惜，平台献策[⑥]，顿销尽、楼船画鹢[⑦]。凄然猿鹤怨[⑧]，旌旗何在？血泪沾筹笔[⑨]。回望一角天河，星辉高拥乘槎客。算只有鸥边，疏荭断蓼，向人红泣。

注释

① 马江：即马头江，位于闽江下游。1884 年中法军队在此激战，福建水师惨败。 ② 战垒萧萧：刘禹锡《西塞山怀古》诗："今逢四海为家日，故垒萧萧芦荻秋。" ③ 挥扇渡江：《晋书·顾荣传》："麾以羽扇，其众溃败。" ④ 围棋赌墅：《晋书·谢安传》记载，在淝水之战中，谢安面临强敌，仍镇静地回到别墅与客下棋，了然不把战争放在心上。 ⑤ 纶巾：见苏轼《念奴娇》(大江东去)注释③。标格：风范、气度。 ⑥ 平台：在紫禁城内，为明代皇帝与大臣议事之所。 ⑦ 画鹢：船只。古代常画鹢于船头。鹢，古书中记载的一种水鸟。 ⑧ 猿鹤怨：晋葛洪《抱朴子》："周穆王南征，一军尽化，君子为猿为鹤，小人为虫为沙。" ⑨ 筹笔：即筹笔驿，在绵州，三国时诸葛亮屯兵于此，筹划军事。

品评

此词作于光绪十一年(1885)，上距中法马江之战已过一年。作者来到马江，凭吊遗址，感伤国事，愤笔直书，写成此词。

上片主要是回顾战况。起首"寒潮怒激"句以潮水怒奔之势象征词人愤恨不平之情。"战垒"二句则写战败后，阵地一片萧条之景，曾经的要塞如今已化为瓦砾和沙堆。"挥扇"三句则是把战争失利的责任直接归之于主将的昏庸无能。这里"挥扇"讽刺的是当时的闽督何璟与其属下张佩纶之流，平日以清流自居，好大言而无真才，临阵则畏缩不敢应敌，并率先逃遁的卑劣行迹。"纶巾"、"围棋"、"标格"诸典故均语含辛辣，字字如针。"烽火"至片末，则写惨败之后，百姓蒙难，国家受耻，作者悲愤地发问：谁能挽回败局，一洗前耻？下片则是对朝廷当权者的讽刺与责备。"嗟惜"的矛头直指"平台献策"的高官大吏，他们一味求和妥协，不思抵抗，结果造成"楼船画鹢"顿成灰烬。"猿鹤怨"则指大批官兵无辜丧命海上，血染江河、军营。"回望"二句当讽刺朝廷在兵败之后，立刻派李鸿章前往法国使馆签订和约之事。其中的"一角天河"更是痛斥朝廷龟缩一角，不敢有所作为之态。结句"算只有鸥边"则以莛蓼对人而泣来传达对死去将士的哀悼之情。

此词突破词体善于言情而拙于叙事、言志的局限，敢写大题材，敢发大议论，以词当史，全篇颂将士、斥大员、贬朝政，写得慷慨淋漓，大义凛然，实为大手笔。

秋 霁

基隆秋感

盘岛浮螺[①],痛万里胡尘,海上吹落。锁甲烟销,大旗云掩,燕巢自惊危幕[②]。乍闻唳鹤[③],健儿罢唱《从军乐》。念卫霍[④],谁是汉家图画壮麟阁[⑤]。　　遥望故垒,毳帐凌霜[⑥],月华当天,空想横槊[⑦]。卷西风、寒鸦阵黑,青林凋尽怎栖托?归计未成情味恶。最断魂处,惟见莽莽神州,暮山衔照,数声哀角。

注释

① 螺:螺髻,形容山色青翠。　② "燕巢"句:《左传》襄公二十九年载,季札对孙文子说:"夫子之在此也,犹燕之巢于幕布上。"　③ 唳鹤:见前《望海潮》(插天翠壁)注释⑤。　④ 卫霍:汉代抗击匈奴的名将卫青、霍去病。　⑤ "谁是"句:见《菩萨蛮》(敦煌古往出神将)注释②。　⑥ 毳帐:毡帐,此指军营。　⑦ 空想横槊:见周紫芝《临江仙》(记得武陵相见日)注释④。

品评

此词写于光绪十年(1884)基隆被法军攻陷之时。开头"盘岛浮螺"三句写翠绿的台湾岛犹如美丽的发髻浮在海面上,如今却被法军侵占,"浮螺"与"胡尘"的吹落鲜明地体现出作者强烈的爱国情怀。"锁甲烟销乐"三句是形容清军大败后的惨象,"烟销"、"云掩"指军营内武器损毁,大旗无光,一派惨淡之景。"燕巢自惊危幕"写军队士气不扬,弥漫恐怖的气息。"乍闻唳鹤"进一步描绘出士兵风声鹤唳的胆怯心理。面对剧痛败局和如此疲弱军队,让人怎能不油然生起"念卫霍"的想法,但当今之世还有谁能重振军心,雪国耻,扬国威,建立不朽伟业呢?下片"遥望故垒"四句仍紧承上片思良将的主题而来,一"空"字意极辛酸,极沉痛!"卷西风"二句以比兴之句将前景的灰暗,民众渴望有所依托,有所拯救的心理真实揭示出来。结句"最断魂处"则以神州莽莽,夕阳斜照,哀角悲鸣的境界活画出一个哀叹神州沦丧,却又无计可施,只能空抱一腔怨愤的爱国志士形象。

此词悲愤交加,凄凉满眼,正如清人谭献所评:"笳鼓频惊,苍凉词史,穷发一

隅，增成故实。”（《箧中词续》）

齐天乐

台湾自设行省，抚藩驻台北郡城[①]，华夷辐凑[②]，规制日廓，洵海外雄都也。赋词纪盛。

客来新述瀛洲胜[③]，龙荒顿闻开府[④]。画鼓春城，瑰灯夜市[⑤]，娖队蛮靴红舞[⑥]。莎茵绣土。更车走奇肱[⑦]，马徕瑶圃[⑧]。莫讶琼仙，眼看桑海但朝暮。　天涯旧游试数。绿芜环废垒，啼鵙凄苦[⑨]。绝岛螺盘，雄关豹守，此是神州庭户。惊涛万古。愿洗净兵戈，卷残楼橹。近闻埤南嘉彰，土寇窃发。梦踏云峰，曙霞天半吐。

注释

① 抚藩：指台湾巡抚、台湾布政使。　② 辐凑：聚集。　③ 瀛洲：传说中的海山三座神山之一。此指台湾。　④ 龙荒：北方荒远之地，《汉书·叙传》：“龙荒幕朔，莫不来庭。”此借指台湾。开府：指建立府署机构。　⑤ 瑰灯：指电灯。⑥ 娖(chuò)队：整齐的舞蹈队伍。蛮靴：舞鞋，用麂皮制成。　⑦ 奇(jī)肱：《山海经·海外西经》：“奇肱之国，在其北，其人一臂三目。”郭璞注：“其人善为机巧，以取百禽，能作飞车，从风远行。”这里指火车。　⑧ 马徕：即马来，指当时的马队。徕，即“来”。　⑨ 鵙(jú)：伯劳鸟。

品评

作者喜闻台湾设省，振奋之中写下此词。起句“客来新述瀛洲胜”，一“新”字已寄寓作者喜悦、祝福之意。“画鼓春城”三句描写全城狂欢，通宵达旦，歌舞不休的喜庆之景。“莎茵绣土”三句则写台湾设省后的新鲜气象，铺设铁轨，开通火车，这在当时是令国人轰动之事。“莫讶琼仙”二句指曾经传说中的的仙山如今却在台湾落脚生根。下片由举城狂欢之景过渡到对台湾的殷切希望。“天涯旧游试数”指自己曾在台湾淡水担当知县多年，深知个中艰苦，尤其是经过中法战争后，台湾饱经创伤，“绿芜环废垒，啼鵙凄苦”即是那段伤痛史的悲痛回顾。放眼当下，作者更希望台湾设省后，能担当起神州门户的职责，加强防备，痛击外敌，真正实现抚平战乱的伤痛，让百姓过上安康生活。结句以脚踏高山，远望云霞的壮丽景象祝福台湾从此日新月异，以新面貌矗立在国门之前。此词既是在歌颂台湾，更是在祝福台湾，可谓深情绵绵。

黎庶蕃

黎庶蕃(1829—1886),字晋甫,别号椒园,贵州遵义人。清文宗咸丰二年(1852)中举。四年,赴京会试,至澧州因道阻而归。贵州动乱,苗民起事,于乡里倡办团练,并追随本县县令“剿贼”。因功得候选知州,未就。后其弟庶昌入曾国藩幕,亦随之东下,改任两淮盐运大使,候补于扬州。卒于扬州。有《雪鸿词》二卷。

水龙吟

浮海还吴

天风万古浪浪,火轮一发三千里。无边巨浸,混茫远接,太虚元气。日月双跳,鱼龙万变,空中游戏。听舟人喜报,烟台又近,青一发,余天际[①]。　　浩翰凌虚引睇[②],恣奇观、快逢新霁。蜃楼乍现[③],鲛宫半没[④],黑临无地。稊米一身[⑤]、扶桑东望[⑥],渺焉如寄。问蓬莱何许?安期枣熟[⑦],拟浮槎逝[⑧]。

注释

① “青一发”二句:苏轼《澄迈驿通潮阁》诗:“杳杳天低鹘没处,青山一发是中原。” ② 睇(dì):斜视。 ③ 蜃楼:即海市蜃楼。 ④ 鲛宫:海底仙宫。 ⑤ 稊米:《庄子·秋水》:“计中国之在海内,不似稊米之在大仓乎?” ⑥ 扶桑:传说太阳升起的地方,后亦指称东方海域的古国名。 ⑦ 安期枣熟:《史记·封禅书》记载,方士李少君曾在海上见到仙人安期生,食巨枣如瓜。 ⑧ 浮槎:见刘因《念奴娇》(中原形势)注释⑥。

品评

作者在天津乘轮船回到吴地，此词生动描绘了第一次乘坐轮船的奇异感受。

首“天风万古浪浪”二句写上船那天天气晴朗，海风轻袭，所以当作者坐上日行三千里的轮船时，心情格外兴奋。接着，他描写了在船上所见的种种奇异的自然景观：大海无边无际，其苍茫之处似与宇宙之元气相连接。“太虚元气”本是道家形容宇宙开始之初，一团混沌之气的状态。这里是指极目远望，但见海天交接，苍茫无际，仿佛回到宇宙之初始。“日月双跳”三句写出日月同时在天空出现的美景，海面上各种水族也纷纷出现，它们在半空中跳跃舞动，极其迷人。“听舟人喜报”，“喜”字突出轮船速度之快，瞬间即到烟台。“青一发”，指眺望烟台情景，只见青山如发，遥遥可及。下片续写行踪。过了烟台，即到了南海。此时恰逢天晴，作者凌风远望，只见天边的海市蜃楼若隐若现，海府龙宫在半空中现形，极其壮观。在大海的东面，作者远望传说中的扶桑之地，感叹大海之辽阔，自身之渺小，犹如米仓中一粒小米罢了。结句“问蓬莱何许”，有了首次坐轮船的体验后，作者豪情倍增，他想有此迅捷之物，古人传说中的浮槎渡海，直至银河，亦是可以实现的。于是他期望有一天可以东渡大海，去寻访蓬莱仙山，品尝一下如瓜大小的安期枣。

此词写得神采飞扬，以神奇、空灵的笔触向我们展现出首次乘坐轮船的梦幻般感受，可谓兴趣盎然。

谭 献

谭献(1832—1901),字仲修,号复堂,浙江杭州人。清穆宗同治六年(1867)举人,历知歙县、全椒、合肥。工骈体文,于词学致力尤深。选清人词为《箧中词》六卷、续三卷,至精审,学者奉为圭臬。

渡江云

大观亭同阳湖赵敬甫、江夏郑赞侯[1]

大江流日夜[2],空亭浪卷,千里起悲心。问花花不语[3],几度轻寒,恁处好登临?春幡颤袅[4],怜旧时、人面难寻[5]。浑不似、故山颜色,莺燕共沉吟。　销沉,六朝裙屐,百战旌旗,付渔樵高枕。何处有、藏鸦细柳[6],系马平林[7]?钓矶我亦垂纶手,看断云、飞过荒浔。天未暮,帘前只是阴阴。

注释

① 大观亭:位于安徽怀宁县,为当地著名景点。阳湖赵敬甫、江夏郑赞侯:分别为其友人赵熙文、郑襄。 ② 大江流日夜:南朝谢朓《夜发新林至京邑赠西府同僚诗》:"大江流日夜,客心悲未央。" ③ 问花花不语:欧阳修《蝶恋花》词:"泪眼问花花不语,乱红飞过秋千去。" ④ 春幡:春旗。旧俗于立春日挂于树梢,以示迎春之意。 ⑤"怜旧时"句:见王夫之《摸鱼儿》(剪中流)注释④。 ⑥ 细柳:地名,在陕西咸阳,昔为汉代大将周亚夫屯兵之所。王维《观猎》诗:"忽过新丰市,还归细柳营。回看射雕处,千里暮云平。" ⑦ 平林:地名,在湖北随县。王莽新政时,当地人陈牧等曾发动起义。

品评

安徽怀宁位于长江边上,为兵家要塞,作者写此词时,太平军与清军曾在此激战多回。作者登临此亭，自然会感怀时事。

上片“大江流日夜”虽引用前人诗句，但既吻合登台所见之景，又能紧贴词人心境，引发“千里起悲心”的主题，可谓善于用典。“问花花不语”至片末是详述词人此“悲心”的内涵。表面上看，作者所悲的是一段情事，感伤昔日的“桃花”美人已不可再现（就像有学者所言男女分离之叹）。倘如此分析，则与下片所言家国、身世之悲断裂，难融一体。联系作者师从张惠言，那么香草美人的手法该是作者了然于胸，并娴熟运用的。所以，作者在此应是借美人难寻的情事来传达清朝强盛时局已一去不复返的悲感，如此才能与下片所言家国之悲紧密联系。下片“销沉”紧扣过去盛世局面而言。“六朝裙屐”三句则是影射太平军占领南京，建立天朝之事。“何处有”二句则借周亚夫等人来暗示自己渴望一展才华，平定叛乱，复兴清廷。“钓矶我亦垂纶手”二句指自己虽是“垂纶手”，可惜遭朝廷冷落，致使望断白云，也无处施展才华。结句“天未暮”，以阴沉天气作结，暗示时局堪忧，令有志之士只能叹息不已。

黄遵宪

黄遵宪(1848—1905),字公度,号人境庐主人,广东嘉应州(今梅州)人。清德宗光绪二年(1876)举人。历任驻日、英参赞及旧金山、新加坡总领事。后官湖南长宝盐法道,署按察使,参加戊戌变法。有《人境庐诗草》、《人境庐集外诗辑》,词仅见三首。

双双燕

题潘兰史《罗浮记游图》①

兰史所著《罗浮游记》,引陈兰甫先生"罗浮睡了"一语,便觉有对此茫茫,百端交集之感。先生真能移我情矣。辄续成之。狗尾之诮,不敢辞也。又兰史与其夫人旧有偕隐罗浮之约,故"风鬟"句及之。

罗浮睡了,试召鹤呼龙②,凭谁唤醒?尘封丹灶③,剩有星残月冷。欲问移家仙井。何处觅,风鬟雾鬓④。只因独立苍茫⑤,高唱万峰峰顶。　荒径。蓬蒿半隐。幸空谷无人,栖身应稳。危楼倚遍,看到云昏花暝⑥。回首海波如镜。忽露出、飞来旧影⑦。又愁风雨合离,化作他人仙境。

注释

① 潘兰史:潘飞声,字兰史,广东番禺人。举经济科。有《说剑堂词》。罗浮:罗浮山。　② 召鹤呼龙:罗浮山上有白鹤观、黄龙观等胜迹,此处就地名而生发,且以"鹤"、"龙"喻指先觉人物。　③ 丹灶:罗浮山上有晋人葛洪炼丹所用之丹灶、仙井。　④ 风鬟雾鬓:代指葛洪之妻鲍姑,此处暗合潘兰史夫妇偕隐罗浮之约一事。　⑤ 独立苍茫:杜甫《乐游园歌》:"独立苍茫自咏诗。"　⑥ 云昏花

暝：用史达祖《双双燕》词“红楼归晚，看足柳昏花暝”句意。 ⑦ 飞来旧影：传说罗浮山本是二山，其中浮山从海上蓬莱飘浮而来，与罗山合为一山。

品评

此词借对友人画作的描写，寄寓强烈的家国之痛。上片“罗浮睡了”，用语奇异，细思之，实则沉痛之极。正如有学者指出的，此罗浮之睡，实即指“中国之睡”，中国这只睡狮，不知何时才能醒来？起句即定下了忧伤国事，渴望振兴的意旨。“试召鹤呼龙，凭谁唤醒”意指不知何人有此大力，唤醒此睡狮也。此二句正有百转千回之力，慷慨悲壮，满怀激情。“尘封丹灶”则以罗浮山萧条破败之景影射国家之颓败。“欲问移家仙井”三句谓友人当有复国雄心，面对此残破江山，如何可安享归隐之乐？“只因独立苍茫”二句是希望友人能高山独唱，唤醒此睡狮也。下片写兰史隐居罗浮的情形。“荒径”写其荒凉；“幸空谷无人，栖身应稳”写其远离人世，隐居山林。“危楼倚遍”写友人夫妇隐居之态。词至此，情绪渐缓，以下正应续写夫妇二人与山鸟相呼的愉悦心情，但发生逆转，“回首海波如镜”则把心情又转沉痛，所谓“旧影”表面是指罗山、浮山合为一体的风景，实则暗寓昔日强盛统一的清王朝已被分割的悲惨命运。钱仲联先生在《近百年词坛点将录》中评云：“借风雨离合之境，寄禹城瓜剖之忧，真不愧为‘独立苍茫，高唱万峰峰顶’之狮子吼。纷纷学五代，学周、吴之作，一禅杖扫空之矣。”作者不以词为名，但此作感慨深沉，浑厚苍雄，全篇深情贯注，以情遣词造境，可谓荡气回肠了。

王鹏运

王鹏运(1848—1904),字幼遐,号半塘老人,晚号鹜翁,广西临桂(今桂林)人。清穆宗同治九年(1870)举人,历官内阁侍读、监察御史、礼科给事中。庚子事变时,他与朱祖谋、刘福姚会于宣武门外寓宅,相约填词,成《庚子秋词》二卷。德宗光绪二十八年(1902)南归,主扬州仪董学堂。卒于苏州。尝汇刻唐、宋、元诸家词为《四印斋所刻词》。其词学承常州派余绪而发扬光大之,开清季诸家之盛。有《半塘定稿》。

满江红

朱仙镇谒岳鄂王祠[①],敬赋

风帽尘衫,重拜倒、朱仙祠下。尚仿佛、英灵接处,神游如乍。往事低徊风雨疾,新愁黯淡江河下。更何堪、雪涕读题诗,残碑打。　　黄龙指[②],金牌亚[③]。旌旆影[④],沧桑话。对苍烟落日,似闻悲咤。气耆蛟鼍澜欲挽[⑤],悲生笳鼓民犹社。抚长松郁律认南枝[⑥],寒涛泻。道光季年,河决开封,举镇惟岳祠无恙,壬午扶护南归,曾梦游祠下。

注释

① 朱仙镇:在今河南开封西南。岳鄂王:即岳飞,宋宁宗时被追封为鄂王。　② 黄龙指:岳飞曾对部下将士说:"直抵黄龙府,与诸君痛饮耳。"黄龙府为当时金朝的首府,在今吉林农安县。　③ 金牌亚:指岳飞率军准备攻打开封时,被当时宋高宗赵构以十二道金牌召回。亚,同"压"。　④ 旌旆:泛指各类旗帜。

⑤ 气詟(zhé)：以气势威慑敌人。詟，震慑。 ⑥ 郁律：挺拔貌。认南枝：据传，杭州岳王庙前松树的枝条都向着南方生长。

品评

此词是光绪二十八年(1902)作者自请南归，途经河南开封朱仙镇时所作。上片"风帽尘衫"句，既指路途奔波之苦，亦暗含自己在政治风波中屡经打击，憔悴失意。"重拜倒、朱仙祠下"，写出作者饱含真情地瞻仰、跪拜的情形。"重"即第二次，第一次从作者自注中得知是壬午(光绪八年，1882)在梦中拜访岳飞庙。此"重"字亦可见出此次拜访是其魂牵梦绕，久想实现的梦想。"尚仿佛、英灵接处"二句写拜访时所见岳飞神像，恍如生时，英气逼人，跟自己在梦中见到的一样。"往事低徊风雨疾"二句指回忆岳飞生前悲剧，作者感慨万分，觉得天地仿佛也在同悲。"更何堪、雪涕读题诗"二句接着写作者边诵读庙中残存的碑文，边为之流泪的动人情形。下边则写其读过碑文后的感慨。"黄龙指，金牌亚"赞扬岳飞生前一次精彩的作战——在朱仙镇大破金军，直指黄龙，但随即是其悲剧一生的落幕，在十二道金牌的逼迫下，岳飞被迫收兵。"旌旆影，沧桑话"句则以庙前旗帜的悲伤摇动和太阳的苍茫东落，渲染悲情，意指整个山河大地都在为岳飞鸣不平，伸冤屈。"气詟蛟鼍澜欲挽"二句指直至现在，岳飞的神灵仍在震慑着世间的奸邪小人，而普通百姓仍是年年祭祀、怀念英灵。结句以青青翠松象征着岳飞高尚的气节，赞颂其英灵将与天地同寿。

此词悲歌慷慨，弥漫着英雄主义精神。自然咏古之际，伤今之情不言而喻。

沈曾植

沈曾植(1851—1922),字子培,号乙盦,晚年自号东轩、寐叟,浙江嘉兴人。清德宗光绪六年(1880)进士,官至安徽布政使。清亡,侨寓上海,为一代儒宗。通经术,精小学,于西北地理学及辽、金、元三朝历史尤有研究。有《曼陀罗寱词》。

渡江云

赠文道希①

十分春已去,孤花隐叶,怊怅倚阑心。客游今倦矣。珍重韶光,还共醉花阴。长亭短堠②,向从来、雨黯烟沉。人何处?匣中宝剑,挂壁作龙吟。　登临,秦时明月,汉国山河③,尽云寒雁噤。行不得、鹧鸪啼晚,苦竹穿林④。寻常总道归帆好,者归帆⑤、愁与潮深。苍然暮,高山流水鸣琴⑥。

注释

① 文道希:文廷式,字道希。　② 堠:标记路程的土堆。古代五里一堠。③“秦时”二句:化用王昌龄《出塞》诗:“秦时明月汉时关,万里长征人未还。”④ 苦竹:竹的一种,矮小,味苦。　⑤ 者:同“这”。　⑥“高山”句:《列子·汤问》:“伯牙善鼓琴,钟子期善听。伯牙鼓琴,志在高山。钟子期曰:‘善哉,峨峨兮若泰山。’志在流水,钟子期曰:‘善哉,洋洋兮若江河。’”

品评

此词是送友人文廷式之作。文廷式作为光绪帝周围的得力助手,在中日甲午战争及后来的马关条约谈判中,极力主战,反对签订丧权辱国的条约,为此得罪了慈禧太后及李鸿章等人。为避迫害，文廷式于光绪二十一年(1895)乞假出都。临行前，沈曾植即写此词送之。起句“十分春已去”交待文廷式出京时正值春末，残败花叶正传达出对友人离去的难舍、惆怅之情。“春去”同时亦隐含朝政险恶，友人离去的原因。“孤花隐叶”亦可理解为经过主和派的打击，朝廷上正义之士更少，自己更茕茕孑立了。“客游”三句，转写友人，交待文廷式回乡的原因，即倦于京城漂泊，掩饰了其为逃避迫害这一真实原因。“珍重韶光”二句希望友人此去多多保重，等待他平安回京团聚。“长亭短堠”三句以路途上的萧条景象传达对友人的惜别与担忧之情。“人何处”三句则是对友人安慰与期待之语，指其身怀治国之术，就像匣中宝剑一样，终有一天会破匣而出，实现壮志。下片“登临”句写友人别后的思念之感。“秦时”三句隐括唐人诗句，以雄浑苍凉之境指代大好河山如今已是敝败不堪，朝廷为奸佞当道，这里“云寒雁噤”意指当朝大臣面对邪恶，寒噤不敢开口之态。“行不得、鹧鸪啼晚”句渲染文氏此去充满凶险，前途未卜。“寻常总道归帆好”二句是抒写内心的忧愁犹如潮水之深广。最后以高山流水作结，深化二人的深厚友情。

该词语重情深，跌宕起伏，为避迫害，对其友人的遭遇亦以曲笔写出，故感情深挚的同时，亦含蓄有加。高山流水之感于言外可得之。

文廷式

文廷式(1856—1904),字道希,号芸阁,又号芸阁山人,江西萍乡人。清德宗光绪八年(1882)顺天乡试举人,十六年(1890)成进士,殿试一甲第二名及第,授职编修,擢侍读学士。戊戌政变时几陷不测,东走日本。返国后日益潦倒。有《云起轩词》。

永遇乐

秋草

落日幽州[1],凭高望处,秋思何限。候雁哀鸣,惊麏昼窜[2],一片飞蓬卷。西风万里,逾沙越漠,先到斡难河畔[3]。但苍然、平皋接轸[4],玉关消息初断[5]。　千秋只有,明妃冢上,长是青青未染[6]。闻道胡儿,祁连每过,泪落笳声怨。风霜未改,关河犹昔,汗马功名今贱[7]。惊心是、南山射虎[8],岁华易晚。

注释

① 幽州:古十二州之一,约在河北省北部和辽宁省一带。 ② 麏(jūn):指獐子。比鹿小,无角。 ③ 斡难河畔:在黑龙江上游,为成吉思汗即帝位处。 ④ 平皋:水边平地。接轸:车辆不断。轸,车上的横木,指代车。 ⑤“玉关”句:玉关,即玉门关,在今甘肃敦煌。王之涣《出塞》诗:“羌笛何须怨杨柳,春风不度玉门关。” ⑥“明妃”二句:即王昭君故事。见李治《迈陂塘》(雁双双)注释④。 ⑦ 汗马:汗血宝马。西汉时,汉武帝为得汗血宝马,特派兵攻打大宛国,迫使其进贡宝马。 ⑧ 南山射虎:用汉代名将李广南山射虎的典故。

品评

此词的作者在京城郊外凭高远望，借咏秋草来抒发忧国之情。上片“落日”三句写秋日登高远望，白日在古幽州之所缓缓下落，此情此景，犹如唐代诗人李商隐在《乐游原》一诗中所发感慨：“夕阳无限好，只是近黄昏。”二者都是目睹王朝衰败从而产生无限伤感。“候雁”三句写远望之景，大雁在天空哀鸣而过，平原上一群獐子惊慌逃窜，卷起了团团蓬草在半空中飞舞。“哀”、“惊”、“窜”、“卷”四字正体现出作者为王朝的衰败而悲痛伤感，其强烈的主观情感让其笔下之景色亦是蒙上一层苍凉凄厉之色。“西风”三句则是作者想象西北荒漠之景，也是揭示其秋思产生的原因。斡难河畔是成吉思汗即帝位处，亦是清王朝的边塞要地。自清初康熙以来，西北边患不绝，依靠清朝初起时的强盛，从康熙到乾隆尚能治理安稳。到了晚清，随着西方列强的入侵，西北亦是险局不断，故“但苍然”二句，指西方列强军队大量进驻西北，而我防军却“玉关消息初断”，意味着战争失利，清廷力量再难深入其中。下片“千秋”三句转入对王昭君的追想。这里的冢上青草或即象征着汉朝统治时期对西北的有效治理，边区人民幸福安康的生活。“闻道胡儿”借匈奴人的落泪来反衬西汉政权的强盛。与古代祖先的功绩相比，如今呢？“风霜”三句意为山河依旧，但朝廷再也无力也无心管理西北，致使想立功边塞的志士也只能扼腕痛惜。“汗马功名今贱”，以汉武帝的辉煌统治作对比，实指清廷的懦弱无能。结句“惊心是、南山射虎”，回到自我，感伤年华易逝，而功名无成，于国、于己均悲愤哀伤。王瀣曰：“此作极似曹珂雪《和竹垞雁门关》一首，其用意、用笔，各有独到处。”又曰：“后遍源出稼轩。”（手批《云起轩词钞》）此词神似稼轩，但悲痛伤惋过之，实是时局环境使然。

翠楼吟

岁暮江湖，百忧如捣，感时抚己，写之以声

石马沉烟，银凫蔽海[①]，击残哀筑谁和[②]？旗亭沽酒处，看大艑、风樯轲峨[③]。元龙高卧[④]。便冷眼丹霄，难忘青琐[⑤]。真无那，冷灰寒柝，笑谈江左[⑥]。　一笴，能下聊城[⑦]，算不如呵手，试拈梅朵。苕鸠栖未稳[⑧]，更休说、山居清课[⑨]。沉吟今我，只拂剑星寒，敧瓶花妥[⑩]。清辉堕，望穷烟浦，数星渔火。

注释

① 石马、银凫:此指国家颓败。石马,汉唐时有刻石马破敌状,以耀神威。银凫:白色的水鸟,此指德国军舰。 ② 击筑:喻凄怆悲凉之音乐。参见前"易水萧萧"注。 ③ 艑(biàn):大船。樯:桅杆。轲峨:高貌。 ④ 元龙高卧:引三国陈登斥许汜徒有国士之名,而无救世之志事。 ⑤ 青琐:古代宫门之装饰。《汉书·元后传》:"曲阳侯根,骄奢僭上,赤墀青琐。"颜师古注:"青琐者,刻为连环文,而青涂之也。"后亦借指宫门。墀,殿堂上涂饰之地面。此指光绪帝。⑦ 无那:无奈。江左:指东晋时期清谈之士。 ⑧ "一笴(gǎn)"二句:以一箭攻下城池。《史记·鲁仲连列传》载:"燕将攻下聊城,聊城人或谗之燕,燕将惧诛,因保守聊城,不敢归。齐田单攻聊城。岁余,士卒多死而聊城不下。鲁连乃为书,约之矢以射城中,遗燕将。……燕将见鲁连书,泣三日,犹豫不能自决。欲归燕,已有隙,恐诛;欲降齐,所杀虏于齐甚众,恐已降而后见辱。喟然叹曰:'与人刃我,宁自刃。'乃自杀。聊城乱,田单遂屠聊城。归而言鲁连,欲爵之。鲁连逃隐于海上,曰:'吾与富贵而诎于人,宁贫贱而轻世肆志焉。'"⑨ 苕鸠栖未稳:喻己无安稳之所栖身。苕,蔓生,茎细。鸠栖其上,如苇苕断折,则寄身之地易遭险。 ⑩ 清课:原指佛教日修之课。后用以指清雅的功课。 ⑪ 妥:下垂貌。

品评

此词是有感于1897年德国人侵占我胶州湾一事而作。上片"石马"三句指江山社稷遭到侵占,国土一片狼藉,而不远处即可见德国军舰在海上耀武扬威,横行一时。对此场景,作者悲慨地问:"还有谁同自己一样为朝廷的失败而激愤高歌呢?"言下意批判满朝大臣退缩保守,不敢言战。"旗亭沽酒处"写自己正在借酒浇愁之际,更见敌军舰乘风而来,风帆高悬,直刺作者心中。"元龙"三句形象地描绘出他冷眼看天,满腔悲愤之态。"难忘"句当指难以忘记光绪帝曾对自己的信任与厚爱,可作者此时已被革职出京,流落在外地,欲报君恩已是不可能。"真无那"三句写出无奈之情,面对危局,却只能袖手事外,空发议论罢了。下片"一笴"二句再次抒发只能无奈归隐,即使想成为鲁仲连,来挽救败局也不能。"算不如"句外似洒脱,实是极其痛苦。"苕鸠"句写身处险境,由于遭到慈禧太后的忌恨,作者很清楚自己难有平安的隐居生活。后来慈禧果然对文廷式发出通缉令,迫使他不得不逃往日本。"沉吟今我"则写自己的流落生涯,整日只能抚剑叹息、对花伤感。结句则以迷茫的江上夜景渲染自己心境凄迷、前途无着的悲伤感。此词悲咽沉著，声情激楚。民国著名词人叶恭绰评此词曰："气象颖异，彊村所谓'兀傲固难双'也。"（《广箧中词》）

朱孝臧

朱孝臧(1857—1931),字古微,号沤尹,又号彊村,一度改名祖谋,浙江湖州人。清德宗光绪八年(1882)中举。次年,中进士,改庶吉士,授翰林院编修。早年以诗名,及官京都,交王鹏运,弃诗而攻词。时人奉之为词学宗匠,与王鹏运、况周颐、郑文焯并称清季四大词人。有《彊村语业》二卷、补刻一卷,编有《彊村丛书》等。

齐天乐

乙丑九日[①],庸庵招集江楼[②]

年年消受新亭泪[③],江山太无才思。戍火空村,军笳坏堞,多难登临何地?霜飙四起,带惊雁声声,半含兵气。老惯悲秋,一尊相属总无味。　　登楼谁分信美[④],未归湖海客,离合能几?明日黄花,清晨白发,飘渺苍波人事。茱萸旧赐,望西北浮云[⑤],梦迷醒醉。并影危栏,不辞轻命倚。

注释

① 乙丑:当为1889年,因薛福成卒于光绪二十年(1894)。九日:即重九节。 ② 庸庵:清末文人薛福成的号。 ③ 新亭泪:见辛弃疾《水龙吟》(渡江天马南来)注释⑤。 ④“登楼”句:反用王粲《登楼赋》“虽信美而非吾土兮”之句,暗指战后江山狼藉之貌。 ⑤ 西北浮云:《古诗十九首》:“西北有高楼,上与浮云齐。”

品评

作者应友人之邀,于重九日登楼赏景,此词即抒发忧国之慨。上片“年年消受新亭泪”，以“新亭泪”点出忧国的主题。“江山太无才思”，意指江山满目疮痍，令人无限伤感，难以引发创作才思。“戍火空村”三句则详写江山残破之景，经过太平天国起义、鸦片战争等诸多战争，放眼中原，已是烽火连天，民生凋敝，在多难之秋，已无太平之地，登楼何益？“霜飙四起”以大雁的阵阵惊鸣意指战争令人惶恐不安，已达风声鹤唳的境地。“老惯悲秋”二句点出九日登楼时的心境：“无味”。下片“登楼谁分信美”二句，传达自己在乱离之世无法与家人团聚的思归之感。“明日黄花”三句再次申诉老大难归之痛。“茱萸旧赐”三句回忆旧日与亲人相聚之景，对比现实，如同梦迷难醒。结句写与友人相依高楼，共伤时事。

此词抒发九日思归的主题，作者将其与乱离动荡之世相结合，故显得深厚沉郁，内含顿挫之妙。

况周颐

况周颐(1859—1926),原名周仪,改名周颐,字夔笙,又字揆孙,号蕙风、蕙风词隐等,广西临桂人。清德宗光绪五年(1879)举人,历任内阁中书、会典馆纂修。与王鹏运订交,朝夕论词。其一生治词不辍,甲午战争时期颇有感时抚事之作,辛亥革命后之作多写遗老情怀。有词九种,合刊为《第一生修梅花馆词》,后又删定为《蕙风词》。又有《蕙风词话》、《词学讲义》、《蕙风簃随笔》、《阮盦笔记五种》等。

唐多令

甲午生日感赋①

已误百年期,韶华能几时?揽青铜②、谩惜须眉。试看江潭杨柳色③,都不忍,更依依。　　东望阵云迷④,边城鼓角悲。我生初、弧矢何为⑤。豪竹哀丝聊复尔⑥,尘海阔,几男儿。

注释

① 甲午:光绪二十年(1894),此年爆发了中日甲午战争,中国战败后签订了《马关条约》,将台湾割让给日本。 ② 青铜:青铜镜。 ③“试看”句:暗用桓温抚柳惜时之感。见辛弃疾《水龙吟》(楚天千里清秋)注释⑧。 ④ 阵云:战争风云,指甲午海战。 ⑤ 弧矢:弓箭。古代男孩出生时,要送之以弓箭,使射人射天地四方,寓含有男儿志在四方之意。 ⑥ 豪竹哀丝:指悲壮感人的音乐。

品评

此词背景,民国词人赵尊岳在《蕙风词史》中载:“九月一日为先生生日……

时战事濒溃，京师惊悉其事。先生赋《唐多令》有云‘东望阵云迷，边城鼓角悲。我生初、弧矢何为’，则其忧时之切，慷慨之情，直跃纸上，恨不亲就矢石以策励授令也。”文中所提“战事”即为中日甲午战争。作者在生日时目睹战争爆发，奋然抒发报国从军之志。“已误百年期”二句以时光流逝之快，引发时不我待之紧迫、焦灼感。“揽青铜”直至上片末，指对镜思年华，昔日桓温年老时尚且抚柳惜时，自己又怎能不趁壮年更加珍惜时光奋发有为？下片则以国事危难相激励。“我生初、弧矢何为”，充满堂堂豪气。结句以“几男儿”相自期，慷慨陈词，立志报国之心跃然纸上。

梁启超

梁启超(1873—1929),字卓如,号任公,广东新会人。康有为的弟子。清德宗光绪间,与康有为鼓吹变法,世号"康梁"。戊戌政变后,亡命日本。民国初,任财政总长。晚岁主讲清华大学研究院,为该院四大导师之一。有《饮冰室全集》,附词一卷。

金缕曲

丁未五月归国[1],旋复东渡,却寄沪上诸子

瀚海飘流燕[2],乍归来、依依难认,旧家庭院。唯有年时芳俦在[3],一例差池双剪[4]。相对向、斜阳凄怨。欲诉奇愁无可诉,算兴亡、已惯司空见。忍抛得,泪如线。　故巢似与人留恋。最多情、欲黏还坠,落泥片片。我自殷勤衔来补,珍重断红犹软。又生恐、重帘不卷。十二曲栏春寂寂,隔蓬山、何处窥人面[5]?休更问,恨深浅。

注 释

① 丁未:光绪三十三年(1907)。　② 瀚海:北海。宋代周邦彦《满庭芳》词:"年年。如社燕,飘流瀚海,来寄修椽。"　③ 芳俦:伴侣。　④ 一例差池双剪:《诗·邶风·燕燕》:"燕燕于飞,差池其羽。"差池,形容燕子羽毛不齐貌。⑤ "隔蓬山"句:李商隐《无题》诗:"刘郎已恨蓬山远,更隔蓬山一万重。"蓬山,即蓬莱仙山。

品 评

作者在戊戌变法后即东渡日本,九年后归国,见国事不可为,不久即又东去。

此词即作于离国前与友人话别之时，通篇以燕子寄托救国之志。

上片写燕子归来情形。“瀚海飘流燕”三句指自己此去回国，发现国家日益腐败，已非旧日心目中的祖国。“唯有年时芳俦在”三句，指昔日变法诸君子依然不改初衷，为救国奔波，见面后互诉衷肠，倾泻忧国之痛。“欲诉奇愁无可诉”指当年一腔救国之心，却枉遭迫害通缉，流亡他国，真是伤痛之极。“算兴亡、已惯司空见”指变法后，朝廷也曾经几度变革，但这些努力最终却一一白费，中国仍是遭受帝国主义无情欺凌。“忍抛得，泪如线”，指此次归来，发现国家依旧孱弱，为一老大帝国，不禁悲从中来。下片则讲述再次离开的原因。“故巢似与人留恋”三句指自己依旧眷恋国家，想把这个残破的国家重新缝补一新。“我自殷勤衔来补”二句是形容自己积极救国的决心和毅力；“又生恐、重帘不卷”则指自己积极推行保皇主张，但当时光绪帝被囚，自己的希望再度破灭；“隔蓬山、何处窥人面”指当时以慈禧为首的保守派阻挠变法，囚禁光绪，致使自己无法推行变法。结句“休更问，恨深浅”，再次点明此次被迫离开的痛苦心情。

此词怨悱缠绵，将满腔报国之志却回天乏力的心情描述得跌宕沉痛。

邵瑞彭

邵瑞彭(1888—1938),字次公,浙江淳安人。民国初为众议院议员,以反对曹锟贿选,声著于世。晚岁寓居开封。尝与龙榆生及张尔田、夏敬观等研讨词学。所作之词亦受朱祖谋、况周颐影响,宗尚清真。有《扬荷集》四卷、《山禽余响》一卷等。

木兰花慢

邺城怀古①

渡黄河北去,鞭不起,古漳流②。想万里风烟,三更灯火,残霸中州③。封侯,壮心在否?听西陵歌舞使人愁④。高树闲栖乌鹊⑤,空阶长卧貔貅⑥。 平畴,落日下荒邱,慨慷看吴钩。问倾泪移盘⑦,沉沙折戟⑧,谁记恩仇?回头,汉家宫阙,剩鸳鸯瓦冷雉媒秋⑨。欲唤南来王粲,为君重赋《登楼》⑩。

注释

① 邺城:在今河南临漳西南。曹操被封魏王,即建都于此。 ② 漳流:漳河,发源于太行山,流经河南。 ③ 中州:指居于中原的河南省一带。 ④“听西陵”句:西陵,在邺城,为曹操的坟墓所在地。据载,曹操临死前,命其身边歌女每月十五在其墓前歌舞一番以悼念之。 ⑤“高树”句:化用曹操《短歌行》:“月明星稀,乌鹊南飞。绕树三匝,何枝可依。” ⑥ 貔貅:猛兽名。此指曹操墓前石兽。 ⑦ 倾泪移盘:见罗志仁《金人捧露盘》注释⑦。 ⑧ 沉沙折戟:杜牧《赤壁》诗:“折戟沉沙铁未销,自将磨洗认前朝。” ⑨ 鸳鸯瓦:由两片合成一个整体

的瓦。雉媒：猎人所驯养的一种雉，用以诱捕其它雉。 ⑩ 王粲：见周密《一萼红》（步深幽）注⑦。

品评

此词为作者北渡黄河，途经河南邺城时所写的怀古词。上片写邺城之景。“渡黄河北去”起句即以磅礴大气、不可阻断漳水起兴，为整首词渲染一种豪迈慷慨之气氛。“想万里风烟”三句是回想史上记载魏国雄霸万里，虎视中原的宏伟之势。“封侯，壮心在否？”作者不禁想问问已长眠地下的曹操，是否还有当年封侯的雄心？“听西陵歌舞使人愁”写作者仿佛听到了那昔日在曹操坟前歌舞的乐声响起，充满了怀古之幽思。“高树闲栖乌鹊”二句化用曹操诗句以示敬仰之情。下片“平畴”三句转入咏叹，作者慷慨激昂，细看手中宝剑，大有欲与古人一争高下之意。“问倾泪移盘”三句则指后来曹魏终于篡夺了汉室江山，对汉、魏间的这段恩怨又该如何评论呢？“回头，汉家宫阙”三句则指汉室衰败，终成瓦砾一堆。写至此，作者没有直接评论其中的是是非非，也许在作者眼中，英雄一世也最终化身尘土，功名之争何其虚幻？结句“欲唤南来王粲”二句则以王粲自比，欲重写一篇《登楼赋》，赋予新的内涵。此“新”字，指一洗王粲的悲哀之气，写得慷慨激昂，不让古人于前了。

此词融写景、议论、抒情于一体，豪气纵横，指点江山，颇有“江山代有才人出”之气概。

谭嗣同

谭嗣同(1865—1898),字复生,号壮飞,湖南浏阳人。少有大志,好任侠,能文章。参与康、梁诸人变法维新,失败后被捕,慷慨就义。为"戊戌六君子"之一。词存一首。

望海潮

自题小影[①]

曾经沧海,又来沙漠,四千里外关河。骨相空谈[②],肠轮自转[③],回头十八年过。春梦醒来么?对春帆细雨,独自吟哦。惟有瓶花,数枝相伴不须多。　　寒江才脱渔蓑。剩风尘面貌,自看如何?鉴不因人,形还问影,岂缘醉后颜酡[④]?拔剑欲高歌。有几根侠骨,禁得揉搓。忽说此人是我,睁眼细瞧科[⑤]。

注释

① 自题小影:据作者自称,此词作于光绪八年(1882),即其十八岁时。　② 骨相:古人根据一个人的面相、骨骼来预测其前途。　③ 肠轮自转:乐府《悲歌》:"心思不能言,肠中车轮转。"　④ 颜酡:醉后面色泛红。　⑤ 科:元曲中术语,指舞台效果或演员的表演动作。

品评

作为清末变法志士,作者一腔豪情投身报国,一生虽仅留词一首,却亦激昂澎湃。

上片"曾经沧海"三句概述自己的成长经历。从少时居京城,后随父辗转至甘肃、湖南，后又北上。展现出一个阅历丰富，足踏大江南北的少年英雄形象。“骨相空谈”三句指自己蔑视俗人所言的功名富贵，心有大志，整日为之焦虑，不知不觉已是十八载倏乎而过。“春梦醒来么”三句意为少年时的志向如今还为之奋斗否？随着人生走向成熟，作者显然看到理想的实现多么不易，于是在奔波的江海之上，不禁为之徘徊反复。“瓶花数枝”二句当指“小影”中的实景，衬托作者当时孤寂之状。下片“寒江才脱渔蓑”诸句，指如今对影自看，已然脱去少年洒脱不羁之态，惟剩满面风尘。“鉴不因人”三句指作者对镜自问：“镜中的少年郎红光满面，难道是醉后产生的红颜？”“拔剑欲高歌”则说明原因，原来内心慷慨郁愤，此所谓的“红”正是其心潮澎湃、慷慨高歌使然。“有几根侠骨，禁得揉搓”，接着说明为何郁愤不平，因其内中的“侠骨”被外界所“揉搓”，故发出如此愤懑之气。结句以微妙的内心起伏，展示一个志向远大的的青年才俊即将崛起于世间。

此词清雄峭拔，为我们树立了一个恍如朝日初升，虽时局黯淡，仍壮志凌云、慷慨磊落的少年英豪形象。

秋　瑾

秋瑾(1875—1907),字竞雄,号鉴湖女侠,浙江山阴(今浙江绍兴)人。家世仕宦,少长闽中。东渡日本留学。归国后,以反清被杀害。有《秋瑾集》。

满江红

小住京华[①],早又是、中秋佳节。为篱下、黄花开遍,秋容如拭。四面歌残终破楚[②],八年风味徒思浙[③]。苦将侬、强派作蛾眉,殊未屑。　身不得,男儿列。心却比,男儿烈。算平生肝胆,因人常热。俗子胸襟谁识我?英雄末路当磨折。莽红尘、何处觅知音?青衫湿[④]。

注释

① 京华:即北京。　②“四面”句:描写项羽在垓下兵败,四面楚歌的情形。③ 八年:作者于光绪二十二年(1896)在湖南与王廷钧结婚,距作词之年恰为八年。　④ 青衫湿:见陈维崧《贺新郎》(吴苑春如绣)注释⑧。

品评

此词可谓是一代女侠的自我写真,亦是其抒愤之作。“小住京华,早又是、中秋佳节”起句交待自己随丈夫迁居北京后不久,即逢中秋佳节。“为篱下、黄花开遍”句写秋容如镜初拭,满含清朗明净之色。词至此尚显平平,若是寻常词人,接下来,该写自己思乡的缠绵之情。但词人接下来却陡转激烈,“四面歌残终破楚”语变徵调,充满慷慨之音,此句指向的是国家危难,作者意欲唤醒国人以“楚虽三户,亡秦必楚”的勇猛精神一洗国耻。“八年风味徒思浙”句引用明末文人王思任痛斥权奸马士英之语:"夫越乃报仇雪耻之乡,非藏污纳垢之地。"亦即要发扬故土卧薪尝胆的复仇精神。"苦将侬、强派作蛾眉",则是巾帼不让须眉之语,意为自己虽有一腔报国之志,却因其女子身份而遭他人轻视,内心不免激荡不平了。下片"身不得,男儿列"诸句则直陈己志,蔑视俗人以女子不应参与国事的陈旧观点,申张自己虽为女子,却性格刚烈,胆气超人。"俗子胸襟谁识我"至结句,则抒发知音难觅,举世混浊,英雄末路之悲慨。作者满腹报国豪情,却遭阻挡,怎不为之长歌当哭?此词已然透露出作者后来冲破家庭之束缚,毅然东渡日本,寻求救国之道的决心和毅力。

鹧鸪天

祖国沉沦感不禁,闲来海外觅知音[①]。金瓯已缺总须补[②],为国牺牲敢惜身。　嗟险阻,叹飘零,关山万里作雄行。休言女子非英物,夜夜龙泉壁上鸣[③]。

注释

① 海外:指日本。秋瑾于光绪十三年(1904)东渡日本留学。 ② 金瓯:比喻疆土完固,亦用以指国土。《南史·朱异传》:"(武帝)尝夙兴至武德合口,独言:'我国家犹若金瓯,无一伤缺。'" ③ 龙泉:宝剑名。晋代张华见斗、牛二星之间有紫气,后使人于丰城狱中掘地得龙泉、太阿二剑。

品评

此词作于作者东渡日本不久之时,是其报国之志的真挚呈现。上片写面对祖国大好江山的沦丧,内心不禁为之痛惜,于是不畏渡海之苦,前来日本寻找志同道合者,以补"金瓯",复我河山,甚至不惜牺牲自己生命。下片则言自己一路艰险,破除各种阻挠,终于来到日本。结句是其壮志的抒发,作者要以"英物"形象自立世间,同世间豪杰一起寻求救国之道。此词豪气喷涌,振奋人心,与其绍兴老乡——鲁迅先生的《自题小像》"我以我血荐轩辕"诗堪称双璧。

李叔同

李叔同(1880—1942),单名凡,又名文涛,号叔同,别号惜霜等,浙江平湖人。清光绪三十一年(1905)去日本,学习西洋绘画及音乐,后入同盟会,组织春柳社。回国后,加入南社。1916年在杭州定慧寺出家,受戒于灵隐寺,法名演音,号弘一。有《弘一法师文钞》。

金缕曲

东渡留别祖国①

披发佯狂走②。莽天涯,暮鸦啼彻,几株衰柳。破碎河山谁收拾?零落西风依旧。便惹得、离人消瘦。行矣临流重太息③,说相思、刻骨双红豆。愁黯黯,浓于酒。　　漾情不断淞波溜④。恨年年、絮飘萍泊⑤,遮难回首⑥。二十文章惊海内⑦,毕竟空谈何有?听匣底、苍龙狂吼⑧。长夜凄风眠不得,度群生、哪惜心肝剖。是祖国,忍辜负。

注释

① 东渡:光绪三十一年(1905),李叔同东渡日本,学习美术、音乐。 ② 披发佯狂:商纣王无道,箕子劝谏而不听,乃披发而佯狂。此处为作者自喻。③ 临流重太息:《史记·孔子世家》:"孔子既不得用于卫,将西见赵简子。至于河而闻窦鸣犊、舜华之死也,临河而叹曰:'美哉水,洋洋乎!丘之不济此,命也夫!'" ④ 淞波溜:形容吴淞江波涛翻涌。 ⑤ 絮飘萍泊:文天祥《过零丁洋》:"山河破碎风飘絮,身世浮沉雨打萍。" ⑥ 遮:同"这"。 ⑦ 文章惊海内:杜甫

《宾至》诗:“岂有文章惊海内,漫劳车马驻江干。” ⑧ 苍龙狂吼:宝剑在匣中发出龙鸣声。《太平御览》卷三四三引《世说》:“王子乔墓在京陵,战国时人有盗发之者,睹无所见。唯有一剑停在空中,欲进取之,剑作龙鸣虎吼,遂不敢近。俄而径飞上天。”

品评

此词是作者于光绪三十一年(1905)东渡日本时所作。上片“披发佯狂走”句,作者以商人箕子自比,意为面对残破山河,抱着一腔忧国之心离开祖国,谋求救国之道。“莽天涯”三句则以周围的“暮鸦”、“衰柳”渲染国土敝败之景。“破碎河山谁收拾”句说明此去东行的目的,是为了将来能重振国家而迫不得已之举。“便惹得、离人消瘦”描写眷恋国土、依依不舍的沉痛心情。下片写作者在船上的思索。“恨年年、絮飘萍泊”诸句则写自己在国内二十多年来,白白把精力抛置在文章上,这样空谈救国又有何用?“长夜凄风眠不得”则形容苦心经营,谋求救国之术的憔悴焦虑之态。结句指为了不辜负国家期望,自己殚心竭力,甘愿为“群生”、为“祖国”一抛热血的志愿。全篇真挚动人,处处可见一个热血男儿的满腔爱国激情。

吕碧城

吕碧城(1883—1943),字圣因,安徽旌德人。工文藻,最善填词。中年去国,卜居瑞士雪山中,专以传扬佛法为务。然兴之所寄,不废倚声。有《晓珠词》四卷。

解连环

巴黎铁塔

万红深坞[1],怕春魂易散,九州岛先铸[2]。铸千寻铁网凌空[3],把花气轻兜,珠光团聚。联袂人来[4],似宛转、蛛丝牵度。认云烟缥缈,远共海风,吹入虚步[5]。　　铜标别翻旧谱[6]。借云斤月斧[7],幻起仙宇。问谁将、绕指柔钢[8],作一柱擎天,近衔羲驭[9]?绣市低环,瞰如蚁、钿车来去。更凄迷、夕阳写影[10],半捎西雾[11]。

注释

① 坞:四面高、中间低的处所。唐代陆希声《阳羡杂咏十九首·梅花坞》:"冻蕊凝香色艳新,小山深坞伴幽人。" ② 九州:指全球。 ③ 千寻:形容极高。古代八尺为一寻。 ④ 联袂:携手并肩。 ⑤ 虚步:凭空凌步,形容步履轻盈。李白《古风》诗:"素手把芙蓉,虚步蹑太清。" ⑥ 铜标:《后汉书·马援传》引《广州记》:"援到交趾,立铜柱,为汉之极界也。"宋代林逋《送史殿省典封州》诗:"马援疏蛮邑,铜标何可穷。" ⑦ 云斤月斧:形容精雕细琢。宋代俞君选《送砚与吴元真广文》:"一朝良工夺天造,云斤月斧磨玲珑。" ⑧ 绕指柔钢:晋刘琨《重赠卢谌》诗:"何意百炼刚,化为绕指柔。" ⑨ 羲驭:羲和是传说中为太阳驾车的驭

手。此指太阳。 ⑩ 写影：即泻影，指夕阳把铁塔的影子投射在地上。 ⑪ 茜雾：红色雾气。

品评

此词为作者旅欧期间游历巴黎艾菲尔铁塔时所作。词的上片先写登塔的过程。“万红深坞”是形容巴黎为花中之城、春天之城。“怕春魂易散，九州岛先铸”二句指巴黎人为了更好地欣赏花朵，留住春色，不惜在地球上率先铸此雄伟铁塔。“铸千寻铁网凌空”三句是形容铁塔犹如一张巨大的铁网凌空而起，其装饰极尽奢华富丽。“联袂人来”二句指游人如织，蜂拥而至。“蛛丝牵度”句将铁塔之骨架比喻成蛛丝，极其形象。“认云烟缥缈”三句写登上塔后所见之景，人如踏在半空，脚步轻盈，富有强烈的画面感。下片写在塔上所见之奇异风景。“铜标别翻旧谱”句指作者由此铁塔想到史书上所记载的汉将马援所铸的铜塔，二者想来应该格外相似吧。“借云斤月斧”二句赞扬此塔犹如鬼斧神工，就像一座梦幻仙岛矗立人间。“问谁将、绕指柔钢”三句是形容其雄伟之姿，其高度直指太阳，作者衷心感叹建立此塔殊不易。“绣市低环”二句是俯视之景，美丽的巴黎市就在脚下如环相绕。结句写作者下塔后，只见夕阳将铁塔之影投射于地，尚带着夕阳的粉红之色。

全篇层次井然，依游览的过程将艾菲尔铁塔的雄伟尽显世人面前。此词比喻新颖，用笔细腻流丽，却又不乏高亢健朗。

后 记

这本《豪放词选》并非我一人所为，而是我与我的博士生苏利海(现在四川成都西南民族大学文学院任教)、刘京臣(现在北京中国社科院文学所数字室任职)二君通力合作的产物。大致情况是：我先拟出编选原则，选出从唐五代至清末民初优秀的豪放词篇章，经全体讨论同意以后，由我们三人分别撰写部分词人小传、作品注释及作品品评。然后由我通读全稿，对书稿进行认真的修改打磨，成了今天这个样子。具体工作，苏君出力尤多。苏君曾与我合作撰写过由凤凰出版社出版的《绝妙好词注评》一书，我与出版社方面都了解他勤奋治学的精神与较高的专业水平。

尽管我们师生三人的水平与时间都有限，但是我们仍对这部书付出了不少精力，当然，缺点与问题肯定还是存在的，敬请词学专家与读者诸君多提批评意见。

刘扬忠 2011 年夏日于中国社科院文学所